한국 현대 동시 논평과 해설

김진광 평론집

한국 현대 동시의 흐름과 그 방향 제시

초등학교에서 어린이들에게 동시를 지도하며 함께 동시를 썼고, 중학교와 고등학교에도 국어와 시를 지도하며 함께 시를 써왔다. 요즘은 정년퇴직을 하여 지방신문사의 논설위원과 잡지사 편집위원으로 활동하며, 동시와 동요와 시를 배우고자 찾아오는 후학들을 지도해 주고 있다.

격월간 아동문학전문지《아동문예》'이달의 동시·동시인' 란에 2012년부터 2015년까지 4년간 매 호마다 8면의 지면에 좋은 작품을 발표한 8명의 동시인을 선정(다룬 총 작가 140여 명)하여, 작품의 해설과 되도록 간략하나마 작가론을 포함한 논평을 쓰며, 우리나라 동시의 방향을 제시해 주는 작업을 하였다. 작품 선정은 되도록이면 우리나라에서 발표되는 모든 잡지, 동인지, 동시집과 외국에서 동시를 쓰고 있는 조선족과 재미교포 등도 포함시켜 소개하고 평을 하여 범위를 넓히도록 노력했다.

한국의 현대문학이 아동문학에서 시작되었고(우리나라 현대문학의 시작인 최남선의 「海에게서 少年에게」는 동시임, 당시 교과서가 모두 국한문혼용체이며, 동시라는 결정적인 구절은 '오나라 少年輩 입맛텨듀마' 이다.), 지구촌에서 아동문학을 동시(동요)로 시작한 나라가 한국뿐이며, 한국의 동시(동요)문학이 조국의 독립 투쟁에서 싹터 자랐다고 한다. 우리나라 동시가 세계에서 가장 수준이 높고 발전하였으며, 세계 동시의 주축이 우리나라이다. 그래서 우리나라에서 '2014년 창원 제3차 세계아동문학대회'가 세계에서 가장 성대하게 열렸고, 필자도 강연을 하며 참석한 바 있다.

우리나라에는 성인 시 평론집은 많으나 〈동시전문 평론집〉은 두 손에 꼽힐 정도이다. 특히 한국 동시의 흐름과 방향제시를 알 수 있는, 전국에 발표되고 있는 동시의 월평과 계평을 중심으로 한 〈동시 해설과 평론〉은 극소수이다. 이 책은 우리나라에 읽을 만한 마땅한 시가 별로 없는 청소년, 동시를 배우고자하는 사람들, 동심을 가진 어른들, 동시와 동요와 동시조를 창작하는 동시인에게 지침서가 되며 좋은 동시를 감상을 하는 데에 도움이 되는 희귀성에서 책의 가치가 인정될 것이다.

특히, (사)한국아동문학작가회 '제7회 아동문학 심포지엄' 강연원고 「발표되는 동시의 분석과 나아갈 길」의 내용은 근래 몇 년 간 발표된 우리나라 동시, 동시조, 동요 작품, 우리나라 동인지 작품을 가능한 총정리하여 좋은 작품 소개와 해설과 평을 하였다. 그리고 우리나라 동시의 문제점과 나아갈 방향을 모색하여서 우리나라 동시의 흐름과 문제점과 방향을 한눈에 볼 수 있도록 하였다.

우리나라에는 유능한 세계적인 동시인이 많다. 우리나라 동시가 세계의 어린이가 읽을 수 있도록 외국어 번역동시집과 우수 동시선정집 및 '동시 해설·평론집' 발간에 국가적인 지원이 필요하다. 그래서 이번에 아동문예에 4년간 발표한 〈이달의 동시·동시인〉과 그 외 문학잡지에 기 발표한 《월간문학》〈동시 월평〉(2002년, 2008년, 2013년), 《아동문학》, 《아동문학평론》, 《오늘의동시문학》, 그리고 각종 세미나 강연원고 등 동시와 관련된 기 발표 작품을 넣어 한 권의 책으로 묶어 낸다. 동시를 공부하는 사람들에게 지침서가 되고, 필자에게는 그동안 발표한 글을 한데 묶어 정리하고 새 출발을 하는 데에 책 발간의 의의를 둔다. 책 뒤편에 그 동안 쓴 일반평론을 조금 추려 넣었다. 언제 평론집을 다시 낼까 하는 생각에서 욕심을 좀 부려 보았다. 관계자와 독자들의 이해를 바란다.

임해정에서 김 진 광

머리글 • 006

제1부 · 2015년 선정동시

시의 상상력과 판타지   • 016
신현득, 허일, 추필숙, 장승련, 박숙희, 정광덕, 이성자

'가족과 고향' 그 따뜻한 이름   • 026
곽해룡, 박정식, 이진호, 윤일광, 최계락, 강영희, 동심금, 정운일

신춘문예 당선 동시분석과 동시조 작가의 표현미학 추구   • 036
문신, 오창화, 윤애라, 정완영, 송재진, 김종현, 김규학

동심적 시안과 다르게 보이기를 통한 시적 형상화   • 047
공광규, 손동연, 박유석, 이오자, 박선미, 손연옥, 박옥주

한국 최초의 동요작사회보지 「솔바람」작품 들여다보기   • 057
김원기, 엄성기, 김교현, 장영철, 김종영, 남진원, 이복자, 배정순, 전세준, 이호성, 정민시, 김남권, 이상일

제2부 · 2014년 선정동시

우리나라의 동요산책   • 076
윤석중, 박경종, 박화목, 임교순, 김옥순 김연래, 채정미

격조 높고 아름다운 시   • 086
권영상, 신현득, 강기화, 김득만(중국), 홍용암(중국), 김영채, 문성란

겨울처럼 닫힌 마음 봄처럼 열기   • 096
노원호, 윤이현, 이창규, 김동억, 박근칠, 조기호, 이경애, 이상교

노블레스 오블리주(Nobless Oblige)   • 106
김미혜, 권영세, 천선옥, 최신영, 박소명, 서금복, 정공량

로고스(logos)와 미토스(mythos)   • 115
김륭, 하빈, 김영철, 공재동, 김갑제, 박정우, 김형식

이야기가 있는 동시와 시가 갖는 메시지   • 125
조선달, 정형택, 박두순, 한금산, 김이삭, 우원규, 이정인

제3부 · 2013년도 선정동시

최근 발표된 한국, 미주 작가, 중국동포작가 작품 살펴보기 • 136
박종현, 조영수(한국), 최기창, 이미경(미국), 한석윤, 박송천(중국)

나이 들기와 글쓰기 • 146
오순택, 박일, 심윤섭, 윤삼현, 민현숙

어울림의 미학 • 156
김완기, 김하나, 이준관, 이준섭, 김영기, 김귀자, 문삼석, 전원범, 이성관, 한상순, 박예분

가정의 달에 읽어야 할 작품들 • 166
하청호, 김선영, 엄기원, 박두순, 박종현, 유영애

꽃보다 아름다운 마음 • 175
김원석, 손광세, 정은미, 조무근, 김규학, 김성민, 최춘해

문학의 재미와 교육 • 184
문삼석, 허일, 김민하, 김옥림, 정용원, 이호성, 김춘남

제4부 · 2012년도 선정동시

한글 공부 자연공부 • 196
권오삼, 김재용, 김관식, 강수성

사회 문제와 그 치유 • 201
최춘해, 김원석, 박근칠, 최정심, 문삼석

마음의 눈으로 생각한 시 • 208
김종상, 김완기, 이상교, 이화주, 남진원

표현, 그리고 여운 • 215
신현득, 노원호, 권영상, 김미라, 배정순

소품주의로 흐르는 우리나라 동시 흐름에 대하여 • 222
하청호, 박덕규, 김종영, 정두리, 신현배

위대한 사랑 • 229
황베드로, 정은미, 정용원, 이창건, 이봉직, 전병호

제5부 · 월간문학 동시 월평 선정동시

시를 읽는 즐거움과 존재의 집짓기 · 240
한명순, 백종희, 강성남, 이성관, 허대영

생명존중의 다양한 표현 · 245
신현득, 이복자, 정혜진, 권영세, 우남희, 김성수

독자 수용적인 면에서 작품 살펴보기 · 249
이상현, 김에순, 손광세, 백민, 손동연, 박승우

좋은 동시를 만나면 좋은 사람을 만난 듯 반갑다 · 254
이상현, 박두순, 윤병욱, 이창규, 허일, 엄기원

리듬과 삶과 시 · 259
박경용, 진복희, 김용희, 전병호, 신현배, 서재환, 신현득, 박형철, 유미희

삶과 익살과 시 · 265
권오삼, 문삼석, 유영애, 이옥근, 이준관, 이성자, 박정식, 김에순, 한명순

시점의 다양화를 통한 시적 형상화 · 270
유경환, 정용채, 김소운, 오순택, 김진광, 최명주, 전정남, 최복형, 정태모, 박경종

이미지와 시적 형상화 · 279
강영희, 조무근, 황정자, 서향숙, 김정아, 권오훈, 심우천, 김철수, 이상현

동일성과 시적 형상화 · 288
오은영, 김점삭, 김완기, 홍은순, 윤영훈, 이경란, 강미경, 정용채, 김철수, 김병호

제6부 · 아동문학 아동도서 서평

분단 극복을 위한 통일 염원의 시 · 298
석용원 『목장의 노래』

그늘지고 어두운 곳으로의 눈돌림 · 301
김정일의 『별이 사는 아파트』

이미지를 갖춘 노래하는 시 · 304
엄성기의 『꽃이 웃는 소리』

재미성 회복과 감동   • 308
김구연의 『동쪽에 집이 있는 아침』

가족의 참사랑   • 311
김옥림의 『가족의 힘』

당신의 대표작은 무엇입니까   • 318
동심의 시 동인회 『동심의 시 9』

제7부 · 1989년 선정동시

동요에 있어서 순수와 현실 반영 문제   • 322
엄성기의 「갈대꽃」, 장영철의 「호도과자 굽는 아이」

자연의 경이를 통한 진리의 일깨움   • 325
권오순의 「논둑 위에서」, 「봄 하늘」

순간의 아름다움   • 328
남진원의 「기차가 지나가는 산마을」

시심을 일깨우는 노래들   • 331
이창건의 「겨울산」, 이상문의 「산봉우리」

자아의 재발견   • 334
권영상의 「비 개인 뒤」, 「시간」, 「마침표」

서민성과 감동   • 337
「아버지의 젖꼭지」의 시인 신현득

시적화자와 청자를 중심으로 본 두 형태미   • 340
박숙희의 「삼형제」, 선용의 「6월의 바다」

차분한 목소리로 노래한 현장시   • 343
최도규의 「오늘 우리 선생님」

발견의 재미와 진실성   • 346
어효선의 「어쩌면」, 손명희의 「꽃」

시와 이미지   • 349
노원호의 「땅개미」

고향을 부르는, 다른 목소리 • 352
박경종의 「팔지 않는 기차표」, 박종현의 「동백꽃」

아동문학과 해금, 저항의식 • 355
김철수의 「꿩새끼」

제8부 · 아동문학평론 계간 총평

동시문학의 기능 회복 • 360
신현득, 이준관, 남진원

감동 창출과 삶의 의미 발견 • 367
유경환, 김종상, 오순택, 신형건, 강영희, 최영숙

순수 서정시와 반성적 서정시 • 375
고은, 김재용, 권영세, 권영상, 이화주, 김정

자성 성찰과 문명 비평의 시 • 382
박경종, 김종영, 박두순, 민현숙, 나숙

제9부 · 세미나 원고 및 아동도서 작품 평

아시아 대표시인 동시화집 '별이 반짝 꿈도 활짝' • 390
분석과 세계화 시대의 동시발전 방향 모색
2015 한국동시문학회 세미나

한국동시문학의 길 함께 걷기 • 423
2014 제3차 세계아동문학 대회, 12차 아세아아동문학대회
『어린이에게 꿈을 심어주는 문학』(Literature Planting Dreams in children)

우리나라 좋은 동시 • 432
한국동시문학회 작품집 1호 『좋은 작가 좋은 동시』

참신한 이미지와 상상력과 몽상의 문학 • 438
박경용 동시선집 『길동무』

잘 가꾸어 놓은 '김종영 푸른 동시 동산' • 445
김종영 동시집 『아버지의 웃음』

발견을 통한 의미 찾기와 시적 감동 • 465
조무근 동시집 『질러서도 가 봤다가 돌아서도 가 봤다가』

삼척의 아동문학가 대표작품 살피기 • 475
이호성, 김영채, 김옥주

우리나라 요즘 발표되는 동시의 분석과 나아갈 길 • 481
(사)한국아동문예작가회 제7회 「아동문학 심포지엄」

제10부 · 일반시 평론

강원도 시인의 대표작품에 나타난 장소성Placeness에 대한 시적 성찰 • 516
국학진흥원 · 강원대학교 주관 인문학 포럼

삼척의 문인 대표작품 살피기 • 537
『삼척문학통사』를 중심으로

좋은 시 추천과 감상 • 566
정일남, 윤종영, 이성교, 정연휘, 박종화, 최광집, 김은숙, 김진자, 정호승, 윤강로

슬픔의 렌즈로 바라본 사회현실 탄식과 풍자와 폐칩의 시학 • 589
김영준론

아동과 청소년 교육용 시조 창작을 통한 지역의 향토문화 사랑 • 606
박재문론

사랑의 시학 • 626
박종화 시세계

리얼하고 유머 있고 스케일이 큰 시 • 635
박인용 시세계

삶 속에 농주처럼 잘 익은 시 • 651
박정보의 시세계

현실과 이상, 서정적 자아 성찰 • 670
정석교론

제 1 부
2015년 선정동시

시의 상상력과 판타지(fantasy)

— 신현득, 허일, 추필숙, 장승련, 박숙희, 정광덕, 이성자

 을미년(乙未年) 새해가 밝아온다. 지난 말(馬)의 해에는 열심히 달렸는지? 잘못된 방향으로 달린 일은 없는지? 반성하고, 희망찬 새해에는 다시 열심히 살아야겠다.

 지난번에는 '이야기가 있는 동시'에 대하여 주제를 잡았다. 이번에는 주제를 좀더 좁혀서 '판타지 동시'에 대하여 살펴보고자 한다.

 신현득은 2014 창원 세계아동문학대회에 앞서 한국아동문학이 판타지 분류를 해두자는 의미에서 동시의 판타지를 분류하였다.

 〈제1의 판타지〉는 일반적인 상상의 세계 즉, 그리움이나 경험을 통한 상상력의 세계. 〈제2의 판타지〉는 자연물, 인공물을 인격화한 상상의 세계. 〈제3의 판타지〉는 상상을 넘어선 세계인 초현실의 세계 즉, 짐승에서 사람이 되거나, 새에서 물고기나 벌레가 돼 보는 몸 바꾸기, 과거와 미래를 오늘에 놓아보는 시간 바꾸기 등이 있다.

 신현득은 3차원 세계(점, 선, 원)과 4차원 세계(점, 선, 원+시간)까지만 분류를 하였다. 필자는 여기에 시공간을 초월한 5차원 세계 이상, 예를 들면 '블랙홀'을 문으로 하여 들어가고 나오는 우주공간의 세계, '초끈이론'(우주를 구성하는 단위가 입자가 아니라 아주 작은 끈으로 보는 이론)과 관련된 우주의 세계, 5~11차원 세계를 〈제4의 판타지〉 기법으로 하나 더 보태어 본다. 판타지 기법은 소재 확장과 새로운 창조 세계의 출발에 도움이 될 것이다.

 살펴볼 작품은, 「어제의 나와 만났지」(신현득), 「효도 일기」(허일), 「타

자왕」(추필숙), 「함께 가기」(장승련), 「억새」(박숙희), 「메밀꽃밭에서」(정광덕), 「너도바람꽃」(이성자)이다.

> 어제의 나와 만나/ 어제 얘기를 했지.// 어제는 내가 잘못한 거야/ 옆 사람 발을 밟고도 사과를 않았거든,// "모르고 밟았다, 얘."/ 그 말/ 할 걸 그랬어.// 어제의 뒤에 서 있는/ 그저께의 나에게 말했지.// 그저께의 나는 참 잘했지./ 경비아저씨 옮기던 짐을/ 맞들어드렸거든.
>
> — 신현득, 「어제의 나와 만났지」 전문

앞의 시는 올해 출간한 신현득 판타지동시집 『분홍 눈 오는 나라』(아동문예)에 게재된 작품이다. 「어제의 나와 만났지」는 시적 자아가 과거의 시간인 어제와 그저께와 대화를 나눈다. 현실 세계에서는 있을 수 없는 초현실의 세계에서 벌어지는 일로, 시인이 추구하고 있는 동시의 소재 확장이며, 그의 분류법에 의하면 '과거와 미래를 오늘에 놓아보는 시간 바꾸기'에 해당하는 〈제3의 판타지〉에 해당된다.

그의 동시집 『분홍 눈 오는 나라』를 신현득 구분으로 분석해보면, 제 1부에는 위의 동시 외에는 모두 사물을 의인화한 제2의 판타지에 해당된다. 〈제3의 판타지〉작품은 제2부에는 족집게, 거꾸로 세상, 복조리 사다 거세요, 뒷동산 높이 에베레스트. 제3부에는 노래를 바꾸었지, 과자로 된 별나라, 가르치는 연필. 제4부에는 돌멩이 열매, 세종대왕의 그날, 살아난 가야 아가씨. 제5부는 모두 사물을 의인화한 제 2의 판타지 작품에 해당된다. 제6부에는 두 마네킹, 엉뚱한 토마토 나무, 분홍 눈 오는 나라, 소파 선생 사랑의 덩굴이 제3의 판타지 작품에 넣을 수 있겠다.

동시집 『분홍 눈 오는 나라』에 게재된 동시는 제 3판타지 작품이 아닌 것은 모두 사물인 자연물, 인공물을 인격화한 상상의 세계인 〈제2의 판타지〉작품이라고 할 수 있겠다.

오늘이/ 여든 번째 할아버지 생신날// 신난다!/ 자장면? 치킨? 피자? 초코케익?// 쯧쯧쯧/ 너 언제 철들래?/ 돼지가 혀를 찬다.// 아 참,/ 그럼 우리 무슨 선물 해드릴까?// 샴페인? 막걸리?/ 아니아니 거 있잖아// 빳빳한 새 돈으로 바꿔서…/ 돼지가 눈을 굴린다.

– 허일, 「효도 일기」 전문

위의 시는 한국동시문학회 '동시의 날 제정 선포 6주년 기념식, 제13회 동시문학 세미나'(2014. 11. 8)의 책자에 실린 작품이다. 그 날 행사에는 신현득의 〈우리의 책임, 우리의 각오〉라는 주제 강연이 매우 인상 깊었고, 이준섭의 〈한국동시문학회 운영방안 발표 및 토론〉, 그 외 공재동, 김진광, 이성자, 이정석, 박행신 등의 강연이 있었다.

「효도 일기」는 여든 번째 생신을 맞이한 허일 시인 자신의 이야기를 돼지 저금통의 입장에서 바라보고 쓴 동시라는 생각이 든다. 허일 시인은 시조와 동시조를 함께 쓰는 원로시인이다.

원로이지만, 그가 쓰는 동시는 젊은이보다 더 시 감각이 현대적이고 재미성이 뛰어나다. 할아버지 생신날에 손자는 처음에 자기가 좋아하는 '자장면, 치킨, 피자, 초코케익'을 할아버지에게 선물하려고 한다. '쯧쯧쯧/ 너 언제 철들래?' 돼지저금통이 혀를 차자, 다시 '샴페인? 막걸리?/ 아니아니 거 있잖아// 빳빳한 새 돈으로 바꿔서…'로 할아버지 입장에서 좋아하는 것을 생각한다. 그러자 돼지가 눈을 굴린다. 아마도 돼지는 손자가 할아버지 생신날의 의미와 좋아하는 것을 바로 알지 못하고, 저금통의 돈을 몽땅 빼내갈 것 같아서 심정이 불편한 것 같다. 생일날의 의미를 재치 있고 재미있게 쓴 좋은 동시조이며, 사물을 의인화한 〈제2의 판타지〉 작품에 해당된다.

타다다다다닥-// 부리 하나로/ 1분에 100타를 치는// 타자 왕/ 딱따구리야,// 톡- 톡-// 독수리타법/ 우리 아빠한테// 비법 좀 가르쳐 줄래?

- 추필숙, 「타자왕」 전문

낚/ 싯/ 대/ 끝/ 에// 사과나무는 사과꽃을/ 배나무는 배꽃을/ 대추나무는 대추꽃을// 매/ 달/ 아/ 놓/ 고// 기다린다,/ 나비와 벌이/ 낚싯밥을 물 때까지.

- 「봄낚시」 전문

나무는/ 등이 없다지만// 등 뒤에/ 숨길 것도 없다지만// 아이들은 알지./ 숨바꼭질해 보면 알지.// 나무가 내민 등/ 그 뒤에 숨어보면 알지.

- 「나무의 등」 전문

위의 작품 「타자왕」은 『오늘의 동시문학』(2014. 가을·겨울호)에 '오늘의 동시 흐름을 읽는 동시인 96인 신작'에 게재된 동시이다. 발표된 좋은 동시가 많았지만, 지면관계로 게재된 글 중에 본 주제와 관련이 있는 한 편을 선정한 동시이다.

추필숙은 1968년 대구에서 태어나, 2002년 〈아동문예 문학상〉에 당선되어 문단에 나왔으며, 동시집으로 『얘들아, 3초만 웃어 봐』, 『새들도 번지점프를 한다』, 청소년 시집 『햇살을 인터뷰하다』를 펴내었으며, 중학교 국어교과서에 「얘들아, 3초만 웃어 봐」가 실려 있다. 추 시인의 시는 기존의 고정관념을 깨고 동심의 눈으로 사물과 세상을 바라보며, 시가 간결하고 재미가 있어 기대가 되는 젊은 시인이다.

「타자왕」은 딱다구리를 의인화한 시로, 이미지가 간결하고 표현이 명확하며, 참신한 비유가 있어 재미를 더하며, 사물을 의인화한 〈제2의 판타지〉 작품에 해당된다. '타다다다다닥-' 빠른 속도로 나무를 쪼는 딱따구리의 소리를 소재로 하여 '부리 하나로/ 1분에 100타를 치는// 타자 왕/ 딱따구리'를 비유해 내는 발상이 놀랍다. 그리고 '톡-톡-' 독수리 타법으로 글자를 치는 아빠와 대조하고, '비법 좀 가르쳐

줄래? 하는 대화체가 동물과 친근함을 더 한다. 추 시인의 제2 동시집 『새들도 번지점프를 한다』에 실린 작품 「봄낚시」는 낚싯대의 시각적 이미지를 의도적으로 잘 살린 작품으로, 벌을 기다리는 과일 꽃을 낚싯밥으로 표현한 것이 새롭다.

그의 동시는 사물을 바라보는 눈이 개성적이고 유머가 있으나, 가볍다는 얘기를 들을 수도 있는데, 같은 동시집 『나무의 등』과 같은 작품은 시의 의미성에서 성공한 좋은 동시이다. 숨바꼭질을 하면서 얻은 체험의 진실이 담겨진 동시이며, 그는 사물과 세상을 바라보는 눈이 독특하다. 「봄낚시」는 사물을 의인화한 〈제2의 판타지〉 작품에 해당되며, 「나무의 등」은 경험을 통한 일반적인 상상의 세계를 그린 〈제1의 판타지〉 작품이다.

> 멋없이/ 삭막하게 군다고/ 눈빛 흘기던 동네 시멘트 벽// 오늘 보니/ 바람에 허우적대던 파란 손들이/ 길을 찾아가고 있다.// 그 넓은 가슴에/ 모든 걸 맡기라고// 시멘트 벽은/ 힘줄이 튀어나오도록/ 파란 손들을 꼭 붙잡고 가고 있다.
>
> — 장승련, 「함께 가기」 전문, 동시집 『바람의 맛』

> 엄마가 사 오신/ 맛있는 팥빙수/ 얼른 달려가면// -언니 거 남겨라./ 너희들을 잘 돌봐 주잖니?// 아빠가 사 오신/ 처음 보는 장난감/ 얼른 달려가면// - 동생 거란다./ 아가잖니?// 언니도 아가도 아닌/ 둘째인 나/ 누가 챙겨 주지?
>
> — 「누가 챙겨 주지」 전문

장승련은 제주에서 태어나, 1988년 〈아동문예 작품상〉 당선으로 작품 활동을 시작하였다. 그동안 아동문예작가상, 한정동아동문학상을 수상했으며, 펴낸 동시집은 『민들레 피는 길은』, 『우산 속 둘이서』, 『바람의 맛』이 있다. 현재 제주아동문학협회장을 맡고 있으며, 서귀포

초등학교 교장으로 일하고 있다.

위의 동시 「함께 가기」는 올해에 발간한 동시집 『바람의 맛』에 실린 작품이며, 비슷한 시기에 발간된 한국불교아동문학 2014 연간집에도 게재된 작품으로, 2연이 서로 좀 다르다. 동시집에 실린 작품의 표현이 더 정확한 것 같아서 소개하였다. 삭막하고 멋없는 시멘트벽에 담쟁이가 기어오르는 모습을 보고 발상을 한, 시의 의미성에서 성공한 작품이다. 오늘날 세상은 남 생각보다 자기 생각과 자기 주장이 강하다. 이 시에서는 '함께 사는 아름다운 세상'을 주제로 하여 시로 형상화하였다. 시멘트벽은 바람에 허우적대던 담장이에게 길을 내주고, 힘줄이 튀어나오도록 담장이 손을 꼭 붙들어 준다. 담장이 잎을 '파란 손'으로 보고, 파란 손을 잡아주는 줄기는 실제로는 담장이 줄기이지만 시인은 '힘줄이 튀어나온' 시멘트벽의 손으로 본 것이 새롭다.

같은 동시집에 실린 「누가 챙겨 주지」는 언니와 동생인 아가 사이에 태어난 둘째의 고충을 소재로 하여, 의미망을 대화체와 대조법을 구사하여 재미있게 시로 형상화한 생활동시이다. 「함께 가기」는 의인화를 통한 상상력으로 〈제2 판타지〉, 「누가 챙겨 주지」는 경험을 통한 상상의 세계를 그린 〈제1 판타지〉동시라고 할 수 있겠다.

꽃상여 타고/ 뒷산에 오르신 할머니/ 은빛 머리칼/ 바람에 다 뽑혀 나가도/ 할머니가 키운 손자 얼굴/ 한 번 볼 수 있을까/ 산등성이 서서 일렁일렁/ 하염없이 기다리신다.
　　　　　　　　　　　　　　　　　－ 박숙희, 「억새」 전문, 《시인정신》 가을호

위에서/ 산 아래로 퍼뜨린// 새빨간 거짓말/ 샛노란 거짓말// 회초리 든 찬바람에/ 숨겼던 거짓말 다 들켜/ 한 잎 한 잎/ 거짓말 다 떨어버리고// 파란 하늘 위에/ 두 팔 들고 흔들흔들/ 반성문 쓰는 나무.
　　　　　　　　　　　　　　　　　－ 「단풍」 전문, 《시인정신》 여름호

박숙희는 경북 의성 출생으로, 동국대학교 사회과학대학원 사회복지과를 졸업하고, 선린대학교 문예창작과를 수료하였다.

2014년 여름호 《시인정신》에서 단풍나무 외 5편으로 신인문학상에 당선하여 등단하였다. 심사는 필자가 하였는데, 위에 소개한 동시 「단풍나무」는 〈단풍을 보면서 우리말에서 '새빨간 거짓말'을 연상한다. 그리고 회초리를 든 바람을 연상하게 된다. 마지막 연 '파란 하늘 위에 / 두 팔 들고 흔들흔들/ 반성문 쓰는 나무'는 동심의 렌즈를 여과한 개성이 돋보이는 부분이다. 시적 형상화에 성공한 작품이라 할 수 있다.〉고 평하였다.

앞의 동시 「억새」는 억새를 할머니의 머리칼로 의인화한 동시이다. 할머니는 꽃상여를 타고 뒷산으로 가서, 바람에 은빛 머리칼 다 뽑혀 나가도, 할머니가 키운 손자를 못 잊어서, 산등성이에서 하염없이 기다린다. '저승에 가서도 잊지 못하는 할머니의 손자 사랑'을 주제로 하여, 메타포 기법을 통하여 시로 구성하고 형상화한 회화성과 의미성에서 성공한 작품이다. 시적인 면에서는 성공했지만, 동시의 맛이 좀 덜한 것이 흠이다. 동심의 눈으로, 동시의 체로 여과하는 과정에서 좀 더 노력하면 더 좋은 작품을 빚어낼 수 있으리라. 「억새」와 「단풍나무」 두 작품 모두 신현득의 분류에 의하면 의인화를 통한 상상력을 동원한 동시로 〈제2 판타지〉에 해당된다.

> 바닷물 속에/ 깊이깊이 가라앉아 있다던/ 요술 맷돌.// 지금도 쉬지 않고 / 소금을 쏟아내고 있다던/ 그것.// 누군가/ 메밀꽃밭에/ 슬쩍 갖다 놓았나 봐요.// 며칠째/ 들들 돌아가며/ 흩뿌려진 몇 가마니의/ 꽃소금으로/ 메밀꽃밭이 흐드러지게 물결치는 걸 보면.
>   - 정광덕, 「메밀꽃밭에서」 전문, 《아동문예》, 2014. 11 · 12월호

정광덕의 「메밀꽃밭에서」는 바닷물이 짠 것은 바다 속에 배에 싣고

가다 떨어뜨린 어마어마하게 큰 소금 만드는 요술맷돌이 아직도 돌아가고 있기 때문이라는 전설과, 이효석의 단편 소설『메밀꽃 필 무렵』에서 '메밀꽃이 핀 달밤은 메밀밭에 소금을 뿌려놓은 듯 하얗다'고 한 표현을 차용하여 시로 형상화한 이야기가 있는 동시이다. '바닷물 속에/ 깊이깊이 가라앉아 있다던/ 요술 맷돌'(전설)을 '누군가/ 메밀꽃밭에/ 슬쩍 갖다 놓았나 봐요.' 하고 메밀꽃밭과의 관계(이효석의 소설)를 이어준다. 그래서 바다 속에서 돌아가던 요술 맷돌이 메밀밭에서 돌아가는 환상에 빠진다. – '며칠째/ 들들 돌아가며/ 흩뿌려진 몇 가마니의/ 꽃소금으로/ 메밀꽃밭이 흐드러지게 물결치는 걸 보면.' 함께 발표한 동시「잠자리, 코스모스를 디디며 가고」는 '허공'이라는 시어가 잘못 놓여서 의미 전달이 잘 되지 않는다. 〈그러자 잠자리는/ 다문다문/ 허공에 놓인/ 코스모스/ 한들/ 한들/ 디디며 가고,// 그걸 지켜보던/ 허공은/ 잠자리의 다리가 날개가 꼬리가 젖을까 봐/ 가만/ 가만/ 물결칩니다.(2, 3연)〉에서 '코스모스'를 '징검다리'로, '허공'을 '산들바람이 짓 푸른 하늘에'로 퇴고하면 어떨까? 조언을 참고로 하여 다시 퇴고하면 시각적 이미지가 돋보이는 의미가 내포된 좋은 서경시가 될 것 같다. 「메밀꽃밭에서」는 어떤 판타지일까?

지금까지 판단한 판타지와는 다른 작품이라고 할 수 있다. 몸바꾸기, 시간바꾸기, 시간의 흐름바꾸기도 아니다. 그러나 '있을 수 있는 생각(리얼리티)'와 '있을 수 없는 생각(상상의 세계를 넘어선 초현실)'이 이루어지고 있다. 즉, 메밀밭에서 요술맷돌이 들들 돌아가고 있다. 따라서 〈제3의 판타지〉에 해당되는 작품이라고 할 수 있겠다.

할아버지가 바람나서 낳아 온/ 막내 고모/ 할머니 눈칫밥에 만날 눈물짓더니,/ 작년 겨울 결혼했어요.// 이른 봄, 고모가 자주 오르던/ 뒷산에 할머니와 함께 들렀는데,/ 진눈깨비 맞으며/ 너도바람꽃 한 송이 피었어요./ 그래도 할머니가 보고 싶어/ 고향을 찾아 왔나 봐요.// 너도바람꽃

어루만지던 우리 할머니,/ 두 눈에 그렁그렁 눈물고이네요.
  – 이성자, 「너도바람꽃」 전문, 《시가 자라는 바다》, 한국불교아동문학회
    2014 연간집

　이성자는 전남 영광에서 태어나, 광주대학교 문예창작과와 동 대학원을 졸업했으며, 명지대학교 대학원에서 문학박사 학위를 받았다. 아동문학평론 동시부문 신인상과 동아일보 신춘문예 당선으로 문단에 나와, 계몽아동문학상, 눈높이아동문학상, 한정동아동문학상, 방정환문학상, 우리나라좋은동시문학상, 오늘의동시문학상(2014년, 제13회)을 수상하였다.

　지은 책으로는 동시집 『손가락 체온계』 등 다수가 있으며, 현재 광주대 문예창작과와 광주교육대에서 아동문학을 강의하고 있는 이론과 창작 부문 모두 갖춘 좋은 작품을 쓰고 있는 동시인이다. 「너도바람꽃」은 그가 쓰고 있는 연작동시 '꽃들이 들려주는 이야기' 중 한 편이다. 그가 펴낸 동시집 『손가락 체온계』(2013년, 청개구리)에도 닭의 난초, 망초꽃, 광대수염꽃 등 13편이 실려 있다. '꽃들이 들려주는 이야기' 연작동시는 꽃말이나 들꽃이 들려주는 재미있거나 슬픈 이야기에 상상력을 더하여 쓴 동시들이다.

　동시집에 실린 「망초꽃」은 아들이 죽고 며느리가 데려다 놓은 손자 키우느라 묵밭이 된 텃밭에 떨어뜨린 눈물 자국인 것이다. – 〈–미안하다, 미안혀/ 가꾸지 못한 텃밭에 미안해서/ 눈물 그렁그렁〉. 위의 시 「너도바람꽃」은 할아버지가 바람 피워서 낳아온 막내고모를 너도바람꽃에 비유하여 쓴 이야기가 있는 동시이다.

　바람둥이 할아버지가 바람을 피워 낳아서 데려온 고모는 바람이 결실한 꽃인 '(너도)바람꽃'이다. 그런 막내고모기에 할머니 눈칫밥을 먹으며 만날 눈물짓다가, 결혼을 하였는데, 할머니와 함께 뒷산에 오르니, 고향과 할머니가 보고 싶어 너도바람꽃이 피어 있다. '너도바람꽃

어루만지던 우리 할머니,/ 두 눈에 그렁그렁 눈물고이네요.' 맨 마지막 구절이 감동적이다. 너도바람꽃은 '봄의 바람을 몰고 온다' 하여 이름 붙여진 바람꽃의 한 종류로 너도바람꽃의 꽃말은 '사랑의 괴로움, 사랑의 비밀' 이라 한다. '너도바람꽃' 의 꽃말을 이야기가 있는 동시로 확대하고 재구성하여 감동적으로 형상화한 점이 돋보인다.

연간집에 함께 발표한 「쇠비름」에서도 '용용 할머니 약 올리며/ 어깃장 부리던 쇠비름.// 할머니 돌아가시자/ 마디마디 노란눈물 달고/ 서럽게 피네요.' - 속 썩이던 쇠비름이 할머니가 돌아가시자 반성의 눈물(노란꽃)을 흘리는 감동적인 내용으로 앞의 작품과 시적 형상화가 비슷하다. 소개한 두 작품 모두 사물(식물)을 의인화하고 상상력을 동원한 동시라고 본다면 〈제 2판타지〉에 해당된다고 할 수 있겠다.

동화에서 전용되는 판타지를 상상력을 동원한 동시에서의 도입은 동시의 소재 확장과 동시의 활성화와 어린이의 창의력에 크게 도움이 되리라 본다.

신현득이 2014 창원 세계아동문학대회에 앞서 세계에서 처음 판타지를 분류한 것을, 필자가 그 분류방법에 준하여 또한 처음으로 신현득의 판타지동시집 『분홍 눈 오는 나라』의 판타지 분석과 이번에 소개한 몇 사람의 작품을 분석해 보았다. 혹 동시의 판타지를 연구하는 사람들의 작은 자료가 되기를 기대해 본다.

'가족과 고향' 그 따뜻한 이름

— 곽해룡, 박정식, 이진호, 윤일광, 최계락, 강영희, 동심금, 정운일

금년 출판계의 흐름은 힐링을 넘어 '자기성찰'이 뜰 것이라는 예상을 하고 있다. 그 이유는, 2000년 이후 연간 베스트셀러 트렌드를 보면 『살아있는 동안 꼭 해야 할 49가지』(개인 실천 매뉴얼 에세이로 100만 부 팔림) 등의 개인 성공이나 만족을 다루는 책이 대세였지만, 냉혹한 현실로 말미암아 이러한 것이 위안과 힐링이 제대로 잘 안되자, 금년에는 '자기성찰'이 뜰 것이라는 예상을 하고 있다. 자기성찰을 주제로 한 평은 다음에 하기로 하고, 이번에는 2009년도에 역시 100만 부 내외가 팔렸던 화제작 『엄마를 부탁해』(잊어가는 가족의 중요성을 다룬 소설)의 주제 또는 소재를 다룬 작품을 중심으로 살펴보고자 한다.

요즘 들어 고향과 가족에 대한 개념이 해체되는 현상을 자주 본다. 그래서 얼마 전 텔레비전에서 방영된 가족 간의 갈등과 화해와 사랑을 다룬 드라마 '가족끼리 왜 이래'가 계층간의 공감대를 불러 인기가 있었다. 이번에 살펴볼 작품은, 「그늘」(곽해룡), 「가훈」(박정식), 「언제쯤」(이진호), 「엄마」(윤일광), 「꽃씨」(최계락), 「에밀레종」(강영희), 「안개 낀 날」(동심금), 「청국장」(정운일)이다.

> 아빠 때문에 무르팍이 까졌다// 뒤에서 잡아주는 척 나를 자전거에 올려 놓고/ 아빠는/ 내가 넘어지든 말든/ 손을 놓고 딴청을 피우셨기 때문이다// 엄마는 그런 아빠를 원망하시지만/ 나는 아빠 마음을 안다// 밤나무는 밤송이를 터트려/ 밤을 멀리 던져 버린다/ 제 그늘이/ 어린 밤나무

를 가리지 않게 하기 위해서다// 아빠가 나에게/ 관심 없는 척하는 것도/ 아빠의 그늘에/ 내가 깔릴까 봐 그런 것이다

　　　　　　　　　　　－ 곽해룡, 「그늘」 전문, 《아동문학평론》 2014년 겨울호

　앞의 시는 '아평이 만난 시인' 란에 특집으로 게재된 신작동시 5편 중 맨 앞에 게재된 작품이다. 곽해룡은 1965년 전남 해남에서 태어나, 2007년 '눈높이아동문학대전' 에 당선, 2008년 '푸른문학상' 당선, 〈오늘의 동시문학〉 신인상 추천 완료를 하였다.

　동시집 『맛의 거리』, 『입술 우표』, 『이 세상 절반은 나』를 펴내었으며, 김장생 문학상, 전태일 문학상을 수상하였다. 특집 '아평이 만난 시인/ 곽해룡' 에서 김종헌 평론가는 '타자 인정의 시적 사유와 비장미의 여운' 이란 주제로 그의 작품을 평하였다.

　「그늘」은 다른 동시에 비하여 시적 발상이나 표현이나 내용이 좀 특이하다. 특집에 실린 곽해룡의 '나의 문학 수업기'를 참조하여 시를 살펴보면, 시의 첫 연이 1행으로 되어 있는데, 시적자아는 '아빠 때문에 무르팍이 까졌다'고 원망한다. 아빠가 '뒤에서 잡아주는 척 나를 자전거에 올려놓고 딴청(배를 탔던 아버지가 다른 여자와 살림을 차림)을 피우셨기 때문이다' 이라고 그 이유를 말한다. 엄마는 아빠를 원망하시지만, 시적자아는 아빠 마음을 이해한다.(온통 아버지를 빼닮은 아들이 아버지 대신 어머니의 복수의 대상이 되어 살아왔고, 진학을 시키지 않고 아버지 대신 농사일을 시켜서, 독학으로 중고등학교 과정을 마치고 신문배달원과 식당종업원 일을 함)

　이 작품이 성공한 것은 시의 뒷부분의 참신한 비유에서 빛난다. 앞부분인 1~3연은 아빠와 엄마와 자식의 관계를 설정하였다면, 뒷부분의 4~5연은 아버지와 아들의 자전거 타기와 전혀 관련이 없는 '밤나무와 밤송이' 라는 사물의 특성에 메타포적인 비유가 딱 맞아 들어간 것이다. － '아빠가 나에게 관심 없는 척하는 것도, 밤나무 밑에 밤처

럼, 아빠의 그늘에 내가 깔릴까 봐 그런 것이다' 라는. 곽 시인은 이러한 어머니를 원망하지 않고, 아버지를 이해한다. 이것 또한 '무거운 현실사회를 소재로 하여 극복을 시도하며 타자(상대)를 인정'하는 그의 시 작업의 한 형태이다.

그의 시 쓰기는 자세한 미시적인 관찰(통찰), 남 다른 새로운 생각(엉뚱한 발상), 시로 형상화할 때는 원관념인 시적대상과 유사성에서 거리가 먼 보조관념을 비유하여 낯설게 하기, 시의 의미면에서는 주로 무거운 현실사회를 소재로 하여도 극복을 시도하며 타자 인정이나 배려와 나눔의 미학을 주로 다루는 거시적인 작품을 빚고 있다.

> 내가, 동생 안아 주는 걸/ 날마다 눈여겨보신 아빠// - 엄만 없어도 집안이 밝구나!// 그러시면서 가훈 하나/ '밝을 명(明)'// 해님(日)을 달님(月)이/ 안고 있는 모습이란다.// 동생은 해님이고/ 누나인 난, 달님이란다.// 내 생각으론 아빠가 혼자/ 낮엔 해님, 밤엔 달님// 그래서 우리 집/ 항상 밝은 것 같은데 말이다
>
> — 박정식, 「가훈」 전문, 《아동문예》 2015년 1·2월호

> 밥 하고/ 설거지 하고/청소 하고/ 빨래 하고// 끝도 없는 뒤치다꺼리/ 쓰러질 만하지, 엄마가// 공부, 딱/ 그 일 뿐인데/ 코피가 나잖아, 난.
>
> — 박정식, 「역지사지」 전문, 동시집 『형형색색』

박정식은 초등학교에서 어린이 글쓰기에 힘써 내부부장관 등 50여 차례 상을 받았으며, 「새교실」과 「교육자료」에서 동시조로 각각 3회 추천을 마치고, 1991년 〈아동문예작품상〉에 동시 당선으로 등단하여, 광주문학상, 한국아동문예상, 한국아동문학상 등을 수상하였다.

위의 시 「가훈」은 한자 '밝을 명(明)'의 한자 뜻풀이를 소재로 하여, 가정생활에 적용시켜 시의 형상화를 시도한 시의 소재 확장에 기여한 동시이다. 아빠는 엄마가 없는 편부모 가정이지만, 자식인 누나와 동

생이 밝게 살아가라고 가훈을 '밝을 명(明)'으로 정한다. '동생은 해님이고/ 누나인 난, 달님이란다.'는 전래 동화에 나오는 이야기를 시에 삽입하였으며, 주제는 형제남매간의 우애와 가정의 화목이며, 끝의 2연은 아빠 때문에 우리 집이 항상 밝은 것 같다는 시적자아의 생각을 넣어 마무리하였다.

박정식의 동시 「역지사지」는 우리 생활에 널리 쓰이는 '사자성어(四子成語)'를 사용하여 동시의 소재 확장에 기여한 연작동시조집 『형형색색』에 실린 작품으로, 어머니 입장에서 시적자아인 자식이 쓴 작품이다. 어머니가 하는 집안일은 한두 가지가 아니지만, 자식이 하는 일은 딱 한 가지 공부인데도, 공부를 하다가 코피가 난다는 생각이 '역지사지'라는 내용에 잘 대비되어 떨어지며, 중장과 종장의 도치법이 시조의 맛을 더해 주는 유용하고 재미난 동시조이다.

그는 동시조 집을 두 권이나 펴내었다. 『숨바꼭질』은 우리나라 민속놀이와 전통놀이를 중심으로 쓴 동시조집이며, 발문을 쓴 문삼석 시인은 '틀에 얽매이지 않은 자연스러운 상상력'이라고 칭찬하였다. 박정식 시인은 사자성어, 민속놀이와 전통놀이 등을 소재로 하여 동시의 소재확장에 기여하고 있으며 이러한 의미의 광맥을 깊이 파들어 가는 작업을 하는 시인의 한 사람이다.

아빠는 하늘/ 엄마는 땅.// 하늘/ 땅 그 사이/ 나는 무얼까.// 땅에 뿌리를 박고/ 하늘로 자라는/ 한 그루 나무.// 뿌리를 자꾸 뻗어내려도/ 그 깊이를 모르겠구나/ 엄마라는 땅.// 줄기를 자꾸 뽑아올려도/ 그 높이를 모르겠구나/ 아빠라는 하늘.// 아, 엄마 아빠가 키우는/ 이 한 그루 나무는/ 언제쯤 그 깊이를 알 수 있을까/ 언제쯤 그 높이를 알 수 있을까.

　　　　　　－ 이진호, 「언제쯤」 전문, 《아동문학세상》 2014년 겨울호

－ 아이 간지러워/ － 나도 간지럽다// 한 이불 속에서/ 네 식구 발가락이

/ 바쁘게 꼬물거린다./토요일 밤마다.// 가만가만 누나 발등 위로/ 살금 살금 엄마 무릎으로/ 스물스물 아빠 허벅지 까지/ 마구 기어 다니는 발 가락.// 가만가만 밀어내 보고/ 살짝살짝 꼬집어도 보고/ 깔깔대는 네 식 구들/ 서로 밀고 당기면서/ 꼼지락거리는 발가락 전쟁.// 토요일 밤마다 / 한 이불 속에서/ 전쟁이 벌어진다.

– 이진호, 「발가락 전쟁」 전문

《아동문학세상》 2014년 겨울호 특집에 이진호의 자전적 의미가 담긴 〈나의 삶 나의 문학〉이 30페이지에 걸쳐 실려 있다.

이진호는 1937년 충주시 산척면에서 태어나 충주사범학교와 청주대학 국문학과에 다녔으며, 1965년에 충청일보 신춘문예 동시 당선과 1970년 《소년》지 동시 3회 추천완료로 등단하여, 소년중앙신춘문예 당선, 한정동문학상, 한국아동문학작가상, 대한민국동요대상 등을 수상하였다. 동시집 『꽃잔치』 외 다수, 동화집 『선생님, 그림 싸요?』 외 다수가 있으며, 동요곡을 300여 편 작시를 하였는데, 이진호 하면 건전가요 '좋아졌네'(새마을 찬가)와 '이럴 땐 어쩌나'(건전가요), '멋진 사나이'(군가)가 떠오르는데 한때는 애창되어 호황을 누렸다.

앞에서 소개한 2편의 작품은 본인이 선정한 대표작이다. 원로 아동문학가의 한 사람이며, 그의 대표작품이 본 주제와 관련이 있어 이번 기회에 소개하고자 한다. 「언제쯤」은 부모의 은혜를 사물에 비유하여 작품으로 잘 형상화한 예술성이 높은 좋은 작품이다. 1연에서 '아빠는 하늘/ 엄마는 땅.'이라는 평범한 은유로 시작하지만(起), 2~3연에서 '하늘/ 땅 그 사이/ 나는 무얼까.// 땅에 뿌리를 박고/ 하늘로 자라는/ 한 그루 나무.'의 은유적인 문답법 설정이 뛰어나다(承). 4~5연은 도치법 표현이 시의 맛에 조미료 역할을 더해 준다. 엄마라는 땅에, 아빠라는 하늘에, 자식이라는 뿌리와 줄기에 비유하여, 뻗어도 그 깊이와 높이를 모르겠다는 감동이 가슴에 와 닿는다(轉). 마지막 연에서 시적자아인 '나' 라는 말 대신 '엄마 아빠가 키우는/ 이 한 그루 나무' 라는 시적표현이 이 시의 격을 더 한층 높여준다(結). 요즘 동시들이 감각적이고 짧고 재미있지만, 원로 시인이 예전에 쓴 좋은 동시를 신인들이 일독해보기를 권한다.

앞의 시 「발가락 전쟁」도 함께 게재된 이진호 시인의 대표작의 하나인데, 이 글도 가족을 소재로 한 작품이다. 요즘의 어린이들이 읽으면 잘 이해가 되지 않는 부분이 있겠지만, 당시의 어린이나 어른들은 고개를 끄덕이며 재미나게 읽었으리라.

예전에는 한 가족이 단칸방에서 월세로 많이 살았다. 당시에는 텔레비전이나 인터넷이나 스마트 폰이나 보고 즐기는 마땅한 것이 없어서 한 이불을 덮고 자는 이불 속에서 얘기도 하고 장난도 많이 하였다. 발가락으로 장난을 하며 깔깔대는 가족의 행복한 모습을 보는 듯하다. '발가락 전쟁' 이라는 역설적 제목 설정이 좋고, 대화체와 의인화와 공감각적 이미지를 통하여 가족의 사랑이 잘 시적으로 형상화되었다.

> 엄마의 키야/ 발꿈치 세우고/ 팔을 뻗으면 닿는데/ 어쩌면/ 그 쬐고만 키가/ 하늘보다/ 높아만 보일까?/ 엄마의 가슴이야/ 내 작은 손바닥 두 개면/ 다 덮을 수 있는데/ 어쩌면/ 그 쬐고만 가슴이/ 바다보다/ 넓어만 보일까?// 엄마의 입술이야/ 내 작은 입술로/ 꼭 막을 수 있는데/ 어쩌면/ 그 쬐고만 입술이/ 봄바람보다/ 훈훈하게 느껴질까?// 이름이야/ 누구에게나/ 다 있는 것이지만/ 어째서/ 그중에/ 엄마라는 이름이/ 더 정다울까?// '엄마' / 하고 불러보면/ 참/ 따뜻한 이름
> — 윤일광, 「엄마」 전문, 2014 경남아동문학회 연간집 《느티나무 둥지》

윤일광은 1981년 《교육자료》, 1983년 《아동문학평론》으로 등단하여, 대한민국문학상, 동백문학상, 한국동시문학상 등을 수상하였다. 시집 『나무들의 하느님』 등 9권을 펴내었으며, 거제문화예술촌장을

맡아 일하고 있다.

위의 동시는 '엄마'라는 평범한 소재와 평범한 발상으로, 쉽게 쓴 작품이지만, 시가 가슴에 와 닿는 것은 왜 일까? 이 동시에서 엄마라는 큰 소재를 다시 나누면 엄마의 키, 엄마의 가슴, 엄마의 입술, 엄마의 이름 4 가지이다. 이것을 다시 내용상으로 엄마의 키는 하늘보다 높다, 엄마의 가슴은 바다보다 높다, 엄마의 입술은 봄바람보다 훈훈하다, 엄마의 이름은 정답다로 나눌 수 있다. 그러나 시정신과 시로 조각한 솜씨가 독자의 가슴을 뭉클하게 만들었다.

각각 2연으로 소재와 내용이 나뉘는데, 각 내용 앞의 비유가 뒤의 진부한 내용을 잘 살려준다. 3번째 내용을 예로 살펴보면, '엄마의 입술이야/ 내 작은 입술로/ 꼭 막을 수 있는데'라는 비유가 뒤의 내용 '어쩌면/ 그 쬐고만 입술이/ 봄바람보다/ 훈훈하게 느껴질까?'의 의미를 배가 시키고 시로 잘 형상화하는 효과가 있다. 이 시에서는 4가지의 소재와 내용의 시 형상화 기술이 모두 억양법의 비유로 되었다.

억양법(抑揚法)은 문장 표현법의 하나로, 우선 누르고 후에 올리거나, 우선 올리고 후에 누르는 방식이다. 이 동시를 가장 잘 살린 곳은 〈'엄마'/ 하고 불러보면/ 참/ 따뜻한 이름〉 마지막 연이다.

경남아동문학회는 1976년도에 출범해서 38년의 연륜을 가진 오래된 아동문학단체이며, 특집으로 '내 어릴 적 놀이'를 소재로 한 동시·동화·동극·놀이해설이 실렸으며, 경남의 작고 아동문학가 최계락과 조유로 시인의 소개(이한영 엮음)를 하였다.

최계락의 작품을 대표로 감상해 보겠다. 최계락(1930~1970)은 진주시에서 태어나 고등학교 시절인 17세 때 동시 「수양버들」을 《소학생》지에 발표하며 문단에 데뷔하였다. 그 후 아동잡지 《소년세계》 근무, 1956년 국제신문에 입사 후 편집국장 등으로 일하다가 40의 젊은 나이로 세상을 떠났으며, 교과서에 「꽃씨」와 「꼬까신」 등이 실렸다. 〈꽃씨 속에는/ 파아란 잎이 하늘거린다/ 꽃씨 속에는/ 빠알가니 꽃도 피

어 있다// 꽃씨 속에는/ 노오란 나비 떼도 숨어 있다(「꽃씨」 전문)〉 –
나는 아직 이 시만큼 꽃씨에 대한 좋은 시를 보지 못하였다. 얼마나 상
상력이 뛰어난가! 참으로 놀랍다. 그래, 최계락을 '꽃씨'의 시인으로
부르고 있다. 김재순의 「내 마음 안에서도」, 우점임의 「꿰매기」, 이림
의 「다 비었어」, 장진화의 「푸르딩딩 독」, 하영의 「청마를 타고 간 별
꽃」 등의 작품이 좋았는데, 지면 부족으로 다루지 못하여 아쉽다.

> 에밀레–/ 에밀레– // 고요히/ 어두움이 내리는/ 경주 황남동 거리// 바
> 람을 타고/ 사랑의 씨앗들이/ 흩어져 내린다.// 엄마를 외쳐 부르던/ 봉
> 덕이 마지막 울부짖음도// 애타도록/ 봉덕이가 그리운/ 엄마 마음도/
> 나라를 사랑했던/ 임금님 마음도// 모두다/ 쇳물에 녹여져서/ 이제는/
> 울림이 달라진/ 저–/ 종소리// "신라는/ 내 몸이었다!"// "신라는/ 내 몸
> 이었다!"// 외치듯이 잔잔히 가슴을 흔들며/ 스며 든다.
> – 강영희, 「에밀레종」 전문, 《능금꽃 피는 마을》, 2014년 영남아동문학
>   동인지

　　강영희는 일본 쿄오토에서 태어나 경북 울진에서 자랐으며, 1984년
《아동문학평론》에 동시 천료로 등단하여, 동시집 『해님이 숨겨 둔 보
석』 외 다수가 있으며, 새벗문학상, 영남아동문학상, 한국아동문학작
가상 등을 수상하였고, 현재 영남아동문학회 회장을 맡아 일하고 있
다.
　　「에밀레종」은 성덕대왕의 신종인 불교 문화재를 소재로 하여 쓴
'이야기가 있는 동시'이다. '에밀레, 에밀레–' 하고 종에 갇힌 어린 봉
덕이가 천년을 부르고 있다. 종 속에는 엄마를 찾는 봉덕이 울부짖음
도, 엄마 마음도, 임금님 마음도 들어있어서 종은 '신라는/ 내 몸이었
다!' 하고 말하는 에밀레종이 사람들의 가슴을 흔들며 스며든다. 애틋
한 부모와 자식 사랑과 신라 역사가 담긴 종을 소재로 하여 동시로 잘

형상화한 작품이다. 함께 발표한 '저녁놀'도 산비탈 고추밭에서 어둠이 내리도록 늦게 일하는 어머니를 저녁놀이 시적자아를 대신하여 안타까워하는 마음을 담은 감정이입법 표현을 통하여 시적 형상화가 잘된 작품이다. 〈하시던 일/ 기어코/ 끝내 놓고/ 일어서고 싶은 어머니// 아직도/ 고추밭에/ 앉아 계시니// 안타까워/ 아타까워서// 저녁놀이/ 자꾸만/ 타들어 간다. (「저녁놀」일부)〉

   영남아동문학회는 동인지 34호가 나온 연륜이 오래된 문학 단체이다. 김하나의 「비둘기 다섯 마리」, 이재순의 「비 오는 날」, 이영선의 「감당할 만큼」, 동심금의 「안개 낀 날」 등의 작품이 좋다. 지면 관계상 눈에 가장 번쩍 뜨이는 동심금의 「안개 낀 날」을 소개할까 한다. 〈눈곱이/ 꼈는지/온통 뿌옇게/ 흐리다.// 새끼손가락/ 끝으로/ 돌돌 말아/ 튕겨내고 싶다.// 귀지가/ 가득 찬 것 같은/ 답답한/ 하늘을// 귀이개로/ 살살/ 걷어내고 싶다.(「안개 낀 날」전문)〉 안개 낀 날을 '눈곱이 낀' 것으로 은유적 비유를 함으로써 '새끼손가락/ 끝으로/ 돌돌 말아// 튕겨내고 싶다.'는 재미있는 동심적 발상이 가능하다. 다시 안개 낀 날을 '귀지가/ 가득 찬 것 같은/ 답답한/ 하늘'이라는 은유적 비유를 함으로써 '귀이개로/ 살살/ 걷어내고 싶다.'는 발상을 할 수 있다. 간결, 동심의 체로 걸러내기, 좋은 비유적 이미지, 재미, 참신성, 상상력 등 동시로서 갖추어야할 것을 많이 갖춘 신인의 좋은 동시를 만나서 기쁘다.

   - 너희 집/ 청국장 끓였지?// -어떻게 알아?// 냄새가 우리 집에/ 놀러 와서 알려주었어.// 외국에서 시집온 작은 엄마/ 처음에는 코를 막고,// 고개를 살래살래/ 손을 설래설래 흔들더니,// 지금은 청국장을/ 나보다 더 좋아해요.
                                        - 정운일, 「청국장」전문, 《아동문예》1·2월호

– 물고기야,/ 얼마나 춥니?// 겨울이 연못에게/ 반짝반짝/ 유리창을 달아줍니다.// 물고기야,/ 그래도 춥지?// 겨울이 그 위에/ 소복소복/ 눈이불을 덮어줍니다.
　　　　　　　　　– 정운일,「겨울 연못」 전문, 동시집『내 짝 우산속 해님』

　　정운일은 1946년 충남 부여에서 태어나, 초등교육 40년 교장으로 정년퇴임을 하였다. 2003년 아동문예문학상에 당선되어 등단하여, 동시집『빈병이 노래 불러요』, 『내 짝 우산속 해님』을 발간하였으며, 2008년 한국아동문예상, 2014년 미래시학에 수필로 신인문학상을 수상하였다.

　　「청국장」은 우리의 토속 음식인 청국장을 소재로 하여, 외국에서 우리나라로 시집온 작은 엄마가 '우리 음식과 문화에 적응' 하는 내용을 다룬 작품이다. 1~3연은 냄새를 의인화 한 청각적 이미지의 대화체를 통하여 작품을 형상화 한 부분, 4~6연은 건강식품으로는 인기가 있지만 냄새가 나는 우리 음식문화에 잘 적응하는 작은 엄마를 칭찬하는 내용을 의태어 '살래살래, 설래설래'를 사용하여 시청각적 이미지를 잘 살려 재미있게 쓴 작품이다.

　　「겨울 연못」은 동시집『내 짝 우산속 해님』에 실린 동시로, 겨울을 의인화하여 쓴 가족의 사랑처럼 따뜻한 동시이다. 시인은 겨울철 꽁꽁 얼어붙은 연못을 보고, 겨울철 연못이 얼어붙은 까닭을 역 발상을 한다. 연못이 추울까 봐 겨울 찬바람이 못 들어오게 유리창을 달아주고, 다시 눈 이불까지 덮어주는 따뜻한 마음이 담겼다. 간결성, 동심의 체로 걸러진, 대화체를 통하여 재미성에서도 성공한, 동시집에 실린 작품 중에서 백미라고 할 수 있는 좋은 동시이다.

신춘문예 당선 동시분석과 동시조 작가의 표현미학 추구
— 관찰과 통찰을 통한 시적 형상화를 중심으로

— 문신, 오창화, 윤애라, 정완영, 송재진, 김종헌, 김규학

요즘 텔레비전에 토요일 일요일 역사드라마 '징비록'이 방영된다. 작금의 국제정세가 예측불허로 급변하고 있다. 미국과 중국, 소련과 유럽, 한중일, 한중미, 한국과 북한 등 정치 외에도 경제 변화에 '선제적 대응'이 절실한 시점이다. 이러한 중요 문제해결이 태산인데, 우리의 정치인들은 국내문제 해결도 제대로 처리를 못하니 국민들의 걱정이 크다. 전쟁의 징후를 간과하고 국제정세의 변화에 둔감하게 대응했던 조선은 임진왜란의 치욕을 겪었다.

문학을 하는 작가들, 잡지사, 출판계도 독자들의 새로운 변화에 걸맞는 마케팅 전략이 필요한 시기이다. 주로 젊은층들은 온라인으로 활짝 열려있는 '네이버'를 통하여 '네이버뮤지션리그'(음악), '네이버웹소설'(문학), '(베스트)도전만화 코너'(만화) 등에서 활동무대를 넓혀 자신을 알리며 경제활동을 하고 있다.

웹툰 작가들은 자신의 작품을 올릴 때 이미지 광고, 미리보기, 완결보기, 파생상품 노출 등으로 수입을 올리기도 하는데, '챌린지리그'에 활동 중인 아마추어 작가수가 6만 2천여 명 된다고 하며, 네이버웹소설 연재로 억대 연봉을 받는 작가도 등장하면서 순수문학 작가도 웹소설에 관심을 갖기 시작하였다.

이번에 살펴볼 작품은 신춘문예 신인 작품 「소나기 지나갈 때」(문신), 「군밤」(오창화), 「카메라 자물쇠」(윤애라), 동시조 작가 「분이네 살구나무」(정완영), 「덕담」(송재진), 「춘란」(김종헌), 그리고 아동문예 발표작품

으로 관찰과 통찰로 동시를 빚는 「어부바」(김규학)이다.

> 바람이/ 물살처럼/ 풀잎 사이로/ 돌돌돌/ 여울을 만들고 나면// 먼 곳에
> 서/ 소나기 온다// 콩밭 매고 돌아오는/ 엄마보다/ 빨리 온다// 빨랫줄을
> 향해/ 풀뱀처럼 사사삭 온다// 마루 밑 누렁이가/ 귀를 쫑긋 세우고는/
> 먼 곳을 보는 사이// 소나기 지나간다/ 풀잎 끝에/ 또록또록 빗방울 맺혔
> 다// 낮잠에서 막 깬 내 동생/ 어리둥절해 있는 눈망울에도/ 그렁그렁하
> 다// 바람도/ 조마조마하게/ 딱 멈췄다
> ― 문신, 「소나기 지나갈 때」(조선일보신춘문예당선작) 전문, 《시와 동
>   화》 2015년 겨울호

앞의 시는 시와 동화 '2015신춘문예당선작가특집' 란에 게재된 동
시이다. 요즘에 발표되는 동시들이 소품화 되어가고 있고, 비슷비슷한
동시들이 양산되는 실정이다. 이 시는 호흡이 길면서도 동심으로 걸러
지고, 소나기 오는 날 사물의 관찰을 넘어 통찰을 통한 시적 형상화가
뛰어나다. 표현미학을 추구한 문학성이 높은 작품을 쓰는 신인을 만나
기쁘다.

이 시는 전 8연으로 전반부 1연에서 4연은 소나기가 내리는 집 바깥
풍경을 급히 스케치하였고, 5연에서 8연은 소나기가 내리다가 멈춘
집안의 풍경을 조금은 여유를 가지고 스케치를 하였다. 1연의 '물살처
럼/ 풀잎 사이로/ 돌돌돌/ 여울을 만들고 나면' 에서는 바람이 소나기
가 오는 길을 만드는 비유가 시청각적이고 얼마나 참신한가? 4연에서
소나기가 '풀뱀처럼 사사삭 온다' 는 표현은 비유적 이미지가 원관념
과 보조관념 사이에 관련이 먼 사물로 비유되었기에 참신하고 빛나는
것이다. 후반부 '마루 밑 누렁이가/ 귀를 쫑긋 세우고는/ 먼 곳을 보
고', '낮잠에서 막 깨어난 내 동생/ 어리둥절해 있는 눈망울에도/ 그렁
그렁하다' 에서 빗소리에 놀라 행동하는 소재 사물 둘이 주제를 위해

잘 표현되었으며, 6연에서 '풀잎에 맺힌 빗방울과 낮잠에서 깬 내동생의 눈망울에 그렁그렁한 눈물' 과 소나기처럼 잠깐 동안인 낮잠의 비유는 정말 놀라운 시적형상화이다.

신춘문예 당선작과 함께 실린 신작동시 「아빠의 사진첩」은 당선작처럼 호흡이 긴 동시이고, 비유적 이미지 활용, 시적표현 등에서 성공을 거둔 작품이었다. 다만 당선작이 너무 뛰어나서 그에 비하면 동심여과하기, 내용의 이해가 좀 애매모호한 점이 없지 않았다. '동시의 단순명쾌성, 동심여과' 를 생각하며 작품을 빚어낸다면 요즘의 '소품화 되어가고 비슷비슷한 동시' 를 해결할 수 있는 좋은 동시인이 될 것이다.

> 혼자 구워 먹으려고/ 화로에 묻은// 알밤//
> 펑/ 펑 펑/ 펑 펑 펑// 다 들켰다
> – 오창화, 「군밤」(강원일보신춘문예당선작) 전문, 《시와 동화》 2015년
>   겨울호

앞의 시는 시와 동화 '2015신춘문예당선작가특집' 란에 게재된 동시이다. 요즘에 발표되는 동시들이 소품화 되어가고 있는 것과 무관하지 않지만, 동시의 특성인 간결성과 동심여과와 재미성과 밝고 맑은 명징성 그리고 관찰을 통한 시형상화 등에서 뛰어나 뽑힌 작품이리라.

4연 7행 25자의 짧은 단시가 왜 좋은 작품으로 선정되었는가? 앞에서 언급한 조선일보 당선작과는 시의 길이나 시의 형태나 표현 방법에서 대조를 이루고 있다. 이 동시를 읽으면서 짧은 시 하나가 떠올랐다. 〈빠꼼빠꼼/ 문구멍이/ 높아 간다.// 아가 키가/ 큰다.(신현득의 신춘문예 입선작 「문구멍」 전문)〉

이 시를 살리는 것은 마지막 연 '다 들켰다' 이다. 만약 '소리가 난다' 로 하였다면 어떨까? 이 작품은 수준 미달의 동시로 태어났을 것이

다. 이렇게 동시의 한 줄 표현이 시 전체를 좋은 시로 살리기도 하고, 죽이기도 하는 '시 작법의 묘미'를 즐길 수 있는 것이다.

함께 발표한 신작동시를 감상해 보자. 시의 앞부분에 해당하는 1~3연은 '밥 도둑'에 대한 대화체(문답법)이고, 4연은 '밥도둑의 실체'를 나열하고, 신춘문예 당선작 「군밤」과 같은 시 기법이 마지막 연에서 시의 반전을 가져와 재미성에서 성공한 작품이 되었다. 〈밥 도둑 왔다 // 뭐 밥 도둑 왔다고?/ 어디/ 어딨어?// 어딨긴/ 어딨어/ 요기 있지// 너 좋아하는/ 계란말이/ 무국/ 꼬달무김치// 배가 뽈록/ 도둑이 뱃속에 숨었다 (「밥 도둑」 전문)〉

오창화 시인의 시는 시의 특징인 간결성, 동심여과, 재미성을 수반하여 시를 빚어내며, 특히 시조처럼 끝부분 처리에서 명승부를 거는 앞으로 동시 단에 기대가 되는 좋은 동시인이다.

카메라 살짝 누를 때마다/ 찰칵찰칵/ 문 잠그는 소리가 납니다/ 네모난 화면 안에 꼼짝 없이 갇히는 풍경// 봄을 묻힌 개나리/ 노오란 손톱도/ 가을을 내려놓은/ 노오란 은행나무도/ 겨울을 또 이기고 온/ 진달래 붉은 두 뺨도/ 찰칵찰칵/ 그 안에 소복하게 갇히고 맙니다/ 엄마를 못 알아보시는/ 할아버지 흐린 눈동자와/ 그걸 바라보시는/ 엄마의 글썽대는 눈동자까지/ 찰칵찰칵/ 아무것도 모르는 척 잠가버리고 맙니다// 내 지문을 기억하는 카메라 자물쇠
– 윤애라, 「카메라 자물쇠」(매일신문신춘문예당선작) 전문, 《시와 동화》 2015년 겨울호

위의 동시는 앞에서 언급했던 조선일보 당선 동시처럼 긴 호흡의 시이며, 사진 관찰을 통해 참신한 발견의 미(1연)가 시의 발단이 되어 시를 전개하며, 2연에서는 다소 산문시 형태의 내용을 행으로 자른 듯한 시 형상화 기법을 사용하였지만, 동심여과와 재미성과 발견의 미와

할아버지에 대한 엄마와 시적자아의 따뜻한 시선으로서 표현미학에서
도 성공한 좋은 동시이다. 이 작품의 성공은 첫 연에 있다고 보아도 좋
다. '카메라 살짝 누를 때마다/ 찰칵찰칵/ 문 잠그는 소리가 납니다'의
발견과 '네모난 화면 안에 꼼짝 없이 갇히는 풍경'이 동시를 쓸 수 있
는 문을 열어주었으며, 성공의 통로로 가는 열쇠가 되었다. 2연의 개
나리, 은행나무, 진달래, 할아버지와 엄마는 사진기 속에 담긴 풍경들
의 나열인 사진에 해당한다. 그리고 사진기는 '찰칵찰칵/ 아무것도 모
르는 척 잠가버리고 맙니다'로 시침을 뗀다. 시의 마무리는 카메라의
샅을 누르는 시적자아의 손가락을 '내 지문을 기억하는 카메라 자물
쇠'라는 은유로 마친다.

함께 발표한 신작동시를 감상해 보자. 이 시도 당선작처럼 소재가
사진이다. 그러나 노을이 든 서쪽 바다의 풍경을 형상화한 호흡이 짧
은 단시로, 두 작품의 표현법이 서로 대조를 이룬다.

윤애라 시인은 호흡이 긴 시와 짧은 시를 두루 빚고 있는 시인이라
고 할 수 있겠다. 이 동시는 간결하고 회화적인 시로 표현미학을 추구
한 작품이다. 앞으로 동시를 쓸 때 좀더 보완할 점으로 '동심의 여과'
를 거치는 작업을 생각한다면, 제 3세대 좋은 주자가 될 것이라는 것
을 의심하지 않는다. 〈빨갛게 데워 놓은/ 서쪽 바다// 하루 종일 하늘
을 걸어온 해가/ 발을 씻는다/ 수평선에 걸터앉아/ 발을 씻는다/ 퉁퉁
부은/ 해님의 발잔등 (윤애라의 「노을이 찍은 사진 한 장」 전문)〉

신춘문예에 당선한 세 사람에게 지면을 통하여 축하드리며, 동시당
선자에게 드리는 '신춘문예 당선이 내 문학의 길을 환히 밝혀주는 등
불이 아님을 뒤늦게야 깨닫게 되었습니다. 신춘문예 당선은 문학의
정점이 아니라, 시작임을 깊이 깨달아야 할 것 같습니다.' 노원호 시
인의 말을 가슴에 새기고 자기 나름의 색깔 있는 시 쓰기에 노력하기
바란다.

봄에는/ 개구리가 개구리를/ 업고 있더니//

가을이 되니/ 메뚜기가/ 메뚜기를 업고 있다.//

우리 동네/ 마트처럼// 논에도/ 1+1이 있다.//

— 김규학, 「어부바」 전문, 《아동문예》 2015. 3·4월호

위의 시 「어부바」는 개구리와 메뚜기의 사랑(성관계)을 관찰하고, 모르는 척 능청스럽게, 부모가 자식을 업고 있는 것처럼 의인화하여, 재미있고 간결하게 표현한 작품이다. 개구리의 업힌 모습과 메뚜기의 업힌 모습을 보며, 원관념인 개구리와 메뚜기와 관련이 먼 동네 마트의 세일을 생각한 참신한 비유를 통한 '발견의 재미'가 뛰어나다. 글의 뒷부분인 '우리 동네/ 마트처럼// 논에도/ 1+1이 있다'에서 시인의 시적 기질을 가늠하게 된다. 함께 발표한 「수산물 행사장에서」도 관찰과 통찰을 통해 행사장 앞에서 바람에 춤추는 풍선인형과 행사장에 전시된 미역의 대화체를 통하여 '뱃속에 헛바람 든 사람'의 교훈적 메시지를 독자에게 은근히 풍자(알레고리)한 재미성과 의미성에서 성공한 좋은 동시이다.

김규학은 남다른 렌즈로 사물을 잘 관찰하거나, 혹은 글자나 이름을 가지고 관찰하여 재미있거나 의미 있는 것을 찾아서 아이러니하게 또는 역설적으로 작품을 쓰는 작업을 해나가고 있는 시인이다. 그의 동시는 말놀이 시와 비슷한 수법이지만, 말놀이 시와는 차원이 다른 자기 색깔의 형태로 시 쓰기에 자리를 잡아가고 있다. 〈한 글자 한 글자/ 떼어서 읽으니// 장기 알/ 이름 같다.// 장군/ 멍군 하듯// 주거니 받거니 하려고/ 아빠가 자주 들르는 걸까?/ 포, 장, 마, 차.(「포장마차」 전문)〉 이 동시는 《아동문학평론》(2014년 가을호)에 실린 작품으로 포장마차의 글자 관찰을 통하여 아빠가 자주 들르는 포장마차의 이야기를 재미있게 시로 형상화하였다. '시와 동화'(2015년 봄호)에 발표한 「동상이몽」이란 한자성어를 제목으로 한 동시도 공부의 '공' 자와 글자를 뒤

집은 '운'자를 관찰하여 의미를 재미있게 붙인 교훈적인 동시로 비교적 성공한 작품이다. 《열린아동문학》(2014년 겨울호)에 발표한 「소방차」도 '불자동차'와 '물자동차'라는 아이러니한 대화체를 통하여 개성적인 작품을 시로 형상화하였다.

김규학은 남들과 다른 자기 나름의 시창작 기법을 구축해가며, 좋은 동시를 활발하게 발표하고 있는 우리나라 동시단에 기대되는 신인의 한 사람으로 자리를 잡아가고 있다.

> "넌 키가 좀 작지만/ 참 야무지게 생겼구나!" //
> 짝한테 들은 덕담을/ 채송화에게 건넸다. //
> "딱 하루/ 피었다 지면서도/ 어쩜 그리 활짝 웃니?"
>
>   – 송재진, 「덕담」 전문, 동시집 『아빠 무릎에 앉는 햇살』

> 나도 모르게/ 그만,/ 불쑥 튀어나온/ 막말. //
> 철렁,/ 눈물 고였을/ 속이 상한/ 엄마 가슴. //
> 볼 붉힌/ 놀빛 하늘이/ 나보다 먼저/ 왈칵, 운다.
>
>   – 송재진, 「노을」 전문, 『아빠 무릎에 앉는 햇살』

위의 동시조는 송재진 동시조집에 실린 그의 대표작 중의 2편이라고 볼 수 있다. 송재진은 광주광역시에서 태어나 《광주일보》 신춘문예(1983년)에 동시가 당선되어 작품 활동을 시작했다. 동시집 『하느님의 꽃밭』 외 2권을 내었고, 계간 《아동문학평론》을 발행하고 있으며, 특히 박경용 시인이 중심이 된 동시조 '쪽배' 동인으로 활발하게 활동하고 있다.

「덕담」은 5학년 1학기 국어교과서에 실린 그의 대표작 중에 대표작이라고 할 수 있겠다. 이 작품에서 제목이 얼마나 중요한지 새삼 느낀다. 만약 제목을 '채송화'라고 하였다면 작품은 어떻게 평가 되었을까? 채송화와 이미지가 먼 '덕담'이라는 제목이 이 작품을 더 빛나게

하였다. 관찰을 통한 채송화의 특성을 잘 살린 대화체로 시를 형상화
하였다.

　초장 "넌 키가 좀 작지만/ 참 야무지게 생겼구나!"는 단점을 먼저 말
하고 장점을 말하는 억양법을 사용한 덕담이다. 중장에서는 짝에게 받
은 기분 좋은 덕담을 시적자아가 키로 보면 같은 처지인 채송화에게
그의 장점을 찾아 덕담을 건넨다. 여기에서 독자는 상대편에게 단점보
다 장점을 말해 주자는 교훈이 포함되었음을 느낄 것이다. 종장의 시
적자아의 덕담이 채송화의 특성을 꽃으로 활짝 피웠다. "딱 하루/ 피
었다 지면서도/ 어쩜 그리 활짝 웃니?"에는 '사람들이 어떻게 살아야
하는지' 짧은 동시조 속에 철학이 사과 속의 영양분처럼 담겨 있다.

　「노을」은 '노을'에 시적자아의 감정을 담은 '감정이입법'을 사용하
여 쓴 동시조이다. 나도 모르게 불쑥 튀어나온 '막말'에 속이 상한 '엄
마 가슴', '볼 붉힌 놀빛 하늘'(시적 자아)은 모두 '노을'과 관련을 갖는
다. 시적 자아대신 놀빛 하늘이 왈칵, 울어 준다. 이 작품은 쉼표의 쓰
임이 돋보이며, 보이는 노을을 관찰하며 보이지 않는 내적관찰(통찰)을
통해, 시적자아의 마음을 노을에 비유하여 시로 형상화한 작품미학 측
면에서도 합격점인 수작이다. 이 동시집에는 '부정적, 답답한 현실에
서 긍정적 자아발견과 해학적 풀기'의 좋은 동시들이 많이 보인다.

　　작다고 무시해서/ 한동안 서운했나 봐//
　　새치름히 앉아서/ 딴청을 부리더니//
　　노을빛/ 향기 뿜으며/ 혀를 쏘옥 내미네.
　　　　　　　　　　　　　－ 김종헌, 「춘란」 전문, 동시조집 『뚝심』

　　할매만치 키가 작은/ 감나무 야윈 가지// 가슴에는/ 감꽃을/ 손녀인양/
　　품고 있다// 나직한 담장 너머로/ 눈길 자꾸 모내며
　　　　　　　　　　　　　－ 김종헌, 「할머니 집 감나무」 전문, 『뚝심』

김종헌은 경북 선산에서 태어나,《아동문학평론》에 동시 추천(2000
년)과 「언어 유희를 넘어선 내적 음악성의 부각」(2004년)을 발표하면서
아동문학평론을 시작하였다. 『해방기 동시의 담론 연구』로 문학박사
학위를 받아 대구대학교와 대구교육대학교 등에서 강의를 하고 있으
며, '쪽배' 동으로 활동하고 있다.

「춘란」은 춘란의 특성을 자세히 관찰하여 동심의 눈으로 바라보고
쓴 간결성과 재미성과 작품성에서 좋은 점수를 받을 수 있는 작품이
다. 어른들은 난을 좋아하지만, 난이 어린이들의 눈길을 끄는 식물이
아니다. 그래 초장에서는 서운한 것을 표현했고, 중장에서는 '새치름
히 앉아서/ 딴청을 부리더니', '노을빛/ 향기 뿜으며/ 혀를 쏘옥 내미
네.'로 종장에서는 반전하여 재미를 더한다.

이 작품을 살리는 것은 종장이다. 난 꽃의 그윽한 향기와 자태를 찬
양하는 표현을 생각하다가, '혀를 쏘옥 내미는' 것에서 웃음이 절로
나오게 한다.「할머니 집 감나무」는 손녀를 그리워하는 할머니의 마음
을 감나무에 의탁하여 비유한, 비유적 이미지가 돋보이는 표현 미학에
서 성공한 좋은 작품이다.

이 작품의 초장은 겉으로는 키 작고 야윈 감나무를, 안으로는 손녀
와 멀리 떨어져 사는 외롭고 야윈 할머니를 회화적으로 표현했다. 중
장은 겉으로는 하얀 감꽃의 개화를, 안으로는 손녀의 사랑을 형상화했
다. 종장에서는 사랑하는 손녀가 혹시나 오는가 하는 '기다림의 눈길'
을 시로 형상화한 작품으로 작품표현미학 측면에서도 합격점을 받을
만한 좋은 작품이라 생각된다.

전병호는 동시집 『뚝심』 시집 해설에서 〈가족의 재발견과 표현 미
학의 추구〉라 하였다. 시에 등장하는 할아버지, 할머니, 아빠, 시적화
자인 나와 동생과 누나, 즉 3대의 사랑 법을 보여주며, 가족해체 시대
에 가족의 중요성을 떠올려 볼 수 있는 좋은 작품들이다.

동네서/ 젤 작은 집/ 분이네 오막살이// 동네서/ 젤 큰 나무/ 분이네 살구나무// 밤사이/ 활짝 펴올라/ 대궐보다 덩그렇다.

  – 정완영, 「분이네 살구나무」 전문, 쪽배 9호 『아픔은 모른다는 듯 햇빛조차 화안했다』

우리나라의 동시조를 앞에서 끌고 가는 〈쪽배〉 동인들이 펴낸 동시조 쪽배 9호 『아픔은 모른다는 듯 햇빛조차 화안했다』의 '특집1'에 '내가 좋아하는 동시조'를 27명의 동시인들에게 묻고, 그에 대한 이야기를 실었다. 필자는 김용희의 「수도꼭지」를 추천했지만, 8명이 정완영의 동시조(그 중 「분이네 살구나무」 3명), 7명이 쪽배의 사공격인 박경용의 동시조(그 중 2명이 「조약돌」)를 추천하였다. 박경용 시인은 전에도 한두 번 언급한 적이 있어서, 이번에는 정완영의 동시조를 살펴보기로 한다.

정완영의 호는 백수(白水)이며, 1919년 경북 김천에서 태어나, 1960년 국제신문신춘문예 당선(해바라기), 1962년 조선일보신춘문예 당선(조국)으로 등단하여 좋은 시조와 동시조를 활발히 발표하였다. 한국시조시인협회회장, 온겨레시조짓기추진회회장 등을 역임하고, 가람문학상, 만해시문학상 등을 받았다.

동시조집으로 『엄마 목소리』, 『사비약 사비약 사비약눈』 등이 있다. 위의 동시조 「분이네 살구나무」는 교과서에 실려 있어 널리 알려지고 사랑 받는 작품이다. 이 작품을 읽노라면 어린 시절 마음의 고향으로 돌아온 것 같아 가슴이 울렁인다. 가난한 사람도 마음이 대궐처럼 덩그런 부자가 된다. 초장과 중장의 절묘한 대조, 그의 호(흰 물)처럼 깨끗하고 가식이나 꾸밈이 없어 누가 읽어도 무릎을 치는 우리나라의 대표적인 동시조 중의 한 편이라고 할 수 있겠다.

이준관 시인이 추천한 「풀잎과 바람」의 소재는 '풀잎과 바람'이지만, 주제는 '진정한 친구'이다. 이 작품을 읽노라면 시조의 틀 위에 놓여 있다는 생각이 전혀 안 든다. '~같은, ~처럼'의 직유법과 '(친구)좋아'의 반복법을 활용한 이해가 쉬운 시어로 이루어진 작품미학 측면에서도 작품성이 뛰어난 훌륭한 동시조이다. 그는 '바람하고 엉켰다가 풀 줄 아는, 만나면 얼싸안는 친구가 진정한 친구'라고 바람이 풀잎에 속삭이듯 독자에게 전해 준다.

〈나는 풀잎이 좋아, 풀잎 같은 친구가 좋아/ 바람하고 엉켰다가 풀 줄 아는 풀잎처럼/ 해질 때 또 만나자고 손 흔드는 친구 좋아// 나는 바람이 좋아, 바람 같은 친구가 좋아/ 풀잎하고 헤졌다가 되찾아 온 바람처럼/ 만나면 얼싸안는 바람, 바람 같은 친구 좋아.(「풀잎과 바람」전문)

동심적 시안과 다르게 보이기를 통한 시적 형상화

— 공광규, 손동연, 박유석, 이오자, 박선미, 손연옥, 박옥주

　요즘 신문과 방송매체에는 온통 '메르스' 얘기다. 지난 10여 년간 우리는 광우병, 사스(SARS), 신종플루, 구제역 등 국가재난 수준의 감염성 질환들을 경험했다. 그런데 이런 경험으로부터 얻은 교훈은 어디로 갔는가? '세월호' 사태의 초등 대응을 보는 것 같아 안타깝다. 우리 나라를 찾아오는 외국 관광객들이 예약을 취소하거나 발길을 다른 데로 돌리는 등 경제적 · 심리적 타격이 만만치 않다. 정부와 지자체와 국민의 단합된 힘으로 메르스를 극복해야 한다.

　이번에 살펴볼 작품은 「흰눈」(공광규), 「햇덩이는 하나다」(손동연), 「풀밭에서」(박유석), 「달집」(이오자), 「삼투현상」(박선미), 「할머니표 향수」(손연옥), 「놀란 파도」(박옥주)이다.

　　겨울에 다 내리지 못한 눈은/ 매화나무 가지에 앉고/ 그래도 남은 눈은 벚나무 가지에 앉는다/ 거기에 다 못 앉으면/ 조팝나무 가지에 앉고/ 그래도 남은 눈은 이팝나무 가지에 앉는다/ 거기에 또 다 못 앉으면/ 산딸나무 가지에 앉고/ 거기에 다 못 앉으면 아까시나무 가지에 앉았다가/ 그래도 남은 눈은 찔레나무 가지에 앉는다/ 앉았다가 앉았다가 더 앉을 곳이 없는 눈은/ 할머니가 꽃나무가지인 줄 알고/ 성긴 머리 위에 가만 가만 앉는다.
　　— 공광규, 「흰 눈」(창비어린이, 2014 겨울호) 전문, 《오늘의 동시문학》 2015 봄 · 여름호

앞의 시는 오늘의 동시문학 〈2014 좋은 동시 15편 기획특집〉란에 게재된 동시이다. 작품 본심 심사 위원의 한 사람이었던 신현배 시인은 선정된 동시들이 '생활동시는 줄고, 자연이나 사물에 대한 새로운 의미를 찾아내는 동시' 들이었다고 한다.

작품 경향을 살펴보면, 동심적 상상력과 관련된 작품은 김륭의 「해바라기」, 공광규의 「흰 눈」, 신복순의 「2월과 3월」, 조영수의 「입체 퍼즐놀이」 생명 존중 의식을 다룬 작품은 서정홍의 「총알 안은 나무」, 박정식의 「환청」, 장성훈의 「나도 놀랐다」, 류경일의 「콩」, 그리고 동심의 따뜻한 시선과 관련된 작품은 차주일의 「할머니 다리미」, 박예자의 「꼭 잡은 손」, 조영수의 「순서」, 추필숙의 「핀다」이다. 화해와 소통을 주제로 한 작품은 서금복의 「화해시키기」, 오한나의 「알」, 김영채의 「사이좋게 지내야지」이다. 김영채는 필자가 지도해 주는 시인이라 축하! 다른 사람들도 함께 축하드린다.

공광규는 얼마 전 문학행사에서 1박 2일을 필자와 함께한 일이 있으며, 그는 좋은 시를 쓰고 있다. 위의 동시 「흰 눈」은 나뭇가지에 눈꽃처럼 하얗게 핀 꽃을 보고 착안하여 쓴 동시이다. 여기까지는 평범한 소재를 가지고 평범한 발상을 한 것이지만, '겨울에 다 내리지 못한 눈은' 이란 시의 장치에 해당할 수 있는 제1 전제를 달면서 시의 맛과 의미는 완전히 달라진다.

시의 전개과정에서 '겨울에 다 내리지 못한 눈은' 매화나무 가지에 앉고→ 벚나무 가지에 앉고→ 조팝나무 가지에 앉고→ 이팝나무 가지에 앉고→ 산딸나무 가지에 앉고→ 아까시나무에 앉고→ 찔레나무 가지에 앉고→ (제2 전제 '앉았다가 앉았다가 더 앉을 곳이 없는 눈은')→ '할머니가 꽃나무가지인 줄 알고/ 성긴 머리 위에 가만가만 앉는다.' 는 시의 마지막 부분이 이 시의 절창이다. 만약 이 부분이 없다면, 시의 테크닉과 회화적인 이미지만 보이고 감동이 없는 동시로 떨어질 염려가 있으리라. 동시는 동심으로 걸러내야 하기에 일반 시인이 좋은 동시를 쓰기 어려운데 공광규의 동시는 기존 동시의 틀에 박혀 매너지즘 (mannerism)에 빠진 기존의 동시의 메카니즘(mechanism, 기법·테크닉) 에 신선한 충격이 되리라. 기발한 동심적 상상력, 시를 전개해 나가는 테크닉, 자연과 사람의 합일(끝 부분), 평범한 내용을 '다르게 보기'를 통한 시의 참신성과 의미의 확대 등에서 앞으로도 좋은 동시 창작의 가능성을 엿볼 수 있다. 다만 어린이의 눈높이를 염두에 두어야 하리라.

아빠, 새해/ 아침은/ 어디서 오나요?// 그야/ 애국가/ 1절에서 나온단 다./ '동해물과……' 속에서/ 불끈 솟은/ 햇덩이!// 그럼, / 그 햇덩인/ 어디로 가나요?// 그 답도/ 애국가/ 1절에 있단다./ 어느새 / 이글거리잖 니,/ '백두산……' 위에서!// 맞아요 맞아./ 새해 첫날/ 우리들 복주머니 에/ 가득히 담을 건/ 남북 없는/ 그 해씨예요./ 통일의 꿈씨예요.
  – 손동연, 「햇덩이는 하나다'– 통일을 비는 마음」 전문, 《아동문학평 론》 2015년 봄호

손동연은 1955년 전남 해남에서 태어나, 20세에 전남일보신춘문예에 동시 「국어시간의 아이들」 당선과 《아동문예》 동시추천으로 문단에 나와, 서울신문·동아일보·경향신문 등의 신춘문예에 시와 시조가 당선된 이래, 개성적인 좋은 동시와 시를 발표하고 있는 시인이며, 오랫동안 조선대학교 문예창작과에서 후배들을 가르쳤다.

「햇덩이는 하나다」는 그의 시 중에서는 좀 호흡이 긴 동시이다. 그가 민속과 향토의 세계를 소재로 오랫동안 줄기차게 노래한 연작동시 '뻐꾹리의 아이들'은 모두 4행시이며, 간결 명쾌성을 살린 '2행동시', 유아들의 심리를 노래한 '유아동시', '동물동시', 말놀이의 재미성을 의도한 '꼬리에 꼬리를 무는 수수께끼동시', 흔한 풍경이나 사물의 의미를 캐본 '까닭이 있지' 등의 시들은 아이들 눈높이에 맞춰 쉽고 개

성 있게 쓴 호흡이 짧은 작품들이다. 위의 작품은 부제목인 '통일을 비는 마음'이 주제가 되기도 한다. 해가 떠올라서 지는 '평범한 일상'에 질문을 하여 그 대답을 통하여 '낯설게 하기' 또는 '다르게 하기' 상황을 설정한다. 질문은 평범하지만, 그 답은 일상과 다르다. 새해 새아침은 오는가? 〈그야/ 애국가/ 1절에서 나온단다./ '동해물과……' 속에서/ 불끈 솟은/ 햇덩이!', 햇덩이는 어디로 가는가? 물음에 〈그 답도/ 애국가/ 1절에 있단다./ 어느새/ 이글거리잖니,/ '백두산……' 위에서!'. 그리고 우리들 복주머니에 담을 건 '남북 없는/ 그 해씨예요/ 통일의 꿈씨예요〉라고 통일을 염원하며 마친다. 윤삼현은 그를 '프리미티비즘에 기반한 매직(마술)적 상상력을 가지 시인'이라 평한다.

여우비/ 거친 뒤/ 풀밭에 갔더니// 빛들은/ 풀잎으로/ 알몸을 가리고/ 젖은 몸을 말리고 있었다// 부끄러운 아기 얼굴로/ 배시시/ 웃고 있었다.
　　　　　　　　　　　　　－ 박유석, 「풀밭에서」 전문, 《강원아동문학》 2014.

내가/ 꽃이 되면// 꽃은/ 웃음이 되고// 웃음은/ 아기가 되고// 내가/ 아기가 되면// 아기는/ 세계가 되고// 세계는/ 평화가 오고// 평화는/ 꽃이 된다
　　－ 박유석, 「꽃이 되면」('73년 한국일보신춘문예동시당선작) 전문, 《강원아동문학》 2014.

　박유석은 한국일보신춘문예로 문단에 데뷔, '74년에 교육자료 교원문예에 동화 「외할머니와 대추 항아리」 당선, 《문예운동》에 시 신인상을 받아 동시와 시와 동화를 함께 쓰게 된다. 동시집 『꽃이 되면』 외 5권, 시집 『잠 못 이루는 산』 외 6권, 동화집 1권, 시와 산문집 1권을 발행하며 강원도문화상, 소월문학상본상, 한국시정신문학상대상 등을 수상하였다. 그는 춘천문협창립, 정선문협창립, 강원도펜클럽창립 1~3대회장, 강원아동문학회창립 7~8대회장, 강원문협회장직을 오래

맡아 이끌어온 강원도 문학의 산 증인의 하나이다.

위의 동시 「풀밭에서」는 시적자아가 여우비 그친 뒤 관찰과 통찰을 통하여 풀밭을 바라보며 동심적 상상력을 동원하여 쓴 그의 대표적인 좋은 동시이다. 빛과 풀잎의 의인화와 은유법을 적절히 활용하여 작품을 형상화하였으며, 일반적으로 는 풀잎이 햇살에 젖은 몸을 말리는데 비해, 시인의 앞면에서 잘 보이지 않는 옆면이나 뒤집어 보기 즉 '다르게 보기'를 통하여 '빛들은/ 풀잎으로/ 알몸을 가리고/ 젖은 몸을 말리고' 있다는 독창적인 표현이 뛰어나다. 마지막 연의 의인화된 메타포적 비유가 동시의 예술성을 한층 더 끌어올린다.

다음의 동시 「꽃이 되면」은 응모작 606편 중에 선정된 '73년도 한국일보신춘문예당선작으로 그의 대표작품의 하나이다. 윤석중 김요섭 심사위원은 "어른의 애절한 기원으로 동심의 촛불을 켜놓으려고 했다. 착상도 단순하고 표현도 명능하다. 어린이를 위한 시는 무조건 단순하고 투명해야한다. 또 말과 글이 부딪쳐 구슬들의 울림이 있어야 한다. 어려운 동시란 있을 수 없다. 할머니도 읽어서 고개를 끄덕일 수 있고, 청년도 읽어서 즐거울 수 있는 것이 어린이를 위한 좋은 시다."라고 평했다.

정월 대보름/ 달맞이 한다며/ 달집 지어놓고// 달 떠오를 쯤/ 불 지르는 사람들/ 집 기다리던 달님/ 또 좋다 말겠네!
  — 이오자, 「달집」 전문, 동시집 『도깨비 소탕작전 준비완료』

땅을 파고/ 줄기를 뽑았더니/ 오롱조롱 매달린 고구마// 젖줄 꽉 물고 있는/ 올망졸망 강아지들 같다// 큰 놈은 뚝뚝 떼서/ 자루에 담았는데// 대추보다 작은 놈은/ 젖꼭지를 뗄 수가 없다// 줄기도/ 저가 먼저 벌렁 눕는다
  — 이오자, 「고구마 젖떼기」 전문, 『햇살 뭉치 달빛 뭉치』

이오자는 경북에서 출생하여, 2001년 한국아동문학연구에 동시로 데뷔 후, 이번에 동시집 『도깨비 소탕작전 준비완료』, 『햇살 뭉치 달빛 뭉치』, 2권을 한꺼번에 출간하였으며, 다꾸미 논술교실을 운영하고 있다.

위의 시 「달집」은 정월대보름날 나무나 대를 세우고, 볏짚 등을 덮어서, 한지 위에 소원을 적어서 줄에 매단 후, 보름달이 떠오를 때 불을 붙이고 소원을 비는 민속행사를 보고 쓴 동시이다. 일반적인 생각과 달리 '달집을 지어 왜 태우지?' 하는 '동심적 시안(詩眼)의 다르게 보기'를 통해 발상한 아이러니 하고 군더더기 없이 간결하고 재미있는 동시이다.

함께 소개한 「고구마 젖떼기」는 그의 시 중에는 호흡이 긴 편에 해당되며, 제목이 재미있고, 이 작품도 역시 '다르게 보기'를 통한 의미성 면에서 성공한 좋은 작품이다. 고구마를 수확하면서 줄기에 붙은 작은 고구마를 보면서, '어머니와 자식의 사랑'을 주제로 하여 시로 형상하였으며, 시의 마지막연이 이 시를 더욱 빛나게 한다. 이 시집에 함께 실린 「엄마 고구마」도 주제가 어머니의 사랑이다. 〈접시에 담긴 고구마에/ 뾰족뾰족 싹이 돋는다// 중략 // 제 속 야금야금/ 다 빼 주면서도/ 고구마는 흐뭇하다〉

삼투현상은/ 과학 시간에만 있는 게 아니다// 떠들지 않고/ 장난치지 않고/ 열심히 공부하겠다고/ 굳게 마음먹었는데/ 동민이가 하면/ 나도 모르게 따라 한다// 욕하지 않고/ 친구들 놀리지 않고/ 주먹도 쓰지 않겠다고/ 굳게 마음먹었는데/ 동민이가 하면/ 나도 모르게 따라 한다// 동민이는/ 농도가 진한 용액이다/ 나를 빨아들이는
　　　　　　　　　　　　　　　 － 박선미, 「삼투현상」 전문, 동시집 『누워 있는 말』

박선미는 부산에서 태어나 1999년 창주아동문학상 당선과 2007년

부산일보에 동시가 당선되어 문단에 데뷔하였으며, 동시집으로『지금은 공사 중』과『불법 주차한 내 엉덩이』등을 내어 오늘의 동시문학상, 서덕출문학상 등을 받고, 초등학교 교과서에「지금은 공사 중」과「우리 엄마」가 실려 있는 좋은 동시를 쓰고 있는 중견시인의 한 사람이다.

노원호는 그의 동시집 해설에서 '가슴을 파고드는 짜릿한 시'라는 주제 아래, 나에 대한 반성의 시(1부), 가족에 대한 따뜻한 정(2부), 힘든 이웃을 생각하는 마음(3부), 자연과의 대화(4부)로 소주제를 나누었다. 신정아는 아동문학평론(2015 여름호) 동시집 서평에서 '마음의 물집을 아물게 한 집'이란 주제로 한 시편들이 사물과 인간, 자연과 인간 등의 관계에서 비롯된 작품들은 인간관계를 전제한 발상이라고 하였다.

앞에서 선자들이 평을 하지 않은「삼투현상」을 택하여 작품을 살펴보고자 한다. 이 작품은 과학시간에 배운 농도가 다른 용액이 서로 존재할 경우 농도가 묽은 쪽에서 진한 쪽으로 이동하는 삼투현상을, 친구 사이지만 늘 자신을 리더하는 친구 동민이와의 심적 관계를 참신하게 비유하여 시로 형상화한 작품이다. 아마도 시적자아는 수업시간에 떠들고, 장난치고, 공부도 열심히 하지 않고, 욕도 하고, 친구를 놀리고, 주먹도 쓰고 하는 좀 불량기가 있는 어린이인 것 같다. "친구 따라 강남 간다."는 말도 있다. 아무리 마음을 굳게 먹어도 '동민이가 하면/나도 모르게 따라 한다'고 재미있는 변명을 하며 반성을 한다. 노원호 이론으로 살펴보면 '나에 대한 반성의 시'라고 할 수 있고, 신정아 이론으로 보면 삼투현상의 비유를 통하여 '인간관계를 전제한 발상'을 한 동시이며, 일상적인 사유가 아닌 '다르게 보기'와 재미성과 의미면에서 성공을 거둔 동시로 볼 수 있다.

동시집에 실린 좋은 동시로는 용서, 새봄, 물집, 낮달 등의 작품이 많았는데, 특히 시집의 제목이기도 한「누워 있는 말」은 기존의 동시와 다른 각도에서 바라본 '다르게 보기'의 동심적 상상력이 뛰어난 독창력이 돋보이는 좋은 작품이다.

할머니가 오시면/ 독특한 향수를/ 집안 곳곳에 치~이이익!// 내 코가/ 싫어하거나 말거나// 내 옷이/ 인상 쓰거나 말거나// 청국장 향/ 시레기 밥 향/ 무밥 향// 우리 아빠/ 어린 시절부터 즐겨 쓰셨다는/ 할머니 표 향수!

           – 손연옥, 「할머니표 향수」, 《아동문예》, 2015년 5·6월호

손연옥은 《아동문예》 당선으로 데뷔한 필자가 작품을 잘 접하지 못해본 신인이다. 작품 쓰는 형식으로 봐서는 신인들의 표현방법이 분명한데, 이번에 발표한 동시 2편의 내용은 '거미에 대한 할머니의 말씀, 할머니표 향수'로 오래된 얘기를 가지고, '다르게 보기' 표현 접목을 위해 작품을 쓰려고 노력한 흔적이 보인다.

「할머니표 향수」는 제목이 독창적이고 재미있어 독자의 호기심을 끌기에 충분하다. 첫 연에서 할머니가 오시면 '독특한 향수를/ 집안 곳곳에 치~이이익!' 하고 서술어를 생략하고 살아 움직이는 표현을 하여 호기심을 던진다. 2연과 3연은 싫어하는 시적자아의 코와 냄새가 배는 옷을 의인화하여 재미를 준다. 시침을 떼다가 4연에서 시적자아를 비롯한 요즘의 어린이들이 대체로 싫어하는 냄새가 나는 '청국장 향/ 시레기밥 향/ 무밥 향'을 등장시킨다. 마지막 연에서 첫 연에서 맛보기로 보여준 할머니 향수를, '우리 아빠/ 어린 시절부터 즐겨 쓰셨다는/ 할머니표 향수!'로 구체화하여 한 편의 좋은 동시를 빚어내었다. 요즘 어린이들은 피자, 빵 같은 분식을 좋아한다.

어른들은 청국장이나 맵고 얼큰한 매운탕 같은 것을 좋아하다 보니, 한 가족이 외식을 할 때도 음식메뉴에서 엇박자가 생기는데 이런 점을 착안하여 시로 형상화한 독창성이 보이는 작품이다.

쨍쨍 내리쬐는 햇빛이/ 하늘처럼 파란 바다를 들락날락/ 멱을 감느라 반짝거려요// 햇빛과 바다가 사이좋은 게/ 샘이 난 바람이 심술을 부려요

// 시커먼 눈을 부라리는 먹구름이랑/ 우르릉 쾅쾅거리는 천둥이랑/ 번쩍번쩍 겁주는 번개랑 한꺼번에 몰려오더니/ 여름 한낮 잠을 즐기던 파도마저 깨우네요// 잠결에 깜짝 놀란 파도는/ 어깨를 들썩이며 꿈틀꿈틀 내달려오더니/ 하얀 이빨 드러내고는/ 방파제를 핥으면서 기어 올라오네요.

— 박옥주, 「놀란 파도」 전문, 《월간문학》 2015년 6월호

박옥주는 격월간지 《아동문예》에서 편집장으로 오랫동안 근무하며, 우리나라 아동문학 발전에 이바지하고 있는 동화 작가이다. 그는 잡지와 출판 일로 바빠서 작품을 잘 발표하지 않고 있는 줄로 아는데, 이번 월간문학에 자기 전공분야가 아닌 동시를 발표하였다. 그래서 놀랍기도 하고, 언제 박 작가의 동시 작품을 다시 대하나 하는 생각, 발표 작품을 읽으며 동시를 앞으로도 동화와 함께 써도 되겠다는 생각에서 작품을 함께 감상해 보고자 한다.

「놀란 파도」는 시적자아가 햇살이 좋은 여름 바다를 바라보다가, 갑자기 불어온 바람에 파도가 내달려와서 방파제를 기어오르는 광경을 보고 시로 형상화한 작품이리라. 사물의 의인화와 의성어(우르릉 쾅쾅)와 의태어(쨍쨍, 들락날락, 번쩍번쩍, 꿈틀꿈틀)를 사용하여 시각과 청각을 이용한 공감각적이고 역동적인 바다의 이미지를 잘 살린 동화적인 이야기가 있는 동시이다.

시인은 파도가 갑자기 치는 것을, 햇빛이 바다와 사이좋게 지내는 것에 대한 샘이 난 바람의 심술이라 전제한다. 그래서 바람은 먹구름이랑 천둥이랑 번개를 한꺼번에 몰고 온다. "고래 싸움에 새우등 터진다."는 말이 있듯 여름에 낮잠을 자던 파도가 놀라 깨어난다. 잠결에 놀란 파도는 어깨를 들썩이며 내달려와서 하얀 이빨 드러내고 울면서 허겁지겁 혀를 빼물고 육지가 있는 방파제 쪽으로 기어 올라온다. 이 동시는 겉으로는 방파제가 있는 바다의 파도치는 광경을 역동적이미

지로 표현한 회화적인 작품이지만, 안으로는 사람 사이의 관계를 그린 중의적인 작품이라고 할 수 있겠다. 사람 셋이 사귈 때, 두 사람이 가깝게 지내면 다른 한 사람이 심술을 부리는 인간의 세태를 그린 것이라고 할 수도 있겠다. 박옥주와 같은 동화작가들이 앞으로 동시를 쓰는데 약이 되는 쓴 소리를 몇 마디 덧붙이면, 위의 동시처럼 동화적인 이야기가 있는 동시에 〈동화처럼 대화체 사용해 보기, 동화의 판타지 기법 동시에 도입해 보기, 일반적인 바다의 광경보다도 독자의 감동을 위해 시인이 체험한 구체적인 이야기를 쓰기, 시는 비유가 중요하다. 마지막 연의 잠결에 놀란 파도가 '어깨를 들썩이며 꿈틀꿈틀 내달려오더니'를→'어깨를 들썩이며 돌고래처럼 내달려오더니'로 사물에 비유하면 더욱 시가 좋아진다. 일반적인 생각에 '왜? 그런가?' 라는 의문표를 붙이면 '사물 다르게 보기'의 독창적인 동시가 탄생한다.〉이것은 동화작가의 동시 쓰기뿐만 아니라, 매너리즘에서 빠져나오기 위한 동시인들의 동시쓰기에도 약이 된다. 이번에 주제로 한 '동심적 시안(詩眼)과 다르게 보기를 통한 시적형상화' 또한 이러한 것과 관련이 없지 않다.

한국 최초의 동요작사회보《솔바람》작품 들여다보기

— 김원기, 엄성기, 김교현, 장영철, 김종영, 남진원, 이복자, 배정순, 전세준, 이호성, 정민시, 김남권, 이상일

1984년 초에 강릉시교육청 초등계장학사로 근무하던 금서 김원기 선배 시인(1대 솔바람회장, 작고)으로부터 동요문학회를 만들자는 제안을 받았다. 회원은 강릉에 거주하는 아동문학가, 초등에서 글짓기지도 교사, 중등국어자격증을 가진 초등 교사를 참여시키기로 하였다. 그래서 강릉에 거주하는 아동문학가로는 엄성기(2대 회장, 작고), 김교현(3대 회장, 작고), 이원수, 심윤명, 김진광(창립하고 다음 해에 중등교사로 삼척 도계중학교에 발령이 나서 활동중단)이 참가하였다.

외에 초등에서 글짓기 교사 중심으로 박순정, 김옥순(2004~2010년 사무국장) 외, 초등에 근무하면서 중등국어자격증소지자 김진광, 이상진, 김병규 외 총 24명이 창립멤버로 참여하였다. 그러나 실제 창간호(´84.7.14)에 참가한 사람은 16명이다.(김원기, 엄성기, 김진광, 김교현, 심윤명, 이원수, 김옥순, 박순정, 전정순, 이향숙, 이상진, 김병규, 김옥주, 김윤희, 안미숙, 이규희) 그 후에 참여한 장영철(4대회장, 작고), 최도규(작고), 김종영(6대 현재 회장), 남진원, 이호성, 정태모(작고), 전세준, 박순정, 박성규, 유인자, 배정순, 채정미(이상 사무국장 역임), 조무근(5대 회장), 최정애(작고), 장시몬(장병훈), 박성규, 박영규, 공병호, 김동희, 김명희(연우), 최갑규(수필가), 최정애(작고), 손석배, 이복자, 한은선, 최은정, 정민시, 김남권, 이상일, 조숙자, 조옥수, 이정순, 유금옥, 박미선 등 전국적으로 가입한 회원을 합쳐서 현재 회원은 총 28명이다.

우리나라에 작사자와 작곡가가 주로 함께한 전국적인 단체나 작곡

가 단체가 많이 있지만, 순수 동요회보지(작사)를 발간하는 동인들은 우리나라에서는 『솔바람』이 한국 최초이며, 이 지구상에서도 유일한 것 같다. 2015년 10월에 『솔바람』(304호)이 나왔고, 31주년 기념문집 『솔바람 2015 제 10집』이 발간되었다. 그래서 《아동문예》(2015년 9·10호)에 솔바람동요문학회 특집으로 22명의 글을 게재해 주었다.

솔바람회보가 전국의 작곡가에게 보내져서 각종 전국창작동요제에 입상한 곡만 260여 곡이 넘고, 교과서에 수록된 곡만도 일곱 사람에 14곡이 수록되었다니, 시골의 동요동인의 활동이 참으로 놀랍지 않은가? 회장 없이 6년간 사무국장을 맡아 솔바람을 이끌어온 김옥순의 「기차를 타고」는 국정, 천재, 금성, 지학, 교학 출판사 교과서에 실리기도 했다.

살펴볼 작품은 31주년 기념문집 솔바람 2015 제10집, 『꿈꾸는 애벌레』(솔바람동요문학회 제 9집, 2013년), 솔바람회보에 실린 작품을 중심으로 한다. 회원 모두 다루고 싶으나 한정된 지면이라, 솔바람에서 일을 많이 한 작고 문인(최도규는 전에 동요를 다룸)을 우선하고, 전에 동요를 다룬 사람(조무근, 김옥순, 채정미)은 제외하였다.

> 풀잎 위를 구르는 마알간 이슬 눈/ 하늘 빛 잠겨서 파아라니 깊은 눈/ 무슨 생각 골똘해 옆에 가도 모르나/ 서글서글 커다란 이슬 눈 맑은 눈// 가슴이 여려서 맑기 만한 이슬 눈/ 숨만 크게 쉬어도 깜짝 놀라 숨는 눈/ 깊은 생각 잠겨서 먼 산만 보는데/ 누가누가 깨웠나 놀란 눈 맑은 눈
> – 김원기, 「이슬 눈」 전문, 『솔바람』 회지 제22호, 1986. 9.(김계영 곡·이수용 곡)

김원기는 1937년 강원도 명주군 구정면에서 태어났다. 《아동문학세상》의 발행인 엄기원('솔바람' 50호, 100호, 300호 기념 축사 씀)과 같은 해 구정면에서 태어나고, 한해 뒤에 김완기가 오죽헌이 가까운 지변리에

서 태어나, 강릉사범학교를 함께 다니고, '62년 김원기가 '63년에 엄기원이 각각 한국일보 신춘문예에 동시가 당선되었으며, 그 뒤에 김완기가 '67년 어깨동무창간현상동화 수석당선과 '68년 서울신문신춘문예 동시가 당선되어 함께 문학을 하며 가깝게 지냈다고 한다.

초창기 솔바람 모임은 회원이 근무하는 곳으로 돌아가며 모였는데, 당시 필자가 거주하는 정동국민학교 관사에서 작품 발표를 하는 날 참석한 회원들과 인근의 정동진 낙가사를 구경하며 다과와 술 한 잔 함께 했던 생각이 난다. 필자의 첫 동시집 『바람개비』('84년) 해설을 써주었고, 정동진 바닷가에서 남진원 시인이 사회를 보며 수영복 차림으로 한 동시집 출판기념회에 「초록바다」를 쓴 박경종 선생님, 엄창섭 교수, 최도규, 김종영 시인 등과 참석했다. 김원기 시인이 없었다면 우리나라 동요문학에 크게 이바지한 '솔바람'은 탄생하지 않았을 것이다. 또한 필자와 같은 강릉김이고(김완기와 같은 학렬), 《현대시학》 등단지도 같아서 발행인이고 주간인 전봉건 시인을 만나면 늘 김원기 시인의 안부를 묻곤 했다.

김원기의 동요는 1절에는 자연, 2절에는 사람(어린이)을 배치하여, 자연과의 어울려 사는 삶(자연과의 동화)을 노래한 것이 많이 보인다. 자연 친화적인 내용을 의인화와 동화적인 상상력을 동원하여 문학성을 추구하였으며, 특별한 형식의 틀에 고정시키지 않고 비교적 자유롭게 동요를 썼다. 위의 동요 「이슬 눈」은 이용수가 작곡하여 1988년 제6회 MBC 창작동요제에 입상을 하여 전국의 어린이에게 널리 불려져서 그의 대표동시가 되었다. 이슬을 의인화하여 쓴 동심의 체로 걸러낸 간결하고 맑고 고운 예술성이 돋보이는 4음보의 노랫말이다.

그의 동시도 동요와 형식면에서 차이가 있지만, 작품의 내용면에서는 어린이에게 전하려는 메시지에서 큰 차이가 없으며, 일찍이 교과서에 실린 동시 「산 위에서」가 대표작이 되었다. 1연에서는 '바다는 들판처럼 잔잔하다'는 비유를 통하여, '새싹처럼 솟아오르고 싶은/ 고기들의 설렘을.'이라는 상상력을 통한 참신한 직유의 아름다움을 만끽한다. 2연도 표현 수법은 비슷하다. 3연에서는 나(어린이)를 등장시켜 자연과의 동화를 작품화시킨다. 〈산 위에서 보면/ 바다는 들판처럼 잔잔하다./ 그러나 나는 안다./ 새싹처럼 솟아오르고 싶은/ 고기들의 설렘을.// 산 위에서 보면/ 들판은 바다처럼 잔잔하다./ 그러나 나는 안다./ 고기비늘처럼 번득이고 싶은/ 새싹들의 설렘을.// 산위에 서 있으면/ 나는 어쩔 수 없는 순한 짐승/ 그러나 너는 알거야./ 한 마리 새처럼 날고 싶은/ 내 마음의 설렘을.(「산 위에서」전문)〉

> 개똥벌레반디야, 개똥벌레반디야, 어디로 가니?// 마을 간 아기 찾아 마을 간 아기 찾아 길마중 간다.// 파란 등 켜 들고 파란 등 켜 들고 어디로 가니?/ 마을 간 아기 찾아 길마중 간다./ 어두운 길 넘어질까 길마중 간다./ 어두운 길 넘어질까 어두운 길 넘어질까 길마중 간다.
>   – 엄성기, 「반딧불」전문, '92 창작국악동요제 은상(정운룡 곡)

> 나는 나는 들었지/ 아름다운 꽃밭에서/ 빨강 노랑 분홍꽃이/ 모두 한데 어울려/ 맑디맑은 소리로/ 하하 호호 까르르르/ 꽃향기로 피어나는/ 꽃이 웃는 소리를// 나는 나는 들었지/ 아름다운 꽃밭에서/ 자주 보라 하얀 꽃이/ 모두 한데 어울려/ 곱디고운 소리로/ 하하 호호 까르르르/ 향기롭게 퍼져가는/ 꽃이 웃는 소리를
>   – 엄성기, 「꽃이 웃는 소리」전문, '94년 제12회 MBC창작동요제 입상
>   (김계영 곡)

엄성기 시인은 김원기와 엄기원이 태어난 명주군 구정면에서 '40년에 태어나, 역시 강릉사범학교를 다니고, 동시를 뒤이어 등단한 후배이다. 강릉의 한 고을 작은 면에 사범학교 출신의 이름난 아동문학가가 3명이나 비슷한 시기에 탄생한 것은 예사롭지 않은 일이다. 작품 「반딧불」은 엄성기 시인의 사후에 중학교 3학년 음악교과서 수록(더덱

스트, 2012년)에 수록되어서 그의 대표동요가 되었다. '엄성기 시인이 하늘나라에서 교과서에 게재된 것을 알고 있는지?' 요즘에 엄기원 선배의 권유로 남편이 하던 '솔바람'에 가입하여 활동을 하는 부인 조숙자 시인에게 큰 자랑이요, 선물이 될 것 같다. 이 동요는 예전의 동요에 많이 쓰인 문답법을 활용하여, '어디를 가니?' 하고 물으면, 1절과 2절에서 반복하여 '마을 간 아기 찾아 길마중 간다./ 어두운 길 넘어질까 길마중 간다.'고 대답한다. 이 부분이 개똥벌레반디를 의인화하여 등불을 들고 길마중 가는 사람에 비유한 문학성이 돋보인다. 반복법이 의미를 강조하며 또한 동요의 리듬을 잘 살려주고 있다.

위의 작품 「꽃이 웃는 소리」는 그의 세 번째 동시집 『꽃이 웃는 소리』('90년)의 제목이 된 4·4조 2음보의 밝고 간결한 동요이다. 동시집 맨 앞쪽에 작곡이 된 악보와 실린 것으로 보아, 생전에 아끼던 작품으로 보고 필자가 대표작으로 소개한다. 이 동시도 역시 1절과 2절 처음 부분 '나는 나는 들었지/ 아름다운 꽃밭에서'와 끝부분 '꽃이 웃는 소리를'이 반복되어 의미와 리듬을 살리며, 나머지 가운데 부분은 같은 틀에 시어를 조금씩 바꾸어 동요로 형상화하였다. 마지막 부분 2행 '꽃향기로 피어나는/ 꽃이 웃는 소리를'과 '향기롭게 퍼져가는/ 꽃이 웃는 소리를' 이 동요의 작품을 시적으로 형상화하는데 한몫하였다. 엄성기는 동시집 『산골 아이』('75년) 외 3권, 유고 동요집 『내 마음의 노래』(2000년)를 출간하였다. 1970년에 '월간문학'으로 등단하여 오랜 기간 발표한 동시보다 MBC창작동요제 입상한 「봄마중」, 「너무 몰라요」, 「꽃이 웃는 소리」와 국악동요제에 입상한 「반딧불」, 「줄넘기」가 우리들에게 잘 알려진 것은 작곡이 되어 노래를 불리는 힘 때문일까?

조그만 가슴속에 담겨진 꿈을/ 소올솔 풀어서 곱게 그려라./ 하얀색 도화지에 꽃을 그리고/ 나비 찾아오거든 곱게 웃어라./ 해맑간 눈망울에 찰랑찰랑 넘치는/ 고렇게 예쁜 웃음 간직했다가/ 햇살 뒤에 무지개 곱게 곱게 피는 날/ 푸른 하늘 바라보며 활짝 웃어라// 조그만 가슴에다 날개를 달고/ 훠얼훨 날아라 푸른 하늘을/ 새파란 하늘에다 꽃을 그리고/ 별님 달님 오거든 곱게 웃어라./ 새까만 눈동자에 반짝반짝 빛나는/ 고렇게 예쁜 마음 간직했다가/ 아침 햇살 온 누리에 눈부시게 빛날 때/ 꽃망울이 피어나듯 활짝 웃어라.

　　　　　　－ 김교현, 「활짝 웃어라」 전문, '85년 MBC창작동요제 동상(정윤환 곡)

고추장에 보리밥 빨갛게 비벼/ 장닭에게 먹이면/ 닭싸움에 이겼지./ 피흘리면서도 이겼지.// 올림픽에서 우리 선수들/ 고추장 한 숟갈 먹으면/ 힘이 솟았네./ 금메달 땄네.// 남의 나라 이민 갈 때도/ 중동 땅 모래밭에서도/ 만주벌판에서 독립운동 할 때도/ 항아리 고추장 싸매들고,/ 보릿고개 배고플 때도/ 달랑 고추장 한 종지면/ 밥 한 그릇 꿀맛이었지.// 고추장은/ 을지문덕 장군의 함성이다./ 계백장군의 부릅뜬 눈이다./ 이순신 장군의 거북선이다.// 고추장은/ 조상의 빨간 피,/ 억센 힘줄이다.

　　　　　　　　　－ 김교현, 「고추장」 전문, 초등학교 국어교과서 수록 작품

　　김교현 시인은 '45년 충북 단양에서 출생하여, 영월에서 초중학교를 다니고, 춘천고등학교와 춘천교육대학을 졸업하였다. 강릉과의 인연은 명주군 사천면 운양국민학교에 첫 발령을 받으면서부터이다. 그 후 주로 강릉에서 교직생활을 하며, 아동문예작품상 동시로 등단하여 솔바람에서 활발히 활동하였으며, 다정다감하고 아이들을 참 좋아했다.

　　동시 「고추장」은 첫시집 『활짝 웃어라』에 실린 동시이며, 생전에 초등학교 6학년 2학기 읽기교과서에 수록되어 그가 아끼던 대표동시작품이 되었다. 이 작품은 우리의 토속적이고 원초적인 자연물인 고추장을 통하여 민족의식 내지 역사의식으로 확장하여 통시적 동일성(Identity)의 회복을 시로 형상화한 그의 대표적인 호흡이 긴 장시이다. 고추장은 닭싸움시키기, 올림픽에서 금메달 따기, 이민, 중동 땅, 독립

운동, 보릿고개 등에서도 힘이 솟았고, 또한 고추장은 '을지문덕 장군의 함성이다. / 계백장군의 부릅뜬 눈이다. / 이순신 장군의 거북선이다. // 고추장은/ 조상의 빨간 피, / 억센 힘줄이다.' 이라는 메타포(metaphor)가 우리의 토속 음식물인 고추장을 우리 민족의식과 역사의식으로 작품을 승화가 시키고 있다.

위의 동요 「활짝 웃어라」는 그의 첫 동시집의 제목이 된 동시이며,' 85년 MBC창작동요제 동상(정윤환 곡) 작품이다. 아이들의 꿈을 구체적인 사물에 비유하여 희망적이고 아름다운 동요로 형상화한 작품이다. 아이들의 꿈을 꽃으로 그리고, 나비와 별님 달님 오면 곱게 웃고, 무지개 피는 날이나 아침햇살 눈부신 날 '활짝 웃어라'는 청유형종결어미가 반복되어 리듬을 살린다. 그도 솔바람을 통하여 MBC창작동요제에 4번, KBS 창작동요제에 1번, 국악동요제에 2번 입상하는 등 많은 동요제에 입상한 작품을 남겼다.

> 바다가 보이는 언덕에 오르면/하늘만큼 마음이 넓어져요. / 저 멀리 바다가 내 마음 속에 있고/ 그리움이 물결처럼 밀려와요// 들판이 보이는 언덕에 오르면/ 하늘만큼 가슴이 활짝 열려요. / 저 멀리 들판이 내 가슴 속에 있고/ 옛 이야기 바람처럼 들려와요.
>   – 장영철, 「언덕에 오르면」 전문, '88년 MBC창작동요제 입선(정금자 곡)

장영철(1947~2006)은 강원 삼척 임원항이 자리한 임원리에서 태어나, 삼척의 '두타문학'에서 필자 등과 동인활동을 오랫동안 하다가, 강릉지역의 초등학교로 직장을 옮기면서 1987년 4월 『솔바람』 28호에 「산골에서 온 아이」, 「가게 앞을 지날 때」를 시작으로 하여 제4대 솔바람회장(2001. 1. 27.~ 2004. 4. 30.)을 맡는 동안 회보를 33호 발간하며 동요 중심으로 작품을 활발히 펼치며, 동시에서 꽃피우지 못하던 것을 동요에서 꽃을 피웠다. 『장영철 동시 연구』를 한 박복금(문학박사,

강원대 강사)에 의하면, 이전의 동시를 제외하고도 1987년부터 2004년 까지 총 157편의 동시와 동요를 창작하였다고 한다. 그러나 그가 유언 으로 "나의 작품을 모두 태워버려라."는 말을 남겨서, 그의 작품은『두 타문학』, 『솔바람』('87년 28호~2004년 199호), 『조약돌』('87년 15집, '94년 20집), 『관동문학』('87년 창간호)과 발표한 잡지 등에 남아있으며, 한 시 인이 평생 쓴 작품이 동시·동요집으로 한 권도 남겨지지 못한 것이 아쉽다.

「언덕에 오르면」은 솔바람 37호에 발표한 3음보와 4음보가 혼합된 4행 2절의 동요로, 그의 동요 작품 중에서 간결하고 군더더기가 하나 없는 가장 문학성이 돋보이는 대표작의 하나이다. 첫째, 1절의 '바다 가 보이는 언덕에 오르면'과 2절의 '들판이 보이는 언덕에 오르면'이 라는 다른 장면을 잘 설정하였다. 둘째, 각 2행의 '하늘만큼 마음이(가 슴이) 넓어져요(활짝 열려요)'에서 바다와 들판이 아닌 '하늘'에 잘 비유 하였다. 셋째, 1절 '바다가 보이는 언덕에 오르면'→ '저 멀리 바다가 내 마음 속에 있고/ 그리움이 물결처럼 밀려와요'와 2절 '들판이 보이 는 언덕에 오르면'→ '저 멀리 들판이 내 가슴 속에 있고/ 옛 이야기 바람처럼 들려와요.'로 무리 없이 작품이 잘 풀려서 좋은 동요로 성공 하였다.

앞의 작품 외에 그는 '93년 6월『솔바람』86호에 발표한 「나의 꿈 은」(이동재 곡)이 '96년 국악동요제에 대상을 받았다. 그가 『솔바람』 199호 (2004. 7. 31)에 마지막으로 발표한 「복사꽃 필 때」는 바람에 눈송 이처럼 떨어지는 복사꽃잎을 보며, 학창 시절부터 직장 생활을 하면서 도 늘 고향을 떠나 살아온 자신의 고향집의 복사꽃을 떠올려, 바람에 떨어지는 꽃잎 속에 그리운 친구(고향)가 달려오는 환상을 보는 듯한 아름다운 동시이다. 〈고향집 산언덕에 곱게 핀 복사꽃/ 달려온 강바람 이 흔들고 가면/ 눈송이 내리듯 꽃잎을 타고/ 그리운 친구가 달려옵니 다.// 고향집 뒷동산에 수줍게 핀 복사꽃/ 지나가던 산바람이 간질거

리면/ 함박눈 내리듯 꽃잎을 타고/ 헤어진 친구가 달려옵니다. (「복사
꽃 필 때」 전문)〉

엄마 사랑도 가득가득 내 꿈도 가득가득/ 세상을 밝힐 푸른 등불을 메고
학교로 간다/ 내 꿈이 랄랄라 나무들처럼 노래한다/ 내 희망이 반짝반짝
햇살처럼 춤을 춘다/ 친구들 사랑도 가득 가득 땀방울도 가득가득/ 세상
의 새 그림을 그리며 집으로 간다// 아빠 사랑도 담뿍담뿍 내 꿈도 차곡
차곡/ 세상을 안아줄 사랑 등불을 메고 학교로 간다/ 내 꿈이 무럭무럭
선생님과 자라난다/ 내 희망이 훠얼훨 푸른 하늘로 날개친다/ 노래도
웃음도 담뿍담뿍 이야기도 차곡차곡/ 세상의 새 행복을 꿈꾸며 집으로
간다
   － 김종영, 「꿈이 크는 책가방」 전문, '04년 KBS창작동요제대상(손정우 곡)

뱅글뱅글 돌아간다 바람개비 돌아간다/ 꽃바람도 강바람도 새소리도 감
겨온다/ 빨강 노랑 파랑 초록 곱게 어울려/ 우리들의 고운 꿈을 활짝 펼
쳐라/ 뱅글뱅글 돌아간다 푸른 하늘 돌아간다/ 바람개비 날개에서 태어
나는 푸른 세상// 뱅글뱅글 춤을 춘다 바람개비 춤을 춘다/ 산마을도 꽃
구름도 저 하늘도 감겨온다/ 해님 달님 별님 꽃님 곱게 어울려/ 우리들
의 마음 속에 그림 그렸지/ 뱅글뱅글 춤을 춘다 푸른 바다 춤을 춘다/
바람개비 날개에서 훨훨 나는 푸른 우리
   － 김종영, 「바람개비」 전문, '14년 3~4학년 초등음악교과서, 동아출판

현재 『솔바람동요문학회』 회장을 맡아 열심히 일하는 김종영은 '47
년 속초에서 태어나, '73년 조선일보 신춘문예에 동시 「아침」이 당선
되어 등단을 한다. 특히 동요 부분에서 '솔바람'과 전국적인 동요 작
사와 작곡가 모임에서 활발히 활동하여 좋은 성과를 거두게 된다. 그
냥 운이 좋아 이루어진 것이 아니라, 본인이 좋아서 많은 노력을 기울
인 결과물인 것이다. 동시집이 『하늘을 날아다니는 아이들』('80) 외 8

권, 동화집『무지개 운전사』외 1권, 즉흥동요집『가을의 주인공』외 7권 등의 많은 아동문학서적을 펴내었다. MBC 창작동요제와 KBS 창작동요제, EBS 국악동요제, 창작국악동요제, 그 외에도 70여 편이 입상을 하여 우리나라에서도 가장 많이 동요제에 입상을 한 사람의 하나이다. 초등학교와 중학교 음악책에「꿈 배를 띄우자」, 「꿈이 크는 책가방」, 「굴렁쇠」, 「바람개비」, 「풍연놀이」가 실렸다. 동시에서도「싸움한 날」, 「홍시」가 초등학교 교과서에 실렸다.

위에 소개한「꿈이 크는 책가방」은 2009개정교육과정 초등학교 음악 6학년 초등음악교과서 6학년(태성)에 게재된 참 좋은 동요이다. 동요의 형식과 내용을 간단히 요약해보면, A(엄마 사랑과 내 꿈을 가득 메고 학교로 간다) − B(내 꿈과 희망을 사물인 나무와 햇살에 비유하기) −A(친구들 사랑과 노래와 웃음, 땀방울과 이야기도 가득 안고서 세상의 그림과 행복을 꿈꾸며 집으로 간다)「꿈이 크는 책가방」은 제목을 잘 정하여, 동요의 단점인 작품성을 잘 극복하였으며, 추상적 내용을 구체적 사물에 적절히 비유하고 상상력을 살린 밝고 희망적인 성공한 노랫말이다.

동요「바람개비」는 중학교 음악교과서에 실린『굴렁쇠』와 이미지가 비슷한 동요이다. 형식과 내용을 간단히 요약해 보면, A(바람개비가 꽃바람 · 강바람 · 산마을 · 꽃구름 · 새소리 · 저 하늘도 감으며) − B(각가지 색깔과 해님 달님 별님 꽃님과 곱게 어울려 우리들 꿈을 활짝 펼쳐라) −A(뱅글뱅글 푸른 하늘과 바다가 춤추며 돌아간다) −C(바람개비 날개에서 태어나는 푸른 세상, 훨훨 나는 푸른 우리) A−B−A'에 끝나지 않고 희망적인 '바람개비 날개에서 태어나는 푸른 세상, 훨훨 나는 푸른 우리'를 더한 것이 작품성을 살리고 이 노랫말을 훨씬 돋보이게 한 훌륭한 작품이다. 아동문학 한 우물을 열심히 가꾼 그를 보면서 시와 평론 등을 넘나든 필자가 좀 부끄러워진다.

새들이 지저귀는 저 소리는 포름한 연두색이다/ 땅에선 물컹물컹 솟아

나는 상큼한 흙 내음/ (후렴) 나뭇가지들 마다 분홍 꿈을 키우고/ 살짝 고개를 들면 어디선가 다가오는/ 향기로운 꽃 내음 봄이 오는 소리// 바람이 속삭이는 저 소리는 무지개 일곱 색이다/ 숲 속에 휘파람이 번져나는 향긋한 봄 내음/ (후렴) 생략

   – 남진원 「봄이 오는 소리」 전문,'90년 KBS창작동요제입상(정윤환 곡)

  남진원은 정선 문래리에서 태어나, 강릉에서 자라고 생활하며, 글짓기 학원과 초등학교와 대학에 출강하기도 하였으며, 현재 강릉의 산골에서 살면서 문학창작을 하고 있다. 필자는 '70년대 후반에 직장인 화전국민학교에서 만나 문학을 본격적으로 시작하게 되었고, 최도규(작고) 남진원, 김진광, 김종영, 권영상과 함께 『감자』 동인지를 몇 번 내기도 했다. 그의 동시 5편 「산골버스」, 「가을한낮」, 「어머니」, 「그때 그 고향집」, 「뒷걸음질」이 초등학교 교과서에 실렸다.

  「봄이 오는 소리」는 동요로 두 번 입상한 작품 중 한 편이다. 청각적 이미지의 '새소리'를 '포름한 연두색'의 시각적 이미지의 색깔로 환치하고, 역시 '바람소리'를 '무지개 일곱 색'으로 환치하는 솜씨가 좋다. 땅에서는 물컹물컹 상큼한 흙 내음이 나고, 숲에서는 '휘파람이 번져나는 향긋한 봄 내음'의 공감각적 이미지가 좋다. 다시 후렴에서는 '꽃 내음'의 냄새를 '봄이 오는 소리'로 후각적 이미지를 청각적 이미지로 환치한 좋은 작품이다.

  필자는 그의 동시 「뒷걸음질」이 참 좋다. 그래서 《아동문예》에 극찬의 평을 한 바 있는데, 얼마 안 있어 2015년 초등학교 5학년 국어 읽기 교과서에 수록되었다. 여기서 한 편 더 소개할 동시는 그의 대표동시인 국어교과서에 실린 「어머니」이다. 어머니는 아들이 학교 가는 책가방에 '사랑'을 넣어주고, 도시락에는 다시 '기쁨'을 모두 모아 넣어 준다. 모두 넣어주고도 어머니 마음은 더 줄 게 없어 허전하다. 그래 학교 가는 아들의 뒷모습을 지켜본다. 그 마음을 아들이 알게 된다. 이것

이 깨달음이요, 어머니에 대한 아들의 조그만 사랑이다. 〈사랑스런 것은/ 모두 모아/ 책가방에 싸 주시고// 기쁨은 모두 모아/ 도시락에 넣어 주신다// 그래도 어머니는/ 허전하신가 봐// 뒷모습을 지켜보시는 그 마음/ 나도 알지 (「어머니」 전문)〉

새 짝꿍은 누가 될까 남자일까 여자일까/ 키순서로 줄 세우며 다가오는 선생님/ 가슴 콩콩 마음 동동 뒤꿈치로 키키우며/ 아까부터 마음에 든 친구 옆에 서보건만/ 선생님이 정해주는 새 친구가 나의 짝꿍/ 어떡하면 잘 보일까 설레는 나의 마음// 사이좋게 지내라는 선생님의 첫 말씀에/ 어떤 말이 젤 좋을까 뭘 먼저 물어볼까/ 두근두근 뛰는 마음 꼭꼭 눌러 침 삼키고/ 잡았던 손 바라보며 얌전하게 앉았는데/ 망설이는 나를 보고 웃어주는 나의 짝꿍/ 마음 어찌 알았을까 좋아지는 내 마음
　　－ 이복자, 「새 짝꿍」 전문, '14년 3~4학년 초등음악교과서, 천재문화

어제도 오늘도 야근하시는 피곤한 아빠를 위해/ 내가 드리는 행복 비타민 우리 아빠가 최고야/ 어제도 오늘도 일만하시는 피곤한 엄마를 위해/ 내가 드리는 행복 비타민 우리 엄마가 제일이야/ 내일도 모레도 웃음꽃 피는 우리 가족들 위해/ 내가 하는 행복 비타민 감사합니다 사랑합니다
　　　　－ 배정순, 「행복 비타민」 전문, '14년 서덕출 창작동요제 장려상

　　이복자는 '54년 강릉 사천면에서 태어났고, 한국아동문학연구회회장 엄기원의 사천초등학교 제자이다. 1994년 좀 늦깎이로 동시로 등단했지만, 동시집 5권, 시집 5권, 노랫말동요곡집 1권을 펴내며 솔바람과 한국작사 작곡가 협회(현 회장) 등에서 열심히 활동하여 KBS 창작동요제 우수상, MBC 창작동요제 동상, 창작국악동요제 우수상 등 많은 수상을 하고 제 18회 대한민국동요대상을 받았다.
　　이복자 동요는 밝고 어린이들이 재미있게 부를 수 있는 장점이 보인다. 위에 소개된 「새 짝꿍」은 새 학년 봄에 새 학급을 편성하고 키순

서로 남녀 한 명씩 새 짝꿍을 정하여 함께 앉힐 때 설레는 마음을 직접 체험하듯 의태어 '콩콩, 동동'을 사용하여 생생하고 재미있게 표현하였다. 작품의 끝부분 '망설이는 나를 보고 웃어주는 나의 짝꿍/ 마음 어찌 알았을까 좋아지는 내 마음' 그 속에 어린이들의 우정과 사랑이 과일 속의 비타민처럼 녹아 있다. 역시 초등학교 음악교과서에 실린 「콩닥콩닥 두근두근」(3-4학년, 동아출판)에 실린 작품도 친구에게 알사탕을 받고 초콜릿을 주던 날부터 뛰는 마음을 의태어 '콩닥콩닥, 두근두근'을 넣어 어린이들이 자신들의 감정을 잘 대변한 살아있는 시어로 재미있게 노래할 수 있게 창작된 성공한 동요이다.

배정순은 '63년 강릉 옥계에서 태어나, 강릉에서 자녀의 글짓기 지도를 남진원 시인에게 맡기다가 문예창작교실로 인연이 이어져, 동시로 2000년 《아동문예》, 2003년 《새벗》문학상을 수상하며 문단에 나왔다. 그 동안 쓴 좋은 동시로 『들어가도 되겠니?』, 『연두색 느낌표』 등의 동시집을 펴내어 독자들의 호응이 좋았다. 동요로는 '고향의 봄' 창작에 「손을 내밀어 봐요」가 입상, '2014 서덕출 창작'에 「행복비타민」이 장려상, '제5회 어린이청소년창작찬불동요제'에 「산사로 오세요」가 대상을 받았다. 요즘에는 글짓기 학원을 운영하고 있다.

위의 동요 「행복 비타민」은 제목이 참 좋다. '행복 비타민'은 '힘든 가족에게 전하는 칭찬과 감사와 사랑'의 메시지이다. 이 내용을 노랫말인 동요로 잘 풀어서 형상화 하는 작업을 아빠, 엄마, 가족 순으로 메시지를 잘 전달하여, 이 노래를 부르고 듣는 어린이와 사람들에게 행복의 비타민을 나누어주는 산타 역할을 한다. 그의 동시를 읽어보면, 사물과 세상을 바라보는 눈빛이 맑고 밝고 건강하고 감성이 빛나며 나름대로의 개성적인 시의 집짓기를 하고 있음을 본다. 이러한 동시 한 편을 감상해 보자. 〈하루 종일/ 봄비가/ 초록공사 벌렸다// 연두빛 새싹 끌어올리는/ 봄비의 부산한 공사장// 나뭇가지 곳곳/ 오솔길 옆 마른풀 밑에도// ！！！！！！……// 봄비가 세운/ 연두색 느낌, 느낌

표.(「연두색 느낌표」 전문)〉

오늘은 보름달이 온 세상 밝히는 날/ 그리운 대한 얼굴 여기다 모였네/
지난날의 이야기와 앞날의 꿈 나누며/ 강강술래 춤을 추며 달무리가 되
자/ 왼쪽 오른쪽 돌아서 찍고 앞으로 갔다 뒤로 갔다 돌아서 찍고/ 웃는
얼굴 밝은 마음 하나로 노래되면/ 우리는 정다운 대한의 친구들/ 오늘은
보름달이 온 세상 밝히는 밤/ 강강술래 춤을 추며 달무리가 되자
  – 이호성, 「달무리가 되자」 전문, 『솔바람』, '솔바람동요문학회' 31주년
    기념문집

창문을 열면 바람은 창틀을 넘어/ 방안으로 들어와 긴 의자에 몸을 누인
다/ 꽃들이 꽃병에서 활짝 웃으면/ 바람은 열린 피아노 위에 살포시 앉
아/ 라솔파미파미레도 춤을 추면은/ 벽시계 째깍째깍 노래 부른다/ 창문
을 열면 바람은 너무 좋다 따사로운 방안이
  – 전세준, 「창문을 열면」 전문, 『솔바람』, '솔바람동요문학회' 31주년
    기념문집

이호성은 '41년 삼척 호산에서 태어나, '86년 한국동시문학연구신
인문학상에 동시가 당선되어 문단에 등단하였다. 관동문학상 외 다수
문학상을 수상하였으며, 동시집으로 『해망산이 있는 바닷가 아이들』
외 12권의 책을 펴내었다. 이제는 이 시인이나 필자도 학교장을 끝으
로 퇴직을 하였지만, 필자가 문학에 발을 들여놓기 전 학교 강사로 간
곳에서 이 시인이 교무를 맡고 있었는데, 댁에 '강원아동문학' 동인지
가 있어 얘기를 나누었다.
  앞의 시 「달무리가 되자」는 이 시인의 다른 작품에 비해 호흡이 긴
시이며, 종결어미가 대부분 '~요'로 끝나는 동요가 많은데, '~되자'
는 청유형종결어미를 사용하고, 전통적인 달맞이를 하며 즐기는 과감
하고 역동적인 이미지로 작품을 형상화하였다. 달맞이를 하며 강강술

래를 하는 놀이를 '달무리'로 본 점이 참신하고 돋보이는 전통적인 놀이를 통한 화합의 정신을 떠올리는 좋은 노랫말이다. 소개한 동요처럼 앞으로 좀더 과감하고, 리얼하고, 재미있는 노랫말을 역동적 이미지를 살려서 쓴다면 더 좋은 작품이 샘물처럼 쏟아지리라 생각된다.

전세준 '40년 강릉에서 태어나서, 《강원일보》신춘문예에 소설과 《아동문학세상》에 동화가 당선되어, 소설과 동화를 오랫동안 써온 작가이다. 동화집『잘 키워 드릴께요』외 여러 권이 있고, 동요집『기다림』, 『시골 장터』등이 있다.

위의「창문을 열면」은 바람과 사물인 꽃과 벽시계를 의인화하여 쓴 노랫말이다. 바람이 사람처럼 의자에도 눕고, 꽃병의 꽃이 활짝 웃어주면, 피아노도 치고 춤을 추며, 벽시계가 째깍째깍 노래를 부른다. 동요에는 시적자아가 생략되었지만, 시적자아가 창문을 열 때면 바람이 잽싸게 들어온다. '창문을 열면 바람은 너무 좋다 따사로운 방안이' – 창문을 열었을 때 바람이 들어와 펄럭펄럭 사물들과 어울리는 상상력을 동원하여 쓴 좋은 동요이다. 전 작가는 소설을 쓰고 있기에 누구보다도 리얼한 묘사를 잘 할 수 있다. 그리고 동화를 쓰기에 상상과 환상을 누구보다도 잘 할 수 있다. 앞으로 동요를 쓸 때에 이점을 십분 활용한다면 후세에도 길이 남을 작품을 수편은 남길 것이라는 기대를 해 본다.

> 개구리가 길 밖으로 구경 나왔다/ 홀짝홀짝 뛰면서 길 밖으로 나왔다/
> 한 발짝을 뛰고 나서 두리번두리번/ 다음 발을 뛰고 나서 고개를 갸우뚱
> // 개구리가 길 밖으로 구경 나왔다/ 뒤뚱뒤뚱거리며 길 밖으로 나왔다/
> 한 발짝을 뛰고 나서 눈동자 빙그르/ 다음 발을 뛰고 나서 눈꺼풀 화들짝
> – 정민시 요, 이문주 곡,「개구리 여행」전문,『솔바람』, '솔바람동요문
>   학회' 기념문집

보고 싶은 마음이 하늘로 가면/ 하얀 구름 빨간 구름 그림이 된다/ 보고 싶은 사람에게 찾아가라고/ 이슬비 여우비 다리를 놓는다// 사랑하는 마음이 하늘로 가면/ 하얀 구름 노란 구름 달빛이 된다/ 사랑하는 사람에게 전해 달라고/ 꼬마 눈 함박눈 편지를 쓴다

        - 김남권, 「하늘 마음」 전문, 『솔바람』, '솔바람동요문학회' 31주년 기념문집

    - 나는 세상을 밝혀주는 해님이 될 거야./ - 그럼 나는 달님이 되어/ 네가 없는 어두운 밤을 밝혀 줄 거야.// - 나는 산을 덮어줄 나무숲이 될 거야./ - 그럼 나는 하얀 눈이 되어/ 네가 없어 추운 겨울 산을 덮어 줄 거야.// - 나는 넓고 넓은 바다가 될 거야./ - 그럼 나는 강이 되어 네 바다에 물을 대줄 거야.// - 나는 너를 고마워하며 살아갈 거야./ - 그럼 나는 너를 평생 그리워하게 될 거야.

        - 이상일, 「나는 커서」 전문, 《아동문예》 2015. 9 · 10월호, 『솔바람』 10집

    김남권은 '61년 경기도 가평에서 태어나, '94년 『석파랑동인지』 시로, '13년 《아동문학세상》에 동시신인상으로 등단하여, 시낭송가로도 활동하고 있다. 시집은 『바람 속에 점을 찍다』 외 3권이 있고, 동국대학교 평생교육원 교수, 시소공감연구원원장으로 있다. 사람들이 이따금 벤치에 앉아서 혹은 야외에 자리를 깔고 누워 하늘을 바라보며 보고 싶은 사람을, 사랑하는 사람을 생각한다. 앞의 시 「하늘 마음」 1절에서는 '보고 싶은 마음'이→'하얀 구름 빨간 구름 그림이 된다'(은유법), 그래서 보고 싶은 사람을 찾아가라고 '이슬비 여우비 다리를 놓는다'. 2절에서 '사랑하는 마음'이 → '하얀 구름 노란 구름 달빛이 된다'(은유법), 그래서 사랑하는 사람에게 전해달라고 '꼬마 눈 함박눈 편지를 쓴다'. 3음보 7 · 5조 4행의 짧은 동요지만 메타포(은유)를 통한 시적형상화가 잘 된 그의 대표작이라고 할 수 있겠다.

    정민시는 시집 『변하지 않는 풍경』, 『대답을 듣고 싶다』를 펴내고,

제 4회 농촌문학공모전 시부문 우수상, 제1회 전국 병아리 창작 동요제 작품 우수상, 강원문학상 등을 수상하였다. 위의 작품 「개구리 여행」은 물 밖으로 나온 개구리가 걸어가는 모양을 아주 재미있게 실제 보고 있는 것처럼 역동적인 이미지로 잘 묘사하였다. 특히 의태어인 '홀짝홀짝, 두리번두리번, 갸우뚱, 뒤뚱뒤뚱, 빙그르, 화들짝'을 사용하여 개구리 특성을 잘 나타내어 시적으로 형상화한 좋은 작품이다. 동시보다도 동요에는 의태어와 의성어가 시청각적인 이미지와 재미성을 위하여 더 많이 동원되는데, 「개구리 여행」에서도 의태어가 적절하게 잘 사용되는 예가 되는 동요이다.

이상일은 '46년 서울에서 태어나, 서울대학교 의과대학을 졸업하고, 삼성병원과 강릉 동인병 등에서 원장을 역임하고, 현재는 동인병원 소아과에서 근무하며 동심과 가까워져, 올해부터 솔바람에서 활동하고 있다. 위에 소개한 「나는 커서」는 무엇이 되겠다는 시적자아의 희망사항을 노래로 만들었다. 그런데 무슨 직업이 아니라, 상징적 이미지로 사물에 비유하여 이러한 인물이 되겠다고 한다. 여기에 나오는 상징물인 '해님, 달님, 나무숲, 하얀 눈, 바다, 강'이 의미하는 것이 있다. 1~ 3연마다 '나는 ~이 될 거야' 하면, '그럼 나는 ~이 되어 ~줄 거야.'로 나와 네가 서로 보완해 주는 의미를 나타내며, 시 형식의 틀이 같다. 그리고 마지막 연에서 서로 고마워하고 평생 그리워하게 될 거라는 의미로 끝을 맺는다. 작품 스케일이 크고 의미성과 시각적 이미지가 돋보이는 좋은 작품이지만, 가곡의 가사에 가까운 것은 동심의 렌즈로 사물을 바라보기와 좀 멀어진 느낌이 들기 때문이리라.

김남권과 정민시는 시를 오래 써온 시인이지만, 아동문학인 동시와 동요에는 지금도 좀 서툴다. 그만큼 동시와 동요가 시보다 쉬운 듯하지만, 동심의 렌즈로 사물을, 세상을 바라보기, 동심으로 시심을 걸러내기가 만만치 않다는 것이다. 동시는 안으로 생각하기에서 동요는 노랫말로 겉으로 드러내기에서 차이가 있고, 동요는 노랫말이기에 리듬을 생각해야 하고, 노래를 들으면서 빨리 내용을 알아들어하고, 이미지가 더 선명해야 한다. 그래서 좋은 동시와 동요쓰기가 시 쓰기보다 더 어렵다고 할 수 있다.

지난 호에 한국동시문학회 여름 세미나 강연준비와 겹쳐서 처음으로 원고를 못 냈다. 그래서 이번에 원고 량을 더 늘여 쓰라기에 원고 분량을 늘이며, 마지막 원고라 생각하며 지난 호 본지 특집으로 다룬 『솔바람』에 우리나라 동요 활성화를 위해 할애했다.

제**2**부
2014년 선정동시

우리나라의 동요 산책

— 윤석중, 박경종, 박화목, 임교순, 김옥순, 김연래, 채정미

한 해의 등이 보이고, 새로운 한 해가 오고 있다. 지난 2013년 11월 9일(토) 서울시민청 이벤트홀에서 한국동시문학회 주최 〈동시의 날 제정 선포 5주년 기념 시낭송회〉가 열렸다. 회원들의 동시 낭송과 악기 연주와 노래가 많은 사람들이 모인 앞에서 성황리에 막을 내렸다. 동시의 날 제정위원회가 작사한 글을 작곡한 오세균동요협회 회장의 직접 지휘로 초등학생들의 '동시의 노래' 합창이 있었다. 그 가사 전문을 여기에 소개한다. 〈우리 우리 우리— 시 우리 마음 깃든 시/ 어린이와 어른 가슴 우리 겨레 가슴에/ 가슴 마다 꽃송이 착한 마음 고운 시/ 그건 그건 동시야 생각 크는 좋은 시/ 읽고 외우고 싶어요 푸른 나무 크는 시/ 온 누리를 밝게 하는 우리 친구 동시를〉 그래서 이번 호에는 몇 사람의 동요를 중심으로 하여 동요 산책길로 들어서 본다.

살펴볼 작품은 본지에 실린 김연래의 「먼지와 청소기」(동시), 채정미의 「집에 가기 싫은 이유」(동시), 「꿈꾸는 애벌레」(동요), 그리고 필자의 문학의 길을 열어주신 윤석중 선생님의 「앞으로」, 평소에 가까이 지냈던 박경종 선생님의 「초록바다」, 박화목 선생님의 「과수원길」, 강원아동문학동인지 38집에 특집이 실린 임교순의 동요 「방울꽃」 강원아동문학상 수상자 김옥순 동요 「파도와 얼음땡」을 중심으로 하여 과거와 현재의 동요를 살펴보고자 한다. 이것이 또한 동요 활성화와 단형화되어가는 우리 동시단에 이정표가 될 수도 있지 않을까?

위이잉,/ 청소기가 신호하면/ 서랍 안 먼지도/ 침대 밑 먼지도// 더 더 구석지고/ 더 잘 뭉쳐지는/ 봉투 속으로/ 종종종 달려오고/ 줄줄이 들어가// 부둥켜 안고/ 신나서 신나서/ 돌돌돌 구른다

앞의 시는 아동문예 2013년 11 · 12월호에 게재된 김연래의 동시이다. 청소기와 먼지를 의인화하여 쓴 작품으로, 어미닭이 꼬꼬꼬 하고 부르면 종종종 달려가는 병아리, 체육시간에 선생님이 호루라기를 불면 우르르 달려오는 아이들 관계가 연상된다. 아마도 김연래 시인이 그런 관계를 생각하며 이 동시를 썼으리라. 동시를 쓸 때 사물의 사실이나 정보나 특징을 있는 사실대로 그려서는 좋은 작품이 못 된다. 사물과 사물의 관계를 설정하거나 비유나 연상을 해야 한다. 이 작품은 그러한 점을 염두에 두고 시를 창작했기에 좋은 작품이 될 수 있다. 아이들도 휴지처럼 어른들이 안 보는 구석에 모여서 자기들만의 세계를 갖고 싶어 한다. 학교에서 어저께도 만났지만, 다음 날 다시 만나면 부둥켜 안고 좋아한다. 먼지도 머리카락도 그렇다. 그런 속성과 특징을 잘 관찰하고 쓴 재미있는 작품이다.

김연래 시인이 지난 해 본지 9 · 10월호 '이달의 동시 동시인' 란의 끝부분에 실린 한 줄 정도의 자신의 작품 평을 보고 자신이 특집으로 실린 작품의 평을 이메일로 좀 보내주면 감사하겠다고 연락이 왔다. 그 내용을 싣는다. －「단풍나무」는 1연에서 상상력이 돋보여 기대를 했는데, 2연에 가서 약간 실망을 했지요. 상상과 환상으로 더 발전하는 장치를 만들어 보세요. (중략)「탁본」은 짧은 동시이지만, 발상이 새롭고, 비유가 좋고, 의미성에도 성공한 동시지요. 뒤에 '훈이야' 가 들어가서 다정하고 더 작품이 좋아졌지요. 조금 더 노력하면, 요즘 동시의 흐름에 잘 맞는 재미있는, 아이들이 좋아하는 동시를 잘 쓸 수 있는 날이 곧 올 것 같은 느낌이 드네요.

학교 갈 땐 제일 먼저 갔다가도/ 집에 올 땐 제일 늦게 가는 강희// 선생님, 뭐 더 도와 드릴 게 없어요?/ 애들아, 나랑 놀자// 집에 가도 아무도 없는 강희/ 자꾸만 걸음이 느려진다/ 느릿느릿 집에 가기 싫다.

위의 작품도 본지 11·12월호에 게재된 채정미의 동시이다. 이 동시의 제목이기도 한 시적자아가 학교에 왔다가 집으로 가기 싫은 이유가 무엇일까? 그런저런 연유로 집에 가면 혼자뿐인 오늘날 사회와 가정의 문제인 아이들의 마음을 잘 그린 작품이다. 이러한 아이들의 마음을 어떻게 이해하고 도와주어야 하는지를 생각하게 하는 작품이다. 함께 발표한 「옳는 것도 아닌데」도 정신연령이 낮은 소외된 아이를 소재로 하여 쓴 작품이다. 끝부분 5~6연에 〈어른들은 막상 어려운 사람들은 도와줘야 한다고 하면서도/ 친구하는 건 싫은가 봅니다.// 참 이상합니다.〉하고 끝을 맺었다. 이러한 동시들이 사회나 이웃에 소외된 문제제기에서, 그 치유의 내용이 담긴 작품으로의 시적승화는 어려운 작업일까? 성공한다면 작품의 가치가 한층 빛날 수 있으리라.

채정미 시인은 2003년에 《아동문예》로 등단하여, 2005년 KBS창작동요제 노랫말 우수상 등 동요 부문에서 많은 상을 받았으며, 솔바람동요문학회에서 활동하고 있다. 이번에 솔바람동요문학회에서 제11회 한국아동문화예술상 수상기념작품집 『꿈꾸는 애벌레』(제9집)를 내었다. 그의 작품이 9편이 실렸는데, 의태어 사용이 잘 어울려 이미지가 돋보이고 동심으로 걸러진 희망적인 좋은 동요 한 편을 소개한다. 〈꼬물꼬물 도동통 애벌레 한 마리/ 야곰야곰 초록잎새 배부르게 먹고선/ 새근새근 콜콜 나비잠에 빠졌어요/ 안 돼 안 돼 아무리 궁금해도/ 안 돼 안 돼 조금만 기다려줘/ 따스한 햇살 눈부시게 비추고/ 예쁜 꽃들 활짝 피는 봄이 오면/ 허물을 벗고 하늘 높이 날아올라/ 아름다운 나비가 될 거야/ 세상 가득 환한 빛이 될거야(전문)〉 '솔바람동요문학회'는 전신이 '조약돌아동문학회'이며, 1984년 5월 16일에 창립하여 창간호가 그해 7월 15일에 나왔다. 당시 강릉교육청에서 장학사로 근무하던 김원기(작고) 시인의 제의로 주로 강릉에서 교직에 근무하는 엄성기(작고), 김교현(작고), 김진광(필자), 김옥순(필자와 함께 초창기 창립 멤버), 이상진, 박순정, 김병규, 예창명, 이원수, 심윤명, 이향숙, 최시봉, 안미숙, 유인자, 김옥자, 김윤희, 전정순, 김영희, 이영희, 양희순, 최덕순, 이옥희, 이규희 등이 창립초기 회원 이었으나 실제 활동한 사람 수는 그보다 적었다. 나중에 남진원, 김종영, 장영철(작고), 이호성, 배정순, 조무근 등이 들어와 활동을 하였으며, 현재는 20여명의 회원이 활발히 작품 활동을 하고 있다. 이번 제 9집 특집으로 동인으로 활동하다가 작고한 김교현 김원기 엄성기 장영철 정태모 최정애 회원의 대표 작품들이 실려 있었는데, 그 중에 고 최도규 시인의 작품을 감상해 보고자 한다.

> 저문 하늘 살포시/ 달이 뜨면은/ 강변에 달맞이꽃/ 곱게 핍니다.// 강물에 아롱진/ 노오란 달을/ 밤마다 꽃잎으로/ 떠올리다가/ 강변에 달맞이꽃/ 달이 됩니다.// 강변에 달맞이꽃/ 곱게 피면은/ 하늘에 동그마니/ 달이 뜹니다.// 밤마다 달을 향한/ 노오란 꿈을/ 이슬에 내려 앉아/ 닦아주다가/ 밤하늘 둥근 달은/ 꽃이 됩니다.
>
> — 최도규, 「달맞이꽃」 전문

앞의 동요는 한국동요문학회에 활동하면서 낸 동요집 『달맞이꽃』(1988년)의 책 제목이 된 작품이다. 최도규 시인은 1943년 강릉에서 태어나서 《아동문예》 동시 천료(76년), 《월간문학》, 기독교교육 당선, 시조문학 시조 천료(80년), 한정동 아동문학상(84년) 등을 수상하였다. 지은 책은 동시집으로 『교실 꽉 찬 나비』(79년), 『이사 가던 날』(80년), 『할머니 이야기』(80년, 3인 공저), 동시조집 『빼꼼이와 짱구』(83년), 동요집 『달맞이꽃』(88년), 시집 『오늘 우리 선생님』(91년), 『감자』(87, 88,

89, 91년 최도규 김종영, 남진원 김진광, 권영상 5인 공저) 등이 있다. 달맞이꽃은 7·5조로 된 리듬이 잘 흐르는 동요로, 달밤에 피어난 달맞이꽃을 눈으로 직접 보는 것처럼 시각적 이미지가 돋보이며, 달맞이꽃이 달이 되고, 달이 꿈을 꾸는 달맞이꽃이 되는 동요에서는 어려운 시적 형상화가 뛰어난 훌륭 한 작품이다.

최도규 시인의 대표작품 「교실 꽉찬 나비」는 첫 동시집의 제목이며, 그의 대표작이라고 할 수 있다. 교통사고로 일찍 세상을 하직한 산소 앞에 친구들이 작은 시비를 세운 작품이다. 교실에 날아든 나비가 선생님과 책에서 아이들을 모두 데려간다. 아이들을 빼앗긴 선생님도 아이들에게 뭐라 나무라는 대신, 슬그머니 아이들 속에 어울리는 자연합일의 이치를 배우게 한다. '마알간 유리 그물'의 설정과 열린 창문 대신 '아이들 눈 속으로/ 쏙쏙 들어가'는 나비. 그리고 마지막 연인 '교실 안은/ 꽃밭/ 꽈악찬 나비.'는 아이들이 꽃이 되는 절창이며, 나비 한 마리가 마술사가 되는 상상과 환상의 세계를 넘나드는 듯한 걸작이다. 〈어쩌다/ 교실에 날아든/ 한 마리 나비// 책을 쓸던/ 까아만 눈들을/ 모두 낚아 올린다.// 책갈피를 뛰쳐나간/ 눈망울들도/ 장난 속을 튀어 나와/ 살포시 여는/ 앞니 빠진 입들// 선생님도 슬그머니/ 빼앗기는 눈동자// 마알갛게 빛을 낸/ 유리 그물에 걸려/ 열린 창 옆에 두고/ 호록 호록 날다/ 아이들 눈 속으로/ 쏙쏙 들어가// 교실 안은/ 꽃밭/ 꽈악찬 나비.(전문)〉

앞으로 앞으로/ 앞으로 앞으로/ 지구는 둥그니까 자꾸 걸어나가면/ 온 세상 어린이를 다 만나고 오겠네.// 온 세상 어린이가/ 하하하하 웃으면/ 그 소리 들리겠네 달나라까지/ 앞으로 앞으로/ 앞으로 앞으로
- 윤석중, 「앞으로」 전문

우리나라의 구전동요는 대체로 작가가 알려지지 않은 3·4조, 4·

4조를 기본으로 한 어린이를 위한 노래였는데, 1920년대에 들어오면서 7·5조의 폭넓은 율조를 가진 창작동요로 그 명맥을 넘겨주게 되었다. 1925년을 전후하여 이른바 아동문학의 전성기를 맞는 시기에 윤석중은 동요로 문단에 발을 들여 놓았으며, 1932년에 우리나라 최초의 창작동요집 『윤석중 동요집』, 1933년에 '윤석중 동시집 제 1집'이라는 부제를 단 작품집 『잃어버린 댕기』를 출간하면서, '동시'라는 용어를 처음 사용하였다. 그는 1911년 서울 중구 수표동에서 태어나 13살부터 짓기 시작한 동요, 동시가 2000여 곡이나 되며, 1956년에 새싹회를 창립하고 《새싹문학》을 펴내었으며, 2003년 아흔 두 살의 나이로 세상을 마칠 때까지 우리나라에서 가장 활발하게 동요를 창작하며, 방정환을 이어 아동문화운동에 앞장섰다.

위의 동요는 이수인이 작곡하여 널리 노래로 불러졌다. 그는 철저한 동심주의 작가이며 낙천적인 의식을 가지고 있다. 이 작품도 읽어 보면 그가 즐겨 사용하는 작품의 특성 중에 하나인 반복과 대구법을 통하여 어린이들의 밝은 희망과 힘차고 명쾌하고 씩씩한 느낌을 주어, 온 지구를 돌아 친구들과 웃으며 어울려 달나라에라도 갈 수 있는 환상적인 기분이 든다. 그의 동요는 가장 많이 불려졌고, 교과서에서 가장 많이 게재되었다. 잘 알려진 동요로는 봄나들이(나리 나리 개나리/ 입에 따다 물고요~), 낮에 나온 반달(낮에 나온 반달은 하얀 반달은~), 퐁당퐁당(퐁당퐁당 돌을 던지자~), 우산(이슬비 내리는 이른 아침에/ 우산 셋이 나란히 걸어갑니다~), 나란히 나란히(~밥상 위에 젓가락이 나란히 나란히 나란히~), 고향땅(고향땅이 여기서 얼마나 되나/ 푸른 하늘 끝닿은 저기가 거긴가~), 새 나라의 어린이(새 나라의 어린이는 일찍 일어납니다~), 어린이 날 노래(날아라 새들아 푸른 하늘을~), 기찻길 옆(기찻길 옆 오막살이~) 등이 있다.

초록빛 바닷물에 두 손을 담그면// 파란 하늘 빛 물이 들지요// 어여쁜 초록빛 손이 되지요// 초록빛 여울물에 두 발을 담그면// 물결이 살랑 어

루만져요// 우리 순이 손처럼 간지럼 줘요

　　　　　　　　　　　　　　　　　　　－ 박경종, 「초록 바다」 전문

　「초록 바다」(작곡 이계석)는 초등학교 음악 책에도 실려 있던 많이 불러진 노래로, 인간과 자연의 조화와 사랑, 즉 자연합일의 세계가 드러나는 아름다운 노랫말이다. 작품에 등장하는 '순이'는 '노마'와 함께 작품 속에 그의 유년시절 분신처럼 등장하는 전형적인 인물이다. 박경종의 동요나 동시는 대부분 7·5조의 리듬을 바탕으로 반복법, 대비법, 자연과의 대화체 형태를 즐겨 쓰며, 자연서정을 노래하고 있다는 점이 그의 작품의 특징이다. 그는 1916년 함남 홍원에서 태어난 실향민으로 고향의 향수, 나아가서 그의 문학 세계에는 민족통일에 대한 염원이 짙게 드러났다. 그는 말년에(2002년)에 그의 동요와 동시 작품집 17권을 한데 모아 아주 두꺼운 박경종동요동시전집 1, 2집 『초록바다』(신아출판사)를 펴내었다. 그 때 보내준 책을 바쁘다는 핑계로 못 읽고 쌓아두었다가 이번에 살펴보았다. 그는 필자가 살고 있는 동해안을 지나면 꼭 들려 동요 창작 등 많은 가르침과 후배를 도와주는 정이 많은 분이었다. 서예에 일가견이 있어서 필자에게 '초록바다', '엄마는 귀도 없고 코도 없는지', '겨울밤' 등 많은 동요 작품을 써 주어서 액자를 하여 잘 보관하고 있다. 그는 중학교 2학년 때 '왜가리'가 조선중앙일보에 입선되었는데, 이 작품은 자연친화적이고, 당시의 현실에서 보면 말을 하지 않고 '왝!' 하는 왜가리는 일제하의 말 못하는 우리 민족을 상징하는 뜻으로 볼 수 있겠다. 〈왜가리야/ 왜가리야?/ 왝!/ 어데 가니?/ 왝!/ 엄마찾니?/ 왝!/ 아빠찾니?/ 왝!/ 왝! 말은 하지 않고 대답만 하니?/ 왝! (「왜가리」 전문)

　동구 밖 과수원 길/ 아카시아꽃이 활짝 폈네/ 하이얀 꽃 이파리/ 눈송이처럼 날리네// 향긋한 꽃 냄새가/ 실바람 타고 솔솔/ 둘이서 말이 없

네/ 얼굴 마주보며 쌩긋/ 아카시아꽃 하얗게 핀/ 먼 옛날의 과수원 길
　　　　　　　　　　　　　－ 박화목, 「과수원 길」 전문

　위의 동요는 김공선이 작곡한 명작 동요로, 유명 가곡 「보리밭」(윤용하 곡)과 함께 그의 대표작품이라 할 수 있다. 그는 1922년 황해도 황주에서 태어나 1938년 『아이생활』에 동시 '가을밤'이 추천되어 등단하였다. 그 후 그는 아동문학가, 시인, 방송인(기독교방송편성국장), 대학교수 등을 역임하였다. 그의 작품은 자연과 인간의 사랑과 동심의 세계가 상호 접목 되어 있으며, 동시와 동요 모두 리듬과 이미지를 통한 시적형상화면에서 돋보인다. 지나는 길에 몇 번 필자에게 들린 적이 있는데, 맥주를 즐겨 마시면서, 과수원 꽃길처럼 환하게 웃으면서 「과수원 길」에 대한 얘기를 해주신 것이 생각난다. 지금은 갈 수 없는 자신의 고향 마을 과수원 이야기를 생각하며 쓴 글인데, 그래서 끝에 '먼 옛날의 과수원 길'이라고 하였단다. 실향민의 향수를 노래했지만, 이원수의 '고향의 봄'처럼 듣는 사람들이 자신의 고향을 생각하게 하는 사랑을 받았던 작품이다. 아카시꽃이 활짝 핀 과수원 시골길이 눈앞에 펼쳐지는 영상을 보는 듯한 느낌이 드는 훌륭한 작품으로, 회화적이고 시적형상화가 놀랍다. 「보리밭」은 6·25 피난시절에 만나 박화목이 쓰고 윤용화가 곡을 붙였는데, 박 시인은 윤 작곡가가 몹시도 가난하게 살다가 죽은 7년 뒤에 서수남과 하청일 가수가 노래를 불러서 크게 세상에 알려 졌다면서 안타까워했다.

　끝없이 밀려오는 파도를 향해/ 얼음 얼음 멈추어라 얼음/ 쉬지 않고 밀려오는 파도를 향해/ 얼음 얼음 멈추어라 얼음/ 파도야 파도야 내 말 좀 들으렴/ 내 말은 듣지 않고 왜 자꾸만 밀려오니// 끝없이 밀려오는 파도를 향해/ 땡 땡 얼음그만 땡/ 쉬지 않고 밀려오는 파도를 향해/ 땡 땡 얼음그만 땡/ 파도야 파도야 이제 그만 땡이야/ 내가 먼저 좋아줄께 마음

껏 내게 오렴

– 김옥순, 「파도와 얼음땡」 전문

아무도 오지 않는 깊은 산 속에/ 쪼로롱 방울꽃이 혼자 폈어요// 산새들 몰래몰래 꺾어 갈래도/ 쪼로롱 소리 날까 그냥 둡니다// 산바람 지나가다 건드리며는/ 쪼로롱 방울소리 쏟아지겠다// 산노루 울음소리 메아리 치면/ 쪼로롱 방울소리 쏟아지겠다

– 임교순, 「방울꽃」 전문(이수인 곡)

「방울꽃」은 시인이 자천한 대표작 중의 한 편이다. 어린 시절 어머니가 봄나물 바구니에 나물과 함께 아들에게 주기 위하여 은방울꽃을 꺾어 오셨던 그 때의 감각이 귓속을 자극하였고, 깊은 산속의 산새, 산바람, 산노루를 눈에 떠올려 1966년에 쓴 작품이라고 한다. 시인의 말처럼 자연의 순수함과 평화로움, 자연사랑, 쪼로롱 소리 날 듯한 시청각 이미지와 전통적 7·5조의 리듬을 바탕으로 한, 사물을 의인화하고 예술의 아름다움으로 승화한 좋은 노랫말이다. 그는 현재 강원도에 거주 아동문학가 중에는 가장 앞 페이지에서 동화와 동요로 활발하게 활동을 한 사람이다. 동화도 동요도 후배들이 보고 연구하고 배울 만하다.

「파도와 얼음땡」을 지은 김옥순은 2003년에 《아동문예》로 등단하였으며, 초등 중등학교 음악교과서에 수록되는 등 솔바람동요문학회와 한국동요음악협회에서 활발히 활동을 하고 있으며, 이번 『강원아동문학』 동인지에 강원아동문학상 수상 특집으로 작품이 실려 있지만, 과거의 동요 작품들과 비교하여 보라는 의미에서 놀이를 동요에 삽입을 시도한 새로운 형식을 소개한다. 얼음땡 놀이는 앉은뱅이놀이의 변형으로 앉은뱅이놀이에서는 술래에게 붙잡힐 염려가 있을 때에는 "앉은뱅이"라고 소리치며 그 자리에 앉아 버리면 붙잡히지 않고, 일단 앉

은 아이는 술래가 아닌 누군가가 몸의 일부를 건드려야 다시 일어서서 움직일 수 있다. 얼음땡 놀이는 "앉은뱅이"와 이를 풀어주는 신체 접촉을 "얼음"과 "땡"으로 변형한 것이다. 현대 동요는 율격이 과거보다 자유롭고 재미가 있다. 그러나 과거의 동요보다는 시적 예술미에서는 떨어지는 작품들이 보인다. 이러한 점을 염두에 두고, 동요에서 멀어져가는 아이들을 어떻게 하면 불러들일 수 있는지를 동시(동요)를 창작하는 사람들이 함께 고민해 봐야겠다.

격조 높고 아름다운 시

— 권영상, 신현득, 강기화, 김득만(중국), 홍용암(중국), 김영채, 문성란

강원랜드 카지노의 후원으로 강원도민일보와 관동문학회 공동주관 '영동지방 작고문인들 세미나'가 2004년 1월 25일에 「파초」와 「내 마음」 등을 쓴 시인의 강릉 김동명문학관에서 열린다. 열명의 작고문인들 중에 아동문학가 김원기 시인과 엄성기 시인이 들어가 있어 기분이 좋다. 나는 삼척문화원장 재직 중 돌아가신 삼척의 문화대명사라 할 수 있는 김영준 시인의 작품을 연구하여 발표하기로 하였다. 그 분은 생전에 중앙문단에 한 번 참석하지 않고, 중앙문단지에 발표도 거의 않고, 시집도 한 권 내지 않아서 돌아가신 후에 가족과 제자들과 후배들이 유고 시집을 내었다. 좋은 작품 쓰기에 노력하기보다는 중앙 문단에 발표하기를 좋아하며 설치고 다니는 후배 작가들에게는 귀감이 되는 시인이다.

이번에 함께 살펴볼 작품은, 「사이좋게 지내야지」(김영채), 「서로」(문성란), 「힘 약한 참새들처럼」(권영상), 「내 몸은 자다」(신현득), 「공개수업」(강기화), 「집수리」(김득만), 「잠이 들었네」(홍용암)이다.

1. 함께하기

하늘과/ 바다가/ 금을 긋는다// — 수평선// 하늘과/ 들판이/ 금을 긋는다
// — 지평선// 하늘도 푸른색/ 바다도 푸른색/ 들판도 푸른색// — 이웃끼

리/ 사이좋게 지내야지!// 안개가 슬며시/ 금을 지운다//

앞의 작품은 《아동문예》 2014년 1·2월호 에 발표된 김영채의 「사이좋게 지내야지!」 전문이다. 김영채는 1966년 강릉 삼산에서 출생하여, 2002년 6월《문학세계》지에서 동시 신인상으로 등단하였으며, 현재는 삼척의 두타문학회와 삼척문인협회에서 주로 활동하고 있다. 그는 필자가 사는 곳과 가까운 삼척 해수욕장이 있는 아주 작은 포구에서 〈작은 바다 민박〉과 〈찻집〉운영을 하며, 집 없는 고양이들을 정기적으로 찾아다니며 먹이를 주고 보살피고 산다. 나름대로 글은 잘 쓰는 편이나 시 쓰기와 발표하기에는 게으르고, 함께 사는 남편도 보트놀이와 잠수를 즐기며 유유자적 살아가고 있다.

작품 「사이좋게 지내야지!」는 우선 제목이 눈길을 끈다. 그는 눈을 뜨면 바다를 바라보며 차를 끓이고 글을 쓰고 밥을 먹으며 산다. 그래서 이 작품을 쓰게 되었다. 푸른색 바다와 푸른색의 하늘이 닿아있는 수평선을 보며, 그리고 지평선을 작품 속에 끌어들였다. 다 같은 푸른색인데 지평선, 수평선의 금이 그어져 있다. 그래서 안개가 '이웃끼리/ 사이좋게 지내야지!' 하고 슬며시 금을 지운다. 오늘 날 정치인을 비롯한 보수 진보들 간에 사이좋게 지내지 못하는 불통을 암시하기도 하는 작품이다. 이것은 화자의 마음이다. 나아가 국민들의 마음이다.

함께 발표한 「겨울바다」도 그가 사는 후진 겨울 바다를 소재로 하여 쓴 동시이다. 〈넓고 넓은 바닷가에서/ 파도가 논다// 저 멀리서 달려와/ 높이뛰기/ 장애물 넘기/ 조개껍질 던지기// 넓고 넓은 바닷가에서 갈매기가 논다// 하얀 물거품 풀어/ 이빨닦기/ 세수하기/ 모래밭에 꽃발자국 찍기// 아, 심심해! (「겨울바다」 전문)〉 동해의 바다는 여름철에 사람들이 북적거리다가 겨울철이 되면 한산해지는 편이다. 그래서 파도가 혼자서 논다. 높이뛰기, 장애물 넘기, 조개껍질 던지기를 한다. 갈매기도 혼자 논다. 하얀 물거품 풀어 이빨닦기, 세수하기, 모래밭에 꽃발자국 찍기를 한다. '아, 심심해!' - 파도와 갈매기는 함께 놀 아이들이 없어 더 심심하다. 이것도 화자의 마음이다. 시인이 사는 한적한 겨울 바다를 바라보는 듯한 회화적인 동시이다. 자연인 바다를 의인화하여 발표한 두 작품 모두 간결하고 군더더기 없는 김영채 시인 스타일로 성공한 동시이다.

등이 가방을/ 업으면//
가방은 등을/ 안아줍니다//
추운 날/ 따뜻한 체온을/ 나눕니다.

위의 작품은 본지 1·2월호 에 발표된 문성란의 동시 「서로」 전문이다. 문성란은 전남 화순 출생으로, 2010년 《오늘의 동시문학》 신인상 당선으로 작품 활동을 시작하여, 2011년에 첫 동시집 『둘이서 함께』를 펴내었다. 동시집 제 1부에 실린 「섞어놓기」 외 12편의 동시들 주제가 모두 '함께하는 삶' 이다. 위의 작품도 그 맥을 같이하는 좋은 작품이다. 위의 작품은 사물 간의 관계를 내용으로 한 시로, 단순 간결미가 돋보이며, 서로 돕고 사는, 서로 사랑하는 법을 배우게 하는 가슴이 따뜻한 동시이다. 함께 발표한 〈캄캄한 길에서/ 야옹/ 야옹/ 눈전등 두개가 /어둠을 쫓아주지(「고양이 눈전등」)〉도 간결하고 시청각적 이미지가 돋보이는 재미난 동시이다. 두 작품 모두 성공한 동시이지만, 참신성과 독창성 면에서 좀더 노력의 보완이 필요하다. 《오늘의 동시문학》 겨울호에서 기획 특집한 '2013년의 좋은 동시 20편' 에 문시인의 작품이 들어가 있는 걸 소개한다. 〈사람들이 비워둔 땅/ 아깝다고// 몰래몰래/ 풀씨 들고 가서/ 뿌려놓고// 몰래몰래/ 꽃씨 들고 가서/ 심어놓은 거,// 바람/ 너지? (「너지?」 전문)〉 이 시는 앞에서 말한 참신성과 독창성 면에서 노력한 흔적이 보이는 성공한 좋은 작품이다. 제목이 호기심을 유발하고, 끝까지 시침을 떼다가 끝에 가서 '바람/ 너지?' 한 독자의 호기심을 유도한 표현의 기술이 재미를 더해주고, 평범한 내용을 비범하게 시로 형상화한 솜씨가 돋보인다.

> 냉이 꽃다지는/ 모여 살지./ 힘 약한 참새들처럼,/ 시골 정자나무 밑에 모여드는/ 할배들처럼// 봄볕을/ 나누어 쪼아먹는 참새들처럼,/ 정자나무 그늘을/ 나누어 베고 눕는 할배들처럼// 냉이 꽃다지는/ 모여살지./ 같이 이야기 하고, 같이 놀지
>
> — 권영상, 「힘이 약한 참새들처럼」 전문

위의 동시는 《어린이와 문학》 7월호에 실린 작품인데, 《오늘의 동시문학》 겨울호 특집 기획 '2013년의 좋은 동시 20편' 에 재 게재한 작품이다. 권영상 시인은 강릉 초당동에서 태어나, 강원일보신춘문예, 소년중앙문학상, 한국문학 등의 당선으로 시와 동화를 쓰고 있으며, 세종아동문학상, 새싹문학상, MBC 동화대상 등을 받은, 누구나 고개를 끄덕이는 중진 동시인이다. 2012년 그동안 몸담아오던 중등 교직에서 명퇴하고, 경기도 안성에 텃밭이 딸린 전원주택을 한 채 샀다. 그 곳에 가서 텃밭도 가꾸고 작품을 쓰고 있었는데, 요즘은 겨울철이라서 옆구리가 시리고 외로워서 부인이 사는 서울에 온 것 같다. 위의 시도 전원주택 텃밭의 풀과 냉이 꽃다지, 참새와 동네 노인들과 대화를 하며 체험학습으로 쓴 시이리라.

이 시도 '봄볕도 나누고, 그늘도 나누는' 서로 모여 사는 힘 약한 사물들의 이야기를 주제로 하였다. 1연과 3연은 수미쌍관법으로 3연 뒷부분에 변화를 주었다. '냉이 꽃다지' 를 '힘 약한 참새들, 시골 정자 밑에 모여드는 할배들' 로의 비유(직유)가 참신하고 참 잘 어울린다. 수미쌍관법은 작품의 끝맺음이 여의치 않을 때 김소월의 〈엄마야 누나야 강변 살자('엄마야 누나야' 일부)처럼 많이 쓴다. 강조의 반복 뒤에 끝부분의 변화 〈같이 이야기 하고, 같이 놀지.〉가 시의 의미상 끝맺음으

로 잘 된 권영상 냄새가 물씬 묻어나는 좋은 동시이다.

2. 개성적으로 표현하기

시는 사실의 나열이나 설명이 아니라 표현되어야 한다. 앞에서 소개한 권영상의 시도 여기에 해당할 수 있다. 다음은 좋은 작품을 만드는데 시인의 기법이 개성적인 작품 2편을 살펴보기로 한다.

> 책상 모서리는/ 손으로 재는 거야./ "세 뼘 반이네."// 길다란 끈은 팔로 재는 거야./ "다섯 발이네."// 나무 둘레도 팔로 잰다구,/ "딱 두 아름."// 높이를 잴 때는/ 키를 자로 삼지./ "내 책꽂이는 한 길 세 뼘."// 교실에서 교문까지는/ 발로 재지./ "3백 걸음이네."// 손가락, 팔, 다리/ 키가 모두/ 자 하나씩이다.

위의 시는 본지 1·2월호에 발표된 신현득의 동시 「내 몸은 자다」 전문이다. 신현득 시인은 경북 의성에서 출생하여 조선일보 신춘문예에 입선(1959년)하여 문단에 나왔다. 세종아동문학상, 한국동시문학상, 윤동주문학상 등 많은 상을 수상하였으며, 단국대학 등에서아동문학론을 강의하고 있다. 그는 초기에 자연물과 어린이 생활, 차츰 역사와 우주, 그리고 철학과 민족의식을 노래하여, 우리나라 동시 소재의 확장을 위해 힘써왔다. 시의 형식과 시의 빛깔이 독특하며, 후배들에게 귀감이 되는 원로 시인이다.

위의 시는 길이를 재는 자에서, 혹은 일상생활에서 '내 몸은 자다' 라는 독특한 발상을 하였다. 우리들이 일상생활에서 손 팔 다리 키 등 신체부위를 가지고 길이를 재기도 하며 살아가는데, 이것을 시로 형상화환 작품은 없었던 것 같다. 두드러진 표현 기법은 대화체다. 시의 형태를 살펴보면, 전체 6연 중에 5연이 사물에 따른 길이를 재는 신체부위를 대화체와 각 연의 열거법으로 시를 형상화하고, 6연에서 길이를 재는 신체부위를 열거하며 작품을 끝맺는다. 그는 어떻게 보면 '무기교 같은 독특한 형태의 표현 기교'로 작품을 창작하고 있는 것이다. 그의 시는 대화법을 통해 비슷한 사물의 나열을 하며(부분 열거법) 거기에서 의미를 찾으며, 시를 담는 그릇이나 시의 빛깔이 독특하다. 남들이 느끼지만 너무 평범하여 시의 소재로 삼지 않는 이야기를 소재로 자신의 시 형식과 표현법으로 개성적인 좋은 동시를 빚어내는 동시의 달인이다.

> 수업시간마다/ 다리 떠는 주원이도/ 화장실 간다고 손드는 민재도/ 책에
> 낙서하는 소희도// 오늘은 모두/ 의자에 등 딱 붙이고/ 똑바로 앉아 있
> 다.// 진짜 모습/ 아무도/ 공개하지 않았다.

앞의 시는《동시마중》(2013. 1·2월호)에 발표한 작품을《오늘의 동시문학》특집으로 '2013년 좋은 동시 20편'에 재수록 한 강기화의 성공한 작품이다. 이 시는 표현법 중에 역설법을 사용하여 쓴 전달 메시지가 강한 동시이다. 역설은 '이것은 소리없는 아우성' 같이 모순어법을 사용한 표층적 역설, '가난한 자에 복이 있나니, 천국으로 갈 것이다' 같이 종교적인 경구처럼 신비스럽고 초월적인 진리를 나타내는 심층적 역설, 그리고 위의 시가 해당되는 시적 역설이 있다.

시적 역설은 거시적이고 구조 전체에 나타나는 역설로 진술 자체가 모순이 되는 것이 아니라 진술과 그것이 가리키는 상황 사이에 명백한 모순이 나타나는 경우이다. 위의 시는 3연으로 되어 있다. 1~2연은 수업시간의 상황의 모순을 그렸다. 평소 수업시간에 잘 집중하지 않는 열거한 아이들이 〈오늘은 모두/ 의자에 등 딱 붙이고/ 똑바로 앉아 있다.〉는 명백한 모순이 동영상을 보듯 잘 나타나 있다. 이것만으로도

역설이 되지만, 3연에서 다시 제목에 대한 드러난 강한 역설로 〈진짜 모습/ 아무도/ 공개하지 않았다.〉로 시를 끝맺음한다. 이 시에서는 모순이 진리인 셈이다. 공개수업의 비판덕인 내용이 독자들에게 공감이 가는 재미난 시이지만, 요즘은 공개수업이 일상화 되어 옛날과는 많이 달라지고 있다. 지면관계로 언급을 생략한 김귀자의 '하회탈'은 역설과 반어와 중의라는 표현법을 사용하여 우리의 전통 민속을 해학적으로 다룬 참 좋은 작품이다.

앞에서도 언급한 바와 같이 《오늘의 동시문학》(2013년 겨울호)특집으로 '2013년 좋은 동시 20편'에 재 수록된 작품들이 대부분 성공한 좋은 작품들이었다. 그러나 좋은 동시집 선정은 발간된 동시집이 숫자가 한정되어서인지, 실린 전체 작품의 수준이 기대에 못 미치는 동시집도 간혹 보였다. 기획특집 뒤에 백우선 시인의 '2013 좋은 동시 20편' 경향을 소주제를 달아서 의미 있게 잘 분석한 자료에 의하면, '남성우세, 거의 전부가 자연을 활용'한 시를 썼다고 하였다. 1. 대상에 대한 사랑을 시로 형상화 한 시 5편(박승우의 「다람쥐」, 윤보영의 「연못물」, 권영상의 「힘 약한 참새들처럼」, 문삼석의 「물수제비」) 2. 사물 새롭게 보기에 해당하는 작품이 8편(김개미의 「밤의 웅덩이」, 김병욱의 「새싹」. 박정식의 「밤은 충전기다」, 김상욱의 「깨꽃」, 오윤정의 「호박꽃」, 문성란의 「너지」, 박방희의 「호박씨」, 김규학의 「새 연고」) 3. 가르침 들려주기에 해당하는 작품 5편(김갑제의 「배추묶기」, 김금래의 「사과나무 말씀」, 조영수의 「축하나누기」, 박선미의 「용서」, 김성민의 「나무젓가락」) 4. 표현법 활용하기 2편(강기화의 「공개수업」, 김귀자의 「하회탈」)이다. 표현기법은 의인화가 13편, 비유와 대화 기법도 일부 쓰임. 형태상으로 자유시가 19편이고 산문시는 1 편(박방희의 「호박씨」). 작품의 길이는 5행 이내 1편(윤보영의 「연못물」), 10행 이내 9편, 나머지는 10행 이상이다. 짧거나 재치 위주의 작품이라도 깊고 종합적인 사유에 뿌리를 두었다면 좋은 작품이 될 수 있다고 평하였다. 2013년 좋은 동시나 좋은 동시집에 신인들 이름이 생각보다 많다. 동시 발전에 좋은 일이라 생각되며, 선배 시인들도 좋은 동시 창작에 더 힘을 쏟아야 할 것이다. 동시 창작에 좋은 참고가 될 것 같아 요약 정리하여 덧붙인다.

3. 오늘의 '연변 조선작가' 오늘날 동시 살피기

순수 아동문학잡지 《아동문예》와 《아동문학세상》 등에서는 연중행사로 아동문학에 관한 세미나를 갖는다. 이런 일은 우리의 아동문학의 현주소와 나아갈 길을 살펴볼 수 있는 매우 바람직한 일이라 생각된다. 《아동문학세상》 2013년 겨울호에 '중국조선족 동시발전 과정과 2000년대 우리 동시' 라는 세미나 내용과 특집으로 '연변조선족아동문학연구회 8인 동시' 가 실렸다. 그 내용을 중심으로 살펴보고자 한다.

지지배배…/ 금슬 좋은/ 구제비 한쌍// 강남에서/ 벌어온/ 돈으로/ 새집/ 짓지 않고// 시골 처마밑/ 낡은 둥질/ 수리한다

앞의 시는 아동문학세상 2013년 겨울호 '연변조선족아동문학연구회 8인 동시' 에 실린 김득만의 동시 「집수리」 전문이다. 김득만은 1940년 출생으로, 1966년 연변대학 졸업, 연변인민방송국 고급편집, 중국작가협회 회원이다. 작품집으로 동시집 『고드름』 동요선집 『구름은 재간둥이야』 등 16권이다. 연변작가협회문학상, 중앙문화부상, 방정환문학상 등 국내외 60여 차 수상한 원로작가로 중국조선족작가와 한국작가들 작품의 가교 역활을 잘 하고 있다. 제목이 특별하다. 제비를 의인화한 점, 시청각적 이미지의 회화적 표현법이나 간결미 등에서 한국의 현대동시와 다를 바 없다. 한국에서는 제비가 잘 찾아오지 않는 관계로 소재와 주제가 좀 낯설게 느껴지는 것이 특별할 수도 있다.

'강남'은 따뜻한 곳이라는 뜻과 함께 한국 서울의 부자촌 강남이라는 중의법이 쓰여서 과소비에 대한 경각심을 일깨우는 시다. 다만 '동심의 여과' 면에서 조금 아쉬운 점이 없지 않지만, 원로 시인으로서 '사물 새롭게 보기'와 '가르침 들려주기'에서도 전혀 손색이 없는 좋은 동시를 쓰고 있다.

> 엄마는/ 아가가 귀여워/ 아가를 안고/ 깜박 잠이 들고// 아가는/ 고양이가 제일 고와/ 고양이를 안고/ 쌔근 잠이 들고/ 고양이는 또/ 털실뽈 재롱스러워/ 털실뽈 안고/ 가릉 잠이 들고.

앞의 시도 〈연변조선족아동문학연구회 8인 동시〉에 실린 홍용암의 동시 「잠이 들었네」 전문이다. 홍용암 시인은 1970년 중국 흑룡강성에서 출생하여, 연변과학기술대학 경영과를 졸업하고, 조선 한국 중국에 20여 권의 저서를 출판하였다. 연변 10대 우수 청년, 중국 100명 개혁 창업 걸출 인물, 중국 당대 걸출한 인재 등에 선정되어 그 일대기가 TV 드라마 '흰 구름의 길'(상, 하집)로 제작되었으며, 현재 백운그룹회장이다. 「잠이 들었네」는 엄마는 아기를, 아기는 고양이를, 고양이는 털실뽈을 안고 잠자는 모습을 공감각적이미지로 형상화한 좋은 동시이며, 주제는 '사랑'이라할 수 있겠다. 1~3연의 구조가 A, A', A''형식으로 되어 있고, 깜빡 · 쌔근 · 가릉 등의 의태어, 접미사 '~워(~와), ~고'의 반복으로 동요처럼 리듬이 좋아 시의 3요소인 회화성(이미지)과 리듬과 의미 면에서 손색이 없는 좋은 동시이다. 사업가로서 동심을 지니고 동시를 쓰고 있음에 박수를 보낸다.

김만석의 '중국조선족 동시발전 과정과 2000년대 우리 동시'라는 세미나 자료를 살펴보자. 중국조선족동요동시는 1927년 채택룡의 동요 '어린 동생'으로부터 시작하지만, 원작을 복원하지 못하였고, 1928년 『별나라』 봄호에 발표한 「개미」를 첫 동요작품으로 인정한다. (1925

년 경은 우리나라 동요 황금기임) 그 후 채택룡과 김례삼은 계급주의을 선양한 프로문학의 작품을 발표한다. 1937년 한반도에서 박영종과 김영일 등이 동요의 따분한 틀을 벗어나 자유동시의 '동시혁신 운동'의 때를 같이 하여 윤동주는 〈우리 집에는/ 닭도 없단다/ 다만/ 애기가 젓달라 울어서/ 새벽이 된다// 우리 집에는/ 시계도 없단다/ 다만/ 애기가 젓달라 보채서/ 새벽이 된다〉라는 「아기의 새벽」을 비롯하여, 참새, 오줌싸개도, 조개껍데기 등 훌륭한 자유동시를 창작하였다. 1940년대에 이르러서 리호남의 「신작로」, 「촌정거장」, 동화시 「아기와 코스모스」등 자유시가 있다. 50년대는 조선아동문학의 영향을 받으며 동요 창작에 몰두하였고, 1980년대까지 동요와 가사도 동시라는 정치적 색채가 담긴 '동시혼돈기'가 이어졌다. 1980년대 후반기 최문섭이 '우리동시 때벗이'를 주장하며 동시혁신에 환상동시(양떼와 흰구름), 이미지 동시(이슬)를 썼다. 한국의 이재철 교수의 조언으로, 1980년대 말에 이른바 한석윤 등의 노력으로 이미지 중심의 감각동시가 출두된다. 1990년대부터는 한국을 통한 구라파 현대시의 영향을 받아들인다. 강효삼, 김현순, 김철호, 김학송, 최룡관, 림금산 등이 한국 현대동시를 따라 배우면서 일대 전변이 일어났다. 직설적이고, 뜻 전달인 시적주장, 직유적 표현에서 이미지와 낯설게 하기와 감각적 표현, 은유와 상징적 표현 등 한국시에 접근하려는 노력이 보였다. '동시도 시어야 한다'는 우리나라 60년대 70연대 동시처럼 '난해 동시'가 문제로 떠올랐다. 중국조선족 동시단을 역사적으로 보면 53명이 된다고 한다. 그들 중에 대표적인 10명의 동시인 작품으로 『2000년대 중국조선족 10인동시집』을 묶었는데, 강효삼, 김득만, 김선파, 김철호, 김학송, 림금산, 최룡관, 한석윤, 홍용암 등이다. 그들 중 2명의 현재 작품을 소개하며, 김득만의 세미나 자료가 우리나라 동시인과 독자에게 참고가 될 것 같아서 요약 정리하여 함께 싣는다.

겨울처럼 닫힌 마음, 봄처럼 열기

— 노원호, 윤이현, 이창규, 김동억, 박근칠, 조기호, 이경애, 이상교

며칠 전에 큼직한 스마트폰을 하나 구입했다. 모임이나 길가에서 스마트폰을 눈에서 떼지 않고, 귀에 이어폰을 꽂고 걸어 다니는, 대화가 불통인 세상이 싫어서이기도 하고, 집의 컴퓨터에 인터넷 기능이 있는데, 시간을 낭비한다는 생각에서 구입을 미루어 왔던 것이다. 그런데 레비게이션이 고장나고, 내가 꼭 필요할 때 사진 한 장을 남에게 부탁하는 것도 그래서 겸사겸사 스마트폰을 구입하였다. 국내 스마트 판매량은 3200만 대를 넘는다고 하며, 고화질 스마트폰으로 전자책 시장도 성장하고 있다고 한다. 교과서 대신 전자교과서와 태블릿PC로 수업하는 학교도 나타났다. 하지만 전자책 시장에 부정적인 견해도 있다. 앞의 기기로는 독서보다는 동영상·게임·음악 등 오락용 콘텐츠를 더 많이 이용하고 있다는 것이다. 사람들은 책의 보관과 지니고 다니기가 좀 힘들지만, 그래도 독서를 하는 맛은 책이란 그릇이 더 마음에 와 닿는 듯싶다.

이번에 함께 살펴볼 작품은, 「창문을 열었더니」(노원호), 「꽃가게」(윤이현), 「지팡이」(이창규), 「소백산 고로쇠나무」(김동억), 「아빠와 팔씨름」(박근칠), 「지우개」(조기호), 「돌」(이경애), 「토끼 귀」(이상교)이다.

창문을 열었더니/ 길가는 사람들이 보인다./ 바람도 솔솔 들어온다./ 사거리길 지나던 사람들이 힐끔힐끔 쳐다보고/ 길가의 꽃들도 방긋방긋 웃어주고/ 새소리도 쪼르르르 들려온다/ 달리던 차들도 쟁쟁거린다./ 창

문을 열었더니/ 닫혀 있던 생각들도/ 모두 솔솔 기어나온다.

앞의 작품은 아동문예 2014년 3·4월호 에 발표된 노원호의 「창문을 열었더니」 전문이다. 노원호 시인은 1946년 경북 청도에 태어나서, 매일신문과 조선일보에 당선되어 등단하였으며, 새싹문학상, 대한민국문학상, 세종아동문학상, 이주홍아동문학상, 방정환문학상 등을 수상하고, 초등학교 국어교과서에 「바람과 풀꽃」, 「어느 날 오후」 등이 실렸으며, 현재 사단법인 새싹회 이사장을 맡아 일하고 있다.

작품 「창문을 열었더니」는 화자가 봄을 맞아, 겨울 동안 닫혔던 창문을 열면서, 보고 느낀 점을 시로 형상화 한 작품이라 생각된다. 창문을 열자, 길가는 사람들, 솔솔 부는 바람도, 길가의 꽃들도, 새소리도, 달리던 차들도, 보이며 소리들이 들려오는 공감적 이미지가 돋보이는 작품이다. 이렇게 닫힌 마음의 창을 열면 온 세상이 마음을 열고 내게로 가까이 다가오는 것을 암시하고 있다. 시의 끝부분 〈창문을 열었더니/ 닫혀 있던 생각들도/ 모두 솔솔 기어 나온다.〉는 관념적인 생각을 재미있게 시각화하였으며, 시적자아와 세계와의 합일의 마음을 나타낸다.

이번에 발간한 시집 『공룡이 되고 싶은 날』의 제목이기도 한 시를 감상해 보자. 〈너무 심심해서일까/ 오늘은 괜히 공룡이 되고 싶다// 날개가 달려 하늘로 나는 공룡이라면 더 좋겠지만/ 그게 아니면 티라노사우루스가 되어/ 횡단보도를 뚜벅뚜벅 걷다가/ 달려오는 자동차를 멈추어 보고/ 지팡이를 짚고 오는 할머니를 보면/ 훌쩍 안아서 횡단보도도 건너 주고/ 할머니가 고맙다고 과자라도 주면/ 야금야금 맛있게 먹어도 보고/ 그래도 심심하면/ 어기적 어기적 뒷동산으로 올라가/ 크게 소리도 질러보고// 그러다/ 푸른 하늘이라도 활짝 열리면/ 나는 드디어 공용이 되었다고/ 크게 한 번 외치고 싶다.(전문)〉 시 속에 동화가 담긴, '아기공룡 둘리'를 보는 듯한 모험적이고 환상을 담은 재미있는 동시이다. 노원호 시인은 시류에 잘 편승하지 않고 자신만의 폼으로 걸어간다. 그런데 앞의 시는 그 형태와 내용의 변화를 보이는 시 중의 한 편이다.

아시나요?/ 꽃가게에선 웃음을/ 덤으로 주고 있다는 것을// 그래서/ 손님들은 꽃을 사들고/ 웃으면서 나온대요.

위의 작품은 본지 3·4월호에 발표된 윤이현의 동시 「꽃가게」 전문이다. 그는 전북 남원에서 태어나, 1976년 《아동문예》에 동시 천료로 등단하였다. 한국동시문학상, 한국아동문학작가상, 대한민국동요대상(노랫말), 초등학교 국어교과서에 동시 「가을 하늘」 수록, 한국일보사에서 주는 한국교육대상 '스승의 상' 등을 수상하였다.

「꽃가게」는 2연 6행 13어절의 단시이다. 꽃을 사들고 웃으며 나오는 사람들을 발견하고, 웃음은 값을 치르지 않은 덤이라는 생각을 한다. 평범한 발견이지만 시는 아름답고 따뜻하다. 봄에 꽃이 피면 겨울 동안 얼었던 땅과 생각들도 활짝 꽃처럼 열리는 것이다. 곁에서 누군가 하품을 하면 따라서 하품이 나오듯 꽃을 보면 꽃처럼 활짝 웃는 웃음바이러스가 전염이 된다. 그가 2003년도 초등학교 교장으로 정년퇴직을 하면서 동시·동요선집을 묶어 펴낸 『내 마음 속의 가을 하늘』(아동문예)을 보면 위의 시처럼 단시들이 많다. 요즘의 동시들이 단시가 대세인데, 그는 이미 그러한 시들을 먼저 시도하여 성공을 거두기도 하였다. 책 앞부분에 봄을 소재로 한 연작시 한 편을 살펴보면, 위의 시와 시 형태가 유사하며, 동심으로 걸려낸 간결함과 시의 비유가 뛰어나다. 〈울 밑 새싹은/ 두 살바기 우리 아기/ 아랫니 두 개.// 살몃 밀고 나와선/ 깜짝 놀래 줍니다/ 온 식구들을. (「봄·3」 전문)〉

내가 어릴 때/ 할머니가/ 나를 돌보아 주셨다.// 나들이 할 때에도/ 할머니는/ 내 손을 잡고 다녔다.// 내가 커서는/ 할머니가/ 내 손을 잡고 다닌다.// 나들이할 때/ 할머니는/ 나를 붙잡고 다닌다.

위의 시는 본지 3·4월호 에 발표된 이창규의 동시 「지팡이」 전문이다. 이창규는 진주사범을 졸업하고 1978년 아동문예로 데뷔하였으며, 저서로는 『무지개 다리』(1982)〉 외 많은 아동문학 창작집이 있다. 경남문화상, 한국아동문학상, 한정동 아동문학상 등 을 수상하였으며, 창원대학교 외래 교수, 연구사와 초등학교 학교장을 거쳐 한국교육자 대상을 수상하며 공직에서 퇴임하여, 지방에서 열심히 글을 쓰고 있는 원로 아동문학가이다.

위의 시는 내용상으로 2개의 부분으로 나누어진 노랫말 동요처럼 창작된 작품이다. '할머니' 란 제목을 붙이기 쉬운데, 할머니와 화자인 내가 서로 돕는 역할을 하는 시적 상관물인 '지팡이'를 제목으로 정한 것부터 관심을 끈다. 내가 커서의 현재 할머니의 위치를 생각하며, 내가 어릴 때의 할머니 생각을 떠올려서 대구법을 활용하여 쓴 시이다. 할머니와 나의 '역할 바꾸기'를 시의 소재로 하여 서로 도와주는 것을 지팡이란 상관물을 떠올려 작품을 형상화하였다. 할머니와 나 사이에 꼭 붙잡은 따뜻한 손이, 살아가면서 자꾸 소외되는 노인의 마음의 창을 활짝 열어 주는 봄 햇살처럼 따뜻하고 좋은 작품이다. 다음의 작품도 봄을 맞이하여 땅 속의 벌레와 여린 새싹과 씨앗들이 자기 나름대로 겨울동안 닫혀있던 창을 열고 나오는 모양을 간결하고 리듬이 흐르는 작품으로 형상화하였다. 〈쬐꼬만 벌레는/ 입으로 열고,// 여린 새싹은/ 머리로/ 열고,// 파리똥만한/ 씨앗들은/ 몸통으로/ 열어젖히는 흙덩이. (「흙문」 전문)〉

아버지 품속 같은/ 안온한 소백산에/ 터를 잡은/ 고로쇠나무// 푸른 꿈/ 가슴에 안고/ 땅속 깊이 뿌리 내려/ 물을 긷는 어머니// 자식들 뒷바라지에/ 가슴이 터지는 아픔도/ 꽃 피우는 바램으로/ 참고 견뎌오듯이// 드릴로 구멍 뚫려/ 호스까지 꽂혀서/ 뚝뚝 한 방울 두 방울/ 떨어드리는 나무의 피// 아낌없이 준다고/ 밑동에 큼직한/ 물통 하나 차고 앉은/ 소백산 고로쇠나무.

        - 김동억, 「소백산 고로쇠나무」 전문, 아동문학소백동인 21집

  앞의 시는 동인지 『소백산 고로쇠나무』에 발표한 김동억의 작품이다. 김동억 시인은 1946년 봉화에서 출생하여, 1985년 《아동문예》 신인상 당선으로 문단에 나왔으며, 동시집으로 『해마다 이맘때면』 외 여러 권이 있다. 경상북도문학상, 영남아동문학상, 대한아동문학상, 아동문학의 날 본상 등을 받았다. 현재는 초등학교 교장으로 정년퇴직을 하고, 글쓰기와 그림 등을 하며 소백산 기슭에서 박근칠 시인 등과 함께 어울려 유유자적 살아가고 있다.

  영주 지역에 사는 사람들은 소백산을 끔찍이도 사랑한다. 그래서 동인모임도 그 이름을 붙였다. 이 작품에서도 소백산을 아버지 품속으로, 그 산속에 사는 고로쇠나무는 땅속 깊이 뿌리를 내려 물을 긷던 어머니로 표현하였다. 어머니의 이미지인 고로쇠나무는 〈드릴로 구멍 뚫려/ 호스까지 꽂혀서/ 뚝뚝 한 방울 두 방울/ 떨어드리는 나무의 피〉에도 자식들 뒷바라지를 하듯, 아낌없이 준다고 나무의 피와 같은 수액을 받을 큼직한 물통을 차고 있다. 이 작품은 시적 상관물인 고로쇠나무를 통하여 '무조건적으로 주는 우리 어머니의 자식 사랑'이라는 열린 마음을 주제로 하고 있는 좋은 동시이다. 그의 대표작 「유모차」는 시적자아를 태우고 밀어주는 유모차를, 할머니가 손자를 생각하며 앞세우고 다닌다는 할머니와 손자의 사랑이 담긴 작품을 한 편 더 감상해 보자. 〈나 어릴 적/ 태우고 다니던/ 유모차// 아직도 밀고 다니는 할머니/ 햇살 한 줌 싣고서도/ 숨이 차지만// 손주들 생각하면/ 마음 든든한가 보다/ 마을 나설 때면/ 제일 먼저 앞세우고// 지팡이 짚듯 잡

고 가면/ 장바구니도/ 거뜬히 태우고 오지.(「유모차」 전문)〉

> 두 팔을 서로 걸고/ 아빠와 마주 잡아/ 있는 힘 다 모아서/ 용을 쓰는 팔
> 씨름// '이겨라'/ 고함소리에/ 떠나가는 온 집안// 얼굴까지 붉히면서/
> 손목을 꼬옥 쥐고/ 응원하는 내 동생/ 엄마도 내 편들어/ '아이고'/ 땅에
> 붙이며/ 항복하는 우리 아빠
> — 박근칠, 「아빠와 팔씨름」 전문, 아동문학소백동인 21집

앞의 시도 역시 아동문학소백동인회 동인지에 발표된 박근칠의 「아
빠와 팔씨름」 전문이다. 박근칠 시인은 1941년 경북 구미(선산)에서 태
어나 대구교육대학 시절 대학학보사 편집국장을 하면서 문재를 드러
내다가, 1977년《아동문학평론》으로 등단했다. 그 후 현대아동문학상,
방정환문학상 등을 수상하였으며, 초등학교장으로 정년퇴임을 하고,
첫 발령지인 영주에서 즐겁게 살면서, 〈동시 읽는 어머니 모임〉(영주동
시모)을 조직하여 동시 보급에도 활발하게 활동을 하며 지낸다.

'마음의 창문이 활짝 열린 화목한 가정'이 이글의 테마이다. 화자와
아버지가 팔씨름을 하는 장면을 동영상으로 보는 듯하다. 옆에서 응원
을 하는 '이겨라' 고함소리가 귀에 들려오는 것 같다. 마침내 〈'아이
고'/ 땅에 붙이며/ 항복하는 우리 아빠〉 아마도 아버지가 아들에게 일
부러 져 준 것 같다. 엄마도 남편을 응원을 응원하는 것이 아니고 자식
편을 드는 걸 보니. 역동적이고 시청각적 이미지를 잘 살린 재미있고
가정의 화목을 보여주는 좋은 동시이다. 박 시인은 주로 자연 친화적
인 경향으로 어머니, 어린 시절의 향수, 소백산 등의 향토시, 가족을
소재로 한 글을 즐겨 쓰는 편이다. 한국동시문학회 연간지『작은 가방
속의 행복』에 실린 「머리카락 뽑기」는 흰 머리카락처럼 조금씩 늙어가
는 엄마를 보며 가슴이 찡해오는 시적화자의 어머니를 사랑하는 마음
의 창이 열린 동시를 소개하고자 한다. 〈내 무릎 위에/ 엄마 머리 올리

고/ 흰 머리카락 뽑습니다.// 뽑아놓은 수만큼/ 동전을 준다고/ 약속한 엄마// "아니, 이렇게 많아?"// 흰 머리카락 받아들고/ 풀죽은 엄마 목소리// 엄마가 준 동전/ 한 줌 쥐고/ 코끝이 찡해 옵니다.(전문)〉

필자가 사는 삼척문협과 영주문협이 오래전부터 문학회 결연을 맺어, 여름철에는 삼척의 바닷가로 초대하여 전국에서 온 해수욕객을 관중으로 멋진 시낭송회를 하고, 영주의 문학행사에도 초대되어 함께 문학행사를 하고 있다. 아동문학소백동인회는 1959년 창립멤버 김동극, 이동식, 김한룡, 임익수, 권기환, 강윤제, 최영호 등에 의해 창립되어, 올해로 55년이 되었으며, 동인지 21집 『소백산 고로쇠나무』(2013년)를 발간하였다. 작년 5월 1일 아동문학의 날에 제 12회 꿈나무 어린이 동시낭송대회, 8월 5일에는 '가족과 함께하는 동시화 대회'(김제남 회장)를 실시하는 등 활발히 활동하는 동인들이다.

하나도/ 똑 같이 생긴 건 없어요// 하지만/ 함께 모아/ 요리조리 맞추면// 돌담이 되고/ 돌탑이 되고/ 돌다리도 되지요// 하나의/ 새로운 이름으로 살아요
— 이경애, 「돌」 전문, 『산이 꽃풍선 안고』, 아동문예, 2014

앞의 작품은 《아동문예》에서 발간한 이경애의 동시집 『산이 꽃풍선 안고』에 실린 작품이다. 이경애 시인은 1996년 아동문예문학상으로 등단하고, 단국대학교 대학원 문예창작과에서 아동문학을 전공했다. 눈높이아동문학상, 열린아동문학상, 단국문학상 등을 수상하고 어린이들에게 독서와 글쓰기를 가르치고 있다.

작품 「돌」은 모양이 서로 다른 돌들이 요리조리 어울리면, '하나의 새로운 이름이 된다' 는 생각이 참신하고 의미 있는 좋은 동시를 빚게 하였다. 돌을 소재로 하여 함께 모아 요리조리 맞추면 '돌담' 이라는

이름이, '돌탑'이라는 이름이, '돌다리'라는 이름이 붙여지는 발견의 재미가 쏠쏠하다. 그리고 이경애 시인이 제2회 '열린아동문학상'을 수상한 「지구본 때문에」는 실제로 선교사제의 길을 걷는 아들을 오지로 보내고 쓴 가슴이 뭉클하고 문학성이 뛰어난 훌륭한 작품이다. 시의 끝부분 〈 - 이 놈은 왜 이렇게 삐딱하게 생겼누?// 지구본 따라/ 점점/ 한쪽으로 기울어지는 할머니〉에서는 할머니의 불편한 마음과 아들네를 향한 마음을 시적으로 잘 암시하고 있다. 함께 감상해 보자. 〈 - 일 년만 일하고 올게요.// 아들네가 떠난 뒤/ 하루에도 몇 번씩/ 지구본을 돌리는 할머니// 일 년 내내 덥다는 나라/ 돋보기를 쓰고도/ 찾기 힘든 나라// - 이 놈은 왜 이렇게 삐딱하게 생겼누?// 지구본 따라/ 점점/ 한쪽으로 기울어지는 할머니.(전문)〉

> 너랑/ 친구했으면 좋겠다/ 땡볕 아래서/ 함께 땀을 흘리던// 천둥 속에서/ 나란히 비를 맞던// 달빛 한 장 끌어 덮고/ 팔베개를 나누던// 서로 등 기대고/ 한 하늘을 바라보던// 순이네 집/ 기와지붕처럼.
>   - 조기호, 「기와지붕처럼」 전문, 『아빠 이름은 막둥이』, 별밭동인 27집

위의 동시는 별밭동인지에 실린 조기호의 작품이다. 조기호는 전남 목포에서 태어나 목포교육대학을 졸업하고, 광주일보(1984년)와 조선일보(1990년) 신춘문예에 동시가 당선되어 화려하게 문단에 나왔으며, 참신하고 독창성이 보이는 좋은 작품을 발표하고 있는 중견 시인이다.

동시 「기와지붕처럼」의 주 내용은 첫 연과 끝 연이다. 핵심은 첫 연 〈너랑/ 친구했으면 좋겠다〉이며, 주 내용에 들어갈 비유(직유)에 해당하는 부분 〈순이네 집/ 기와지붕처럼〉을 의도적으로 끝 연에 배치하여 시의 효과를 높였다. 그리고 기와지붕의 구조를 관찰하여, 서로 등이나 어깨를 기대고 있는, 스크랩을 짜고 하나의 지붕을 이루고 있는, 생사고락을 함께 하고 있는 것을 발견한다. 이러한 지붕의 특성에서 '우

정'이란 주제를 설정하고 시로 형상화한 좋은 동시이다. 기와 하나하나의 마음을 어깨동무하여 어울리며 소통함으로서 개개의 닫힌 마음이 하나로 열리며 통일이 된다. 조기호 시인의 동시 중에 앞의 시와 비슷한 형태의 동시 「말의 씨」를 감상해 보자. 〈말에도/ 예쁜 씨가 있다// 괜찮아 괜찮아/ 등 두드려 주면,/ 그래 그래/ 가슴 보듬어 주면,/ 좋아 좋아/ 어깨동무 해 주면// 주렁주렁 열리는 말 열매/ 미안해, 고마워/ 그리고 사랑해 (전문)〉 시인은 '말에도 씨가 있다'는 생각을 한다. 그리고 말에도 예쁜 씨가 있다는 좀더 발전된 생각을 한다. '미안해, 고마워/ 그리고 사랑해'라는 말은 말의 예쁜 씨가 된다는 교육적 효과를 생각한다. 요즘 들어 나쁜 말씨로 사람들의 가슴에 아픈 씨앗을 심는 닫힌 가슴의 창을 열고 화해하고 소통을 하는 작품이다.

별밭동인지가 제1집 『별밭이 뿌린 꽃씨』(1984년) 발행을 시작으로 『아빠 이름은 막둥이』(2013년)는 27세가 되었다. 회원들 작품 중 가슴에 남는 작품으로는, 할아버지와 손자의 사랑을 그린 고정선의 「할배와 하윤이」, 철거하는 건물 속의 녹슨 철근을 보면서 지난 시절 추억을 떠올리며 새로운 건물에서 우뚝 설 수 있는 희망을 노래한 공공로의 「철에도 향기가 핀다 3」, 외국에서 들어온 개망초 꽃을 약방에 감초와 붙임딱지에 비유하며 재미성에서 성공한 김관식의 「개망초꽃」, '-네'라는 똑같은 말도 뒤에 붙이는 문장부호(-네. -네? 네 …… -네!)에 따라 그 의미가 달라짐을 재미있게 시로 형상화 시킨 서원웅의 「엄마와 아들」, 강물에 '이리쿵 저리쿵 제멋대로' 떠가는 종이배를 '꼭/ 첫 걸음마를 뗀/ 아가'에 비유한 동심 발견의 재미가 좋은 양회성의 「종이배」, 배꼽의 은유적 비유 '분화구, 나만의 전설, 비밀창고, 간이역' 등으로 재미와 작품성으로 성공한 좋은 작품 윤삼현의 「배꼽」, 역시 동심의 발견의 재미로 빛나는 이옥근의 두 작품 「8월의 눈사람」, 「바다 노을」, 새의 소리를 소재로 한 좋은 작품 「딱따구리 소리」와 육이오 때 사망한 군인의 유골에 채워진 손목시계를 소제로 동족상잔의 아픔을 동시로 리얼하게 승화시킨 이정석의 「슬픈 손목 시계」 등이었다.

　이번의 주제를 좀 벗어났지만, 시적 발상이 독특하고 남다른 재미 있는 동시 이상교의 「산소」, 「토끼의 귀」를 소개해야 마음이 편하겠다. 2013년에 한국동시문학회 연간지에 게재된 이상교 시인의 동시 「쩌억!」이란 시는 제목과 시의 소재와 발상이 독특하다. 굵은 몸통나무가 전기톱날에 베어 쓰러지며 지르는 소리를 시로 형상화하였다. '나무도 아프면/ 소리를 지른다.' 로 시를 맺었다. 이상교 시인은 1974년 조선일보 신춘문예에 동시 당선 이후, 한국동화문학상, 해강아동문학상, 세종아동문학상, 한국출판문화상 등을 수상하였으며, 한국동시문학회 회장 일을 역임하며 우리나라 동시문학 발전을 위하여 노력하였고, 좋은 동시와 동화를 열심히 발표하고 있다.

　산소(墓)를 〈이제 밥/ 더 안 먹겠다!// 밥그릇을 뒤집어 엎고/ 말았다.// 마지막으로/ 아주 커다란 밥그릇을/ 덮어 써/ 집으로 삼았다.〉 우리가 어릴 때 듣고 자랐던, '길로 길로 가다가 (밥그릇의 뚜껑인) 복지깨 엎어놓은 것은? ― 답은 소똥', '길로 길로 가다가 바가지 엎어놓은 것은? ― 답은 산소' 라는 수수께끼가 생각나는 동시이다. 그러나 이러한 발상은 이상교 시인이 아니면 어느 누가 하겠는가. 그리고 긴 토끼의 귀를 소재로 하여 노랫말의 후렴처럼 '긴 거/ 맞다!' 를 각 연의 뒤에 붙여 리듬과 의미를 배가 시킨 「토끼의 귀」는 특히 마지막연이 동심이 들어있어 독자들이 읽으며 즐거워하겠다.

　원래 겁쟁이라서/ 작은 소리 잘 듣고/ 재빨리 달아나라고/ 긴 거/ 맞다!// 잡아 옮길 때/ 손으로 들어올리기 알맞게/ 긴 거/ 맞다!// 키 재기 때/ 귀 끝까지 재/ 키 커 보이게 하려/ 긴 거/ 맞다!

　　　　　　　　　― 이상교, 「토끼 귀」 전문, 《아동문예》 3 · 4월호

노블레스 오블리주(Nobless Oblige)

— 김미혜, 권영세, 천선옥, 최신영, 박소명, 서금복, 정공량

어른들의 말을 어찌 믿을까/ 아니지, 믿다가는 하나뿐인 목숨/ 또다시
고스란히 내어주어야 하는데// 기우뚱 뒤집힌 세월 캄캄한 어둠 속에서/
가슴에서 목으로 머리까지 물이 차올라/ 손가락이 피가 나고 부러지도
록/ 이승의 막힌 벽을 긁으며 몸부림쳤다/ 고기처럼 눈 뜬 채 잠들지 못
한 꽃봉오리들/ 어항 속 금붕어가 그렇게 부러웠다// 다시 어른들을, 방
송을 믿어야 하나/ 몰래 탈출한 자랑스러운 선장과 선원들/ 항로를 이탈
한 자랑스러운 어른들의 공화국/ 괜찮을 거야, 안전 불감증 공화국 만세
/ 우린 금방 잊어, 대형사고 공화국 만만세// 꽃봉오리들아, 인당수에 뛰
어내린 심청이처럼/ 연꽃으로 다시 피어날 수 없을까/ 팔랑팔랑 노란 나
비로 날아올라라// 바다로 꽃들이 지고 있다/ 눈물보다 짠 푸른 바다 이
빨로 씹어 삼키며/ 바다 밖 사람들에게 사랑한다며, 미안하다며/ 불빛도
공기도 없는 캄캄한 어둠 속으로// 어른들의 말을 믿으며, 바다 밖 사람
들의 말을 믿으며, 끝까지 믿으며……

— 김진광, 「세월호」(시) 전문

　세월호의 충격과 여파가 생각보다 오래 간다. 정치 경제 사회 관광
등이 모두 침체상태다. 이때 우리나라를 이끌어갈 지도자 큰 어른이
나서서 "이제 슬픔과 감정을 뛰어넘어 일상으로 돌아가자!"고 외쳐야
한다. 그런데 그렇게 외쳐야 할 큰 어른이 없는 대한민국이 또 슬프다.
지난날 김수환 추기경이나 성철 스님 같은 분이 그립다.
　이번에 함께 살펴볼 작품은, 「폭탄 돌리기」(김미혜), 「까치감시원」(권

영세), 「오래된 할아버지 시계」(천선옥), 「너도 꽃이야」(최신영), 「빗방울 더하기」(박소명), 「화해시키기」(서금복), 「꽃들의 인사」(정공량)이다.

> 창고 지붕이 무너졌다. 무겁게 쌓인 눈 때문이다. / 창고에 놀러갔던 닭 몇 마리 깔려 죽고 다쳤다.// 누구 탓일까?// − 창고는 내가 지었어. 하지만 설계도대로 지었을 뿐이야!// − 설계는 내가 했어. 하지만 주인이 시키는 대로 했을 뿐이라고. / − 청소 담당은 누구야? 눈을 치웠어야지!/ − 눈, 너는 왜 왕창 쏟아진 거야?// 내 탓 아니오! 폭탄이 돌아간다.// − 닭, 너희들 왜 거기에 갔어!/ − 누가 가자고 한 거야?
>
> − 김미혜, 「폭탄 돌리기」 전문, 《오늘의 동시문학》 봄 · 여름호

2014년 경주 마우나오션리조트 강당 지붕 붕괴 10명 사망을 소재로 하여 쓴 동시라 생각된다. 사람을 닭으로 대체하여, 사고 후 서로 책임을 떠넘기려는 우리의 사회를 풍자한 작품이다. 폭탄 돌리기 놀이는 창고를 지은 사람에서, 설계도 만든 사람, 주인, 청소담당자, 왕창 쏟아진 눈, 사고가 난 닭, 가자고 한 이로 돌아가다가 재수 없는 사람 앞에서 폭탄이 터지면 놀이는 끝나고 그 사람이 모든 책임을 뒤집어쓴다. 앞에서 필자가 '세월호'라는 시로 언급한 2014년 진도 바다에서 세월호 침몰 304명 사망과도 관련이 있는 작품이다. 동시로서 작품 형상화가 어려운 안전불감증과 사건이 일어나면 아무도 책임을 지려고 하지 않는 우리 사회를 '폭탄 돌리기'라는 놀이로 리얼하게 풍자한 솜씨가 돋보인다. 다만, '누구 탓일까?, 내 탓 아니오'의 주제가 겉으로 드러난 것이 조금은 아쉽다. 우리나라에도 귀족(정치인)의 의무, 또는 가진 자(부자)의 도덕적 의무인 노블레스 오블리주(Nobless Oblige) 정신이 절실하다.

우리 집 뒷산/ 산불 감시 철탑에/ 까치네가/ 둥지 틀었다// 철탑 CCTV

가/ 밤에도 자지 않고/ 산비탈 곳곳을/ 두리번두리번/ 산불 감시하는데
// 철탑 꼭대기에 날아오른/ 까치도/ 고개를 둘레둘레/ 무얼/ 감시하는
걸까// 빈 과자봉지 버리려던/ 내 손이 순간/ 딱 멈춰버렸다.
　　　　　　　－ 권영세, 「까치 감시원」 전문, 《아동문학평론》 2014년 봄호

　권영세 시인은 1949년 경북 고령에서 태어나, 아동문학평론(1980
년), 월간문학신인상(1981년) 동시 당선으로 문단에 나와서, 1985년도에
대한민국문학상 등을 수상하였으며, 동시집 『겨울 풍뎅이』(1982년) 등
다수의 동시집이 있으며, 중진 동시인으로 활발히 활동하고 있다.
　「까치 감시원」은 산불 감시 CCTV가 설치된 철탑에 까치네가 둥지
를 틀고 있는 것을 소재로 하여 쓴 동시이다. 요즘은 도시로 들어가는
입구의 도로, 관공서, 학교, 동네 마트, 심지어는 개인 집에도 차의 블
랙박스에도 CCTV가 설치되어 있는 실정이다. 경찰의 손을 들어주는
역할도 충분히 하지만 개인의 비밀이 노출되는 부작용도 많다. 산불감
시 요원이 밤낮으로 하기 힘든 일을 기계가 대신 하는 편리한 시대이
다. 철탑 위에 집을 지은 까치도 고개를 둘레둘레 흔들면서 감시를 하
고 있다. 혹 까치집 속에 자라는 새끼를 해치지나 않나하여 그럴 거다.
까치의 행동을 감시하는 CCTV에 빗대었다. 시적자아는 과자를 먹고
무심코 버리려던 빈 과자봉지를 까치의 눈길과 맞닿자 행동을 순간 멈
춘다. 사람이 감시해야 할 행동을 CCTV 카메라와 까치가 대신하며
사람들이 감시당하는 아이러니가 느껴지는 동시이다. 우리나라는 세
계에서 드물게 고속 경제 성장을 하면서, 낙하산 인사나 관피아 등 부
조리를 키워왔다. 즉 감시를 철저히 하지 않고 안전 불감증에 걸려서
이따금씩 대형 사고를 내곤 하였다. 이번에도 어른들의 부적절한 감시
로 세월호가 침몰하여 미처 피지 못한 많은 학생들의 귀중한 목숨을
잃었다. 결코 잊지 말아야겠다.
　선생님인 시적자아에게 얼굴이 늘 어두운 아이가 선물로 살며시 건

네주고 간 꽃을 소재로 잔잔한 감동을 준 동시 한 편을 더 감상해 보자. 〈아이가/ 비닐봉지 속에 곱게 넣어 온/ 꽃 화분 하나/ 내 곁에 살짝 놓고 갔습니다.// 예쁜 꽃잎 다칠라 조심조심 꺼내어/ 책상 위에 얹어 놓으니/ 방안에 번지는 고운 보랏빛// 내 가까이 다가와/ 살며시 꽃 화분 건네주고 간/ 늘 어둡던 아이 얼굴// 문득 내 마음 속에서/ 바이올렛꽃 밝은 웃음으로/ 활짝 피어납니다.(「바이올렛」 전문)〉

등이 굽은 할아버지/ 시침처럼 느릿느릿 걸어가지요// 무뚝뚝한 아빠/ 분침처럼 뚜벅뚜벅 걸어가지요// 목을 길게 뺀 나는/ 초침처럼 딸깍딸깍 걸어가지요// 든든한 아빠 손이/ 야윈 할아버지 손, 조막만 한 내 손을/ 꼭 잡고/ 먼 길, 둥글납작 걸어가지요// 그래, 그래/ 함께 온기 나누며,/ 뻐꾸기 소리 들으며/ 먼 길, 둥글납작 걸어가지요

위의 시는 천선옥 시인이 아동문예에 2014년 5·6월호에 발표한 「오래된 할아버지 시계」 전문이다. 천선옥 시인은 서울 출생이며, 2008년《아동문예》 신인상에 당선으로 등단하여, 2012년 경기문화재단 창작지원금을 받아 첫 동시집 『안개의 미술학교』를 펴내었으며, 단국대학교 대학원 문예창작과 박사과정에서 아동문학을 전공하였다.

「오래된 할아버지 시계」는 글의 소재를 제목으로 하여, 시침은 동작이 느릿느릿한 할아버지, 분침은 무뚝뚝하고 뚜벅뚜벅 걷는 아버지, 초침은 딸깍딸깍 걸어가는 나를 비유하고 의인화하여 시로 형상화하였다. 요즘처럼 핵가족 화하여 사는 시대에 3대가 함께 살아가는 모습이 정답게 느껴지는 시다. 3연의 '든든한 아빠 손이/ 야윈 할아버지 손, 조막만 한 내 손을/ 꼭 잡고/ 먼 길, 둥글납작 걸어가지요'에서는 가장인 아빠가 할아버지와 자식을 책임지고 모나지 않고 물레방아가 돌아가듯 둥글둥글 함께 살아가는 아름다운 모습을 시계를 통하여 짧은 동화처럼 의인화한 동시이다. 독창적인 참신성에서는 좀 부족한 감

이 없지 않지만, '할아버지 시계'를 소재로 하여 이만큼 시적 상상력과 적절한 비유와 의인화와 재미와 가장의 책임과 가족애를 버무려 시로 형상화하기는 결코 쉽지가 않다.

싸우다가 엄마에게 벌 받는 걸 빨래에 재미있게 비유한 가족애가 그려진 참신한 그의 시 한 편을 소개한다. 〈우리들이/ 서로 다투면/ ─ 모두 두 손 번쩍 들어./ 엄마가 빨래집게처럼 말한다.// 우리들은/ 투덜투덜/ 빨랫줄에 매달린 옷이 된다.// 우리들 마음/ 빨래처럼 보송보송해질 때쯤/ ─ 모두 두 손 내려./ 엄마가 호루라기처럼 말한다.// 마음이 하얗게 씻긴/ 우리들,/ 또/ 귀밑에 웃음소리 걸어놓는다.(「싸움 시간」 전문)〉

식탁에서/ 반찬으로만 보던 돌나물// 햇빛 드는 창가에서/ 노란 꽃을 피우고 있다.// 그동안/ 왜 몰랐을까?// 작지만 환하게 웃는/ 돌나물 꽃.// ─ 나도 꽃이야./ 화분이 작은 소리로 말했다.// ─ 그래, 너도 꽃이야./ 나도 작은 소리로 대답했다.

위의 시는 아동문예 2014년 5·6월호에 실린 최신영의 「너도 꽃이야」 전문이다. 돌나물은 우리나라 산야에 자생하는 토종식물이다. 돌에서 자란다고 하여 돌나물이라고도 부르는데, 6월이면 노란 꽃이 핀다. 돌나물은 초고추장에 무쳐서 먹거나 물김치로 먹기도 하는데, 맛은 돌 틈에서 나오는 물맛과도 비슷하다. 시적자아는 아마도 베란다의 창가에 돌나물을 야생화로 키웠던 것 같다. 노란색의 별 모양의 꽃이 작아서 눈에 잘 띄지 않는다. 시적자아는 어느 날 '작지만 환하게 웃는/ 돌나물 꽃'을 발견한다. 그러자 '나도 꽃이야' 하고 화분(작은 꽃)이 작은 소리로 말한다. '그래, 너도 꽃이야' 나도 작은 소리로 대답한다. 우리는 크고 화려한 쪽으로 늘 눈과 귀를 연다. 시인은 사람들이 나물로 알고 있는 돌나물꽃을 '그래, 너도 꽃이야 하고 인정하고 눈과 귀를 열어 대화의 시간을 갖는다. 무엇을 인정해 준다는 것은 중요하다. 특히 작아서 잘 보이지 않는 것을 인정해 주는 것은 중요하다. 인정해 줌으로써 자신의 한 일에 대하여 상대방은 의무와 책임감을 가질 수 있다. 전체적으로 보면 의미상 문제가 될 것은 없지만, '-나도 꽃이야./ 화분이 작은 소리로 말했다.'에서 말하는 주체인 '화분'을 '꽃이나 돌나물꽃'으로 바꾸는 것이 어떨까? 함께 발표한 「'꽃이 지다' 그림 앞에서」는 '지다'의 동음이의어를 가지고 시로 형상화한 작품으로, 맨 마지막 연에서 '지고도 꽃잎들은/ 웃고만 있지.'에서는 봄 여름 가을 지면서도 웃고 있는 꽃잎의 아름다운 의미를 역설적으로 되새기게 하는 작품이다.

> 톡톡톡/ 잎새에 더해/ 초록빛 키우고// 톡톡톡/ 꽃잎에 더해/ 꽃잎 웃음 키우고// 톡톡톡/ 냇물에 더해/ 물소리 키운다.// 톡톡톡/ 더하면서/ 남은 키우고// 톡톡톡/ 더하면서/ 제 모습은 뺀다.
> – 박소명, 「빗방울의 더하기」 전문, 《새싹문학》 여름치(128호)

박소명은 전남 곡성에서 태어나, 2002년 《월간문학》 동시부문 신인상, 2008년 동아일보 신춘문예에 동화 당선, 제3회 오늘의 동시문학상, 2009년 제6회 황금펜문학상 등을 받았다. 동시집으로 『산기차 강기차』, 『빗방울의 더하기』, 『꿀벌 우체부』가 있고, 동화집으로 『든든이와 푸름이』 등이 있으며, 그는 국내와 해외 배낭여행을 좋아한다고 한다.

새싹문학 여름호에 '만나고 싶은 동시인'으로 박소명의 동시 특집이 실렸는데, 본인이 뽑은 대표작에 '산 사진 찍기' 외 4편이 실렸는데, 본 주제와 관련된 「빗방울의 더하기」를 다시 한 번 살펴보고자 한다. 제목을 '비'나 '빗방울'이라고 하였다면 어떠하였을까? 좀 평범한 글이 될 수도 있지 않았을까? 각 연의 첫머리에 '톡톡톡'이란 빗소리인 의성어를 넣어 빗소리와 반복을 통한 리듬의 효과를 노렸다. 1~3연은 '~에 더해/ ~를 키우고' 4~5연은 '더하면서/ 남은 키우고(제 모습은 뺀다)'의 형태이다. 즉, 빗방울은 잎새와 꽃잎과 냇물에 더해서 키우며, 남은 키우고 제 모습은 빼는 행위로 봉사정신과 희생정신을 작품을 통하여 배울 수 있다. 세월호에서 관광객들을 선실에 두고 먼저 자기들만 탈출을 한 선장과 선원들이 이러한 동시를 읽고 자랐다면 그러한 행동을 하였을까?

박소명 시인은 동시의 제목을 잘 정한다. 한 편 더 소개할 「꿀벌 우체부」도 제목이 좋다. 꽃에서 꿀과 꽃가루를 받아 나오는 꿀벌을 '좋은 소식을 전해준 우체부'로 설정하고, 꽃들에게 꿀차 대접을 받는다는 상상력을 키운다. 그의 동시는 사물을 의인화하되, 표현에 애써 얽매이지 않고, 사물에서 그들의 이야기를 받아쓰기하듯 쉽게 표현한다. 〈무슨 좋은 소식/ 전해 줬기에// 채송화네에서// 나팔꽃네에서// 꿀차 대접받고/ 나오는 걸까?// 해바라기네 꽃잎마루에서도/ 한참 앉아 있다가 나오네.(「꿀벌 우체부」 전문)〉

> 다퉜는지 널찍널찍 떨어져 앉은 꽃들/ "얘들아! 그러지 말고 좀 모여 봐."/ 화해를 시키려 해도/ 꽃들은 제자리에서 꼼짝 않는다// 할 수 없다/ 카메라를 든/ 내가 뒤로 물러섰다// 꽃들이 다 사진 속으로 들어온다/ 쑥스러운지 살그머니 웃는다// 며칠 전에 다툰/ 애경이와 경애가 씩 웃는다.
>
> — 서금복, 「화해시키기」 전문, 《열린아동문학》 봄호

서금복은 1959년 서울 출생으로, 《문학공간》에 수필(1997년), 《아동문학연구》에 동시(2001년), 《시와 시학》에 시(2007년)로 등단하여, 동시집 『할머니가 웃으실 때』와 『우리 동네에서는』, 수필집 『옆집 아줌마가 작가래』를 펴내었으며, 전국어머니편지쓰기 모임인 '편지마을' 회

장을 역임하고 여성동시모임인 '미래동시모임'에서 활발히 활동하고 있다.

꽃밭에서 사진을 찍다가 떠오른 기발한 시상이라는 생각이 든다. 시인은 널찍널찍 흩어져 있는 꽃을 보고 다투었다는 동심적인 생각을 한다. '애들아! 그러지 말고 좀 모여 봐.' 하고 화해를 시키려 해도 꼼짝 않는다. 하는 수 없이 사진기를 든 내가 물러섰더니, 꽃들이 사진 속으로 들어와 살그머니 웃는다. 이 동시의 주제인 '화해를 할 때는 내가 한 발 뒤로 물러선다'가 들어있는 부분이다. 내가 한 발 물러서면 꽃들(친구들)이 내게로 들어와 살그머니 웃는다. 끝 연 '며칠 전에 다툰 / 애경이와 경애가 씩 웃는다.'는 꽃을 사람으로 환치시켜서 사람도 꽃처럼 그렇다는 시적 상승효과를 거두고 있다. 동심의 렌즈로 꽃을 의인화하여 꽃밭을 바라본 시의 회화성과 의미성과 재미성에서 성과를 거둔 서금복 시인의 대표적인 좋은 동시이다. 살다보면 어떤 일에 서로 생각이 달라서 싸우는 수가 있다. 그럴 때 내가 한 발 물러서서 '미안하다, 내가 잘못했다' 하면 저쪽도 내민 손을 잡고 악수를 한다. 이러한 화해하는, 화해시키는 사람이 필요하다. 반대를 위한 반대, 저 편이 하면 무조건 반대를 해서는 나라의 미래가 없다. 어른들의 도덕성과 책임지는 노블레스 오블리주(Nobless Oblige)정신이 시급한 현실이다.

> 아침이면 얼굴 들고/ 꽃들이 인사하면// 바람은 걸어서 오고/ 햇빛은 춤추며 온다.// 오늘은 눈 코 귀 다 열고/ 마음도 활짝 여는 인사.
>   – 정공량, 「꽃들의 인사」 전문, 《오늘의 동시문학》 봄 · 여름호

정공량은 전북 완주 출생으로, 1983년 《월간문학》으로 문단에 등단하였으며, 시집으로 『우리들의 강』 외, 시조집으로 『절망의 면적』 외 여러 권이 있으며, 문학평론집 『환상과 환멸의 간극』 외 1권이 있다.

현재 계간문예 종합지《시선》편집주간으로 있으며, 동시보다도 시조와 시와 평론 분야에서 많이 알려져 있다.

위의 동시「꽃들의 인사」는 정공량의 동시조이다. 꽃과 바람과 햇빛을 의인화한 동시로, 아침을 맞이하여 꽃들이 인사를 하면, 바람은 기분이 좋아 걸어서 아침으로 오고, 햇빛도 즐거워 춤추며 아침으로 온다. 종장의 '오늘은 눈 코 귀 다 열고/ 마음도 활짝 여는 인사.' 는 이 시의 핵심내용으로 시적형상화가 돋보이는 부분이다. 시각과 후각과 청각적 이미지를 통하여 꽃과 바람과 햇빛과 시를 읽는 독자의 마음도 활짝 열어주는 풋풋하고 싱그러운 아침의 동시이다. 아침에 활짝 피어 웃는 꽃을 보면, 우리는 마음이 상쾌해져 바람도 햇빛도 아름답다. 그래서 눈과 코와 귀가 열리고 마음도 활짝 열려서 즐거운 하루가 시작되는 선 서경에서 후 서정으로 옮겨가는 동시의 형태이다. 정공량은 시와 시조 분야에서는 좋은 작품을 쓰고 있는 중견시인이라고 할 수 있다. 동시 분야에서는 시조나 시에 비해 연륜이 좀 짧은 편이라, 재미성과 동심 여과 면에서 좀더 노력을 한다면 박수를 받는 좋은 동시조(동시)를 빚는 동시인이 될 것이라 확신한다. 우리나라가 세월호의 충격으로 경제와 관광은 물론 모든 사회가 침체 분위기에 빠져있다. 이번에는 꼭 안전 불감증에 대한 원인 분석과 대비를 철저히 하고, 노블레스 오블리주(Nobless Oblige) 정신을 이 기회에 다시 배우고, 일상으로 돌아와서, 정공량 시인의 동시「꽃들의 인사」처럼 눈 코 귀 다 열고 서로 인사하는 꽃처럼 웃고 밝은 세상이 빨리 왔으면 좋겠다.

로고스(logos)와 미토스(mythos)

— 김룡, 하빈, 김영철, 공재동, 김갑제, 박정우, 김형식

2014년 8월 9일 도봉구민회관에서 ㈜한국아동문예작가회 주최, 한국문화예술위원회 후원으로 〈창작과 현실〉이란 주제로 제7회 아동문학심포지엄이 있었다. 발표 주제는 '동화야말로 잠자지 않는 인간의 꿈이 아닐까요'(고정일), '문자로 보는 마음·몸·집'(권상호), '발표되는 동시의 분석과 나아갈 길'(김진광), '동화의 주제 의식과 결말 기법'(이영), '미래의 인재를 키우는 힘, 책 읽기'(하청호)이며, 유익한 발표와 토론자와의 열띤 토론이 있었다. 해마다 유익한 심포지엄 자리를 마련해 주는 박종현 주간께 감사드린다. 그리고 2014년 8월 8일에서 8월 12일까지 경남 창원컨벤션센터에서 제12차 아시아아동문학대회(1990년 서울에서 1차 대회가 열린 후부터 2년 또는 3년을 주기로 한국, 중국, 일본, 대만을 순회하며 열림)를 겸하는 제3차 세계아동문학대회를 〈어린이에게 꿈을 심어주는 문학〉이란 대주제로 16개국 1400여 명이 참석한 가운데 성대히 열었다. 필자도 〈한국동시문학의 길 함께 걷기〉란 주제로 발표를 하였다. 큰 행사를 성공적으로 진행시킨 대회장 신현득, 한국아동문학회 회장 김용희 외 김종희, 김태일 등 많은 관계자 여러분의 노고에 감사드린다.

이번에 함께 살펴볼 작품은, 「다람쥐 일기장」(김룡), 「아기 탱자나무의 꿈」(하빈), 「부탁」(김영철), 「풀 한 포기」(공재동), 「잔소리」(김갑제), 「신발 두 켤레」(박정우), 「내 등」(김형식)이다. 이번에는 되도록 여러 발표지에서 많이 알려지지 않은 사람의 좋은 작품을 대상으로 하였다.

오늘은 또 무슨 일로 싸웠을까?// 서로 등 돌린 아빠와 엄마 사이를 까치발로 걷다가 생각했지 랄랄라 콧노래 부르며 걷다 토끼 몇 마리 부르고 거북이도 부를 수 있는 그런 길 하나 생겼으면 좋겠다// 나는 그 길을 꽃뱀과 나란히 걷다가 엄마가 화장대 서랍 속에 숨겨 놓은 부엉이 울음소리를 꺼내야지 아빠 호주머니 속 동전은 하늘 가득 던져놓아야지 그러면 숲속의 돌멩이처럼 말이 없던 엄동수도 우와- 오늘은 달이 몇 개야! 소리칠 테고// 까르르까르르 아이들의 배꼽이 콜라병 뚜껑처럼 굴러다니는 길, 눈먼 다람쥐 몇 마리 엄마아빠 한숨소리를 도토리처럼 물어다 숨겨놓는 그런 오솔길 하나 구불구불 우리 집에도 생겼으면 좋겠다// 나는 그네를 만들어야지 랄랄라, 아빠 오른손과 엄마 왼손에 매달린 그네가 되어 청설모 몇 마리와 도마뱀도 태워야지// 3학년 8반 호민이 엄마아빠처럼 따로 살려고 해도 그럴 수 없겠지 내가 그네처럼 매달려 그럴 수 없는 길, 씩씩 뿔난 염소 엄마와 멧돼지 아빠 사이로 랄랄라 콧노래 부르며// 다람쥐 몇 마리 데리고 랄랄라 학교 가는 그런 오솔길 하나 생겼으면 참 좋겠다

　　　　　- 김륭, 「다람쥐 일기장」 전문, 《어린이문예》 2014 봄 · 여름호

　김륭은 1961년 경남 진주에서 태어나, 1988년 불교문학신인상, 2007년 문화일보 신춘문예에 시와 강원일보 신춘문예에 동시가 당선되었다. 동시집에 「프라이팬을 타고 가는 도둑 고양이」, 「삐뽀삐뽀 눈물이 달려온다」, 「달에 다녀오겠습니다」 등이 있다.

　문학은 우리의 상상력을 통해 발현되는 정신적인 것이다. 아리스토텔레스는 문학적 구성물을 로고스(스토리, 주제 관련인 내용적인 측면)와 미토스(담화, 서술방식, 시의 형식, 신비적 서술로의 신화)로 구분하였다. 「다람쥐 일기장」을 로고스 측면에서 살펴보면, 시적자아인 주인공은 초등학교 3학년 정도의 어린이이며, 잦은 싸움으로 등 돌린 아빠와 엄마의 무거운 이야기를, 의인화와 상상력과 환상을 동원하여 숲 속을 배경으로 동화처럼 재미나게 쓴 동시이다. 미토스적 측면에서 살펴보면, 동

시의 내용이 동화적인 이야기다가 보니 동시를 담는 그릇이 산문형식이 알맞았으리라. 형식에 얽매이지 않고 자유 분망한 상상력과 환상을 동화적이고 산문적인 서술방식에 담았다. 산문형식의 시에서 문제가 되는 리듬을, 의성어 '랄랄라, 까르르까르르'와 각 운인 '?지, ?겠다' 등을 사용하여 살렸다. 「다람쥐 일기장」은 부모의 이혼율이 증가하여 자녀들이 사회문제로 대두 되는 소재를 다룬, 로고스와 미토스에 충실한 좋은 산문동시라고 할 수 있다. 다만, 산문동시에서 의미성의 연 구분과 의도적인 연 구분을 좀 더 신중히 생각해 보길 바란다.

> 수평선 너머엔 멋진/ 야구선수가 살고 있을 거야,/ 푸른 배트와 황금 공을 가진.// 아기탱자나무는/ 그 선수가/ 유자나무일거라 생각합니다.// 유자나무 아니고서는 그 누구도/ 눈부신 황금 공을 하늘 높이/ 쏘아 올릴 수 없다고 생각하기/ 때문입니다.// 유자나무는 키도 크고/ 팔도 길고/ 아름다운 황금 공을 많이 가졌다고/ 지나가는 바람에게 들었던 기억이/ 있기 때문입니다.// 어른이 되면 자기도/ 멋진 야구선수가 되겠다고// 아기탱자나무는 오늘 아침도/ 수평선을 바라보며 두 주먹/ 불끈 쥐어 봅니다.
>
> – 하빈, 「아기탱자나무의 꿈」 전문, '한국동시문학회 회보 34호'

하빈은 2004년 《대한문학세계》에 수필, 《아동문예》에 동시로 등단, 대한민국장애인문학상 수상, 세계지구사랑 공모 산문부분최우수상(동화)을 받았다.

「아기탱자나무의 꿈」을 로고스 측면에서 살펴보면, 의인화된 주인공 탱자나무가 '수평선 너머엔 멋진/ 야구선수가 살고 있을 거야,/ 푸른 배트와 황금 공을 가진' 이라는 가정으로 작품이 시작 된다. 그러다 보니 시적 전개는 자연히 상상력을 동원하게 된다. 그리고 황금 공을 하늘 높이 쏘아 올리는 것은 유자나무라고 단정한다. 3연과 4연에서는 유자나무인 까닭을 시적으로 밝힌다. 마지막 5연과 6연 아기 탱자나무가 '어른이 되면 자기도/ 멋진 야구선수가 되겠다고' 아침 수평선을 바라보며 다짐하는 희망의 메시지를 담은, 어린이에게 꿈과 희망을 주는 상상과 환상이 담긴 짧은 동화시라고 할 수 있다. 수평선에 매일 떠오르는 해를 유자나무가 배트로 쳐올리는 황금공이라는 발상과 유사한 탱자나무가 그걸 꿈꾸는 전개가 이야기가 담긴 튼튼한 좋은 시로 만들었다. 미토스적 측면에서 살펴보면, 유사한 형식의 반복 '탱자나무는, 유자나무는', '때문입니다'의 똑같은 말의 반복, '수평선 너머엔 멋진' 등의 3음보가 많고, 각운인 '?니다'의 사용으로 시의 리듬을 배려하였다. 하빈은 자신이 장애인이면서도 자신과 어린이들에게 꿈과 희망을 주는 좋은 동시를 쓰고자 노력하고 있다.

> 해딩 좀/ 그만해라.// 아빠 자동차/ 멍든다.// 닦는 것도 힘들지만/ 마음이 더 아프단다.// 나비야/ 고추잠자리야/ 찻길로 다니지 마라.
> — 김영철, 「부탁」 전문, 《아동문학세상》 2014년 여름호

> 파도가 쉬지 않고/ 바다를 닦는 것은// 햇빛을 볼 수 없는/ 고기들 때문이래요.// 하늘이 잘 보이라고/ 문을 여는 것이래요.// 바람이 부지런히/ 들판을 쓰는 것은// 혼자서 꼼짝 못하는/ 씨앗들 때문이래요.// 마음껏 세상 구경하라고/ 길을 트는 것이래요.
> — 「도우미」 전문

앞의 동시조 2편은 계간 《아동문학세상》 2014년 여름호에 발표한 김영철의 두 작품이다. 김영철은 2007년 《자유문예》에 시로, 2011년 제1회 〈한국동시조〉신인상, 2012년 《시조시학》으로 등단하여 두타문학과 솔바람동요 동인 등에서 부인과 같이 활동을 하고 있다.

「부탁」은 예견되지 않은 엉뚱한 발상과 표현이 재미를 더해준다. 로

고스적인 측면에서는 차에 달려드는 곤충들을 의인화하여 일상어로 대화를 시도한다. 곤충들에게 찻길로 다니지 말라고 유머가 담긴 말로 부탁하고 있다. 미토스적 측면에서는 3장 6구의 동시조를 초장을 2연으로, 종장을 3행으로 배치하여 3장의 동시조 형식에 변화를 주었다. 김영철의 동시조는 대부분 앞에서 언급한 것처럼 발상이 엉뚱하고 재미있고 동심으로 걸러져 있다. 이것만으로 일단 얼마간의 성공을 거두고 있다고 보아야 한다. 욕심을 좀더 낸다면, 문학성과 관련이 있는 시적인 표현 부분에서 보완이 필요하다. 함께 발표한 「도우미」는 이 부분을 좀더 극복한 2수로 된 연작 동시조이며, 노랫말의 가사로도 좋은 동시조이다. 미토스적 측면에서 살펴보면, 시조의 3(4)·4, 3(4)·4, 3·5, 4·3(4)의 음보 외에도 유사한 형식의 반복 '파도가, 바람이', '-는 것은'의 똑같은 말의 반복, 각운인 '?이래요'의 사용으로 읽기만 하여도 절로 노래가 되는 리듬의 배려가 보인다. 함께 일하며 함께 시조와 동시조와 동요를 쓰는 부인 구금자는 발표도 늘 함께 힌다. 같은 지면에 발표한 「보물찾기」는 제목을 잘 정했고, '무지개의 꼬리, 알쏭달쏭'이라는 시어와 문자부호 사용도 재미있다. 함께 감상해 보자. 〈보일 듯/ 보이지 않는/ 알쏭달쏭 무지개// 구름 속에 숨겨놓은/ 꼬리를 잡고서// 찾았다!/ 하고 외치면 고운 빛깔 보여줄까? (전문)〉

풀 한 포기가/ 푸들푸들/ 허리를 펴고 일어선다.// 누군가의/ 발길에/ 밟힌 모양이다.// 아픔을 딛고/ 일어서는/ 풀 한포기// 푸들, 푸들, 푸들,// 풀들이/ 모두/ 멈춘다.
　　　　　　　　－ 공재동, 「풀 한 포기」 전문, 《시와 동화》 2014 여름호

강정규 작가가 발행하는 계간 《시와 동화》에서 〈동시와 동시조 100인〉을 게재했다. 필자의 작품을 비롯하여 많은 시인의 좋은 작품을 한꺼번에 볼 수 있게 지면을 할애해준 발행인께 감사드린다. 특히 언급

하고 싶었던 작가는 고광근, 공재동, 권영상, 김구연, 김원석, 김철순, 문삼석, 박방희, 서정홍, 선용, 신민규, 신복순, 신현득, 신현배, 유화윤, 이안, 이장근, 이준관, 조두현, 진복희, 한명순, 한혜영, 함기석 등의 작품이었다. 그러나 지면 관계로 다음 기회로 미루며, 공재동의 「풀한 포기」만 다루게 되어 아쉽다. 공재동은 1949년 경남 함안에서 태어났으며, 1977년에 《아동문학평론》 추천으로 등단하여, 세종아동문학상, 이주홍아동문학상, 최계락문학상 등을 수상하였다.

「풀 한 포기」는 '민족이나 민중의 끈질긴 생명력'을 주제로 한 민중시인 김수영의 「풀」과 '아픔을 이겨내는 힘'을 시화화한 일본의 시인 하타치 요시코 「풀 草」(풀의 등을 보았다// 바람에/ 격렬하게 흔들려/ 쓰러져도/ 쓰러져도/ 일어서려 하는/ 풀의 등을 보았다// 장마 후의/ 눈부신 여름 하늘의 날에〈전문〉)에도 비유되는 좋은 동시이다.

우리가 별 생각 없이 길가나 풀밭에서 밟고 지나간 뒤, 풀들이 허리꺾인 아픔을 딛고 일어서려고 애쓰는 모습을 우리는 생각해 보는가? 3연의 '푸들,/ 푸들,/ 푸들'은 풀이 다친 허리를 펴려고 애쓰는 모습이 살아 있는 의태어로 실감나게 잘 표현되었다. 아픔을 딛고 일어서려는 모습은 아직도 상처가 아물지 않은 '세월호' 사건의 유가족의 아픔과도 연관이 된다. 마지막 연 '풀들이/ 모두/ 숨을 멈춘다'에서는 아픔을 함께하는 풀들(민중, 민족), '세월호' 사건을 가슴 아파하고 사건을 옳게 처리하기를 바라는, 다시는 이런 일이 없기를 기도하는 우리 국민과 세계인의 관심과 함께하기와 기원이 담겨 있다. 이 동시는 동심 여과 면에서는 좀 보완이 필요할 수 있으나, 시의 의미와 형식과 시적 표현 면(로고스와 미토스 측면)에서 손색이 없는 좋은 동시라 칭찬해 주고 싶다.

말이 별로 없는/ 우리 아빠/ 술만 취하면/ 한 말을 또 한다.// 그런데/ 우리 엄마는/ 술 한 모금 먹지 않고/ 한 말을 두 번도 더 한다.
— 김갑제, 「잔소리」 전문, 《아동문예》, 2014. 7·8월호

아빠가 배추를 묶는다./ 속이 꽉 차라며/ 꼭꼭 안아준다.// 아하!/ 아빠
가 나를/ '꼬옥' 안아준 이유를/ 이제야 알겠구나.

- 「배추 묶기」 전문

김갑제는 충북 충주에서 태어나서, 충주고와 강릉교육대학을 졸업
하고, 1993년에 아동문예문학상 동시부분에 당선되고, 제3회 우리나
라 좋은 동시33(2013. 파랑새) 및 오늘의 동시문학(2013. 겨울호)에 '올해
의 좋은 동시 20'에 선정되는 등 좋은 작품을 발표해 오던 중 그동안
창작한 작품을 모아 이번에 『날고 싶은 꽃』(아동문예)을 출간하였다. 그
의 대학동기인 남진원 시인이 〈자연과 생활에서 묻어나는 아름다움의
향기〉라는 주제로 시 해설을 썼다. 우리 어린이들은 잔소리를 먹고 자
란다하여도 과언이 아니다. 잘 되라고 하는 말인 줄 알지만, 특히 엄마
의 잔소리는 심하다. 김갑제의 동시는 길이가 짧아서 읽기와 이해가
쉬운 장점이 있으며, 재미가 있고 의미도 시 속에 숨겨 놓았다. 술만
먹으면 한 말 또 하는 아버지와 술 한 모금 안 먹지 않고도 한 말을 반
복하는 엄마의 공통점과 다른 점을 대조법을 사용하여 재미있게 시로
형상화한 동시이다. 어린이들은 잔소리보다 칭찬을 좋아한다는 의미
가 내포되어 있다.

'올해의 좋은 동시 20'에 선정된 김갑제의 대표작품 「배추 묶기」는
2연 7행의 짧은 시이다. 김갑제 시인은 배추 묶기를 하면서 배추에게
속이 노랗게 꽉 차라고 주문했을 것이다. 그러한 것은 누구나 바라는
평범한 일이다. 그런데 이런 평범한 일에서 '아빠의 배추 묶기 = 아빠
가 자녀를 안아줌'이라는 참신한 발상을 한다. 그리고는 '속이 꽉 차
라는' 안아주는 이유로 발전시킨다. 사물인 배추를 사람처럼 의인화시
키고, 2연에서는 시적화자인 어린이가 '안아줌'의 의미를 '아하!' 하고
스스로 깨닫는 장치를 한다. 이렇게 평범한 일상의 익숙한 소재로 하
여 짧은 글 속에 감동을 주는 참신한 발상과 시의 형상화 기법이 돋보

인다. 두 작품은 로고스와 미토스 측면에서 성공한 좋은 작품이라 할 수 있다.

> 드르륵 문을 여니／ 현관에 신발 두 켤레가／ 거꾸로 누운 채／ 다정하게 속삭이고 있다.／／ 검정 구두 옆으로 눕고／ 빨강 하이힐은 비스듬히 엎드려／ 하루 종일 공부에 운동에／ 지친 나를 쳐다보고 있다.／／ 오늘은 열심히 했니?／ 배 많이 고프지?／ 희미한 전등불빛 아래에서／ 다정히도 묻는다.／／ 엄마를 대신해／ 아빠를 대신해／ 딸랑딸랑 복슬강아지처럼／ 우리 집에서 제일 먼저 나를 반긴다.
>
> — 박정우, 「신발 두 켤레」 전문, 《아동문예》, 2014. 7·8월호

「신발 두 켤레」를 로고스적 측면에서 살펴보면, 의인화한 사물인 검정 구두는 아빠를, 하이힐은 엄마를 상징한다. 사물인 아빠엄마의 자동차와 아빠엄마의 옷이나 모자도 아빠엄마를 상징한다. 신발은 현관에서 엄마 아빠보다 먼저 시적 자아를 맞아주며 다정하게 묻는다. 엄마와 아빠를 대신해 복슬강아지처럼 우리 집에서 제일 먼저 나를 반긴다. 독자에게 전달하고자 하는 주제는 '엄마아빠를 대신해 현관에서 나를 먼저 반기는 신발 두 켤레'이다.

미토스적 측면에서는 일반적인 시 양식의 동시이지만, 동시양식의 특징의 하나인 의인화한 대화방식을 사용하여 시를 빚었다는 것이 일반시와 다른 점이라 할 수 있겠다.

함께 발표한 「뒤바꿔 해보기」는 역할극을 시로 잘 형상화하였다. 로고스적인 측면에서는 학생이 선생님을 가르치고, 여동생이 엄마대신 요리를 하고, 다문화 친구가 친구들을 가르친다. 상대방의 입장에서 생각해보는 '역지사지 易地思之' 정신 배우기가 그 주제이다. 미토스적 측면에서는 상대방이 사용하는 일상적인 대화체를 대신 사용하는 재미와 웃음이 보이는 동시이다. '후루룩 냠냠, 퉁탕퉁탕, 달각달각' 등

의성의태어의 반복이 리듬을 잘 살려주고, 등장하는 인물들 행동의 반복이 또한 파도의 리듬처럼 즐거워 독자도 덩달아 신이난다. 내용과 서술 양식에서 비교적 성공한 작품이라 할 수 있겠다.

> 늘/ 우리가/ 기대기만 하는 나무// 나무도 누군가에게/ 기대고 싶을 때가 있을 거야// 내 등이라도 내어 주고 싶어/ 곁에 가만히 서 본다.// 아버지도/ 힘드실 때/ 기대고 싶은 곳이 있을까?// 가만히 다가가/ 아버지 등에/ 내 등을 기대고 앉으면// 돌아보시며/ 웃으시는 아버지/ 내 등이 더 따뜻해진다.
>
> — 김형식, 「내 등」 전문, 《소년문학》 2014. 7월호

김형식은 충북 증평에서 출생하여, 아동문예문학상, 충북숲속아동문학상, 청주문학상을 수상하였고, 동시집으로 『코스모스길』, 『꽃그늘 술래잡이』가 있으며, 현재 충북 행정초등학교 교감으로 근무하고 있다.

「내 등」을 로고스적 측면에서 살펴보면, '우리가 늘 기대기만 하는 나무와 아버지 등에 내 등을 내 주고 싶다' 는 것이 이 작품의 주제가 된다. 〈가만히 다가가/ 아버지 등에/ 내 등을 기대고 앉으면// 돌아보시며/ 웃으시는 아버지/ 내 등이 더 따뜻해진다.〉가 이 글의 핵심이 되고 의미가 된다. 미토스적 측면에서 살펴보면, '나무' 와 '아버지' 의 비슷한 공통점의 설정이 참 좋다. 그 의미를 독백적인 대화체나 행동으로 서술하는 양식을 잘 선택하여 시로 형상화하였다. 아버지 등과 비슷한 사물인 나무를 끌어와 아버지와의 따뜻한 정을 시로 형상화환 솜씨가 놀랍다. 이 동시는 새로운 소재가 아닌 평범한 소재를 가지고, 탄탄한 시의 구조를 선택하여, 특별한 동시로 작품화한, 로고스와 미토스적인 측면에서 박수를 받을 수 있으며, 감동이 있는 좋은 동시이며, 그의 대표작의 하나라 칭찬하고 싶다.

미토스(mythos)의 영역에 속하는 '신비적인 서술체'의 신화(神話)는 오늘날 '나이키 신발, 박카스, 디오스 냉장고, 헤라 화장품, 비너스 속옷, 요구르트 이오, 아폴론 우주선' 등 우리 생활 광고에 깊숙이 들어와 함께 살고 있다. 우리의 신화도 잘 이용하면 경제적인 도움이 될 수 있다는 것이다.

좋은 음식을 어떻게 만들까 하는 생각처럼, 우리는 좋은 작품을 어떻게 써야 하나에 많은 관심을 가지고 있다. 그리고 그 좋은 음식을 어떤 그릇에 어떻게 포장해야 할까 하고 궁리를 하듯, 시의 형식과 서술과 관련된 미토스(mythos)에도 많은 관심을 가져야 좋은 시를 빚을 수 있겠다.

이야기가 있는 동시와 시가 갖는 메시지

― 조선달, 정형택, 박두순, 한금산, 김이삭, 우원규, 이정인

동시의 주 독자인 어린이들이 동시를 잘 읽지 않는 이유 중에 하나는 재미가 없어서다.

시는 소설이나 동화가 갖는 구성인 '발단 전개 위기 절정 결말'이 없다. 동시는 은유와 상징 등의 비유와 압축과 상상으로 이루어지다가 보니, 이해하기 어려울 뿐만 아니라, 이야기가 없어서 재미도 못 느끼고 멀리하는 경향이 있다. 그래서 이번에는 주제를 〈이야기가 있는 동시와 동시가 갖는 메시지〉로 정하여 발표된 작품들을 살펴보았다. 이야기가 있는 동시에는 사실성(reality)이 있다. 그러나 넓은 의미의 이야기 동시는 단군, 주몽, 김알지, 박혁거세 등의 건국 이야기나 우주 등을 소재로 한 판타지(fantasy) 동시도 포함할 수 있다. 어린이 독자를 동시와 친하게 하는데, 이야기가 있는 동시가 그 해결책의 하나라는 생각에서 관련 작품을 살펴보고자 한다.

살펴볼 작품은, 「황금 구들」(조선달), 「버섯」(정형택), 「베끼기」(박두순), 「눈으로 먹는 엄마」(한금산), 「허수아비가 된 우리 할아버지」(김이삭), 「손으로 보는 아이」(우원규), 「초승달은 내 모자야」(이정인)이다.

1. 아주 오래 전의 이야기다.// 추운 나라가 있었지./ 사람들은 겨울이 오기 전에/ 땔감을 구하러 모두 산으로 몰려갔어.// 마을의 제일 끝 집 산 아래 집에는:/ 착한 할아버지 할머니가 살고 있었지. // 중략 // 6. 어느 날 젊은이가 말했어.// "저를 보살펴 주셔서 고맙습니다./ 중략 // 제가 가

진 것이라고는/ 구들을 고치는 재주뿐입니다./ 제가 구들을 고쳐드릴게 요."// 중략 // 15. "앗! 아궁이가 황금빛이다."/ 아궁이를 본 사람이 외 쳤어.// 마을 사람들은 우르르/ 아궁이로 몰려갔어.// 정말이었어.// 아 궁이는 황금빛으로 빛나고 있었지./ 말로만 듣던 황금구들이었어.// 중 략 // 19. ~ 이 방에 주무시면/ 우리 할아버지 마음을 아실 거예요.// 젊 은이가 남겨 준 말만/ 뜨겁게 뜨겁게/ 밤새 아궁이에 타오르고 있었어.

　　　　　－ 조선달, 「황금 구들」 일부, 《아동문예》, 2014. 9·10월호

　조선달은 조재영의 필명이며, 그는 경남 함안에서 태어나, 창원대 학교 대학원 국문학과를 졸업, 1992년 경남신문 신춘문예 시가 당선 되었으며, 문학기행시집 『시로 만나는 경남』 등이 있다.

　조시인은 2013년에 아동문예문학상에 동화시 「민들레의 땅」, 「별을 따르는 아이」 2편으로 당선되었는데, 동화시를 쓴 백석 시인의 작품을 좋아해서 그 영향을 받은 것 같다. '동시 영역의 확장의 가능성'이란 평으로 우리나라에서 동화시를 가장 많이 쓴 사람 중에 하나인 박종현 주간, 손광세 시인이 그를 문단으로 내보냈다.

　위의 작품 「황금 구들」은, 〈아주 오래 전의 이야기다.// 추운 나라가 있었지.〉로 시작되는 동화시며 이야기 시이다. 추운 나라에 할아버지 와 할머니가 살고 있었는데, 어느 날 땔감을 마련하러 갔다가 쓰러져 있는 젊은이를 발견하고 집으로 데려와서, 흉년으로 양식이 부족했지 만 다친 다리가 완쾌될 때까지 정성껏 치료해준다. 동네 사람들은 구 들을 놓는 젊은이를 어리다고 비웃었지만, 궁궐을 지을 때도 할아버지 와 함께 불리어 갔던 최고의 기술자 구들장이는 황금빛으로 빛나는 따 뜻한 아궁이를 신세를 진 할아버지와 할머니께 선물하고 떠난다. 시간 적 흐름에 따른 구성과 단순한 줄거리로 이해가 쉽고, 재미있고, 작가 의 메시지가 감동적으로 독자에게 전해진다. 또한 '~지, ~어' 등의 종 결어미인 각운을 반복하여 리듬의 흐름을 돕고 있다. 즉 동화시는 운

문이란 그릇(형식)에 담은 동화이다. 형식이 운문이다가 보니, 동화시의 장르를 동시에 포함시키고 있다. 우리나라에서는 동화시가 아직도 활짝 꽃을 피우지 못하고 있는 편이다. 조 시인에게 기대를 걸어본다.

삿갓 시인 고개 넘다/ 쉬어간 자리/ 가랑비 촉촉이/ 내려앉으면// 풀잎에 떨뜨린/ 예쁜 시 한 구절// 삿갓 어른 모습으로/ 사알짝 솟아나// 저마다 그늘에서/ 시를 쓰나 봅니다
　　　　　　　　　－ 정형택, 「버섯」 전문,《아동문예》, 2014. 9 · 10월호

　정형택 시인은 전남 영광에서 태어나,《월간문학》과《아동문예》로 등단하였으며, 전남 문인협회장을 역임하고, 현재 한국문협 이사와 영광문화원장을 맡아 일하고 있다.
　위의 시는 시인이 산 속 그늘에 솟아난 버섯을 보고, 김 삿갓을 떠올리며, 시인 김 삿갓이야기를 의인화하여 쓴 작품이다. 김 삿갓의 많은 이야기는 하지 않았지만, 산그늘에 앉아서 시를 쓰는 광경을 형상화한 모습이 재미있다. 이 시를 읽은 독자들은 산 속에서 버섯을 만나면 이 동시가 생각나 씽긋 웃게 될 것 같다. 함께 발표한 「무화과」도 이야기가 있는 동시로 작가의 메시지를 넌지시 전해 준다. 〈꽃일까/ 열매일까// 나비들이 지나다/ 머뭇댑니다.// (중략) // 벌들은 윙윙/ 나비는 훨훨/ 서운한 듯 되내며/ 되돌아갑니다.〉 이렇게 무화과의 특성을 이야기가 있는 동시로 잘 표현하고 있다.
　정 시인이《소년문학》8월호에 발표한 「접시꽃」도 잔칫날의 접시를 떠올리며, 벌 나비가 찾아든 모습을 이야기가 있는 동시로 의성어와 의태어를 적절하게 사용하여 잘 묘사하고 있다. 마지막 연이 재미가 있고 사람들의 마음을 시에다가 담은 메시지가 있어 소개한다. 〈꽃들은 주면서도 방실방실/ 벌들은 실컷 먹으면서도 윙윙대고/ 나비들은 고마워 사뿐사뿐〉

우리 가족은/ 베끼기 가족// 할아버지 얼굴은/ 아버지가 베끼고,/ 아버지의 목소리는/ 내가 베꼈다.// 어머니 얼굴은/ 동생이 베끼고/ 누나는 아버지의/ 키를 베꼈다.// 벽에 걸린/ 가족 사진 한 장/ 웃음까지 베껴/ 모두 빙긋이.

– 박두순, 「베끼기」 전문, 동시집 『사람 우산』

박두순은 1950년 경북 봉화군에서 출생하여 학교에서 근무하다가, 서울로 올라와 한국일보 기자를 역임하였다. 동시집 『나도 별이다』, 『들꽃』 등 12권과 시집 『찬란한 스트레스를 가지고 싶다』 등 3권을 펴내었으며, 대한민국문학상, 소천아동문학상, 한국아동문학상, 방정환문학상, 박홍근문학상, 월간문학동리문학상을 수상하였다. 그리고 7~8차 초등과 중등교과서에 동시 4편과 시 3편이 실렸다. 현재 국제 PEN한국본부 부이사장, 〈오늘의 동시문학〉 주간으로 활동하고 있다.

위의 동시는 근래에 발간한 동시집 『사람 우산』(문학과 문화)에 실린 작품이다. 가족끼리 닮은 것에 착안하여 글 제목을 '베끼기'라고 정하면서 글쓰기 내용은 참신하고 재미있게 전개된다. 닮은꼴을 '붕어빵'이라고 하여 텔레비전에서도 재미있는 가족 프로그램으로 방영되고 있다. 닮은꼴을 복사판이란 말과 비슷한 낱말인 '베끼기'라는 말로 바꿈으로써 글이 이렇게 달라짐을 본다. '베끼기'의 뜻은 별로 좋게 생각되지 않는다. 숙제 베끼기, 남의 논문 베껴 쓰기 등에서 쓰이는 말로 생각된다. 그러나 시에서는 베끼는 작업이 재미있고, 정겹기까지 하다. 얼굴, 목소리, 키, 웃음까지도 베낀 가족들의 사진에서 떠오른 시적 발견과 형상화가 놀랍다.

동시집에 실린 박 시인의 대표작 중에 한 편인 명작 동시 「사람 우산」을 더 감상해 보자. 집에 오는 길에 소낙비가 오자 형이 나를 끌어안았다. 들에서 일하는데 소낙비가 쏟아지자 할머니가 나를 얼른 감싸안았다. – 사람 우산이었다. 얼마나 감동적이고, 시적 발상이 참신한

가! 〈집에 오는 길/ 소낙비가/ 와르르 쏟아졌다.// 형이 나를/ 와락 끌어안았다.// 그때 형이 우산이었다.// 들에서 일하는데/ 소낙비가/ 두두두 쏟아졌다.// 할머니가 나를/ 얼른 감싸 안았다.// 그때 할머니가/ 우산이었다.// 따뜻한 사람 우산이었다. (「사람 우산」 전문)〉

논이 팔렸다/ 진마골 일곱 다랑이// ─이제 두 발 뻗고 자야지/ 할아버지 시원스레 말씀하시더니/ 어느새 다랑이 논으로 가셨다// 촘촘촘 박힌 벼 밑동 보다가/ 논물 대던 기계 만지작만지작// 논두렁 타고/ 둘레둘레 돌아보시더니/ 이젠 논바닥에 서서/ 꼼짝도 안 하신다// 허수아비가 된 우리 할아버지
 ─ 김이삭, 「허수아비가 된 우리 할아버지」 전문, 동시집 『고양이 통역사』

김이삭은 본명이 김혜경이며, 경남 거제에서 태어나, 2005년《시와 시학》에 시가 당선되어 등단하였으며, 그 후 경남신문과 기독신춘문예에 동화가 당선되고, 동시로는 제9회 푸른문학상,《어린이와 문학》에 추천되었다. 동화집『꿈꾸는 유리병 초초』외 1권, 동시집『바이킹 식당』, 『고양이 통역사』가 있다.

위의 동시는 근래에 발간한 동시집『고양이 통역사』에 실린 작품이다. 김 시인이 즐겨 쓰는 스타일과는 좀 다른 형식과 내용의 작품이다. 시골 할아버지가 평생을 경작하던 다랑이 논을 팔고 생겼던 일을 감동적으로 독자에게 메시지를 전달하는 이야기가 있는 동시이다. '이제 두 발 뻗고 자야지' 하지만, 어느새 할아버지는 다랑이 논으로 발걸음이 향한다. 논 기계를 만지며, 논을 보며 할아버지는 꼼짝 못하고 '허수아비'가 된다. 끝 연이기도 하고 제목이 된 마지막 연이 독자의 마음 한 가운데에 한참 동안 박혀 있다.

김이삭 시인의 시중에는 현실을 비판적인 눈으로 본 재미있는 이야기 동시들이 여럿 있다. 방 도깨비, 601호 아줌마, 석화가 피면, 호아

아줌마, 짜이젠 아줌마, 위인 천국, 나폴레옹 빵집, 닭들이 후들후들 등이다. 그 중 「위인 천국」을 감상해 보자. 언제부터인지 도시에는 세계 위인들의 이름을 따온 가게들이 하나 둘 자리를 잡았다. 그걸 놓치지 않고 소재로 하여 작품으로 형상화하였다. 가게 이름을 위인으로 의인화하고 마지막 연에서 '참 이상하지요?/ 위인들은 우리 동네를 좋아할까요?' 하고 시치미 떼기를 하며, 독자의 몫으로 남겨놓는다. 현실 비판의 재미난 이야기가 매시지로 전해지는 동시이다. 〈우리 동네는/ 위인이 많이 살아요// 나폴레옹은 빵집을 차렸고/ 장보고는 얼마 전 마트를 열었어요// 바흐는 피아노 학원을/ 고흐는 미술 학원에서/ 10년째 아이들 가르쳐요// 엘리자베스 여왕은 미용실/ 파스칼 아저씨는/ 찰칵찰칵 생각 찍는 사진관 열었어요// 참 이상하지요?/ 위인들은 우리 동네를 좋아할까요?(「위인 천국」 전문〉

> 동생에게/ 이유식을 먹여주는 엄마// 동생 눈도/ 엄마 눈도/ 반짝반짝// 엄마도 먹고 싶은가 ?/ 동생이 오물거릴 때마다/ 입이 오물오물// "엄마도 먹고 싶어?"/ "엄마는 보기만 해도 배불러."// 입으로 먹는 동생/ 눈으로 먹는 엄마.
>
> — 한금산, 「눈으로 먹는 엄마」 전문, 동시집 『그냥 두렴』

한금산은 강원도 인제 출생이며, 춘천사범학교와 충남대 교육대학원을 나와 초중고 교직에서 제자를 가르쳤으며, 《아동문예》와 《문예사조》를 통하여 등단하였다. 동시집으로는 『다람쥐 운동장』, 『하늘도 잠을 자야지』, 『별씨 뿌리기』, 『그냥 두렴』이 있고, 시집으로 『낙엽 속의 호수』 외 3권이 있다.

앞의 동시 「눈으로 먹는 엄마」는 근래에 발간한 한금산의 동시집 『그냥 두렴』(아동문예)에 실린 작품이다. 1~2연이 인쇄할 때 붙어진 것 같아서 나누어 보았다. 이 동시는 시적자아가 아기 동생을 둔 형아의 눈으로 바라보고 쓴 작품이다. 아기는 엄마가 하는 행동을 보고 따라 배운다. 웃을 때도, 짝짜꿍 할 때도, 도리도리 할 때도, 먹을 때도 그렇다. 그걸 보고 형아가 엄마에게 "엄마도 먹고 싶어?"하고 묻자, "엄마는 보기만 해도 배불러."하는 대화체가 삽입되어 있다. 엄마의 대화는 자식에게 하는 일반적인 이야기이지만, 들을 때마다 마음이 뭉클해져 메시지를 안겨준다. '입으로 먹는 동생/ 눈으로 먹는 엄마.' - 마지막 연의 표현이 이 시를 더 돋보이게 한다.

이야기가 있는 동시 「그냥 두렴」 한 편을 더 감상해 보자. 동시집의 해설을 써준 임교순은 '사랑이 넘치는 아름다운 가정'을 보여주는 시들이라고 하였다. 우리의 것이나 내 것을 남이 피해를 주는데 '그냥 두렴' 하고 말하는 할머니에게서 독자는 어떤 메시지를 전달 받을까? (시가 갖는 메시지는 무엇인가?) 이 작품은 '우리도 어렵지만 더 어려운 동식물이나 이웃과 나누는 일에, 배려하는 일에, 상대방을 이해하는 일에, 관대함에' 대한 이야기 시가 갖는 메시지를 잘 전달해 준다. 동시 「그냥 두렴」은 동시집의 제목이며, 한금산 시인의 대표작의 하나라고 할 수 있는 좋은 작품이다. 〈겨우내 찬바람 이겨낸 시금치/ 까치가 와서 고갱이만 남기고/ 뜯어 먹었다.// 아빠는 말뚝을 박고 그물을 쳤다// "까치에겐 보릿고개인데, 그냥 두렴."// 옥수수가 수염 색깔이 변하기 시작할 때/ 까치가 파고 뜯어 먹었다/ 아빠는 또 그물을 쳤다// "나눠 먹고 살게, 그냥 두렴."// 동생이/ 책상에 매달려/ 아빠가 쓰던 원고를/ 망쳐 놓았다// "저도 쓰고 싶은 게지, 그냥 두렴."// 할머니 말씀은 하나뿐이다// "그냥 두렴."(「그냥 두렴」 전문)〉

열두 살 연희는/ 손으로 엄마를 봐요/ 눈으로 보는 것보다/ 더 섬세하게 봐요// 손으로 나무를 보고/ 손으로 예쁜 꽃과 시선을 맞춰요// 손가락으로 살살 깨물어 주는/ 강아지를 가장 좋아해요// 손으로 책을 읽는 연희/ 점자책에 가만히 손을 대고 보면/ 올록볼록한 미로 속에/ 숲도 있고

파란 하늘과 별들도 있네요

　　　　– 우원규, 「손으로 보는 아이」 전문, 《시와 동화》, 2014 가을호

　우원규의 「손으로 보는 아이」는 열두 살 소경인 '연희'를 인물로 설정하여, 엄마를 볼 때 손으로 만져서 보고, 나무와 꽃도 손으로 만져서 보고, 올록볼록한 점자책을 읽을 때도 손으로 읽는다는 내용을 이야기가 있는 동시로, 감동적인 매시지로 독자에게 전달한다. 2연의 〈손가락으로 살살 깨물어 주는/ 강아지를 가장 좋아해요〉에서는 소경인 연희와 강아지의 관계설정을 시로 잘 표현하고 있다. 소경이라는 말을 감추고 있다가 3연에서 〈손으로 책을 읽는 연희〉하고 나중에 밝히는 구성이 좋았고, 〈올록볼록한 미로 속〉은 앞이 보이지 않는 소경의 삶의 길을 은유적으로 표현하였다. 〈숲도 있고 파란 하늘과 별들도 있네요〉에서는 소경이지만 꿈과 희망을 잃지 않음을 제시하고 있는 좋은 작품이다. 다만, 어린이를 주 독자로 하는 동시에서는 한자어인 '섬세'를 '자세하게', '시선'을 '눈길'로 바꾸는 것이 좋겠다는 생각을 해 본다.

　함께 발표한 동시 「친구」는 앞에서 소개한 작품보다 수준이 떨어진다. 〈뭉게구름 사이로 전학 간 친구의 얼굴이 웃고 있다. 바로 그때 신기하게도 친구 다연이에게서 문자가 왔다. 친구니까 서로 마음이 통했나 보다.〉 그런 내용의 산문을 행과 연으로 적당히 잘라서 구분하였다. 시는 산문과 구분된다. 좋은 동시는 설명보다는 시적표현, 동심 걸러내기, 상상력, 압축, 긴장미, 재미성, 메시지를 통한 감동 등이 필요하다. 1연에서는 '몽실몽실 피어나는 뭉게구름'이 '다연이의 하얀 얼굴로 피어난다'는 식으로 표현하는 게 더 어울리는 동시가 될 것 같고, 2연에서는 '바로 그때 신기하게도'는 군더더기 설명이므로 삭제하면 더 간결한 동시가 될 것 같다. 동심으로 걸러낸 상상력으로 다시 한 번 더 퇴고하여 좋은 동시로 거듭 태어나기를 기대한다. 〈비가 갠 아침/

몽실몽실 피어나는/ 뭉게구름 사이로/ 전학 간 내 친구/ 다연이의 하얀 얼굴이/ 살포시 웃고 있다// 바로 그때 신기하게도/ 다연이에게서 오랜만에 문자 메시지가 왔다/ 서로 마음이 통했나 보다/ 우리는 친구니까(「친구」 전문)〉

> 산들바람이 내 모자를/ 슬쩍, 벗겨 쓰고 달아났는데요// 아무리 찾아도 없어요// 투루루, 입술을 불며 우연히/ 초저녁 하늘을 쳐다보는데/ 저기, 계수나무 끝에다/ 걸어두었네요// 까맣고 챙이 노란 내 모자/ 어떻게 벗겨오죠?
>
> — 이정인, 「초승달은 내 모자야」 전문, 혜암아동문학 제11호

이정인은 대구 혜암아동문학회 4기생이며, 대산창작기금을 받았다. 혜암아동문학회는 10여 년 전에 최춘해 동시인이 '최춘해 아동문학교실'을 처음 열어 한 달에 한 번씩 모여서 명작을 읽고 토론을 하고 작품합평회를 하면서 시작한 것이 회원이 전부 활동하지는 않지만, 수료를 마친 회원수가 300명이나 된다고 한다. 그리고 일부 회원들은 작품 수준이 높으며, 회장인 박승우, 총무인 김성민, 김규학, 김현숙 등은 좋은 작품을 활발히 발표하고 있다.

이번 동인지에 발표한 좋은 작품으로 읽혀진 것은 '참새들의 걱정'(권영욱), '인증 사진'(김성민), '개구리 말'(박승우), '하늘 아래 첫 감나무'(안영선), '아끼기'(신복순) '그게 누구게'(윤미경), '초승달은 내 모자야'(이정인) 등이다. 이 중에서 동인지의 제목이며, 이야기가 있는 동시로 상상력이 돋보이는 '초승달은 내 모자야'(이정인)를 살펴보고자 한다.

혜암아동문학 동인지 2014 제11호 머리말에서 회장인 박승우는 동인지의 제목이기도한 이정인의 동시 「초승달은 내 모자야」를 다음과 같이 좋게 평하고 있다. "달은 시의 소재로 수없이 사용되어 온 낡은

소재입니다. 낡은 소재지만 수많은 사람들이 새로운 비유와 상상력으로 새로운 달을 창조해 왔습니다. 이 동시도 비유와 상상력이 돋보이는 작품입니다. 쓰고 가던 챙이 노란 모자를 산들바람이 벗겨서 달에 있는 계수나무 가지 끝에다 걸어놓았다는 내용입니다. 노란 모자의 챙이 초승달과 닮은 모습에서 새로운 비유를 찾아낸 것입니다. 또한 기존에 상상해 왔던 계수나무를 적절하게 활용하여 시를 더욱 탄탄하게 하고 있습니다. 그리고 시어들이 주는 말맛도 상큼하게 느껴집니다."

앞에 인용한 박승우의 말에 동감하며, 이야기가 있는 동시가 대부분 사실성(리얼리티)과 관련이 있지만, 상상력과 환상의 동시도 이야기가 있는 동시로 태어날 수 있다는 것을 보여준 예가 되는 좋은 동시기에 소개를 한다. 혜암동인들의 기존 시인과 다른 참신한 작품들을 다시 한 번 기대해본다. 이야기가 있는 동시들이 동시에서 멀어진 어린이들을 불러들이는 일과 메시지 전달에 그 몫을 톡톡히 하리라는 것을 기대해 본다.

1980년대와 1990년대에 걸쳐 몇 사람이 서사구조의 이야기가 있는 동시를 썼다. 삼국유사에 실린 이야기를 동시로 형상화한 권영상의 동시집 『동트는 하늘』(아동문예)과 동해안 어촌 마을의 이야기를 소재로 한 김진광의 산문서사동시집 『시루뫼 마실이야기』(아동문예)는 《아동문예》지에 1년간 기고한 작품을 동시집으로 발간하였다. 이번에는 장편 서사가 아닌 단편 서사 동시에 대하여 살펴본 셈이다.

제3부
2013년 선정동시

최근 발표된 한국, 미주작가, 중국동포작가 작품 살펴보기

— 박종현, 조영수(한국), 최기창, 이미경(미국), 한석윤, 박송천(중국)

2013년 계사년 새해가 밝아왔다. 이제 우리나라도 국력이 막강해졌지만 아직 노벨문학상 하나 수상하지 못하였다. 중국은 노벨문학상 작가를 배출한 아시아 세 번째 나라가 되었다. 스웨덴 한림원은 2012년 10월 11일에 중국 소설가 모옌(영화 '붉은 수수밭'의 원작자)을 노벨문학상 수상자로 선정했다. "모옌은 민간설화와 역사, 동시대를 결합해 환상적인 리얼리즘을 만들었다."고 선정 이유를 밝혔다. 아시아에서는 인도의 타고르(1913), 일본의 가와바타 야스나리(1968), 오에겐자부로(1994)에 이어 네 번째 수상이며, 중국은 지난 2000년에 중국출신 프랑스 망명 작가 가오싱젠이 받은 것을 합하면 처음이 아니라 2번째이다. 새해를 맞이하여 반성하고, 정부와 문학계에서도 긴 안목을 가지고 차분하게 꾸준히 준비를 해야 하지 않을까?

새해 첫 달을 맞아, 《아동문예》에 '미주아동문학특집'으로 실린 작품과 《아동문학》에 실린 '중국동포작가 특집'과 한국의 작품을 살펴보고자한다. 살펴볼 작품은, 「잘 들어보면」(박종현), 「일기 쓰기」(조영수), 「가오리연」(최기창), 「우리 동네 정원사, 호세 아저씨」(이미경), 「세월이 물처럼 흐른다면」(한석윤), 「고운 새」(박송천)이다. 되도록 연령이 많은 사람과 젊은 사람을 각각 한 명씩 선정, 그 작품을 중심으로 살펴보고자 한다.

잘잘 내리는 빗소리/ 살살 들어보면/ 재미있는 이야기도/ '알게 될 거

야 // 싱싱 달리는 바람소리/ 솔솔 걸어가면// 정다운 웃음소리도/ '듣
게 될거야' // 휘휘 들리는 말소리/ 술술 귀를 열면/ 든든한 마음까지도/
'찾게 될거야'

– 박종현, 「잘 들어보면」 전문, 《PEN 문학》

위의 동시는 근래 《PEN 문학》에 게재된 박종현의 작품이다. 박종
현은 전남 구례에서 1938년에 태어나, 동시집으로 『빨강 자동차』 외
많은 동시집을 발간하였으면, 동화집으로 『별빛이 많은 밤』 외 여러
권, 그리고 이야기가 있는 환상적인 동화시집 『비 오는 날 당당한 꼬
마』와 『참 예쁘구나 할아버지 돋보기안경』을 펴내어 우리나라 동화시
발전에 이바지하였다. 박종현은 우리나라 현대 아동문학 발전에 이바
지한 바 크며, 한정동아동문학상, 전남문학상, 대한민국문학상, 펜문
학상, 대통령상 등을 받았다. 그는 1976년 5월에 순수 아동문학 월간
지 《아동문예》지를 발간하여 수많은 아동문학인을 배출하였고, 당시
발표지가 없는 아동문학인들에게 가장 많은 지면을 원로와 중진은 물
론 신인들에게도 선뜻 내주었다. 2007년부터 격월간지가 되었지만,
아직도 경제적으로 어려운 순수 아동문학잡지의 발행인 겸 주간으로
우리나라에서 가장 많은 발표지의 장을 마련하여 주고 있는 점이 정말
고맙다.

위의 작품 「잘 들어보면」은 사물들의 소리(빗소리, 바람소리, 말소리)를
귀를 열고 들어보면 재미있는 이야기, 정다운 웃음소리, 든든한 마음
까지도 '알게 될 거야, 듣게 될 거야, 찾게 될 거야'라고 시인은 마음
의 눈으로 귀로 사물의 소리를 듣고 그것을 시로 형상화하고 있다. 의
성어와 의태어가 적절한 자리에 쓰여서 시청각적이미지와 리듬에 기
여하며, 7·5조 형식의 노랫말로도 좋은 작품이 되겠다.

「잘 들어보면」을 읽으면서 그의 동화시집 『비 오는 날 당당한 꼬마』
가 떠오르는 것은 왜일까? 이 동화시는 비와 인형과 유리창을 비롯한

사물을 의인화하여 쓴 작품으로, 비 오는 날 어머니는 우산을 들고 아버지 마중을 가고, 주인공 꼬마가 인형과 함께 빈 집을 지키는 이야기로, 많은 의성어 의태어의 쓰임이 시의 이미지와 시의 리듬과 재미를 더하며, 상상력이 돋보인다. 꼬마는 비오는 날 인형과 함께 집을 지키며 유리창과 풀잎과 나뭇잎과 마당에 내리는 비를 바라보며 많은 것을 마음의 눈으로 보며, 천둥소리를 당당히 이겨낸다.

위의 시 「잘 들어보면」은 그의 동화시집처럼 의성어와 의태어가 적절히 사용되어 시청각적이미지와 리듬에 기여하였고, 마지막 연의 〈든든한 마음까지도/ '찾게 될 거야'〉는 동화시의 제목인 '당당한 꼬마'의 의미성을 연상시킨다.

그의 다른 동화시집 『참 예쁘구나 할아버지 돋보기 안경』은 '짜임은 동시, 내용은 동화로 동시와 동화가 함께 있는 동화시'라는 그의 서문처럼 상상력과 창의력을 키우는 두 편의 이야기이다. 〈참 예쁘구나〉는 넓은 바다 조그만 섬에 빨주노초파남보의 일곱 빛깔의 새가 서로 자기의 빛깔이 예쁘다고 뽐내며 자기가 제일 잘난 척 살다가, 일곱 빛깔의 무지개를 보며 깨닫고 서로 어울려 산다는 재미성과 의미성이 돋보이는 작품이다. 〈할아버지 돋보기안경〉은 할아버지 돋보기를 까마귀가 몰래 가져가서 쓰보고 벌레들이 공룡 만하게 보이는 데 놀라 버리고, 다시 두더지, 족제비, 다람쥐가 가져가 쓰보고 버린 것을 까치가 할아버지에게 몰래 도로 갔다가 놓는 이야기 동시로 역시 재미나고 독자에게 교훈을 안겨주는 좋은 작품집으로 작가는 우리나라 동화시 발전에 기여한 바 크다. 앞으로도 동화시의 단행본 작품이 많이 나오기를 기대해 본다.

> 하루를 천천히/ 거꾸로 걸어가 보는 일이다// 그 길 어디엔가// 내게 웃음을 준 제비꽃이 있었다/ 청소하다 말다툼한 시현이가 있었다/ 윤주에게 색종이를 나눠준 나도 있었다// 일기 쓰기는/ 제비꽃을, 시현이를, 나

를 만나/ 마음 저울에 올려놓고/ 무게를 재는 일이다// 가장 무거운 눈금
이/ 누구에게 가는지 읽어보는 일이다
　　－ 조영수, 「일기 쓰기」 전문, 『숨겼던 말들이 달려나와』, 미래동시모임

　위의 시는 동인지 『숨겼던 말들이 달려나와』에 게재된 조영수의 작
품이다. 조영수는 1959년 대전 유성에서 출생하여 조선일보 신춘문예
당선(2006년), 동시집 『나비의 지도』(2009년)를 펴내었으며, '오늘의 동
시문학상'(2010년)을 수상하였다.

　위의 작품은 일기 쓰기를 소재로 하여, 일기 쓰기는 '하루를 천천히
/ 거꾸로 걸어가 보는 일이다'라는 메타포 기법을 사용한 정의를 내리
면서 시 쓰기의 길이 열린다. 시의 실마리가 풀리기 시작하는 것이다.
그리하여 그 길 위에서 제비꽃, 시현이, 윤우를 만난다. 그들을 만나
마음 저울에 그들을 올려놓고 무게를 잰다. 즉 누구를 대상으로 하여
어떻게 일기를 쓸 것인가를 정하는 것이다. 그 내용을 시적 표현으로
'마음 저울에 올려놓고/ 무게를 재는 일이다'라고 표현 하였다. 그래
서 그 대상은 정하는 것은 4연에 이어 5연에서 '가장 무거운 눈금이/
누구에게 가는지 읽어보는 일이다'라는 일기 쓰기의 시적 정의를 내린
다. 이 4연과 5연의 일기 쓰기의 시적 정의가 참신하고 의미성에서도
성공을 거두고 있다. 소품주의로 흐르는 경향이 있는 신예들의 동시에
이러한 시가 그 모범 답이 될 수 있겠다.

　동인지 『숨겼던 말들이 달려 나와』(미래동시모임)에서 회장인 정은미
는 위암에 걸린 남편을 극진하게 간호하다가 하늘나라로 보내면서 생
각이 여물었는지 작품이 고루 좋다. 동심을 여과한 시적 발상과 표현,
참신한 생각들이 잘 여물어 있다. 〈빗방울아/ 네겐// 병아리 부리가/
숨어 있나 봐// 강아지 앞발이/ 숨어있나 봐// 톡!/ 톡!/ 톡!// 어쩜/ 그
리도 땅을 잘 파니? (「빗방울아」 전문)〉 김귀자 작품도 수준이 고르고
참 좋다. 「모기장」은 역발상을 통한 재미성, 「허수아비」, 「파도」, 「달아

난 잠」은 의미성에서 성공을 거둔 작품이다. 특히 「달아난 잠」은 병원 구급차에 실려 간 친구를 걱정하느라 잠을 이루지 못하는 아름다운 마음(우정, 사랑)을 시적형상화한 감동을 주는 좋은 작품이다. 〈애앵 앵 삐용삐용/ 끊이지 않는 구급차 소리에/ 내 잠도 실려 갔다/ 혜림이 따라 실려 갔다(끝연)〉 정진숙은 이야기가 있는 동화적인 기법으로 동시를 쓰는 시인이다. 그래서 의미성을 저변에 깔고 감상하기 쉽고 재미있게 작품을 쓰려고 노력한다. 「연못 방석」은 연못의 수련이 방석을 깔아놓고 햇살, 바람, 나비, 개구리를 앉힌다. 〈높지도 낮지도 않게/ 꼭 물 높이에 맞춰/ 방석을 쫙 깔아놨어요.〉 마지막 연이 이야기 시를 절정으로 상승시키고 있다. 서금복은 사물 관찰이나 사물 생태 관찰을 통해 시를 써서 발표하였다. 「비상단추」는 가까이 두고 찾다가 포기할 적에 〈나, 여기 있어./ 옷 속 옆구리에 매달려 있는 비상단추/ 달랑달랑 웃음을 보내고 있다. (마지막 연)〉로 시 기법에 술래잡기 놀이 장면을 접목하고 있다. 「감출 수 없나 봐」는 '땅의 성질에 따라 꽃 색깔이 달라진다' 는 수국의 생태를 관찰하여 〈땅도 속마음은 감출 수 없나 봐/ 꽃 얼굴에 다 나타나니 말이야. (마지막 연)로 귀납법을 사용한 일반적인 사물의 성질을 시로 형상화한 의미성에서 성공한 작품이다. 그 외 좋은 작품으로 가슴에 남는 시들로는 신새별의 「말줄임표」〈점 여섯 개가 / 남은 말 다 했다.(「말줄임표」 전문), 김순영의 「물고기의 공부」, 조은희의 「신기해졌어요」, 오한나의 반어법을 사용한 「나쁜 거라며」, 우점임은 「서운한 운동장」, 「와와꽃」이 의미성에서, 하지혜의 「바쁘다」, 이수의 「소문」, 최지영의 「누가 알아?」, 박순영의 「비밀통」, 조은희의 「신기해졌어요」, 장미숙의 시침떼기와 아이러니 기법으로 재미있게 쓴 「모기가 반가운 아빠」 등이 있다. 미래동시모임은 주로 열정이 넘치는 신인들로 구성되어 우리나라 신인들의 동시의 흐름을 살펴볼 수 있다.

바다에서 낚은 가오리/ 하늘로 도망치고 있다// 하늘빛이 푸르러서/ 바다인 줄 알았을까// 하늘에도 은하수/ 그 곳이 그리웠을까// 낚싯줄을 팽팽히 문 채/ 높이높이 솟구치고 있다// 하늘에서 살라고/ 그냥 놓아줄까 말까…

위의 시는 아동문예 11·12월호 〈미주아동문학특집〉에 실린 최기창 시인의 「가오리연」 전문이다. 최기창 시인은 1928년 광주 출생으로 늦깎이로 2010년 아동문예문학상(동시)로 등단한 84세의 노익장이다.

「가오리연」은 바다의 고기 가오리를 닮은 연을 띄우는 광경을 보고, 〈바다에서 낚은 가오리/ 하늘로 도망치고 있다〉는 의인법(활유법)을 사용한 시적 표현을 하여 시의 문을 열었다. 하늘이 푸르러 바다인줄 알았을까, 은하수(물, 바다)가 그리웠을까? 하고 의문형종결어미를 사용하여 독자들을 시 안으로 끌어들인다. 바람을 타고 오르는 연을, 〈낚싯줄을 팽팽히 문 채/ 높이높이 솟구치고 있다〉로 형상화하는 솜씨가 돋보인다. 그리고 마지막 연에서는 방생의 의미와 액땜 의식이 담긴 민속적인 내용을 재미있게 작품으로 빚어내었다. 노익장으로, 함께 발표한 「전기면도기」는 면도기 소리에서 매미를 떠올려서 작품화한 발상과 시의 신선한 감각이 젊은이 못지않게 뛰어나다. 〈아빠가/ 기르시는/ 매미 한 마리// 이른 아침마다/ 요란한/ 울음소리// 소나기처럼 한바탕/ 퍼붓고 나면/ 아빠 얼굴은 비 갠 꽃밭// 사철/ 한 여름 숲 속 같은/ 싱그러운 아침(「아침」 전문)〉

부앵/ 부앵/ 부앙부앙/ 월요일 아침, 잔디 깎는 호세 아저씨/ 햇빛에 그을린 까만 얼굴, 뚱뚱한 작은 몸집,/ 어디서 그런 힘 솟구치는지 온 동네 나뭇잎들/ 금새 쓸어 모으지.// 성큼성큼 아저씨 발자국 따라/ 초록색 오솔길 금방 생기고/ 싹둑싹둑 가위손 스친 자리엔/ 동글동글, 네모 깍뚝,/ 나무들 이발하지.// 엄마는 이 땅이 먼 옛날 멕시코 땅이었다는데/ 그래서 아저씨는 저 햇살 뜨겁지도 않나,/ 왼종일 동네 단장 쉴 틈이 없네.// "부에노스 디아스!"/ 짝꿍에게 배운 말로 인사했더니/ 까만 얼굴 호세 아저씨/ 하얗게 웃으시네.

위의 시도 아동문예 11 · 12월호 〈미주아동문학특집〉에 실린 이미경의 「우리 동네 정원사, 호세 아저씨」 전문이다. 이미경 시인은 연세대 국문과 졸업, 한겨레 아동문학 작가과정 16기 수료, 미국 캘리포니아 어바인에 거주하고 있다.

「우리 동네 정원사, 호세 아저씨」는 시의 분위기가 이국적이고, 시의 표현 방법이 다른 시인들과 좀 다르다. 잔디 깎는 기계소리 의성어 (부앵 부앵 부앙부앙)와 의태어(성큼성큼, 싹둑싹둑, 둥글둥글)가 적절이 시에 사용되어 일을 하는 호세아저씨의 모습과 그 광경을 보는 듯 시청각적 이미지가 선명하다. 호세아저씨는 아마도 스페인 사람인 것 같다. 시적자아가 친구에게 배운 스페인어로 〈부에노스 디아스!〉(좋은 아침입니다!)라고 감사의 마음을 담아 인사를 하자, 까만 얼굴 호세 아저씨는 하얗게 웃는다. 시인이 사는 캘리포니아에 여러 나라 민족들이 어울려 살듯 우리나라에도 다문화가족들이 늘어나고 있다. 서로 인사를 나누며 어울려 잘 사는 법을 우리 어린이도 익혀야겠다.

《아동문예》에 '미주아동문학특집'으로 실린 작품은 동화 최효섭과 홍영순 2명(2편)과 동시 8명(42편)이 실렸다. 미주 교포들의 아동문학 잔치 자리를 마련해준 박종현 발행인께 박수를 보낸다. 미주 아동문학 아동문예 편집위원인 홍영순, 김정숙은 미국에서 생활하면서 한글로 작품을 표현하기가 어렵지만 한글을 잊지 않으려고 노력한다고 하였다. 그러한 마음의 자세에 지면을 통하여 감사드린다. 읽은 뒤에 기억에 남는 작품으로, 김사빈의 「고무 인형」은 건널목에 떨어진 고무 인형에 대한 따사한 마음이, 김정숙의 「속마음」은 문명화되면서 어려워지는 우편배달부와 서점주인과 학교 선생님을 떠올려 세상에서 뒤편으로 말없이 사라져가는 직업들을 생각해보게 한다. 백리디아의 「코스모스 들녘」은 아파트가 들어설 곳에 핀 코스모스를 보고 쓴 시이다. 〈차마 두고 올 수 없는/ 그 들녘에/ 마음 한켠 떼어/ 두고 왔다/ 언젠가/ 돌아올 날을 꿈꾸며…〉 시의 마지막 부분에서 고향(고국)의 그리움이 아우성이다. 이송희의 「엄마와 가을」은 대조법을 통하여 간결하게 동심의 여과가 잘 된 좋은 동시(동요)이다. 한 번 감상해 보자. 〈엄마는 아가 주려고/ 옷감으로 조각이불 만들고/ 가을은 다람쥐 주려고/ 나뭇잎으로 조각이불 만드네// 아가는 엄마가 만든/ 포근한 이불에 누워 방실방실/ 다람쥐는 가을이 만든/ 나뭇잎이 좋아서 폴짝폴짝 (「엄마와 가을」 전문)〉 최신예의 「시렁」은 할머니의 옛 추억이 숨쉬는 '시렁'의 이야기를 따뜻한 시선으로 서정적으로 풀어내고 있다. 마지막으로 한혜영은 시를 잘 다룰 줄 안다. 「위험한 길목」은 자동차 사고로 죽는 동물들에 대하여 쓴 시로 자연 사랑의 마음이 담겨있다. 「쓰레기차」도 앞의 작품처럼 문명을 다룬 것으로, 쓰레기차를 의인화하여 동심과 재미성이 돋보인다.

세월도 물처럼 흐르는 것이라면/ 나는 강물에 띄워놓은 배처럼/ 세월을 거슬러 올라가보겠어요// 아버지가 두 살 때 돌아가셨다는/ 할아버지 찾아가 큰 절을 올리고/ 우리말 고운 말 만드셨다는/ 세종대왕님도 찾아뵙겠어요.// 세월도 물처럼 흐르는 것이라면/ 나는 강물에 띄워놓은 배처럼/ 세월을 앞질러 올라가보겠어요// 우리가 어른이 되는 그 때도/ 나라와 나라사이에 철조망이 있는지/ 총과 칼이 부딪치는 살육전이 있는지/ 내 눈으로 한번쯤 확인하고 오겠어요.

위의 글은《아동문학》(222호)에 실린 '중국동포작가 특집'에 실린 한석윤의 「세월이 물처럼 흐른다면」전문이다. 한석윤 시인은 1943년 중국 길림성에서 출생하여, 중국조선족소년보사 사장으로 근무, 연변작가협회 부주석, 연변기자협회 부주석, 중국조선족문화발전추진회부회장 등을 역임. 현재는 사단법인 중국조선족청소년 진흥회 회장으로 활동하고 있다.

「세월이 물처럼 흐른다면」은 글의 구조가 A B, A' B'로 되어 있다. 세월을 거슬러 과거로 가서 할아버지도 세종대왕님도 만나고 싶다. 세월을 앞질러 미래 세계로 가서 그 때도 나라와 나라(남북한) 사이에 철조망이 있는지, 총칼을 부딪치는 전쟁이 있는지를 확인하고 싶다는 내용의 글로, 조상과 우리들의 위인과 조국의 앞날을 걱정하고 사랑하는 마음을 시를 통해 공감할 수 있겠다. 함께 발표한 글들이 모두 백두산을 소재로 하거나 조선족을 소재로 한 시로 조국애를 주제로 한 작품들이다.

> 가을나무가지에/ 빨간 단풍 노란 단풍은/ 고운 새// 바람이 불어오니/ 고운 새들/ 포르릉/ 떼 지어 날아가네.// 날다가, 날다가/ 지친 고운 새/ 땅바닥에 살며시 앉더니/ 행인의 발에 밟혀/ 바스락 바스락/ 슬피 우네.

위의 시도 '중국동포작가 특집'에 실린 박송천의 「고운 새」 전문이다. 박송천 시인은 1990년 중국 도문시에서 출생, 제96회 한국의 아동문학 신인상에 동시가 당선되어 등단하였다. 연변작가협회회원, 제1회 중국조선족 대학생 이육사문학상 수상, 저서로 동시집 『달은 레몬 달은 바나나』를 펴낸 젊은 시인이다.

박송천이 「고운 새」 외 발표한 5편이 모두 가을을 소재로 하였으며, 대체로 참신하고 간결하고 개성이 돋보인다. 단풍을 고운 새라는 은유로 시의 실마리를 풀어, 단풍은 바람을 타고 떼를 지어 날아가는 새로 변신한다. 날다가 지친 새는 땅에 앉고, 행인의 발에 밟혀 '바스락 바스락' 슬피 운다. 시의 감각과 서정성이 뛰어나다.

《아동문학》(222호) '중국동포작가 특집'에 실린 동시 작품은 모두 5

명의 30편이었다. 중국동포작가들의 동시 잔치를 마련해준 김철수 발행인께 박수를 보낸다. 읽은 뒤에 기억에 남는 작품으로, 김재권의 「천지」는 백두산의 아름다운 서경, 중국과 조선의 우의를 노래하였으며, 발표한 6편 모두 백두산을 소재로 한 74세의 원로가 쓴 조국 사랑의 연작시이다. 김득만의 「가을 산」은 3연 12행 30자의 단시를 연마다 산 모양으로 배치하여 회화적인 효과를 노렸다. 30자의 글자로 가을 산의 동심이 담긴 서경을 잘 표현한 원로의 작품이다. 〈산/ 단장/ 예쁘다/ 울긋불긋// 산/ 웃음/ 곱다야/ 싱글벙글// 산/ 어깨/ 흥겹다/ 으쓱으쓱 ('가을 산·1) 전문〉 허송절의 「시골의 겨울아침」은 중국의 겨울 서정을 회화적으로 잘 표현한 한 폭의 그림을 보는 듯하다.

지금까지 한국과 미주 중국동포의 최근 작품을 살펴보면서 느낀 점은, 한국에 비해 미주나 중국동포들의 작품이 특별히 다른 점은 없지만, 중국동포의 작품에서 우리가 잘 쓰지 않는 낱말들이 보이기도 했다.(제기뿌리기, 쥐꼬만 돛대, 형상미 선발, 한 뉘, 조갈돌, 조갈달 등), 그리고 10여 년 전에 비해 중국동포 작품수준이 한국과 큰 차이가 없는 것은 아마도 직접 또는 잡지를 통하여 많은 교류가 있었기 때문이라 생각되며, 이 자리를 빌려 해외 동포들에게 잡지에 지면을 선뜻 내어주는 박종현《아동문예》발행인 겸 주간과 김철수《아동문학》발행인께 머리 숙여 감사드린다. 지면 관계로 아동문예 특선으로 발표된 윤이현, 윤일광, 이호성, 정선 동시에 발표된 허호석, 조명제의 작품을 다루지 못한 점이 아쉽다.

나이 들기와 글쓰기

― 오순택, 박일, 심윤명, 윤삼현, 민현숙

이웃 일본에서 일흔다섯 살 된 할머니 신인 작가가 유명한 아쿠타카와 문학상을 받아 최고령 수상 기록을 세웠고, 모아둔 장례비로 아흔여덟에 낸 첫 시집 「약해지지 마」가 150만 부나 팔리면서 실버세대 창작 붐을 일으켰다. 2011년에 통계청이 발표한 우리나라 평균 수명은 남자 77.6세, 여자 84.5세로 예전에 비해 많이 늘어났다. 그래서 우리나라와 일본에서도 50대 60대에 문학에 등단을 하는 사람들이 많고, 우리 아동문학계에서도 70대 원로들이 활발히 작품 활동을 하고 있다. 빅토르 위고가 예순에 소설 「레미제라블」을, 괴테는 여든둘에 「파우스트」를, 톨스토이는 일흔이 넘어 「부활」을 썼다.

이번에는 이 시기에 발표된 작품 중에 등단시기가 오래되었거나, 나이 든 사람들의 작품을 중심으로 살펴보고자한다. 살펴볼 작품은, 「항아리」(오순택), 「새해 아침」(박일), 「가물」(심윤섭), 「옷걸이」(윤삼현), 「혀에 혓바늘이 돋아」(민현숙)이다. 얼마 전에 고인이 된 민현숙은 나이가 많은 것은 아니지만, 이승을 먼저 떠났기에 애도하는 뜻에서 이승에서 마지막 발표한 작품을 중심으로 함께 살펴보고자 한다.

할머니는/ 간장 된장 담으면/ 좋겠다하시고// 엄마는/ 꽃병으로 했으면/ 좋겠다하신다.// 배 불룩/ 그 항아리에/ 나는 꿈을 담고 싶다.

위의 시는 아동문예 3 · 4월호 특집으로 실린 오순택의 「항아리」 전문이다. 오순택은 전남 고흥에서 태어나, 1966년 시문학과 현대시학에 시가 추천되어 등단하였다. 동시집으로 『풀벌레소리 바구니에 담다』(1981년), 『까치야 까치야』, 『종달새 방울소리』, 『부리 고운 동박새』, 『꼬마시인』, 『그곳에 가면 느낌표가 있다』, 『아기 염소가 웃는 까닭』, 『공룡이 뚜벅뚜벅』 등을 펴내며 오랫동안 꽃과 새를 노래해 왔는데, 이번에 여섯 명의 손자손녀들의 자라나는 모습을 사진으로 찍고 동시와 육아일기를 써서 귀여운 손자손녀들과 이 땅의 어린이에게 선물로 『시인 할아버지의 사진 이야기』를 펴내었다. 작품 활동을 활발히 하면서 대한민국문학상, 한국동시문학상, 제1회 계몽사아동문학상, 박홍근문학상 등 많은 상을 수상하였다.

「항아리」는 그가 특집으로 발표한 4편의 동시조 중에 1편이다. 엄마가 꽃병으로 했으면 좋겠다고 한 것으로 보아 작고 예쁜 항아리이다. 항아리는 도자기와 달리 평범한 사람들이 널리 사용하는 재미난 물건이다. 어느 것을 속에 담느냐에 따라 항아리 이름이 달라진다. 우리도 자신의 이름이 있는데, 누가 바라보느냐에 따라서 아들과 딸, 손자손녀, 조카, 학생, 친구, 애인, 대한민국인 등으로 달라지는 것과 다르지 않다. 할머니는 된장, 엄마는 꽃병, 나는 꿈을 담고 싶어 한다. 시인은 같은 사물이지만 생각에 따라 그 그릇이 달라짐을 의미의 항아리 속에 숨겨두었다. 지난해에 한국동시문학회에서 펴낸 『특별한 맞춤집』에 실린 그의 작품을 감상해 보자. 〈나비야,/ 넌 집이 어디니?// 꽃 밭.// 그럼/ 겨울엔 어디서 사니?// 꽃씨 속.(「나비의 집」 전문)〉 시심, 동심, 간결성, 놀라운 상상력– 나이 들기와 글쓰기는 상관관계가 없는가, 있는가? 비례하는가, 반비례하는가?

불꽃축제/ 단/ 1회뿐// 꿈과 소망이 있으면/ 누구나/ 참가할 수 있음// 이 날을 위해/ 날마다/ 연습했어요.// 덩실/ 두둥실/ 쏘아 올릴게요// 설레는 마음/ 아! 가슴 벅차도록/ 찬란한/ 세상을 위하여.

아동문예 2013년 1·2월호에 특선으로 실린 박일의 「새해 아침」 전문이다. 박일은 1946년 경남 삼천포에서 태어나, 《아동문예》에 동시 추천과 계몽아동문학상 당선으로 등단하였다. 지은 책은 동시집 『내 일기장 속에는』 등 여러 권이 있으며, 초등학교 1학년 2학기 국어 읽기 교과서에 동시 「김장하는 날」이 실려 있고, 한국아동문학상, 이주홍아동문학상 등을 받았다. 현재는 부산에서 '아름다운 동시 교실'을 운영하며 글쓰기 재능을 나누고 있다. 그는 근래에 들어 동시 월평이나 계평의 지면을 통하여 수준이 낮은 글에 대하여서 펀치를 날려 정신을 번쩍 들게 해주는 어려운 일을 맡아서 하는 편이다.

위의 작품 「새해 아침」은 시의 전개 형식이 독특하다. 달력을 여는 첫날은 동해안 곳곳에서 해돋이 행사를 한다. 바다뿐만이 아니다, 이름 난 산 위에서도 해맞이 행사를 한다. 그래서 각 지자체에서 홍보를 한다. 그 축제에 참가를 홍보하는 대화체의 최초의 동시(?)이다.

시인은 부산의 해운대 어디쯤에서인가, 해돋이를 체험하면서 '단 1회뿐인 불꽃축제'라는 한 구절의 이미지가 머리를 스치면서 시상이 전개된다. 해돋이 참가 자격이 '꿈과 소망이 있으면'이다. 3연 '이 날을 위해/ 날마다/ 연습했어요.'에서 새해 첫날 불꽃축제를 위해 364일을 태양은 연습을 한다. 이 동시를 읽으면서 학예발표회나 운동회가 떠오른다. 올림픽에서 애국가가 울려 퍼지고 태극기가 계양되며 메달을 받는 땀 흘린 우리나라 선수들 자랑스러운 얼굴들도 축제 속에 오버랩 된다. 새해 아침 해맞이를 하며 기도해 본 사람은 안다. 함께 발표한 「팡팡」과 「공받기」는 손자손녀들과 함께 체험한 내용을 소재로 한 재미난 동시이다. 「석 달 친구」는 겨울이 긴 시베리아 이야기로 간접체험 한 소재(?)와 제목이 참신하며 발견의 재미가 있다. 시인은 나이를 먹어도 작품은 나이를 잘 먹지 않은 느낌이 드는 것은 왜 일까? 그의 동시집 『내 일기장 속에는』의 동시 '하교하는 길'을 감상해 보면 안다. 〈집에 갈 때까지/ 장애물 경기한다.// 문구점 앞에/ 번쩍거리며 손짓

하는// 제1장애물/ 오락 게임기/ 잘 통과해야한다.// 분식집에서 흐르는/ 감자튀김/ 소시지 굽는 냄새가 끌어당겨도// 군것질 장애물/ 잘/ 지나가야 한다./ 나를 기다리고 있는/ 1등 상품/ 엄마표 간식을 위하여.〉 교훈적인 내용을 동심의 눈으로 재미있게 표현했다.

> 가물가물// 거북등처럼 쩍쩍 갈라진/ 저수지 밑바닥// 언제 비가 왔었지?// 애타는 농부아저씨 마음도/ 함께 쩍쩍 갈라지는데// 가물/ 가물// 너무 많이 땀 흘려// 지구가 그렇게 되었나 보다.// 사막의 오아시스도/ 하나둘씩 말라가는데.
>   – 심윤섭, 「가물」 전문, 『좀 넘어지면 어때』 별밭동인 26집

위의 시는 심윤섭의 동시 「가물」 전문이다. 심윤섭은 전남 보성군에서 출생하여, 전남일보 신춘문예 문학평론 당선(1974년) 이후 아동문예지에 동시 천료(1979년)로 활발히 작품 활동을 하였다. 동시집 『물레방아 도는 고향』 외 8권, 문학평론집 『목가의 미학』 펴내었으며, 현재 아동문예지 '이달의 동시문학 서평' 등에서 평론을 쓰며, 《현대문예》 부주간을 맡고 있다.

위의 작품은 우리말을 소재로 하여 쓴 작품이다. 정신이나 기억이 오락가락하는 상태인 '가물가물'과 오래도록 비가 내리지 않은 상태인 가뭄을 나타내는 '가물'을 시로 형상화하였다. 한자성어나 잘 쓰지 않는 아름다운 우리말을 소재로 한 시 쓰기의 하나이지만, 여기서는 한 낱말과 그 낱말을 반복한 복합어인 첩어의 뜻이 다름에 초점을 두어 작품을 쓴 좀 맛이 다른 동시라고 할 수 있겠다. 시의 형식이 대칭 구조인데 앞쪽에 1연 1행의 '언제 비가 왔었지?'를 삽입하여 변화를 주었다. 시를 통하여 낱말을 익히면서 가뭄에 애타는 농부의 마음, 가뭄에 땀 흘리며 힘들어하는 지구 사랑 마음을 담고 있다. 함께 발표한 시들은 대부분 농촌의 서정과 아픔을 노래한 시이다. 역시 농촌을 소

재로 한 시 중에 「신토불이 우리 음식」은 독자인 어린이들에게 우리 음식의 특성과 맛을 시를 통하여 알려주는 교육적인 효과를 함께 거두고 있다. 별밭동인지 22집에는 홍어먹기, 김, 떡, 젓갈, 누룽지, 된장, 김치 등 심시인의 신토불이 연작이 실려 있다. 앞으로도 독자들을 좀 더 불러들일 수 있는 재미성을 배려한 아름다운 우리말 시 쓰기와 신토불이 시 쓰기 작업이 계속되는 것이 필요하다는 생각을 해 본다.

> 휘딱/ 옷을 방바닥에 내던져 놓으면/ 마음이 좋아라 하겠네// 속상해!/ 기껏 잘 입고 다녀놓고/ 집에 들어와서는/ 헌신짝 버리듯 하다니// 그러게 내가 있잖아/ 겉만 가지런히 걸어두란 게 아냐/ 바닥에 내동댕이친 마음을 거두어/ 반듯하게 고이 붙잡아두란 얘기지// 거 봐!/ 방바닥에 여기저기 흩어진 마음들이/ 내게로 가지런히 모여 들었잖아/ 차근차근/ 마음 순해진 것 좀 봐!
>
> — 윤삼현, 「가물」 전문, 『좀 넘어지면 어때』 별밭동인 26집

위의 시도 별밭동인지 『좀 넘어지면 어때』에 게재된 윤삼현의 「옷걸이」 전문이다. 윤삼현은 조선대 국문학과 박사과정(문학박사)을 졸업하고 대학에 출강하였으며, 동아일보 신춘문예에 동시, 광주일보에 동화 당선, 아동문예에 평론 당선, 동시집 『유채꽃 풍경』 외 3권, 동화집 『눈사람과 사형수』 외 2권, 연구서 『아동문학창작론』 등을 펴내었다.

위의 작품은 옷걸이를 소재로 한 대화체의 동시이다. 1·2연은 옷의 마음을 작가 시점에서, 3·4연은 의인화 된 옷걸이가 1인칭 시점에서 옷 주인과 대화를 한다. 1연에서는 반어법을 통하여 문제를 제기하고, 2연에서는 옷의 속상한 마음을 비유로 이미지화 하고, 3연에서는 옷걸이가 화해를 시킨다. 마지막 4연〈거 봐! / 방바닥에 여기저기 흩어진 마음들이/ 내게로 가지런히 모여 들었잖아/ 차근차근/ 마음 순해진 것 좀 봐!〉에서는 무질서하던 옷(마음)에서 질서로의 소통이 이루어

진다. 옷걸이로 하여금 방바닥에 흩어졌던 마음들이 차근차근 순해진
다. 4연이 작품을 확실하게 살려놓았다. 의미성에서 성공한 좋은 작품
이다. 함께 발표한 음악시간, 비밀번호, 잠꼬대 등이 재미성에서 성공
한 작품들이다. 〈앗!/ 비밀번호!/ 비밀번호를 까먹었다// 머릿속이 캄
캄/ 현기증이 돌고/ 아찔하다// 반짝반짝/ 별이 돋듯/ 숫자 여덟 개/
당장 안 떠오르냐? (「비밀번호」 전문)〉

　동인지에 함께 실린 조기호의 「'큰'이라는 말」은 앞에서 언급하였
던 우리말을 소재로 하여 쓴 작품이다. 〈큰 산/ 큰 나무/ 큰 바위//
'큰'이라는 말 속에는/ 그늘들이 숨어 산다.// 산그늘/ 나무 그늘/ 바
위 그늘……// 나도/ 널따란 그늘 하나 가진/ '큰 사람'이 되고 싶
다.(시 전문)〉 시인은 큰 사물에는 큰 그늘이 숨어사는 것을 발견한다.
그리고 구체적인 사물과 그늘을 대칭적으로 이미지화 한다. 그리고 그
속에 시적화자를 등장시켜 큰 의미의 그늘 망을 만든다. '큰'이라는
외자의 우리말을 가지고 시적 발상과 표현, 참신한 생각이 놀랍다. 참
좋은 동시를 만나 기쁘다. 그 외 기억에 남는 작품으로, 고정선의 「이
름만 봐도 알아요」는 사람은 이름만 봐선 모습을 모르지만, 마을은 실
레마을, 곰마루 마을, 강촌 등 이름만 보아도 마을이 떠오른다는 글이
다. 마을 이름을 지은 '조상님들의 지혜가 참말로 하늘만 하다.'는 내
용으로 끝맺으며, 우리네 순 우리말의 아름다운 마을이름을 소재로 작
품을 형상화하였다.
　공공로의 「청량고추」는 앞에서 말한 신토불이 우리 양념반찬을 소
재로 하고 있다. 체구가 작지만 그 맛이 맵고 당당한 우리 할아버지 아
버지에 비유하여 대화체 어미를 통하여 리듬(1~3연의 각운 '~아')이 흐
르고 간결한 우리네 신토불이 시이다. 김관식의 「물똥싸기」에서 새는
하늘을 날을 때 몸을 가볍게 하려고 날면서 물똥을 싸는데, 시적화자
는 설사병이 났는데 몸이 가벼워지지 않는다는 아이러니한 생각의

발상이 재미있다. 서원웅의 「꼭 고만큼」은 구름은 무거워진 꼭 고만큼 빗방울로 땅위에 내려놓고, 바람은 무거워진 꼭 고만큼 옷(나뭇잎)을 벗어 나뭇가지에 걸어놓는다는 형식이 대칭적인 리듬이 흐르는 간결한 동시이다. 제6차 교육과정 3-2학기 읽기교과서에 수록된 서원웅의 대표작 같은 좋은 작품을 빚는 노력이 나이든 회원들에게도 필요하리라. 〈속살을 헤치고 일어난 아침 햇살/ 벌벌 떨지만,/ 솜털 같은 함박눈이 있어/ 춥지 않아요.// 매서운 바람에 우는 문풍지/ 바르르 떨지만,/ 하늘에서 노는 방패연이 있어/ 춥지 않아요.// 해거름에 일찍 나온 아기별/ 발을 동동 굴러도/ 할머니 옛날 얘기가 있어/ 춥지 않아요.(「춥지 않아요」 전문)〉

양회성의 「쥐의 말」은 쥐가 시적 화자가 되어 사람들에게 말하는 대화체 형식의 시이다. 〈세상 사람들은/ 나를 보면/ 좋은 말은 하지 않고/ 나쁜 말들만 하지요(첫연)〉으로 시작하여, '쥐꼬리'의 말, '쥐구멍'의 말, '쥐새끼'의 말을 앞에서 언급된 심윤섭의 시처럼 우리말을 시로 형상화한다. 그리고 〈이제는 나에 대해/ '쥐꼬리, 쥐구멍, 쥐새끼'처럼/ 나쁜 말만 쓰지 말고/ 정말로 좋은 말만 했으면 좋겠어요./ '쥐구멍에도 볕들 날이 있다' 라고요.(끝연)〉사람들은 애완동물을 많이 기르는데, 뱀 같은 파충류도 기르는데, 시인은 지구에 사는 쥐들의 억울함을 시를 통하여 대변해 주었다.

이옥근의 「축구왕 태우」는 〈교실에선 졸다가도/ 운동장에 나서면/ 눈빛이 달라지는 태우(첫연)〉으로 시작하여, 운동장에 나오면 태우가 대장이 된다. 공부 잘하는 반장도 싸움 잘 하는 부반장도 태우가 시키는 대로 움직인다. 〈운동장은 태우만의 왕국이다.(끝연)〉 공부를 못해도 자신이 잘 하는 분야에서는 대장이 되는 아이들의 모습을 소재로 하여 시로 형상화하였다. 사회생활도 그렇다는 걸 암시하는 동시이다.

이정석의 「아빠는 우편배달부」는 〈불어나는/ 우편물 때문에/ 배달 오토바이가 너무 무겁다(2연)〉 그 까닭은 〈그 우편가방 속에는/ 모닥불

같은 편지 한 통 없다.(4연)〉때문이다. 〈요금 청구서,/ 벌금납부 고지서,/ 상품 소개서, ······.(3연)〉만 가득 들어 있다. 대문이나 아파트 현관 편지꽂이에 보면 확인 할 수 있다. 그래서 〈요즈음/ 아빠는 우울하다/ "우편물이 너무 가벼워!"(끝연)〉 요즘 편지지에 편지를 쓰는 사람이 거의 없다. 그래그래 빨간 우체통도 우편배달부도 심심하다. 별빛동인이 '동인 선언'(1992년 제6집)을 하였다. 우리는 동심을 지향하고, 살아 있는 쉬운 시어를 추구하고, 서정성을 생명이라 믿고, 개성을 중시한다는 선언이었다. 제1집(1984년)부터 묵묵히 걸어왔다. 참 대단한 행진이다. 이제 나이든 걸음이지만, 마음만은 젊은이가 되어 동인선언을 잊지 말고 농익은 좋은 작품 빚으시길 바란다.《아동문예》이달의 동시·동시인(2013년 1·2월호)에 소개된 젊은 여성 동인지『숨겼던 말들이 달려나와』(미래동시모임)와는 남여, 신구, 글의 형식과 표현방법에서 많이 다르다. 두 동인이 서로 작품을 비교해보고 참고하였으면 좋겠다.

> 몸이 피곤하거나 아플 때/ 혀가 가장 먼저 말해 준다/ 나 지금 아프다고/ 음식조차 삼킬 수 없다고/ 위험물 표시하듯/ 오돌도돌 들고 일어선 혓바늘/ 하루 세끼/ 밥 떠 넣을 때마다/ 입안이 온통 터진 지뢰밭이다.
>   – 민현숙,「혀에 혓바늘이 돋아」전문,《문학공간》1월호(통권 278호)

위의 글은 고 민현숙의「혀에 혓바늘이 돋아」전문이다. 민현숙은 강원 홍천군에서 태어나, 1989년 강원일보신춘문예에 동시「문구명」과 소년중앙 문학상에 동시「물 긷는 해님」,「합창」이 당선, 1991년 계몽사아동문학상, 새벗문학상을 받으면서 문단활동을 시작하여, 1997년 대신재단지원금, 2000년 MBC 창작동화대상에 장편동화「풍경화를 그리며 달리는 바퀴」당선, 한정동문학상, 한국아동문학상 등을 수상했으며, 동시집『물 긷는 해님』,『훌라후프를 돌리는 별』,『악어 타

고 으쓱으쓱』, 『달팽이가 말했어』, 『고마워 고마워』와 동화집 『단비 쓴
비』, 『바람님을 이긴 빨래집게』, 『행복한 고양이 몽그리』, 『돌탑 속에
서 날아간 새』 등 좋은 작품을 결혼하는 것도 잊은 채 신들린 듯이 쓴
우리나라 몇 안 되는 전업 아동문학작가였다. 그의 작품집은 본인이
그림을 그리기는 등 다른 예술 분야에도 재능이 많았다. 「혀에 혓바늘
이 돋아」는 병상에서 직접 체험한 소재를 작품화한 글로 아마도 민 시
인이 이승에서 마지막 발표한 작품이리라. 사람들은 피곤하거나 아플
때 몸 상태가 안 좋다는 신호가 눈과 입술 혀에 잘 나타난다. 혓바늘은
그 크기가 작지만 아프고 신경이 쓰인다. 혓바늘이 '왜 몸을 막 다루었
냐?' 항거하며, 위험물 표시하듯 오돌오돌 들고 일어선 소리 없는 아
우성이다. '하루 세끼/ 밥 떠 넣을 때마다' 는 살아가기 위한 행동이며,
작품의 끝에 '입안이 온통/ 터진 지뢰밭이다.' 에서는 시적자아의 건강
상태가 안 좋다는 것을 나타낸 시각과 청각이 함께하는 공감각적 비유
(은유)이다.

　　－ 사람이다.// － 아니야.// － 사람이라니까!// － 글쎄, 아니래도!// 허수
　　아비를 두고/ 저희끼리 다투느라/ 논 위를 지나가는/ 참새들 시끌시끌
　　와자합니다.

　위의 시는 민현숙의 동시집 『악어 타고 으쓱으쓱』에 실린 「허수아
비와 참새」 전문이다. 참새들은 황금물결이 출렁이는 논을 지키는 허
수아비에 관심이 많다. 논 위를 날아가며 저네들 끼리 다투는 대화가
픽하고 웃음이 절로 나온다. 의인화된 동화의 한 장면을 떠올리게 한
다.

　　천체 망원경으로/ 밤 하늘 별을 보던 날,/ 난 찾아 냈어./ 심심한 날이면
　　놀이터에 나와/ 허리로 남실남실/ 훌라후프를 돌리던 나처럼/ 언제부터

저러고 있었을까,/ 지칠 줄 모르고 남실남실/ 훌라후프를 돌리는 별 하나,/ 땀이 흐르는지 더욱 반짝거리네.

– 「훌라후프를 돌리는 별」, 전문

앞의 시는 1998년 현암사에서 펴낸 민현숙 동시집 『훌라후프를 돌리는 별』에 실린 작품이다. 시인은 천체망원경을 보다가, 밤하늘에서 훌라우프를 돌리는 목성을 발견하고, 시적 자아를 그 속에 끌어들인다. 발견의 놀라움, 동심이 담긴 시적 상상력과 표현이 놀랍다. 〈그래서 천문학자는/ 우주를 헤맨 끝에 찾아낸/ 새로운 별에게/ 맨 먼저 이름을 지어준다.// 우리네 엄마 아빠가/ 태어난 아기에게/ 기쁜 마음으로/ 이름을 선물하듯(「이름 없는 별 하나가」 일부)〉 이제는 그의 시처럼 밤하늘에 민현숙별로 태어나 지구의 아이들 가슴 속에서 아름다운 동시와 동화로 반짝일 것이다.

지면 관계로 아동문예 특선으로 발표된 권영세의 「작은 것 끼리」, 「뭐하니?」와 한명순의 「할머니표 냉장고」, 신정아의 작품을 다루지 못한 것이 아쉽다.

어울림의 미학

— 김완기, 김하나, 이준관, 이준섭, 김영기, 김귀자, 문삼석, 전원범, 이성관, 한상순, 박예분

(사)한국아동문예작가회에서는 제 12회 「아동문학의 날」을 맞이하여 각 단체(2013. 5. 1)와 본 행사(2013. 8. 17~18)로 아동문학의 날 표어, 아동문학의 날 선언문 낭송, 아동문학의 날 노래, 작고 아동문학인 동요 합창, 시낭송, 동화 낭송, 문학 강연, 심포지엄, 문학상 시상식을 갖는다. 아동문학을 하는 대한민국 국민의 한 사람으로서 감사드린다. 이번 호에 원로 동시 인으로서 한국 아동문학인의 귀감이 되는 신현득의 '나의 문학과 그 철학'과 박종현 주간의 신현득 작가 탐방이 실렸다. 김종상 원로의 '아동문학의 새로운 지평을 위해'도 권두에 실렸다. 우리나라 아동문학계를 이끌어가는 두 원로의 이야기를 꼭 읽어보자.

요즘은 아이들이 골목길에서 어울려 놀지 않고 혼자 노는 일이 많다. 형제남매도 혼자거나 둘, 그것도 학교 끝나고 학원을 각자 다니고, 부모들도 직장과 모임, 취미생활 등으로 서로 바쁘다. 가족이 함께 모여도 스마트폰을 만지거나 텔레비전을 보며 대화가 없는 편이다. 이번 호에는 이러한 일과 관련이 있는 작품을 다루고자한다. 살펴볼 작품은, 「나란나란」(김완기), 「숙제」(김하나), 「여름에는」(이준관), 「살금살금 산 언덕배기」(이준섭), 「꽃피우는 둥근 밥상」(김영기), 「짐」(김귀자)이다.

운동장 조회시간/ 일 학년 동생들이 줄맞춰/ 나란나란// 교문앞 자동차가/ 이곳은 어린이 보호구역/ 나란나란// 은행나무 가로수가/ 학교 가는 어린이들 어깨 펴라고/ 나란나란// 높이 나는 새들이/ 힘찬 날갯짓 멀리

보며 날자며/ 나란나란// 세상이 아름답다/ 일터 나가는 개미들도/ 나란
나란.

- 김완기, 「나란나란」 전문

위의 시는 아동문예 2013년 3·4월호 특집으로 실린 김완기의 작
품이다. 김완기는 강원 강릉에서 태어나 서울의 교육계와 아동문학으
로 진출한 엄기원, 권오훈 등 강릉사범 학교를 졸업한 문학계의 원로
이다. '운동장 조회시간/ 일 학년 동생들이 줄맞춰', '교문앞 자동차가
/ 이곳은 어린이 보호구역', '은행나무 가로수가/ 학교 가는 어린이들
어깨 펴라고', '높이 나는 새들이/ 힘찬 날갯짓 멀리 보며 날자며',
'일터 나가는 개미들도' 모두 '나란나란(나란하다-줄지은 모양이 가지런하
다는 형용사, 나란히-나란하게의 뜻을 가진 부사)-히' 이다. 자동차도, 은행나
무도, 새들도, 개미들도 모두 의인화되어 질서를 지키고 서로 어울린
다. 작가는 이글의 맨 마지막 연에서 '세상은 아름답다(질서와 어울림)'
고 주제를 넌지시 제시하고 있다. 그가 특집으로 발표한 4편의 동시들
의 제목 설정이 돋보인다.

「내 맘 아는 대답」에서는 성적표를 받고, 선생님의 눈짓과 엄마의
눈길에 속상해 뒷산에서 소리를 치지만, 메아리는 '괜찮아, 사랑해' 로
돌아온다. 시인은 서로 다른 생각에서 오는 마음 상처의 치유를 작품
으로 잘 승화하고 있다. 《아동문학세상》〈봄호 특집1. 나의 삶 나의 문
학〉('문학은 나의 동반자')에 그의 열정적인 문학 생애가 모두 소개되었
다. 경포초에서 최상벽 5학년 담임을 만남으로 글쓰기의 씨앗이 심어
지고, 스승의 가르침대로 아이들에게 독서와 글쓰기를 실천하고, 춘천
교대 부속초에서 최태호(동화작가 교장)를 만나고, 서울에서 많은 아동문
학인과의 인연이 소개되어 있다. 그동안 교과서에도 여러 편 실리고,
동요도 400여 편, 지은 책이 102권이나 된다. 박수를 보낸다.

숙제 없는 날/ 펄럭이는 푸른 깃발 아래/ 밝고 환한 얼굴/ 아이들의 발걸음이 가볍다// 그래도 숙제는 있어야 해/ - 어른들의 생각// 숙제 많은 날/ 낮달이 나뭇가지에 걸려 있는/ 오후 한낮/ 어둡고 그늘진 시무룩한 얼굴/ 아이들의 발걸음이 무겁다.// 그래서 숙제는 없어야 해/ - 아이들의 마음

아동문예 3·4월호에 특선으로 실린 김하나의 「숙제」 전문이다. 김하나(본명 김정일)는 안동사범학교를 졸업하고(1960), 동아일보신춘문예 동시당선(1969년)하여 등단하였다. 저서로는 첫 동시집 『수수깡 안경』(1967년), 동서고금의 명작 〈삼국지〉를 아이와 어른까지 쉽고 즐겁게 읽힐 것을 목적으로 쓴 독후감상시집인 열 번째 동시집 『조조와 마주 앉아』(2010년)를 낸 바 있는 원로 아동문학가이다. 수상은 동아일보신춘문예를 비롯하여 한국아동문학작가상과 김영일 아동문학상 등을 받았다.

위의 작품은 「숙제」를 통하여 아이들의 마음과 어른들의 마음의 차이를 동시로 형상화하였다. 선생님이 "오늘은 숙제가 없다."고 하는 날은 아이들에게는 잔칫날이다. 깃발이 푸르게 펄럭이고 발걸음도 가볍지만 어른들은 "그래도 숙제는 있어야 해" 한다. 숙제 많은 날은 아이들에게는 초상집 분위기가 된다. 아이들은 "그래서 숙제는 없어야 해" 한다. 서로 차이 점만 들어도 시형상화 면에서 손색이 없는 좋은 동시이지만, 어울림과 치유 측면에서 〈일 주일에 한두 번쯤/ 숙제 없는 날 어때요?/ 엄마아빠〉 하고 한 연을 덧붙이는 것은 어떨까? 함께 발표한 「글씨를 쓰다가」는 연필글씨를 까만 발자국으로 의인화하고, 틀린 받침 하나를 '꽁지 빠진 깜둥병아리'로 참신한 비유와 상상의 날개를 펼친 재미성과 작품성에서 성공한 좋은 작품이었다.

물속으로 풍덩 뛰어들면/ 우리들이 조약돌인 줄 알고/ 맑은 물이 우리

몸을 씻어 주고요.// 들길을 힘껏 달리면/ 우리들이 바람개비인 줄 알고/ 바람이 솔솔솔 불어 주고요.// 풀밭에 앉아 있으면/ 우리들이 풀꽃인 줄 알고/ 벌들이 머리 위에서 잉잉거려요.

    – 이준관, 「여름에는」 전문, 『봄 여름 가을 겨울』 동심의 시 동인지 30호

위의 시는 '동심의 시' 동인지 30호 발간 기념 16인 동인 작품 선집 『봄 여름 가을 겨울』에 게재된 이준관의 「여름에는」 전문이다. 이준관은 전북 정읍 출생으로, 1971년 서울신문 신춘문예에 동시 당선과 1974년 「심상」 신인상 시 당선으로 등단하였다. 동시집으로는 『크레파스화』, 『씀바귀꽃』, 『우리나라 아이들이 좋아서』, 『3학년을 위한 동시』, 『내가 채송화꽃처럼 조그마했을 때』, 『쑥쑥』 등 제목만 들어도 잘 알려진 작품집이 떠오른다. 수상은 한국아동문학작가상, 대한민국문학상, 창주아동문학상, 방정환문학상, 소천아동문학상, 어효선아동문학상, 펜문학상, 김달진문학상, 영랑시문학상 등을 받았으며, 근래에 한국동시문학회장을 맡아 아침 시 읽기 운동(나팔꽃 학교) 등을 전개하는 등 한국동시발전에 힘썼다.

위의 작품을 읽노라면, 별것이 아닌 소재(사실)를 가지고 별것인 작품으로 만들어내는 작가의 뛰어난 장인 솜씨를 볼 수 있다. '물속으로 뛰어들면 맑은 물이 우리 몸을 씻어 주고, 들길을 달리면 바람이 솔솔솔 불어 주고, 풀밭에 앉아 있으면 벌들이 머리 위에서 잉잉거리는 소재(사실)'에 각 연의 2행을 삽입하여 좋은 동시로 태어난 것이다. 즉, 우리들은 물속에서는 조약돌이, 들길에서는 바람개비, 풀밭에서는 풀꽃이 된다. 자연이 시적 자아인 우리(어린이)를 자연의 품으로 안아주는 어울림의 미학이요, 자연합일의 정신을 만나게 된다. 시의 구조는 각 행이 3음보로 되어 리듬이 자연스럽게 흐르고, 각 연이 비슷한 형태의 3행으로 되어 노랫말로 하여도 손색이 없어 보인다. 좋은 동시를 만나 기쁘다.

함께 발표한 이준관의 시는 동심의 여울에 걸러내어 맑고 깨끗하며 이미지가 돋보이고 시심이 깊다. 그 중에 「길을 가다」는 그의 처녀동시집 『크레파스화』(1978년)에 실린 작품으로 그가 〈책머리〉에서 밝힌 '수줍고 외로운 것은 내 천성이며…… 나는 내 동시 속에 아름다운 것, 따스한 것을 표현하려고 했다.'는 말에 걸 맞는 그의 대표작품의 하나로 함께 감상해 보자. 〈길을 가다 문득/ 혼자 놀고 있는 아기 새를 만나면/ 다가가 그 곁에 가만히 서 보고 싶다./ 잎들이 다 지고 하늘이 하나/ 빈 가지 끝에 걸려 떨고 있는/ 그런 가을 날./ 혼자 놀고 있는 아기 새를 만나면/ 내 어깨와/ 아기 새의 그 작은 어깨를 나란히 하고/ 어디든 걸어 보고 싶다./ 걸어보고 싶다.〉 당시 이 동시는 대단했다.

> 눈 온 날 산언덕배기는/ 신나는 눈썰매장/ 비료푸대 하나 들고/ 살금살금 기어올라.// 야호 야, 큰소릴 지르며/ 데굴데굴 뒹굴듯// 눈 없을 땐/ 그렇게도 힘든 산언덕배기/ 눈 쌓이면/ 저절로 웃음꽃 터져나는// 1년 내내 눈 안 녹으면/ 1년 내내 해 짧기만 한/ 살금살금 산언덕배기
>   – 이준섭, 「살금살금 언덕배기」 전문, 동심의 시 동인지 30호

위의 시도 동심의 시 동인지에 게재된 이준섭의 작품이다. 이준섭은 전북 부안 출생으로, 1977년 월간문학 시조당선과 1980년 동아일보 신춘문예 동시 당선으로 등단하여, 동시집 『대장간 할아버지』외 4권과 장편동화집 『잇꽃으로 핀 삼총사』, 시조집 『새아침을 위해』외 3권 등이 있다. 수상은 한국아동문학상, 한정동아동문학상, 방정환아동문학상 등이 있다. 그는 고등학교에서 제자를 가르치다가 근래에 은퇴하여 서울 구로구에 살며, 지난 한국동시문학회 2013년 총회 회장 경선에서 연배 시인에게 양보한 아름다운 미덕과 배려심을 지닌 인간미가 흐르는 시인이다. (차기에 회장으로 무투표 당선)

위의 작품은 2수로 된 동시조의 변형 동시로 볼 수 있겠다. 2수에서

변화를 주었는데, 종장 첫 어절 3자를 '1년 내(내)'로, 그리고 '살금살금 산언덕배기'를 빼면 동시조가 된다. 옛날 아이들이 눈썰매 타던 이야기를 소재로 하였지만, 요즘도 눈썰매장에서 썰매를 타기에 생활동시로 공감이 가는 재미난 동시이다. 같은 산언덕배기라도 아이들이 바라보는 게 다르다. 힘든 산언덕배기인가, 신나는 눈썰매장인가? 눈 쌓인 언덕배기는 아이들의 놀이터요, 웃음꽃이 피는 곳이다. 2수의 마지막 종장 '1년 내내 눈 안 녹으면/ 1년 내내 해 짧기만 한' 이 시를 업그레이드 한다. 시적자아의 언덕배기에 눈이 1년 내내 녹지 않기를 바라는 마음, 눈썰매를 타면 하루가 금세 간다는 시적 표현이다. 시청각적 이미지가 돋보이는 재미난 좋은 동시로, 놀이하는 어린이들과의 어울림, 자연과 사람의 어울림을 시로 형상화했다.

함께 발표한 「초록빛 메아리의 하모니」는 할머니가 옥상에 있는 스틸로폼박스에다 흙을 채우고 상추씨를 뿌리고 깜빡 잊었는데, '총총총 모여앉아 불어대는/ 연두빛 나팔소리 (중략) 할머니, 할머니/ 빨리 오셔서/ 연두빛 나팔소리 들어보세요.'에서 시적자아가 어린 상추들의 모양을 연두빛 나팔로, 그리고 연둣빛 나팔소리를 듣는 생각의 눈과 귀가 참신한 작품이다. 이준섭의 작품은 동시조를 모태로하여 쓴 작품들이 많이 보인다. 어린이를 주독자로 하는 동시는 변형의 호흡이 긴 동시보다도 동시조(단시조)의 짧은 작품이 더 간결하고 리듬이 흘러 어린이들 정서에 더 가까이 다가서는데 좋을 듯하다.

30호 발간 기념 선집이라서 대부분 신작보다도 본인이 좋아하는 대표작품을 게재하여 작품 수준이 높다. 동인지에 함께 실린 문삼석의 「단풍나무」는 그의 동시의 특징인 단순, 간결, 맑음, 고움, 동심, 긍정 등이 잘 드러난 작품이다. ⟨- 참 / 맑지?// 단풍나무가 빨간 얼굴로/ 시냇물을 내려다봅니다.// - 참/ 곱지?// 시냇물도 빨간 얼굴로/ 단풍나무를 올려다봅니다. (시 전문)⟩ 시인은 아마도 산골짜기 맑은 시냇물 속에 비친 빨갛고 고운 단풍잎을 보고 시의 영감이 떠올랐으리라. 그리고 시적자아를 대신하여 단풍나무와 시냇물이 서로 상대방에게 '참 / 맑지?', '참/ 곱지?' 하고 칭찬을 한다, 서로 좋아하는 빨개진 얼굴로. 함께 발표한 눈 내린 날, 할아버지 안경 등은 우리나라의 대표적인 동시라고 해도 손색이 없겠다.

전원범의 「게들의 집」은 동시집 『개펄에 뽕뽕뽕 게들의 집』(2003년)에 실린 시집의 제목이 된 작품으로, 서해나 남해 개펄에 사는 게들의 집을 보고 쓴 명작이다. 〈개펄에 뽕뽕/ 수많은 구멍/ 게들의 집이 있다.// 게들의 도시/ 개펄 구멍들// 집 없는 게들은 없을 거야/ 전세집 사는 게들도 없을 거야/ 땅장사하는 게들도 없을 거야// 누구나 한 채씩/ 집을 가지고 사는 게들. (시 전문)〉게들이 뚫어놓은 개펄의 수많은 구멍은 '게들의 도시' 라는 발견의 재미, 전세집 사는 사람과 땅장사하는 사람들로 확대하며 우리의 어려운 현실을 꼬집는다. 그리고는 '누구나 한 채씩/ 집을 가지고 사는 게들.' 처럼 모든 사람들이 자기네 집을 가지고 사는 공평한 세상을 꿈꾸며 작품을 마무리한다.

이성관의 「알사탕」은 7 · 5조의 2수로 된 리듬이 흐르고 간결하며 시화가 잘 된 동요이다. 〈동글동글 알사탕/ 쏘옥 넣으면/ 사르르 사르르 눈이 감겨요./ 잠도 오지 않은데/ 눈이 감겨요.// 토옥, 바사삭/ 깨물어 보면/ 왈칵! 입안 가득 쏟아지는 단맛/ 감긴 눈길 화안이/ 꽃이 피어요. (시 전문)〉 의성어와 의태어를 적절히 구사하여 시의 맛을 한층 돋우고 시의 이미지가 선명하다. 사람들은 너무 황홀하거나 맛이 있을 때 눈을 감는다. 그리고 감긴 눈길에서 꽃이 피고 환상을 본다. 이런 시적인 내용을 1수와 2수의 뒷부분에서 맛볼 수 있다. 함께 발표한 「이불」도 따뜻한 분위기의 동심의 여과를 거친 환상적인 좋은 동요이다.

한상순의 「아기감」은 15단어 정도로 시 한 편을 만든 단시로 성공한 좋은 작품의 예이다. 〈감꽃/ 진 자리// 꼭지 문/ 아기감// 쪽/ 쪽/ 쪽// 달고나/ 달고나// 볼이 통통// 젖살 오르네 (시 전문)〉 엄마의 젖을 물고 자라는 볼이 통통한 귀여운 아기와 얼굴이 붉어지는 아기감이 오버랩된다. 함께 발표한 「할아버지의 둠벙」은 논가에 샘물이 나는 둠벙의 물을 받아 다랑논에 물을 대는 할아버지의 둠벙 사랑을 의인화하여 동화적인 호흡이 긴 이야기 동시로 의미성에서 성공한 좋은 동시이다.

박예분의 동시 〈우리 동네 배불뚝이 아저씨/ 나만 보면 놀린다.// - 콩만 한 게 귀엽단 말이야// 쳇, 나처럼 큰 콩이/ 어디 있다고.// 웬만하면/ 말 안 하려고 했는데// - 있잖아요, 아저씨 배는 남산만 해요.(「줄이기와 뻥튀기」 전문)〉 작은 것을 더 작게, 큰 것을 더 크게 말하는 예를 생활현장에 끌어들여 쓴 과장법을 구사한 대화체의 이야기 동시로 재미성에서 성공한 작품이다. 이러한 동시들이 독자를 불러오는 데는 효과가 있지만, 동화나 수필의 어느 일부분쯤 되기 쉽다. 함께 발표한 「꽃물들이기」, 「열매」는 시의 의미성에서 성공한 작품이다. 지면 관계로 동인들의 작품을 모두 다루지 못하는 것이 아쉽다. '동심의 시' 동인회는 1978년 여름에 씨가 뿌려져서 1979년 아동의 해를 맞이하여 동인회가 이루어졌다. 1980년 1월 10일 열 사람이 모여 만든 '동심의 시' 창간호가 나온 이래 좋은 동시 창작에 끊임없이 노력하여 이번에 30집을 발간한 우리나라 동시단을 이끌어가는 좋은 동시인이 많은 막강한 동인들이다. 무궁한 발전을 기원한다.

> 엄마 아빠/ 그리고 나/ 형아 누나/ 다섯 꽃잎// 밥상에/ 둘러앉으면/ 하하/ 호호/ 웃음꽃 펴요.// 활짝 핀/ 무궁화처럼/ 꽃이 된 우리 가족.
> — 김영기, 「꽃피우는 둥근 밥상」 전문

위의 글은 《아동문예》 3·4월호 특집으로 실린 김영기의 작품이다. 김영기는 제주시 광양에서 태어나, 1984년 아동문예 동시당선으로 등단하여, 『붕어빵』 외 4권의 동시집과 동시조집 『소라의 집』 등이 있으며, 나래시조 신인상, 한국동시문학상과 제주문학상 등을 수상하였다.

위의 작품에서 '둥근 밥상' 자체가 어울림의 미학으로 만들어진 것으로, 그 밥상을 중심으로 둘러앉은 다섯 가족이 웃음꽃 피는 다섯 꽃잎이 되며, 그 것은 활짝 핀 우리나라를 상징하는 무궁화인 것이다. 이러한 남다른 참신한 발상이 이 시를 가족의 어울림과 따뜻한 사랑과 조국애로 승화시키고 있다. 함께 발표한 「속과 겉」은 은사시나무와 양말이 속과 다름을 말하고, 마지막 연에서 〈그래도/ 속과 겉 다르면/ 못써요,/ 사람에게만은…….〉 주제가 작품 속에 드러났지만 치유 차원에서 작품을 마무리한 면이 돋보인다. 최근(2012년)에 발간한 동시집 『친구야, 올레로 올래?』는 그가 태어나서 자란 제주도와 우도를 동시조로 노래한 향토 동시조 60편 중에 한 편인 「파도」를 감상해 보자. 〈무엇이든 휩쓸 듯/ 등등하던 기세가// 모래톱에 사르르/ 풀어지는 그 성깔.// '욱' 하고/ 뒤끝이 없는/ 울 아빠/ 성질 같다.(「파도」 전문)〉

현우가 발을 다쳤다/ 성호 가방을 현우가 메고/ 성호는 현우를 업고 간다// 현우가 성호에게 어깨를 빌려주고/ 성호는 현우에게/ 등을 내어 주었다// 서로 짐이 되고/ 서로 짐을 져 주어도/ 가볍다

- 김귀자, 「짐」 전문

김귀자는 1947년 강원도 원주에서 출생하여, 2000년 믿음의 문학에 동시 당선, 2001년 한국아동문학연구에 동화 당선되어 늦깎이로 작품을 쓰기 시작하여, 동화집 『종이피아노』와 동시집 『반달귀로 듣고』 등을 내어 한민족문학상(동화 부문) 등을 수상하였다. 현재, 여성 동시인 모임인 '미래동시모임'에서 좋은 작품을 열심히 쓰고 있다.

위의 작품은 《새싹문학》(제 123호)에 실린 작품으로 '짐'이라는 제목도 좋고, 발상도 좋다. 요즘은 다치면 대부분 보건 선생님의 승용차나 택시를 타고 병원에 간다. 그러나 조금 다치면 집까지 한 동네 친구가 업고 갈 수도 있다. 아니면 소재를 옛날 시인의 체험에서 시상을 잡을

수도 있겠다. 하여튼 업고 갈 때 그러한 상황이 일어난다. 그때, '현우가 성호에게 어깨를 빌려주고/ 성호는 현우에게/ 등을 내어 주었다'가 시인의 따뜻한 눈과 가슴에 포착된다. 그리고 마지막 연, '서로 짐이 되고/ 서로 짐을 져 주어도/ 가볍다'가 이 시의 절창이 아닌가? 서로 짐을 져주고 서로 짐이 되어도 마음으로는 가벼운 짐이 아닌가? 혼자가 아닌 가슴 따뜻한 '어울림의 미학'을 여기서 맛본다.

좋은 작품이었지만 지면 관계 혹은 본 주제와 달라 다루지 못하여 아쉬운 작품으로는 박용열의 「고향집」, 권오삼의 「꽃눈 여드름」, 남진원의 「산」, 백민의 「햇살이 속삭이면」, 강지인의 「봄풀」, 강순예의 「봄 햇살 내리는 담장 아래서」(《새싹문학》), 박승우의 「악어와 악어새」(《새싹문학》) 등이다.

'가정의 달'에 읽어야 할 작품들

— 하청호, 김선영, 엄기원, 박두순, 박종현, 유영애

일찍이 소설가 중에 돈이 되는 동화분야로 넘나드는 사람들이 있었다. 5여 년 전부터는 성인시만 쓰던 이름난 시인들 중에 동시분야로 대거 진출하였다. 그들 중에는 '말놀이 동시집' 등을 내놓아 한때 동시의 흐름에 영향을 주었다. 나쁘게 보면 그동안 동시인들이 땀 흘려 땅을 일구어 옥토로 만들어 놓은 밭에 변종의 씨앗을 뿌려 소득을 보려는 사람으로 볼 수 있다. 그렇지만 동시 활성화에 기여한 점은 인정해 주어야겠다. 얼마 전에 가수이자 배우인 김창완(59세)이 격월간 동시전문지 『동시마중』에 5편의 동시를 발표하여 동시인으로 등단하였다. 박수를 보낸다. 그는 '개구장이'(1979년), '산할아버지'(1981년), '산울림동요왕국'(1984년) 등 이미 펴낸 동요앨범만 5장이다. 〈할아버지 참 바보 같다/ 불알이 다 보이는데/ 쭈그리고 앉아서 발톱만 깎는다/ 시커먼 불알(「할아버지 불알」 전문)은 그가 발표한 동시 중 한 편이다. 감춤이 없고, 솔직하다. 시원시원하다. 지금까지 동시인들이 말하지 못한 부분을 시의 소재로 하였다. 하지만 동시는 주 독자가 어린이들이다. 이 동시를 보면서 우리 동시인들이 다시 한번 시의 표현에 대해 함께 연구하고 고민해볼 일이다.

이번 호는 5월 '가정의 달'을 맞아, 많은 잡지에서 아동문학 특집을 마련하여 좋은 작품이 너무 많이 발표되어 즐거운 고민을 하였다. 그래서 '가정의 달'과 관련된, 「팽이와 팽이채」(하청호), 「엄마는, 술술술」(김선영), 「사진을 보면서」(엄기원), 「손가락」(박두순), 「꼭 해야지」(박종현),

「눈 오는 날」(유영애)의 작품을 중심으로 살펴보고자 한다.

세게 쳐주세요/ 더 세게 때려주세요// 작은 몸뚱이에/ 물 먹은 팽이채가 / 찰싹찰싹 감긴다// 아파도 참아야 해/ 멈추면 안돼// 작은 팽이가/ 쉼 없이/ 뱅글뱅글 돌고 있다//이제 그만/ 그만/ 팽이채가 먼저/ 손을 놓는다.

《아동문예》 2013년 5 · 6월호에 특선으로 실린 하청호의 「팽이와 팽이채」 전문이다. 하청호 시인은 경북 영천 신령에서 출생하여, 1972년 매일신문신춘문예 당선, 1973년에 동아일보신춘문예 당선과 《소년》지 추천완료를 한 해에 하여 화려하게 문단에 나왔다. 세종아동문학상 등 많은 문학상을 수상하였으며, 현재 팔공산 북쪽 끝자락에서 자연과 더불어 창작활동을 활발히 하고 있다.

위의 시는 팽이와 팽이채를 의인화하여, 팽이는 자식이나 제자, 팽이채는 부모나 스승으로 바꾸어 생각하면, 시의 주제가 '사랑의 매'가 된다. 1연과 3연에서 자식이나 제자는 자신의 잘못을 인정하고 매를 청하고 반성한다. 2연과 4연에서는 팽이와 팽이채의 행동을 의성어(찰싹찰싹)와 의태어(뱅글뱅글)를 적절히 구사하여 시청각적 이미지의 시적 형상화가 돋보인다. 마지막 연 '이제 그만/ 그만/ 팽이채가 먼저/ 손을 놓는다.' 는 이 시의 핵심이다. 작자의 역량이 여기서 빛을 발한다. 우리의 부모(스승)는 자식을 혹은 제자를 때리다가 팽이처럼 속으로 울면서 먼저 손을 놓는다. 언제부터인가 가정과 학교에 회초리가 사라졌다. '사랑의 매' 는 아직도 필요하지 않을까? 함께 발표한 「다섯 개의 밥숟가락」은 숟가락 통에 나란히 포개어진 밥숟가락을 소재로 하여, 한 가족의 춥고 따뜻했던 시절을 떠올린 가족 사랑을 다룬 가정의 달에 어울리는 좋은 시이다.

오랜만에 놀러 오신/ 친구 분 앞에서// 형이랑 나랑 싸운 이야기/ 빨강 머리 염색한 이야기/ 밤 구워먹다 뻥 터진 이야기/ 날마다 늦잠 자는 이야기까지// 우리들 흉을 언제 그렇게/ 실타래에 칭칭 감아놓으셨는지/ 술술술 끝도 없이 풀고 계시네.

위의 시는 《아동문예》 5·6월호에 특선으로 실린 김선영의 「엄마는, 술술술」 전문이다. 제목이 재미있다. 엄마의 친구 앞에서 흉을 털어놓는 이야기를 소재로 하였다. 미워서 그런 건 아니다. 자랑도 아니다. 아이들이 자라는 이야기를 하는 것이다. 조그마한 흉마저도 사랑스러운 것이리라. 엄마의 친구도 엄마의 이야기를 들으면서 걱정보다도 재미있었을 것이다. 마지막 연의 비유가 좋다.

함께 발표한 「사과 치과의사」 제목도 내용도 재미있다. 사과를 먹다가 흔들리는 윗니가 빠진 이야기를 소재로 하였다. 〈사과가 내 이 한 개를/ 콕!/ 물었다.// 쏘옥 빠진 내 윗니/ 사과가 물고 내 윗니/ 흔들흔들 아슬아슬/ 언제 뺄까 고민했는데// "고맙다, 사과야."(일부)〉. 〈형이랑 나랑 둘이 있음/ 사람들은 나보고/ "네가 형이구나."// 그럴 때마다/ 찌그러진 냄비처럼 일그러지는 얼굴// "제가 밥도 잘 먹고 잘 자서 형보다 좀 커요."/ 으쓱대면// 요- 쥐방울만 한 게/ 꽁- 쥐어 박구선/ "제가 형이거든요."/ 목소리가 딸랑딸랑 시끄러워진다.(「쥐방울 형」(전문)〉 제목이 큰 것을 더 크게 작은 것은 더 작게 하는 과장법이다. 형이 동생보다 작은 형제들이 있다. 그걸 소재로 하여 티격태격하면서 형과 동생이 자라는 걸 재미있게 시로 형상화 한 점이 돋보인다. 함께 발표한 김선영의 시는 재미성에서나 시적형상화면에서 비교적 성공을 거두고 있다.

서랍 속 상자 속에/ 사진들/ 집 없는 노숙자 같네// 운 좋은 사진들은/ 사진첩 속에/ 자기 방을 마련해/ 잠들어 있고// 아주 행복한 사진은/ 액자집 독채/ 벽걸이로 뽐낸다// 사진도 빈부차가 심하네.
　　　　　　－ 엄기원, 「사진을 보면서」 전문 (《한울문학》 5월호)

　　위의 동시를 쓴 남천(南川) 엄기원은 강릉에서 출생하여 강릉사범학교를 졸업하고, 25여 년 강릉과 서울에서 제자를 가르치다가 계간《아동문학세상》(2013년 봄 현재, 제80호)을 꾸준히 만들어가고 있다. 1963년 한국일보 신춘문예에 동시가 당선되어 문단에 진출하였으며, 그간 초등교과서집필 편집위원(20년간), 한국문협 아동문학분과회장과 부이사장과 고문, 국제펜클럽 이사, 한국음악저작권협회 이사, 영축 국제사실학교 교장, 한국아동문학연구회회장 등을 역임 또는 맡아 일하고 있다. 작품집은 동시집 『아기염소』 등 17권이며 이번에 가족이 함께 읽는 동시 『팔랑개비』를 발간하였다. 동화집 『이상한 청진기』 등 15권, 그 외 수필집과 시집이 있다. 우리나라 아동문학 발전에 작품으로, 맡은 일로, 아동문학 잡지 발행으로 기여한 바가 크며, 한정동아동문학상, 한국펜문학상, 방정환문학상, 예총 예술문화대상, 김영일아동문학상 등을 받은 원로 아동문학가이다.

　　위의 작품 「사진을 보면서」는 사진을 사람들의 집과 삶에 직유나 은유로 비유한 발견의 재미성이 돋보이는 작품이다. 서랍 상자 속 사진을 집 없는 노숙자로 비유한 것은 요즘의 현실을 반영하였다. 사진첩에 사진과 액자집 독채 사진과 서랍 속에 뒹구는 사진들을 소재로 하여 현실 세태 비유가 돋보이는 작품이다. 마지막 연에서 가정의 달을 맞아 자본주의 사회의 병폐를 사진을 의인화하여 은근히 꼬집고 있다. 함께 발표한 「혼자는 싫어」에서도 핵가족으로 혼자 놀기와 혼자 먹기를 꼬집고, 내 곁에는 가족과 친구가 있어야 행복하다는 것을 시로 형상화하였다.

　　계간 《열린아동문학》 봄호에 가정과 관련된 「우리 옆집」을 발표하였다. 〈할아버지 할머니만 사는/ 우리 옆집/ 겨울이면 너무 조용하다

// 눈이 와도 걱정/ 바람 불어도 걱정/ 할아버지 할머니는/ 추워서 밖으로 못 나오신다// 너무 조용해/ 이따금 궁금해진다/ 혹시 편찮으시진 않은가?// 아들도 있고 딸도 있고/ 손자도 있는데/ 명절 때만 자가용 타고 왔다가/ 금방 가버린다// 내가 대신/ 손자 노릇하고 싶다/ 할아버지 할머니만 사는/ 우리 옆집 (전문)〉. 「우리 옆집」은 요즘 점점 늘어나는 노인들 혼자 사는 이웃집을 소재로 하여 글을 썼다. 요즘은 단독주택보다 편리한 아파트에 살다보니, '이웃사촌'이란 말도 사라질 형편이 되었다. 오늘날의 현실 문제를 다룬 '이웃사촌'의 의미가 살아 있는 따뜻한 동시로, 마지막 연에서 작자는 시적자아를 통하여 그 치유방안을 제시한 좋은 작품이다.

> 내가 엄마 뱃속 아기였을 때/ 엄마에게 물어보았다/ ― 엄마, 언제 엄마 얼굴 볼 수 있어?/ ― 응, 열 달 있으면.// 아기는 손을 꼽기 시작하였다/ 열 개의 손가락이 그래서 생겼다.// 엄마가 나를 가졌을 때/ 나에게 물어보았다/ ― 아기야, 언제 네 얼굴을 볼 수 있니?/ ― 엄마, 열 달 있으면.// 엄마는 손가락을 꼽기 시작하였다/ 열 개 손가락이 그래서 있다.
>
> ― 박두순, 「손가락」 전문(《유심》 5월호)

위의 동시를 쓴 박두순은 경북 봉화군에서 태어나, 대구교육대학을 졸업하고 제자를 가르치다가, 한국일보사 소년한국일보에서 근무하였다. 우리나라 최초의 동시전문지 계간 《오늘의 동시문학》(2013년 봄 현재, 제41호)을 시작한지 10주년을 맞았으며 좋은 잡지를 꾸준히 만들어가고 있다. 1977년 《아동문학평론》과 《아동문예》에 동시 추천으로 글을 쓰기 시작하였다. 동시집으로는 『들꽃과 우주통신』, 『누군가 나를 지우고 있다』, 『망설이는 빗방울』 등 7권의 동시집을 발간하여 한국아동문학상, 대한민국문학상, 방정환문학상, 소천아동문학상, 박홍근아동문학상, 월간문학 동리상 등을 수상하였으며, 초등학교교과서에 '몸

무게' 등 여러 편의 동시가 실렸다. 조선일보 신춘문예 심사위원(2006년~2008년), 한국동시문학회, 자유문학회, 한국시사랑회 회장을 역임하였으며, 우리나라 동시문학발전에 이바지한 바 크다.

위의 작품 「손가락」은 대조법과 대화법을 사용하여 사람에게 열 개의 손가락이 생겨난 의미를 시로 형상화하고 있다. '왜 손가락이 열 개일까?' 하는 가장 아름다운 답을 발견한 시인의 눈이 놀랍다. 시의 형식을 보면, 1~3연과 4~6연의 내용이 노랫말처럼 대조를 이룬다. 두 내용이 대조를 이루면서 함께 있어서 더욱 작품이 큰 빛을 발한다. 엄마와 뱃속의 아기는 늘 대화를 한다. 탯줄이 아마도 전화선이 아닐까? 엄마는 우리 아가 얼굴이 어떻게 생겼을까? 아가는 우리 엄마 얼굴이 어떻게 생겼을까? 그게 아마도 가장 궁금할 게다. '내가 엄마 뱃속 아기였을 때/ 엄마에게 물어보았다'는 발상이 좋다. '아기는 손을 꼽기 시작하였다/ 열 개의 손가락이 그래서 생겼다.'와 '엄마는 손가락을 꼽기 시작하였다/ 열 개 손가락이 그래서 있다.'는 손가락 열개의 의미가 아름답고 놀랍다.

새 한 마리가/ 마당에 내려와/ 노래를 한다./ 지구 한 귀퉁이가 귀 기울인다.// 새떼가/ 하늘을 날며/ 이야기를 나눈다./ 하늘 한 귀퉁이가 반짝인다.

― 박두순, 「새」 전문

박두순의 작품 중에는 새와 관련된 작품이 몇 편 있는데, 「새」와 「새들에게」는 명작이라 할 수 있다. 위의 시는 그의 대표작품 중 한 편이며, 2연 8행의 수식어가 없는 간결한 단시이다. 새 한 마리가 마당에 내려와 노래를 하는데, 왜 사람이 아닌 지구 한 귀퉁이가 귀 기울이는가? 새떼가 하늘을 날며 이야기를 나누는데, 왜 하늘 한 귀퉁이가 반짝이는가? 의인법과 과장법이 사용되었다. 그러나 읽는 독자들은

"그래!" 하고 고개를 끄덕인다. 남의 이야기에 귀 기울이는 미덕, 참신한 발견과 표현 때문이리라.

> 할아버지를 즐겁게 하는 인사,/ 내일은 꼭 해야지.// 친구를 즐겁게 하는 칭찬,/ 내일은 꼭 해야지.// 동생을 즐겁게 하는 웃음,/ 내일은 꼭 해야지.// 잠이 들기 전 또 손꼽아보는/ 손가락 다짐 세 개.
>
> — 박종현, 「꼭 해야지」 전문 (《열린아동문학》 5 · 6월호)

앞의 글은 박종현의 「꼭 해야지」 전문이다. 박종현은 전남 구례에서 1938년에 태어나, 동시집으로 『손자들의 숨바꼭질』 외 많은 동시집을 발간하였으면, 동화집으로 『대추나무집 아이』 외 여러 권, 그리고 이야기가 있는 환상적인 동화시집 『비 오는 날 당당한 꼬마』와 『참 예쁘구나? 할아버지 돋보기안경』 등을 펴내어 우리나라 동화시 발전에 이바지하였다. 박종현은 우리나라 현대 아동문학 발전에 이바지한 바 크며, 한정동아동문학상, 전남문학상, 대한민국문학상, 펜문학상, 대통령상 등을 받았다. 1976년 5월에 순수 아동문학 월간지 《아동문예》지를 발간하여 수많은 아동문학인을 배출하였고, 당시 발표지가 없는 아동문학인들에게 지면을 원로와 중진은 물론 신인들에게도 선뜻 내주었다. 2007년부터 격월간지가 되었지만, 순수 아동문학잡지의 발행인 겸 주간으로 우리나라에서 가장 많은 발표지의 장을 마련하여 주고 있다.

위의 작품 「꼭 해야지」는 제목 설정이 좋다. 각 연의 형식이 1행은 3음보 2행은 2음보의 역 사다리꼴이며, 1~4연의 형식이 모두 동일하고, 1~3연의 내용이 반복되어('~지' 각운 포함) 노랫말처럼 시를 읽으면 리듬이 절로 흐른다. 의도적으로 1~3연의 낱말을 명사(인사, 칭찬), 명사형(웃음), 불완전명사(개)로 끝을 맺어 시의 리듬성을 고려한 점이 보인다. 이러한 리듬의 강물에 내용의 배를 띄워 놓았다. '인사하기' '칭찬하기' '웃음'이 좋은 줄 알지만 행동으로 잘 실천하기 어렵다. 그걸 시인은 시적자아를 통하여 잠들기 전 다짐(손가락을 꼽기)을 한다. 가정에 관련된 교훈적인 내용을 물 흐르듯 리듬에 띄워놓았다.

함께 발표한 「올라가고 내려오고」 전문을 살펴보자. 〈봄은 해마다 꽃소식 한아름 안고/ 종종걸음으로/ 북으로, 북으로 올라가고,// 가을은 해마다 단풍소식 한아름 안고/ 종종걸음으로/ 남으로, 남으로 내려오고……,// 올해는 내가 먼저야./ 아니, 내가 먼저야./ 한 번쯤은 서로 먼저 가겠다고 다툴 만도 한데,// 한결같이/ 봄 되면 변함없이 또 올라가고,/ 가을 되면 변함없이 또 내려오는…….// 시소처럼 언제니 정다운/ 우리나라 봄꽃 소식,/ 우리나라 단풍 소식.〉. 역시 제목 설정이 좋다. 봄과 가을을 의인화하여 자연의 질서를 남북한이 서로 오가는 길로 승화한 상징성이 돋보인다. 요즘 들어서 남북관계가 안 좋아졌다. 북에 정권이 바뀌면서 곧 전쟁이라도 일으킬 것처럼 으르렁거린다. 남쪽도 대화의 문은 열어놓는다지만 이제는 늘 당하지만 않겠다고 물러설 기세가 아니다. 그런데, 자연인 봄꽃소식과 단풍소식은 질서를 지킨다. '시소처럼 정답게' 그런 날이 오고, 통일이 오는 날을 기다리게 하는 그런 생각을 키워주는 작품이다.

> 친구들과 골목에서/ 눈싸움 한창인데// 어머니가 눈 쓸자며/ 자꾸만 부르신다// 아! 하필/ 요럴 때 우리 엄만…/ 부글부글 끓는다// 동생은 혀 내밀어/ 메롱메롱 약 올린다// 실컷 놀게 놔두라/ 늘 내편이던 할머니// 함박눈/ 쏟아지는 오늘/ 더 생각나는 할머니

《아동문예》 5·6월호에 특선으로 실린 유영애의 「눈 오는 날」 전문이다. 엄마는 가만히 있다가 아이들이 즐겁게 놀 때 꼭 밥 먹어라, 동생 데리고 놀아라, 눈 쓸자, 그리고 숙제해 놓고 놀아라 하며 귀찮게 한다. 속이 부글부글 끓어오르는데, 동생은 '메롱메롱' 약을 올린다. 그런 경험을 소재로 하여 쓴 동시조로 독자에게 공감과 재미를 안겨준

다. 그래서 시적자아는 함박눈 쏟아지는 날, 하늘나라에 계시는 '실컷 놀게 놔두라/ 늘 내편이던 할머니' 생각을 더 하게 된다. 경험을 살린 가정의 얘기를 '눈 오는 날' 정경을 담아 공감각적으로 재미있게 시로 형상화하였다.

특선으로 함께 발표한 「설날 아침에」는 설날 아침 식구들이 둘러앉아서 웃음 속에 떡국을 먹는 정다운 정경을 그린 동시조 작품이다. 2수로 된 연시조로 어린이들이 읽어 이해가 잘 되는 재미있는 작품이다. 만화는 예전에 학교에서나 가정에서 못 보게 말려서 공부시간에 책상 밑에 감춰서 읽었던 추억이 있다. 좀 특별한 소재 「만화 세상」을 감상해 보자. 〈보는 재미 읽는 재미/ 쏠쏠한 우리 만화// 책상 밑에 감춰두고/ 몰래몰래 읽던 책// 요즘엔/ 우리 엄마도/ 즐기면서 읽는대요.// '고바우 영감님'이/ 문화재로 지정되고// '엄마 찾아 삼만리'도/ 문화유산 되었으니// 이제는 떠억 펴놓고/ 맘껏 봐도 되겠지.〉 시대가 변하니 일이나 사물에 대한 생각이나 가치가 달라진다. 그러한 것 중 만화를 소재로 하여 재미있게 잘 풀어서 시로 형상화하였다. 특집으로 발표한 4편의 유시인의 시를 보면, 동시조가 무리 없이 주 독자인 어린이에게 재미있게 읽어지는 작품이다. 그러나 읽고 나서 "그래!" 하고 고개를 끄덕이거나, 무릎을 탁 치거나, 감동을 받는 참신성이 조금 부족하다. 이 점을 보완한다면 박수를 크게 받는 좋은 시인이 되리라 생각된다.

좋은 작품이었으나 본 주제와 관련이 없거나 지면관계로 다루지 못하여 아쉬운 작품은 다음과 같다. 정혜진의 「허리 통증」, 서상만의 「너, 정말 까불래」, 「손저울」, 강길환의 「텅빈 여름」, 김미영의 「용탕」, 최두호의 「아가와 엄마」, 참신성이나 표현이 돋보인 김형주의 작품들. 이번 작품 평에 아동문학 잡지를 발행하는 세 분의 작품을 다루게 되었는데, 돈벌이가 안 되는 순수문학잡지를 맡아서 꾸준히 펴내시는 세 분, 아동문학 관련 잡지사 여러분께 감사드린다.

꽃보다 아름다운 마음

— 김원석, 손광세, 정은미, 조무근, 김규학, 김성민, 최춘해

벨이 울린다/ 택배 상자를 받아들고/ 에이, 하고 아내가 말한다/ 또 책이
구먼, 한다/ 상자 속에 쌀이 들어 있었다/ 원고료로 철원 오대쌀을 보냈
다/ 순수문학잡지 가난한 살림살이/ 꾸려나가기도 어려운데/ 가난한 시
인들 굶을까 봐,/ 어려운 농민들 쌀을 사서 보내준다/ 기름진 철원평야
를 잃고 김일성이/ 며칠 배를 앓았다는 철원 쌀이다/ 어둡던 아내의 얼
굴이/ 하얀 쌀 빛으로 밝아온다/ 시가 쌀이 되느냐, 하는 아내에게/ 오늘
은 시가 쌀이 되었다

— 김진광, 「시가 쌀이 되는 날」 전문

금년 여름호에 아동문학 관련 순수잡지에 작품을 두 군데 발표하였
다. 원고료로 한 곳은 쌀이 왔고, 한 곳은 미역 마늘 참기름을 보내왔
다. 그래서 시 한 편을 얼른 써보았다. 가격으로는 얼마 안 되지만, 어
려운 잡지사 형편을 잘 알고 있기에 정기구독을 신청하고, 문자메시지
로 감사의 인사를 보냈다. 그래서 그런지 두 잡지에 게재된 글들이 비
교적 수준이 높은 글들이 많았다. 본 잡지 《아동문예》를 비롯한 오랜
기간 버티고 있는 순수문학잡지들이 원고료 지급과 잡지 발행에 어려
움을 겪고 있는 줄 알고 있다. 우리나라 정부와 사업가들이 새싹이요
기둥이 될 어린이를 위한 순수잡지사에 후원을 많이 해주었으면 얼마
나 좋을까?

이번에는 '꽃보다 아름다운 마음' 이라는 주제와 관련된, 「꽃」(김원

석), 「안개」(손광세), 「꽃도」(정은미), 「꽃씨들은」(조무근), 「눈물」(김규학), 「흙에는」(김성민), 「봄맞이」(최춘해) 작품을 중심으로 살펴보고자 한다.

> 꽃은/ 봄에만 피지 않는다// 꽃은/ 꽃밭에만 피지 않는다// "하하하"/ 웃
> 는 얼굴// "고마워"/ "잘했어"// 꽃은/ 마음에서/ 얼굴에서/ 핀다.//
> 늘……

> — 김원석, 「꽃」 전문(《열린아동문학》 여름 57호)

김원석 시인은 평화방송 평화신문 전무로 근무하다가 금년 봄 퇴직을 하였으며, 그의 대표작 동요 「예솔아」로 유럽방송연맹상, 한국문화예술상, 대한민국동요대상(작사부문) 등을 받은 시인으로 잘 알려져 있다. 동시와 동요 동화를 통해 아동문학 한 곳의 광맥을 파고 있으며, 《소년》 잡지 편집 등 우리나라 아동문학 발전을 위해 뒤에서 묵묵히 애쓰며, 김수환 추기경님을 곁에서 모시다가 돌아가신 후에는 그의 전기집을 발간하여 많은 사람들로부터 좋은 호응을 얻기도 하였다.

위의 작품 「꽃」은 열린아동문학 잡지의 그림이 있는 동시(그림 박신애)에 실린 글로, 쉬운 말로 썼지만 깊은 의미가 담긴 좋은 작품이다. 이 시의 주제연인 5연을 위해, 1~2연에서는 꽃은 계절과 장소를 꼭 가려 피지 않으며, 3~4연에서 사람의 얼굴과 마음을 주고받는 대화로 시청각적 이미지를 사용하여 시를 형상화하였다. '꽃은/ 마음에서/ 얼굴에서/ 핀다.// 늘……'은 이 시의 끝부분으로 주제가 되면서 시의 격을 높이고 여운을 준다. 다시 읽어보아도 꽃보다 아름다운 마음을 노래한 참 좋은 동시이다. 함께 발표한 「꽃들이 하는 말」도 꽃을 소재로 한 동시로 꽃을 의인화하여 쓴 좋은 작품이다.

> 산이/ 머리를/ 빗질하나 보다.// 거울 앞에서/ 찡긋/ 눈웃음도 짓나 보
> 다.// 짠!/ 막이 오르길/ 기다리나 보다.// "와,/ 정말 이쁘다!"/ 사랑받고

싶나 보다.// 무대 뒤에서/ 서성거리는/ 산.// 동백처럼 물든/ 빨간 목소리.

위의 시는 2013년《아동문예》7·8월호에 특선으로 실린 손광세의 「안개」전문이다. 손광세 시인은 일본에서 출생하여 해방 후 귀국하여 경남 진주에서 성장하였다. 진주교육대학 학예부장 시절에 문집『하얀 모임』을 발간,《아동문예》에 동시 추천, 동아일보에 동시 당선,《월간문학》에 시조 추천,《시문학》에 시 추천을 받아 활발히 작품 활동을 하여 한국아동문학상, 방정환문학상, 대한아동문학상 등을 수상하였다. 한국교육출판《교육자료》편집국장, 5차~6차 교육과정 연구위원 및 특수학교 교과서 집필위원으로 활동하였다.

위의 시는 안개에 가려진 산을 소재로 하여 시적자아의 상상력이 무한히 펼쳐진 동시이다. 주인공 산을 의인화하여 쓴 작품으로, 관객인 시적자아는 무대의 막 뒤에서 예쁘게 단장하고 곧 나타날 주인공의 모습을 기대하고 상상해 본다. '~보다'라는 보조용언을 1~4연의 말미에 넣어 리듬을 주었고, 끝 연 '동백처럼 물든/ 빨간 목소리'에서 동백꽃은 붉은 색깔로 열정이나 정열을 나타낸다고 볼 수 있다. 4연 '와, 정말 이쁘다!/ 사랑받고 싶나 보다.'는 청중의 목소리인 청각을 시각화하고 있다. 참신성과 재미성과 작품성에서 돋보이는 좋은 작품이다. 함께 발표한 「창호지 문」도 「하얀 마음의 꽃」과 관련된 좋은 작품이다.

계간《시와 동화》에 〈아동문학가 100인 시인 손광세〉라는 특집으로 꼿꼿하고 의지적인 시인(권영상), 오솔길에 핀 쑥부쟁이(한명순), 그리고 일기장 외 5편의 신작동시가 게재되었다. 신작동시 중에 꽃의 마음과 관련된 한 편을 감상해 보자. 〈뭉게구름/ 뭉게뭉게 피어오르는/ 여름날.// 미루나무 늘어선/ 언덕길로/ 아이가 간다.// 징금다리 건너다/ 시냇물에/ 손을 담가 본다.// 졸졸졸/ 손가락 사이로/ 빠져 나가는/ 하얀 물소리……// 개울 건너/ 풀밭에/ 책가방 던져 두고,// 클로버 꽃시계를/ 만드는 아이.// "민호야!"/ 부르면/ 쪼르르 달려올 것 같은/ 어린 나를 만난다.「일기장」(전문)〉 – 일기장의 어릴 적 이야기를 소재로 하여, 설명이 아닌 표현 방법이 뛰어난, 군더더기 하나 없이 깔끔하고 투명한 이미지, 시간 순서에 의한 치밀한 구성의 '꽃보다 아름다운 마음'을 다룬 좋은 서정시이다.

> 쳐다 봐 주는 사람/ 한 명도 없다면/ 꽃은 꽃 피우는 걸/ 그만 둘지 몰라/ "와, 예쁘다!"/ 눈 마주치고 웃어주고/ 손뼉쳐 주면/ 더 많이/ 더 탐스럽게/ 더 향기롭게.// 내 마음의 꽃도 그래.

위의 시는 아동문예 7 · 8월호에 특선으로 실린 정은미의 「꽃도」 전문이다. 제목 설정이 새롭고 괜찮다. 이 시를 읽으면서 김소월의 시 「산유화」가 생각났다. 산유화의 '꽃'을 '사람'으로 바꾸면 인생 이야기가 된다. 이 시도 '꽃'을 '여자'로 바꾸어 사람들 앞에서 낭독하면 재미있을 것 같다. 사람은 물론이고, 동물도, 꽃도 박수를 쳐주면 좋아하고 더 싱싱하게 활짝 피어난다. 연을 가를지 않다가 마지막 행을 갈라놓았는데, 그 효과가 크다. 마지막 연의 내용이 이 작품을 살린 절창이다. 다만, 옥에 티가 있다면 '더 많이/ 더 탐스럽게/ 더 향기롭게'는 수식어인 부사로 뒤에 받아줄 서술어인 동사가 필요하다. 그 뒤에 말숨김표(…), 말줄임표(……)나 '피어날 거야!' 등을 더 붙이면 어떨지 연구해 보길 바란다. 그러면 정말 좋은 작품이 될 것 같다.

함께 발표한 「긴장」도 제목 설정이 좋고, 태풍이 몰려온다는 두려움과 무서움을 사물인 선착장의 크고 작은 배들을 통해 이겨내는 모습을 시로 재미있게 잘 형상화한 좋은 작품이다. 감상해 보자. 〈바닷가 선착장에 모인/ 크고 작은 배들// 태풍이 온다는 말에/ 가까이 가까이/ 붙어 있다.// –아무리 센 파도가 우릴 뒤흔들어도/ 절대 떨어지면 안돼!// 단단히 몸 붙이고/ 숨고르기 한다.「일기장」(전문)〉 언젠가《오늘의 동시문학》에 정은미 시인의 '이 작가를 주목한다'에 게재되는 작품 평을 써 준 일이 있는데, 그 동안 열심히 공부하여 당시와는 정말 많은 발전을 하였다. 좋은 작품을 쓰는 작가로 거듭 태어나서 필자도 평을 쓰면서 즐겁다.

> 우리 집 마당가에 날아온 꽃씨들은// 봄비가 흙 속까지 촉촉이 적셔주면 // 땅 속에 뿌리내린 튼실한 꽃모종들// 꽃씨들은 연둣빛으로 몰라보게 변해요// 우리 집 마당가에 작은 꽃밭 싹들에게// 봄바람 입김으로 골고루 쐬어주면// 꽃봉오리 벌어져 벌 나비 불러 모아// 어느새 꽃씨들은 밝은 웃음 나눠줘요.
>
> — 조무근, 「꽃씨들은」 전문(창작동시 노랫말 동요집《생명 발견》)

근래에 발간한 조무근의 동시 · 동요집 『생명의 발견』에 실린 작품의 일부(19편)는 이문주(동요작곡가)가 기작곡한 작품이 실렸는데, 「꽃씨들은」은 그 중 한 작품이다. 조무근은 1941년 함북 성진에서 출생하여 강릉에서 성장하였으며, 매일신춘문예당선, 아동문학평론 동시 천료(1979년), 월간문학신인상, 한국아동문학작가상, 한정동아동문학상, 한국동요음악대상 작사부문(2012), 등을 수상하였다. 동시집은 『하늘을 도는 굴렁쇠』(1979년) 외 7권, 노랫말 동요시집 『엉덩방아 찧는 빗방울』(2009), 노랫말 동요곡집 『예쁘게 숨지요』(2012년), 영역 동시집 『이슬의 비밀』(2011년) 등의 작품집이 있다.

위의 작품 「꽃씨들은」은 작곡이 쉽게 1, 2절로 된 내용이 이어지며 발전된 동요이다. 동요는 노래를 부르거나 들으면서 이해할 수 있게 쉽게 써야지 너무 내용이 어렵거나 함축되면 안 된다. 물론 이해가 쉬우면서 시적인 아름다운 내용이나 의미가 담기면 금상첨화이다. 2절의 마지막 부분 '어느새 꽃씨들은 밝은 웃음 나눠줘요.'는 꽃의 마음이요, 시적자아의 꽃보다 아름다운 마음이 아닐까. 이러한 작곡된 작품들은 꽃씨 하나 쯤, 꿈나무, 오분전 여섯시, 무지개야, 이슬 방울은 등이 있다. 조무근은 경상도에서 교직을 마치고 자신이 자란 강릉에 돌아와 신체장애 2급장애인임에도 불구하고 동요를 중심으로 열심히 창작활동을 하고 있다. 오래전에 고 김원기, 엄성기, 김교현 등과 필자 가 창립한 '솔바람동요문학회'의 회장을 맡아 현재 솔바람동요문학회 를 이끌어가고 있다. 꽃의 마음과 관련된 작곡된 「꽃씨 하나쯤」은 작 은 꽃씨지만 딱딱한 흙덩이를 뚫고 나오고, 가뭄과 장마를 이기고 꽃 을 피우고 열매를 맺는 작은 꽃씨 예찬을 통하여 어린이들이 그 정신 을 배워야 함을 암시한 교육성이 담긴 좋은 노랫말이다.

> 훔치는 거/ 훔치다/ 들켜도// 도둑 소리 안 듣는 거// 내 꺼,/ 내가 훔치
> 면서도/ 누가 볼까 봐// 슬며시 감추는 거// 죽었다/ 깨어나도/ 남의 것
> 은 절대// 훔치지 못하는 거!
> — 김규학, 「눈물」 전문(《새싹문학》 여름 치 124호)

김규학은 1959년 경북 안동에서 출생하여, 대구에서 혜암아동문학 회로 활동하며, 천강문학상, 불교문학상, 문화예술위원회 창작지원금 을 받았고, 동시집 『털실뭉치』를 펴낸, 참신한 시를 빚는 기대가 되는 시인이다. 앞의 동시는 '훔치다'라는 낱말의 동음이의어를 가지고 재 미있고, 의미 있게 시로 형상화한 작품이다. 새롭고 낯선 형식과 방법 으로 시를 빚어놓았다. 어찌 보면 다의성을 가진 낱말 하나를 가지고 말놀이를 하고 있지는 않나 오해를 할 수도 있지만, 진실성을 의미하 는 '눈물'을 소재로 하고 문학적인 장치를 통하여 좋은 동시로 성공할 수 있었다. 살다가 너무 슬픈 일이 있을 때, 울면서 눈물을 훔친 기억 이 있으리라. 그걸 소재로 하여 글을 썼고, 눈물을 한 번이라도 흘려본 사람은 '그래!' 하고 발견의 재미에 공감을 느낄 것이다. 이 시의 문학 적 장치는 연의 나눔, 역설 혹은 반어의 미라고 생각된다. —훔치다 들

켜도 도둑소리 안 듣고, 내꺼 내가 훔치면서 슬며시 감추는 행위, 죽었
다 깨어나도 남의 것은 절대 훔치지 못 하는 거. 의미상 각 연으로 이
어지는 마지막 행을 독립시킨 시적 장치 또한 시의 효과를 더 높인, 꽃
보다 마음을 아름답게 하는 좋은 동시이다.

> 흙에는/ 왜 받침이 '리을'과 '기역' 둘일까?/ 받아쓰기 시험에서/ 또 틀
> 려버렸다.// 아, 그랬구나!// 흙에는 물이 있어야/나무와 풀이 마시고 자
> 라지./ 흙에는 공기가 있어야/ 땅 속 벌레들이 숨 쉬고 자라지.// 그래서
> 흙에는/ 물의 '리을'과/ 공기의 '기역'이 든든하게 받침으로/들어 있었
> 던 것이다.
>   — 김성민, 「흙에는」 전문(《한국동시문학회 회보》 2013.07. 제32호)

김성민은 1969년 대구에서 출생하여, 1996년 대구문학 신인상을
수상하고, 2012년 《창비어린이》 신인문학상을 받아 등단하였으며, 대
구의 혜암아동문학회에 회원으로 글쓰기 작업을 활발히 하고 있는 기
대되는 신인이다.

위의 작품 「흙에는」은 한국동시문학회 회보에 '새 얼굴 새 작품'으
로 게재 된 것으로, 흙의 의미를 단어의 받침을 통하여 꽃보다 아름다
운 흙의 마음을 형상화 하였다. 1연에서 '흙에는/ 왜 받침이 '리을'과
'기역' 둘일까?' 의문을 제시하며 독자의 관심을 끈다. 그리고는 소리
와 다른 두개의 받침 때문에 받아쓰기에서 틀린 기억을 독자들과 공감
한다. 2년에서는 '아, 그랬구나!' 하고 깨닫는다. 3~4년은 깨달음의 내
용을 깊은 생각과 상상력을 동원하여 튼튼한 시의 집 한 채를 짓는다.
마지막 연 '그래서 흙에는/ 물의 '리을'과/ 공기의 '기역'이 든든하게
받침으로/들어 있었던 것이다.'에서는 모든 일이나 삶이 기초가 든든
해야함을 넌지시 암시해준 좋은 작품이다. 건물이 종래에 많이 보던
비슷비슷한 것이 아니라 새롭고 참신하다. 전원범은 금년 8월에 열린

한국동시문학회 세미나에서 '90년대에 와서는 해체적 실험이 더 활발하게 시도되면서 가벼운 진술체의 동시가 많아졌고, 절제?함축?리듬의 조건을 벗어나 산문 토막 같은 동시도 우려 속에 늘어났다.' 고 하였는데(토론자는 필자), 김성민은 신인으로 우려스러운 동시인으로서의 범주를 벗어나면서 나름대로의 존재의 집을 짓는데 노력하는 장래에 기대되는 시인이라는 생각이 든다.

> 봄님이/ 겨울 삼동 긴 잠을 자고/ 기지개 뿌둑뿌둑 켜고/ 하품 크게 하고 일어난다./ 몸이 개운하다./ 목련이 맑은 얼굴을 내민다./ 무엇이든지 뜻대로 될 것 같다.// 눈 딱 감고/ 입 굳게 다물고/ 아예 말도 말자던 나무들이/ 부드러운 몸짓을 한다./ 말이 하고 싶은 얼굴들이다.// 겨울 탱자나무는 가시를/ 빳빳하게 세우고/ 누구든 덤비면/ 찌를 듯 날카롭더니/ 봄을 맞은 탱자나무는/ 손발이 나긋나긋해졌다.// 바위도 말을 하고 싶은 얼굴이다.
>
> — 최춘해, 「봄맞이」 전문

위에 소개한 시는 한국동시문학회 회보에 게재 된 작품이다. 최춘해 시인은 1967년 매일신춘문예에 당선, 동시집 『흙의 향기』 등 많은 동시집을 발간하였으며, 한국아동문학상, 세종아동문학상 등을 수상한 원로 동시인으로, 아직도 활발하게 작품 활동을 해오고 있다.

위의 시 「봄맞이」는 인생 경험이 풍부한 원로 시인이 봄을 맞이하면서 부드러운 음성으로 사물과 대화를 하듯 사유한 좋은 동시이다. 봄을 맞아 겨우내 입 굳게 다물었던 나무도 무언가 말하고 싶은 얼굴이고, 가시를 세우고 찌를 듯 날카롭던 탱자나무도 손발이 나긋나긋해지고, 바위조차 말이 하고 싶은 얼굴이라고 시인은 상상의 나래를 펼친다. 나이가 들면서 마음이나 눈이 아이들처럼 순해진다. 그래서 같은 사물을 바라보면서 젊은 시인이 못 보는 이러한 현상을 찾을 수 있다.

가시를 세운 탱자나무 손발조차 나긋나긋해지는 발견의 재미를 독자들에게 안겨준다. 그리고 의인화 작업을 통하여 어린이처럼 나무들도 무생물인 바위도 말을 하고 싶은 얼굴을 본다. 원로의 완숙한 사유의 경지에 이른 동시며, 시로 읽혀도 좋은 작품이다.

서울이 아닌 지방 대구에서 무료로 강의하고 토론하며 10여 년 제자를 양성해온 노고에 박수를 보낸다. 이제 팔십대로 들어서서 10기를 끝으로 후배들에게 강의를 맡길 예정이라 한다. '혜암'은 최춘해 시인의 호이며, '혜암아동문학회' 카페에 들어가면 모임의 내용을 알 수 있다. 혜암아동문학회 회장은 박승우(2013년 6월호 '월간문학' 월평에 다룸), 총무가 김승민이다. 훌륭한 스승이 있어 좋은 작품을 쓰는 제자들이 있는 것이 아닐까. 이번에 제자 중 김규학과 김승민 2명의 글을 소개하면서 스승인 혜암 선생을 함께 모셔 작품 평의 자리를 마련하였다.

좋은 작품이었으나 본 주제와 관련이 없거나 지면관계로 다루지 못하여 아쉬운 작품은 다음과 같다. 엄기원의 「우리 가족 대화는」, 박정식의 「밤은 충전기다」, 최신영의 「엄마젓가락」, 정공량의 「비둘기야」, 오늘의 동시문학에 실린 문성란과 추필숙의 작품들, 그리고 등단 50주년 기념 문삼석 자선동시집 『그냥』, 김춘남 동시집 『앗, 앗, 앗』 발간을 축하드리다. 두 시집이 아름답고, 내용이 너무 재미있고 알차다.

문학의 재미와 교육

— 문삼석, 허일, 김민하, 김옥림, 정용원, 이호성, 김춘남

　이번에는 '문학의 재미와 교육'이라는 주제로 「네 거리 빵집」(문삼석), 「뱀」(허일), 「풍선」(김민하), 「서점에 가면」(김옥림), 「해가 약속하잔다」(정용원), 「윷놀이」(이호성), 「가을 숲」(김춘남), 「호박씨」(박방희)의 작품을 살펴보고자 한다.

　순수 아동문학잡지《아동문예》가 2013년 9·10월호로 창간 38주년 책 발간 400호 지령을 맞이했다. 1976년 5월호를 시작으로 지금까지 월간 30년, 격월간 8년 오랜 기간 우리나라 아동문학 발전에 기여한 박종현 주간과 박옥주 편집장의 노고에 감사드린다.

　이번 호에 박종현 주간이 등단 50주년 기념 자선 동시선집을 펴낸 문삼석 시인을 탐방한 얘기와 그의 14권의 동시집에서 100편을 뽑아 실은 『그냥』(아침마중)에 얽힌 얘기 〈나의 작품, 나의 꿈〉이 게재되어, 그의 개인 문단사요, 작품 창작 시 동심·간결·리듬 등 후배들이 배울 점이 많기에 일독을 권하며, 그의 작품 중 재미성과 관련된 좋은 작품을 한 편 소개한다. 동음이의어를 사용한 발상으로 자동차 경적소리와 빵집을 매치시켜 읽는 재미가 솔솔 하다. 아이들 생각처럼 동심이 철철 흐르고 단순하면서도 간결한 동시이다. 신인이 아닌 중견 이상의 동시인들 중에 자신이 매너리즘에 빠졌다고 생각하는 사람은 문삼석 시인의 동시를 연구하여 새로운 동시구상을 해보는 것도 하나의 좋은 방편이라고 할 수 있겠다. 그리고 2013년 가을호《시와 동화》에 문 시인이 발표한 「혀를 찼습니다」는 다람쥐와 산짐승들을 생각한 자연보

호의 좋은 동시이며, 「보름달을 보고」는 보름달을 바라보는 사람에 따라 생각이 다르지만, 웃는 것은 같다는 두 편 모두 생각하는 동시이다.

> 네거리 빵집 앞/ 자동차들이// 빵!/ -한 개만 달라고 졸라댑니다.// 빵 빵!/ -두 개만 달라고 졸라댑니다.// 빵빵-빵빵!/ - 많이 많이 달라고 졸라댑니다.
>
> — 문삼석, 「네 거리 빵집」 전문

아래의 시 「뱀」은 아동문예 2013년 9·10월호 특집으로 실린 허일의 작품이다. 허일은 1934년 일본 오사카에서 출생하여, 1963년 전국 시조백일장 입상, 1979년 조선일보와 한국일보 신춘문예 시조당선, 1987년 중앙일보 시조대상 등 화려하게 문단을 등단하여, 시조와 동시조를 열심히 쓰고 왕성하게 발표하여 1996년 노산문학상, 1999년 대한 동시조 문학상 등 많은 문학상을 수상하였다. 한국시조작가협회 회상 역임, 달가람문학회 고문, 동시조 모임인 '쪽배'에서도 활동하였으며, 부산외국어대학과 덕성여자대학에 출강(出講)하는 등 원로에도 불구하고 젊은이 못지않게 활발한 활동을 하고 있다.

> 이크!/ 칭칭 똬리 틀고/ 대가리 곧추세우고// 얼얼얼/ 쭉 갈라진 혀끝을/ 날름거린다// 야 인마/ 너 떡볶이 먹었냐/ 왜 혀를 훌훌 부니.
>
> — 허일, 「뱀」 전문

위의 작품은 방울뱀을 소재로 하여 1, 2연은 방울뱀의 행동 특성을 시각에다 재미나게 '이크!'(청각)와 '얼얼얼'(미각)을 첨가한 시청각적 이미지를 사용하여 시로 형상화하였다. 3연 '야 인마/ 너 떡볶이 먹었냐/ 왜 혀를 훌훌 부니.'에서는 시인의 상상력을 통한 발견의 재미가 통쾌하다. 같이 발표한 3편 모두 배꼽을 잡고 웃을 만큼 재미성에서 성공한 작품이다. 그의 동시조는 대부분 단시조이며, 재미성에서 압권이다. 「소나기 삼형제」는 소나기의 특성을 재미나게 표현하고 있다. 〈찔끔/ 오줌 싸고/ 저만치 달아나고// 물벼락, 천둥치며/ 신나게 막 퍼붓고// 시치미/ 뚝 잡아떼고/ 구름 툭툭 털고 가고.(전문)〉

> – 난 어쩔 수 없어.// 힘 빠져/ 풀썩 엎드린/ 나에게// 괜찮아, 후훅/ 다시 해봐, 후훅/ 잘할 수 있어, 후훅 // 탄력 있게 불어넣어주는/ 싱싱한 말들.// 쪼그라진 마음/ 부풀어 오른다./풀죽은 마음/ 둥글어진다.// 통/ 통통/ 튀어오르고 싶다.

위의 시는 아동문예 2013년 9·10월호에 실린 신인 김민하의 작품이다. 동시 「풍선」은 대화체를 통하여 의인화하여 시적자아가 풍선의 입장에서 쓴 좋은 사물동시이다. '– 난 어쩔 수 없어.' 하고 자신감을 잃은 나에게 '괜찮아, 후훅/ 다시 해 봐, 후훅/ 잘할 수 있어, 후훅' 하고 바람 넣기(격려의 말)를 아끼지 않는다. 그래서 쪼그라진, 풀죽은 마음이 둥글어진다.(용기가 생긴다.) 마지막 연 '통/ 통통/ 튀어오르고 싶다.' 는 시적자아의 자신감(희망)의 메시지이다. '바람 빠진 풍선의 바람 불어넣기' 라는 현상을 통하여, 자신감을 잃은 아이들에게 격려와 칭찬이 용기를 불어넣고 자신감과 용기를 북돋워주는 좋은 작품으로 창작한 비유가 뛰어난 사물동시라고 칭찬을 하고 싶다. 좋은 작품을 쓴 신인을 만나서 기쁘다. 앞으로도 좋은 작품 기대해 본다. 함께 발표한 「징검다리」도 좋은 작품이다. 2~4연 〈–날 딛고 가렴.// 물속에 잠긴/ 젖은 돌이/ 햇살에 말려놓은 제 등을/ 쑥 내민다.// 수많은 발자국을 안고/ 커다란 발자국이 된/ 엄마 같은 돌.〉 –우리들 어머니처럼 따뜻한 마음의 동시이다. 역시 시적인 비유가 좋다.

서점에 가면 기다렸다는 듯이/ 책에서 빠져나온 글자들이/ 자기들과 놀아달라고/ 우르르 나를 향해 달려온다./ 이쪽으로 가면 이쪽으로/ 저쪽으로 가면 저쪽으로/ 강아지처럼 쫄랑쫄랑 따라온다./ 와글와글 나를 에워싼/ 글자 강아지들과 한참을 놀다 보면/ 어느새 나는 글자 강아지와 하나가 되어/ 서점 구석구석을 돌아친다./ 사람들 눈에는 보이지 않는 글자 강아지들이/ 자꾸만 자꾸만 보고 싶어/ 서점 가는 길이 소풍가는 것처럼 신이 난다.

위의 시는 아동문예 2013년 9·10월호에 실린 김옥림의 작품이다. 김옥림은 강원도 원주에서 출생하여, 1993년 《시세계》와 1994년 《문학세계》에 각각 시와 수필로 등단 이후 시집 『나도 누군가에게 소중한 만남이고 싶다』외 많은 시집과 자라는 청소년들이 읽을 많은 책들을 집필 한 바 있다. 그리고 자전 에세이 『불 켜진 집은 따뜻하다』 등의 산문집이 있으며, IMF 이후 직장 퇴출, 사업 도산, 이혼, 동반 자살 등 어려움이 있을 때 씨는 장편동화 『가족의 힘』(2004년)을 출간하여 어려운 이웃과 사회에 이바지하였다. 작품주제는 '가족의 참사랑'으로 기억되는 작품 평을 필자가 써준 적이 있다. 제7회 '치악예술상'과 '아동문예문학상', 새벗문학상을 받았으며, 전업 작가로 열심히 활동하고 있다.

위의 작품은 시적자아가 서점에 가면, 책 속의 글자들이 기다렸다가 자기와 놀아달라고(읽어달라고) 조르는 모양을 강아지가 쫄랑쫄랑 따라다니는 모습에 비유하고 있다. 어느새 시적자아는 글자와 하나가 되어(책 속에 빠져서) 서점 구석구석을 돌아다닌다. 사람 눈에는 보이지 않는 글자 강아지들과 친해지고(책과 친해지고) 서점 가는 길이 소풍가는 것처럼 신이 난다는 내용이다. 글자라는 무생물을 강아지에 비유해 생물화 하고, 현실과 상상과 환상으로 넘나드는 이야기가 있는 산문시에 가까운 동시이다. 함께 발표한 「배불뚝이 서점 아저씨」도 무뚝뚝한 서점 아저씨에 관한 이야기 동시이다. 역시 재미성에 충실한 작품이다.

아마도 김 시인은 새로운 책 구상을 위하여 서점에 자주 들리는 것 같다.

> 저녁놀이 물드는/ 서산에 올랐다.// 오늘을 돌아보는 내 얼굴/ 놀처럼 붉어진다.// "오늘 하루 힘들었지/ 그래, 그래 잘 참았어!"// "오늘 밤 반성해 봐/ 내일 아침에 또 만나/ 앞으론 더 잘해 봐!"// 서산으로 지는 해가/ 약속하잔다.
>
>   – 정용원, 「해가 약속하잔다」 전문

정용원 시인은 『넌 어느 별나라에서 왔니?』(아동문예) 등 8권의 동시집을 발간하고, 한정동아동문학상, 현대아동문학상 등을 수상하며 활발히 활동하고 있는 원로 동시인이다. 그는 경북 안동에서 태어나 교육계에서 교장과 장학관을 지냈고, 울산대에서 아동문학을 강의하였다. 2013년부터 한국동시문학회 회장을 맡아서 동분서주하며 많은 행사를 계획하고 실행하느라 정신이 없는 가운데, 작품을 2편 발표하였다.

앞의 시는 본지 9 · 10월호에 게재된 교육성이 짙은 내용을 시적으로 잘 형상화한 작품이다. 저녁놀이 물드는 서산에 오르니, 시적자아의 얼굴이 노을에 물들어 붉어졌다. 하루를 반성하노라면, 잘 한 것도 있지만 좀 못한 것도 있게 마련이다. 그래서 얼굴이 붉어지는 것이다. 2, 3연의 대화체는 서산으로 넘어가는 해가 시적자아에게 하는 격려의 속삭임이다. 그러나 실제는 자신에게 속삭이는 시적자아의 마음이다. '서산으로 지는 해가/ 약속하잔다.'로 해와 약속을 하며 시상을 정리하는데, 이것 역시 시적자아가 자신에게 하는 약속이다. 하루하루 잘 살아가는 것은 정말 쉬운 일이 아니다. 정용원 시인도 250여 명이 넘는 모두 똑똑하고 개성적인 회원들을 앞에서 이끌어 가는 일이, 행사를 치르는 일이 참 힘들 것 같다. 열심히 행사를 해도 무언가 부족한

면이 있기 마련이다. 칭찬과 격려를 에너지에 보태고, 부족한 점은 귀를 열어놓고 겸허히 받아드리며, 한국동시문학회를 이끌어 간다면, 즐겁고 아름다운 모임, 좋은 회장이 되리라 생각된다. 함께 발표한「별별꽃」은 동음이어를 사용한 좋은 동시이다. '간밤에 별이 놀다 간 꽃밭에 별별 꽃이 피었는데 별별 모양, 별별 빛깔, 별별 향기를 풍기며, 꽃들이 웃으며 아침을 맞고 있다.' 는 내용의 작품으로 발상이 돋보이고 재미가 있다. 〈간밤에 별들이 놀다 간/ 우리 집 꽃밭// 별들이 놀다 간 자리에/ 별별 꽃들이 피었다.// 별별 모양으로,/ 별별 빛깔로,/ 별별 향기 풍기며,// 별별 꽃들이 웃으며/ 아침 해를 맞고 있다.(전문)〉 앞의 작품은 교육성, 뒤의 작품은 재미성과 관련이 있다.

> 침대 위에서 잠을 청하던/ 7살 손주가/ 침대에서 내려와/ 할아버지 귀에다 속삭입니다./ "할아버지 잠이 안 와요"/ 할아버지도 손주 귀에다 대고 / "우리 윷놀이 할까?"/ "좋아요, 좋아요"// 불을 밝히고/ 윷판이 벌어졌습니다.// 할아버지의 말은 흰 바둑돌/ 할머니 말은 검은 바둑돌/ 손주의 말은 오백 원 동전// 그런데, 이상합니다./ 할아버지와 할머니는/ 손주의 말을 잡지 않고/ 새로 말을 답니다.// 윷놀이에서/ 손주가 일등을 하고/ 만세를 부르고/ 잠이 듭니다.// 잠결에서도/ 빙긋이 웃습니다.
>
> — 이호성, 「윷놀이」 전문

위의 시는 《아동문학》(228호)에 특선으로 실린 이호성의 작품이다. 이호성 시인은 강릉사범학교와 강원대 교육대학원을 졸업하였다. 교육자료를 천료하고, 1986년 한국아동문학연구 신인문학상 당선으로 등단하여, 동시집『해망산이 있는 바닷가 아이들』,『별이 내리는 밤이면』,『솔바람이 사는 산 밑 집』,『바람과 나뭇잎』,『파도가 속삭이는 말』,『나뭇잎들이 다른 것처럼』이 있으며, 강원아동문학상, 한국아동문학창작상, 관동문학상 등을 받았고, 초등학교 교장으로 정년퇴임하여 솔바람 동요문학회 등에서 활동하고 있다.

　동시 「윷놀이」는 할아버지와 할머니와 손주(손자)가 어울려 우리 민속놀이인 윷놀이를 하는 과정을 이야기가 있는 시로 재미나게 형상화한 동시이다. 손자를 즐겁게 해주기 위해 할아버지와 할머니가 손자의 말을 잡지 않고 말을 새로 다는 배려의 미덕을 작품을 통하여 배우게 한다. 요즘 아이들은 스마트폰이나 컴퓨터에 매달려 게임을 하느라 정신이 없다. 그런데 이 작품에서는 할아버지와 할머니가 손자에게 우리 고유의 민속놀이의 하나인 윷놀이를 가르치고 함께 어울리는 모습은 아름다운 풍경이다. 예전에 이호성 시인이 부부교사로 요즘 '해신당' 공원이 있는 삼척의 신남분교에 근무할 때 필자가 강사로 가서 근무한 적이 있었는데, 아들이 '학영' 이었고, 성장하여 강릉에서 약국을 운영한다는 말을 들었는데, 아마도 윷놀이를 한 손자는 학영이의 아들인 것 같다. 부인인 홍선생님과 아들 딸 손자들과 어울려 행복하게 사는 모습이 눈앞에 보이는 것 같다. 시의 소재로 자연과 할머니와 손자들을 즐겨 다루며, 작품의 내용은 삼척 원덕의 바닷가 솔밭 집 고향의 향수, 서정적이고, 행복하고, 따뜻하고, 긍정적이고, 교육적인 내용의 글들을 동요와 동시의 그릇에 담고 있다.

> 가을 숲은/ 나무들의 백일장// 단풍나무, 은행나무/ 굴참나무, 팽나무// 떡갈나무, 곰솔/ 상수리나무// 낙엽 원고지에/ 바람 지우개로/ 풀어내는/ 운문과 산문// 제목은 '겨울'
>
> 　　　　　　　　　　－ 김춘남, 「가을 숲」 전문, 《새싹문학》(125호)

　위의 시는 《새싹문학》에 '시집 속의 시'로 소개된 김춘남의 작품이다. 김춘남 시인은 부산에서 태어나 계명대학교 대학원 문예창작과를 졸업하였다. 2001년 대구매일 신문 신춘문예에 동시 「계단의 꿈」, 2004년 부산일보 신춘문예에 시가 당선되어 작품활동을 시작했다.

위의 시 「가을 숲」은 참신한 발상으로 시작된다. '가을 숲은/ 나무들의 백일장' 이란 전제를 하였다. 그래서 가을 숲의 아름다운 활엽수들과 침엽수 곰솔 등이 백일장에 참석하는 의인화 동시이다. 원고지는 종이가 아니라 낙엽이고, 연필이 아닌 바람 지우개로 글을 풀어내는 특이한 백일장이다. 글의 마지막 연 〈제목은 「겨울」〉이 미지에서 가져온 조미료나 향료처럼 시의 맛을 새롭게 한다. 단풍의 화려함을 내려놓음과 비움의 겨울이미지로 끝을 맺었다. 고학년 어린이와 동심을 가진 어른들을 독자로 한 작품으로 참신한 발상과 상상력과 예술성(교육성 포함)을 두루 갖춘 좋은 작품이다.

김춘남의 동시집 『앗, 앗, 앗』(푸른 사상 동시선집)은 51편의 작품이 실렸는데, 대체로 작품이 짧고 간결하며 재미가 있다. 「몽당연필」은 8개의 낱말로 된 간결한 동시로 참신한 발상과 상상력이 돋보인다.〈발사!// 꿈의 로켓/ 무궁화호// 은하계/ 꽃피우는/ 몽당연필/ 하나(전문)〉 「달」도 유사한 작품이다〈온밤을/ 손전등 하나로/ 구석구석/ 살펴보시네.(전문)〉그리고 좋은 작품으로 오래 기억되는 동시는 「안전벨트」, 「연」이다. 〈전동차를 탄 오누이.// 초등생 누나가/ 제 무릎 위에 앉힌/ 유치원 동생을/ 두 팔로/ 꼬옥/ 껴안으면서/ 말한다.// "안전벨트 했다."(「안전벨트」 전문)

> 호박씨는 덩굴을 내어 길을 가며 군데군데 커다란 머리를 만들어 놓고,
> 멈칫멈칫 몇 걸음 안 가 또 머리를 만든다
>
> 생각할 게 참 많은가 보다
>   — 박방희, 「호박씨」 전문, 《시와 동화》 가을호(통권 65)

위의 글은 박방희의 작품이다. 박방희는 경북 성주에서 태어나, 1985년 무크지 『일꾼의 땅』과 1987년 《실천문학》 등에 시를 발표하며

문단에 나왔다. 2001년 《아동문학평론》에 동화, 《아동문예》에 동시가 당선되고, 개성적인 작품 활동을 활발히 하여 푸른문학상, 새벗문학상, 불교아동문학작가상, 방정환문학상을 받았으며, 동시집 『참 좋은 풍경』으로 한국동시문학회에서 주는 제 11회 〈우리나라 좋은 동시 문학상〉을 수상하였다.

위의 작품은 산문동시형태로 작품이 참신하고 재미성(쾌락)과 교육성(효용)을 동시에 갖춘 좋은 작품이다. 제목을 '호박'이라고 설정하였으면 자칫 평범한 동시로 떨어지기 쉬운 작품인데, '호박씨'라고 잘 정하였다.

이 작품의 발상은 '호박'과 '머리'와 '생각'을 동일시 본 것에서 시작된다. 호박씨는 덩굴을 내어 길을 가며 군데군데 커다란 머리를 만들어 놓는다. 호박이 자라는 현상을 참 재미있게 표현하였다. 그리고, 멈칫멈칫 몇 걸음 안 가 또 머리를 만든다. 의인법과 은유법을 사용한 재미난 비유이다. 마지막 연인 '생각할 게 참 많은가 보다'에서 시적 상승의 묘미를 볼 수 있다. 즉, 평범하고 재미있는 동시에서 생각하는 (교육적인) 경지를 아우르는 참 좋은 동시로 만들어놓았다. 함께 발표한 동시 〈낮에 나온 달님은 알바 하는 중이지, 해쓱한 얼굴로 편의점에서 새벽까지 일하는// 누나처럼…….(「낮달」 전문)〉는 한밤중에서 아침까지 힘들게 알바 하는 언니들의 무거운 현실을 시적으로 형상화한 작품으로, 박방희 시인은 이러한 사회의 어두운 현실을 알리는 동시를 소재로 쓰는 동시인 중의 한 사람이다.

이번 호에는 〈문학의 재미와 교육(쾌락과 효용)〉를 주제로 작품을 살펴보았다. 문학의 두 가지 기능은 어느 것이 더 좋고 나쁘다기보다, 서로 별개의 것으로 보기보다는, 상호보족적相互補足的인 관계에서 작용하는 것이라 생각된다. 월렉(Wellek)과 워렌(Warren)은 다음과 같이 말하고 있다. "어떤 문학 작품이 교묘하게 그 기능을 나타낼 때에는 쾌락과 효용이라는 두 개의 특색은 공존할 뿐 아니라 합체되어 있어야 할 것이다. 우리는 다음과 같이 주장할 필요가 있다. 즉 문학이 주는 쾌락은 존재할 수 있는 여러 개의 쾌락 중에서 마음에 내키는 하나가 아니라 한층 더 고상한 종류의 쾌락, 다시 말하면 이욕利慾을 떠난 명상瞑想이기 때문에 한층 더 고상한 쾌락인 것이다. 그리고 문학이 지닌바 효용 그 엄숙성, 배워야 될 교훈적 엄숙성이 아니라 미적인 엄숙성 지각知覺의 엄숙성인 것이다."

제 **4** 부
2012년 선정동시

한글 공부 자연 공부

— 권오삼, 김재용, 김관식, 강수성

이번에 함께 살펴볼 작품은 〈한글 공부〉와 관련된 「제일 멋진 수출품」(권오삼), 「재밌다 한글 공부」(김재용), 그리고 〈자연 공부〉와 관련된 「식물 가족」(김관식), 「다람쥐의 주장」(강수성)이다.

우리나라가 이제까지 수출한
수출품 중에서 제일 멋진 수출품은

바다 건너 저 멀리
인도네시아 바우바우 시의
찌아찌아 족에게 수출한

ㄱㄴㄷㄹㅁㅂㅅㅇㅈㅊㅋㅌㅍㅎ
ㅏㅑㅓㅕㅗㅛㅜㅠㅡㅣ

다음은 제품 안내문
발명자: 세종대왕
제조일: 1446년
원산지: 대한민국

《아동문예》11 · 12월호에 특선으로 실린 권오삼의 「제일 멋진 수출품」 전문이다. 권오삼 시인은 한국동시문학회 회장을 맡은 바 있으며,

그가 운영하는 카페에 관심을 가진 많은 사람들이 즐겨 찾아오는 줄 안다. 그는 시인이며 평론가로 활동하였던 이오덕 씨의 동시 철학과 생각을 같이하며, 남과 다른 독특한 개성으로 작품 활동을 해오는 동시인 중의 한 사람으로 기억된다.

이 시는 소재와 시의 형태와 발상이 새로워서 동시 영역의 확대를 기한 개성적인 동시로 평가받을 수가 있다. 찌아찌아 족의 족장의 아들인 아비딘 선생이 '까루야바루 초등학교'에서 한글로 만든 도로 표지판을 세우는 등 열심이나, 2년 만에 우리나라의 인적 지원이 잘 안 되어 어려움을 겪는다는 얘기가 있다. 세계로 한글 수출이 원활하도록 나라에서 정책적인 꾸준한 지원과 관심이 있어야하겠다.

특집으로 함께 발표한 연작시 '한글학교 수학시간'에서는 자모를 가지고 덧셈과 뺄셈으로 아이들을 가르치는 광경을 설정하였고, '외발 자전거 타기'에서는 한글학교 학생들이 체육시간에 '강 낭 당 랑 망 방 상 앙' 빙글빙글 외발 자전거 타기 공부하는 모습을 시각적 이미지로 재미있게 시로 형상화하였다. '웃음소리를 못 들었다면'에서는 찌아찌아 사람들이 한글을 쓴다는 소식을 듣고 광화문의 세종대왕께서 껄껄 웃으셨는데, 그 웃음소리를 못 들었다면 영어에 정신이 팔린 사람들이라고 경고한다.

　－ 아야!/ 누가 아프다냐?/ － 어여!/ 어쩐다냐? 아파서/ － 오요!/ 노리개 노마라고 부르랴?/ 우유!/ 맛있는 우유라도 주랴?/ 으이!/ 좋으이, 좋다 고~//

　아야어여오요우유으이/ 재밌다 한글 공부
　　　　－ 김재용, 「재밌다 한글 공부」 전문, 동시집 『까막눈 아부지』

위의 시는 금년에 발간한 김재용의 동시집 『까막눈 아부지』(세계문예)에 실린 한글관련 작품이다. 김재용 시인은 목포사범 시절부터 문학동인 '혜솔'을 창립하여 작품 활동을 하였으며, 종교 활동으로 한국 17개 교단 한국장로회총회 공동회장, 동시와 평론으로 활발히 작품 활동을 해오며, 특히 그의 『한국동시 논평과 해설』은 월간 《아동문예》에 1993년부터 2002년에 매달 선정한 동시를 평한 글로 10년간의 한국 동시의 흐름을 비평가의 눈을 통하여 통시적으로 살펴 볼 수 있다. 위의 작품은 우리의 한글 모음 10개를 2개씩 짝지어 앞에서 불러주면 뒤에서 5자 성어 글짓기 식으로 답을 하여 전체적으로 작품이 되게 장치를 한 발상과 테크닉이 돋보인다. 어린이들의 한글 모음 익히기에도 유용할 것 같다. 이 동시 또한 앞에서 말한 권오삼의 '제일 멋진 수출품'처럼 기존 시의 소재나 형식을 탈피한 동시 영역을 확대한 작품이라고 할 수 있겠다.

기존의 형식을 탈피한 작품으로 『까막눈 아부지』에는 '품앗이, 그 냥고지, 상애상조, 삼색제비꽃, 설중매, 무궁화' 등의 낱말을 문답식의 네모 칸에 답 넣기 형식을 사용하여 작품화한 글들이 보인다.

원 세상에…

물 속에서도/ 초록 잎/ 우산 쓰고 있다니/ 그 속을 알다가도/ 모를 일이네.

—「식물 가족 · 1(연)」 전문

연못 속에는/ 착한 일한/ 친구들이 많나 보구나//
물 위에/ 동그란 스티커를/ 잔뜩 띄워놓아// 물 속 친구들/ 착한 일 할 때/ 붙여주려고.

—「식물 가족 · 5(개구리밥)」 전문

김관식은 아동문예 11 · 12월호에 특선으로 '식물 가족' 1~5를 발표하였다. 「식물 가족·1(연)」은 2연 6행의 단시로 간결하면서도 발견의 재미가 놀라우며, 그 놀라움을 '원 세상? (중략) ~모를 일이네'의 대화체를 사용하면서 시침을 떼는 것이 시의 맛을 더한다.

연꽃의 아름다움에 재미와 사랑의 마음까지 더하는 자연 공부가 아닌가? 「식물 가족·5(개구리밥)」역시 단시로 개구리밥을 동그란 '스티커'로 본 발견의 재미가 돋보이며, 물속의 친구들을 의인화하여 어린이처럼 착한 일을 하면 스티커를 붙여주려고 한다는 시적 상상력을 통하여 시가 형상화되었다.

그리고 함께 발표한 「식물 가족·2(깜부기)」에서도 새까만 '깜부기병에 걸린 보리'를 붓글씨를 쓰는 '붓'으로 봄은 발상과 표현의 새로움이며, 우리나라 역사적인 명필을 떠올려 작품을 더 확장시킨다. 〈애써 지은/ 보리밭에// 보리들 틈에 섞여 있는/ 새까만 깜부기병// 먹가루/ 뒤집어 쓰고 있는/모습을 보게나// 한석봉처럼/ 글씨를 쓸 모양이지〉

앞으론 어떤 일에도/ 화내지 않을래요.//
저수지 바닥이/ 드러난 걸 보니까//
내 마음/ 바닥이 드러날까/ 두렵지 뭐예요.

                                    – 「화내지 않을래요」 전문

냇가 바위틈으로/ 다람쥐가 들랑날랑….//
사람들이 카메라로/ 한 컷 하려는데,//
"사진은 찍지 마세요, 스타 되기 싫어요!"

                                    – 「다람쥐의 주장」 전문

강수성은 《아동문예》 11·12월호에 동시조 5편을 발표하였다. 단시조 2편과 2011년 9월에 실제 일어난 대규모 정전 사태를 가져온 「블랙아웃」(Blackout) 소재를 '친구와의 한바탕 싸움에 비유한' 작품은 5수로 된 연시조였다.

「화내지 않을래요」는 자연인 저수지가 가뭄으로 바닥이 드러난 것을 보고 내 마음 바닥이 드러날까 두렵다며, 화자는 '앞으론 어떤 일에도 / 화를 내지 않을래요.' 하고 다짐한다.

「다람쥐의 주장」은 다람쥐를 등산 온 사람들이 사진을 찍으려 하자 달아나는 다람쥐를 보고 시적자아가 느낀 점을 작품으로 쓴 글이다. 올해는 유난히도 장마가 길어서 상수리나무들이 화분이 안 되어 다른 해 보다 다람쥐의 주 먹이인 도토리가 부족하다고 한다. 그나마 떨어진 도토리를 사람들이 주워가기도 한다. 다람쥐는 춥고 긴 겨울을 나야할 식량이 턱없이 부족한데, 사람들은 출연료도 없이 사진을 찍으려고 포즈를 취해주길 바라니, 누가 이런 사람들을 좋아하겠는가?

아동문예에 특선으로 발표된 전영관의 「밭에서」외 3편과 허호석의 「그렇게밖에 못하니」외 1편의 작품이 평자의 마음에 와 닿았는데 지면관계로 다루지 못한 점이 아쉽다.

이번 호에는 한글을 소재로 한 〈한글 공부〉와 관련된 작품, 자연을 소재로 한 〈자연 공부〉와 관련된 작품을 살펴보았다. 근래에는 인터넷과 핸드폰이나 스마트폰 사용으로 인하여 세계의 글자 중에 가장 훌륭한 우리 한글의 잘못된 사용이 많아지고 있는데, 우리말의 바른 사용과 사랑이 절실히 필요하다. 그리고 각종 개발과 물질문명의 발달이라는 명목 하에 자연 파괴와 환경오염이 인류가 사는 지구를 위협하고 있다. 대규모의 가뭄과 홍수와 폭설, 지진과 해일이 지구의 곳곳에서 일어난다. 자연 파괴와 환경오염을 시킨 우리 인간이 그것을 스스로 치유해야 한다.

사회 문제와 그 치유

― 최춘해, 김원석, 박근칠, 최정심, 문삼석

물질문명이 발전할수록 정신적인 문제는 더욱 사회문제로 떠오른다. 이번에 함께 살펴볼 작품은 이러한 문제를 다룬 작품들로 「따돌림을 당한 아이」(최춘해), 「나는 지구다」(김원석), 「울 엄마」(박근칠), 「빈 집」(최정심), 「아빠가 차린 밥상」(문삼석)이다.

동희는 외톨이다. / 잘났다고 뽐낸 탓이다/ 외톨이가 된 게/ 동희만의 잘못일까?

우리 반 아이들 중 누가/ 화해를 끌어 낼 수는 없었을까/ 누가, 내가 될수는 없었을까

2012년 흑룡의 해 《아동문예》 1 · 2월호에 특선으로 실린 최춘해의 「따돌림을 당한 아이」 전문이다. 최춘해 시인은 아동문학계의 원로 동시인으로, 아직도 활발하게 작품 활동을 해오고 있으며, 한국동시문학회 카페에 새로 나오는 작품집들을 많이 소개해 주는 등 후배들에게 사랑을 베푸는 귀감이 되는 시인으로 알고 있다.

1연에서 '동희는 외톨이다' 는 문제를 던지고, '잘났다고 뽐낸 탓이다' 는 그 원인을, '외톨이가 된 게/ 동희만의 잘못일까?' 하고 우리 반, 나아가 사회문제로 확대한다. 2연에서는 누가 화해를 시킬 수가, 누가 따돌림을 당한 아이 편에서 생각할 수는 없었을까 하고 묻는다. 즉 1연

에서는 문제를 제기하고, 2연에서는 그 해결 방안을 독자에게 작품을 통해 알려주고 있다. 따돌림을 한 혹은 소외를 시킨 사람이나 그것을 보고 방관한 사람들이 모두 그 책임이 있는 것이다.

요즘 들어 친구들로부터 집단 왕따를 당하여 자살한 어느 중학생이 방송과 신문에 크게 보도되면서 정부와 교과부와 경찰청에서 학교폭력 대책의 새로운 해결방안에 골몰하고 있다. 함께 발표한 최춘해의 작품「나를 노리는 건 없다」에서도 길가나 산 속에서, 강에서, 사자나 코끼리도 '나를 노리는 건 없다'고 한다. 다만 고기나 동물들도 저보다 힘센 것에 귀를 쫑긋 세우고 편할 날이 없다. 식물도 동물도 나를 노리는 건 없지만, 사람이 동식물을, 사람이 사람을 노리고 있다는 것을 역설적으로 말하고 있는 것이다.

> 작은 것과/ 큰 것이/ 어울리고// 적은 것과/ 많은 것이/ 어깨동무// 산이 / 바다가// 땅이/ 하늘이// 또/ 내가 어울려/ 하나.
> — 김원석, 「나는 지구다」 전문, 동시집 『똥배』

위의 시는 금년에 발간한 김원석의 동시집 『똥배』(밝은미래)에 실린 작품「나는 지구다」전문이다. 김원석 시인은 현재 평화방송 평화신문 전무로 근무하고 있으며, 그의 대표작 동요「예솔아」로 유럽방송연맹상, 한국문화예술상, 대한민국동요대상(작사부문) 등을 받은 시인으로 잘 알려져 있다. 동시와 동요 동화를 통해 아동문학 한 곳의 광맥을 파고 있으며,《소년》잡지 편집 등 우리나라 아동 문학 발전을 위해 뒤에서 묵묵히 애쓰며, 지금은 고인이 되신 윤석중님, 박홍근님, 어효선님 등의 원로 아동문학가를 잘 모셨으며, 김수환 추기경님을 곁에서 모시다가 돌아가신 후에는 그의 전기집을 발간하여 많은 사람들로부터 좋은 호응을 얻기도 하였다.

위의 작품「나는 지구다」에서 물질의 발달로 점점 불거지는 소외와 왕따 등 인간성 상실의 문제를 풀어갈 수 있는 열쇠를 찾을 수 있지 않을까. 키 작은 사람과 큰 사람, 많이 가진 사람과 적게 가진 사람, 산과 바다와 땅과 하늘, 그리고 내가 어울려 하나가 되면, 서로 이해하고 어깨동무하고 사랑하고, 아름다운 지구가 되는 것을 작품을 통하여 넌지시 독자에게 알려주는 작품이다. 이러한 사회 문제 치유의 동시로 '문, 정말, 우리 모두 하나, 약과 독, 약속, 사랑' 등 여럿 있기에 소개한다. 김원석 시인은 동시집 '작가의 말'에서 동시는 '작가가 나타내고 싶은 핵심적인 내용을 사실이 아닌 느낌으로 나타내면 되며, 이번에 발간하는 동시집은 어린이의 마음을 그린 동시집'이라고 한다.

　동시 해설을 쓴 이창근 시인은 '하, 참 재미있다. 그래 어쩌면 나와 똑같은 생각을 했지? 하면서 손뼉을 치기도 하고 놀라기도 했다.'고 한다. 동시집에 함께 실린 동시 『엄마 없는 빈 소리』에서는 다음에 소개되는 박근칠의 작품처럼 엄마 없는 빈 집의 쓸쓸함과 엄마의 그리움을 작품화 하고 있다. '엄마도/ 아빠도/ 집에 없다는 걸/ 뻔히 알면서도/ 벨을 누른다/ 혹시나(하략)'

　　학교에서 돌아오면/ 눌러보는 초인종//

　　오늘도 대답 없어/ 쓸쓸한 아이 마음//

　　"어서 와!"/ 엄마 목소리/ 언제쯤 들려올까

《아동문예》1·2월호에 특선으로 실린 박근칠의 동시조 「울 엄마·3 - 빈 집」 전문이다. 박근칠 시인은 아동들 교육에 힘써 오다가 정년 퇴임을 하고, 경북 영주에서 즐겁게 살면서 열심히 동시를 써서 발표하며, 〈동시 읽는 어머니 모임〉(영주동시모)을 조직하여 동시 보급에도 활발하게 활동을 해오고 있는 줄로 알고 있다.

　동시조 「울 엄마·3 - 빈 집」은 오늘 날 맞벌이 부부가 늘어나는 사회 현상의 한 단면을 보여주는 작품이다. 맞벌이가 아니더라도 요즘 어머니들은 사회활동으로 바쁘다. 봉사활동, 각종 스포츠와 헬스, 운동, 노래, 사진, 서예, 그림 등의 배움과 동인 활동으로 자녀들이 귀가하면 집에서 반갑게 문을 열어주며 맞아주지 못하는 집들이 많다. 시적 자아인 아이는 엄마가 집에 없는 줄 알지만, 혹시나? 하는 마음으로 초인종을 눌러 본다. "어서 와!" 하는 엄마 목소리가 그리운 것이다. 귀가해도 집에 엄마가 없는 아이들의 생각을 작품화한 것이다. 그래서 요즘 아이들은 부모나 친구보다도 텔레비전, 컴퓨터, 핸드폰이나 스마트폰과 논다. 사람들과의 만남이나 대화가 단절되고 있다. 함께 발표한 그의 연작동시 '손잡기, 장보기, 감기'는 어머니의 따뜻한 사랑을 시로 형상화한 좋은 작품이다.

> 서울로 이사 가고/ 텅 빈 이웃집// 제비가 찾아 와/ 제 집처럼 살고// 길고양이 가족도/ 한 살림 차리고// 잡풀들은 마당에/ 멍석을 깔았다// 모두에게 내어 준 집/ 빈 집 아닌 빈 집

《아동문예》 1·2월호에 특선으로 실린 최정심의 「빈 집」 전문이다. 「빈 집」은 5연 10행의 단시로, 간결하면서도, 시청각적 이미지가 돋보이고, 의미 발견이 놀랍다. 함께 정답게 살던 이웃이 서울로 이사 가고 텅 빈 집을 바라보는 시적 자아, 그런데 가만히 보니 그게 아니다. 이웃이 떠난 빈 집에 제비와 길고양이가 제 집처럼 살고 있지 않은가. 4연 '잡풀들은 마당에 / 멍석을 깔았다'에서 잡풀들을 주인처럼 의인화하고 있다.

보통 시인들은 마당에 돋아난 잡풀을 보며 쓸쓸함과 허망함을 느끼는데, 최정심 시인은 특별한 카메라 렌즈로 시상을 포착하였다. 얼마나 멋진가. 그리고 마지막 연의 끝마무리가 특히 뛰어나다. 다시 한 번 음미해보라! '모두에게 내어 준 집/ 빈 집 아닌 빈 집'을. '빈 집'하면 외로움, 쓸쓸함, 떠남 등의 이미지가 떠오르는데 그는 비어있음의 허

전함을 대체 사물을 통하여 채움의 미학으로 형상화하였다. 이 시 한 편을 다시 감상해보라. 이 시 한 편을 통하여 비움과 채움, 채움과 비움의 미학을 감상할 수 있다. 좋은 시인은 같은 사물을 함께 보아도 남이 안 보는 위치에 서서, 남이 안 하는 생각을 하며 작품을 구상한다. 그래야 이따금 좋은 시상 하나 – 낚싯대가 휘청하는 대어를 낚듯 – 건지게 된다. 월평을 다 써놓고서, 본 작품이 이미 어느 계간지에도 발표된 걸 알았다. 특집으로 발표하느라 다시 넣었겠지만, 동인지는 몰라도 되도록이면 비슷한 잡지에 중복 발표는 피하는 것이 좋지 않을까? 작품이 본 주제에도 맞고 좋아서 이번에는 싣기로 한다.

시골 가신 엄마 대신/ 아빠가 차린 밥상// 아주/ 쉽다.// 밥 두 공기와/ 김치 한 접시// 아직 뜯지 않은/ 구운 김 한 봉// –어때? 만점이지?/ – 예, 만점이에요.// 마주 보고 웃는다./ 하하하하 웃는다.
  – 문삼석, 「아빠가 차린 밥상」 전문, 《어린이문예》(통권 257호)

문삼석은 《아동문예》 1·2월호에 특선으로 뿌리와 관련한 「물구나무 아냐」 외 3편의 좋은 동시를 발표하였는데, 평자의 본 주제와는 거리가 있어서, MBC부산문화방송에서 발행하는 계간지 《어린이문예》에 발표한 주제와 관련된 작품을 여기서 다룰까 한다. 문삼석 시인은 1941년 전남 구례에서 태어나 1963년 〈조선일보〉신춘문예 당선, 소천문학상, 대한민국문학상, 이주홍문학상 외 2010년에는 동시집 『흑염소는 까매서 똥도 까맣다』로 큰 상인 윤석중문학상을 수상한 원로 동시인으로, 40여 년 동안 동시라는 한 우물을 파 오고 있다. 그의 동시들을 살펴보면 동심성, 단순명쾌성, 순수(긍정)지향성 등 동시의 특성이 교과서처럼 드러나 있고 자기 목소리가 있는 개성적인 시인임을 확인할 수 있다.

「아빠가 차린 밥상」은 가정의 어머니의 부재에 '시골 가신 엄마'라는 단서가 붙어 있다. 그러나 앞에서 언급한 바와 같이 요즘의 어머니들은 맞벌이 부부가 아니더라도 하는 일이 많아 바쁘다. 그래서 이 작품도 가정에서의 어머니 부재를 어떻게 치유하는가 하는 작품으로 떠올려 보았다. 부모님이 돌아가시든가 이혼으로 부재하던가, 장기간이나 자주 부재 중이면, 아이들은 불편하고 가정에 문제가 발생한다. 그러나 짧은 기간이면 해방의 쾌감을 느끼기도 한다. 비록 가정상태는 엉망이지만, 즐거울 수도 있지 않을까. 어머니가 없는 집에서 아빠와 자녀가 밥상 위의 부족한 반찬을 웃음으로 대신하여 즐겁게 식사하는 모습이 눈앞에 시청각적으로 그려져서 읽는 사람도 웃음이 절로 나온다.

위의 작품에서도 동시의 특성이 잘 드러난다. 아이들 마음인 동심과 천진성, 단순 명쾌함, 특히 순수(긍정) 지향성이 돋보인다. 일상어로 말하듯이 쉽게 쓴 시라서 이해하기 쉽다. 하지만 좀더 분석을 해보면 무기교 속에 표현의 장치를 숨겨놓은 걸 알 수 있다. '아빠가 차린 밥상// 아주/ 쉽다', '- 어때? 만점이지?/ - 예, 만점이에요.' 그럴까? 반어나 역설의 장치가 숨어 있다. 여기에서 작품이 끝나도 된다. 그러나 끝연 '마주 보고 웃는다/ 하하하 웃는다.' 작품의 마무리에서는 아빠가 차린 밥상의 수준이 형편도 없음에 어이가 없어 아이도, 아빠도, 대부분 경험을 해본 독자도 그 익살에 웃지 않을 수가 없다. 사람의 즐거움과 행복은 물질보다도 정신과 더 관련이 있는 것이다. 부정적인 환경을 긍정(순수)과 해학으로 처리한 원로 고수의 작법을 배울 수 있는 작품이다.

이번 호《아동문예》에 발표된 작품들이 풍작이어서 읽는데 즐거웠다. 오순택의 「이사 가는 나무」, 박일의 「나뭇잎에 숨어서」, 권영세의 재미있는 우리말(의태어)로 쓴 동시, 허일의 동시조, 박행신의 「살짝 열어드리겠어요」등의 작품이 좋았지만, 이번에 다룬 주제와 작품이 달라서 언급하지 못한 점이 아쉽다.

이번에는 사회문제를 다룬 작품과 그 치유의 작품을 살펴보았다. 사람들의 사회적인 문제를 치유하는 데에는 교육으로, 법으로, 정신적으로 치료하는 방법이 있다. 정신적인 방법 중에는 문학을 포함한 예술을 통하여 어린이의 마음에 공감과 감동을 주어 그 치유를 할 수 있다.

마음의 눈으로 생각한 시

― 김종상, 김완기, 이상교, 이화주, 남진원

어느 아동문학 전문지가 기획한 대담 중에서 노원호 시인과 하청호 시인의 대화가 생각난다. "요즘 동시들은 천편일률적이다. 특히 신인들의 작품에서 많이 느끼는데, 표현기법이나 스타일이 비슷한 것 같다. 어떤 사실을 구체화하는 건 좋은데 사실의 나열로 상상력도 동원이 안 되고 시적인 정서도 못 느끼는 동시가 문제다."(노원호), "요즘 시들이 전체적으로 봐서 특징이 없고, 어린이들 생활에 밀착되거나 사물에 대한 특징을 잡아서 쓰는 것은 고무적이지만, 서술적인 표현이나 구어체의 남발이 아쉽다. 말초신경을 자극하는 감각적인 언어나 얕은 즐거움을 주는 동시는 자제해야 한다."(하청호)

두 사람의 대화에 필자도 공감한다. 아동문예는 2012년 3·4월호 (통권 391호)부터 32페이지를 증면하여서 원로로부터 신인까지 좋은 작품이 풍성하였다. 순수 아동문학잡지를 꾸준히 내주고, 잡지를 증면해 준 박종현 발행인 겸 주간께 감사드린다. 이번 호에 함께 살펴볼 작품은 앞에서 말한 문제를 되도록 넘어서고, '마음의 눈으로 생각한 시'와 관련된 작품 「풀씨와 거미줄」(김종상), 「맨 안쪽 방」(김완기), 「개찾음」(이상교), 「가슴 속 시계」(이화주), 「뒷걸음질」(남진원)이다.

옛날 스님들은/ 이렇게 살았대요// 요사채 추녀에 거미줄이 있습니다/ 거미줄에는 풀씨가 많이 걸려있어요/ 스님은 발판을 놓고 그것을 떼냈어요/ "스님! 거미줄을 없애면 되잖아요?"/ "거미줄을 없애면 거미는 어쩌니?" / "그럼 풀씨는 왜 떼 내셔요?" / "길을 잘못 든 씨앗들이야. / 싹틔워서 살 땅으로 보내줘야지." // 스님은 씨앗을 떼내 / 바람에 날려 보냈습니다.

《아동문예》 3·4월호에 특선으로 실린 김종상의 「풀씨와 거미줄」 전문이다. 김종상 시인은 1959년 새벗현상문예 동시 입상과 1960년 서울신문 신춘문예 당선이후, 대한민국 문학상, 대한민국동요대상 등을 수상하고 한국아동문학인협회 등의 단체를 이끌어왔으며, 동시, 동요, 동시조를 쓰는 아직도 왕성하게 작품 활동을 해오고 있는 아동문학계의 원로이다.

위의 시는 생명의 소중함을 노래한 자연보호 시이다. 김종상 시인이 이번에 함께 발표한 4편 모두 불교의 이야기를 소재로 하여 동시로 형상화하였다. 스님과의 대화는 신문선답식 이야기로 이루어졌는데, 미물인 거미와 풀씨까지도 사랑하는 스님의 따뜻한 이야기를 통하여 독자들에게 생명존중의 의미를 깨닫게 해준다. 〈길을 잘못 든 씨앗들이야. / 싹틔워서 살 땅으로 보내줘야지.〉 미물인 씨앗을 사람처럼 대하며 존중해 준다. 이 말은 사람들에게도 적용이 된다. 길을 잘못 들어선 사람은 교화하여 바른 길로 인도해 줘야 하고, 어려운 환경에 처한 사람은 도와 줘야한다는 뜻이리라.

함께 발표한 '못 한 개'는 옛날 인디언들이 부르던 노래를 스님이 들려주는 형식으로 하여, '못하나 빠지니? 바퀴가 고장 나고? 수레가 부서지고? 싸움에 지게 되고? 부족이 죽어가고? 마을이 없어졌다'는 작은 것의 소중함을 동시로 형상화하였다. 불교의 이야기를 동시로 형상화하여 어린이들에게 들려주는 연작동시 소재의 확장에 박수를 보낸다. 김종상 시인은 신현득 시인과 함께 가장 활발하게 수준 높은 작품을 써서 좋은 동시집을 많이 내는 후배들의 귀감이 되는 원로 동시인이다.

땅속 길/ 개미 사는 집/ 누가 살까? 맨 안쪽 방엔// 들락날락/ 땀 냄새 첫
번째 방/ 고단한 일개미가 누워있고// 차곡차곡/ 먹을 양식 두 번째 방/
주먹 센 큰 형이 도둑놈 지키고// 굽이굽이/ 흙 고운 맨 안쪽 방/ 온 식구
빼꼼 들여다보고 가는 / 아가 크는 포근한 방.

위의 시도《아동문예》3·4월호에 특선으로 실린 김완기의 「맨 안
쪽 방」 전문이다. 김완기 시인은 1968년 서울신문 신춘문예에 동시
「선생님의 눈 속엔」이 당선된 후 한국아동문학작가상, 한정동문학상,
대한민국동요대상 등을 수상하였으며, 현재 한국아동문학회 회장 일
을 맡는 등 아동문학을 위하여 많은 일을 하고 있는 아동문학계의 원
로이다.

위의 작품 「맨 안쪽 방」에서 미물인 개미들의 역할분담과 개미들의
아가 사랑과 배려하는 마음을 작품을 통하여 깨닫게 된다. 특히 마지
막 연의 〈굽이굽이/ 흙 고운 맨 안쪽 방/ 온 식구 빼꼼 들여다보고 가
는/ 아가 크는 포근한 방.〉은 땅 속의 개미네 방이 눈에 보일 듯한 시
각과 포근한 촉각이 어우러진 공감각적인 이미지가 돋보이는 따뜻한
시적자아의 마음이 이 시의 정점에 이르게 한다. 함께 발표한 작품들
도 과거 소재를 가지고도 요즘의 어린이들에게 맛나게 읽을 수 있는
작품으로 빚어놓았다. 「비 오는 날 풀벌레」는 앞에 소개한 작품과 맥
을 같이하는 작품으로 시적자아의 풀벌레 사랑이 잘 나타나 있다. –
비오는 날 우산을 받쳐주자, 〈날 쳐다보느라 / 고물고물 움직임도 잊
은 풀벌레〉

전봇대에 붙은/ 〈개 찾음〉 쪽지/ 이름, 꾸꾸// 콧등은 까맣고/ 귀는 쫑
긋 올라갔다./ 수염이 삐죽삐죽/ 툭 튀어나온 입에/ 커다란 두 눈/ 키
큰 전봇대에 붙여져/ 잔뜩 겁먹었다.// 어디서 본 것 같기도 한데/ 아파
트 경비실 근처에서였나,/ 문구점 앞에서였나,// 주인 잃은 떠돌이개를

보면/ 꾸꾸, 꾸꾸/ 불러봐야겠다.

《아동문예》3 · 4월호에 특선으로 실린 이상교의 「개 찾음」 전문이다. 이상교 시인은 1974년 조선일보 신춘문예에 동시 당선 이후, 한국동화문학상, 해강아동문학상, 세종아동문학상, 한국출판문화상 등을 수상하였으며, 한국동시문학회 회장 일을 역임하며 우리나라 동시문학 발전을 위하여 노력하였으며, 좋은 동시와 동화를 열심히 발표하고 있다.

「개 찾음」은 오늘날 일어나고 있는 현상 중의 하나이다. 요즘은 핵가족이 되면서 개가 가족의 일원으로 자리를 잡고 있다. 몇 해 전에는 IMF가 터져서 가족의 일원이던 강아지를 길거리에 버리고 가서 그것이 사회문제화 되고 글의 소재가 되었는데, 이 동시는 반대로 잃어버린 개를 사람처럼 찾고 있는 내용을 소재로 하여 쓴 작품이다. 2연에서는 전봇대에 붙어 있는 꾸꾸의 겁먹은 사진이 눈에 보이듯 잘 묘사되어 있다. 집을 잃은 아이의 모습과 아이를 찾는 부모의 얼굴로 환치가 가능하다. 3연은 시적 자아의 생각과 느낌으로, 어디서 그런 개를 본 것 같지만 잘 생각이 나지 않는다. 자기네 개가 아니기 때문에 관심이 없었던 것이다. 사람도 마찬가지다. 자기 가족이거나 자기와 관련된 사람이 아니면 어려운 처지에 놓인 사람을 보아도 그냥 못 본 척 지나치게 된다. 마지막 연 〈주인 잃은 떠돌이개를 보면/ 꾸꾸, 꾸꾸/ 불러봐야겠다.〉에서 시적자아는 자기와 관련이 없는 개의 이름을 불러줄 준비가 되어 있으며, 어려운 처지에 놓인 꾸꾸를 비롯한 개들에게 관심을 갖는다. 즉 소외된 어려운 처지의 사람들에게도 관심을 갖는 마음을 작품을 통하여 은연중에 깨닫게 된다. 이상교 시인은 동화를 함께 쓰고 있어서, 이야기가 있는 생활동시를 쉽고 재미있게 독특한 개성으로 쓰고 있다. 함께 발표한 동시 「배달 아저씨」와 「재활용품 내놓는 날」도 소개한 작품의 이미지와 비슷한 좋은 동시이다.

우리 할머니는/ "세월이 왜 이리 빨리 가노."/ 희진이네 할머니는/ "세월이 왜 이리 안 가노."/ 하나님 새해에는/ 할머니들 가슴 속 시계를/ 바꿔드리면 안 될까요?

　아동문예 1·2월호에 특선으로 실린 이화주의 「가슴 속 시계」 전문이다. 이화주 시인은 1982년 강원일보신춘문예와 아동문학평론으로 등단한 후, 강원아동문학상과 강원문학상 외　많은 상을 수상하였다. 교육계에서는 꽃인 학교장을 역임하였고, 초등교과서에 '혼자 있어봐' 등의 동시가 수록되었다.

　「가슴 속 시계」는 연 구분이 없는 7행의 단시로, 내용상으로는 세월이 빨리 간다고 생각하는 우리 할머니, 세월이 느리게 간다는 희진이 할머니, 그리고 두 할머니의 가슴 속 시계(느낌)를 바꿔드리고 싶다는 시적자아의 마음으로 구성되었다. 같은 시간이지만 사람이 처한 환경에 따라 다르게 느껴지기도 하는, 동시로 형상화하기 어려운 내용을 〈하나님 새해에는/ 할머니들 가슴 속 시계를/ 바꿔드리면 안 될까요〉라는 이미지를 떠올려 작품화한 재치가 정말 놀랍다. 함께 발표한 단시 〈봄날 아침/ 강에서 노는 아기오리들은/ 모두 연금술사야/ 고 작은 발로/ 강물을 헤칠 때마다/ 번쩍번쩍 빛나는 은물을 좀 봐(「봄날 아침」 전문)도 아기오리들이 헤엄칠 때 반짝이는 물을 '은물'로 보는 발견의 재미에 이어, 아기오리를 '연금술사'라고 이름을 지어주는 시심의 눈이 신선하다. 이화주 시인은 중진이면서도 옛날 동시기법을 빨리 탈피하고 새로운 흐름에 맞춰 어린이들을 동시로 불러들이는 동시쓰기에 이바지한, 그리고 성공한 중진이나 원로 중의 한 사람이라 생각된다. 그의 동시는 대체로 짧은 이야기가 있는 대화체의 기법을 통하여 재미가 있고 쉽게 이해가 잘 되어 독자들을 불러들인다. 그러나 우리 동시인들이 좀 더 욕심을 낸다면 이러한 유형의 성공한 단시들이 앞에서 하청호 씨와 노원호 씨의 대담 - 시인의 개성이 드러나지 않는 비슷비

숫한 스타일, 서술적인 표현이나 구어체의 남발, 감각적인 언어나 얕은 즐거움, 표현상 기승전결이 없이 어느 한 부분만 터치한 동시 - 에 귀 기울여야할 부분도 있지 않을까? 동시에서 멀어진 독자를 불러들이고 활성화한 점도 높이 사야겠지만, 많은 동시집으로 발표되어 박수를 받고 있는 요즘 동시들의 이러한 부분을 보완할 수 있다면, 보다 더 한 단계 높은 우리나라 동시의 위상과 발전을 가져오리라 기대한다.

뒷걸음질 하면/ 멀어지겠지// 뒷걸음질 하면/ 네가 점점 작아 보이겠지 // 뒷걸음질 하면/ 나중에 네가 안 보일지도 몰라// 그러나 발자국은/ 여전히 네게로 향해 있지.

남진원은 《아동문예》 3 · 4월호에 동시 「뒷걸음질」과 「나무에게 듣다」 2편을 발표하였는데 , 2편 모두 '마음의 눈으로 생각한 시' 이다. 그러나 동시 「나무에게 듣다」에서는 시어사용에서 '소유와 무소유', '아름다운 환생' 이란 단어가 마음에 걸린다. 독자를 어린이들로 생각한다면 좀 어려운 시어가 아닐까? 남진원 시인은 1977년 아동문예지에 동시가 추천된 이래, 강원일보 신춘문예에 시 당선, 시조문학 시조 당선, 계몽아동문학상, 한국동시문학상 등을 수상하고 동시와 시조와 평론을 쓰면서 학원운영과 대학 강단에서 제자를 기른 유망한 중진시인이다.
'마음의 눈으로 생각한' 참 좋은 동시 남진원의 「뒷걸음질」을 만나 정말 기쁘다. 우리는 누구에게서 멀어질 때, 그에게서 뒷걸음질을 한다. 그러다보면 멀어지고, 작게 보이고, 나중에는 네가 안보일지 모른다. 그러나 발자국은 여전히 네게로 향해 있다. 이러한 발상은 시의 심안을 지녀야 가능하다. '뒷걸음질 하면' 을 1행에서 3행까지 반복하면서 '멀어지겠지' → '네가 점점 작아 보이겠지 → '나중에 네가 안 보일지도 몰라' 로 점층법으로 처리하면서 '그러나 발자국은 / 여전히 네게로 향해 있지.' 에서 화룡점정의 클라이맥스에 이른다. 읽을수록 속 깊은 맛이 우러나는 참 좋은 동시이다.

이번 호《아동문예》부터는 지면을 늘여서 발표된 작품들이 많고 풍작이어서 읽는데 즐거웠다. 박유석의 「잠꾸러기 신호등」, 허호석의 「모르지」, 김복근의 「새 한 마리」, 최신영의 「새와 나무」, 최숙영의 「무화과」, 김옥림의 「웃음새」, 채수아의 「봄이 오는 소리」 등의 작품이 좋았지만 지면 관계로 더 많은 작품을 다루지 못한 점이 아쉽다.

표현, 그리고 여운

— 신현득, 노원호, 권영상, 김미라, 배정순

표현이라는 사전적 의미는 나타냄, 나타내는 일, 나타나는 일, 사상·감정을 표정·몸짓·언어·예술 작품 등에 의하여 나타내는 일을 뜻한다. 문학에서의 표현은 사물이나 사람의 사상이나 감정을 언어(글)로 나타내는 일로 제한 할 수 있다. 시에서의 표현은 직유, 은유, 상징, 역설, 반어, 인유, 풍자(패러디) 등의 표현기법을 생각할 수 있지만, 여기서는 주로 '나타냄'을 살펴보고자한다. 시는 표현되어야 한다. 오늘날 많은 시들이 표현되지 않고, 설명이나 사실의 나열에 그치거나, 반짝하는 재치에 머무르는 것이, 작가들 스스로 시의 격을 낮추는 일이다. 표현, 그리고 작품을 읽고 난 후에 여운이 남는가에 대하여 살펴보고자 한다.

살펴볼 작품은 '시의 표현과 여운에서' 비교적 성공을 거둔 작품, 「빛깔로 하는 말」(신현득), 「누군가를 위하여」(노원호), 「생쥐와 가로등」(권영상), 「서로 때 맞춰」(김미라), 「우리 외숙모」(배정순)이다.

> 익는 대추는 초록 빛깔./ ㅡ 크는 중이다./ ㅡ 익는 중이다./ ㅡ 좀 더 기다려./ 그 말 대신에 초록 빛깔.// 익은 대추는 빨간 빛깔./ ㅡ 다 컸다./ ㅡ 다 익었다./ ㅡ 이젠 따먹어도 돼./ 그 말 대신에 빨간 빛깔// 자두도/ 감도/ 사과도 …….

《아동문예》 2012년 5·6월호에 특선으로 실린 신현득의 「빛깔로 하는 말」 전문이다. 신현득 시인은 경북 의성에서 출생하여 조선일보 신춘문예에 입선(1959년)하여 문단에 나왔다. 세종아동문학상, 한국동시문학상, 윤동주문학상 등 많은 상을 수상하였으며, 한양여자대학과 단국대학에 아동문학론을 강의하였다. 그는 초기에 자연물과 어린이 생활, 차츰 역사와 우주, 그리고 철학과 민족의식을 노래하여, 우리나라 동시 소재의 확장을 위해 힘써왔다. 시의 형식과 시의 빛깔이 독특하며, 우리나라 동시인 중 가장 활발하게 좋은 동시집을 내는 후배들의 귀감이 되는 원로 시인이다.

위의 시는 사물을 의인화한 시로 주체인 과일이 사람 · 날짐승 · 산짐승 · 들짐승과의 대화를 동시라는 그릇을 빌려 표현하였다. 사람만 대화를 하는 것이 아니다. 동식물들도 몇 가지의 소리와 행동과 표정과 빛깔과 냄새 등으로 대화를 나눈다. 대추는 초록 빛깔로 '크는 중이다, 익는 중이다, 좀 더 기다려' 라는 말을 한다. 그리고 또한 대추는 빨간 빛깔로 '다 컸다, 다 익었다, 이젠 따먹어도 돼' 라는 말을 전한다. 자두도, 감도, 사과 같은 과일들도 표현을 한다.

신현득 시인은 시를 담는 그릇이나 시의 빛깔이 독특하다. 남들이 느끼지만 너무 평범하여 시의 소재로 삼지 않는 이야기를 자기 나름의 시 그릇에 담아, 과일인 대추가 사람 · 날짐승 · 산짐승 · 들짐승과의 말없는 표정의 대화를 설정, 좋은 한 편의 시로 표현하였다.

신현득 시인이 이번에 함께 발표한 「괴딴 세 놈」은 시골 밥상에 식사도구로 등장한 나이프, 포크, 스푼을 우리의 밥상 주체인 젓가락과 숟가락이 꾸짖는 '우리 것 사랑' 이라는 무거운 주제에 익살을 버무려서 잘 표현되었다. 2012년 한국동시문학회 회원 우수 작품집 『특별한 맞춤집』의 제목이기도한, 그의 동시 「특별한 맞춤집」은 동화처럼 재미난 이야기가 있고, 상상력과 판타지가 뛰어나다. 감상해 보자. 〈거인에게 맞는 옷은/ 보통 옷가게에서는 팔지 않아./ 그래서,/ 큰 옷만 짓는 맞춤집이 있지.// 그런 맞춤집에선/ 빌딩 지을 때처럼/ 고가사다리를 쓰지.// 거인의 키를 재고/ 허릴 재어야/ 옷을 짓거든.// 거인의 발에 맞는 신도/ 보통 신가게에선/ 팔지 않아./ 특별한 맞춤 구둣방이 있지.// 가죽을 잇고 잇고,/ 몇 사람이 신 속에 들어가/ 신을 만드는 거야.// 값이 적지 않을걸.〉물론 신현득 시인의 시는 독자 가슴에 오래 여운을 남긴다.

　　햇살이 풀잎에 내려앉는다./ 바람도 살래살래 불어온다./ 누군가를 위하여/ 손을 잡아준다는 것은/ 참 아름다운 일// 햇살과 바람도/ 풀잎을 위해/ 작은 마음을 내어놓았다.

　　위의 시는《아동문예》5 · 6월호에 특선으로 실린 노원호의 「누군가를 위하여」 전문이다. 노원호 시인은 1946년 경북 청도에 태어나서, 대구 능인고등학교에서 시조시인 이우출 선생과 대구교육대학에서 이재철 교수를 만나 시 공부를 하게 되었고, 매일신문 입선과 당선(72~74년), 조선일보 당선(75년)된 후 새싹문학상, 대한민국문학상, 세종아동문학상, 이주홍아동문학상, 방정환문학상 등을 수상, 한국동시문학회 제2대 회장을 거쳐, 현재 사단법인 새싹회 이사장을 맡아 일하고 있다.

　　위의 작품 「누군가를 위하여」는 시인의 미시적인 눈으로 풀잎에 이는 바람과 풀잎에 내려앉는 햇살을 바라보고 쓴 작품이다. '누군가를 위해 손을 잡아주는, 작은 마음을 내어놓는'에서〈포근한 껴안음의 시학〉(아동문학평론 2012년 봄호 최명표의 '노원호론' 주제)과 일치한다. 아동문학평론(2012년 봄호) 시인탐구 신작 동시에 발표한 작품 중에 '구석이 편하다'에서는 미시적인 렌즈와 함께 그의 시의 특징의 하나인 외로움이 시로 잘 표현되고 있다.〈나뭇잎 하나가/ 담벼락 구석에 오도카니 앉아 있다./ -중략- / 좀처럼 나오려는 눈치가 아니다./ 남을 위해 햇빛을 내어 준 구석이/ 더 편한가 보다./ 나도 가끔은 그럴 때가 있다〉그가 지금까지 지켜온 '동시도 시이기에 고도로 농축된 문학작품이어야 하며, 이미지형상화와 상투적인 시를 경계하며, 여운을 남겨야하겠다'는 그의 작품관과 '고향과 어머니, 바다, 외로움 등'의 이미지에서 변화의 조짐이 보인다. 그 증거가 이번 아동문예 특집에 함께 발표된 '눈 깜짝할 사이'와 아동문학평론 시인탐구 신작에 발표한 '어쩌면 좋아'와 '귓속말' 등이다. 시가 짧아지고, 대화가 있고, 재미성이 돋보이는 작품들이다. 그의 작품관처럼 그의 시들은 이미지가 돋보이며, 오래도록 여운이 남는다.

> 잠이 안 와/ 생쥐가/ 한밤중 쥐구멍 밖으로/ 빠끔히 머릴 내민다.// −얼른 자지 않구!// 머리 위에서/ 조용히 생쥐를 내려다보는/ 아저씨가 한 분.// 키가 크고 환한 얼굴의 가로등 아저씨다.
> — 권영상, 「생쥐와 가로등」 전문, 동시집 『엄마와 털실뭉치』

위의 시는 2012년 5월에 발간한 권영상의 동시집 『엄마와 털실뭉치』(문학과 지성사)에 실린 작품이다. 권영상 시인은 강릉 초당동에서 태어나, 강원일보신춘문예, 소년중앙문학상, 한국문학 등의 당선으로 시와 동화를 쓰고 있으며, 세종아동문학상, 새싹문학상, MBC 동화대상 등을 받은, 누구나 고개를 끄덕이는 중진 동시인이다. 위의 시는 동화처럼 의인화 된 이야기가 있어 재미성과 의미성과 회화성이 뛰어난 명작이다. 시집 한권 속에 명작이 여러 편 보인다. 〈− 자 방뎅이 좀 들썩해 보렴!/ 호박 엉덩이를/ 찰싹 때리며/ 또아리를 받치신다. 「엉덩이가 아플까 봐」 끝 부분〉, 〈바람 부는 날/ 숲에 가 보면 안다./ 나무들이 온종일 빈둥거린다./ −중략− / 바람 부는 날에는/ 새들도 바람을 타며 하늘 모퉁이를/ 빈둥거리며 논다.// −그렇게 놀아서 나중에 뭐가 되려고!// 아무도 그런 말 안 한다.(「빈둥빈둥빈둥」 일부)〉 담장 위에 걸터앉아 크는 호박에게 할머니가 손자들을 돌보듯 대화를 한다. 역시 이야기가 있고 재미있다. '빈둥빈둥빈둥'은 빈둥이라는 어휘에 빈둥거리는 사물 '나무와 새'를 대입시켜서 요즘 어른들이 노는 아이들(사람들)에게 대조하는 방법으로 형상화 하고 있다. 동시집 여러 편에 '대길'이라는 아들이 아버지와 등장한다.

동시집 『구방아, 목욕가자』에서도 '구방이'가 자주 나온다. 권시인은 일찍이 '아버지'를 소재로 한 좋은 시를 즐겨 썼다. 그는 예쁜 딸이 하나인데, 시집을 낼 때마다 자신의 아들을 하나씩 만들어 대화를 하고 있다. 이번 시집에는 그의 말대로 단출한 시가 많이 실려 있는데, 단시로서 변화에서도 좋은 동시가 여러 편 보인다. 〈꼬끼오오옷- // 먼 옛날, 하느님은 / 알람시계 대신 / 목청 좋은 수탉을 / 발명하셨다. (「새벽을 알리는 수탉」 전문)〉 그는 참신한 상상력과 동화 같은 재미난 이야기와 시로의 형상화가 뛰어나다. 그는 타고난 동시인 이다.

　　때 맞춰/ 빗방울이/ 톡, 톡, 톡, 톡/ 목련 꽃망울을 두드려 주었습니다.// 목련 꽃망울도/ 때맞춰/ 톡, 톡, 톡, 톡/ 뾰족 머리를/ 밀어 올렸습니다.// 하얀 새들이 가득/ 깨어나 앉았습니다.

《아동문예》 5 · 6월호에 특선으로 실린 김미라의 「서로 때 맞춰」 전문이다. 「서로 때 맞춰」는 병아리가 안에서 껍질을 쪼면, 어미닭이 그 소리를 듣고 밖에서 쪼아서 병아리가 세상에 나온다는 '줄탁동시'라는 말의 의미를 목련꽃이 피는 과정에 대입시켜 작품으로 형상화하였다. 목련꽃망울이 병아리이고 빗방울이 어미닭의 역할을 하여 드디어, 〈하얀 새들이 가득/ 깨어나 앉았습니다〉라는 시적 표현으로 목련꽃이 피어나는 과정을 공감각적이미지로 나타낸 회화성과 의미성에서 성공하여, 읽고 나서도 오래도록 가슴에 여운을 남기는 동시이다. 함께 발표한 〈- 잠자리야,/ 거미 조심해라.// - 개미야,/ 개미핥기 조심해./ - 다람쥐야,/ 넌 살쾡이 조심하고.// - 얘들아,/ 절대 따라가지 마!// 사람들만/ 사람을 조심시켜요. (「사람들만」 전문)〉에서는 곤충과 짐승들은 천적을 조심하라고 하는데, 아이들(사람)에게 사람들을 조심하라고 이르는 요즘 세태를 풍자한 작품이다. 강조와 대조법을 사용한 사회현실 풍자가 잘 표현된 작품이라고 할 수 있다.

우리 외숙모는/ 눈으로도 듣고/ 손으로도 말한다// 우리 외숙모는/ 온몸으로 듣고/ 온몸으로 말한다// 나도 외숙모 앞에선/ 입보다 몸으로 말한다// 베트남에서 시집온/ 우리 외숙모

《아동문예》 5 · 6월호에 특선으로 실린 배정순의 「우리 외숙모」 전문이다. 배정순 시인은 2000년 아동문예문학상 당선, 2003년 새벗문학상 수상, 강원아동문학상 등을 수상하였고, 동시집 『연두색 느낌표』와 『들어가도 되겠니?』(2010년)를 내어 독자들에게 좋은 호응을 받은 바 있다.

「우리 외숙모」는 사회현상 중 하나인 다문화가정을 소재로 한 동시이다. 우리말이 서툴러서 눈치로 듣고, 손짓발짓으로, 온몸으로 말하는 베트남에서 시집온 외숙모를 소재로 하였다. 〈나도 외숙모 앞에선/ 입보다 몸으로 말한다〉는 시적자아의 소통하려는 따뜻한 마음이 느껴진다. 의미면에서 성공하고 여운이 남는 작품이다. 이러한 소재의 시에서 좀 더 욕심을 낸다면, 한발 더 나아가 우리말을 잘 할 수 있게 도와주던가, 도와주고 싶다는 것을 사실의 나열이나 설명보다 비유적인 표현으로 작품화하였으면 어떨까?

외국인들은 우리 사회에서 얼굴 모양과 피부, 말이 다르다는 이유로 따돌림과 차별을 받기 쉽다. 다문화가정에서 태어난 아이들도 마찬가지다. 다문화가정을 소재로 한 좋은 동시와 동화작품이 많이 발표되어 따돌림과 차별의 아픔이 우리 사회에서 치유되기를 기대해 본다.

배정순 시인이 함께 발표한 작품들도 시심이 돋보이고 재미성에서

성공을 거두고 있다. 단시인 「제비꽃」에서는 먼 길 날아오느라 수고했다고 땅속에서 피어올린 제비들을 위한 축하의 꽃이라고 표현한 꽃말의 의미 재해석이 빛난다. 〈시끄러운 소리/ - 없어요// 오염물질/ - 없어요// 굴뚝의 연기/ - 없어요// 무슨 공장이죠?/ - 숲속 나무들의 광합성공장(「모범 공장을 찾아라」 전문)〉에서는 '- 없어요'가 반복되고, '무슨 공장이죠?' 까지 끌고 가서야, '- 숲속 나무들의 광합성공장'이라는 답을 내놓는 강조와 점층법이 효과적으로 시의 표현에 기여하였으며, 시의 제목도 신선하다. 다만, 동시는 아이들이 독자이므로 마침표를 찍는데 인색하지 않았으면 좋겠다. 배 시인은 요즘 동시의 흐름을 아는 새로운 감각과, 신인들의 단점을 보완한 의미성과 시심, 시를 읽고 난 후 여운 면에서 대체로 성공을 거두고 있는, 기대가 되는 좋은 신인 중에 한 사람이다.

아동문예 특선으로 발표된 김재용의 「그냥 좋아」, 「두메산촌」, 「헤쳐 모여」에서는 삶의 여유와 어울림의 미학이, 김문기의 「화살처럼」과 「여럿이 사는 집」에서는 재미성과 어울림의 미학이 잘 표현되었는데 이번에 다루지 못하여 아쉽다.

소품주의로 향하는 우리나라 흐름에 대하여

― 하청호, 박덕규, 김종영, 정두리, 신현배

《아동문예》(2012년 7·8)월호 권두언인 '문예사랑'에 〈노벨상을 겨누는 대담한 대작 생산을…〉이란 제목으로 신현득 원로 동시인이 한마디 하였다. 그는 원로인데, 스케일이 크고, 굵직굵직한 주제로 젊은이보다도 좋은 작품을 열심히 쓰고, 당당하고, 우리나라 아동문학가들의 동시와 동화가 나아갈 길을 이따금 제시해 주어 감사하다. "출판사가 판매을 위해 어린이들에게 읽히는 시를 원한다. 그러다가 시가 가벼워지고, 아주 짧아지고, 아주 짧아지다가 두어마디 단행이 된 것도 있게 됐다. 어린이 독자가 가볍게 읽도록 하기 위한 방편이다. 그러나 방편은 방편일 뿐, 짧은 시에 한 마디 웃음은 담을 수 있을지 몰라도 시인의 메시지는 담기지 않는다. 시가 너무 짧다보면 시가 아닌 표어로 전락한다."고 걱정을 하였다. 필자도 공감한다. 그렇지만, 출판사와 작가와 어린이 독자가 얽힌 일이라 그 해결이 쉽지만은 않는 것 같다. 이번에는 '소품주의로 향하는 우리나라 동시 흐름에 대하여' 생각해 보고자한다.

살펴볼 작품은 「햇빛의 마음」(하청호), 「문자메시지」(박덕규), 「솔방울」(김종영), 「풀」(정두리), 「낮잠」(신현배)이다.

여름날이다/ 햇빛이 신나게 달리다가/ 커다란 느티나무 앞에서/ 딱 멈췄다// 빛이 멈춘자리// 넓은 그늘에는/ 아기가 곤히 자고 있었다

《아동문예》 2012년 7·8월호에 특선으로 실린 하청호의 「햇빛의 마음」 전문이다. 하청호 시인은 경북 영천 신령에서 출생하여, 1972년 매일신문신춘문예 당선, 1973년에 동아일보신춘문예 당선과 《소년》지 추천완료를 한 해에 하여 화려하게 문단에 나왔다. 세종아동문학상 등 많은 문학상을 수상하였으며, 현재 팔공산 북쪽 끝자락에서 자연과 더불어 창작활동을 활발히 하고 있다. 그는 최근에 낯익은 것은 낯설게, 낯선 것은 낯익게, 부드러우면서도 예리한 시안으로 사물을 재해석하며 미시적이고 동심적인 시선으로 쓴 동시집 『바늘귀는 귀가 참 밝다』를 펴냈다.

위의 시는 햇빛을 의인화하여 햇빛과 아기와의 관계 설정, 좀 더 넓게 살펴보면 느티나무와의 관계도 보인다. 우리는 살아가면서 서로 관계를 맺고 살아간다. 가족도 그 관계 중의 하나이다. 서로 좋은 관계를 가졌을 때 불빛처럼 따뜻하고 아름답기도 하다. 시 속에서 보이지 않지만 그 곁에는 손자 혹은 손녀를 그늘에 눕혀놓고 부채질을 해주는 하청호 시인이 보이는 듯하다. 아니면 아기를 나무그늘에 눕혀놓고 텃밭에서 일을 하는 어머니 모습이 보이기도 한다. 사실로 말하면, 뜨거운 햇살을 느티나무가 막아서 시원한 그늘을 만들어준 것이다. 그렇게 표현하면 새롭지 않고 시를 읽는 맛이 없다. 시인은 가진술로 진실을 말하는 연금술사인 샘이다. 글이 짧아 소품으로 보이지만, 사물과 아기의 관계설정이 잘된 배려하는 따뜻한 마음이 시로 잘 형상화된 짧지만 그 내용이 결코 짧지 않는 작품이다.

하청호 시인이 이번에 함께 발표한 「햇귀의 귀」는 아침에 해가 솟을 때의 빛이라는 뜻의 '햇귀'라는 소재로 쓴 호흡이 긴 작품이다. 새해 아침 동해 바닷가에서 가족이 해맞이 하 는 광경을 시로 형상화한 월척이다. 시를 낚는 그의 낚시 솜씨가 역시 스케일이 큰 곳에서 잘 어울린다. 시의 끝부분을 감상해 보자. 〈드디어 푸른 물살을 헤치고 / 귤빛 햇귀가 열린다/ 사람들은 저마다의 소원을 빈다/ 햇귀가 점점 커진다

// 모든 사람들의 소원을 듣기 위해/ 새해 햇귀의 귀는/ 참으로 크다.〉

　　휴대폰 속을/ 날아다니는// 자음과 모음의/ 나비떼들

　위의 시는《아동문예》7 · 8월호에 특선으로 실린 박덕규의 「문자메시지」전문이다. 서로 휴대폰을 통하여 주고받는 문자를 자음과 모음의 나비 떼로 보았다. 남이 표현하지 않은 새로운 비유(은유)가 좋다. 그러나 시가 너무 짧고 가벼워 시인의 메시지를 담기 어렵다. 무슨 이야기를 꺼내다가 중단한 느낌이 드는 소품이다. 김동명의 시 「내 마음은」 1연을 인용하면 '내 마음은 호수요,' (은유법)로 시작하여 '그대 저어 오오./ 나는 그대의 흰 그림자를 안고,/ 옥같이 그대의 뱃전에 부서지리라.' 로 시상이 전개된다. 이 시와 비유하면 '내 마음은 호수요,' (은유법)로 시작하여 마친 것과 유사하다. 위의 시를 필자가 참고로 고쳐보았다. 〈휴대폰 속을/ 날아다니는// 자음과 모음의/ 나비떼들(기존) + 흰 나비 되어/ 노랑나비 되어/ 호랑나비 되어// 꽃향기 좋은/ 너에게로 날아간다.(보완)〉를 참고로 다시 퇴고하면 더 좋은 작품으로 변신할 수 있겠다. 이번호 아동문예에 발표된 작품들은 비교적 메시지가 담긴 시였으나, 작품 '초가을', '그곳에 가면' 은 시가 너무 짧고 가벼워서 작품의 일부를 보다가 만 듯한 느낌이 든다. 머리에 처음 떠오르는 한 줄의 이미지 씨앗을 좀 더 가꾸어서 꽃으로 피운다면 더 좋은 작품으로 탄생하리라.

　박덕규 시인이 함께 발표한 「아침마다」와 「외할머니」는 시의 의미성이나 참신성 면에서 성공한 작품이라고 할 수 있겠다. 〈세상에서 제일 먼저 일어난/ 해님은 누가 깨워줄까〉 (「아침마다」 끝연), 〈"나는 괜찮다"며/ 빈 까치집 지키는/ 겨울나무처럼 산다.〉(「외할머니」 끝연)이 돋보인다.

솔방울에는/ 아기 솔씨들이 오글오글// 쫑쫑 쪼롱조롱 산새도,/ 초록 파도 소리도,/ 덩그런 솔산 하나도,/ 꿈으로 숨어 있다.// 바람만 불어도/ 엄마 품인 흙으로/ 대굴대굴 머리를 들이민다.

《아동문예》 7·8월호에 특선으로 실린 김종영의 「솔방울」 전문이다. 김종영 시인은 1973년 조선일보신춘문예 당선으로 문단에 나왔으며, 한정동문학상, 강원문학상, 대한민국동요대상 등 전국창작동요 대회(작사)에서 수많은 작품이 입선되었다. 교육계에서는 꽃인 학교장을 역임하였고, 초등교과서에 「싸움한 날」 등의 작품이 수록되었다.

그의 시는 동요를 제외하고는 대체로 호흡이 길고 작품들이 독자에게 메시지 전달이 잘 된다. 그래서 함께 발표한 4편 중 가장 호흡이 짧은 작품을 택했다. 「솔방울」은 3연 12행의 비교적 짧은 동시이지만 작품 내용은 소품으로 떨어지지 않았다. 솔방울의 솔씨 속에는 산새, 파도소리, 덩그런 솔산이, 꿈으로 숨어 있다. 바람이 불면 엄마 품 흙으로 들어온다는 내용의 메시지가 담겨 있다. '오글오글, 쫑쫑 쪼롱조롱, 대굴대굴' 같은 의성어나 의태어가 적절히 배치되어 시의 회화성과 재미를 더하고 있다.

함께 발표한 「친구들 웃음」은 교실 구석에 혼자 앉아 있는 아이를 선생님이 창가로 데리고 간다. 그리고 친구들과 어울리도록 한다. 끝의 2연 〈야, 경수야!/ 너도 들어와. 정말 신나./ 우리는 함께 뛰어 놀았다.// 친구들 웃음이/ 햇살보다 따뜻했다.〉에서는 친구들과 어울려 놀지 못하고 교실 구석에 혼자 있는 아이에게 친구들과 어울려 놀도록 해결해주는 따뜻한 마음의 메시지가 담겨 있다. 한국동시문학회 작품집 9호에 실린 김종영의 동시 「친구들 웃음」은 엄마의 하루 걱정의 무게, 하루 땀방울의 무게를 체중계로 잴 수 있을까 하고 반문한다. 작지만 결코 작지 않은 엄마의 노고를 주제로 한 메시지가 확실히 담긴 좋은 시다. 감상해 보자. 〈우리 집 살림 걱정/ 우리 공부 걱정/ 아빠 건강

걱정/ 자나깨나 근심 걱정// 우리 엄마 하루 걱정 무게는/ 얼마나 될까?// 집안 청소/ 빨래하기/ 식사 준비/ 눈코 뜰 새 없이 바쁜 하루// 우리 엄마 하루 땀방울 무게는/ 얼마나 될까?// 우리 엄마 하루 무게를/ 체중계로 잴 수 있을까?〉

밭에서 김매던 할머니/ 호미 던지고/ 혼자말 한다/ "에구, 무섭게 자라네."// 누구도 기운 내라고/ 물 한 모금 뿌려주거나/ 응원해 주지 않았다/ 그냥 업신여기며/ 이름도 없이/ 풀, 풀 불렀다는데~// 풀은 자기가/ 힘이 센 줄도 모르고/ 무서운 줄도 모르고 산다

위의 시는 정두리 시인이 이번 호《아동문예》에 발표한 「풀」 전문이다. 정두리 시인은 경남 마산에서 출생하여, 한국문학 신인상에 시가, 동아일보 신춘문예에 동시가 각각 당선되어 등단하였으며, 방정환문학상, 가톨릭문학상, 세종아동문학상 등을 수상했다. 초등학교 〈국어〉 교과서에 「은방울꽃」, 「우리는 닮은 꼴」 등 현재 초등교과서에 동시가 가장 많이 실린 사람 중의 한 명이다.

주제는 풀의 끈질기고 강인한 삶이다. 풀은 참말 생명력이 강하다. 길가에 자라는 풀은 사람들의 발길에 밟혀도 계속 자란다. 밭에 나는 풀들도 여러 종류의 풀들이 끊임없이 올라온다. 사람들이 밭 매고 비료와 약을 쳐서 키우는 곡식들은 풀처럼 그렇게 강하지 못하고 각종 병에도 잘 걸린다. 그런데 풀들은 자기가 힘이 센지도 무서운지도 모르고 산다. 할머니는 풀의 강인함에 그만 호미를 던지고 만다. 곡식처럼 보호나 사랑을 받지 못하는 풀은 민중에 자주 비유된다. 좀 더 확대하여 시를 감상한다면, 요 근래에 아랍권에서 일어난 민중들의 분노로 독재 정권이 무너지고 민주화가 이루어진 일들을 떠올리게 한다.

함께 발표한 「바람의 냄새」는 엄마가 빨래하여 햇살에 말리고, 개킨 옷들이, 이제 빨래에서 '반듯한 옷'이 된다. '반듯한 옷'은 반듯한 자

세나 반듯한 사람을 상징한다. 〈옷을 안고/ 흠흠, 코를 대어보면/ 알겠다/ 바람이 스쳐간 흔적이/ 냄새로 남는 걸〉는 마지막 연(4연)이다. 바람의 냄새가 있을까? 꽃밭을 지나온 바람은 꽃냄새, 바다를 지나온 바람은 짭조름한 바다냄새가 나겠지. 이번에 발표한 정두리 시인의 동시는 소품주의 경향에 우려하지 않아도 좋은 동시들이다. 그가 근래에 발간한 동시『마중물 마중불』은 아마도 어린이 독자가 가볍게 읽히기 위한 출판사 요구로 소품 위주로 작품을 골라 실었다는 생각이 든다. 그래도 작품이 짧지만 결코 짧지 않고, 재미와 더불어 의미성이 담긴 동시들로, 신인들은 그의 짧은 동시를 통하여 소품 위주로 떨어지지 않는 비법을 연구해 볼 수도 있겠다.

> 동네 버스 정류장 앞/ 복권 파는 할아버지// 우주선 캡슐 같은/ 박스에 들어앉아// 이제 막 시동을 건다/ 지구 밖 꿈나라로
> — 신현배, 「낮잠」 전문, 『햇빛 잘잘 실눈 살짝』

위의 시는 2012년 5월에 발간한 쪽배 8호『햇빛 잘잘 실눈 살짝』(가꿈)에 실린 작품 신현배의 작품이다. 신현배 시인은 서울에서 태어나, 1982년《소년》지에 동시 추천 완료, 조선일보신춘문예 동시당선, 경향신문신춘문예에 시조당선, 우리나라좋은동시문학상, 금년에 소천아동문학상을 수상, 우리나라 동시조 부문에서는 누구나 고개를 끄덕이는 중진 동시인이다. 위의 시는 복권 파는 할아버지의 '낮잠'을 소재로(1연), 할아버지가 복권을 파는 조그마한 가게를 '우주선 캡슐'에 비유(2연), '지구 밖 꿈나라로 가는 시동을 건다'. (3연)는 내용으로 참신한 비유와 상상력이 뛰어난 동시조이다. 또한 어른들이 읽으면 복권당선을 꿈꾸는 꿈나라로의 중의적인 확대해석이 가능하겠다. 김용희는 〈내가 본 신현배〉(신현배 인물 및 작품론)에서 '불곰 같은 뚝심과 우직한 책임감, 가진술의 기법에 의한 개성적 새로움, 능청대는 역발상의 매력, 느긋

한 그냥 자유인' 이라고 했다. 필자도 쪽배 8호에 실린 그의 작품 특집을 읽으며 고개를 끄덕인다.

쪽배 8호 『햇빛 잘잘 실눈 살짝』에 김용희의 작품이 특집으로 실렸다. 신현배의 말처럼 김용희는 '시를 경작하는 평론가'에서 '평론도 쓰는 시인'으로의 변신으로의 성공에 고개를 끄덕이며, 박수를 보낸다. 출범 20주년 기념특별 초대석에 59인의 신작동시 127편이 실려서 우리나라 동시조 큰 잔치마당을 열었다. 평론가 최지훈은 쪽배 출범당시를 회고하는 글에서 "쪽배를 제쳐놓고 현대 한국 동시조 문학을 말할 수 없게 되었다. 동시조 문학의 메카요, 성지요, 성전이요, 사전이요, 바이블이다."라고 하였다. 송라 박경용을 비롯한 진복희, 신현배, 김용희, 송재진, 김종현, 박방희, 조두현, 김효안, 그 외 쪽배에 승선하였다가 하선을 한 사람들까지 그동안 노고에 감사의 박수를 보내며, 영원하기를 바란다. 필자는 서두에서 제기한 우리나라의 동시가 짧아지고, 가벼워지며 소품주의로 향하는 흐름을 쪽배를 중심으로 한 동시조인들이 그 흐름을 올바른 방향으로 바꿔놓을 수 있는 대안의 하나임을 말해두고 싶다. 지면 관계로 김동억, 송상홍, 김연래, 이준섭 씨의 작품을 다루지 못하여 아쉽다.

위대한 사랑

— 황베드로, 정은미, 정용원, 이창건, 이봉직, 전병호

예술의 종착점이 아름다움(미)이라면, 인간의 마음의 종착점은 어디일까? 아마도 사랑(애)이 아닐까? 그래서 사랑은 위대하다. 사람은 물론이고 동물들도 사랑하고, 미물들이나 식물들도 방법은 서로 다르지만 사랑을 한다. 사랑이라는 사전적 의미는 중히 여기어 정성과 힘을 다하는 마음, 이성에 끌리어 몹시 그리워하는 마음, 또는 그런 관계, 일정한 사물을 즐기거나 좋아하는 마음, 신에 대하여 구원 행복 등의 실현을 지향하는 정념 등으로 설명된다. 오늘날 종교적으로, 개인과 집단의 이기적 사랑으로 다른 사람이나 집단이 불행해지는 경우를 종종 본다. 여기서는 이 시기에 발표된 작품을 통하여 사람들과 사물, 나라 사랑에 대하여 살펴보고자한다.

살펴볼 작품은 '사랑' 이란 주제로 작품을 형상화하여 비교적 성공을 거둔 작품, 「샛별」(황베드로), 「상민 오빠」(정은미), 「은행알」(정용원), 「사과」(이창건), 「할머니 영정 사진」(이봉직), 「아, 명랑대첩」(전병호)이다.

날 새는 새벽/ 눈 커진 샛별// 먼동 트기 전/ 제 자리 찾으라고// 은하수 강가에/ 등대처럼 불 켜// 작은 별 챙기는/ 엄마 별 샛별.

《아동문예》 2012년 9·10월호에 특선으로 실린 황베드로의 「샛별」 전문이다. 황베드로수녀는 강원 원주 출신으로 제12 동시집 『노을 보자기』를 펴냈으며, 현재 경북 상주시 사벌면 사벌퇴강 천주교에 거주

하고 있다. 그 동안 새싹문학상, 소천아동문학상, 대한민국 동요대상, 대한민국문학상 등을 수상하였고, 동시모음집『새싹마을』, 동요모음집『새싹 노래동산』이 있다.

「샛별」은 별을 의인화한 '생각 뒤집기' 발상이 돋보이는 작품이다. '샛별'은 태양에 가까이 위치하여 해질녘과 해 뜰 때 반짝이는 금성으로 알고 있다. 아침이 밝아오면 사물들이 눈을 뜨고 행동을 시작하지만, 별들은 하늘에 남아 있어서는 안 된다. 그래서 샛별은 날 새는 새벽에 눈을 크게 뜨고, 하늘 은하수 강가에 등대처럼 불을 켜고, 미처 피하지 못한 작은 별들을 엄마처럼 챙기고 있다. 엄마가 저녁이면 마을 골목이나 놀이터에서 놀고 있는 아이들을 집으로 불러들이는 모습으로 대체되는 장면이다. 이 시의 주제는 사랑 또는 배려라 할 수 있겠다. 그리고 5(3·2)·5(3·2)조 또는7(3·4, 3·3)·5(3·2)조의 리듬이 좋고 군더더기 하나 없는 간결한 동요 형식에 가까운 동시이다.

함께 발표한 글들이 모두 하늘과 관련된 작품으로 연작시라 할 수 있다. 〈밝은 빛/ 다 쏟아 놓고// 하얗게 비운// 달 그릇.(「낮달」 전문)〉은 16자 짧은 시이지만 비움의 미학이 담긴 작품이다. 그리고 함께 발표한 작품 〈하늘 길/ 끝없어 보여도// 해님 달님/ 다니는 걸 보니// 하루 낮 하룻밤/ 그만한 거리네.(「하늘 길」 전문)는 하늘 길에 대한 발견의 재미를 독자에게 전하는 역시 간결하고 리듬이 흐르는 작품이다. 그의 시는 짧지만, '소품주의로 향하는 우리나라 동시 흐름'에 그 대안을 제시하는 시 쓰기에 하나로 본보기가 될 수 있겠다. 그의 시가 어린이들에게 좀 더 친근해지려면 기존의 스타일에 그리스의 철학자 루크레티우스의 당의설(쓴 쑥물을 싫어하는 아이에게 그릇 둘레에 꿀물을 발라 먹여 병이 낫고 건강을 회복한다는 이야기)에 좀 더 귀 기울여 배려했으면 하는 생각이 든다.

혼자 앉지도 못하고/ 혼자 밥도 못 먹는,// 늘 기저귀를 차고/ 누워만 지내는/ 12살 상민 오빠,// 오빠를 업고/ 창 밖 푸른 나무와 꽃을 보여 준다 // "으흐흐… 으흐흐…"/ 좋아서 몸을 비틀고/ 침까지 흘리며 웃는,// 아기처럼 가벼운/ 상민 오빠,// 마음의 무게가 빠져서일까?/ 오빠가/ 참, 가볍다.

위의 시는 《아동문예》 9 · 10월호에 특선으로 실린 정은미의 「상민 오빠」 전문이다. 정은미는 1962년 서울 출생으로, 한국아동문학연구 문학상과 아동문예문학상, 한국청소년문화상 등에 당선되었으며, 필자가 《오늘의 동시문학》(2007년 가을호)에 신예작가 편 〈이 작가를 주목한다〉에 특집으로 발표된 8편에 대한 나름대로의 평을 써준 적이 있다. 그 때의 주제가 '자연과 문명과 상상력을 동원한 의미 찾기' 였다. 작은 소주제는 자연 속에서의 의미 찾기, 문명과 상상력을 동원한 의미 찾기였으며, 그는 문명이나 자연을 소재로 하여 물음표와 상상력을 동원하여 꾸준히 시를 쓰고 있다는 얘기로 끝을 맺었다. 그 후 5년이 지난 오늘 그의 시는 어떻게 달라지고 있을까?

위의 작품 '장애복지원에서' 라는 부제가 붙은 「상민 오빠」는 장애인 상민 오빠를 소재로 하여, 일반인들처럼 욕심이 없고 순수하여 욕심의 무게가 빠져서 업어주는 몸이 가볍다는 내용의 시이다. 실제 몸 무게와 욕심과는 관련이 없다. 그러나 시적자아는 몸이 가벼운 까닭을 욕심이 없기에 몸이 가볍다며 형이상학적이고 미학적 측면에서 작품화 하였다.

함께 발표한 「세탁소 집 할머니」도 아드님의 차를 반짝반짝 닦아주는 할머니의 행위를 통하여 자식 사랑을 작품화하였다. 현재 그의 시는 예전에 생활과 문명을 주로 다루던 것에서, 생활이나 '바둥바둥' 같은 낱말을 소재로 하여 시로 형상화 하는 등 그 소재가 더 확장이 되고, 대화체나 의성어 의태어의 쓰임을 줄이고, 의미성과 재미성에 바탕을 둔 시 쓰기를 시도하여 그 작품들이 점차 발전하고 있다.

사과가/ 향기롭다//

참/ 누군가/ 많이/ 힘들었겠다

역시 《아동문예》 9 · 10월호에 특선으로 실린 이창건의 「사과」 전문이다. 이창건 시인은 강원도 철원에서 출생하여 1982년 아동문예신인상에 당선되어 등단 이후 한국아동문학상, 대한민국군학상 등을 수상하였으며, 좋은 작품을 쓰고 있는 중진 동시인이다.

「사과」는 2연 6행 18자로 이루어진 단시이다. 〈누군가 참말 힘들여서 사과가 향기롭다.〉는 산문의 글을 시로 형상화하였다. 2연의 누군가는 농부 외에도 하느님, 햇살, 땅, 물, 비와 바람, 거름 그리고 벌과 나비 등 사과 한 알이 향기로운 열매가 되기까지 수고한 모두가 해당된다. 이렇게 사과 한 알이 향기롭기까지는 보이지 않은 많은 것들의 도움이 필요함을 시인은 작품을 통하여 독자에게 전달한다. 사과 뿐만 아니다. 과일도 꽃도 나무도 사람도 운동도 공부도 보이는 것과 보이지 않은 주위의 많은 것들의 도움이 필요함을 이 글을 통한 확대해석이 가능하다. 이러한 것들의 많은 이야기를 시 속에 함축 또는 생략하고 28자의 단시로 간결하게 표현하였다.

함께 발표한 시들도 비슷한 단시들이다. 이번에 발표한 작품들은 예전의 이창건 시인 본래의 스타일을 일탈한 간결한 작품들을 선 보였다. 봄의 참신한 이미지가 돋보이는 〈민들레가 핀/ 봄 논두렁// 새 신발이/ 폴짝/ 도랑을 뛰어 건넌다.(「개구리」 전문)〉 등 발표한 시들이 시적인 형상화에서는 성공하였지만, 필자가 보기에는 동심의 여과와 재미성에 좀 더 배려가 필요하다는 생각이 드는 것은 왜일까? 이 시인은 착실한 종교인으로 일상에서 소외된 '풀'과 '구석' 등을 소재로 한 훌륭한 작품들이 많은데, 그 중에 한 편을 독자를 위하여 소개한다. 〈나는 구석이 좋다/ 햇살이 때때로 들지 않아/ 자주 그늘지는 곳/ 그래서 겨울에 내린 눈이/ 쉽게 녹지 않은 곳/ 가을에는 떨어진 나뭇잎들이/

구르다가 찾아드는 곳/ 구겨진 휴지들이 모여 드는 곳/ 어쩌면 그 자리는/ 하느님이 만든 것인지도 모르지./ 그 곳이 없으면/ 나뭇잎들이 굴러다님이/ 언제 멈출 수 있을까/ 휴지들의 구겨진 꿈을/ 누가 거두어 주나/ 우리들 사랑도 마음 한 구석에서/ 싹트는 것이니까.〉보잘 것 없는 나뭇잎이나 휴지까지도 따뜻한 마음의 눈, 사랑의 눈으로 시인은 바라본다. 다시 적어보며 며 읽어도 정말 좋다, 참 좋다.

> 봄 햇살 따스한 날/ 엄마 아빠 나무의 사랑 열매/ 은행알 아기가 조롱조롱 열렸다.// 은행알 토실토실 여물게/ 매미와 새들이 여름내 노래 불렀다.// 엄마는 비바람에 꼬옥 붙잡아주고/ 뙤약볕에 초록부채 부쳐주었다.// 어느 늦가을 바람 부는 날,/ "얘들아, 이제 떠날 때가 되었구나!"/ 알알이 익은 은행알 후두두둑 떨어뜨린다.// 엄마 곁을 떠나 데굴데굴 굴러가는데,/ "얼마나 추울까?"/ 은행나무는 노란 단풍이불 덮어주었다.

계절에 맞는 동시 은행알, 들꽃, 가을하늘, 단풍잎 4편의 가을을 소재로 한 작품을 발표하였다. 정용원 시인은 언제보아도 웃는 얼굴의 미남스타일이다. 그는 최근에 『넌 어느 별나라에서 왔니?』(아동문예) 등 8권의 동시집을 발간하고, 한정동아동문학상, 현대아동문학상 등을 수상하며 활발히 활동하고 있는 원로 동시인이다. 그는 경북 안동에서 태어나 교육계에서 교장과 장학관을 지냈고, 울산대에서 아동문학을 강의하였다.

「은행알」은 의인화된 이야기의 줄거리가 있는 중진이나 원로들이 즐겨 쓰는 스타일로, 엄마 아빠의 사랑의 열매 은행알이 열린 봄부터 매미와 새들이 노래를 불러주고 엄마가 초록부채를 부쳐주는 여름, 늦가을 바람 부는 날 은행나무는 은행알을 엄마 곁에서 떠나보낸다. 그러면서 추울까봐 노란 단풍이불을 덮어주는 사랑의 마음이 느껴지는 따뜻한 시이다. 사람들도 자식들을 부모 곁에서 떠나보내면서 이것저

것 챙겨준다. 명절 때 시골에 사는 부모님들께 왔다가 가는 자식들의 보따리를 보면 안다. 『넌 어느 별나라에서 왔니?』의 작품 중에 자식 사랑이 담긴 재미난 시 한 편을 소개한다. 〈갈대숲 샛강에 엄마 논병아리 / 아기 병아리 데리고 봄나들이 간다.// 독수리 한 마리 하늘에 비잉 빙/ "애들아, 얼른 숲 속으로…."// 엄마 고함 소리에/ 재빠르게 숨는 병아리들// 엄마도 병아리이면서/ 아기 병아리 걱정한다. (「논병아리 엄마」 전문)〉

> 죽으면 사용할 거라는/ 영정 사진을 찍는다며/ 할머니 화장을 한다// 거울 앞에서/ 웃음도 연습한다// 장롱 위에/ 수의도 준비해 두었으니/ 이제 죽을 준비가 다 됐단다// 옆에서 / 아빠 엄마는 울상을 짓는데/ 할머니는 즐거운 얼굴이다
> — 이봉직, 「할머니 영정사진」 전문, 《새싹문학》 2012년 가을치

위의 시는 2012년 가을치 《새싹문학》 '우리가 주목하는 이 시대의 동시인'에 실린 이봉직의 작품이다. 이봉직은 1965년 충남 보은에서 출생하여, 대전일보와 매일신문과 동아일보 신춘문예에 동시가 당선 되었다. 그동안 눈높이아동문학상, 박경종아동문학상 등을 수상하였 다. 「할머니 영정사진」은 '죽음'이라는 현상을 놓고 아이러니 기법을 통하여 그 의미를 생각해보는 어린이 독자에게는 조금 무거운 주제이 다. 어떻게 보면 인생의 끝인 죽음은 인생의 완성이나 새로운 삶의 시 작일 수도 있다. 할머니는 완성 쪽에서 생각하며 즐거워하고, 반대로 인생의 끝이라 생각하는 쪽에서 아버지와 며느리는 울상을 짓는다. 아 이러니 한 일이 아닌가? 한 가지 현상을 놓고 그 대상에 따라 다르게 느낄 수 있음을 작가는 독자에게 생각해 보게 한다. 나이가 든 할아버 지 할머니들은 죽음 준비(수의, 영정사진, 관, 산소 자리)가 잘 되어 있으면 행복해 한다. 그래서 영정 사진을 찍으면서 예쁜 모습을 남기려고 화

장도 하고 웃음 연습을 한다. 어찌 보면 잘 사는 것도 인생의 완성인 잘 죽기 위한 과정이 아닐까? '죽음'이라는 단어 앞에서 초연해하는 우리네 할머니가 존경스럽고 부럽지 않은가?

이 시의 주제는 죽음 앞에서 초연한 삶과 부모에 대한 사랑이라고 말 할 수 있다. 함께 발표한 〈제 등딱지 뒤집어/ 밥그릇이 되어 주는 꽃게// 자기를 송두리째 비우는 사람// 아직/ 본 적 없습니다 (「꽃게」 전문)〉는 사랑 혹은 비움의 미학을 형상화한 간결한 단시이다. 「남자가 더 예쁘다」는 2연 12행의 동시인데, 1연에서는 공작새, 원앙, 칠면조, 앵무새, 청둥오리를 나열하며 수컷이 더 예쁘고 눈부시다고 하였다. 2 연에서 〈여자들에게/ 잘 보이고 싶은 그 마음/ 나도 알겠다〉로 작품을 마무리 하였다. 2연에서 시적자아의 동심을 통해 시로서의 면모를 갖춘 것이다. 그렇지만 1연에서 사실의 나열로 인한 시적 긴장감 이완이나 시적 표현을 생각하였다면 좀 더 좋은 작품이 탄생하지 않았을까? 하는 욕심을 내 본다.

이봉직 하면 떠오르는 작품은 「웃는 기와」이다. 현재 초등학교 교과서에 수록되어 있으며, 천년 웃음의 의미와 역사적 상상력에 젖어든다. 이 작품을 쓰기 위하여 시인은 먼 경주로 몇 번이나 찾아가 시상을 떠올렸다고 한다. 투철한 작가 정신을 본받아도 좋으리라. 〈옛 신라 사람들은/ 웃는 기와로 집을 짓고/ 웃는 집에서 살았나 봅니다.// 기와 하나가/ 처마 밑으로 떨어져/ 얼굴 한쪽이/ 금가고 깨졌지만/ 웃음은 깨지지 않고// 나뭇잎 뒤에 숨은/ 초승달처럼 웃고 있습니다.// 나도 누군가에게/ 한 번 웃어 주면/ 천년을 가는/ 그런 웃음을 남기고 싶어/ 웃는 기와 흉내를 내 봅니다.〉

– 사또가 다시 오셨으니/ 우리는 이제야 살았습니다.// 장군을 보자/ 백성들이 떠밀리듯 몰려와/ 소리를 내어 울었다.// 충청·경상·전라를 빼앗으라는// 도요토미 히데요시의 명을 받고/ 정유년에 다시/ 바다 건너

온/ 14만 외적에게 쫓겨// 집 잃은 백성들이/ 굶주리고 지친 몸 끌고/ 몇 날 며칠 밤을/ 길 위에서 헤맬 때// -장군께서 다시 오셨다!// 산도 잠시 울먹이며/ 고개 숙였다.

(시의 첫 부분 「1-백성들이 몰려와 울며」 전문)

일제히 나아가라/ 쇠나팔을 길게 불어라.// 왜장의 목을 돛대에 높이 매 달고/ 북을 치고 함성을 지르며/ 힘차게 나아가라.// 천자총통을 쏘아라 / 지자총통을 쏘아라/ 현자총통을 쏘아라/ 황자총통을 쏘아라.// 장군전 을 쏘아라/ 조란탄을 쏘아라.// 명량 바다는 순식간에/ 왜적 무덤이 되었 구나.// 왜적의 비명은/ 파도에 묻히고/ 조선 수군의 함성은 / 바다를 뒤 흔든다.// 조선 백성 모두/ 달려 나와 만세 부르며/ 기뻐 서로/ 부둥켜안 는구나!// -만세, 만세!/ 조선군이 이겼다!/ 장군이 이겼다! (시의 마지 막에서 셋째 부분 「34-일제히 나아가라」 전문)

— 전병호, 「일제히 나가라」 전문, 동시집 『아, 명량대첩』

전병호의 서사 동시집 『아, 명량대첩』(아평)에 실린 작품 일부이다. 전병호 시인은 1953년 충북 청주에서 태어나 1981년 소년중앙문학상, 동아일보 신춘문예에 동시 당선, 1990년《심상》에 시가 당선되어 작품 활동을 시작했으며, 세종아동문학상, 방정환문학상등을 수상하였으 며, 현재 안성 보개초등학교 교장으로 재직 중이다.

위의 작품은 계간지《오늘의 동시문학》2010년 여름 호부터 2회에 걸쳐 특별기고 연작동시로 게재했던 것을 금년에 책 한 권으로 묶어 펴낸 시집이다. 이미 이순신을 소재로 하여 쓴 서사 동시는 1985년 박 성만의 서사동시집 『지금 싸움이 한창 급하니』(아동문예)가 있다. 성인 용으로 이순신의 생애를 쓴 서사시로는 김용호의 『남해찬가』, 김성영 의『백의 종군』이 있다. 그러나 전병호 시인은 여러 번 현장을 찾아가 는 발품을 팔아, 이순신의 생애 중에 억울한 누명으로 백의종군과 배 들이 다 부셔지고 없는 가장 어려운 처지에 처한 상황에서, 치밀한 전략을 세워 눈물로 대승리를 거둔 명량해전을 부각시켜 시로 형상화하였다. 역사적 사실을 토대로 하여, 역사적 상상력과 독창성이 돋보이며, 서사시가 자칫 지루하기 시운 서술의 평면성과 문학성의 취약점을 잘 극복한 작품집으로 보인다. 요즘에 들어 정치인이나 국민들이나 어린이들이 '나라 사랑' 정신이 부족한데, 위인전기집과 달리 리듬과 문학성이 담긴 『아, 명량대첩』이 큰 몫을 해주었으면 좋겠다. 아아, 백성과 나라를 위한 '위대한 사랑' 그 혼의 정수여!

《아동문예》특선으로 발표된 이상현, 손광세 시인의 동시와, 김에순 시인의 「하나」와 《오늘의 동시문학》에 발표된 주제 '사랑' 과 관련된 전병호의 「햇빛내림」과 문성란의 「안 찔러」를 다루지 못한 점이 아쉽다. 그리고 또 아쉬운 것이 또 하나 있다.

제**5**부
월간문학 동시
월평 선정동시

시를 읽는 즐거움과 존재의 집짓기

— 한명순, 백종희, 강성남, 이성관, 허대영

시를 읽는 행위는 즐거움인가, 고역인가? 학생들이 시험을 대비하여 억지로 시를 읽어야 할 때는 몰라도 시 읽기는 즐거움이 되어야 한다. 시 읽기도 취미 생활의 하나라고 생각한다. 그리고 시낭송은 노래 부르기에 비유할 수 있겠다. 시 읽기의 취미 생활은 노래 감상, 영화 감상, 그림 감상 등과 다르지 않다.

노래는 귀로, 그림은 눈으로, 영화는 귀와 눈으로 감상을 하기에 느낌이 가슴에 파도로 와 철썩인다. 그러나 시는 평면적인 언어(문자)로 이루어져 있기에, 시의 내용이나 주제를 이미지로, 상징과 은유 등의 표현의 옷을 입히고, 상상력과 환상 등을 통하여 시로 형상화한다. 그리고 시는 산문과 달리 설명이 필요 없고 오직 표현을 하여야 한다. 하이데거는 '언어는 존재의 집이다.' 라고 했다.

존재는 언어로 표현되어야 하고 표현될 수 있어야 한다는 뜻을 말하며, 무수하게 늘어선 세상의 모든 데이터는 언어라는 형식의 집, 옷, 그릇에 담아지면서 비로소 가치와 의미를 획득하는 것이다. 시인은 다만 언어를 가지고 시의 집을 짓는다. 시인이 짓는 언어의 집은 시의 소재나 주제는 같을 수 있지만, 모든 언어의 집이 모두 달라야하는 어려움이 여기에 따른다. 시인은 새로운 생각, 새로운 표현으로 지금까지 세상에 하나도 존재하지 않는 자기 나름의 집을 지어야 한다. 그래야 시를 읽는 독자에게 재미를, 신선한 충격을, 감동을 줄 수가 있다.

이번 호에는 2013년 《월간문학》 3월호에 실린 글을 중심으로 시를 읽는 즐거움의 시인가를 살펴보고자 한다.

> 달밤에 그네에 앉아/ 가만 가만 굴러 본다// 잔잔히/ 다가서다가// 다시
> 잔잔히/ 멀어지는 달// 아무도 없는 밤 하늘/ 저도 외로웠나 보다// 저도
> / 흔들리면서// 가만 가만 나처럼/ 그네를 탄다.
>
> — 한명순, 「그네 타는 달」 전문

벌써 제목이 시적이고 호기심이 간다. 기차를 타고 여행을 하다보
면, 기차와 내가 움직이는데 차창 밖의 풍경들이 따라 움직인다. 내가
그네를 타면 달도 그네를 탄다는 착시현상이 생긴다. 시적자아는 아마
도 늦게 돌아오는 가족을, 혹은 집에서 쫓겨난 외로운 아이라 생각된
다.

어떤 시인은 '사람은 외롭다. 외로우니까 사람이다.' 라고 하였다.
달밤에 집 근처의 공원놀이터에서 혼자서 쓸쓸히 그네를 타는 광경이
눈앞에 펼쳐진다. 그네를 가만 가만 구르면, 달은 잔잔히 시적자아에
게 다가서다가, 다시 잔잔히 멀어진다. '아무도 없는 밤 하늘/ 저도 외
로웠나 보다' 시적자아는 달도 나처럼 외롭다는 생각을 한다. 그래 달
도 나처럼 흔들리면서 가만 가만 그네를 타고 있다. 의인화된 달(자연)
과 친구가 되는, 자연과의 합일을 노래한 작품이다. '그네 타는 달' 이
라는 발견의 재미와 외로운 시적자아와 자연인 달과의 합일의 아름다
운 존재의 집을 독자들은 즐겁게 감상할 수 있겠다.

> 길가에 떨어진 꽃을 봅니다/ 소나기에 얻어맞은 꽃을 봅니다/ 떨어진 꽃
> 바라볼 땐 얄미워지고/ 떨어진 꽃 바라보는 눈엔 눈물 흘러도/ 말라터진
> 밭을 보면 고마운 빗물/ 주렁주렁 열매 달린 나무를 보면/ 반갑고 고마
> 운 소나기예요.
>
> — 백종희, 「심술쟁이 소나기」 전문

시인은 소나기에 떨어진 꽃을 보면서, 소나기가 얄밉고 떨어진 꽃에 눈물 흘리는 따뜻한 마음을 가진 사람이다. 그러다가 말라터진 밭이나 열매가 달린 과일나무를 보면서는 소나기가 반갑고 고마운 마음에 박수를 보내는 사람이다. 이 시는 연 구분이 없는 동시로 1행과 2행은 꽃이 떨어진 사실을, 나머지는 소나기에 대한 시인의 느낌을 독자의 이해가 잘 가도록 썼다. 그러나 이러한 시를 과연 시를 읽는 독자들이 재미있게 읽고 신선한 충격이나 감동을 받을 것인가? 우리 시인들이 함께 고민해봐야 할 문제이다.

이 시에서 표현을 한 부분을 찾아보면, '소나기에 얻어맞은 꽃', 떨어진 꽃을 바라보면 '얄미워지고' '눈물 흘러도', '고마운 소나기' 정도이다. 그리고는 대부분 설명으로 채워져 있다. 참신성이나 독창성은 우리 시인들 모두에게도 어려운 숙제이지만, 시적인 표현과 설명정도는 구분해야겠다. '소나기에 얻어맞은 꽃을 봅니다'는 설명에 가까운 산문이지만, '소나기 회초리에 맞아 우는 아기 꽃들을 봅니다'라고 하면 표현이라 할 수 있다. '주렁주렁 열매 달린 나무를 보면'을 '웃음이 주렁주렁 매달린 나무'로 퇴고하면 어떨까? 시인은 이러한 점을 생각하면서 독자인 어린이들이 재미있고 고개를 끄덕이면서 좋아하는 작품으로 퇴고 바란다. 더 좋은 작품으로 다시 태어나기를 기대해 본다.

> 밤이 매우 환해요/ 그 까닭이 무얼까/ 별이/ 마중 나와서일까/ 달이/ 마중 나와서일까// 아니야/ 아빠별이/ 하하하 하고 웃고 있는 거야/ 엄마별이/ 호호호/ 크게 웃고 있어서일 거야// 어느 새/ 별이 달 속으로 숨었네/ 저 내숭이/ 나도 달 속으로 들어가야지/ 새침이야.
>
> — 강성남, 「별과 달」 전문

시인은 밤이 환한 까닭을 발견한다. – '별과 달이 마중을 나와서일까, 아빠와 엄마별이 웃고 있어서 일거야' – 새로운 생각이나 새로운 표현이 보이지 않고 시를 읽는 맛이 술에 물탄 맛이 난다. 그러나 마지막 연에서 독자에게 기대를 저버리지 않았다. '어느 새/ 별이 달 속으로 숨었네/ 저 내숭이/ 나도 달 속으로 들어가야지/ 새침이야.' – 참 좋은 시의 한 구절을 찾아내었다. 필자라면 앞부분을 모두 버리고 마지막 연으로 '별과 달'이라는 존재의 집을 짓고 싶다. 별빛은 달빛 속에 숨고(저 내숭이), 시적자아도 달 속으로 들어간다(새침이야). 읽는 사람이 공감하고 무릎을 탁, 칠 것이다.

> 꽃을 위하여/ 꽃을 위하여/ 뿌리는 해종일 일을 하지요// 찬바람에 호호호/ 흰눈 쌓이는/ 한겨울도 쉬지 않고/ 어둠 속에서/ 몸 바쳐 마음 바쳐 일하는 뿌리// 잎은 꽃을 위하여/ 꽃은 열매를 위하여/ 열매는 씨앗을 위하여/ 씨앗은 새로운 생명을 위하여.
>
> – 이성관, 「꽃을 위하여」 전문

이성관 시인은 현재 전남문인협회를 이끌어가고 있으며, 동요집 『파랑새』와 시조집을 출간하여 리듬이 흐르는 시를 주로 즐겨 쓰고 있다. 시인은 꽃을 위하여 뿌리가 어두운 땅 속에서 해종일 일을 하는 것을, 나무가 쉬는 추운 겨울에도 새봄을 준비하기 위하여 일하는 뿌리의 노고를 생각한다.

그리고 마지막 연에서 '잎(뿌리)은 · 꽃 · 열매 · 씨앗 · 새로운 생명을 위하여' 몸과 마음을 바쳐 일하는 사물의 현상을 발견한다. 이 작품은 사물을 통하여 사람들도 자기의 자식이나 가족을 위하여 몸과 마음을 바쳐 일하는 일반 현상을 깨닫게 해주며, 시적형상화나 의미성에서 성공한, 7 · 5조(5 · 5조)의 리듬이 시의 음악성을 살린 작품이라 할 수 있겠다. 그러나 좀 더 작품을 붙잡고 씨름을 하였으면 더 좋았을 텐데 하는 아쉬움이 있었다. 1연 2연에서는 '~처럼' 같은 비유를 삽입하는 것은 어떨까, 3연에서는 뿌리와 잎의 하는 일이 중복되기에 첫 행을 삭제하는 것은 어떨까?

네가 없다면/ 세상이 캄캄하여/ 모두 똑 같을 것인데// 네가 있어서/ 세
상이 환해지고/ 모두가 달라지니// 네가/ 없어야겠니?/ 있어야겠니?
                                                    － 허대영, 「빛」 전문

　한국문협에서 발행하는 《계절문학》(겨울호)에 실린 작품 중 한 편이
다. 허대영은 현재 강원문협회장을 맡고 있으며, 그의 동시와 시조는
간결하고 리듬이 흐르고 이미지가 선명한 것이 특징이다. 이 작품은
빛을 의인화하여 구어체로 쓴 간결한 동시이다. 빛은 여러 가지 의미
를 지니고 있다. 작품에서 말하는 우리 눈에 보이는 현상적인 빛 외에
도 중의적인 내면적인 빛에 대하여 말하고 있다. ‘네가/ 없어야겠니?/
있어야겠니?’ 시인은 빛(독자)에게 묻고 있다. 그의 대표 동시작품의
하나인 「소풍 전날」을 감상해 보자. 〈내일이면/ 소풍간다고// 교실이/
하하 웃는다.// 가방도 덩달아/ 떠다닌다.// 아이들은 벌써/ 소풍 떠나
고/ 선생님만 혼자서/ 공부하신다.〉 동심이 잘 여과된 생활동시라서
아이들의 호응과 재미를 더하는 좋은 작품이다. 언어로서 표현되어야
하는 이 세상에 하나밖에 없는 존재의 집짓기, 그 작품을 읽는 즐거움
을 시인은 늘 생각하며 창작하여야 한다. 앞에서 몇 작품에 쓸데없는
말을 덧붙인 것은 다만, 필자의 생각일 뿐이다.

생명 존중의 다양한 표현

― 신현득, 이복자, 정혜진, 권영세, 우남희, 김성수

며칠 전 우리나라 최초 동시문학 전문지인 《오늘의 동시문학》 창간 10주년 기념행사에 다녀왔다. 동시작가들이 십시일반 모아서 주는 제 12회 오늘의 동시문학상 (수상자 박승우)과 문학심포지엄, 그동안 오늘의 동시문학에 발표된 비평이나 평론 중에서 선정된 글을 모은 동시평론집 『한국의 동시, 어제와 오늘 내일을 읽다』 출판기념식이 있었는데, 원로 동시인의 창간 10주년 축시가 우리나라 동시 사를 말해 주어 소개한다. 꼭 읽어보기 바란다.

한국 현대문학이/ 아동문학에서 시작되었다는 거, 이것은 사실이다./ 지구촌에서 동시로 아동문학을 시작한 나라가/ 한국뿐이라는 거, 이것도 사실이다.// 한국의 동시문학이 세계에서 오직 하나/ 조국의 독립투쟁에서 싹터 자랐다./ 한국의 동시문학은 독립운동 그거였고,/ 이 무서웠던 시의 눈길이 오늘,/ 침략자의 동북공정을 겨누고 있다. 이것도 사실이다.// 〈우리의 대한으로 하여금 소년의 나라로 하라 하라 하라〉/ 〈오나라 소년배 입맛텨듀마!〉/ 〈어린이, 어린이 사랑!〉/ 우리 동시가 세계에서 제일 큰 목소리였다는 거/ 이것도 사실이다.// 많고 유능한 시인들이, 많고 좋은 시로 씨를 심어/ 세계의 아동문학을 덮고 남을/ 동시의 숲이 되었다는 거, 이것도 사실이다.// 세계의 동시를 이끄는 이 나라에서/ 세계 최초, 동시전문계간지 〈오늘의 동시문학〉이/ 오늘 열 살로 자라/ 우렁찬 만세로 더 큰 출발을 다지는구나./ 그것도 사실이냐? 사실이다!

― 신현득, 「이것은 사실이다」 전문

이번 호에는 한국문인협회에서 발간하는 두 순수문학지 2013년 4월호 《월간문학》과 《계절문학》 봄호(22호)에 발표된 작품 중에 생명과 관련이 있는 작품을 중심으로 살펴보고자 한다.

> 파면 물 고이고/ 파면 물 고여// 운동화 신고 꾹꾹 힘 줘도/ 빠지지 않는데// 와, 뽀끔뽀끔/ 여기저기 뽀끔뽀끔// 가슴 가득 품은 생명체,/ 그걸 지켜 주려고// 애써/ 몸 무거운 나를/ 밀어내고 있었구나!
> — 이복자, '모래 갯벌' 전문, 《월간문학》 4월호

큰 자연인 모래 갯벌이 그 품안에 안고 있는 작은 생명체인 조개, 고기, 낙지들을 보호하려고 그들을 잡으려고 온 사람들에게 방해를 하는 내용을 시로 형상화하고 있다. 모래 갯벌이 갯벌을 파면 물을 내 보내 방해하고, 신발과 발을 붙잡는 행동을 통해 생명체(자연)를 지켜주려는 마음을 4, 5연에서 깨닫는다. 이것은 부모가 자식을 보호하려는 원초적인 본능과 다르지 않으며, 자연의 생명존중이라는 깨달음을 시로 형상화한 좋은 시이다. 다만, 1연에서 '파면 물 고이고/ 파면 물고여(물 고이고)'로 고쳐서 1연과 2연이 행동의 이어짐이 없도록 하는 것이 어떨까? 그리고 생명체를 구체적으로 '조개, 낙지 고기……'로 대체하는 것은 어떨까?

> 마당에 핀 치자꽃/ 향기 그대로 달콤한데/ 손자 이름까지 깜박 잊은 할머니/ 노인 요양원으로 이사 간다// 이제 떠나면/ 함께 지낸 가족과 떨어져/ 다시는 돌아올 수 없다는 거 알지만/ 혼자서는 아무것도 하지 못한/ 갓난쟁이 할머니// 60년 넘게 살아온/ 정든 집 아쉬워/ 눈물 뚝뚝 흘리며/ 두 번째 집으로 떠나던 날// 사랑 쏟아 가꾼/ 할머니 정성으로/ 향기 가득 피워 올린 치자꽃도/ 하얀 꽃잎 하염없이 흔들어/ 서러운 작별인사를 한다.
> — 정혜진, 「할머니 두 번째 집」 전문, 《계절문학》 봄호

오늘날 핵가족들의 부모 모시기 현상을 소재로 하여 시로 형상화환 작품으로 우선 제목이 눈길을 끈다. 요즘은 부모가 거동을 할 수 없이 아프거나 치매 등에 걸리면, 가족들이 의논하여 요양원 시설로 보내고 있다. 시적자아는 치매에 걸린 갓난이처럼 스스로 아무도 할 수 없는 할머니를 '갓난쟁이 할머니'로 표현을 했다. 시적자아는 할머니가 눈물 뚝뚝 흘리면서 두 번째 집(노인 요양원)으로 떠나는 아쉬움과 설움을 할머니가 가꾸던 치자꽃을 통하여 감정이입을 시키고 있다. 조부모나 부모를 모시기 어려우면 병원이나 요양원으로 보내는 현실을 어떻게 받아들여야하는지를 독자들에게 묻기도 한다. 또한 효심이나 생명존중 의식을 짚어보는 내용으로 가슴이 뭉클한 서정시이다.

> 오랜 가뭄/ 타는 목마름에도/ 견디고/ 기다란 꽃대 위에/ 뽑아 올린/ 작은/ 풀꽃 송이// 얽히고 설킨/ 억센 풀잎들/ 틈바구니/ 비집고/ 기어이 피워냈구나/ 풀꽃/ 한 송이// 긴긴날/ 안간힘 다했을/ 그 작은 것이/ 너무 고와서/ 눈물겹다.
>
>   — 권영세, 「작은 풀꽃, 눈물겹다」 전문, 《계절문학》

힘없는 작은 풀꽃이 어려운 환경을 이겨내고 한 송이 꽃을 피운 서정주의 「국화 옆에서」가 생각나는 시이다. 1연과 2연은 가뭄과 얽히고 설킨 억새 풀잎들의 틈바구니를 비집고 피어난 어려운 환경에서의 꽃을 피운, 마지막 연에서는 시적 자아의 격려와 칭찬의 감정이 드러나 있다. 보잘 것 없고 이름 없는 연약한 작은 생명이지만 어려운 환경 속에서도 아름다운 꽃송이를 피워내는 생명의 소중함과 노력을 간결한 시 형태와 선명한 이미지로 그려낸 좋은 작품이다.

> 조금씩 조금씩/ 어둠을 밀어내// 보름이나 걸려/ 제 모습 찾았다// 기분 좋은가 보다,/ 얼굴이 환하다.
>
>   — 우남희, 「보름달」 전문

자연현상인 그믐에서 보름달의 과정을 의인화하여 시로 형상화 하였다. 얼굴이 환하게 웃기까지, 어둠(어려운 환경)을 밀어내는 데는 보름이나 걸리어 제 모습을 찾는다. 어둠(죽음, 어려운 환경, 두려움)과 밝음(탄생, 살아남, 웃음)은 자연의 현상이요 생명의 법칙이다. 구체적으로 생명을 말하지는 않았지만, 이러한 큰 의미가 내재되고, 참신한 생각이 담긴 의인과 상징과 은유가 적절하게 사용된 시이다.

> 능소화 넝쿨이/ 살구나무 고목을/ 감아 오르더니// 송이 송이 고운/ 꽃등을 달아 놓았어요// 누런 살구가 탐스럽던/ 그때처럼/ 정원이 환해요// 죽은 목숨을 다시 살리는/ 능소화 꽃송이/ 멀리서 보면/ 살구가 달린 것 같아요// 살구나무와 능소화는/ 아름다운 마음으로/ 접을 붙였나 봐요.
>
> — 김성수, 「능소화」 전문 《월간문학》 4월호

이 작품은 죽은 살구나무를 능소화 넝쿨이 감아 올라가 누런 나팔꽃 모양의 꽃을 피워 생명을 살려낸다는 내용의 시이다. 누런색 능소화 꽃이 살구나무가 살았을 때 열렸던 탐스럽던 누런 살구 모양으로 정원이 환하다. 끝 연 '살구나무와 능소화는/ 아름다운 마음으로/ 접을 붙였나 봐요.'는 과일나무에 다른 종의 나무를 접붙임 법을 끌어 들여서 죽은 나무에 생명을 불어넣고 있으며, 능소화 모양이 나팔 모양이라서 생명의 나팔을 부는 모습이 보인다. 죽음과 삶의 조화, 생명의 소중함을 일깨워주는 시인의 눈이 예사롭지 않다.

주제와 달라서 다루지 못하였지만 좋은 작품으로 기억되는 작품으로는, 임원재의 「집 보는 날」, 최복형의 「겨울」, 서정일의 「아기와 할머니」, 권극남의 「풀잎」 등이 있었다.

독자 수용적인 면에서 작품 살펴보기

― 이상현, 김예순, 손광세, 백민, 손동연, 박승우

　어린이날이 들어있는 청소년의 달 5월이다. 《월간문학》 권두언에 원로아동문학가 엄기원의 〈1923년 5월과 어린이 운동〉이 실렸다. 우리나라 최초의 어린이운동 단체인 〈색동회〉활동과 방정환을 비롯한 어린이 선구자들의 얘기, 예전에는 '어린이 보호, 문화운동'을 가정과 학교, 사회와 국가가 함께 펼쳤는데, 오늘날 그렇지 못한 현실을 안타까워하며, 어른들에게 "대한민국 어린이 헌장을 읽어 본 적이 있습니까?"하고 묻고 있다. 시 전문지 『유심』 5월호에 특집으로 '동시인들이 선정한 2000년대 대표동시' 20선과 역시 권두논단으로 이준관 시인의 〈한국시사에서 동시의 위치와 가능성〉이 실렸다. 내용은 '오랜 역사를 지닌 한국동시(우리나라 현대시의 출발점인 1908년 최남선의 「해에게서 소년에게」가 동시임), 동시가 한국시사에 차지하는 위치, 한국시사에 끼친 영향과 기여, 서정시 또는 국민문학으로서 가능성, 한국시사에서 정당하게 매김되어야' 한다는 소제목으로 한 논단을 펼쳤다. 본지에도 매달 5여 편의 동시가 실리는데, 이번 달은 특별히 10여 편(10명)이 실렸다. 배려해준 문학 잡지사들에게 감사드리며, 5월이 아닌 달에도 늘 관심을 가져주기를 부탁드린다.

　이번 《월간문학》에 실린 동시 10편을 읽고, 그 중 4~5편 정도를 독자 수용자적인 입장에서 살펴보기로 한다.

　우리 엄마는 캄보디아 출신/ 앙트 레 비앙!// 동네 시장에 가면/ 여기저기서 엄마 이름을 붙잡습니다.// "비앙! 이리 와!"/ "싸게 줄게, 비앙!"// 엄마의 발길을 그냥 두지 않습니다.// "깎아 주세요. 덤도 주실 거죠?"/ "그래, 그래!"// 엄마의 웃는 얼굴을 이기는 사람은/ 아무도 없습니다.// "살림을 잘 한다, 비앙!"/ "딸도 참 예쁘구나, 비앙!"// 나물장수 할머니는 칭찬도 듬뿍 얹어 줍니다.// 기분 좋은 우리 엄마, 앙트 레 비앙!

　　　　　　　　　　　　　　　　　- 이상현, 「우리 엄마, 앙트 레 비앙」 전문

　이 동시에서 시적자아는 다문화가정의 어린이로 어머니가 캄보디아 출신이다. 다문화가정을 소재로 한 작품들은 대부분 우리 사회 현실에 적응을 못하고 소외된 것으로, 그 문제점을 보여주고 그 해결 방안을 모색하는 것이었다. 그런데 본 작품은 카메라의 방향을 바꾸어서 우리사회에서 잘 적응해나가는 다문화가정을 시로 형상화하였다. 시장 상인들과 잘 어울리고, 인기가 좋고, 살기 어려워 침체된 시장의 분위기를 밝게 해주고, 더구나 다문화가정의 딸이 부끄러워하기보다 자랑스러워한다. 다문화 가정의 어린이에게, 다문화 가정을 대하는 우리에게 어떻게 하여야하는지를, 동시를 읽는 수용자에게 이론이 아닌 작품으로 가르쳐준다. 적절한 대화체가 읽는 즐거움을 주며, 다문화가정이 사회에 잘 적응해가는 새로운 사실의 교훈성과 잔잔한 감동도 독자들이 수용할 수 있는 좋은 작품이다. 그가 올 『오늘의 동시문학』 봄호에 발표한 작품 「꽃의 자리」는 오늘 날 우리 어머니의 잔소리와 칭찬을 다시 생각하게끔 하는 좋은 작품이기에 소개한다. 〈"이것 좀 봐, 또 한 송이 피었네!"/ "여기 좀 봐, 얼마나 예쁘니!"// 엄마는 꼭 내 앞에서/ 아침마다 꽃들에게 칭찬이다.// 우리 집에서/ 엄마의 잔소리를 듣지 않는 건/ 꽃이다.// 꽃의 자리에/ 내가 앉고 싶다.〉

　냇가서 물놀이 한창입니다/ 어른 아이 할 것 없이/ 모두 즐겁습니다// 해가 지자/ 냇가는/ 곧 조용해집니다// 어디로 냇물은 서둘러 가는데/ 냇가 한켠 찌그러 앉은 쓰레기들은/ 울상이 되어 주인을 기다립니다// 버림받은 강아지마냥/ 마지막 손길 닿은 그 자리 그대로/ 꼼짝 않고 주인을 기다립니다.

– 김에순, 「주인을 기다립니다」 전문

환경보호를 주제로 한 작품이다. 쓰레기를 의인화하여 한 편의 짧은 동화를 읽은 느낌이 든다. 주독자인 어린이들이 강이나 산에서 혹은 놀이터에서 경험할 수 있는 일을 다루었으며, 동심적인 상상력과 교훈성과 감동성이 돋보이는 작품이다. 강가에서 즐겁게 놀다가 돌아가자, 쓰레기들이 강가에 버려져 남는다. 그런 쓰레기들을 '버림받은 강아지마냥'으로 비유하였다. 요즘 들어 너도나도 강아지를 애완견으로 키우다가, 생활이 어려워지거나 이사 갈 때 버리고 가는 사회적인 문제를, 마구 버린 쓰레기에 적절히 비유하고 있다. 입장을 바꾸어 귀중한 물건이나 가족을 버리고 왔다는 생각을 해보라! 두고 온 쓰레기가 밤새도록 주인을 기다리고 있다.

새벽길을 걷는다/ 크레파스를 쥔 가느다란 손/ 바쁘게 움직인다/ 초록 크레파스로/ 파도를 그린다/ 사이사이/ 파란색 파도를 그려 넣는다/ 검정 크레파스로/ 머리카락 몇 올 그리고/ 분홍 크레파스로/ 보조개를 그리고⋯⋯/ 봄날 이른 새벽/ 바람이 그림을 그린다/ 하얀 도화지에/ 제 얼굴을 그린다

– 손광세, 「바람」 전문

실제 형체와 얼굴이 없는 관념적인 바람을 의인화하여 독자들이 바람을 눈으로 볼 수 있는 시로 형상화한 연 구분이 없는 좋은 이미지시다. 봄날 이른 새벽의 풍경을 바람이 초록과 파랑과 검정과 분홍 크레파스를 들고 하얀 도화지에 그린다. 제 얼굴이다. 바람은 형체가 없다. 그래서 시인들은 누가 바람을 보았나요? 하고 묻는다. 그리고는 나무

가 흔들리는 걸 보고, 돛단배가 움직이는 걸 보고, 밥 짓는 연기가 구부정 올라가는 걸 보고 바람을 보았다고 한다. '검정 크레파스로/ 머리카락 몇 올 그리고/ 분홍 크레파스로 보조개를 그리고'의 대상은 시적자아가 될 수도 있고, 바람을 의인화 한 것일 수도 있겠다. 형체가 없는 바람을 의인화하여 그린 좋은 수묵담채화이지만, 독자의 수용적인 측면에서 살펴보면, 어린이들의 일상성과 재미성 부문에서 좀 배려하는 보완이 필요하다는 생각이 든다.

> 지게는 아가/ 아버지가/ 업고 다닌 아가// 휘어진 등에 업혀/ 무거움도 끌어안고// 오늘도/ 실핏줄처럼/ 좁다란 길 바쁘다.
>
> — 백민, 「아버지의 지게」 전문

개성적이고 단순명쾌한 좋은 동시 작품이다. 1연의 〈지게는 아가/ 아버지가/ 업고 다닌 아가〉라는 은유 표현은 참신하다. 3연 〈오늘도/ 실핏줄처럼/ 좁다란 길 바쁘다.〉는 논둑이나 밭둑 혹은 시골의 좁은 골목길을 아버지가 부지런히 짐을 나르는 모습을 시로 형상화 하였다. 각 연을 보아서는 내용과 표현이 좋지만, 1연의 내용과 2연의 내용의 이어짐이 좀 어울리지 않는다. 아가인 지게가 그 무거운 짐을 끌어안는 것이 좀 그렇다. 2연을 '휘어진 등에 업혀/ (아버지와 함께)/ 무거움도 끌어안고'로 고치면 어떨까?

지면이 좀 남아서 독자 수용적인 측면에서 백미인 동시 두 편을 소개한다. 2013년 유심 5월호 '푸른 5월에 읽는 동시 20선'에 실린 작품 중에서 개성적이고 단순명쾌하며, 동심적인 상상력이 풍부하고, 독자가 경험을 할 수 있어 예술적인 감동을 안겨주는 작품, 한 장의 꽃잎 같은 작품, 한 마리 나비 같은 작품을 감상해 보자.

봄이/ 찍어낸/ 우표랍니다// 꽃에게만/ 붙이는/ 우표랍니다.

– 손동연, 「나비」 전문

하늘 선생님이/ 연못을 채점한다/ 부레옥잠, 수련, 소금쟁이/ 물방개, 붕어, 올챙이……//모두 모두/ 품속에 안아 주고/ 예쁘게 잘 키웠다고// 여기도 동그라미/ 저기도 동그라미// 빗방울로/ 동그라미 친다.

– 박승우, 「백점 맞은 연못」 전문

박승우의 「백점 맞은 연못」은 근래에 발표된 작품 중 보기 드문 훌륭한 동시이다. 독자수용적인 측면에서보아도 어린이들의 경험, 동심성, 교훈성, 재미성은 물론 개성적인 면과 감동성 어디 한 곳 나무랄 데가 없는 작품이다. 여기서 '하늘 선생님'은 '하느님'인데, 친근감 있게 표현하였다. 어린이들이 싫어하는 채점이 주는 부담감을 재미있게 표현한 동심적 상상력이 뛰어나다. 위의 두 작품을 보면서 독자 수용적인 면에서의 글쓰기를 다시 생각해 보자.

좋은 동시를 보면 사람을 만난 듯 반갑다

— 이상현, 박두순, 윤병욱, 이창규, 허일, 엄기원

2008년도는 우리 현대시의 100년이 되는 뜻깊은 해입니다. 최남선이 신시라는 이름으로 1908년 11월 《소년》지에다 「해에게서 소년에게」라는 시(동시)를 발표한 것을 기념하여 제정한 것이라 생각된다.

한국문인협회는 월간지 《월간문학》과 함께 계간지 《계간문학》(2007 겨울 창간호)를 창간하였다. 김년균 이사장님의 머리말처럼 '문학에 등진 독자의 관심을 끌어 모으고 문학의 사회적 위상을 드높이는 계기'가 되길 기대하며 격려의 박수를 보낸다.

요즘 들어 편집부의 노력으로 변화가 보이긴 하지만, 과거에는 《월간문학》 하면 재미가 적고 수준이 낮은 작품이 많이 게재된다는 이미지를 벗어나지 못한 게 사실이었다. 문협회원들의 작품을 골고루 실어준다는 의미도 있겠지만, 계절문학의 편집후기처럼 '기고된 작품을 검증과정 없이 무차별로 게재한다는 것은 문학지뿐만 아니라 문학자체의 무덤을 파는 행위와 다름없음'을 회원들은 명심하여 좋은 작품을 보내고 편집부는 검증을 거쳐 게재하여야 한국문인협회의 위상이 더 높아질 것이다.

한국문인협회 계간지 《계간문학》(2007 겨울 창간호)에는 동시 4편이 실렸는데, 동시 2편이 좋은 사람을 만나듯 반가웠다. 두 편의 시는 표현기교면에서나 시의 내용이 들어가 살 집의 형태면에서 대비가 되지만, 모두 성공한 작품이기에 비교해보면 재미가 있을 것 같다.

사각사각/ 하얀 눈밭에서/ 과일 깎는 소리가 들립니다.// 사각사각/ 첫
눈 밟고 가는/ 발자국 소리// 겨울을 건너가는/ 아이들의 소리입니다.//
사각사각/ 빠알간 사과를 깎는 소리/ 눈밭에서 들리는/ 맛있는 소리입니
다.

— 이상현, 『소리』 전문

이상현 시인은 현재 한국아동문학회회장직을 맡고 있는 줄 알고 있
으나 나와는 만난 기억이 없지만, 그의 시는 이름을 안 봐도 안다. 고
기 굽는 냄새나 꽃향기만 맡고도 알 듯 그의 시향은 독특하다. 이 말은
시에 색깔이나 목소리가 뚜렷하여 개성이 있다는 좋은 의미로 볼 수
있겠다.

첫눈이 온 하얀 눈밭을 밟고 가는 소리를 과일 깎는 소리라는 발
견·발상을 발단으로→ 겨울의 눈 온 들판을 지나듯, 겨울 꽁꽁 얼어
붙은 강을 건너듯 겨울을 건너가는 아이들 소리의 전개→ 그리하여 눈
을 밟고 가는 소리는 〈빠알간 사과를 깎는 소리/ 눈밭에서 들리는/ 맛
있는 소리〉로 상상력이 동원된다. 그는 하얀 눈밭 길을 청각화, 미각
화, 공감각화하며, 상상력을 동원하여 환상의 세계로 여행을 하게 한
다. 그의 시는 아이들이 이해하기 좀 어려운 면도 없지 않지만, 시의
형상화나 상상력 면에서 뛰어난 시를 쓰고 있다.

탑은/ 높고 우뚝해도//
꼿꼿이/ 서 있다가도,//
하늘만/ 바라보다가도,//
누가/ 사진만 찍자하면
어느새/ 나란히 서 준다.

— 박두순, 「탑」 전문

「탑」은 무기교적이면서 기교적으로 발견의 재미를 통하여 의미를

던져준다. 탑이 지닌 사전적 의미는 '높고, 우월적 존재, 기도, 공들이다' 등의 이미지를 갖고 있다. 그런데 재미있는 것은 사진기를 들이대면-조건 관계를 설정하면-키를 낮춰 함께 서 준다. 이것은 이해 어울림의 미학, 어깨동무의 미학, 눈높이의 미학, 자연과 합일의 미학을 사람과 무생물인 탑에서 낚아 올린 월척인 셈이다.

우스개 소리를 하나 해 보자. 벼락을 맞고 죽은 사람 중에 웃으며 죽은 사람이 있었는데, 정치인이었다고 한다. 정치인은 방송국이나 신문사에서 카메라만 들이대면 화를 내다가도 웃는다고 한다. 정치인이 벼락이 번쩍하니 카메라 스트로브를 터뜨린 것으로 오해를 한 것이리라. 탑은 그러한 차원이 아니다.

예를 든 위의 두 작품은 표현면이나 형태면에서 대비가 되지만, 모두 성공한 작품으로 '발견의 재미'와 '월척'이라는 공통점이 있다.

아빠는 매일/ 새벽 강가에서/ 아침 운동을 하신다// 불쑥 떠오른 태양이랑/ 시원한 강바람/ 가슴으로 받으신단다// 그래서/ 아빠의 웃음소리는 늘 힘차고/ 시원한가 보다// 엄마의 걱정도/ 우리의 투정도/ 아빠 가슴 속에 있는 태양이 녹이나 보다/ 시원한 바람이 날려 버리나 보다.

― 윤병욱, 「아침운동」 전문(《월간문학》 2월호)

땅바닥은/ 닫혀 있는 문/ 닫아두면 벽이라고/ 열어야 한대요.// 쬐그만 벌레는/ 입으로 열고//여린 새싹들도/ 열고 닫는 문.// 담배씨 채송화/ 파리똥만한 씨앗도/ 머리로/열어 젖히는 흙덩이.

― 이창규, 「흙문」 전문(《월간문학》 2월호)

《월간문학》 2월호에 동시가 2편이 실렸다. 모두 무난한 작품이다. 윤병욱의 「아침운동」은 1연에서 아빠의 아침운동(사실)을 2연에서는 생각(느낌)으로 전개하여 3,4연에서 생각을 통한 의미 부여로 풀어낸 작품이다. 시의 씨앗에 물과 햇살을 적당히 주어 이만큼 생각을 키우기도 쉽진 않았으리라. 이창규의 「흙문」은 제목에 호감이 가서 기대를 가지고 읽었다. '땅바닥은 닫혀 있는 문' 그래서 그냥 두면 '벽이라 열어야 한다'는 은유와 상징(벽)의 기법과 발견을 미를 통하여 시가 출발한다. 그 흙문을 '쬐그만 벌레는 입으로 열고/여린 새싹들도 열고 닫는다' 여기까지만 해도 무난한 시가 된다. 그 후 마지막 연에서 '새싹'을 좀더 확대·발전시켰다. 그러다보니 비교적 무난하고 좋은 시지만 평자 측에서 좀더 욕심이 생긴다. '벌레' 얘기도 함께 좀 해주었으면 어떨까(?), 그리고 '머리로'→'고 작은 머리(삽으)로', '열어 젖히는 흙덩이'→'열어 젖히는 커다란 흙문'으로 하면 어떨까(?)하는 어리석은 생각을 덧붙여 본다.

> 그만/ 깜박 조는 사이/ 시간이 줄달음 쳤다// 아이구/ 큰일났다!/ 그 애랑 첫 약속인데// 어쩐다?/ 이 핑계 저 핑계……/ 아냐, 그냥 씩 웃지 뭐.
> — 허일, 「첫 약속」 전문

허일 시인은 조선일보와 한국일보 신춘문예 시조당선, 노산과 월하 시조문학상을 수상한 사람으로 발견과 재미성에 중점을 두고 동시조 창작을 주로 하고 있다.

위의 동시조는 《아동문학세상》(2007.겨울호)에 실린 허일의 특선동시조 7편 중 한 편이다. 그의 동시조는 구어체를 즐겨 사용하여 다듬지 않고 툭툭 뱉어내는 듯한 표현인데 난해하지 않아 쉽고 재미가 있으며 또한 거기에 '아냐, 그냥 씩 웃지 뭐.'에 삶의 철학이 담겨있다. 노 시인의 완숙한 경지가 돋보인다. 함께 발표한 「어떻게 알았을까」〈눈밭에/ 저 비둘기/ 발목이 빨갛도록// 예쁜/단풍잎 무늬/ 꼭꼭 찍고 있다// 케이크!/ 너 어떻게 알았니?/ 오늘이 내 생일인 줄.〉에서는 발견의 재미성과 상상력이 돋보인다.

《오늘의 동시문학 》(2007년 겨울호)에 기획 특집으로 '2007 좋은 동시 10선'이 선정되었다. 그 10편 중에서 「좋은 이름」(엄기원)과 「누렁소의 말」(박소명)이 가슴에 오래 남는다. '좋은 동시란 이런 것이구나!' 좋은 동시를 보면 좋은 사람을 만난 듯 반갑고말고. 한 편을 감상해 보자.

'아버지' / 그 이름만으로도/ 우리 가족에겐/ 하늘이다.//
우리는 날개를 펴고/ 마음대로 날 수 있는 새들이다.//
'어머니' / 그 이름만으로도/ 우리 가족에겐/ 보금자리다.//
우리는 날개를 접고/ 포근히 잠들 수 있는 새들이다.

– 엄기원, 「좋은 이름」 전문

리듬과 삶과 시

— 박경용, 진복희, 김용희, 전병호, 신현배, 서재환, 신현득, 박형철, 유미희

    문학 활동이란? 창작 주체인 작가와 창작의 결과물이자 수용의 실체인 작품, 그리고 수용자로서의 독자가 서로 밀접한 관계를 맺으면서 이루어지는 과정인 것이다. 동시는 동심을 지닌 어른들도 대상으로 하지만, 수용자인 주 독자가 어린이다. 그러므로 시의 생명인 감동의 깊이 이전에 '동심'이라는 특수 여과장치를 통하여 작가와 독자 사이의 생각의 폭을 어린이의 걸음 폭 만큼 조절해야 하는 것이 동시인들의 몫의 하나이다.

    우리가 살아가는 세상은 온통 리듬에 의해 운행되어 있다 해도 과장된 말은 아니다. 파도, 바람, 강물의 흐름, 사람들의 생활, 유행의 반복, 밤낮과 사계절의 반복, 지각의 변동, 역사의 흥망성쇠까지도 모두 리듬의 이치를 벗어나지 않는다. 시와 음악과 춤은 삼위일체의 혼합예술이었으나, 문화가 진보되면서 음악은 소리를, 춤은 손발을, 시는 언어를 전적으로 취하여 매체로 삼으며 분리되었지만 리듬을 공통요소로 한다.

    동시조 쪽배 6호인 『사로 잡고 사로 잡혀』 동인지가 근래에 펴낸 아동문학가들의 동인지 중에 동시조라서 게재된 작품 모두가 리듬과 관련이 있었으며, 마음을 사로잡는 작품이 비교적 많아서 함께 살펴보고자 한다.

    할머니 올 생신날/ 생색나는 큰 선물은// 막내 고모가 안겨드린/ 백일맞

이 울보 아기.// 세상에/ 제일 좋은 노래가/ 아기 우는 소리래요/

– 박경용, 「제일 좋은 노래」 전문

귀를 씻어낸다며 /팔베개하고 누운 아빠.// 귀지처럼 들러붙은/ 지저분한 딱지도/ 음악에/ 귀를 적시기만 하면/ 말끔히 씻긴대요.

– 박경용, 「귀 씻는 마음으로」 1수

　쪽배 6호에 박경용 선생 시력 50년 기념 특집으로 동시조 160여 편이 실렸다. 대단한 사람들이다. 씨는 1958년 18세로 동아일보와 한국일보 신춘문예에 각각 시조 「청자수병」과 「풍경」이 당선되어 등단한 이후, 오로지 오십 성상을 시 속에 묻혀 살았다. 특히 우리나라 동시조 계발에 앞장선 한 사람이다. 요즘 들어 시골에는 아기 울음소리를 듣기 힘들다고 한다. 시골 학교 학생이 줄어 폐교를 하는 학교가 줄을 잇는다. 그렇다면 시골에서 제일 좋은 노래는 아기울음 소리일 게다. 옛 고사에 세상 더러운 얘기를 들은 소부가 강물에 자기 귀를 씻고 더러워진 강물을 소에게는 먹이지 않았다는 말은 있어도 '귀지처럼 들러붙은 지저분한 말 딱지'를 음악에 씻는다는 말은 처음 듣는 것 같다. 읽으면서 내 지저분한 귀도 덩달아 씻기는 삶과 리듬과 시가 합일 되는 좋은 작품들이 많아 기분이 좋다.

　(가) 곤한 잠 /잠결에도/ 허우적대는 아빠 손.// 새벽일/ 다녀오고도/ 발품 팔 일/ 더 있는지// 거북등/ 두 발바닥이/ 연신 움찔거린다.

– 진복희, 「아빠 낮잠」 전문

　(나) "느그 식구 아니랄까,/ 닮기는 와 그키 닮노"// 새참을 다 드실 동안/ 말씀 없는 아빠처럼// 뙤약볕/ 고 한자리에서/ 새김질하는 순둥이

– 김용희, 「우리 집 누렁소」 일부

(다) 배턴을 주고받듯 대장 자리 물려주며/ 더욱 곧고 바르게 새로 쓰는
큰 V자!/ 산 너머 고향 하늘 길이 환하게 열립니다.

– 전병호, 「기러기 줄」 일부

위의 3편은 모두 3장 6구의 동시조로 (가)는 단시조, 그 외는 2수로
된 연시조로 외형률의 리듬이 흐른다. (가)의 작품은 낮잠을 자는 아빠
를 떠올린 글이다. 사람들은 잠을 자면서 이따금씩 꿈을 꾸는데, 대부
분 자기가 경험한 일을 배경으로 하여 꿈속에서 행동한다. 아빠는 새
벽일(노동, 작업)을 하고 와서도 꿈속에서도 쉬지 못하고 '발품 팔 일이
더 있는지 거북등처럼 갈라진 두발을 연신 움찔거리는 게다.' 아버지
에 대한 자식의 효심을 표현했다. (나)의 작품은 밭을 가는 소와 소를
부리는 아빠의 닮은 점을 비유했다. 새참을 다 드실 동안 말이 없는 아
빠와 새참 기간에 뙤약볕 밭 가운데서 새김질하고 서 있는 누렁소 순
둥이가 쏙 빼 닮지 않았는가? (다)는 철새인 기러기가 이동할 때 맨 앞
장서 가던 대장자리를 배턴을 주고받듯 양보하는 마음을, 행동의 질서
를, 우리는 조류의 한 무리인 기러기를 통하여 배우게 된다. 자연은 사
람의 스승이기도 한 것을 깨닫게 하는 작품이다.

(가) 뒷산 뻐꾸기 소리/ 동생과 같이 듣다가// 나는 짐짓 시인인 듯/ "저
건 산 울음소리야."// 동생은 한술 더 떠서/"어, 어? 산이 딸꾹질하네!"

– 신현배, 「뻐꾸기 소리」 전문

(나) 새하얀 종이를 펴놓고/ 손톱을 깎아 주면// 자꾸만 동생 눈길/ 문 밖
으로 돌아가요// 손톱이/ 종이 밖으로/ 톡! 톡! 먼저 달아나요.

– 서재환, 「동생 손톱」 일부

(가)의 작품은 뻐꾸기 소리를 '산울림', '딸꾹질'로 느낀 발견의 재
미성이 돋보인다. 함께 발표한 「변성기」에는 〈언제부턴가 내 안에/ 들

어앉은 우리 아빠), 「불곰」에서는 〈느림보 불곰 한 마리/ 강가를 어슬
렁대다가// …// 번개 손/ 천둥 펀치로 연어를 낚아챈다.〉가 의미와 재
미를 더 한다.

　(나)의 작품은 손톱을 깎아주는 동안에도 동생 눈길은 놀다 온 문 밖
으로 간다. 〈손톱이/ 종이 밖으로/ 톡! 톡! 먼저 달아나요.〉의 종장에서
달아나는 손톱은 밖에 놀러가고 싶은 동생의 마음을 작품으로 잘 형상
화시켰다. 리듬과 삶과 시를 잘 버무린 우수 작품들이다.

> 발톱깎이 아닌 손톱깎이로 /발톱을 깎는다.// 발톱아 발톱아./ 네가 발가
> 락 끝에서/ 버티어 주지 않았음/ 내 걸음이 휘청댔을 걸, 하며// 네가 발
> 끝을 지켜 주지 않았음/ 운동화에 딱 맞는 발로/ 땅을 치며 달리지도 못
> 했을 걸, 하며// 길가에 튀어나온 돌멩이를/ 팍, 걷어차지도 못했을 걸./
> 네가 없음 밋밋한 발끝으로 무얼 했겠니?// 발톱 아./ 고린내를 견디며
> 땀흘린 걸, 내가 안다 안다 안다./ 네게로 모이는 몸무게를 견디며 네
> 가,/ 발끝이 걷는다지만 실지는 네가,/ 하루에 걷고 달리는 게 얼마인지
> 안다.// 똑 똑 똑,/ 발톱깎이 아닌 손톱깎이로/ 고마운 고마운 발톱을 깎
> 는다.
>
> 　　　　　　　　　　　 ─ 신현득, 「발톱을 깎으며」 전문(《월간문학》 3월호)

　신현득 시인은 아동문학을 무척이나 사랑하는 시인 중에 한 사람이
다. 이재철 박사처럼 대학에서 아동문학 강연으로 후진들을 길렀으며,
한국아동문학의 나아갈 길을 제시해 준다. 씨는 '동시는 그 제약성 때
문에 쓰기가 힘들다고들 한다. 그러나 그것보다도 동심을 잘 다독거리
지 못하기 때문이 아닐까?' 라고 반문한다. 그는 '동시의 제약성 극복'
을 위해서 자기만의 독특한 '동시의 새로운 틀' 을 만들며, 시 제목도
대부분 독특하며, 내용 또한 익은 술을 체로 그르듯 동심의 체로 걸러
내며, 아동들의 눈높이에서 작품을 빚어내지만, 성인들도 고개를 끄덕
이게 하는 동심을 잘 다독거려서 동시의 제약성을 극복한 훌륭한 동시

인이다.

「발톱을 깎으며」는 비슷한 연의 반복이나, 각운을 주로 하여 시의 리듬이 조성된다. 첫연과 끝연(A, A′), 2연~4연(B, B′, B″)은 비슷한 연의 반복으로, '~걸, 하며'(각운)과 '안다 안다 안다.'(반복법)으로 시의 리듬이 만들어졌다, '발톱깎이 아닌 손톱깎이로/ 발톱을 깎는다.'는 발견의 재미성과 잘 보이지 않는 발톱 하나라도 발톱이 아플 때 느낄 수 있는 발톱의 의미성을 잘 표현한 우수작이다.

꽃밭에 떨어진/ 별똥별들// 꽃잎에 숨겨 놓았다/ 다음날 주우러/ 벼르다 보면// 반딧불/ 반짝반짝 반짝거리며/ 개똥벌레들이/ 다 주워 먹고서/ 온 여름 밤/ 볼 밝히고 떠돌아다닌다.
　　　　　　　　　　　　　　　　　　 – 박형철, 「별똥별」 전문(《월간문학》 3월호)

시는 상상력으로 쓴다 해도 과언이 아니다. 위의 작품은 상상력이 뛰어난 시이다. 꽃밭에 떨어진 별똥별이 꽃잎에 숨겨진 꽃이 되고, 개똥벌레 꽁지의 반짝 반짝이는 반딧불이 되는 아름답고 환상적인 경지의 글이 아닌가? 이 작품을 리듬 면에서 분석해보면, 1연은 7·5조(6·4), 2연은 7·5조(혹은 6·5), 3연은 7·5조(혹은 6·6, 8·6)이다. 이 작품은 자유시의 내재율이 흐르면서도, 외형적으로 7·5조의 큰 틀이 있음을 알 수가 있다.

'제6회 우리나라 좋은 동시 문학상' 수상작 5편 중 단시 2편을 함께 감상해보고 싶다. 「선물」은 3~5연이 같은 형태의 반복 구조와 '~에게는, ~이름을'의 각 운을 통하여 시의 리듬을 가져왔으며, '외숙모가 낳은 아기는 → 이 세상 어느 가게에서도 살 수 없는 것을 선물로 가져왔다.'는 값진 의미성을 부여한다.

「샌드위치」도 그 구조가 A→A′(1연과 3연), B→B′(2연과 4연)로 형태면이나 내용면에서 반복으로 시의 리듬이 살아나며, 샌드위치와 떨어진 성적표를 가져온 가족에 비유하는 이질적이면서 딱 떨어지는 발상이 최고다. '책상에 샌드위치처럼 납작 붙어 있는' 표현은 무척 재미나는 표현이다. 두 편의 작품은 발견의 재미성이나 의미성에서 성공한 보기 드문 작품이기에 감상을 권해본다.

외숙모가 낳은/ 아기는// 처음으로// 외삼촌에게는/ 아빠라는 이름을// 엄마에게는/ 고모라는 이름을// 나에게는/ 누나라는 이름을/ 새로 주었다.// 이 세상 어느 가게에서도/ 살 수 없는 것을/ 선물로 가져왔다.

— 유미희, 「선물」 전문

얇게 썬 두 조각의 빵/ 그 사이에/ 오이 토마토 샐러리 햄이// 납작/엎드려 있다.// 떨어진 성적표 갖고 온 형/ 떨어진 성적표 받아 든 엄마/ 그 사이에 나// 햇살 좋은 날/ 공 차러 나가지도 못한 채/ 내 책상에/ 납작 붙어 있다.

— 유미희, 「샌드위치」 전문

삶과 익살과 시

— 권오삼, 문삼석, 유영애, 이옥근, 이준관, 이성자, 박정식, 김에순, 한명순

　요즘 들어 '사는 게 재미가 없다. 살기 힘들다.'는 말을 많이 듣는다. 과학이 발전하여 물질이 풍부하고 생활이 예전에 비해 얼마나 편리해졌는지 모르는데 말이다. 세계화가 되다보니 미국에서 큰 기침을 했는데 우리나라는 감기가 걸리고, 인구가 많은 중국과 인도의 식량 사정이 금세 세계에 영향을 준다. 중국집의 자장면 그리고 라면과 옥수수 파동으로 축산 하는 분들이 힘들어진다.

　문물의 발달로 세상이 다양하고 복잡하다 보니 모든 게 빨라서 따라가기 힘들고 여유가 없다. 그러다보니 웃음이 삶에서 멀어진다. 이제는 웃음이 삶과 병 치료에까지 필요하게 되어 개그프로가 텔레비전에도 많아지고 영화와 문학 작품에도 많아지는 경향이 있다. 동시문학에도 예외가 아닌 것 같다. 이번에는 삶과 동시의 익살(재미성)에 대한 작품들을 함께 감상해 보고 싶다.

> 감기약, 위장약, 두통약은/ 먹고 나으라는 약// 쥐약, 바퀴벌레약, 좀약은/ 쥐, 바퀴벌레, 좀벌레가/ 먹고 죽으라는 약/ (쥐, 바퀴벌레, 좀벌레들이/ 이런 약 보면 되게 약 오르겠다)// 신발통의 구두약은/ 구두 광 낼 때 바르라는 약// 약이 떨어졌는지 시계가 안 가네/ 슈퍼에 약 사러 가야겠다
>
> — 권오삼, 「약」 전문

격월간지 《아동문예》(1·2월호)에서 권오삼은 '시를 쓰는 마음'에 "시인들은 때론 기분전환을 위해 익살스런 시를 쓰기도 한다. 물론 최상의 익살은 현실적인 사물이나 현실적인 사람에 대한 것이다."라는 테드 휴즈의 말을 인용했다. 위의 시 「약」은 그 소재가 현실적인 사물인 것이다. 약이라 하면 보통 병을 고치는 약인데, '먹고 죽는 약'의 대상인 쥐, 바퀴벌레, 좀벌레들은 약 오르겠다고 익살을 떤다. 작가의 장난기어린 익살에 웃음이 절로 나오게 된다.

> 딱지가 펑! 하고 백배쯤 불어난다면 얼마나 좋을까?/ 키가 펑! 하고 형만큼 커진다면 얼마나 좋을까?/ 시험지가 펑! 하고 백점이 된다면 얼마나 좋을까?// 그런다면 아무래도/ −친구도 펑! 형도 펑! 엄마도 펑!/ 다 쓰러지고 말겠지?
>
> — 문삼석, 「아무래도」 전문

위의 작품은 《동심의 시》 25호에 실린 글로, 좋아하는 딱지가, 키가, 시험점수가 펑! 하고 불어난다면 얼마나 좋을까? 그런데 '아무래도' 그렇게 되면 친구도, 형도, 엄마도 펑! 하고 다 쓰러지고 말겠다는 시적 자아의 현실의 삶에 대한 익살이 재미나다.

함께 발표한 「아아니요」(쿵!/ 달리다가 넘어졌어.// 엄마가 금세 달려오시는 거야./ −다치지 않았니?// 난 도리질을 했어./ 아아니요!// 나 때문에 엄마가/ 슬퍼하시면 안 되잖아!)에서는 어릴 적 넘어지면 '우리 아무개 장사다!' 그 말에 눈물이 나오도록 아프면서도 참던 일이 새삼 생각나 웃음이 절로 난다.

(가) 톡! 터질라/ 봉숭아 씨방/ 한번 건드려 볼까// 봉긋한/ 누나 가슴/ 쳐다보면 알밤 먹는다// 터질 듯/ 통통한 가슴/ 콕! 찔러 보고 싶다.

(나) 언제 샀을까./ 새벽일 나가는/ 아빠 차에/ 단단히 굳어 있는/ 새똥 화석.// (중략)// 도둑 똥 싸고/ 달아난 새./ 하늘에는 화장실도 없나 봐.//

(다) 선생님이 보면/ 살금살금/ 뒷짐 지고 까치발.// 선생님이 안 보면/ 후다닥 뛰어가다/ 쭈르르 미끄럼.// "이놈, 딱 걸렸어."/ 쿵쾅거리는 발소리에/ 깜짝 놀라/ 복도가 찌른/ 가시 침 한 방.// "아얏, 따가워."/ 엉덩이가 후끈후끈.

(가)의 글은 《아동문예》에 실린 유영애의 「콕! 찔러보고 싶다」이다. 누나의 봉긋한 젖가슴을 봉숭아 씨방에 비유했으며, 쳐다보다가 누나에게 알밤을 한 방 먹으며 머리를 긁적이는 모습이 눈에 선하다. (나)의 글은 별밭동인 21집 『깨알보다 작은, 눈곱만도 못한』에 실린 이옥근의 글이다. '도둑 똥 싸고/ 달아난 새./ 하늘에는 화장실도 없나 봐.'에서 그 익살이 넘친다. 날아가는 새나 나무에 앉은 새에게서 머리에 새똥을 맞아본 적은 없는가? 맞아본 사람은 '재수 없는 날'(그날에 복권을 사면 대박이 터진다는 말도 있음)이지만 곁에서 지켜본 친구는 배꼽을 잡겠지. (다)의 글 역시 별밭동인 21집에 함께 실린 이옥근의 글로 교실 복도에서 경험한 일이 생각난다. 복도는 달리고 장난치고 손들고 벌서던 그런 경험이 숨 쉬는 곳이다. 재미가 없는 복잡한 세상 한 자락에 재미와 웃음을 선사하는 작품들이다.

야, 저기/ 지은이가 온다/ 미현이도 온다/ 유미도 온다// 야, 오늘은/ 얼음 땡 놀이 해도 되겠다/ 고무줄놀이 해도 되겠다/ 그 동안 나 혼자 심심했는데….// 야! 오늘은/ 무슨 일이든 다 되겠다!

이 글은 이준관의 연작시 「골목길 이야기 · 21」《아동문예》이다. 씨는 '아이들의 생활과 골목길의 풍경을 꾸미지 않은 날것 그대로 질박하게 쓴다.'고 말한다. 그는 언제나 한 발 앞서 빛나는 작품을 빚고 있다. 아이들이 많이 모이니, 오늘은 무슨 놀이던지 재미나겠다. 요즘 골목길은 어떤가? 골목길에는 주차장 아니면 찻길이 된지 오래다. 골목길 아름답던 추억은 먼 이야기가 되었지만, 왜 자꾸 그리워지는가? 골목길을 아이들에게 돌려주었으면 좋겠다. 아이들에게 학원에 묶여 사는 끈을 조금은 풀어주었으면… 골목길이 혼자 심심하지 않게 그렇게….

> 며칠 전/ 직장을 그만 둔 아빠// 거실 문을 열고 들어서는데/ 혼자서 텔레비전 앞에 앉아 있다// 둥그렇게 굽은/ 아빠의 등이/ -민규야, 미안해!/ 내게 말하는 것 같아서// 살금살금 다가가/ 꼭 안아주었다/ 뭉클하게 다가오는/ 축축한 아빠의 등// 하루 종일/ 무슨 생각 하고 있었을까?
>
> — 이성자 ,「아빠의 등」(『동심의 시』 25)

위의 작품은 익살보다도 삶의 감동이 가슴을 흠뻑 적셔준다. 요즘 우리나라뿐만 아니라 세계 경제가 어려움이 많다. 젊은이들의 직장 문제가 심각하다보니 어른들도 조기 퇴직을 하는 형편이다. 아버지들은 직장문제, 가정문제, 집안문제, 자식문제로 허리가 휘고 어깨가 무겁다. 직장을 그만 둔 아빠를 이해하고 안아주는 효심을 문학 작품으로 형상화하였다.

박정식은 사자성어를 가지고 동시조를 지어 『형형색색』이라는 동시조집을 발간하였는데, 사자성어도 배우고 동시도 감상할 수 있는 색깔 있는 작품집이었다. 재미있는 작품 한 편을 감상해 보자.

> - 해님이 내다보는/ 문구멍 알지?/ 몰라?// -그럼, 해님이 달아놓은/ 몰래카메라 알지?/ 몰라?// -그래서/ 밤에도 사람들/ 나쁜 짓 안해, 정말 몰라?

− 박정식, 「금시초문(달)」 전문

어머니가 붙들고 끙끙/ 아버지가 붙들고 끙끙끙/ 겨우겨우 풀고보니//
콩 한 봉지 꼭꼭/ 깨소금 한 봉지 꼭꼭꼭// 우리 할머니 손가락/ 참 힘도
세지.

− 김에순, 「콩 한 봉지 꼭꼭」 일부 《계절문학》 봄호)

노래를 잘 부르고 싶지만/ 잘 못해도 괜찮다/ 달리기도 잘하고 싶지만/
잘 못해도 괜찮다// (중략) // 지금은 노래를 잘 못해도/ 지금은 달리기를
잘 못해도/ 잘하는 아이들에게 큰 박수를 보내고/ 함께 즐거워하는 나//
그런 내가/ 나는 좋다.

− 한명순, 「나는 나다」 일부 《월간문학》 4월호)

위의 두 작품은 한국문인협회에서 발간한 책에 실린 글이다. 「콩 한
봉지 꼭꼭」은 시골 할머니 댁에 다녀와서 할머니가 농사를 지은 곡식
을 봉지봉지 보따리에 챙겨준 걸 가족이 모여 풀고 있는 광경이 눈에
선하다. 할머니의 정성과 사랑이 봉지봉지 꼭꼭 담겨 있다. 의성어와
의태어 사용이 재미있다. 「나는 나다」는 재미성보다도 삶의 의미성에
서 성공한 작품이다. 개인주의와 이기적인 삶이 팽배한 사회에 어떻게
살아야 하는가 그 방법을 제시해 준다. 더불어 사는 삶, 함께 하는 삶,
상대에게 박수를 보내는 여유가 아름답다.

작품에서 재미있음 되지 뭐! 뭘 더 바라지… 틀린 말이 아니다. 특히
아동문학에서는 더 그렇다. 어린이들은 약이 쓰면 삼키지 않는다. 그
래서 약 표면에 달콤한 걸 바른다. 그러나 건강을 생각한다면 약 내용
을 생각하지 않을 수 없다. 글에서도 재미성에 감동성을 사과에 영양
소를 넣듯 그렇게 감추어야 한다. 다만 재미성도 감동성도 없는 작품
이 문제가 된다.

시점의 다양화를 통한 시적 형상화

— 유경환, 정용채, 김소운, 오순택, 김진광, 최명주, 전정남, 최복형, 정태모, 박경종

『동심으로 살면 세상이 아름다워집니다』는 아동문학의 날 표어이다. 동심은 하느님의 마음이요, 부처의 마음이라 했다. 아동문학은 어린이 사랑의 문학이요, 해 뜨는 아침의 문학이며, 문학의 뿌리이다. 어린이와 어버이 그리고 스승을 생각하고 기리는 가정의 달 첫날인 5월 1일을 아동문학의 날로 삼았다.

미국의 시인 롱펠로우(Longfellow, H. W.)는 '너희 어린이들은 이전에 노래되고 얘기했던 모든 민요보다도 더 좋다. 너희들은 살아 있는 시詩이기 때문이다. 그 나머지는 다 죽어있지 않은가!'라고 말한 바있다. 어린이의 존재 의미를 바탕으로 하여 생각해 볼 때, 아동 문학의 문제는 일반 문학과는 달리 필요불가결의 상황에까지 이르게 된다. 아동문학의 날 제정을 위해 앞에서 힘쓴 분들께 이 자리를 빌어 감사 드린다.

동시를 다양화하기 위한 방법으로는 여러 가지가 있을 수 있다. 동요, 동시, 동시조, 연작동시, 동화시, 서사동시, 유아동시, 저학년 대상으로 한 동시, 고학년을 대상으로 한 동시 등 장르와 관련지어 나눌 수있다. 다른 하나는 비유(직유, 은유), 상징, 의인, 대구, 풍자, 반어, 역설 등 표현법과 관련하여 동시의 다양화를 시도할 수도 있겠다. 그러나 여기서는 또 다른 방법의 하나인 '동시 시점의 다양화'를 통한 시적 형상화에 초점을 맞추어, 우리나라 월간 순수 아동문학 양대 잡지인 《아동문예》와 《아동문학》 2002년 6월호를 중심으로 발표된 작품을 살

펴보기로 한다.

먼저, 동시의 주 독자는 어린이지만 어른들이 읽어도 좋을 어른을 위한 동시 시점에서 발표된 작품들을 살펴보겠다. 아동문학은 어린이들을 대상으로 창작된 문학이다. 그러나 동화를 보면 어른들도 많이 읽고 있는 것을 볼 수 있다. 서양에서는 동시와 시가 구분되어 있는 것이 아니라, 어린이들에게는 그들이 이해할 수 있는 쉬운 시를 골라서 읽힌다고 한다.

목재소에 가면 나무 속살 볼 수 있다
통나무 갈라져 나오는 곧은 재목들
전기톱이 뿜는 톱밥의 아픔에도
반듯함 지키는 정직함
부끄러워도 숨기지 못하는 속살 향기
우리 마을 목재소에서
나무의 의젓한 마음을 배운다.

— 유경환, 「목재소 구경」 전문

1학년이 앉는/ 나무의자가 되고 싶다

얌전해진 꾸러기들/ 새침떼고 앉는 작은 의자

깃발처럼 나부끼는 잎/ 마음껏 뻗어 기지개 켜던 팔

1학년 그 귀여운 두 귀에/ 얼마나 담아줄 수 있을까

내 손자도 앉아보는/ 작은 나무의자이고 싶다.

— 유경환, 「나무의자」 전문

위의 두 작품은 유경환의 작품이다. 그는 어린이와 어른들이 읽어도 좋을 어른을 위한 동시를 주로 즐겨 쓰면서, 우리나라 동시인 중에서 이론적으로도 그러한 시 창작이 필요함을 맨 앞에서 주장하는 분이라 할 수 있겠다.

위의 시 두 편은 아동문예 6월호에 특선 동시로 발표된 시이다.

「목재소 구경」은 속마음을 감추고 사는 사람들, 아픔을 잘 이겨내지 못하는 요즘 청소년들과 거짓말에 오염된 사회 사람들, 인간미가 없는 사람들을 목재소에서 켜져 나오는 나무와 대비시켜 시로 형상화한 작품이다. 여기에 쓰인 시어 '속살'의 의미와는 조금 다르지만 사람들도 목욕탕에서 서로 등 밀어주며 대화를 하다보면 친해진다고 한다. 이 시는 '나무 속살'이나 '속살 향기' 등의 시어나 동시로서 다소 의미가 무거운 점 등이 보이나 난해하거나 이해의 어려움이 없기 때문에 어린이와 어른이 모두 읽어도 좋은 작품이라 할 수 있겠다.

「나무의자」는 할아버지가 손자를 무릎이나 등에, 태우듯 그렇게 귀여운 1학년이 앉는(내 손자도 앉아보는) 작은 나무의자가 되고 싶다는 내용의 글이다. 집에서 꾸러기들도 학교에 와서 작은 의자에 앉으면 얌전하고 조금은 의젓해진다. 3년의 〈깃발처럼 나부끼는 잎/ 마음껏 뻗어 기지개 켜던 팔〉은 나무와 1학년 어린이의 동질성을 나타내었다고 볼 수도 있다. 끝연은 첫연을 조금 변화를 준 수미쌍관법으로 처리하여 끝을 맺었다. 나무를 소재로 한 시가 한 편 더 발표되었다. 「할아버지 의자」인데 할아버지의 '흔들의자'를 끝연에서 '다리 아플 때 업어주시던 얇은 등처럼 편안한 의자'로 비유하고 있다. '얇은 등'은 늙어 뼈만 남고 허리 굽은 할아버지의 이미지를 떠올려주는 의미성에서 성공한 어린이와 어른을 독자로 할 수 성공한 작품이라 할 수 있겠다. 그의 작품을 한 편 더 감상해 보자.

할아버지가/ 늘 기대앉던/ 흔들의자//

먼지 닦아내고/ 앉아보니/ 그렇게 마음 편할 수 없다//

그래서/ 할아버지는/ 늘 기대앉곤 하셨나 보다 //

다리 아플 때/ 업어주시던/ 얇은 등처럼 편안한 의자.

— 유경환, 「할아버지 의자」 전문

유경환이 특집으로 발표한 10편 모두가 어린이와 어른 모두를 독자
의 대상으로 한 시에 넣어도 좋은 시라고 볼 수 있다. 「백화점 회전문
처럼」, 「별 놓고 장기두기」는 제목을 보아도 어린이만을 주 독자로 한
글에서는 보기 드문 것이었다. 그가 이번에 발표한 특선동시는 어린이
와 어른 모두를 독자의 대상으로 한 시에 넣어도 좋은 시로서, 그가 근
래에 발표한 시중에 가장 성공한 좋은 시라는 생각을 해본다. 유경환
은 1952년 소년세계에 「오누이 가게」 발표와 1957년 조선일보 신춘문
예에 동시 「아이와 우체통」그리고 1958년 《현대문학》지에 「혈화산」
추천 이후 시와 동시와 수필과 논설 등을 젊은이보다도 더 왕성하게
발표하여 귀감이 되고 있다.

시냇물이 흐른다/ 졸졸졸/ 물결 소리에서/ 나는/ 또 다른 소리를/ 듣는
다.//

부지런 하라/ 멈추지 말라/ 변하지 말라는 소리를//

시냇물이 흐른다./ 졸/ 졸/ 졸/ 흐르는 시냇물에서/ 나는/ 또 다른 흐름
을 본다.//

세월이 흐르고/ 인생이 흐르고/ 역사가 흐르는 것을

— 정용채, 「시냇물」 일부

아무도/ 눈치 채지 못하게/ 문 살짝 걸어 잠그고/ 편지를 읽는다//

쓰면서/ 오직 나만을 생각했을 너/ 읽으면서/ 오직 너만을 생각하는 나
//

꼭꼭 눌러 쓴/ 글자마다/ 묻어나는/ 너의 향기//

그 속에서/ 샛별처럼/ 반짝 웃고 있는/ 새침한 너의 얼굴
　　　　　　　　　　　　　　　　－ 김소운, 「쪽지편지 · 4」 전문

　정용채의 「시냇물」은 《아동문학》 6월호에 실린 작품으로 어린이와 어른을 독자로 겨냥한 시에 넣을 수 있다. 시냇물에서 시냇물 소리 외에 부지런하라, 멈추지 말라, 변하지 말라, 세월의 흐름을, 인생의 흐름을, 역사의 흐름을, 그리고 생략한 시의 끝 부문의 내용에서는 은빛 금빛 크고 단단한 알갱이 같은 진리를 본다는 내용으로 요약할 수 있다. 이 시는 문학의 효용성 중에 교육성이 내포된 교시적인 면이 잘 갖추어진 작품이라 볼 수 있다. 이러한 교시적인 시는 자칫하면 문학성이 떨어지기 쉬운 약점을 지니고 있다.

　《아동문예》 6월호에는 김창현의 「오월은 어린이 세상」외 1편의 작품이 실려 있는데, '한국 동시조 시리즈 · 5'라는 부제가 달려 있다. 사설 동시조로 위에서 말한 작품처럼 독자층을 어린이와 어른 모두를 대상으로 하는 지적이고 교훈성이 짙은 작품을 시로 형상화하고 있다. 동시조 연작 시리즈로는 실험시라고 볼 수도 있는 기왕 시작한 것인데 재미성에서는 대체로 성공하고 있지만, 예술성에서도 좀더 노력을 하여 우리나라 사설 동시조의 발전을 가져오기를 기대해 본다.

　김소운의 「쪽지편지 · 4」는 아동문예에 매월 연작으로 게재되는 「몽당연필로 쓴 보랏빛 쪽지편지」의 연작시 중 한 편이다. 그의 연작시가 많은 어린이와 성인들의 독자로부터 사랑과 주목을 받으리라 생각된다. 그런 까닭은 ① 연시(연애시)이다. 연시는 달콤하고 누구나 가슴을 설레게 한다. ② 독자층의 공감대가 크다. 초등학교 어린이들의 신체 발달이 예전보다 빠르고, 중고등학생의 정서에도 맞으며, 어른들도 모두 그런 과정을 거쳤다. ③ 어린이를 독자로 한 연시 연작시를 다루었다. 한두 편 다룬 작가들은 있겠으나, 김소운 시인처럼 집중적으로 다룬 사람은 기억이 없다. ④ 어른이 쓴 글이지만 어린이나 청소년의 심

리를 잘 표현했다. ⑤ 표현력과 문학성에서 성공했다.

김소운의 위의 시에서 '쓰면서/ 오직 나만을 생각했을 너/ 읽으면서 / 오직 너만을 생각하는 나' 는 대구법을 사용하여 독자들 가슴 사랑 의 화로에 불을 당긴다. 그 다음 연의 '꼭꼭 눌러 쓴/ 글자마다/ 묻어 나는/ 너의 향기' 요즘 주로 쓰는 볼펜이 아니라, 칼로 깎아 향내가 나 는, 작은 몽당연필로 이따금씩 침도 발라가며 쓰는 가슴으로 쓰는 편 지이다. 나무의 향과 너의 향기 그 위에 '샛별처럼/ 반짝이고 웃고 있 는/ 새침한 너의 얼굴' 이 오버랩된다. 이러한 연시는 여중생이나 여고 생들이 참 잘 쓴다. 염두에 둘 것은 학생들의 수준 위의 문학성이 있는 글을 쓰는 일이며, 이 땅의 어린이와 청소년과 그리고 어른들도 읽어 도 좋을 연시집을 책 한 권으로 묶어내는 일도 바람직하다고 본다.

지금까지는 어른들이 읽어도 좋을 어른을 위한 동시 시점에서 발표 된 작품들을 살펴보았다. 그러나 이제부터는 어린이들을 대상으로, 어 린이를 독자로 의식하며 창작한 작품을 살펴보고자 한다. 여기에 해당 하는 글은 좁은 의미(협의로서의)의 동시라고도 부를 수 있겠다.

나무는/ 몸 속에/ 나이를 두르고 산다.//
꼭/ 음반 같다.

— 오순택, 「나이테」 전문

— 딩동 딩동/ — 네, 나가요.//
어!/ 아무도 없네.//
아! 담쟁이 손이/ 초인종을 누르고 있네.

— 김진광, 「초인종」 전문

나는/ 학교 갔다오면/ "어휴, 목말라" / 냉장고 문부터 여는데//
수돗물,/ 냉장고 없는/ 배추들은 얼마나/ 목이 마를까?

— 최명주, 「가뭄 · Ⅰ」 전문

위의 시의 공통점은 ① 5~8행의 단시 ② 의인화 ③ 유아시, 어린이를 독자로 한 시 ④ 발견의 재미 ⑤ 특선동시로 발표된 작품 등이다.

오순택의 「나이테」는《아동문예》에 발표된 작품으로 나이테와 음반의 등식이 성립된다. 독자는 나이테와 음반의 유사한 발견을 보며 즐거워 할 것이다. 평범하면서도 놀라운 발견이다. 이것이 동시의 간결하고 깔끔한 맛이다.

김진광의 「초인종」은《아동문학》에 발표된 작품이며 큰따옴표와 작은 따옴표로 이루어진 대화체의 시이다. 아동을 대상으로 한 동시는 성인을 대상으로 한 시보다 대화체를 사용하여 시를 빚기가 용이하다. 특히 유아시가 더 그러하다. 지나가는 아이들이 종종 문 앞의 초인종을 장난으로 누르고 간다. "네, 나가요."하고 나가보면 아무도 없다. 그런데 어느 날은 담쟁이 손이 초인종 근처에 와 있었다. 역시 발견의 재미를 맛볼 수 있으며, 사물에 대한 친밀감과 신비로움을 갖게된다.

최명주의 「가뭄 · Ⅰ」도 〈초인종〉처럼 대화체로 사물을 의인화한 작품에 속한다. 가뭄에 축 늘어진 배추를 보고 목이 마르면 냉장고 문을 열어 시원한 것들을 마실 수 있는 자기와 비유하며 안타까워하고 있다. 함께 발표한 작품 중에 비와 관련 된 작품이 3편 있다. 〈단비〉는 화가나 말을 하지 않는 하늘을 의인화하여 흥미성에 효과를 거둔 작품이다. 〈입을 닫았다/ 말이 없었다 -중략- 우르릉 쾅쾅/ 냅다 소리 한번 지르고/ 쏴아아/ 와!/ 드디어 말을 하기 시작했다.〉

아가가 엄마에게/ 어부바//
엄마도 아가에게/ 어부바//
아가가 엄마 등에/ 가슴 안기면//
아가와 엄마는/ 한몸에 한마음 //
엄마등 가득히/ 아가가 실리고//
아가 가슴 한아름/ 엄마를 안고 //

엄마는 아가의 즐거운 놀이기구//
아가는 엄마의/ 자랑스런 보물단지.

— 전정남, 「어부바」 전문

맑은 날 아침마다/ 나타나는 뽀얀 안개 //
높은 산 깊은 계곡/ 말없이 집어먹다 //
해님이/ 얼굴 내밀면/ 살며시 도망가요

— 최복형, 「안개」 전문

꽃밭에 들어가/ 빨간 봉숭아 꽃봉오리를/
뻥 터뜨리고서/ 부끄러워 얼굴이/ 빨개져 가네.//
풀밭에 들어가/ 노란 달맞이 꽃봉오리를 /
뻥 터뜨리고서/ 겁이 나서 얼굴이/ 노래져 가네.

— 정태모, 「꽃 바람」 전문

아빠는/ 엄마 손 잡고// 나는/ 할머님 손 잡고//
할아버진/ 잡을 손이 업어서// 지팽이를 잡고서 /
달맞이 간다고// 둥근달이/ 소나무 가지 위에서
벙글벙글/ 웃는다.

— 박경종 「달맞이 간다」 전문

　전정남의 '어부바'는 감탄사 '어부바'라는 업어 달라는 소리와 업히라는 뜻으로 쓰이는 동음이의어를 사용하여 발견의 재미를 맛볼 수 있다. 〈엄마등 가득히/ 아가가 실리고// 아가 가슴 한아름/ 엄마를 안고〉에서는 대구법을 사용하여 엄마와 아가의 동화와 사랑의 시적 형상화가 절정을 이룬다. 가슴이 따뜻한 좋은 시를 읽는 기쁨이 크다.
　최복형은 동시(동시조)와 시조를 함께 쓰고 있는 시인이다. '안개'는 동시조로 안개가 계곡을 집어먹다가 해님이 얼굴을 내밀면 살며시 도망간다는 활유법 표현을 사용한 내용의 글이다. 그는 쉬운 시어를 사용하여 어린이들이 이해하기 쉬운 작품을 열심히 쓰고 있다.

박경종과 정태모는 우리나라 원로로 가장 왕성하게 좋은 작품을 발표하고 있는 시인들이다. 정태모의 '꽃 바람'은 '동요 산책 26회'로 아동문학 6월호에 발표된 작품이다. 그는 강릉의 '솔바람' 동요 동인 활동을 열심히 하고 있다. 박경종은 공주원로원에서 노후 생활을 보내고 있으며, 88세 기념 동시집 출간을 준비하고 있다. 두 분의 활발한 창작 활동에 박수를 보낸다. 아동문학은 어린이들을 대상으로 창작된 문학이다. 동시도 예외 일 수는 없다. 그러나 광의의 아동문학은 독자층이 광범하다. 성인을 위하여 창작된 세르반떼스(M. S. Cervantes)의 '돈키호테'나 스위트프(J. Swift)의 '걸리버여행기' 등은 세계의 어린이들이 많이 읽고 있다. 이러한 작품들도 아동문학으로 흡수하여 다루는 것이 바람직할 것이다. 동시의 주 독자는 어린이지만 청소년들과 어른이 읽어도 좋을 동시 창작이 필요하다.

1960년대에서 1980년대에 걸쳐 동요 수준의 동시를 성인시 수준의 동시로 끌어올리는 과정에서 동시의 난해성과 독자들이 동시를 외면하는 현상이 문제점으로 제기되기도 하였다. 이제는 그러한 고비를 어느 정도 넘겼다고 본다. 어느 시점에서 꼭 창작되어야 한다는 것보다 다양한 시점에서 다양한 작품의 시적 형상화가 바람직할 것이다.

이미지와 시적 형상화

― 강영희, 조무근, 황정자, 서향숙, 김정아, 권오훈, 심우천, 김철수, 이상현

　사람에게는 보고, 듣고, 맛보고, 냄새 맡고, 만지고 하는 기본 감각이 중요하며 다른 생물체도 이러한 감각을 통해서 끊임없이 외부와 접촉하며 생활해 가고 있다. 시인이 시를 쓸 때나 독자가 시를 감상할 때도 이러한 감각의 자극에 의하여 이루어지며, 감각적 호소를 통해 감수성을 기름지게 하는 시는 신선하고 경쾌하게 느껴진다.

　현대의 문명은 시각형의 문화다. 라디오로 듣기만 하던 시대에서 텔레비전으로 보는 시대이며, 그것도 컬러로 대형화되었다. 음악도 시디(CD)를 통하여 보며 듣는 시대가 되었다. 그래서 모든 정신 영역까지 시각화하고 양적 단위로 만든다. 현대시도 이미지즘을 필도로 시의 음악성보다 시의 회화성을 더욱 강조하고 있다. 그리하여 이미지가 없는 시는 현대시가 아니라는 극언까지 나올 정도이다.

　이미지(image)란 마음속에 그려지는 사물의 감각적 형상을 말한다. 루이스(C.D. Lewis)는 '시적 이미지란 언어로 만들어진 그림이다'라고 하였는데 리듬이 귀로 듣는 음악적인 것이라고 한다면 이미지는 글을 눈으로 읽고 머릿속에서 그 글이 자아내는 상태나 모습을 그림으로 그려보는 것이라고 할 수 있다. 흄(T.E. Hulme)은 시는 표지의 언어(counter language)로 구성되는 것이 아니라 시각적이고 구체적인 언어(visual and language)로 구성된다고 하며, '배가 향해했다.'라는 표지에 대해 '바다 위로 질주하였다.'라고 말해야 한다고 하였다.

　시의 이미지는 관점에 따라 여러 가지 유형별로 분류할 수 있겠다.

그러나 일반적으로 이미지는 정신적 이미지와 비유적 이미지와 상징적 이미지로 나눌 수 있는데, 그 중 언어에 의해서 우리의 마음속에 떠오른 감각적 이미지가 바로 정신적 이미지다. 정신적 이미지는 좀더 구체적으로 시각적 이미지, 청각적 이미지, 미각적 이미지, 후각적 이미지, 촉각적 이미지, 기관 이미지(심장의 고동과 맥박, 호흡, 소화 등의 감각을 제시한 이미지)와 근육 감각적 이미지(근육의 긴장과 움직임을 제시한 이미지) 등으로 세분된다.

> 성문을 열고/ 아침해가/
> 성큼/ 성큼/ 걸어옵니다.//
> 전쟁터에서/ 이기고 돌아온//
> 장군처럼/ 빨간 옷자락/ 펄럭이며/
> 충충대를 밟고/ 올라오면//
> 바다는/우- 우- /우- 우/
> 소리 지르며/ 창을 높이 들고/ 일어섭니다.
>
> — 강영희, 「아침바다」 전문

강영희의 「아침 바다」는 아침 바다에서 떠오르는 해를 전쟁에서 돌아온 개선장군에 비유하여 시를 형상화한 작품이다. 강영희는 일출광경 체험을 통하여 사물인 바다와 해를 실제 살아 움직이는 사람처럼 의인화하여 역동적인 이미지로 독자가 실제 일출을 보는 듯한 강한 느낌을 안겨준다. '성큼/ 성큼'이란 의태어는 해가 처음 떠오를 때의 모습에 알맞는 시각적이고도 역동적이고도 역동적 이미지로, '우- 우-/ 우- 우'는 의성어로, '창을 높이 들고'는 바다가 햇살에 반짝이는 역동적인 이미가 돋보인다. 특히 2연과 3연의 직유와 은유 표현을 사용한 비유적 이미지는 시의 질을 한층 높이고 있다. 공감각적이고 역동적인 이미지는 살아있는 아침 바다를 눈앞에서 보는 듯하여 이미지 시로서 참신하고 보기 드문 가작이라 생각되어 먼저 소개한다.

아빠의 고향/ 계단식 논에다 모내기 하면/
무논에 담근 발바닥 묻어나는/ 보드라운 감촉//
외갓집 갯마을/ 뻘밭에서 바지락 캐면/
갯벌에 빠진 내 발바닥/ 꼼지락 꼼지락/ 간질이는 글 감촉//
딱딱한 신발에 갇힌/ 회색 흙물 묻은 맨살에다/ 햇볕을 쬐어줬다.//
맨발 맨살에다가/ 자유를 줬다.
─ 조무근, 「맨발의 자유」 전문

봄을 한 입/ 가득 물고/ 알음알음 찾아나선//
결 고운/ 새소리가/ 간지럼을 피우면//
햇살을 돌돌 말아쥔 채/ 배실배실 웃는 꽃
─ 황정자, 「민들레꽃」 전문

매끄러운 땅의 마음 쓰임에/ 외롭지도 않고/
가끔 촉촉한 비가 찾아오니/ 괜찮단다.//
겨드랑이를 파고드는/ 개미가 친구 되어 주고/
꼼질꼼질 발가락을 간질이는/ 지렁이가 찾아오니 심심하지 않아.
─ 서향숙, 「나무의 뿌리」 일부

위의 3편의 공통점은 촉각적 이미지를 사용하여 시의 회화성에 충실한 점이다. 「맨발의 자유」와 「나무의 뿌리」는 이미지와 감동성에서도 어느 정도 성공한 작품이라고 할 수 있다. '맨발의 자유'는 아동문예 특선시로 발표된 글로 제목만 보아서는 성인시라 판단하기 쉽겠다. 그래서 그런지 독자를 어린이와 어른이 함께 읽을 수 있는 넓은 의미에서의 동시라고 할 수 있겠다. 그는 '시를 쓰는 마음'에서 생각하는 동시를 쓰고 싶다고 했는데, 함께 발표한 '길·1'은 삶의 의미를, '발견·38'은 공감각적 이미지를 사용한 역사적 의미를 시로 형상화하였다.

서향숙의 「나무의 뿌리」는 이미지와 의미가 조화된 시이다. 햇살과 달빛이 없는 어둠 속에서도 땅의 마음 쓰임에, 촉촉한 비가 찾아오는 것에, 개미가 친구가 되어주는 것에, 꼼질꼼질 지렁이가 찾아와서 심심하지 않으며, 꽃 잔치를 보고 싶은 뿌리의 의미를 노래한 작품이다.

위의 시 황정자의 「민들레꽃」은 《아동문예》 6월호 '신작 동시조' 로 발표된 4편 중 한 편이다. 민들레꽃이 핀 봄 길이 선명하게 떠오른다. 초장은 시각과 청각이, 중장은 청각과 촉각이, 종장은 시각과 청각이 겹친 3장 모두 공감각적 이미지가 돋보이는 시의 회화성에서 성공한 작품이라 할 수 있다. 함께 발표한 작품 모두 그러하다. 그러나 이러한 시들은 시의 감동성에 약한 흠이 있다.

중국을 비롯한 동양권에서는 고대 문예 이론에 의상意象이라는 어휘로 시작품을 논의했다. 영미에서 1910년 시작된 이미지즘 운동은 중국 시의 영향을 받았다고 볼 수 있다. 의상파의 대표적인 인물 에즈라 파운드(Ezra Paund)는 중국 고전시의 애호가이며, 그는 중국 시의 전체가 의상 가운데 잠겨 있으며, 의상파들이 배워야 할 전범이라고 생각하였다. 엘리엇은 에즈라 파운드를 '현대에서 중국 시를 발현시킨 사람' 이라고까지 했다.

의상의 기초가 되는 것은 물상物象이다. 의상은 의(意: ①마음의 뜻, ②생각)과 상(象: ①꼴, 모양 ②본뜨다 ③현상, 상태)의 결합으로 시인의 정의(情意)와 사물의 형상이 융합하는 것이다. 의意는 주관적인 것이고 상象은 객관적이다. 이미지心象를 의상이란 전통적인 어휘로 대치시켜 쓰는 것도 바람직하겠다.

비유란 추상적인 원관념을 구체적인 이미지로 구상화具象化하는 표현 방법이다. 미국의 철학자 어빈(W.M. Urban)은 언어가 발달하는 과정에는 ①흉내내거나 그대로 기록하는 모사模寫의 단계(the imitative or copy stage) ②유추적 단계(the analogical stage) ③상징의 단계(the symbolic stage)가 있다고 하였다. ①은 표현이 가장 원시적이고 단순하고 유치한 형태이며, '큰 나무', '눈이 온다' 처럼 사물과 그것을 표현하는 언어 사이에는 아무런 관계나 차이가 없다. ②는 어떤 대상을 표현하기 위하여 그와 유사한 특징을 가진 다른 사물을 들어 원관념을 보다 강하게 부각시키는 것이다. ③은 원관념과 보조관념의 결합의 밀도가 강하여 원관념은 숨어버리고 보조관념만 나타나는 비유의 가장 고등한 형태이다.

오월이면
나는 길가의 작은 풀잎이 된다.
기분이 좋아 괜스레 좋아
누군가 슬쩍 지나기만 해도
끄덕끄덕 인사를 하고 싶어진다.

그러다가 나는
열살 철이 키 만한 나무가 된다.
고 손바닥만 한 고 나이만큼의 잎사귀마다
햇살 묻은 편지를 쓴다.

그러다가 나는
빨간 꽃봉오리가 된다.
꼭꼭 묻어두었던 고마움이
누군가의 가슴에서 활짝 피고 싶어진다.
　　　　　　　　　　　　　　　　－ 김정아 「오월이면」 전문

산등성이/ 햇빛 물살을 타고 올라/ 알 깔 자리 앞에서
분홍빛 등지느러미를 하늘거리고 있는/ 저 연어 떼/ 연어 떼들.
　　　　　　　　　　　　　　　　－ 권오훈 「진달래」 전문
쪼무레기 아이들이

풍선 같이 매달려/ 그네를 탄다//

빙글빙글 옥이는/ 달님이 되고//

빙글빙글 석이는/ 해님이 되고//

까만 눈이 반짝반짝 은하수 된다.//

비잉 빙-/ 하늘이 돌고…… 지구가 돌고//

오색 풍선 부푼 꿈에/ 우주가 활짝//

땅 위에서/ 반짝반짝/ 별이 빛나고 //

또 하나/ 커-다란/ 우주가 빙글빙글…….

- 심우천 「회전 그네」 전문

위의 3작품은 은유를 사용한 비유적 이미지가 돋보인다.

김정아의 「오월이 오면」은 《아동문예》 게재된 시로, 오월이 오면 '나는 길가의 작은 풀잎이 된다.'(1연), 그러다가 '열살 철이 키 만한 나무가 된다.'(2연), 그러다가 나는 '빨간 꽃봉오리가 된다'(3연)는 비유적 이미지(은유적 이미지)가 쓰였다. 2연의 '고 손바닥만한 고 나이만큼의 잎사귀마다 / 햇살 묻은 편지를 쓴다'에서는 직유적 이미지의 비유와 '햇살 묻은 편지'라는 상징적 이미지가 쓰인 흉내내거나 그대로 기록하는 모사模寫의 단계를 넘어 유추적 단계와 상징의 단계에 해당하며, 이미지와 의미면에서도 대체로 성공한 작품으로 볼 수 있다..

권오훈의 「진달래」는 《월간문학》에 게재된 시이며, 위의 시처럼 은유를 사용한 비유적 이미지로 시 형상화에 대체로 성공한 작품이다. 시적 대상인 '진달래'와 상관물인 '연어떼'의 유사성이 전혀 관련이 없는 비유적 이미지로 독창적이며 참신성이 돋보이는 작품이다. 그러나 동심의 여과를 좀더 생각한다면 더 좋은 작품이 될 것으로 기대된다.

《월간문학》에 게재된 심우천의 「회전그네」도 은유를 사용한 비유적 이미지가 돋보이는 작품이다. 회전 그네가 돌아가는 것을 착안하여 그네를 타는 아이들이 달님과 해님이 되고, 아이들 눈빛은 별이 되고, 그래서 그네는 아이들과 어울려 작은 우주가 된다는 내용이다. 첫 연과 끝 연을 제외하고는 3음보로 되어 있는 리듬이 회전 그네가 돌아가는 리듬과 동적 이미지와 의미와도 잘 어울린다. 상상력을 통한 직유와 은유의 비유적 이미지와 시를 빚는 기교가 뛰어나다. 그러나 이미지와 기교 중심의 시는 의미면에 약하기 쉽다.

리이드는 은유를 . '등가等價에 의한 섬광적 조명' 이라 하며, 문장의 의미를 구체적인 이미지로 조명하여 독자를 놀라게 하는 예리한 상상력을 요구하였다. 윌리(Gerog Whalley)는 이를 이화수정異化受精이라고 하였다. 현대에 와서 모든 것은 메커니즘으로 기울어지고 인간의 의식은 다양하게 변화하는 문명 생활의 체험을 단순한 언어로 표현할 수 없어 포괄적이고 암시적인 은유를 사용하게 되었고, 이로서 현대문학은 난해성을 면하지 못하게 된 것이다. 표면적이고 기성적인 종래의 언어기능은 이제 생명을 잃게 되어 은유를 통한 생명의 소생을 바라는 것이 현대 문학의 과제이기도 하다.

> 딱 2년만 지나면 돌아오시겠다고
> 철석같이 약속하고 손도장까지 찍었던/ 우리 어머니
> 2년이 한번 지나고 두 번 지나도
> 금방 오겠노라는 거짓말만 여전히 반복하실 뿐
> 집 앞 전신주 위에 앉은/ 까치가 아무리 울어 재껴도
> 어머니의 모습은 보이질 않습니다.//
> 엄마 데려오겠노라고/ 뒤따라 집 떠난 우리아빠
> 짝 잃은 외기러기 되어/ 엄마 얼굴조차 보지 못한 채
> 막노동판 현장에서 눈물 흘린다는 소식만/ 가끔 들려옵니다.
> — 김철수, 「연변땅 어린이들」 일부

햇빛 마을 가는 길은/ 늘 파아란 하늘이 열어준다. / 빠알간 해가 열어준

다//

길목에 내려와 놀던/ 바람은 나무 위로 올라가고//

햇빛은 소나기가 되어/ 아이들의 온몸을 눈부시게 적신다.//

날마다/ 햇빛을 밟으며/ 걸어가는 아이들//

책가방마다/ 햇빛이 가득하다./ 얼굴마다/ 푸른 하늘이 가득하다.//

길마다/ 햇빛이 걸어간다./ 바람이 걸어간다./ 푸른 하늘이 걸어간다.

- 이상현, 「햇빛 마을 가는 길」 전문

김철수는 운영이 힘든 순수 아동문학 잡지를 사명감을 갖고 꾸려가는 이재철씨, 박종현씨를 이어 수고하고 있으며, 세계 여러 곳에 우리 문학을 알리는데 노력하고 있다. 이번에 크리스찬저널지에 발표한 「연변땅 어린이들」은 그가 몇 년째 애정을 갖고 있는 연변땅 아이들과 동포들 현실의 아픔을 리얼리즘 입장에서 떠올린 이미지와 감동이 조화된 작품이라 할 수 있다.

위의 시 「햇빛 마을 가는 길」은 제목이 상징적이다. 햇빛 마을은 도시와 거리가 먼 마을이며, 아이들만의 마을, 아이들만의 세상, 동화의 마을이라고도 할 수 있다. 햇살 눈부신 환상의 세계가 그려진 한 폭의 수채화를 보는 듯하다. 마지막 연에서 아이들은 햇빛이 되어, 바람이 되어, 푸른 하늘이 되어, 아이들만의 세상으로, 환상의 세계로, 동화의 세계로, 또는 초현실의 세계로 걸어간다. 소재 선택과 이미지와 구성 그리고 시 형상화에서 단연 돋보이는 작품이라 할 수 있겠다. 하지만 이러한 시는 현실에 그 뿌리를 두지 못하는 흠결이 드러나기 쉽다.

루이스(C. Day Lewis)에 의하면 시의 이미지는 먼저 시의 ①주제와 조화되어야 하고, ②신선하고 독창적이어야 하며, ③감각적인 체험의 재생이어야 하고, ④시적 이미지는 비유나, 상징 등의 표현 기교와 결합되어야 한다. 시적 이미지는 한 편의 시를 이루는 부분적인 시상의 구체화요, 감각적이 체험의 재생으로서, 현대시를 특징 지워주는 대표적인 구성요소라고 할 수 있다. 시인은 이미지를 통해서 예술적 표현의 다양성을 보여주고 자신의 예술 세계를 확대해야한다.

현대의 문명은 시각형의 문화이며, 그리하여 이미지가 없는 시는 현대시가 아니라는 극언까지 나올 정도이다. 이미지 시의 단점은 의미와 감동성에 약한 것이 그 흠이다. 이미지에만 매달리다가 의미면에 등한시하는 일이 없어야겠다. 시의 이미지와 의미가 조화된 시 창작을 항시 염두에 두고 창작하는 일이 필요하다.

동일성과 시적 형상화

— 오은영, 김점식, 김완기, 홍은순, 윤영훈, 이경란, 강미경, 정용채, 김철수, 김병호

천하의 이치는 끝마치면서 다시 시작되며 항상 있는 것이며 끝남이 없다. 오직 때에 따라 끊임없이 변화하고 바뀌어 가는 상도라 했다. 하지만 오늘날의 변화는 그 속도가 너무 빨라서 사람들이 따라 가기가 여간 힘든 게 아니다. 그래서 사람들은 급격하게 변화하는 문화와 의식 속에 숨어 있는 무자비한 변화와 다양성과 소외와 분열이란 말들과 더불어서 同一性(identity)이란 말을 사용하고 있다.

동일성은 객관세계의 상실과 자아상실이라는 두 가지 위기감에서 야기된다고 볼 수 있으며, 문학에서도 하나의 가치개념으로서 다루어지고 있다. 시에서는 주체로서의 시적 자아가 외부세계와 조화를 이루느냐 아니면 대립과 갈등을 일으키고 있느냐, 그리고 진정한 나는 무엇이며, 어제의 나와 오늘의 나는 같은가 다른가 등의 문제는 바로 동일성의 문제라고 할 수 있다.

이번에는 월간문학, 펜문학, 소년, 아동문예, 아동문학 등에 게재된 글을 중심으로 하여 동일성과 관련이 있는 작품, 시적 형상화가 비교적 잘된 작품을 선택해 보았다.

내 친구 흰둥이를/ 묻고 돌아온/ 뒤론//
친구가 피워 올린/ 보랏빛 개미취나/ 황금빛 애기똥풀들로//
내게/ 특별하게 된/ 뒷동산 풀밭까지.//

— 오은영의 「특별한 풀밭」 일부 《소년》 7월호

늘/ 높은 하늘 날고 싶은 새가/ 호숫가 나뭇가지에서 쉽니다.

엇!/ 올려다 봐도 올려다 봐도/ 끝이 없는 하늘이/ 호수 속에 있네요.//

흰구름도 데리고/ 저 보세요/ 나무도 키우고/ 그 나무에 새도 자라네//

하늘 품은 호수가/ 까르르 까르르/ 웃음을 날리니/ 물결이 반짝반짝

지나던 바람도/ 머물러 보네요 //

'나도 하늘까지 갈 거야' / 휘이휘이 묻습니다./ 하늘 속 새에게

"얼마나 날면 하늘까지 가니?"

— 김점식의 「새의 하늘」 전문 《아동문예》 7월호

위의 두 작품은 '인간의 한계'를 동일성을 통하여 외부세계와 조화를 이루려는 시적 형상화의 노력이 보인다. 오은영의 「특별한 풀밭」은 평범하게 생각하던 뒷동산도 뒷동산 풀밭의 개미취나 애기똥풀 하나도 친구를 묻고 돌아온 뒤로는 특별한 존재가 된다.

즉 어떤 보통의 사물이나 장소도 의미를 불어넣으면, 나와 관계를 가지면 특별하게 되는 이치다. 죽음이라는 자연의 냉엄한 질서 앞에서 만물의 영장이라는 인간도 허무하고 가련한 존재가 아닐 수 없다. 죽음의 극복을 위해 친구와 관련이 있거나 유사하다고 생각하는 친구 무덤에 핀 개미취나 애기똥풀을 인격화한다. 이것은 친구에 대한 사랑이며 곧 동일성의 가치이다.

「새의 하늘」은 시적 상상력이 돋보이는 작품으로 하늘을 날지 못하는 인간의 한계를 자연인 새와 호수를 인격화하고, 시적 자아와 공시적인 동일화를 꾀함으로서 그 한계를 넘고 싶은 욕망이 형상화되어 있다. 3연의 '저 보세요 / 나무도 키우고 / 그 나무에 새도 자라네'에서는 시인이 호수를 바라보는 눈이 예사롭지 않다. 끝연은 시적 자아가 인간의 한계를 넘으려는 욕망을 자연에게 묻고 있다.

창공을/ 휘젓고 싶어/ 멋대로 하늘 길 만든다.//

요리조리 맘대로/ 쏘다니고 싶다

뱅글뱅글 맴돌다/ 달아나고 싶다. //

얼레야, 확 풀어다오/ 연줄이 뭐 소용 있니

연꼬리 날리며 바람 타고 놀 테야.//

버리고 싶은 것들/ 하늘 길섶에 다 토해내고

까딱 까딱 까딱 까딱 까딱/ 까불어댄다.

– 김완기, 「연이 만든 하늘 길」 전문 《아동문예》 7월호

우리 아가 혼자 놀 때 몰래몰래 보면은

주먹을 둘러메고 싸움도 하고

거울보고 쫑긋쫑긋 웃기도 하고

혼자서 옛날얘기 재미도 있죠//

우리 아가 혼자 놀 때 몰래몰래 보면은

고무신 한 짝 구두 한 짝 짝짝이 신발

신발 속에 가득가득 흙차를 만들고

갑니다 갑니다 우리집 가요

– 홍은순, 「우리 아기」 전문 《펜문학》 63호 여름호

위의 시 두 편은 우리에게 낯익은 通時的 同一性(diachronic identity) 양상 중에 동심童心을 노래한 작품이다. 과학과 물질 문명의 발달로 세계는 옛날과 달리 급속도로 변한다. 사람들은 어린 시절이 그립고 젊음을 동경한다.

「우리 아기」는 원로 여류 시인 홍은순의 동요이다. 시적 자아인 할머니가 아기의 혼자 노는 모습을 몰래 숨어보면서 천진한 동심 세계를 갈망하고 있다. 빙그레 웃으시며 훔쳐보는 할머니 모습이 눈에 선하다. 나아가 할머니는 아기에 동화同化된다. 하나가 된다.

김완기의 「연이 만든 하늘 길」은 연을 통해 자유와 낭만과 밝음과 놀이와 상상력을 창공에 맘껏 펼친다. 아이들 작은 어깨에 혹은 시적

자아에 짐 지워 주는 많은 '버리고 싶은 것들 / 하늘 길섶에 다 토해내고' 자유의 하늘을 날며 까딱 까딱 까딱 까딱 까딱 까불어대고 싶은 것이다. 여기서 '연'은 '시적 자아'이며 연처럼 푸른 하늘을 맘껏 날고 싶은 마음을 연에 投射시켜(감정이입하여) 연과 자아와의 동일성을 이룩하고 있다. 이것은 세계 속에서 자신을 발견하는 방법이다. 이처럼 투사에 의하든 동화에 의하든 자아는 세계와의 관계에서 소외되거나 초월하지 않고 연속되어 있는 것이고, 이것이 서정시의 원초적 모습이다. 투사에 의한 동일성 작품을 2편만 더 살펴보자.

> 너무도 먼 길/ 돌아가는 게 안쓰러워//
>
> 아슬아슬하게 보이는/ 푸른 강물 위로
>
> 거대한 몸 뻗쳐/ 길게 엎드려 있다.//
>
> 오가는 사람/ 밟고 밟아도
>
> 오가는 차/ 소리 지르고 달려도 //
>
> 내가 참고 견디어야/ 모두가 편할 거라고
>
> 말없이 엎드려 있다.
>
>   — 윤영훈, 「다리」 전문 《아동문예》 7월호

> 스멀스멀 기어오르지/ 한손한손 내밀고/ 한발한발 내붙이면서//
>
> 온 몸을 납작하게 펴고/ 위를 보며 오르는 거야//
>
> 찐득이처럼 벽을 타고 올라야해/ 꼬오옥 붙어서//
>
> 납작 엎드린/ 벽 위의 스파이더맨
>
>   — 이경란, 「담쟁이 넝쿨」 《월간문학》 7월호

위의 시는 투사를 사용한 共時的 同一性을 통하여 시적 자아의 삶의 의지나 가치를 발견하고 있다. 윤영훈의 '다리'에서는 마지막 연의 '내가'와 '다리'와 '시적 자아'는 등식의 원리가 적용되어 감정이입으로 동일성이 이루어진다. 강물로 말미암아 돌아다니는 사람들을 위하

여 오가는 사람과 차에 밟혀도 '내가 참고 견디어야 / 모두가 편할 거라고' 생각하는 시적 자아의 삶의 의지를 다리라는 자연을 통하여 시로 잘 형상화하였다.

이경란의 「담쟁이 넝쿨」은 벽을 기어오르는 담쟁이 넝쿨을 스파이더맨으로 비유한 발견의 재미가 돋보이며, 담쟁이 넝쿨(자연)에 시적 자아를 투사하여 위를 향하여 오르고 싶은 인간의 의지를 표현하였다. 촉각, 시각, 공감각, 그리고 직유와 은유를 이용한 비유적 이미지가 발견의 재미와 함께 돋보인다. 이미지 중심의 시는 의미에 약하기 쉬운 단점이 있는데, 이 시는 그런 것을 대체로 극복하고 있다. 위의 2편의 시와 김완기의 '연이 만든 하늘 길'은 투사를 통하여 자연과 시적 자아가 일체감을 이루는 작품이다.

> 찬밥 물에 말아/ 후루룩/ 김치 한 조각/ 입에 넣고/ 우물우물…….//
> 따뜻한 밥/ 생선살은/ 모두/ 내차지다.//
> 미안해/ 하얀 생선살/ 입안에 넣어드리면
> 다시 꺼내/ 내 입에/ 쏘옥 놓어주신다.//
> - 난 비려서 안 먹는다./ 하시면서…….
>
> — 강미경, 「어머니」《아동문예》 7월호

> 초등학교 1학년 때/ 담임 성윤호 선생님
> 십리길 달려온 나/ 반겨 주었지요.//
> 여름방학 때 가정 방문/ 아버지랑 약주 드시고
> 사랑방 툇 마루서 주무셨지요.//
> 땀을 흘리신 선생님/ 머리맡에 무릎 꿇고 앉아
> 부채를 부쳐 드렸지요.// (중략)
> "그만 부쳐라 팔 아픈데" 부스스 눈을 뜨며
> 내 손목을 꼭 쥐었죠.//
> 아- 아버지 같은/ 선생님 사랑./ 그 날이 그리워요.

위의 2편은 '사랑'을 테마로 한 작품이라는 공통점을 가지고 있다. 사랑은 자아와 세계가 둘이면서도 하나인 일체가 되는 것을 가능하게 하며 동일성의 가장 보편적인 양상이 되는 것이다. 일 예를 들면 조선조 유명한 기녀인 黃眞伊의 시조 「청산은 내 뜻이요」에서 시간의 흐름에 따라 변하는 녹수에 대하여 변하지 않는 청산, 종장에서는 '녹수도 청산을 못 니저 우러 녜어 가는고'로 결을 맺음으로써 녹수를 청산에 동화시켜 시간을 통한 동일성으로서의 그 불변의 사랑을 한층 극화하고 있다.

「어머니」는 157회 아동문예 문학상 당선 작품 중 1편으로 우리나라 어머니의 뜨거운 자식 사랑에 공감을 불어넣을 수 있는 의미성에서 성공한 작품이다. 〈미안해/ 하얀 생선살/ 입안에 넣어드리면〉, '-난 비려서 안 먹는다./ 하시면서……〉 다시 자식의 입에다 넣어주시는 우리 어머니들의 사랑은 시적 자아인 나와 세계인 어머니가 둘이면서도 하나로 일체가 되는 것이다.

「우리 선생님」은 여름방학 때 가정 방문 오셔서 아버지랑 약주 드시고 사랑방 툇마루서 땀흘리고 주무시는 선생님께 부채질을 하는 제자와 〈그만 부쳐라 팔 아픈데/ 부스스 눈을 뜨며/ 내 손목을 꼭 잡아주는〉 선생님의 사랑과 그리움은 요즘에 보기 힘든 사제간 정과 사랑의 형상화가 잔잔한 감동을 안겨준다. 위에 소개된 2편은 공시적 동일성의 서정양식을 띠고 있으며, 황진이의 '청산은 내 뜻이오'와 같이 시간과 관련된 영원한 사랑을 노래한 작품들은 통시적 동일성의의 갈망을 노래하고 있는 점이 그 테마가 같으면서도 다른 점이라 하겠다.

　　우물안 개구리시절 이젠 끝냈다 .
　　거대한 용광로에서 뿜어 올리는 열기

여당도 야당도 전라도도 경상도도 없이
하나로 똘똘 뭉친 강력의 물줄기 솟구쳐 오르는
14전 15기의 투혼속에 꽃핀 영광의 팡파르였다.//
대~한민국!/ 대~한민국!/ 오 - 필승 코리아!
이렇게 한국의 축구사는 새로 쓰여졌다.
이렇게 세계 역사는 새로 쓰여졌다.
　　　　　- 김철수, 「반세기의 숙원 푼 첫 승리」 일부 《아동문학》 7월호

빠방 빵, 빵, 빵, 빵, 이 소리만 나면
언제 어디서나 대~한민국이/ 절로 나온다.//
손벽이 부르트고 찢어져도
언제까지 치고 싶고 언제까지 외치고 싶은
빠방 빵, 빵, 빵, 대~한민국//
꼬부랑 할머니는 지팡이 짚고
걸음마 아가는 등에 업히고
환자는 주사기 팔에 꽂은채
대한의 뜨거운 피 흐르는 사람사람
태극기를 흔들며
대~한민국… 대~한민국//
거리마다 출렁출렁 붉은 물결 일렁인다
손뼉이 터져라 목청이 터져라 두 팔이 빠져라
눈시울을 적시며 서로서로 껴안으며
빠방 빵, 빵, 빵, 대~한민국//
　　　　　- 김병효, 「2002월드컵〈3〉」 전문 《아동문학》 7월호

　2002년 한·일 월드컵은 정말 대단하였다. 예기치 못한 한국 스스
로가 놀랐고, 세계가 놀랐고, 세계의 매스미디어들이 연일 떠들썩하게
보도를 해주었다. 현대 사회에서의 왜소해진 개인주의와 약화된 집단
의 연대감을 월드컵을 통하여 태극전사와 붉은 악마와 온 국민이 하나

가 되어 개인과 세계와의 일체감, 결속 감을 보여주었다.

　김철수의 「반세기의 숙원 푼 첫 승리」는 '폴란드와 1차 전'이란 소재목이 붙은 작품이다. 2002월드컵 특집 〈시로본 월드컵〉이란 큰 제목 아래 개막식, 폴란드 전, 선혈이 낭자한 한·미전, 포르투갈과의 16강전, 8강 진출의 기적, 4강 진출의 신화 창조, 상암 아리랑의 여운 등 장시로 서사시라 부를 수도 있겠다. 개체와 온 국민이 하나가 되는 적극적인 동일성을 획득할 뿐만 아니라, 구체적이라서 시간이 흐른 후에는 시로 쓴 월드컵 역사로 남을 수 있는 자료로도 가치가 있을 것 같다. 전국을 덮고 있는 월드컵 열기가 식은 후에 꺼내어 차분한 가슴으로 시를 조금만 손질한다면 좋은 월드컵 시로 길이 남을 수 있는 더욱 좋은 시가 되리라 기대한다.

　김병효의 「2002월드컵〈3〉」은 지난 월드컵 때 생각이 고스란히 살아나는 신명나는 시다. 〈거리마다 출렁출렁 붉은 물결 일렁인다 / 손뼉이 터져라 목청이 터져라 두 팔이 빠져라 / 눈시울을 적시며 서로서로 껴안으며 / 빠방 빵, 빵, 빵, 대~한민국〉 살아있는 동안 우리는 잊지 못할 것이다. 우리는 월드컵 이후 허탈감을 차분하게 이겨내고, 이 엄청난 에너지를 어디로 모아야 하는가를 슬기롭게 찾아야 한다.

　우리는 월드컵을 통하여 온 세계가 부러워하는 미적 체험을 하였다. 존 듀이는 "미적 체험이란 유기체와 환경의 각각이 소멸되어 아주 충분히 통전統全 되는 체험을 구성하도록 이 양자가 융합되는 한도에서 미적이다."라고 하였다. 바슐라르의 말을 빌리면 "몽상하는 사람이 말할 때는 누가 말하는 것인가, 그인가, 세계인가?"의 경지를 우리는 이루었다. 이것이 동일성 획득이다. 변화와 다양성과 차이성과 소외와 분열과 갈등 속에서 동일성은 값진 진주와 같은 것이라 할 수 있다. 따라서 이러한 동일성 체험과 작품 창작이 앞으로도 계속되어야 한다.

제6부
아동문학
아동도서 서평

분단 극복을 위한 염원의 시

— 석용원의 『목장의 노래』

세상은 놀랄 만큼 변화를 보이고 있다. 특히 이념의 장벽이 이곳저곳에서 무너지는 소리가 들린다. 그중 대표적인 것이 우리나라와 비슷한 처지에 있던 동서독을 가른 베를린장벽이 1989년 무너지고 이제 독일의 통일이 눈앞에 다가온 것이다. 그러나 우리나라는 소련을 비롯한 여러 공산주의 국가와 외교·경제관계를 맺고 있지만, 정작 서로 화해를 하고 머리를 맞대고 통일 문제를 의논해야할 북한과는 정치·경제·사회·문화 등에서의 교류가 아직은 너무나 미비한 점을 지적하지 않을 수 없다.

돌이켜보면 해방전후 정치는 물론이고 문학 분야에서도 공산주의 건설을 목적으로 하는 조선플로레타리아 예술가동맹(KAPF)과 민족문학파, 시문학파를 중심으로 하는 문인들 간에 통합을 이루지 못하여 외세에 의한 남북분단에 오히려 부채질을 하지 않았나 생각된다.

작가가 해야 할 일들 중에 하나가 〈남북분단의 극복을 위한 통일 염원의 작품〉을 써서 남북한 사람들이 한민족 한겨레임을 깨닫게 하고 통일의 길에 조금씩 다가설 수 있는, 서로를 이해하고 손잡을 수 있는, 그리고 남북통일 후에는 어떻게 해야 하는지 그러한 것을 작품을 통하여 심어 주어야하지 않을까?

석용원 씨가 환갑기념으로 펴낸 어린이를 위한 다섯 번째 시집 『목장의 노래』(도서출판 보림)의 5부가 통일과 관련이 되기에 그 책 내용을 소개하고자 한다.

석용원 씨가 노랫말을 쓰고 이수인 씨가 작곡한 '흰 구름 꽃구름 시원한 바람에 양떼들 풀 파도 언덕을 넘는다'로 시작되는 노래제목이 이 책의 제목이라서 그런지 독자들에게 전혀 낯설지 않을 것 같다. 제1부 '솔개그늘 이야기'(11편)와 제2부 '풀밭에 누워서'(11편)에는 봄과 아침의 이미지를, 제3부 '흐르는 별'(10편)에는 주로 여름과 가을을 소재로, 제4부 '나무는 발만 덥고도'(12편)에는 겨울을 소재로, 제5부 '한 작은 별나라'에서는 통일을 염원하는 시가, 제6부 '목장의 노래'에서는 작곡 된 동요가 실리는 등 그 내용이 다양하다.

필자는 제5부에 실린 '통일을 주제로 한 시'에 대해 언급하고자 한다. 이 작품들은 연작시가 아니지만 책에 실린 순서대로 보면 그와 비슷한 성격을 띄우고 있다.

(가) 나팔꽃은/ 소리 없는 나팔수// 뿌리는 하난데/ 덩굴도 많다야./ 덩굴 따라 나팔나팔/ 피고 지는 꽃./ 백두산으로 뻗어갈까/ 한라산을 뻗어갈까// 고요한 아침의 나라에/ 우렁찬 나팔을 불고 싶은/ 통일의 나팔을 불고 싶은// 나팔꽃은 그 날을/ 기다리는 꽃

– 「나팔꽃」 일부

(나) 자꾸만 자꾸만 슬퍼지는// 철조망의 서슬// 겨울비를 맞으며/ 눈을 감는다// 철조망 남북에 호박을 심고/ 덩굴 엉켜 너 내 것 없이 따먹었으면// 보고픈 금강산은 안 보이고/ 통일도 안 보이고// 비 맞고 선 성모님 앞에서/ 가슴에 십자가를 긋는 하얀 할머니.

– 「통일 전망대」 일부

(다) 나는 꿈을 좋아하지만/ 이건 꿈이 아니다/ 벌써부터 눈앞에 펼쳐지는/ 세상에서 제일 큰 목장.// 휴전선 철조망을 허물고/ 어르렁대던 마음을 비우고/ 남북의 아이들아/ 모두 오너라.// 송아지 한 마리씩 몰고/ 양이나 염소 한 마리씩 몰고/ 남북의 아이들아/ 어서 오너라.// 송아지와

양과 염소가 없거든/ 비둘기나 까치나 참새도 좋다/ 그것도 구하기 힘들거든/ 그냥 오너라./ 책과 공책은 두고/ 숙제장이나 일기장도 두고/ 주민등록증, 공민증은 따위는 버리고/ 맨손으로 오너라.// 오면서 가면서 지뢰를 걷고/ 싸움 찌꺼기는 모두 없애자/ 나무들 하늘을 가리우고/ 공해가 없는 목초가 얼마든지 있는 곳.

— 「목장의 노래」 일부

(가)의 글은 〈나팔꽃(자연)=나팔수=통일의 나팔을 불고 싶은 시적자아=우리 민족의 소원〉의 등식이 성립한다. (나)에서는 금강산도 통일도 아득한 철조망으로 갈라진 우리나라 현실을 가슴아파하는 작가의 심리를 '호박'과 '할머니'라는 매체를 통하여 더욱 심화시키고 있다. (다)의 시에서는 역설(paradox)적인 가정으로 어른들(기성세대)이 철조망을 치고 서로 총을 겨누는 비무장 지대에서 남북의 아이들이 서로 어울려 손잡고 세상에서 가장 큰 목장을 만들고 엄마 아빠까지 모시자는 통일의 꿈을 키워주는 작품이라 하겠다. 이밖에도 통일을 주제로 한 작품이 3편정도 더 있다. 좋은 작품으로는 「미나리 논둑에」, 「조가비」, 「남산까치집」, 「나무는 발만 덮고」, 「사라진 겨울 사람」 등이 있다. 몇 작품에서는 어린이들이 이해하기 어려운 표현이 있었음을 지적해드린다. 머리글에서 앞으로 장시나 시극을 쓰겠다고 하였는데 성공을 거두길 빈다.

박경종 씨의 제 13동시집 『느티나무가 선 마을』은 아름답고 따뜻한 자연적 서정을 노래한 훌륭한 시가 많아서 노익장을 과시하였다. 권수환 씨의 『이름표를 달고 나온 봄』은 자연과 고향의 그리움을 노래한 시이다. 일독을 권한다.

그늘지고 어두운 곳으로의 눈돌림

— 김정일의 『별이 사는 아파트』

작가 김정일金情一씨는 동아일보신춘문예 동시당선(1969년), 한국아동문학작가상 수상(1983년), 문화교육상 문학부분 수상(1976년)을 하였고 이번에 낸 작품집이 다섯 번째 시집이 되는 중진 시인이다.

〈밝고 아름다운 세계만 추구하다가 그늘지고 어두운 곳으로도 눈길을 돌려 동심이 존재한다는 인식의 폭을 넓히겠다는 생각은 변모가 아니냐고 고개를 끄덕인다.〉이 말은 책 꼬리에 「강아지풀」이란 제목으로 강아지풀(작가 자신)이 시도한 작품내용을 암시하고 있다. 또한 씨는 〈우리나라 전 인구의 7할 이상이 도시에 살고 있는데 그러한 도시인의 메마른 비인간화 현상에 정서의 아름다운 옷을 입힐 수 없는가〉라는 문제를 제기하고 있다.

〈가〉 어머니는 손수레에 짐을 가득 싣고/ 가파른 비탈길로 이사를 간다/ 우리 남매도 뒤에서 이삿짐을 민다./손수레 짐 속엔/ 머언 하늘 마을/ 아버지 없는 빈 의자도 들어 있고/ 아버지가 남긴 벽시계도/ 들어 있다.// 햇빛도 손수레에 실리어 이사를 가고/ 바람도 뒤에서 짐을 밀어주는데/ 아버지만 보이지 않는다.// 동생이 파란 3층 양옥집을 가리키며/ 우리도 언제 저런 집에 살아보나/ 어머니는 아무 말 없이/ 손수레를 끌고 비탈길을 오른다.

— 「이사 가던 날」 전문

(나) 아버지는 아파트 수위실에서/ 밤하늘에 반짝이는 별을 보다가/ 집 나간 누나를 별 속에서 찾는다.// 온종일 남의 여관에서/ 산더미처럼 쌓인 이불을 빨고 있는/ 마른 풀잎 같은 어머니의 얼굴도/ 별 숲에서 찾아본다.// 아버지는 아파트 수위실에서/ 밤하늘에 반짝이는 별을 보다가/ 아버지도 별이 되어 집으로 돌아온다.

– 「별」 전문

(다) 사글세 방값 구하러 집 나간/ 아버지는/ 빈 손으로 그냥 돌아왔단다.// 강아지 울음소리가/ 흐린 불빛에 젖고/ 연탄불이 꺼질 무렵// 연탄값 쌀값 구하러 집 나간/ 어머니/ 그냥 빈손으로 돌아왔단다.

– 「빈 손으로」 일부

우리나라 60년대 후반부터 형성하기 시작한 산업사회 구조는 도시화라는 거센 물결을 가져왔다. 물론 우리나라 사람들의 생활수준은 산업사회의 발달로 말미암아 많은 향상을 가져왔지만, 자본주의 사회의 병폐인 〈빈익빈 부익부〉로서의 피해자라고 볼 수 있는 고용자층인 민중은 도시화에 저항(문학 또한 현실에 발붙여져야 한다는 참여문학 포함)할 수밖에 없게 된다.

위에서 소개한 3편의 시가 모두 도시화의 물결과 관련을 갖고 있다. 또한 도시생활의 그늘지고 어두운 곳으로 눈길을 준 작품이라 할 수 있겠다. (가)의 시는 아버지를 잃은 시적자아(화자)의 시점으로 바라본 도시의 어두운 현실 일부를 서술적(묘사적) 심상으로 표현하였다. (나)의 시는 도시화의 대표적 산물인 아파트 수위를 하는 아버지가 야간근무를 하면서 별을 바라본다. →1연에서 별은 집 나간 누나가 된다 → 2연에서 별은 여관에서산더미처럼 쌓인 이불을 빨고 있는 어머니도 된다→ 3연에서 아버지도 별이 되어 집으로 돌아온다. 1연에서는 서술적 심상으로, 2연과 3연에서는 비유적 심상(치환은유 epiphor)으로서 역시 도시의 어두운 곳을 표현한 작품이다. (다)의 시는 도시에서의 전세값 · 사글세방값 폭등으로 인한 사회문제를 제시하는 작품으로 소외계층의 공감대를 형성할 수 있지만, 〈연탄값 쌀값 구하러 집 나간/ 어머니/ 그냥 빈손으로 돌아 왔단다〉는 요즘 사회에 얼마나 많은 공감대를 형성할 수 있을까? 보고 듣거나 상상한 시와 체험한 시는 작품을 읽은 후 감동에서 차이가 있다. 위의 3편의 시는 김정일 씨가 〈도시의 그늘지고 어두운 곳으로의 눈길주기〉에서는 성공을 거두었다고 볼 수 있겠다. 그러나 좀더 욕심을 낸다면 어두운 현실제시 후에 희망이나 대안 같은 비전을 함께 제시해 준다면 더더욱 훌륭한 작품이 빚어지리라 여겨진다. 3편의 시외에도 입원실에서 어머니, 꽃잎을 쓸어 모으는 할머니, 동대구역을 떠나는 평강공주, 허리 부러진 민들레, 묘비 등의 작품이 '그늘지고 어두운 곳으로의 눈길 주기'에 해당하는 작품이었다.

필자가 지금까지 언급한 주제와는 관련이 멀지만 은유(metaphor)의 기법으로 사물과 문장부호를 연결, 살아 움직이게 한 작품으로 〈매미 한 마리/ 나무둥치에 붙었다.// 나무둥치에 찍힌/ 느낌표 하나./ 느낌표 속에서/ 맴/ 맴/ 맴 ('매미' 전문) 〉외에 올챙이, 까마귀 등의 시는 '발견의 재미와 상상력의 세계'를 보여주는 작품이었다.

1980년대 시단에 충격을 준 해체시 계열과 민중시 계열의 대안 없는 파괴의 시대를 마감하고(사실 아동문학과는 관련이 거의 없지만) 1990년대에는 진정한 해체(수직적이고 집중적인 권위를 파괴하여 개개의 존재에 의미를 회복하기 위한 방법으로 파괴의 작업이긴 하지만 새로운 세계의 건설을 상정하고 있는)의 인식을 갖고서 현실참여의 작품을 쓸 때는 어두운 현실제시와 함께 희망의 씨앗이나 그 대안을 또한 제시해 주는 작업이 요망된다. 이것은 현실참여 시와 동시쓰기에서 앞으로도 필요하다.

이미지를 갖춘 노래하는 시

― 엄성기의 『꽃이 웃는 소리』

올해 여름의 더위는 유난히 기승을 부렸다. 그래서인지 근래에 발간된 어린이를 위한 시집이 별로 눈에 띄지 않았다. 이 번에는 엄성기 씨가 대성문화출판사에서 펴낸 『꽃이 웃는 소리』를 소개하고자 한다.

저자 엄성기 씨는 제6회 월간문학신인상 당선(1970년) 이후 20여 년간 아동문학활동을 하던 중 제9회 아동문학작가상을 수상(1987년)을 한 바 있으며 〈조약돌〉 문학동인과 〈솔바람〉 동요동인회를 이끌어나가고 있다.

제1부(13편)에서는 '풀과 나무와 꽃과 새'를 소재로 하였는데 꽃을 어머니로 비유함으로서 희생과 사랑의 승화를, 까마귀에서는 재미난 얘기와 재치를, 풀과 나무에서는 사물의 본성을 보여주고 있다. 제2부 (13편)에서는 '봄, 여름, 가을, 겨울'을 소재로 하였는데 시골 사계절의 풍경을 수묵담채화로 또는 수채화로 보는 듯하다. 제3부(14편)에서는 '안개와 이슬, 별과 달빛'을 소재로 하였는데 영동의 관문인 대관령을 노래한 시가 많았으며 특히 '대관령에 서면'은 풍부한 상상력과 발견의 재미를 찾아 볼 수 있었다. 제4부(14편)에서는 '우리들의 이야기'를 소재로 하였는데 어린이가 어린이에게 혹은 어린이의 마음을 이해하지 못하는 어른들에게 얘기하고 있다. 제5부(15편)에서는 '마음의 고향'이라는 내용으로 작가 자신의 고향을 노래하고 있다. 제6부 '노래하는 마음'에서는 동요 11편이 실려 있다.

좀더 깊이를 더해 생각해 보고 싶은 데가 제 6부이다.

(가) 무지개 일곱 빛이 곱게곱게 보이고/ 노랑 빨강 하얀꽃이 예쁘게 보이는 건/ 그건그건 너랑 나 우리들 마음이/ 꽃처럼 무지개처럼 아름답기 때문이지// 나비의 나래짓이 흥겨웁게 보이고/ 산새들 노래소리 즐겁게 들리는 건/ 그건그건 너랑 나 우리들 마음이/ 새처럼 나비처럼 맑고 곱기 때문이지.

- 「우리들 마음」 전문

(나)앞으로 내닫다 돌에 채여 넘어져/ 무릎에 피 맺혀도 울지 않아요/ 툭툭 털고 일어나 더 힘껏 달리면/ 아픔도 어느새 잊혀지지요/ 조그만 아픔쯤은 참을 수 있어야죠/ 우리는 내일의 맑은 희망이니까

- 「울지 않아요」 일부

(다) 바람 따라 언덕으로 봄이 온다기/ 양지쪽 언덕에서 기다렸더니/ 어느 틈에 내 곁을 지나갔는지/ 아지랑이 피어오른 그 자리에/ 파아란 발자국만 남아 있어요// 물길 따라 시냇가로 봄이 온다기/ 시냇가 언덕에서 기다렸더니// 어느 틈에 내 곁을 지나갔는지/ 버들가지 윤기 도는 가지 끝마다/ 파아란 손자국만 남아 있어요.

- 「봄마중」 전문

(라) 나는 나는 들었지/ 아름다운 꽃밭에서/ 빨강 노랑 분홍꽃이/ 모두 한데 어울려/ 맑디맑은 소리로/ 하하 호호 까르르르/ 꽃향기로 피어나는/ 꽃이 웃는 소리를// 나는 나는 들었지/ 아름다운 꽃밭에서/ 자주 보라 하얀꽃이/ 모두 한데 어울려/ 곱디고운 소리로/ 하하 호호 까르르르/ 향기롭게 퍼져가는/ 꽃이 웃는 소리를

- 「꽃이 웃는 소리」 전문

위에서 소개한 4편의 글은 동요이다. 우리나라의 동요는 멀리는 삼국시대 백제 맛둥(30대 무왕)의 서동요薯童謠에서 시작하여 가까이는 일제치하 모국어를 잃었던 시절에 입에서 입으로 입으로 전해지던 것이

었다. 우리의 얼과 희망과 아름다움이 담긴 동요는 시조, 가사, 민요 등과 함께 시의 3요소 중 음악성(운율, 리듬)과 많은 관련이 있다. 운율이라 함은 '일정한 자극 계열이 주기적 회귀, 반복하는 것을 자각함으로써 얻어지는 체험'이라고 할 수 있다. 여러 연구가가 밝혔듯이 한국의 시가에는 운(압운 : 두운, 각운, 모운, 자운)의 쓰임은 드물고, 율(율문 : 음수율, 음보율)의 쓰임이 활발하다.

위의 4편의 시 중에 (가)와 (나)는 3 · 4(4 · 4)조의 4음보로 장중한 맛이 있으며 안정과 질서를 대변한다. (라)의 글은 2음보로서 4음보 보다 템보가 빠르지만 그 성격이 비슷한 1/2배수이다. 음악에서 4분의 4박자의 좀 느린 노래와 빠른 2분의 2박자 행진곡 같은 노래와 비교할 수 있지 않을까. (다)는 7 · 5조 3음보로 서민 계층의 세계관과 감정을 표현하는데 알맞고, 자연적 서정적 리듬을 기초로 하며, 경쾌한 맛을 주므로 가창歌唱에 적합하고 동적 변화감과 사회 동기를 대변한다.

시의 의미면에서 살펴보면 (가)는 어린이들의 아름다운 마음을, (나)는 참을성이 약한 오늘날의 어린이들에게 인내심과 희망을, (다)는 서정동요로서 아름답고 시의 3요소가 고루 갖추어진 그의 대표적인 좋은 동요 작품이라 할 수 있으며, (라)는 김계영 씨가 곡을 붙여 제4회 MBC 창작동요제에 입상한 역시 그의 대표 동요 작품이라고 할 수 있겠다.

저자는 제2 동시집 『그림 위에 누워서』를 낸 지 10년 만에 이 책을 펴내었는데, 시의 표현력에서도 한층 발전이 있었다. 오랜 기간 이어오던 영동지방의 '조약돌아동문학 동인'의 막을 내리고 김원기, 엄성기, 김교현, 필자 등이 중심이 되어 '솔바람동요동인'을 만들어서 김원기에 이어 바턴을 받아서 동요 짓기 운동('솔바람' 제60호〈'90년 9월 현재〉)을 앞에서 활발하게 전개하고 있는 엄성기 시인께 박수를 보낸다. 솔바람동요문학회가 우리나라 동요 운동에 우뚝 서기를 기대해 본다. 그러자면 저자를 비롯한 동요를 쓰는 사람들은 '음수와 음보', 그리고

'의미성 내포와 이미지'에 좀더 관심을 가져 창작을 하고, 작곡가와 관계를 잘 하고, 어린이들이 즐겁게 동요를 부를 수 있는 환경을 만들어야 우리나라 동요가 더욱 발전할 수 있으리라.

지금까지 동요를 위해 힘써 온 선배들과 운동을 활발히 전개하는 사람들께 감사드리며, 좋은 동요가 산업 사회에 오염된 어린이들의 인간성 회복에 특효 한 약이 되기를 기대해 본다.

재미성의 회복과 감동

— 김구연의 『동쪽에 집이 있는 아침』

우리 진숙('김나영金娜嘆'으로 개명)이는 무남독여無男獨女 외동딸이다. 우리 집에 들어오는 월간지와 개인 창작집들이 꽤 많은 편인데, 우리 아이는 성인 대상을 제외 하고는 숨어가면서(숙제가 있을 때) 책을 읽어 치운다. 그래서 게으른 나는 책의 내용을 아이에게 묻는 때가 가끔 있다.

이번에 소개하고자 하는 김구연 씨의 작품도 딸의 추천으로 읽어본 셈이다. 나는 김구연 씨와 대화나 서로 편지가 오가지 못 하였으나 아이는 편지도 몇 번 오가고 책도 몇 권 얻어 보았다고 한다.

김구연 씨는 1942년 서울에서 출생하여 1971년 월간문학 신인상에 소년소설이 당선되어 문단에 데뷔한 후에 『빨간 댕기 산새』를 비롯한 여러 권의 시집과 『마르지 않는 샘물』 등 여러 권의 동화집과 산문집을 간행하였고, 새싹문학상(1974년), 세종아동문학상(1976년), 소천아동문학상(1978년) 등을 수상한 인기 있는 중진 작가라고 할 수 있겠다. '책을 내면서' 라는 글에서 그의 인생관 혹은 문학관을 찾아볼 수 있지 않을까.

"이십여 년 가깝게 낚시질과 등산을 다녔다. … 나도 한 그루 나무가 되려고 한다. 아름다운 꽃을 피우고 열매를 맺지 못할 망정 한 마리 빨간 댕기 산새가 날아와 포근히 쉴 수 있는 튼튼한 가지 하나쯤은 지니고 싶은 것이다. … 산은 바로 시요 동화이며 어린이라고 생각한다."

동화집 『동쪽에 집이 있는 아침』(동아사)은 275페이지의 두꺼운 책으로 29편의 작품이 실려 있다. 그러나 같은 소재나 내용면에서 연결이 되는 작품들이 많았다. 동물을 소재로 한 작품이 많았는데, 동물과의 깊은 사랑의 농도를 그려가면서 인간과 인간의 사랑의 교차를 만들어 내는 작업을 작품을 통하여 형상화하였다.

우리 딸이 재미있고 감동을 받았다는 작품은 「꽃반지」와 「첫눈」이었다. 두 작품은 제목이 다르지만 등장인물과 내용이 서로 연결이 되며, 1인칭 관찰자 시점으로, 등장인물의 하나인 '나'는 가정교사로 있는 집의 외동딸 혜란이와 태자(혜란이네 집에서 잔심부름을 해주는 소녀, 주동인물)에게 꽃반지를 선물한다.(태자에게는 남 몰래 줌)→ 나의 휴가 → 혜란이가 잃어버린 꽃반지가 태자의 보따리에서 나옴→ 혜란이 엄마(반동인물)가 태자를 때려주고 쫓아냄 → 나의 소개로 태자는 마음씨 곱고 인자한 홀로아줌마 제과점에서 일함→ 어느 날 혜란이 모녀가 제과점에 들렀다가 태자를 보고 윽박지름→ 홀로 아줌마가 내(가정교사)가 한 말을 하자 모녀의 얼굴이 홍당무가 됨→ "태자야, 미안 해."하며 뉘우친 혜란이가 손에 끼었던 꽃반지를 빼어 태자의 손에 쥐어줌.

다음으로 재미가 있었다는 작품은 「동쪽에 집이 있는 아침」이었는데, 7개의 소제목으로 된 작품들이 모두 독립적으로 하나의 작품을 이루면서 전체적으로 아이들(작은 악한?)이 사건을 연속해서 일으키는 것으로 보아 피카레스크 구성(Picaresque Plot)의 성격을 지닌 동화라고 할 수 있겠다.

'1.별명이 있는 아이들'을 제외 하고는 모두 농촌을 배경으로 하였으며, 현재의 농촌 아이들에게서도 잊혀져가는 고기잡이, 옥수수랑 고구마 개복숭아 등의 서리, 밤에 산길 걷기(심부름), 뱀과 싸움 등의 일이나 놀이를 소재로 하였다. 요즘의 어린이들은 깜찍하고 명랑하지만 끈기가 없고 순박함이 없는 편이다. 이 책에 등장하는 어린이들은 조금은 어리숙하지만 호기심이 많아 두렵고 무서운 일이나 어려움에 도전하는 용기가 있고, 자연과 동화될 줄 알고, 또한 삶의 멋을 즐길 줄 안다. 읽어보면 생생한 묘사와 사건에 금방 빠지게 된다. 재미가 있다는 얘기다. 그러나 꽃반지를 소재로 한 글보다 감동이 적은 것은 왜일까? 문학의 기능에는 쾌락의 기능과 교시적 기능이 있다. 올바른 문학의 기능이란 쾌락과 교훈을 극단적으로 분리하는 것이 아니라 보다 고차적인 정신적 즐거움과 인생의 진실을 동시에 표현함으로서 인생을 값있고 풍부하게 할 수 있지 않을까.

소설이나 동화(소년소설)의 핵심적 요소는 이야기이다. 이 이야기에서 빼놓을 수 없는 속성이 '재미성'이고, 구성(Plot)은 이야기의 참다움 면모를 확실히 머금도록 하는 작가의 인위적 장치이며 독자를 그 속에 재미로 흡입시키는 확실한 통로가 되게 한다. 말하자면 작품의 얼개에다 이야기의 재미를 어떻게 장치하느냐가 문제이다. 성교육, 명랑, 철학 등의 부제가 붙은 목적소설(목적동화)이 아닌 순수 동화나 소년소설을 창작하는 작가들은 '재미성'이 늘 고민거리로 따라 다닌다. 고상한 쾌락 위에 또한 독자의 가슴을 소용돌이치게 하여 햇살의 눈부심으로 펼쳐지는 감동의 지평을 열어야 하기 때문이다.

김구연 씨의 동화집 『동쪽에 집이 있는 아침』은 재미성은 물론 감동성에도 비교적 성공한 작품들이다. 그의 시는 짧고 간결하며 특히 상상력과 환상이 뛰어나는데, 이 기법을 산문에서도 십분 접목하여 그 실력을 발휘하면 어떨까(?)하는 생각이 든다.

가족의 참사랑
— 김옥림의 『가족의 힘』

1. 들어가며

이 책을 쓴 김옥림 시인은 강원도 원주에서 출생하여 검정고시를 거쳐 신학을 어려운 환경에서 공부했다. 1993년 시 전문계간지《시세계》와 1994년《문학세계》에 각각 시와 수필 신인상을 수상하여 문단에 나온 이후 시집『나는 당신의 사랑 안에서 당신만의 사랑이고 싶습니다』,『따뜻한 별 하나 갖고 싶다』,『그대가 있어 나는 행복하다』,『나도 누군가에게 소중한 만남이고 싶다』외 다수를 발간했다. 산문집으로『행복은 사랑으로 온다』가 있다. 그가 발간한 책들의 주제는 아름다운 삶, 행복한 삶, 사랑을 다룬 작품이 대부분이다. 그는 요즘의 개인중심과 물질만능 시대에 부족하기 쉬운 것들을 꾸준하게, 그리고 깊이를 더해 광부처럼 광맥을 찾아 파들어 가고 있는 작업을 계속한다.

이 작품집의 주제는 '가족의 참사랑'이다. 초등학교에 다니는 우람이라는 딸아이의 눈으로 바라본 1인칭 시점의 글이다. 주인공은 사업을 하다가 실패했지만 가슴이 따뜻한 우람이의 아빠 김지철 박사이다.

우리나라는 IMF 이후 국민들 모두 특히 집을 책임지고 사는 아버지들의 직장 퇴출, 사업 줄줄이 도산, 보이지 않는 취업 자리 등으로 이혼과 가족 동반 자살 등으로 그 어려움이 지금도 끝나지 않고 있다.

김옥림의『가족의 힘』은 이러한 우리나라의 현실을 배경으로 하여 한 가족의 해체와 재결합의 과정을 연극무대에 올려놓고 독자인 관객이 가슴속으로 감동의 눈물을 흘리며 바라보게 하는 작품이다. 그리하여 경제 파탄으로 인한 가족 해체와 이혼과 가족 동반 자살 등 이러한 우리의 현실을 어떻게 살아가야 하는가를, 그러한 어려운 환경에 놓인 사람들을 어떻게 이해해야하는가를, 독자인 어린이들과 어른들에게 그 답을 제시한다.

필자는 현실을 배경으로 무대에 올려진『가족의 힘』을, 독자인 관객들을 위하여 평론 위주의 딱딱한 얘기보다 작품 감상 위주의 느낌을 통하여 독자와 함께 하고자 한다.

2. 작품 감상

이 작품은 현대 우리나라 어느 한 가족사를 다룬 감동적인 드라마라고 할 수 있다. 그리고 어린이와 어른 모두를 독자로 대상을 하여 쓰여진 아동소설에 가까운 생활동화라고 할 수 있겠다. 동화라면 페리어테일(fairy tale)이나 메르헨(marchen)·에벤뛰레(eventyre)와 같이 초자연적·공상적 소재를 산문시적으로 또한 상징적 환상적 처리한 글을 말한다. 그러나, 동화가 갖는 시적이며 환상적인 성격은 현대에 접어들자 보다 과학적이며 합리적인 것을 요구하는 아동의 욕구에 전적으로 흡족한 것이 되지는 못했다. 그 결과 아동의 일상생활이나 주위환경에서 찾은 소재를 합리주의에 기반을 두고 처리하는, 이른바 생활동화의 출현을 보게 된 것이다. 이 작품도 경제적으로 어려운 처지에 놓인 현실환경과 아버지 어머니의 현대의 병을 치료하는 과학적이고 합리적인 내용을 그 소재로 하고 있는 아동소설에 가까운 동화라 볼 수 있겠다.

이 세상에서 가장 소중한 것이 무어냐고 묻는다면 나는 망설임 없이 가족이라고 말할 것이다. 가족이란 돈으로도 권세로도 그 무엇으로도 살 수 없고 바꿀 수도 없는 것이므로. 내가 우리 가족에 대해 이야기 하고 자 하는 것은 아빠 회사의 부도로 우리 가족이 해체되는 깊은 슬픔과 아 픔을 겪었기 때문이다. 가족이 해체되고 나서 많은 고통을 겪어야만 했 다. 그런 와중에 엄마는 신부전증으로 병원에 입원하게 되고 아빠의 신 장기증으로 엄마는 건강을 찾게 됨으로써 참 행복의 기쁨과 가족의 소중 함을 뼈저리게 느꼈기 때문이다.

위의 글은 〈1. 부도〉에 실린 이 작품의 맨 처음에 나오는 부분이다. 독자들을 위한 안내와 관심을 끌기 위한 장치로, 감동적인 글의 대강 의 줄거리와 주제를 드러냄으로써 독자들의 시선을 강하게 끌고 있다. 바로 뒤에 '이 일을 통해 나는 초등학교 3학년의 어린 나이에도 인생 에 대해 많은 것을 배웠고 그것을 이세상 모든 사람들에게 말하고 싶 었다. 뜨거운 관심과 사랑으로 내 이야기에 귀를 기울여 주었으면 한 다.'는 실제 경험을 얘기하는 형식을 취함으로써 사실성이 돋보이는 살아 숨쉬는 글로 보인다. 내가 알기로는 작가 김옥림 씨 가족도 이 글 의 내용과 비슷한 어려운 일을 겪은 것으로 알고 있으며, 어쩌면 이 이 야기가 작가의 이야기를 작품화 시켰기에 읽는 이들에게 살아 있는 감 동으로 가슴에 와 닿을 수 있다.

김지철 씨가 부도를 냈습니다. 그래서 가압류 처분 차 왔습니다. (중략) 남자들은 무슨 신이라도 난 듯 거실이며 안방이며 방이란 방마다 죄다 휘젓고 다니면서 빨간딱지 같은 것을 붙이기 시작했다. 텔레비전, 냉장 고, 피아노, 내 바이올린, 에어컨은 물론아빠가 애지중지하는 값비싼 도 자기며 그림 등 돈이 될만한 것들은 모조리 빨간딱지를 붙였다. 엄마는 두 손으로 머리를 감싼 채 흐느꼈다.

초등학교 3학년으로 꼬마작가 별명을 가진 유람이네 가족은 유망

벤처기업 사장인 아빠 김지철씨, 외모도 잘 생기고 상냥하고 친절한 엄마, 중학교에 다니는 공부도 잘 하고 모든 일에 팔방미인인 오빠 김자람 이렇게 4명이며, 남들이 모두 부러워하는 행복한 가정이었다. 그런데 아빠가 친구에게 어음을 받고 은행대출 보증을 서주었다가, 친구는 회사가 망하자 미국으로 도망을 가버렸다. 아빠의 노력에도 불구하고 우람이 아버지 회사도 함께 부도가 나고, 우람이네도 집도 가구도 모두 가압류되고 언덕배기 월세 집으로 이사를 간다. 이때부터 아빠와 가족 사이에 갈등이 생긴다. 아버지는 '상의 없이 대출보증을 섰다는' 어머니의 잦은 타박과 비난, '우람이네집 망했다'는 친구들의 얘기와 경제적으로 전처럼 넉넉하지 못한 데에 대해 자식들의 불평불만에 대한 아버지 고통은 커간다. 아빠는 바다에 몇 번이나 몸을 던지려하다가도 사랑하는 가족들을 두고 차마 이승을 떠나지 못한다. 죽음이 모든 것을 해결해 주는 것은 아니며, 죽을 각오로 산다면 무슨 일을 하던지 다시 성공할 수가 있을 것이란 희망을 버리지 않는다.

> 아빠가 짐을 싸들고 집을 나갈 때 나나 오빠는 아무런 말도 하지 못했다. 마치 아빠가 그러기를 바라는 아이들같이, 아빠는 짐을 옮기면서도 한 마디 언짢은 말도 하지 않았다. 오히려 오빠와 내 머리를 쓰다듬으며 미안하다는 말만 되풀이해서 말했다. 아빠의 눈언저리가 발갛게 부풀어 오른 모습을 보자 나도 모르게 콧등이 찡해왔지만 결코 눈물을 보이지 않았다. 내가 생각해도 나는 정말 못된 아이 같았다. 정말 끔찍하게도 나는 냉정했던 것이다.

엄마의 제안으로 아빠는 가정을 불행하게 만든 책임을 지고 집을 떠난다. 위의 내용은 떠나는 아빠를 냉정하게 바라보는 아이들의 심리 묘사가 잘 그려져 작품성이 돋보이는 부분이다. '오빠와 내 머리를 쓰다듬으며 미안하다는 말만 되풀이해서 말하는' 눈언저리 붉어진 아빠의 넓은 마음이 가슴이 뭉클하게 잘 대조적으로 그려져 있다. 그리고 '나도 오빠 생각과 똑같아요. 우리 집이 망해서 이제 좋은 집에서도 못 살고 맛있는 음식도 못 먹고 예쁜 옷도 못 입잖아요. 이게 다 아빠 책임이에요.' 라는 부분에서는 물질의 풍요에 길들여진 요즘 아이들의 자기 중심적이고 이기적인 모습이 적나라하게 나타난다. 내가 이런 상황에 처하면 어떤 행동을 할까? 합의 이혼 후에도 아빠는 전화를 하지만 아이들은 핑계를 대며 피하고, 그래도 아빠는 아이들의 생일에 선물과 편지를 보내는 자식과 아빠의 사랑의 차이를 볼 수 있다.

이 교수는 이렇게 말하며 그동안 있었던 일을 털어놓았다. 엄마에게 신장을 기증한 사람이 바로 아빠라는 것과 위암 3기의 수술을 받고 시골에서 혼자 요양 중에 있다 쓰러져서 병원에 실려왔다는 것 등을 하나도 남김없이 다 말했다. 이 교수의 얘기를 들으며 엄마는 입술을 깨물며 흐느껴 울었다. 더구나 아빠가 위암 3기로 판정을 받은 후에도 엄마에게 신장을 기증했다는 사실에 큰 소리로 절규하며 울었다. 이 교수는 엄마가 눈물을 멈출 때까지 기다렸다. 그의 눈에서도 물기가 반짝거렸다. 엄마는 한동안 두 손으로 얼굴을 감싼 채 어깨를 들먹거리며 울고 또 울었다. 아무리 울고 또 울어도 엄마는 가슴이 미어져 견딜 수가 없었다.

이 부분은 〈10, 시한부 인생〉중의 일부로 이 작품의 클라이맥스에 해당된다. 자신을 이해해주지 못하고 이혼을 한 아내를 위하여 자신도 위암 3기임을 알면서도 신부전증인 아내를 구하기 위해 신장 하나를 비밀리에 기증하는 부분은 눈물이 나도록 아름답고 감동적인 장면이다. 소설은 이 세상에 있거나 있을 수 있는 이야기를 꾸며서 쓴 허구적인 이야기이다. 세상에는 우람이 아버지처럼 가족을 자신의 목숨보다 더 귀중하게 여기는 사람들이 얼마나 될까? 그것도 자신을 버린 가족을 위하여……

김사장이 우람이 엄마를 지금도 끔찍이 사랑한다는 말과 가족만을 늘 생각했다는 이 교수의 말은 아내의 가슴에 비수가 되어 꽂혔다. '내가 죄인이에요……그 사람이 그렇게 되도록 몰랐다니……. 이일을 어쩌지요…… 흐흐흑…… 이럴 수는 없어요. 내 자신이 죽고 싶도록 미워요……' 어머니의 뉘우침은 끝없이 격하게 흐르는 푸른 강물이 된다. 여기에 아들과 딸의 울음도 보태지고, 지켜보는 이 교수도 읽는 사람도 울컥 눈물이 쏟아져 강물이 더 불어난다. 사람들은 슬플 때 실컷 울고 나면 마음 가라앉고 맑아진다.

> 아빠가 퇴원을 하는 날이었다. '아빠 퇴원을 진심으로 축하해요! 그리고 사랑해요!' 라는 플랭카드가 아파트 거실 한복판에 우뚝하니 붙어져 있었고 오빠와 나는 꽃다발을 들고 큰 소리로 아빠의 퇴원을 축하했다. 우리의 뜨거운 환영을 받은 아빠는 우리를 와락 끌어안으며 감격의 눈물을 흘렸다. "고맙다. 우람아, 자람아." "아빠, 사랑해요." 아빠는 오빠와 나를 번갈아 보며 말했다. "아빠도 너희들 너무너무 사랑한단다." 아빠와 우리는 젖은 눈으로 활짝 웃었다. 그 날 밤 엄마는 아빠에게 조심스럽게 말했다. "우람이 아빠, 나 당신한테 부탁이 있어요." "부탁? 그게 뭔데?" "저 ……우리, 다시 합치면 ……어떨까요?"

가족 해체에서 가족 재결합이 전보다 더 단단하게 이루어진다. 마치 비 온 뒤 땅이 더 굳어지듯이. 어려움이 없이 풍족하던 때는 잘 몰랐는데, 어려움을 서로 가슴으로 도움으로서 '가족의 진정한 참사랑'을 깨닫게 된다. '어려울 때 사귄 친구가 진정한 친구다.' 는 말이 생각난다. 돈이 있고 내가 풍족할 때 사귄 친구는 내가 돈이 떨어지면 멀어지기 쉽다.

아빠와 엄마가 재결합을 한지 1년이 지났다. 아빠의 몸이 믿어지지 않을 만큼 건강해졌다. '가족의 힘' 이 얼마나 큰가를 보여준다. 가족

의 헌신적인 사랑을 하늘도 감동하여 아빠의 병을 고쳐주었다는 생각
이 든다.

3. 나가면서

이 작품집의 주제는 '가족의 참사랑'이다. 이 세상에서 가장 아름다
운 공간이 가족이기에 가족을 통해 행복을 찾아야 한다는 것을 책을
읽으면서 독자는 공감을 하게 되리라. 그리고 가족의 참사랑 외에도
아빠와 친구인 이 교수를 통하여 진정한 우정이 무엇인지를 보너스로
배우게 되리라.

앞부분에서도 언급했지만 우리나라는 IMF 이후 국민들 모두 특히
집을 책임지고 사는 아버지들의 직장 퇴출, 사업 도산, 취업의 어려움
으로 이혼과 가족 동반 자살 등이 지금도 계속되고 있다. 그리고 경제
면 외에도 성격차이 등으로 우리나라 젊은 부부들의 이혼율이 급증하
여 아이들의 양육과 사회에 문제가 되고 있는 실정이다.

김옥림의 『가족의 힘』은 이러한 우리나라의 현실을 배경으로 하여
한 가족의 해체와 재결합의 과정을 연극무대에 올려놓고 독자인 관객
이 가슴속으로 감동의 눈물을 흘리며 바라보게 하는 작품이다. 이 작
품이 오늘날 우리나라 사회 현실의 문제를 치유하는데 좋은 보약이 되
리라는 것을 확신하며, 『가족의 힘』이 세상에 탄생함을 진심으로 축하
드린다.

당신의 대표작은 무엇입니까?

— 동심의 시 동인회 『동심의 시 9』

　우리는 이따금씩 대화 중에서 혹은 출판사나 잡지사로부터 '당신의 대표작은 무엇인가, 대표 작품 몇 편을 보내줄 수는 없는가?' 하는 질문이나 청탁을 받는다. 그럴 때면 누구나 고민하게 되고 '이것이다' 하고 선뜻 작품을 내놓을 용기가 생기지 않는다.

　이번에 동심의 시 동인회에서 『동심의 시 제9집』(도서출판 '예원')을 출간하였다. 게재된 작품 순서로 살펴보면 최일환 씨의 「풍금소리」 외 6편, 이준섭 씨의 「내 짝꿍 개똥참외 녀석들 · 40」 외 4편, 이준관 씨의 「봄길」 외 5편, 진홍원 씨의 「저렇게 높은 하늘 사랑하시라는 말씀은」 외 5편, 문삼석 씨의 「안개꽃」 외 6편, 김재창 씨의 「가로수 가지치기」 외 4편, 이봉춘 씨의 「여름」 외 6편, 전원범 씨의 「이슬」 외 6편, 경철 씨의 「소년의 꿈」 외 6편, 위영남 씨의 「풀」 외 5편으로 모두 63편의 동시가 실려 있다. 그리고 특집으로 '나의 대표작에 얽힌 이야기'가 있는데, 필자는 '특집'을 중심으로 살펴보고자 한다.(위의 열 사람들이 전국 각 지역에서 표집되지는 않았지만 아동문학가로서 비교적 잘 알려진 동인들이기에 '대표작에 얽힌 이야기'를 살펴봄도 의미가 있을 것이다.)

　첫째, 대부분 연작시였다. 문삼석 씨의 '산골물 1, 2, 4, 12', 김재창 씨의 '산소에서 1~5', 전원범 씨의 '해 1, 45', 위영남 씨의 '바다 1, 25', 그리고 최일환 씨의 '남쪽 섬들'과 '밤바다'는 '바다'라는 소재나 주제를 놓고 보면 연작시라고 할 수 있겠고, 이준섭 씨의 '아기 단풍 1, 2'도 같은 제목으로 쓴 2편의 동시이기에 연작시로 볼 수 있다.

문단에서 주목 받는 작가들의 대표작이라서인지 나무랄 데가 없는 수준작이었다. 그러나 연작시는 처음과 가운데 끝맺음으로 연결되어야 한다는 점과 한 우물을 끈질긴 인내로 깊이 파들어 가야 한다는 점에서 1974년부터 작업을 시작하여 1990년 무렵 17년간에 걸쳐 50편의 수작을 빚어낸 전원범 씨의 작업에 더 많은 박수를 보내고 싶다. 씨의 '해' 는 〈빛과 희망과 밝음〉을 바탕과 주제로 하여 빚어졌다.

> 하늘에서 해를 궁굴리는 사람은 누구일까,/ 공처럼 차고 다니는 사람은 누구일까,/ 아가는 빨간 해를/ 궁굴리고 싶다./ 빨간 해를 차고 싶다./ 두 손으로 둥근 해를 궁굴리면서/ 둥근 해를 차고 다니면서/ 기지개를 켠다./ 나뭇가지마다/ 해를 걸어놓고 꿈속에서 아가가/ 기지개를 켠다.
>   — 전원범, 「해·1」 전문

둘째, 대표작품들이 대체로 요즘의 작품보다는 초창기나 오래된 작품이었다. 이준섭의 「아기 단풍」(1979년에 동심의 시 1집에 게재), 이봉춘 씨의 「탈곡기」(첫시집 게재), 이준관 씨의 「씀바귀꽃」(1980년 8월 작), 최일환의 「남쪽섬들」(1978년 제 4동시집), 문삼석 씨의 「산골물」(1967년에 간행된 '산골물' 에 수록), 위영남의 「바다」(1983년 첫동시집에 게재)들이 그 예가 될 수 있겠다.

셋째, 작품들이 대부분 쉽고 순수하고 리듬이 있고 간결한 작품이었다. 특히 이준섭 씨의 「아기 단풍」과 문삼석 씨의 「산골물」이 대표적이었다.

> (가) 갸웃갸웃 엄마 찾아/ 데굴데굴 굴러가다/ 으슬으슬 찬바람에/ 오들오들 추워 떨다/ 크렁크렁 울고 가는/ 콩당콩당 아기 단풍.

> (나) 하도/ 맑아서/ 가재가/ 나와서/ 하늘 구경/ 합니다.// 하도/ 맑아서/ 햇볕도/ 들어가/ 모래알을/ 헵니다.

위의 글 (가)는 이준섭 씨의 작품으로 '우리 삶의 흐름을 국어의 특징이기도 한 의성, 의태어의 묘미를 살려 형상화 하여, 짧은 시 속에 철학을 담았노라' 해설하였고, (나)의 작가는 댓구법, 리듬, 간결, 생략(절제) 등의 뛰어난 기법으로 '단시'의 수준을 끌어올린 문삼석 씨이다. 씨는 '순수와 간결은 동시의 영원한 주제인동심의 본질'이라고 말한다.

넷째, 연작이 아닌 시는 '의미성'에 충실하였다. 이봉춘 씨의 '탈곡기', 진홍원 씨의 '푸성귀'(씨가 근래에 펴낸 시집 『하늘』에는 '까치밥', '하늘', '추수', '풀잎' 등의 좋은 작품이 많았다.) 그리고 즉물적 이미지를 감각적이고 간결한 시어로 표출해서 해서 주목을 받아오다가 근래에 들어 산문시 혹은 서사시 경향으로 좋은 시를 발표하고 있는 이준관 씨의 '씀바귀꽃' 등이 그 예가 되겠다. 지금까지 대표작의 특징을 살펴보았는데 문제점(아동문학인 모두 문제점이라 할 수 있겠다.)이 발견되었다.

첫째, 작가의 역량을 가늠할 수 있는 연작시들을 주독자인 어린이들은 선호하고 있는가. 둘째, 대표작들이 왜 초창기에 많이 나오고 오히려 명성이 높아진 후에는 그렇지 못한가. 셋째, 대부분의 작가들이 '나의 대표작'을 물어올 때 선뜻 이것이다 하고 내놓지 못하는가. 등의 문제점은 어린이를 대상으로 하여 작품을 빚는 작가 모두가 고민하고 풀어 나가야할 과제라 여겨진다.

근래에 출간된 김용근의 동시집 『분이네 빈집』(대일), 양경한 동시집 『하늘 과수원』, 『전북 아동문학』(제 19집)은 지면관계로 언급하지 못함이 아쉽다. 일독을 권한다.

제7부
1989년 선정동시

동요에 있어서 순수와 현실 반영 문제

— 엄성기의 「갈대꽃」, 장영철의 「호도과자 굽는 아이」

새해를 맞아 동시(동요 포함) 월평을 맞게 되었다. 인생이나 문학에서 아직 익지 못한 사람이 남의 글을 들먹인다는 것은 두렵고 부끄러운 짓거리이지만, 이 기회를 통해 필자가 생각하고 있는 아동문학(특히 동시)의 여러 문제, 나아가야 할 방향, 작가와 독자 사이의 보다 가까운 접근로 만들기 등을 발표 작품에 비추어 생각해 보고자 한다.

이 달에는 《솔바람》(강릉동요문학회 43호)에 발표된 엄성기 씨의 작품과 장영철 씨의 작품을 중심으로 동요에 있어서의 순수와 현실 반영 문제를 생각해보겠다.

> 강바람도 차가와진/ 강 언덕에/ 가을빛 곱게 물든/ 산기슭에/ 산빛 물빛 하늘빛과/ 한데 어울려/ 갈대꽃이 하얗게/ 일렁입니다./ 깃털보다 보드라운/ 하얀 꽃잎이/ 가느다란 실바람도/ 이기지 못해/ 파란 하늘 멀리멀리/ 흰구름 따라/ 가몰가몰 하얗게/ 날아갑니다.
>
> — 엄성기, 「갈대꽃」 전문

위의 시(동요)는 3음보형 —서민 계층, 자연적 · 서정적 리듬, 경쾌한 맛, 가창에 적합, 동적 변화감과 사회 변동기 대변 —인 7 · 5조형인 동요는 일본에서 도입된 리듬으로 현대시와 동요에서 많이 채용되고 있는 까닭은 우리의 전통 리듬인 3음보 내지 4음보의 율격이 돌 수 있기 때문이다. 3음보 7 · 5조의 리듬을 잘 살린 「갈대꽃」은 가을 강변을 한 폭의 수채화로 보는 듯한 회화성이 돋보이는 서정시이다.

이 동시를 보는 관점에 따라 사람(갈대꽃)이 산심·수심·천심(산빛·물빛·하늘빛) 즉 자연과 더불어 살다가, 현실 생활(실바람)을 이기지 못해 구름이 되어 날아가는 '인생의 덧없음'을 표현했다고 볼 수도 있겠다. 그러나 필자는 현실생활을 반영한 시라기보다 어떤 의미나 사상을 배제하고 언어, 음악 회화성에 주력한 예술지향의 순수시라고 보고 싶다. 예술화된 아름다운 한 폭의 서경은 생활과 공해에 찌든 우리의 눈과 마음을 씻어준다.

> 맵찬 바람/ 불어오는 길거리에// 호도과자 굽는/ 털모자 눌러 쓴 아이// 부모 앞에/ 응석 피울 나이인데// 밀가루 허옇게 묻힌 손으로// 덜컹덜컹/ 잘도 구워낸다.// 한 봉지 사 안고/ 가슴에 안으니/ 달근한 내음이/ 가득가득.
>
> — 장영철, 「호도과자 굽는 아이」 전문

위의 동요는 앞의 시 형식에서 변형되고, 내용면에서도 전자와 달리 '현실 반영의 시'로 대조를 이룬다. 씨의 시가 묘사나 설면으로 인해 시적 형상화 면에서는 엄성기 씨의 '갈대꽃'에 못 미치나, 서민적인? 소외된 가난한 영혼을 위한 삶의 현장을 리얼하게 표출하고 있기에 실감이 나고 또한 감동이 크다.

씨는 삼척시 군과 인근의 문화를 이끌어가고 있는 《두타문학 11집》 '88년 11월에 연작동시 「바닷가 아이들」 5편을 발표했는데, 서민의 애환과 바닷가 아이들의 꿈을 동시화 하는데 비교적 성공한 것은 바닷가의 생활현장을 직접 경험한 것을 바탕으로 하여 작품을 빚어냈기 때문이다. 이해를 위해 작품 한 편을 더 소개하겠다. 〈바닷가 오후는 바다만큼 넓은/ 그물을 걸어 놓고// 짓궂은 어느 물고기가/ 뜯어 놓은/ 구멍난 그물을 깁는다./ 온 식구들의 목이 달린/ 목구멍만한 구멍을/ 아버지는 말없이 깁는다. (「바닷가 아이들 · 2 −그물 깁기」)

　1970년대에 '순수와 현실 반영' 직접 혹은 간접으로 관련된 문제에 대해 아동문학가 간에 논쟁이 있었다. 이런 문제는 '문학적 관점의 차이에서 오는 것이다. '문학의 관점의 차이'는 창작인에게 당연이 있어야 하며, 서로 상대방의 필요성을 인정하고, 존중하고, 경향의 단점을 보완하려는 문학정신이 필요하다.

　앞에서 예를 든《솔바람》에는 두 사람 외에도 이호성 씨의 「은행잎」 김교현 씨의 「전화하는 날」 김동희 씨의 「은행나무」 등이 눈길을 끌었다.

　이 자리를 빌려 우리나라 동요에 힘 써오시다가 지난 해 타계하신 윤극영, 김원기 두 분께 삼가 명복을 빌며, 그리고 윤석중, 박경종, 박홍근, 박화목 등의 원로 분들과 동요문학회 회원, 동요작곡가들에게 고마움과 박수를 보내며 더욱 좋은 작품을 많이 써주시길 부탁드린다.

자연의 경이를 통한 진리의 일깨움

― 권오순의 「논둑 위에서」, 「봄 하늘」

　시인의 신앙은 곧 시인의 체험으로 그것은 미적 체험과 같은 것이다. 개인의 체험 · 이해 · 발견에 시인의 종교적 신앙이 통하는 것이며, 그것은 곧 신의 세계와 공통된 길이기 때문이다. 문학에 있어서 사상이란 작가의 인생관이나 세계관에 의해서 작품 속에 담겨진 의미 내용으로 종교 · 철학 · 이데올로기 등에 이르기까지 다양하다. 우리 국문학의 영향을 미친 것은 유 · 불 · 선의 동양사상으로 근래에 이르러서 기독교사상을 무시할 수 없겠다.

　　흙탕물 속에 줄지어 서서
　　겨우 몸을 가누며
　　실바람에도
　　한들거리는
　　가녀린 볍씨 햇순들

　　저 여린 연두빛
　　작은 포기포기마다
　　생명의 젖과 꿀,
　　온갖 삶에의 푸른 소망들이
　　매달려 있다.

　　몇 달만

햇볕, 바람, 비, 이슬
구슬땀 묻어주면

온 들판을
눈부시게 출렁일
금빛 이삭들……

아 비로서
깨닫게 된다.

작고 여린 것이
결코 작은 것이
아님을.

– 「논둑 위에서」 전문

현대시에서 나타나는 자연의 새로운 양상(비정적 타자성, 혼돈, 분열, 유한성 내지 역사성, 무의식의 상징 등)에 비해 권오순 씨의 '자연관'은 자연이 그 존재를 위해 자연 그 자체가 아닌 다른 어떤 것인 창조주에 의존하고 있다고 보고 있다.

논둑에서(충북 숲속 아동문학회 6집)는 연약한 볍씨 햇순(푸른 소망)→ 누군가의 손길(자연 혹은 농부 혹은 창조주)→ 금빛 이삭(결실, 깨달음)의 과정으로 요약할 수 있는데, 기독교 사상을 정서의 상태로 용해시켜 시로 형상화시킨 성공한 작품이라 볼 수 있겠다. '작고 여린 것이/ 결코 작은 것이/ 아님을.' 말하고 있는데, 역으로 말하면 '큰 것은 결코 큰 것이 아님, 즉 이슬 속에도 우주가 담길 수 있는 이치'가 될 수도 있다. 이 작품은 '자연의 경이를 통한 진리의 일깨움'을 독자들에게 전달해 준다. 이해를 위해 앞의 작품과 함께 실린 작품을 한 편 더 감상해 보자.

파아란 봄 하늘로/ 모락모락/ 오르는/ 노랑 파랑 분홍/ 빛 고운 꿈과 기
도// 봄 하늘은/ 활짝 열린 무지개 나라// 햇살에/ 실비에/ 보들한 바람
에 안겨/ 소록소록 내리네// 일곱빛깔 꿈의 구슬/ 기도의 씨앗들이…….
                                              - 「봄 하늘」 전문

위의 시는 기독교 적인 세계의 창문을 통해 바라본 자연(봄 하늘)을
노래한 시로, 아지랑이(꿈과 기도)가 봄 하늘(무지개 나라)로 상승하여 열
매를 맺었다가, 다시 꿈과 기도의 씨앗들이 땅으로 하강하는 내용이
다. 땅에서의 기도가 하늘에서 따으로 은총으로 내릴 때 그 기도의 씨
앗은 햇살, 실비, 보들한 바람(창조주의 손길)에 안겨 내리는 것이다.

권오순 씨는 4계절, 꽃노래, 귀여운 동물, 수많은 하늘, 구름, 들판,
바다, 무지개, 노을, 달, 별 등의 자연을 소재로 하여 자연의 경이를 통
한 진리의 일깨움을 전달해 준다.

권오순 씨는 1919년 황해도 해주에서 태어나 1937년《가톨릭 소년》
지에 작품을 발표하여 한국인의 노래가 된지 오래인 〈송알송알 싸리
잎에 은구슬/ 조롱조롱 거미줄에 옥구슬……〉로 시작되는 「구슬비」의
시인으로서, 성치 않는 다리로 인생의 가시밭길을 오직 아동문학과 신
앙생활로 묵묵히 걸어오신 여류 아동문학가이다. 또한 충북숲속아동
문학회 6집(아동문예)에는 전병호 씨의 「집짓기」, 박영자 씨의 「해님」,
류선렬 씨의 새로운 양상의 시, 김형식 씨의 「등잔」, 김옥배 씨의 「개
구리알」, 김갑제 씨의 「무지개」, 고정선 씨의 「어느 수업시간」 등이 좋
은 작품이었으며 읽기를 권장해 본다.

순간의 아름다움

— 남진원의 「기차가 지나가는 산마을」

'순간' 이란? 사전적 의미로는 극히 짧은 시간, 눈 깜짝하는 동안, 삽시간, 순각 등으로 풀이하며, 불교용어로 지극히 짧고 빠른 시간을 '찰라' 라고 하는데, 우리가 감지할 수 있는 찰라는 120찰라(약 1.6초)쯤 된다고 한다.

순간을 나타내는데 가장 손쉬운 방법은 사진기 사용일 것이다. 시인은 이 한순간을 나타내기 위하여 화가가 한 폭의 그림을 그리듯이 그렇게 밤새워 글을 쓴다. 그러나, 시가 사진이나 그림과 다른 점 중에 하나를 든다면 한 작품 속에 시간에 거리낌 없이 표현할 수 있다는 점이다. 《아동문학》 1월호에 게재된 남진원 씨의 작품을 살펴보면 사진기나 회화적인 순간 포착의 수법을 사용하였음을 확인 할 수 있다.

> 내가 사는 마을에/ 기차는 참 반가운 손님이다.//
> 마을이 늘 고요한 아름다움 속에/ 잠길 수 있는 것도/ 가만가만히 기적을 울리며/ 마을을 지나가기 때문이다.//
> 저 안에 탄 사람들은 누구일까/ 한 칸 두 칸 세 칸……/ 참 길기도 하다.//
> 푸른 미루나무 숲을 헤치고/ 빠―ㅇ/ 기적을 울리며 다가오는/ 기차를 보고 있으면/ 나도 기차를 타고/ 먼 먼 곳으로 가고 싶다./ 착한 사람들만 사는/ 아름다운 나라로 가고 싶다.
>
> — 「기차가 지나가는 산마을」 전문

위의 시는 4연 10행 내재율 자유시로써 시인의 순간적인 감정 표현과 서정시의 특수한 창조에 기여하는 '현재시제'를 사용하고 있다. 함께 발표한 산문시도 시제가 내용 또한 '그리움'으로 상통하는데, 산문시는 씨가 즐겨 사용하는 형태상의 변신이다. 대상의 시를 읽으면, 시골마을로 '빵-'하고 기차가 지나고 아이 하나가 기차를 보며 손을 흔들고 있는 한 장면을 떠올리게 된다.

첫 연에서 기차를 의인화하여 반가운 손님으로 맞아 작품 속으로 끌어들여서, 둘째 연에서 산골 마을로 초대하는데 〈마을이 늘 고요한 아름다움 속에/ 잠길 수 있는 것도/ 가만가만히 기적을 울리며/ 마을을 지나가기 때문이다.〉는 역설로 작품의 질을 한층 높인다.

셋째 연에서는 기다란 기차 칸을 헤아리며 타고 있는 사람들을 만나고 싶어 하며, 마지막 연에서는 적절한 의성어를 사용으로 청각적 이미지를 자극하여 생동감을 주며, 〈착한 사람들만 사는/ 아름다운 나라로 가고 싶다〉는 산골아이의 미지에 대한 동경과 교훈적인 주제를 발견하게 된다.

씨가 펴낸 4권의 시집 중 『싸리울』(82, 아동문예), 『풀잎과 코스모스』(88, 대교출판) 2권의 동시집을 살펴보면 순하고 오염 받지 않은 그의 인상에서 받게 되는 것처럼 풀잎이나 풀잎에 구르는 아침 이슬 같은 시, 향토적인 시를 빚어내고 있으며, 특히 동시조 분야에서 수준이 높음을 발견하게 된다.

작가가 작품을 쓸 때에 욕심을 부려 한 작품에 너무 많은 의미를 담으려 하다보면 실패를 하게 된다. 씨의 사진기 수법(필자가 만들어 본 말이지만)으로 복잡하지 않은 이미지, 독자와 공감대 경험, 가벼운 의미를 담음으로써 동시가 어려워 읽지 않는 독자와의 거리를 조금은 좁힐 수 있지 않을까.

현존하는 우리나라 최초의 서정시인 고구려 유리왕의 「황조가」 그리고 향가 등에서도 대부분 압축적이고 간결한 이미지를 찾아볼 수 있다. 독자에게 무슨 큰 의미를 안겨줄 욕심에 관념적이고 어렵고 긴 시보다는 이런 사진기 수법의 간단한 이미지와 부담이 비교적 없는 '순간의 아름다움'을 안겨주는 시는 어떨까? 이런 동시가 멀어져가는 아이들을 얼마나 가까이 불러들일 수 있을까?

시심을 일깨우는 노래들

— 이창건의 「겨울산」, 이상문의 「산봉우리」

    좋은 시를 읽는다는 것은 마음속에 잠자고 있는 시심詩心을 일깨우는 일이다. 과학문명의 발달로 물질적으로나 경제적으로 옛날보다 윤택한 생활을 누리게 되었고, 삶의 수준도 높아진 것은 사실이다. 그렇다고 삶이 넉넉하고 풍부해지고 더 행복해졌다고 할 수 있을까. 문화란 삶의 총체적인 모습이다.

    시는 그 문화의 핵이요, 좋은 시를 읽음으로써 우리의 마음속에 잠자고 있는 시심을 일깨우는 일이야 말로 우리의 삶을 값지고 풍요롭게 만드는 가장 좋은 길일 것이다. 시심을 일깨운다는 말은 우리의 마음을 맑게 하고, 아름답게 하면서, 삶을 창조적으로 살게 한다는 말로 설명할 수 있을게다.

    《아동문예》3월호(89년)에는 시심을 일깨워 주는 작품들이 많았다. 이창건의 「겨울산」과 이상문의 「산봉우리」를 중심으로 그 시심의 근원을 찾아보고자 한다.

    눈멀고 귀먹은/ 겨울나무들이/ 답답함을 잘 견딘다// 찬바람 속 얼음 땅에 선/ 겨울나무들이/ 가슴 시림을 잘 달랜다// 햇살은 언제쯤 넉넉해져/ 눈이 뜨이고 귀가 트이나/ 가슴이 덥혀지나// 아직은 먼 봄소식/ 발등에 눈 덮이는데/ 봄날에 펼쳐보일/ 풍경화 한 장 꿈구는 나무들// 내가 너무 가볍게 살아온 건 아닌지// 꿈 없이 살아온 건 아닌지//높이 오르기보다/ 야트막한 내 둘레/ 겨울나무 배우리.

이 시의 시적화자는 겨울 산의 나무를 보면서 이 시를 썼다. 겨울나무들의 인내력과 꿈을 보면서, 자신도 꿈 없이 무기력하게 살아온 것은 아닌지 삶을 진지하게 진단하고 있는 것이다. 그는 값진 삶이 무엇인지 알고 있었지만, 시인이 직접 취하지 않고, '겨울산' 이란 즉물적 매체를 통하여 그런 삶의 방법을 간접적으로 터득한 것처럼 표현한 것은 독자들의 주의를 환기시키려는 비범한 표현 수법이라고 할 수 있다.

박두순 시인은 그에게 보낸 편지에서 '만나도 부담 없는 사람' 으로 표현했는데, 그렇다면 '가볍게 살아온 건 아닌지// 꿈 없이 살아온 건 아닌지' 하고 삶을 진지하게 표현한 결코 공허한 외침만은 아님을 알 수 있다. 읽을 수로 내가 왜소해지고 부끄러워지는 것은 왜일까?

> 어두워지면/ 구름이 찾아들고/ 안개가 모여들고/ 하늘마저 내려앉아서 // 너무 따뜻하고 포근해/ 날이 새도/ 떠날 줄 모르지만// 환히 밝아오면 / 하나씩 하나씩/ 제 갈 길 떠나버리고/ 혼자 남은 산봉우리// 엄마의 마음으로 걱정하며 서 있다/ 어디쯤 갔을까/ 발꿈치 들고 서 있다.
>
> — 「산봉우리」 전문

이상문 시인이 발표한 특선동시 10편 중에 뽑은 작품이다. 앞에서 소개한 이창건의 작품처럼 산을 소재로 하고 있었지만, 이창건의 작품처럼 경이롭거나 신기한 것은 없다. 그러나 따스하고 포근한 산봉우리와 같은 시인의 마음과 동행할 수 있었던 것은 큰 기쁨이었다. 산봉우리는 모든 것(구름, 안개, 하늘 등)을 감싸주는 어머니였다. 성장한 자식들이 부모 곁을 떠나듯, 해가 뜨자 산봉우리가 품었던 것은 모두 떠나버리고 외롭게 혼자 남게 된다. 이 때부터 자식 걱정에 시달리는 어머니처럼 떠나간 모든 것에 애정을 보낸다.

특히 발꿈치 들고 서 있다는 마지막 구절의 참신한 표현은 단순한 것 같지만, 시인의 저력이 어떤 것이지 가늠할 수 있으며, 이 구절이 지탱해주기 때문에 가작으로 평가 받을 수 있는 것이다. 읽을수록 따스하고 포근함이 독자의 가슴을 파고 들어온다. 그것이 곧 시인의 마음이리라.

문학이 가치 있는 체험의 기록이라 말하는데, 그렇다면 문학과 작가의 삶과의 상관관계도 무시할 수 없을 것이다. 이거리가 멀어질수록 작가는 지탄의 대상이 될 수도 있다. 그런데 문학과 삶이 일치한 분이 계셨다. 그 이름 홍선주 선생님! 삼가 명복을 빈다.

자아의 재발견

— 권영상의 「비 개인 뒤」

주체로서의 자아(나)가 타인들 또는 외부의 세계와 조화를 이루고 있느냐 그렇지 않으면 대립과 갈등을 일으키고 있느냐, 그리고 어제의 '나'와 오늘의 '나'는 같은가, 다른가, 도대체 '진정한 나는 무엇인가' 등의 문제는 바로 동일성의 문제인 것이다. 전자는 자아와 세계의 일체감, 결속 감으로서의 동일성의 문제로, 후자는 ' 자아의 재발견 '이라는 개인적 동일성의 문제로 문학에서 취급되는 동일성의 두 가지 양상이다.

빗길을 걸어간
발자국

누구인가
두고 간 발자국 속에
하늘이 파랗게 고였다.

고개를 들면
하늘이 저렇게 맑아도
얼뵈지 않던 내 얼굴을

누구인가
두고 간

이 작은 하늘에서 만나다.

– 「비 개인 뒤」 전문

위의 시는 월간 《아동문학》(2 · 3월호 합본) 특선 란에 권영상 시인이
발표한 10편 중 1편이다. 4연 13행 짧고 쉬운 시어를 사용하여 쓴 글
속에 작가가 무엇인가 많이 담으려 욕심을 부리자 않고, 형용사의 누
더기 옷을 입히지 않고, 독자에게 메시지 하나만 전달한 깨끗한 이미
지의 좋은 시를 만나 기쁘다. 그러나 이러한 발견은 관조적인 명상의
깊이와 성찰 속에서 건져 올린 '자아의 재발견'임을 알 수 있다.

시를 쓴다는 것은 작자의 숨소리와 맥박이 독자에 흘러들어 새로운
생명체로 거듭 태어나게 하는 일이며, 다른 하나는 '진정한 나'를 찾
는 작업이 아닐까? 우리는 산업사회의 발전으로 말미암아 자아상실
위기에 놓여 있다.

모든 종교들이 각기 믿음은 달라도 '하늘'로 통하는 공통점이 있다.
진리와 깨달음은 화려하고 높은 것에서만 얻을 수 있는 것이 아니다.
오히려 보잘 것 없고 작고 낮은 것에서 더 얼마든지 발견할 수 있다.
누군가 비를 맞으며 나보다 앞서 걸어간 그 작은 발자국 속에 고인 빗
물에서도 삶의 경쟁 속에서 잃어버린 '참자아'를 만날 수 있지 않을
까? 빗길을 걸어간 발자국 → 발자국 속에 고인 파란 하늘 → 그 하늘
속에 만난 내 얼굴, 자아의 발견은 새로운 인식에의 눈뜸이며 다른 세
계로 들어가는 열쇠가 된다.

권영상 시인은 지금까지 4권의 개인 시집을 세상에 내놓았다. 『단
풍을 몰고 오는 바람』(80, 창조의 샘), 『햇살에서 나오는 아이들』(85, 아
동문예), 『동트는 하늘』(87, 아동문예), 『한 해를 살면』(87, 대교출판)을 펴
낸 주목받는 중견 시인이다. 지금까지 그의 시에서는 샤머니즘의 하
늘, 불교적인 눈으로 조명한 하늘, 그리고 하늘의 해와 햇살 등 하늘과
관계되는 소재를 즐겨 다루었다. 시적 의식의 형상화(최도규), 동화를

승화시킨 시세계, 햇살 지순한 것만을 골라내는 마음의 눈(유경환), 역사의 심연에서 인양한 우리의 하늘, 우리의 얼(하청호) 같이 앞의 3인이 권 시인인의 작품을 평한 것처럼 그의 시는 형태, 목소리, 표현법 등에서 나름대로 시세계를 구축해가고 있다. 그 중 가장 미더운 것은 튼튼한 상상력, 참신한 비유와 이미지, 우리 고유어를 애써 사용하는 점이다.

> 느릅나무 숲속/ 자오록한 어둠이 쌓여 올 때에도/ 강물은 어둠을 헤치며 나아가는/ 뗏목꾼들처럼// 쉬임없이 내게로 와/ 알 수 없는 나라로 흘러간다.
>
> — 「시간」 일부

> 혼자 있을 때는/ 작고 외로운/ 섬이지만/ 파도가 치면/ 파도에 묻히고 말/ 아주 작은 섬이지만// 내가 일어나 연필 끝에 가 서면// 나는 걷잡을 수 없이 풀려나는/ 너의 말을/ 반듯하게 맺어준다.
>
> — 「마침표」 일부

권 시인은 요즘 시 소재를 전과 달리 눈길밖에 가까이 묻힌 작은 것을 다루고 있다. 「시간」에서 참신한 비유와 이미지, 「마침표」에서는 마침표를 파도치는 작은 섬으로 보는 놀라운 상상력이 돋보이지만, 함께 발표한 작품 중 한두 곳은 동심에서 조금 벗어난 느낌이 든다. 이점을 극복한다면 새로운 의미를 부여하는 좋은 작품을 빚어내는 시세계를 펼쳐 보일 것이다. 아무튼 비 개인 뒤의 세상을 바라보는 듯 씨의 '맑고 깨끗한 자아를 재발견' 한 동시, 깊은 명상 속에 불심을 깔아 쓴 박용열 시인의 연작 시집 『고요 속에』를 만나 기쁘다.

서민성과 감동

— 신현득의 「아버지 젖꼭지」

5월 어린이달을 맞아 각종 신문과 잡지와 방송에서 '어린이달 특집'을 마련해 주어 고맙다. 그러나 어린이날이나 5월 한 달만을 어린이나 아동문학에 관심을 보여주는 그런 풍조는 이제 시정되어야 하지 않을까?

이달은 유달리 원로부터 신인까지 많은 작품이 발표되었고 좋은 작품 또한 많아 흐뭇하였다. 그 중에 감동이 있고 읽어서 가슴에 오래 남는 시 한 편을 소개하고자 한다.

> 아버지 가슴에 까만 젖꼭지/ 엄마가 될 수 있는 흔적이다./ 그런데, 아버지는/ 왜 젖을 주지 않는가?/ 더 많은 사람 젖 주기 위해/ 한 아이에게는/ 젖 주지 않는다./ 아침에 나가서 아버지는/ 종일, 흙과 같이 산다./ 기계를 쓰다듬어 엔진을 건다./ 땀에 젖은 까만 젖꼭지.// 더러는 석탄 갱구에서/ 석탄을 보듬고/ 더러는 바다에서/ 바다를 달랜다.// 지친, 해질 무렵에/ 아버지 두 손 위에 놓이는 건/ 물고기 몇 마리일 수도 있다./ 몇 푼 동전일 수도 있다./ 흙이 놓아주는/ 몇 개 과일일 수도 있다./ 우리 식구들에게/ 고루 나누어질 것.// 이것을 들고 아버지가/ 저녁에 돌아와/ 작업복을 벗으면,/ 그때서야 안다,/ 어째서 아버지는/ 엄마가 될 수 없는가를.
>
> — 「아버지 젖꼭지」 전문

위의 시는 《월간문학》 5월호 특집에 실린 신현득씨의 작품이다. 작가들이 별로 손 대지 않는 아버지를, 그 아버지 상을, 노동을 하는 서민성에서 찾고 있다. 또한 〈아버지 젖꼭지〉란 특이한 소재로, 기발한 착상으로, 시의 요소 중 의미성에 비중을 두고 쓴 호흡이 긴 시이다.

1연은 아버지도 엄마처럼 젖을 줄 수 있다는 전제 아래 문답법을 통해 비교적 자연스럽게 주제를 노출시킨다.

2연 3연에서는 흙을, 기계를, 석탄을 보듬고 바다를 달래는 아버지 –평범한 시민 생활에서 가장 자연스럽고 인간적인– 의 일하는 모습을 구체적으로 예시하고 있다.

4연에서는 여러 현장에서 일한 아버지들이 땀으로 얻은 것들을 제시하고, 그것들이 아버지 자신이나 한 아기를 위한 것이 아니라 식구들에게 고루 나누어진다는 것을 말해 주며, 5연 6연에서 깨달음을 통해 의미를 재인식시켜 준다.

「아버지 젖꼭지」가 관념과 말장난에서 벗어나 진실한 삶을 제시하고 시적 감동을 주며 가슴에 오래 남는 것은 서민층(아무 벼슬이 없는 평민 보통 사람으로 중소 상공업자 · 샐러리맨 · 노동자 등)을 소재로 리얼리즘을 깔고 시로 형상화시켰기 때문에 그 효과가 더 크지 않았나 여겨진다.

〈실제에 신빙성 있는 인상을 주는 작업에 관계되는 예술의 요소를 리얼리즘이라 할 수 있다〉는 프리스톤대학 『시학사전』은 다음과 같이 사실주의적 시를 세 가지로 정의하고 있다.

첫째, 때로는 보다 하층계급을 강조하는 평범한 환경 속에 있는 전형적 상황과 평균적 인물을 묘사하는 것. 둘째, 부자연스런 이미지나 비유의 사용을 포기. 셋째, 현실적 언어의 재생에 노력하고 산문적 리듬에 접근하는 경향으로 나갈 것.

이 정의에 의하면 리얼리즘의 시는 비인간화의 귀족의 예술괴는 달리 우선 인간상(image of man)의 제시에 주력하며 하층계급의 민중의 삶을 묘사하는 시라고 볼 수 있는데, 신현득씨의 「아버지 젖꼭지」는 서민성과 함께 여기에 맥락을 같이 하고 있다고 볼 수 있지 않을까?

신현득는 '59년과 '60년 조선일보 신춘문예에 동시 「문구멍」과 「산」이 각각 당선되어 문단에 나온 이래 『아기눈』(형설출판사 '61)을 비롯하여 많은 동시·동요·동화집을 출간하였다. 초기의 단순한 감각화→ 역사 의식을 바탕으로 한 민족 의식을 시로 형상화, 담시적→ '70년대 이후부터 시적 분위기의 응축을 지향하는 시에의 팬터지를 도입하는 수법을 사용. 근래에는 연작시 「아버지의 손」을 발표하는 등 씨의 종래 작품에서 좀처럼 볼 수 없었던 서민성과 리얼리즘이 깔린 글을 쓰는 변모를 찾아볼 수 있다. 그러한 시가 자칫 구호의 외침으로 떨어지기 쉬운데, 씨는 나지막한 목소리로 이야기함으로써 감동이 있고 읽어서 가슴에 오래 남는 시로 성공을 거두고 있다.

어린이를 위한 시에서도 아동문학의 속성에 맞는, 구호의 외침이 아닌, 〈참여시〉가 필요함을 조심스럽게 제시해 본다.

시적 화자와 청자를 중심으로 본 두 형태미

— 박숙희의 「삼형제」, 선용의 「6월 바다」

소설에서 시점(視點 : Point of view)이 있는데, 라보크는 이 문제를 '작중화자가 맡은 관계의 문제'라고 규정하였다. 시에서 말하는 시적화자話者를 염두에 둘 때 필연적으로 시적화자(시인)의 말 건넴에 귀 기울이는 청자聽者를 반드시 상정하지 않을 수 없다. 파킨은 시란 함축적자아(화자)와 함축적 청자 사이의 거래(去來 :transaction)라고 하였는데, 그 이해를 위해 R · 야곱슨의 3자 관계의 '수평설'을 살펴보자. 화자(시인)→ 미시지(텍스트)→ 청자(독자)

엄마가 나를 부르실 때/ '유인아— 하고 부르지 않고/ '정인아— 유인아, 서림아—'/ 꼭 삼형제의 이름을 다 부르신다.// 한줄기에 달린 감자뿌리처럼/ 형도 동생도 나도/ 나란히 한줄기에 달렸기 때문인가.// 동생이 잘못해서 매를 맞는데도/ 내가 맞는 것처럼 마음이 아프다.// 동생과 내게 이어진 끈이/ 찌잉찡 아프게/ 울리기 때문인가// 형과 싸운 날은 더 이상하다./ 다신 안볼 것처럼/ 미움이 솟았다가도/ 하루가 지나기 전에 형이 보고 싶다.// 형과 나를 얽어맨 단단한 끈이 응차응차 그립다고/ 당기기 때문인가.

— 박숙희, 「삼형제」 전문

찰방찰방/ 아이들이 바다의 꼬리를 밟고/ 달린다.// 밟힌 꼬리를 움추렸다./ 다시 내밀며/ 살살 아이 발등을 / 간지르는 바다.// 아이가 좋아/ 아이도 바다가 좋아/ 지칠 줄 모르고/ 모래톱을 달린다./ 바다물도 따라 다닌다.// 찰방찰방/ 아이들의 조그만 발이/ 바다의 꼬리를 밟을 때마다/ 바다는 커다란 가슴을 펴고/ 소리 없이 웃고/ 아이는 바다처럼 파란 웃음을/ 물살에 동동 띄우며/ 게들이 눈을 주먹처럼 쳐들고/ 겹죽겹죽 춤추는 모래톱 위를/ 바다의 꼬리를 밟고 달린다.

– 우하(선용), 「6월 바다」 전문

위에 소개한 2편의 시는 부산문화방송국에서 발행하는 《어린이문예》 6월호에 게재된 비교적 성공한 작품으로, 두 편의 시가 시점을 비롯한 여러 가지 면에서 대조를 이룬다.

박숙희 시인의 시 「삼형제」는 제목만 보아도 '형제애'라는 주제가 예상되는 교훈성을 지닌 작품이다. 이러한 평범한 제재로 성공을 거둘 수 있었던 것은 현상적 화자(소설의 1인칭 주인공 시점과 비슷함)를 통하여 비유를 적절히 사용하였기 때문이다. 우리나라 시인으로는 현상적 화자를 가장 즐겨 사용한 시인으로 김영랑을 들 수 있다.

이 경우에 언어의 표현 기능이 강하게 작용하기 때문에 화자의 주관적 정조를 나타내는데 적합하다. 청자는 숨고 화자만이 존재하는 이런 시 형식은 독백적 표현, 엿들어지는 독백이라는 서정성을 느끼게 한다. 1연을 실마리로 하여, '한줄기에 달린 감자뿌리처럼', 동생과 내게 이어진 끈이… 울리기 때문인가', '형과 나를 얽어맨 단단한 끈이… 당기기 때문인가' 등으로 형제남매 사이의 사랑, 믿음을 적절한 비유로 구사하여 쉬우면서도 '무엇인가 전달 받을 수 있는' 의미성이 돋보이는 작품이다. 지나친 기교나 난해성으로 '얻은 것은 시요, 잃은 것은 동시'라는 70년대의 동시 문제를 이러한 동시들이 조금은 해결해 줄 수 있지 않을까?

다음으로 우하 씨의 시는 「6월의 바다」라는 자연을 소재로 바다와 아이들이 서로 잘 어울려 놀고 있는 아름다운 장면이 눈앞에 펼쳐지는 듯하다. 의성어와 의태어를 적절히 사용, 시청각적 적 이미지가 돋보이며, 의인화한 바다가 도마뱀처럼 막 살아 달아나는 느낌이 생생한 감각이 아주 뛰어난 좋은 동시이다.

「6월의 바다」와 같이 나타나지 않은 화자와 청자(소설에서 작가 관찰자 시점과 비슷함)의 시는 메시지 지향, 화제 지향의 형식으로 있는 그대로를 보여주며, 앞의 시에서 독백적 표현양식의 서정시가 대상과 거리가 부족한 경향에 비해 일정한 거리를 두고 묘사하는 객관성을 띤다. 우리는 화자와 청자 관계를 어떻게 설정하느냐에 따라서 시의 형식과 분위기가 달라짐을 알 수 있다.

위의 두 시는 자유시, 서정시라는 것 외에, 비슷한 음수율, '~ㄴ다/~가'의 음위율을 가미한 내재율의 공통점을 갖고 있지만, 시점과 소재를 비롯한 많은 상이점을 지니면서 비교적 나름대로 성공을 거두고 있다.

차분한 목소리로 노래한 현장시

― 최도규의 「오늘, 우리 선생님」

　'80년대 시는 어느 한 부류의 시가 특별히 우세한 면을 보이지 않으면 서로 개성을 찾아 혼류의 소용돌이 속에 있다고 볼 수 있는데, 그중 민중시, 현장시의 경우 본래의 문학성 보다 목소리가 높았으며, 그들의 강렬한 색깔로 인한 높은 파고波高를 이루고 있다. 그러나 아동문학계에서는 매스컴을 통하여 참여시(민중시, 현장시 포함)에 대한 시비가 약간은 있었지만 그 성격상 거의 발표가 없었다.

　현장시란? 전문 작가나 전문 시인이 쓴 민중문학의 한계성을 뛰어넘어 노동체험을 한 노동자가 노동현장을 진솔하고 적나라하게 표현하여 그 고난과 아픔과 슬픔이 시로 승화하여 치열성, 참신성, 현장감을 주어 민중운동에 이바지할 수 있다는 견해이다. S동시인 박노해와 김해화 등이 있으며 이들은 농촌, 어촌, 광산촌 등에서 그들의 생활이 곧 시란 명제로 표출되기에 이르렀다. 또한 현장시는 참여시란 이름이 → 민중시 → 현장시로 변모 발전하였다고 볼 수 있겠다.

　지금 이 시각에도 정부인 문교부와 일부 교사들 간에 교원노조 설립 문제를 놓고 엇갈리고 있는데, 그 성질이 조금은 다르지만 연작시 「오늘, 우리 선생님」이란 차분한 목소리로 노래한 현장시를 소개하겠다.

　　지도하는 시간보다/ 주의하는 시간이/ 더 많아도// 아―/ 이 일을 어쩌나// 뜀틀 위에서/ 옆으로 떨어진 어린이// 허둥지둥 들쳐 업고도/ 방향 감각을 잃은 선생님// 하늘이 무너져 내린다/ 땅이 꺼져 들어간다// 하느님/ 하느님// 병원 문턱에 손을 모은 선생님

— 「오늘, 우리 선생님 · 6」

위에 소개한 시는 최도규 씨가 월간 《소년》지에 '89년 2월부터 매달 1편씩 발표하고 있는 연작시 중에 7월호에 발표한 작품이다. 중심 소재는 '선생님', 교육현장인 체육시간에 다친 학생을 등에 업고 병원으로 달려가는 선생님의 안타까운 마음과 무사하기를 바라는 사랑의 기도를 외면과 내면으로 묘사한 작품이다. 잠자는 시간을 제외한다면 t학생들은 사실 반 학교에서 생활하게 된다. 가정에서 몇 명 안 되는 자녀들 사이에도 싸움이 벌어지는데, 오육십 명을 돌보기란 쉬운 일이 아니다. 쉬는 시간에도 학생들에게 눈길을 떼지 않는다 하여도 간혹 사고는 발생하게 된다. 그 외에도 학생들의 가정환경과 교육환경 등 많은 안타까움이 많다. 그 안타까움을 현장 체험을 통해서 사실적으로 표현하고 있다.

노력 없는 백점보다/ 땀 흘려 얻은 오십 점/ 그게 / 값진 수확이라고// 꼴지 아이를/ 얼싸안고/ 춤을 추신 선생님// 표창도/ 승진도/ 다 외면하신 선생님/ 단 하나 우리위해/ 꿈을 갖고 사신대요/ 보람 갖고 사신대요

— 「오늘, 우리 선생님 · 1」 일부

거짓말을 싫어하는/ 거짓말쟁이 선생님// 숙제 안하면 혼난다./ 교실에서 떠들면 혼난다./ 순이가 그냥 왔어도/ 철이가 막 장난을 쳤어도// 아프지도 않은/ 꿀밤 하나 주었을 뿐// (중략)// 다음은 정말 혼나/ 또/ 정말 거짓말(후략)

— 「오늘, 우리 선생님 · 2」 일부

위의 시 연작시 「오늘, 우리 선생님 · 2」에서는 리듬을 깐 역설로 독

자에게 재미를 안겨준다. 연작시 「오늘, 우리 선생님 · 1」에서는 노력하는 아이, 공부 못하는 아이를 사랑하는 선생님의 마음이 잘 나타나 있다. 그리고 표창도 승진도 외면하고 연작시 6에서처럼 '종일 법석되는 어린이들 속에서/ 양복자락 뿌우연/ 백묵가루를 털면서// (중략)// 하루하루/ 그렇게 불태운 젊은// 또 하나의/ 주름살이 패이고 있다./ 또 하나의 흰 머리카락이 돋아나고 있다' 는 것은 최도규 시인 자신의 일과 주위의 선생님을 나타내었으나, 동시의 성격상 치열한 현장감은 결여될 수밖에 없었지만, 씨가 『 아라리 문학』제 7집에 소개한 시의 맥락을 같이하는 연작시(성인을 위한 시)에는 오늘 교육현장이 현실감 있게 잘 표현되어 있다. 그러나 이러한 현실 참여의 글들은 현실(현장)을 담은 대부분의 거리조정과 문학성이라는 그릇에서 일탈하는 데에서 실패하고 있는데, 씨도 그러한 면을 조금 더 보완한다면 그가 성공하고 있는 동시조와 동요에 이어 새로운 모습으로 부각될 것이다.

『황무지에 핀 꽃』(아동문학시대 9집, 아동문예 발간)에 강현호, 권영상, 김범중, 김영수, 박덕은, 박두순, 박일, 서지월, 신형건, 이국재, 함종호, 허호석, 도리천 등의 글이 좋았다. 한번 읽기를 권하고 싶다.

발견의 재미와 진실성

— 어효선의 「어쩌면」, 손명희의 「꽃」

문학의 기능에는 윤리적 교훈을 주고 인간에게 유익한 어떤 지식을 가르치는 기능을 갖는다는 〈교시적 기능〉과 일종의 재미, 즉 쾌락이라고 보는 〈쾌락적 기능〉이 있다. 이 쾌락적 기능에 60년대와 70년대에 활발히 동시를 써 오신 분들이 배려를 등한시한 것 같다. 물론 이 분들이 동시의 수준을 끌어올리는 데에 이바지했다는 점은 인정해야 한다.

이 달에는 원로분들이 작품을 많이 발효하셨다. 박화목씨의 「산나리」(한국시 8월호), 장수철씨의 「5월은」(한국시 8월호)과 유성윤씨의 「풀잎편지」(아동문학 8월호)는 시의 음악성을 배려한 좋은 작품이었다. 특히 어효선씨의 어쩌면은 독자에게 발견의 재미(쾌락)를 안겨주는 노익장을 과시하는 좋은 시였다.

> 말을 타고 우쭉우쭉 가는 아저씨./ 새빨간 저고리에 초록빛 바지./ 새까맣고 동그란 예쁜 모자./ 그 얼굴이 그 얼굴이 말을 닮았네.// 불독에게 질질 끌려가는 아저씨./ 부리부리 부릅뜬 무서운 눈./ 꽉 다문 입, 커다란 입./ 하얀 염소를 몰고 가는 할아버지./ 갸름하고 까만 귀여운 눈./ 하얀 수염 달린 뾰족한 턱./ 할아버지 얼굴이 염소 같네, 염소 같네.// 엄마 손 잡고서 아장아장 가는 아기./ 엄마가 좋아서 방글방글./ 시원한 이마에 오똑한 코./ 그 얼굴이 그 얼굴이 엄마 닮았네.
>
> — 「어쩌면」 전문

위에서 소개한 작품은 어효선씨가 부산문화방송에서 발행하는 월간《어린이문예》(8월호)에 발표한 시이다.

시에서 발견이 주는 재미는 각별하다. 독자의 눈이나 마음으로 찾지 못했던 것을 작가가 발견하여 독자에게 경험의 공감대를 형성함으로써 재미를 안겨주며 새로운 인식을 눈뜨게 한다. 말을 타고 가는 아저씨의 얼굴이 말을, 불독을 데리고 가는 아저씨의 얼굴이 불독을, 염소를 몰고 가는 할아버지 얼굴이 염소를, 엄마 손 잡고 가는 아기 얼굴이 엄마를 닮았다는 내용의 재미있는 발견으로 사람이 접하는 대상에 따라 서로 닮아질 수 있다는 인생의 철학이 작품 속에 녹아 있다. 발레리(Paul Valery)는 「문학론」에서 〈사고思考는 시구 속에서는 과일 속에 묻힌 영양소와 같이 숨겨져 있어야 한다〉 했는데 이러한 말을 어효선씨는 잊지 않았으며 이외에도 적적한 의태어 사용, 각행이 대체로 3음보이며 행의 끝나는 말이 명사(사물의 이름)라는 새로움, 〈네~〉의 각운의 효과, 반복법 등으로 음악성의 배려를 또한 잊지 않고 있다.

너희 중에/ 미운 꽃 본 일 있니?// 약속을 어긴 꽃 본 일 있니?// 난 아직 그런 꽃/ 한번도 본 적 없다.// 뙤약볕에 나풀대는 망초꽃/ 가시 돋은 엉겅퀴까지// 꽃들은/ 꽃 피우기로 약속한 그 날을 잊지 않는다.// 살구나무엔/ 살구꽃이 핀만큼/ 살구가 열리고// 자두나무엔/ 자두꽃이 핀만큼/ 자두가 열리고// 저마다 잊지 않는/ 제 빛깔의 향기// 때를 기다려 열매를 익힌다.

- 「꽃」 전문

위의 작품은 손명희씨가《아동문학》8월호에 발표한 것으로 〈꽃〉이라는 사물을 통해 독자들에게 의미를 깨닫게 해 준다. 자연의 진실성과 조바심하지 않는 자세. 좀더 자세히 살펴보면 1연~3연은 대화체를 통한 문답법으로 글의 실마리를 찾고, 4연은 그 예시를, 5연은 약속의 강조, 6연과 7연에서는 향토의 꽃 살구나무와 자두나무를 통한 자연의 진리(진실성)를, 8연에서는 주체의식인 제 빛깔의 향기를, 마지막 9연에서는 조바심하지 않는 우리 민족의 〈여유〉를 되찾아야 하겠음을 꽃나무를 통하여 깨닫게 해 준다. 우리는 요즘 들어(경제성장의 가속화, 산업사회 영향이겠지만) 너무 서두르는 경향이 있다. 주체의식과 여유와 진실한 삶을 살아가도록 노력해야 하겠다.

　손명희씨는《한국시》8월호에도 작품을 발표하였는데 역시 글이 좋았다. 〈올해도 과꽃이 피었습니다. 꽃밭 가득 예쁘게…….〉「과꽃」등 수많은 동요·동시와 동화 등을 써오신 원로 어효선님께 글 써주심에 머리 숙여 감사드린다.

시와 이미지

— 노원호의 「땅개미」

　현대의 문명을 시각형視覺形 문화다. 모든 정신연령까지 시각화 하고 양적量的 단위로 만든다. 이것은 확실성과 분석을 신봉하는 지성과 물신 숭배 생활 태도에서 발생한다. 현대시도 이미지즘을 필두로 시의 음악성보다 시의 회화성을 더 강조하고 있다. 그리하여 이미지(image)가 없는 시는 현대시가 아니라는 극언까지 나올 정도로 이미지는 현대성의 기준이 되었다.

　우리는 텔레비전을 시청하는 데에 많은 시간을 빼앗기고 산다. 소설도 그렇겠지만 시는 오늘날 같이 귀로 듣는 라디오가 아니라 눈으로 보는 '텔레비전 시대'에는 감각성을 띄워야 환영을 받는다. 이미지(심상心象)이 없는 시는 많은 독자를 확보하기가 어우리라 생각한다. 이미지란 마음속에 그려지는 사물事物의 감각적 형상感覺的 形象을 말한다. 루이스는 '시적 이미지란 언어로 만들어지는 그림이다'라고 하였는데 리듬이 귀로 듣는 음악적인 것이라 한다면 '이미지는 글을 눈으로 읽고 머릿속에서 그 글이 자아내는 상태나 모습을 그림으로 그려보는 것'이라 할 수 있겠다.

　이미지스트의 운동은 지금부터 80여 년을 치올라간 1908년 휴움(E.T. Hulme : 1883~1917)이 시인구락부를 창립하여 시를 낭송하던 때를 처음으로 하여 가장 활발히 운동을 시도하였던 미국의 시인 에즈라 파운드 들 수 있겠다. 우리나라에서는 회화적 수법과 모더니즘의 대표로 1930년대 유일한 시인이었던 김광균을 들 수 있다. 이 시운동이 한국의 동시단에 활발히 전개된 것은 동시의 직적 향상에 크게 기여하였던 60, 70년대라고 볼 수 있는데, 그 대표적인 시인 중의 한 사람이 미미지북(image book)이라는 가지를 붙여 연작 시집 『고향, 그 고향에』(일화당 1984)을 펴내었던 노원호(盧源浩 1946~) 시인이다.

> 땅개미 한 마리 지나간다.
> 꽃밭 앞에서
> 눈에 뵐 듯 말 듯
> 담벼락에 붙어 지나가는
> 고 작은 땅개미
> 용케도
> 아이가 파놓은 구덩이를
> 비켜 지나간다.
>
> 고까짓 것
> 고까짓 것
> 그 구덩이쯤은 문제가 없다는 듯
> 더듬이 한 번 곤두세우지 않고
> 담벼락을 기어오른다.
>
> 넘어지면 되일어나서
> 또 기어오르는
> 작은 땅개미
>
> 용케도
> 얼굴 한 번 붉히지 않는다.
>
> — 「땅개미」 전문

위의 작품은 《아동문학》(9월호)에 발표된 것으로, 제재가 작은 곤충 '개미'를 통하여 독자들에게 '어려움의 극복과 매사에 얼굴 붉히지 않는 삶의 자세'를 메시지로 전해 준다. 만물의 영장이라고 부르는 사람들끼리도 권력, 금력, 지위, 용모 등으로 잘난 체한다. 300m 밖에서 보면 그 잘난 얼굴이 보일까? 아마도 '땅개미'처럼 보여 잘 것들이 모두 사라지고 말 것이며, 시간적으로 보면 더욱 그러하리라.

위 작품의 전체적 표현법은 '시각적 의인화'로, 1연에서는 시각적 이미지와 동적 이미지로 작품의 배경을 마련해주며, 2~3연에서는 시각과 동적 이미지 외 촉각적 이미지가 어우러져 공감각적 이미지를, 4연에서는 시각적 이미지로 끝을 맺는다. 이미지 외에도 전체적으로는 의인법, 각운(~다), 반복법(용케도, 고까짓 것 등), 직유(~듯) 등을 사용하여 시의 2대 구성 원리인 리듬에도 각별한 배려를 한 것 같다. 또한 이미지즘의 시가 객체와 주체의 주관적 개입이 지나치게 이미지즘의 물질 시나 비인간화의 시가 되기 쉬운데 노원호 시인은 이를 잘 극복하고 있다.

월간지 9월호에 발표된 시로써 이미지를 살린 시 중에 읽기를 권장하고 싶은 시로는 엄기원의 「개구리」(소년), 이희철의 「깍깍 까치집」(한국시), 하청호의 「진흙과 풀새」(아동문학), 박영규의 「간호원」(한국시), 제해만의 「구월은」(어린이문예), 권영세의 「비 온 뒤」(한국시)와 소백동인회의 석용원, 김동극, 김한용, 박근칠 등의 작품이다.

끝으로 루이스 말처럼 시의 이미지는 ① 시의 주체와 조화되어야하고, ② 신선하고 창조적이야 하며, ③ 감각적 체험의 재생이어야 하고, ④ 시적 이미지는 비유나 상징 등의 표현기교와 결합되어야 한다. 이에 덧붙여 이미지로 말미암아 시가 난해해지는 것을 경계하여야 한다.

고향을 부르는, 다른 목소리

— 박경종의 「팔지 않는 기차표」, 박종현의 「동백꽃」

누구나 따뜻한 고향이 있다. 어머니 젖무덤처럼 따뜻한 고향, 그 고향을 우리는 영원히 떠나지 못하는 것이다. 향토 시인이며 민족시인 김소월(金素月 1902~1935)은 작품 대부분이 고향산천을 노래하였으며, 시적 상상마저도 고향에 뿌리를 박은 것이라고 할 수 있다. 그가 고향을 부르는 소리는 한국 민족 개개인이 고향을 부르는 메아리 소리와 같았기 때문에 그의 시를 읽는 독자는 자신의 고향에 마음으로 정신적으로 간 것이 아닐까? 이달에는 그와 맥락을 같이 하는 시 2편을 소개하고자 한다.

할아버지는/ 기차표를 사오라고 하신다./ 저! 함경도 홍원 가는 기차표를…// 나는 좋아라고/ 정거장으로 달려가니/ 하얗게 식은 난로가 날 기다리는데// 서성거리는 여러 사람들 속에는/ 보따리를 든 할머님도/ 의자에 기대앉은 사람들도/ 다들 고향으로 갈 사람들인데// 우리 할아버지 고향인/ 이북 홍원으로 가는/ 기차표는 팔지 않는다.// 낡은 털모자를 쓰고/ 열심히 담배만 피우시는 할아버지도/ 이북 가는 기차를 기다리시는지/ 눈 내리는 창밖만 바라보고 앉았다.// 찌부러진 갓을 쓴/ 정거장을 뒤돌아보면서// "내일도 나와 보고/ 또 모레도 나와 보고…"

— 박경종, 「팔지 않는 기차표」 전문

박경종 원로시인의 제12동시집 『문이 없는 까치집』의 머리말에서

'40년의 세월이 흘러가도 고향을 한 번도 못 갔습니다. 더욱이 부모님 산소에도 찾아 못 갔습니다. 머리를 하늘로 들기가 부끄럽습니다.' 라고 말한다. 고향을 떠남이 타의에 의한 것이었고, 잠시 갔다가 돌아오리라는 생각으로 떠났기에 고향에 대한 그리움은 더욱 크고 간절한 것이리라.

위의 작품은 한국시 10월에 게재되었는데, 표현에서 서술적인 면이 없지 않으나 남북분단의 비극과 고향과 가족을 두고 온 이산가족(할아버지)의 아픈 마음을 화자(6·25를 겪지 않은 세대)가 이해하고 철마가 북으로 달릴 통일의 날을 기원함으로써 서술적인 부분을 충분히 커버하고도 감동을 주는 좋은 시로 성공하고 있다. 그동안 「초록바다」('초록빛 바닷물에 두 손을 담그면~')를 비롯한 10권이 넘는 동시집과 20여 권의 동화집과 수필집을 낸 칠순의 원로 분으로 좋은 작품 쓰기에 노력하신다. 본받아야하겠다.

밤내내/ 창밖에 내린/ 달빛.// 눈부신 꽃잎에/ 쌓이고 있었다.// 밤사이/ 모래벌을 달려온/ 바람.// 춤추는 꽃잎에/ 젖어 있었다.// 아ㅡ// 달빛이 그려주는/ 고향 바닷가// 바람이 들려주는/ 바닷물 소리.// 마당가/ 남녘에서 실려 온/ 동백 한그루.// 빨간/ 불 켜고/ 밤을 세운다.

— 박종현, 「동백꽃」 전문

박종현 시인은 아침과 하늘과 바다와 나무를 소재로 한 동화적이고 환상적인 동시를 많이 쓴다. 한국시 10월호에 발표한 작품에서도 남쪽에서 가져온 마당가에 심은 재재 '동백꽃'을 통하여 고향바닷가를 떠올리고 있다. 눈이 쏟아지듯 내리는 달빛은 동화나 환상의 세계로 혹은 추억과 그리움의 세계로 이끌어주기에 충분하다. 시인은 매개체인 달빛으로 하여 갯바람을 느끼고 파도소리를 듣고 그리고 고향바닷가를 거닐게 된다.

시상 전체의 흐름은 의인법이 주를 이루고, 청각과 촉각과 함께 시각적 이미지가 잘 어우러진 회화적으로 성공한 군더더기가 없이 산뜻한, 자신의 작품 기법을 잘 활용한 환상적인 분위기가 배경이 된 좋은 작품이다.

위의 두 작품의 작가는 우리나라 최북단과 최남단이라고 할 수 있는 곳에 고향을 두었다는 점, 갈 수 없는 곳과 갈 수 있는 곳, 시의 형식면에서도 대조를 이룬다. 그러나 시의 요소 중 가장 중요시 되는 의미성(주제)이 '고향에 대한 애틋한 그리움'으로 공통분모를 갖는 작품들이다. 오늘날 문명의 발달로 말미암아 모든 것이 획일화 되고 있다. 그러다 보면 삶 속에서 '나는 무엇인가' 라는 반문을 하게 된다. 독자들은 어머니와 같은 '고향'을 그리워하고 향토색 짙은 고향에 관한 시를 찾게 될 것이다. 문명에서 밀려나 정체성을 잃어가는 독자들과 공감대를 형성하고, 그들의 상처받은 마음을 치유할 수 있는 고향을 주제로 한 좋은 글들이 많이 나왔으면 하는 바램을 가져본다.

이달에 발표된 시로 읽기를 권장하고 싶은 작품은 유경환의 「무지개」, 석용원의 「미나리 논둑에」, 송명호의 「수유리」(한국시), 정상묵의 「엄마 따라 울었습니다」, 신현신의 「그림자」(소년), 권정생의 「9월의 꽃과 바람은」, 권오훈의 「외딴섬」, 정하나의 「조선낫」(아동문학), 공재동의 「별」 외, 정춘자의 「제비꽃」 외(아동문학평론), 인어바위이야기(새벗문학수상자 작품집)의 동시 등이며 좋은 작품이 많아 즐거웠다.

아동문학과 해금, 저항의식

— 김철수의 「꿩새끼」

1988년 해금은 조국의 분단을 인한 실명의 문학가들이 자신의 문학을 드러내게 된 우리 문학사에 대 사건이었다. 1988녀 3·31 조치로 정지용, 김기림 두 문인이 해금조치 되었고 이어서 7·19 조치로 한설야 등 5명을 제외한 전원의 해방 전의 모든 작품이 해금조치 되어 문학계에서 가장 획기적인 자산 확충이 어루어졌다. 출판사마다 개인 전집을 출간하고 또는 몇 사람을 묶어 출판을 하는 등 80년대 문학의 흐름에 큰 지류가 되었다. 그러나 해금조치가 아동문학의 흐름에는 소용돌이나 지류가 되지 못하였다고 본다. 그 이유는 주 독자인 어린이들의 관심을 불러일으키기 어렵다는 점과 해금에 해당하는 아동문학의 작가들이 일반 문학 작가들보다 적은 탓은 아닐까?

필자는 전번에 아동문예사에서 펴낸 김철수 아동문학 『행복을 꿈꾸면서』를 받고, 처음에는 월간 아동문학 발행인이 낸 책인 줄 알았다.(부끄러운 일이지만 책을 쓴 작가를 모르고 있었음) 머리글을 읽어보고서야 〈아동문학에서도 저물어가는 '80년대 흐름에 뜻 깊은 물줄기 하나가 보태어지는구나!〉하며 마음속으로 반가와했다.

우리들은 이땅의 꿩새끼라오/ 울다죽은 이땅의 꿩새끼라오//
봄눈 녹아 냇물이 흐를 때면/ 산속에서 들에서 밭고랑에서/ 소리소리 외치며 울음 웁니다.//
울음소리 들리면 포수 총알에/ 어린 가슴 피투성이 되지만/ 봄만 오면

그래도 울어집니다.//

우리들은 이땅의 꿩새끼라오./ 울다죽은 이땅의 꿩새끼라오//

봄바람이 쌀쌀쌀 춥기는 한데/ 울음 울면 죽을 줄 뻔히 알면서/ 아니 울 수 없는 것 어이하리오//

주린 창자 채울 것은 하나도 없고/ 안 울어도 굶기는 마찬가진데/ 우리들은 울면서 살기 찾지요.

— 김철수, 「꿩 새끼」 전문

　1980년대 민주화 물결에 맥을 같이 하는 참여시 계열인 민족시, 민중시, 현장시 등은 대부분 시대에 대한 저항의식을 지니고 있다. 위에 소개한 김철수의 「꿩 새끼」또한 일제 강점기에 대한 저항의식이 짙은 시라고 볼 수 있겠다. 꿩은 산계, 야계, 화충(山鷄, 野鷄, 華蟲)이라고도 불리 우는 우리나라 텃새이다. 꿩은 4~7월 풀숲에 10개 정도의 알을 낳고 암컷(까투리)이 알을 품는다. 이때 장끼라고도 부르는 꽁지가 길고 색깔이 아름다운 수컷이 맞은 편 산에서 암컷을 지켜주다가 포수 등이 암컷 쪽으로 가면 '꿩꿩' 숨으라고 신호를 보내준다. 여기서 '꿩 새끼 (일명 꿩병아리)'라는 말은 울지 못하는 꿩의 낮춤말 즉 우리 민족을 상징한다고 볼 수 있다.

　2연의 '산속에서 들에서 밭고랑에서'는 '우리 강토'를 의미하며, '소리소리 외치며 울음 웁니다'에서는 '대한독립만세 소리'가 들리는 듯한 그러한 의미로 보아도 될 것 같다. 3연의 '포수'는 '일제의 침략자들'을, '어린 가슴 피투성이 되지만'은 '상처나 구속'을 의미한다고 볼 수 있다. 5연의 '봄바람이 쌀쌀쌀 춥기도 한데'를 일제치하로 본다면 그와 관련이 깊은 배경을 '겨울밤, 홑이불, 오늘 밤 추운 밤을, 집 잃은 신세' 등의 시어들이 함께 실린 22편의 시에서도 발견할 수 있다. '울음 울면 죽을 줄 뻔히 알면서/ 아니 울 수 없는 것 어이하리오'는 꿩이 울 수밖에 없는 숙명 즉 한국 사람이 한국 독립운동을 할 수

밖에 없는 현실의 상황을 잘 말해 준다.

김철수 씨의 시에서는 웃음은 없다. 울음이 곳곳에서 나타나며 낮은 없고 저녁과 밤(특히 겨울밤) 따뜻한 봄과 여름은 없고 겨울이 배경으로 나타나는 것은 당시의 시대상황이라고 볼 수 있다. 이 작품의 원본을 대하지 못하고 철자 화 된 작품을 보아서 확실한 단언을 내리기는 힘들지만, 꿩을 제재로 '일제 강점기에 저항의식과 조국애'를 주제로 한 애국시로 보여 진다. 우리나라 윤동주, 윤극영, 윤석중 등 많은 원로 분들의 동시와 동요에서도 독립정신(저항의식)이 나타나 있다. 누군가 김철수의 시와 다른 분들의 동시와 동요에서 일제시대의 저항의식을 좀더 연구해 볼 일이다.

22편의 시들이 동요조와 민요조의 리듬이 깔린 이해가 쉬운 시로 '분단된 조국에 살고 있는 오늘의 우리 어린이들에게 민족정신의 양식이 될 것을 믿는다' 는 머리글을 써주신 소설가 김정한 작가의 말에 동감하며, 필자 또한 6 · 25 때 납북되어 아버지의 생사를 모르는 김성식 시인과 그 형제들이 아버지의 작품집을 내기위하여 애쓴 그 정성에 경의를 표한다.

이달에는 『늘 푸른 바다』(대구아동문학회 38집), 『전북아동문학』(제 18집), 『능금꽃 피는 마을』(영남아동문학회 9집 등)의 좋은 글이 실린 동인지가 나왔다. 한 번 읽어 보기를 권하며 원고 마감 일자와 지면관계로 자세히 언급하지 못함이 아쉽다.

제8부
아동문학평론
계간 총평

동시문학의 기능회복機能 恢復

— 신현득, 이준관, 남진원

1. 들어가면서

요즘 어린이들이 동시를 외면하고 있는 것이 사실이다. 그런데 아이러니하게도 같은 아동문학인 동화와 소년소설은 최대의 활황을 맞았다고 할 수 있지 않은가? 세상일이란 빙글빙글 돌고 주기의 리듬이 있다지만, 오랫동안 이어지는 늪에 너무 깊이 빠지다가는 아주 동시라는 장르가 세상에서 사라지는 게 아닌가(?)하는 걱정도 없지 않다.

돌아보면, 아동문학의 태동기부터 조국의 광복이 되기까지는 동화보다도 동시(동요)가 어린이들에게 서정과 계몽적인 교육으로서 아동문학의 사회적인 기능을 맡아왔다. 그러한 동시(동요)가 오늘날 독자인 어린이들에게 철저히 외면을 당하는 이유는 무엇인가? 그것은 급속히 변하는 산업사회의 구조와 사회 인식, 가정, 지식 위주의 교육, 상업적 영리 위주의 출판사들에게 그 요인을 찾을 수 있겠다. 그렇지만 이러한 장애요인을 넘어서지 못하고 주저앉아 바라보고만 있는 동시인과 그 방향을 제시해 주어야 할 평론가들에게 일차적인 책임이 있다는 생각이 든다. 같은 아동문학인 동화와 소년소설이 호황기에 들어섰는데 똑 같은 독자를 가진 동시(동요)가 제자리서 맴돌다 주저앉아야 되겠는가?

『江原文學』(제21집)에 전재한 제 4회 강원도 문인 심포지엄에서, 엄기원은 동시문학의 회복 방안으로 동시 낭송 운동, 어린이 도서관 건립, 어린이 전용 책방, 동시집 출판에 문예진흥금 지원 배려, 좋은 동시 창작 등을 얘기하였다. 필자는 위의 방안에 대체로 공감하면서 이번 기간에는 '좋은 동시 창작'을 통해 멀어진 독자를 조금은 끌어들일 수 있는 작품을 찾아 생각해 보고자 한다.

2. 신현득의 「그릇」

신현득은 제 10동시집 『독도에 나무 심기』 제3부에 '그릇'을 소재로 한 연작시 22편(9집에 실었던 3편도 주제가 같아 함께 싣는다고 했다)은 작품만 읽어도 누구의 시인지를 알 수 있다. 어떤 대상을 제대로 인식하고 자기만의 독특한 형태의 구성과 표현으로 메시지를 담는 개성이 강한 시인이다.

㉮ "몸이 부러졌어요." / "아니!" 하고 놀라죠.
키가 절반으로 준 것이 들어오며/ "닳아 버렸죠."
"아니!" 하고 놀라요.
그런데 "아니, 아니!"/ 돌아오지 못한 꼬마도 있어요.
초록 동강이가/ 마지막 그림에서 없어진 거죠.

"초록은 죽었어요." / "아니다. 숲이 된거다."
크레용 곽이/ 흐느낀 건 이때여요.
            – 「그릇 7/ 크레용곽」 일부

㉯ 꽃을 보듬은/ 그릇 하나// 뿌리를 맡기고 자라는/ 꽃 한 포기.// (중략) //다 자란 아기를/ 바라보는 엄마// –고마워요./ 고마워요./ 속삭이는/ 꽃송이.
            – 「그릇 12/ 화분」 일부

㉰ 나뭇가지가/ 그릇 하나를 들고 있어요./ 새집이어요.// 알을 담아 둬야죠./ 알은 세 개 쯤.// 엄마 새, 아빠 새 솜씨죠./

세 손가락으로 뻗은/ 나뭇가질 골라, 그 위에// 손이 아닌 부리로/ 빚어 엮은 그릇.

– 「그릇 15/ 새집이라는 그릇」 앞부분

위의 시 3편은 그릇이라는 사물을 통해 사랑의 의미를 깨닫게 해준다. 표현면에서도 의인화, 대화체, 어미 '~어요' 사용, 연 구성법 등에서 공통점이 발견된다. 작품 ㉮를 전쟁터에 자식을 내보낸 어머니 마음에 비유하면 어떨까? 전쟁터에서 돌아온 아들의 몸이 부상한 걸 보고, '아니!' 하고 어머니는 놀란다. 아주 돌아오지 못하는 아들도 있다. 어머니는 '아니, 아니!' 하며 놀라며 '조국을 위하여 장렬히 산화했노라!' 의미를 부여하면서 속으로 흐느낀다. 여기서 크레용은 전쟁터로 나간 아들이며, 크레용곽은 어머니로 대체하면 이 시의 이해가 잘 될 것 같다. 훌륭한 어머니상을 보는 것 같다. ㉯의 작품은 어머니와 자식 간에 믿음과 따뜻한 눈길 그리고 감사할 줄 아는 마음을, ㉰의 작품은 새집이라는 사랑의 보금자리에서 알이 부화하여 자라는 동안의 기쁨을, 사랑을 통하여 숲속 전체로 확대하고 있다. 그 외에도 사랑의 의미를 알려주는 시가 연작시에 더 보이며, '그릇 21/ 사람이란 그릇'과 '그릇 22/ 그릇의 크기' 등에서는 동시에도 철학을 담을 수 있다는 것을 보여준다. 이런 동시는 어린이는 물론이고 동시공부를 하고 있는 동시인들에게도 많이 읽고 연구해볼만한 좋은 작품이라 할 수 있겠다.

3. 이준관의 「지구가 뚜벅뚜벅 태양을 향해 걸어가는 소리」

이준관은 《아동문학평론》('94년 겨울호)에 8편의 동시를 발표하였다. 그의 첫 동시집 『크레파스화』('78년)를 보면 대체로 자연을 대상으로 아름답고 영원한 것을 아름답게 표현하려고 하였다. 철저히 이미지에 충실하고 시적 수준을 끌어올려놓은 작품이었기에 그 당시 대한민국 문학상과 한국문학작가상 이라는 큰 상을 수상한 줄 알고 있다. 그런

행태의 시로 안주해도 지금까지 좋은 작품을 쓴다고 호평을 받을 수 있을 텐데, 왜 그는 그 이후 시 형태나 표현 기법 면에서 새로운 모색을 위한작업을 계속 시도하고 있을까? 우리 동시단에 앞서 가는 시인이기에 '혹시 실패하면 어떨까?' 자신도 조금은 두려워하고 있고, 바라보는 사람들도 그간의 발표 작품을 보며 '성공의 가능성' 쪽으로 생각하는 듯하다.

아무 하는 일 없이/ 빈둥빈둥 놀려고/
온 게 아니다, 모두들.

연필은 글씨 쓰는 일에 골똘하다.
두 발은/ 걸어 다니는 일에 바쁘다.
머리 속은/ 생각하는 일로 꽉차있다.
꿀벌은 꿀을 따느라/ 하루를 다 보낸다.
공은 높이뛰기 선수처럼/ 뛰어오른다.
숨이 턱에 차서 지칠 줄 모르고.
가로등은/ 성냥팔이 소녀처럼
눈 오는 추운 밤을 오돌오돌 지킨다.

빈둥빈둥 노는 것들에겐 안 들리지만,
열심히 일하는 것들에겐 들린다.
지구가 뚜벅뚜벅 태양을 향해
걸어가는 소리가.
　　　　　　　－「지구가 뚜벅뚜벅 태양을 향해 걸어가는 소리」 전문

제목부터 재미있고 새롭다. 기존의 동시와 형태나 표현기법에 차이가 있음을 금방 알 수 있다. 주제 암시 → 구체적인 사물들의 예시 → 주제 암시와 변화의 구성으로 짜여 있다. 모든 사물들이 제 할 일을 열심히 하고 있다는 내용인데, 일상적인 용어를 시어에 사용하고 사물을 의인화하여 동시를 어린이에게 좀 더 가까워지려고 노력한 의도가 보인다. 평범한 기법처럼 보이지만 자세히 살펴보면 그의 작품은 튼한 상상력이 뒷받침해 줌을 찾아볼 수 있다. 함께 발표한 작품들이 신선한 비유와 표현 기법 등으로 공감대를 형성하고, 눈길을 끌었지만,「유월」은 동시로서 어린이들의 이해가 좀 어렵지 않겠나(?)하는 느낌이 들었다. 하여튼 빠르게 변화하는 사회 동심의 세계에 걸맞은 작품을 쓰기 위해 꾸준히 노력하는 이준관 시인에게 박수를 보낸다. 그리고 지금 시도하는 실험시가 성공하여 독자들을 동시의 세계로 다시 끌어들이는 일에 이바지하였으면 하는 기대를 해본다.

4. 남진원

남진원은《아동문학》(1월호)에 10편의 동시를 발표하였다. 특별 기획으로 '고향집 연작시 ⑧'이다. 그는 동시조 부문에 좋은 글이 많다. 그러나 근래에 발표되는 동시가 초기의 동시보다 간혹 수준이 떨어지는 우려도 있었는데 이번에 특별 기획으로 '고향집' 연작시르 발표하면서 그 우려를 말끔히 씻지 않았나 여겨진다.

㉮ "이놈의 쥐새끼?"
할머니의 고함 소리가 잠결에 들렸다.
그러면/ 천장의 쥐들은 조용해졌다.
할머니의 꾸지람을 알아들었나 보다/ 후두두둑 후두두둑
또 다시 천장엔 쥐들의 달리기가 시작되었다.
"이놈의 쥐새끼들!"
힐머니는 손짓까지 해가며 소리를 지르셨다./ 그러면
천장의 쥐들이 또 꿈쩍도 안했다./ 달리기 시합을 하는 쥐들과
할머니의 입씨름이 매일 밤 계속되었다.
쥐들은 애들처럼 할머니 애기를 들었고

할머닌 쥐들을 애들처럼 꾸짖었다.

– 「고향집 63」 전문

㉯ 한 무더기 곰이 하늘을 오르고 있다.
하늘에 올라가 곰들은/ 다시
생 싸리나무 사이로 밤나무 가지 사이로 발톱을 뿌려댄다./ 회색빛 눈발

– 「고향집 57/ 어머니의 굴뚝」 일부

㉰ 그날처럼 나는 또 술래가 되어
무궁화꽃이 피었습니다.
무궁화꽃이 피었습니다.
몇 번 씩 헤아리고 눈을 떠봐도 아무/ 대답이 없다.
영영 인기척이 없다.
(중략)
못찾겠다. 어서나와라./ 어서어서 나와라.
그날처럼/ 나는 또 술래가 된 채
터벅터벅 돌아오고 말았네.

– 「고향집 53/ 술래잡기」 일부

남진원은 시작노트에서 '기계에 매달리지 않고 물질에 섞여서도 오염되지 않고 문명의 물길을 다스리는 힘의 원천은 자연과 내가 하나가 되는 방법밖에는 없다. 따라서 자연을 통해, 아니 고향을 통해 상처 난 내 보습을 발견하여 치료한 후 정신문화에 길들여 놓은 21세기의 문명과 만나야한다'고 하였다.

㉮의 동시는 행의 구분이 없는 담시 형태의 글이다. 어려운 낱말이 하나도 없는 일상용어를 그대로 사용하여도 시가 될 수 있음을 보여준다. '이놈의 쥐새끼'란 말이 오히려 다정하게 들리는 것은 왜일까? '할머닌 쥐들을 애들처럼 꾸짖었다'는 마지막 행이 그 장치가 된다.

짐승과의 대화 —더구나 인간에게 유해한 쥐를 애들처럼 꾸짖는 할머니, 그리고 할머니 꾸짖음을 애들처럼 듣는 쥐 —는 한편의 짧은 동화를 읽는 느낌마저 든다. 발표되는 연작시들이 대부분 담시 형태이다 보니 시적 긴장감이 느슨해지기 쉬운데 ㉮와 같은 시들은 그것을 잘 극복하고 있다. ㉰의 작품에서는 어릴 때 술래놀이를 떠올리면서 현재 모두 뿔뿔이 떠나간 친구들 그리움을 시로 잘 형상화하였다.

남진원 시인에게 주문해 보고 싶은 것은 자신의 고향 얘기에서 우리나라 전체 얘기로의 확대와 표현 기법이나 형태면에서 실험시를 일부(한 번에 2, 3편 정도) 시도해 보는 것은 어떨까(?)하는 생각이 든다. 문학 동해안시대 연구소 등 하는 일들이 많아 바쁘겠지만 나머지 작품들을 끝까지 잘 빚어 아동문학사에 한 획을 더하길 빌어 본다.

5. 다양한 시도 - 나가면서

지금까지 현재의 동시문학 진단 및 문제를 제기하고, 그 방안 모색 중에서 '좋은 작품 창작' 관하여 살펴보았다. 남진원의 동시가 향토적·전통적·과거 지향적이라 한다면, 이준관의 작품은 기존의 틀을 부수고 새로운 것을 시도하려는 미래지향적이라고 할 수 있겠다. 신현득은 그 중간쯤의 위치에서 개성적인 튼튼한 존재의 집을 짓고 있다. 이 세상이 다양하듯 창작되는 작품들도 다양해야 한다. 경향이나 표현법의 좋고 나쁨보다도 작품이 좋아야 한다. 작품이 좋으면 좋은 음식을 만드는 집에 손님이 찾아가듯 멀어져간 독자들도 하나 둘 다시 돌아올 것이다. 동시를 어린이들이 외면하는데 대해 일차적으로 동시인과 아동문학의 방향을 제시해 줘야할 평론가들이 반성하고 함께 해결책을 모색해야 한다. 아동문학회 회장단, 한국문협 아동 문학분과위원장, 문협 이사들이 이 일에 앞장서 노력해 준다면 더욱 좋겠다. 그리고 어머니들이 동시문학의 중요성을 인식하고 출판사에서는 상업 영리만 너무 추구하지 말고 동시문학을 활성화시켜주길 바란다.

感動 創出과 삶의 意味 發見

— 유경환, 김종상, 오순택, 신형건, 강영희, 최영숙

1. 들어가면서

요즘 텔레비전이나 신문을 보면 크고 작은 사건들이 줄지어 일어나고 있다. 후기 산업사회의 한 특징이라고 할 수 있는 폭약·마약·섹스·퇴폐·탐욕의 현상은 그렇다 치더라도 물신주의로 말미암은 도덕 불감증으로 직계 혈족 살인, 어린이 유괴, 지존파형 살인 등 인명 경시 풍조 현상까지 우리 주위에서 일어나고 있다.

이러한 문제는 정치·경제·사회· 교육·가정이 함께 풀어야할 것이기에 그 해결이 쉽지 않다. 여기서는 다만 동시문학을 통한 감동 창출과 삶의 의미 발견으로 무너져가는 사회 정의·윤리도덕·가치의식·오염된 동심을 조금이라도 정화시킬 수 있는 작품을 찾아 살펴보고자 한다.

2. 感動의 創出

오늘 날을 감동이 없는 시대, 눈물이 없는 시대라고 한다. 어른들은 물론이고 어린이들도 전자매체의 말초적인 재미나 상업성을 앞세운 정체성이 애매한 비문학적인 작품을 선호하며, 웬만한 일에는 감동의 문이 열리지 않는다.

감동이 없는 예술은 예술이 아니다. 우리 기억에 남는 감동 깊었던 문학 작품이 주로 소설(동화)이었던 것은 아마도 줄거리가 있는 것과 없는 것의 차이일 것이다.

소설을 영화에, 시를 음악이나 미술 작품에 비유해 보면 어떨까? 하여튼 문학작품은 깊이 느끼어 마음이 움직여야 좋은 작품이라고 할 수 있다.

'너 또 흙 장난 했구나.' / 어머니는 방안에서도/ 모두 다 알고 계셔요./ 내가 밖에서 했던 짓을.//

'너 동무들과 싸웠구나.' / 어머니는 집안에서도/ 모두 다 알고 계셔요./ 학교에서 있었던 일을.//

'어떻게 아셨어요?' / '나는 다 보고 있단다.' / '어머니는 집에만 계셨잖아요?' / '사랑의 눈에는 다 보인단다.' //

나도 사랑의 눈을 갖고 싶다./ 집을 멀리 떠나 있을 때나/ 어머니가 그리워질 때면/ 어디서나 볼 수 있게.

— 김종상, 《월간문학》 (5월호) 전문

김종상은 1960년 서울신춘문예에 동시 「산 위에서 보면」이 당선되어 문단에 데뷔한 이래 「흙손 엄마」 외 많은 동시집과 동화집을 발간했다. 그는 소박하고 향토적인 소재를 즐겨 다루는데, 그 중 어머니를 제재로 한 작품이 많다.

신이 세상의 모든 것을 굽어보듯 '사랑의 눈'을 가진 부모는 자식의 일거일동을 안 보고도 짐작한다. 이 세상에서 사랑만큼 아름답고 감동이 큰 것도 없을 것 같다. 작은따옴표를 사용하여 눈으로 혹은 가슴으로 대화하는 장치가 돋보인다. 중진을 넘어선 원로로서 중견 못지않은 깊고 튼튼한 글을 쓰고 있다.

아하! 그랬었구나/ 나더러 그냥 이만치 떨어져서/ 얼굴민 바라보라고,/ 그러다가 행여 마음이 끌리면/ 조금 더 가까이 다가와/ 향내를 맡으라고 // 짐짓 사나운 척, 네가/ 날카로운 가시를 찌를 듯 세우고 있는 것은// 하지만 내가 어찌 참을 수 있었겠니?// 떨리는 손끝으로/ 조심조심 쓰다

들어보니 그 뾰족한 가시마저/ 이렇게 보드라운 걸!

　　　　　　　　　　　　　　－ 신형건, 「엉겅퀴꽃」(《아동문학평론》 95 봄호)

　신형건은 등단한 지 10년 남짓한데 한국의 동시단에 '意表를 찌르는 기발한 발상과 재치 있고 신선한 표현력, 상상력'으로 신선한 새바람을 불러일으키고 대한민국문학상 등의 큼직한 상을 수상하였다. '아하! 그랬었구나'라는 감탄사와 감탄형 종결어미로 시작하고, 가운데는 의문 종결형어미, 끝에는 다시 감탄사로 끝을 맺었다. 다른 사람들은 대도록 피하는 수법(대화체, 물음표, 느낌표, 다양한 종결어미 사용)으로 그는 성공을 거두는 재주를 가졌다. 이것은 그의 튼튼한 상상력이 뒷받침해 주기 때문이며, 독자는 놀라움과 즐거움을 맛보게 된다. 특히 마지막 연은 시적 화자의 인생철학이 담겨 있어 잔잔한 감동을 불러일으킨다.

　하천 속에서도/ 꽃이 피었네//
　누가 뿌리지 않았건만/ 누가 돌보지 않았건만//
　깊은 곳 한줌 흙/ 움켜잡고//
　코를 내밀고/ 고갤 들었네//
　장딴지쯤은 달라붙은/ 수채덩어리//
　그래도 나비는 날아오고/ 잠자리 떼 심심찮게/ 쉬었다 가네

　　　　　　　　　　　　　－ 최영숙, 「그곳에도」(《아동문예》 5월호)

　필자의 기억으로는 최영숙의 시는 아동문학시대 동인지(13집)에서 처음 대한 것 같다. 그때 발표한 「거미」는 좀 색다른 형태의 시로, 「손」은 손의 속성을 따뜻한 사랑으로 형상화시킨 우수작이라 여겨진다. 역시 이번에도 특선동시로 발표한 3편이 모두 수준이 고르고 좋다.

　그는 남들이 되도록 피하는 그림자 지고 어두운 곳을, 어두운 곳의 작은 것을, 그 아픔을 따뜻한 눈으로 바라본다. 하천 속 수채덩어리에

서도 꽃은 모질게 피어나며, 나비와 잠자리는 차별 없이 잊지 않고 찾아준다. 사람들은 어떤가? 사람들도 시 속의 꽃처럼 그늘지고 어두운 곳에서 자라다가 꽃 한 번 제대로 피우지 못하고 지는 사람들이 얼마나 많은가?

이 기간에는 좋은 작품과 감동 깊은 작품이 비교적 많이 발표되었다. 신현득의 「우리네 심장」(《월간문학》 5월호)과 「돌멩이의 눈물」은 감동성이 뛰어났지만 그의 작품은 본지 74호에서 다루었기에 자세한 언급은 피하겠다. 그 외에도 손동연의 「5월이 포근한 까닭」(《아동문예》 5월호)은 감동이 짙은 작품이었다. 끝연에 그 답이 있다. 〈그래서 5월은/ 두 날을 나란히/ 함께 있게 한 거예요./ 어린이가 없는 엄마 품에/ 엄마가 없는 어린이가/ 가서 안기게…….

3. 삶의 意味

왜 살아야 하는가? 어떻게 살아야 하는가?

그것은 교훈적인 설교로도 할 수 있겠지만, 그것을 깨우쳐주는 가장 좋은 매체가 문학이라고 할 수 있다. 우리는 한번밖에 살 수 없는 인생을 간접 경험인 소설(동화)을 통해 여러 번 연습을 할 수 있다. 그리고 시를 통해서 아름다운 삶과 그 의미를 배울 수 있다. 한 어린이가 세상을 살아가는데 있어 터득해야할 가장 중요한 문제가 '삶의 의미 발견'이 아닐까?

앞에서도 언급했지만 물신주의와 극도의 에고이즘(egoism, 이기주의)으로 인해 도덕성, 가치의식이 무너지고 있다. 이것을 바르게 일으켜 세우는 투철한 작가정신이 오늘날 절실히 요구된다.

여린 한 잎/ 어둠 가라앉아/ 조용할 때/
나직한 몸짓으로 가르친다
미운 이에 미운 눈길 주지 말고

그런 마음 가슴에 채우지 말고
고개 숙이려면 깊이
눈물 솟거든 돌아서
빈 것 모두 향으로 채워보라
일년 내/ 가르치는 건/ 몸짓이다.

– 유경환, 「난」(《아동문예》 5월호)

유경환은 일찍이 『한국현대동시론韓國現代童詩論』을 펴내어 동시 이론의 체계를 세우고 동시를 시화(詩化, 시 수준으로 끌어올리는)시키는데 한 몫을 한 사람이다. 그는 아동문학보다 오히려 일반시 분야에서 잘 알려져 있다. 화초 중에 난만큼 향기가 아름답고 멋진 화초는 보기가 어렵다. 난의 몸짓을 통해 시인은 메시지를 전해준다. – 미운 눈길 주지 말고, 그런 마음 가슴에 담지 말고, 그리고 고개 숙이려면 깊이, 눈물을 돌아서서 흘리고, 비운 마음에 향내로 채워보라.

특선시로 함께 발표된 작품이 5편 더 있다. 작품이 모두 동시로도 시로도 수준이 높은 작품이다. 그러나 1차 독자라고 할 수 있는 어린이보다 동심을 가진 어른들이 더 공감하고 좋아할 것 같다. 무르익은 시심詩心을 어린이 교과서에 실렸던 '꽃사슴' 같은 작품 –어린이들이 공감하고 더 좋아할– 을 더 많이 써 주셨으면 하는 주문을 감히 드려본다. 그리고 지난 연초에 한국아동문학인협회 제2대 회장으로 추천되었는데, 한국아동문학회와도 유대를 갖고 우리나라 아동문학을 위하여 무엇을 해야 하는지, 어떻게 해야 하는지를 생각하시고 힘써 주시기를 이 자릴 빌어 부탁드린다.

엄마, 엄마
신문을 보면 세상이 보여요?

－ 그래.

신문 속에 세상이 담겨 있지.

아빠는 돋보기로 세상을 찾고 계시는구나.

－ 오순택, 「아이들은 물음표로 큰다 · 6/ '신문 속에는'」 전문

오순택은 1966년도 현대시학 등으로 시단에 데뷔 후 느지막이 동시에 입문하여 『풀벌레 소리 바구니에 담다』(1981년) 외 여러 권 동시집을 내어 '순수한 동심 속에 자연의 서정적인 아름다움을 참신한 비유와 곱고 예쁜 이미지로 시를 빚는 시인'으로 잘 알려져 있다. 그가 특선시로 함께 발표한 10편의 동시 형식은 모두 같았다.

위의 시는 1연에서는 어린이의 의문으로 엉뚱한 발상 → 2연에서는 어른의 대답으로 사실 혹은 어른들의 생각 → 다시 동심으로서의 깨달음으로 독자에게 삶의 현장인 세상을 얘기하고 있다. 이러한 발상으로 '생활시로서 참신함'의 평가를 받는 김원석의 동시도 같은 맥락이라고 할 수 있겠다. 동시단에 주로 짧은 동시를 써서 크게 성공을 거두고 있는 사람을 손가락으로 꼽아보라고 하면 오순택과 문삼석을 그 안에 넣고 싶다. 그들은 단시 외에 '동심, 순수, 간결, 비유적 이미지' 등에서 공통점이 많다.

〈바람이 씨웅씨웅/ 코끝을 지나간다./ 귀는/ 끄덕없다.// 엄마가 빨간 털모자/ 귀밑까지 포옥 씌워 주셨거든!〉이 시는 아동문예 3월호에 특선동시로 발표한 작품 중 한편으로 사랑의 의미를 깨닫게 해주는 단시로 성공한 작품이다. 동시를 공부하는 사람들은 그들의 시를 잘 연구해 볼 필요가 있다. 단시가 결코 소품이거나 긴 시보다 쉬운 것은 아니다.

그래도/ 하회 마을 강물/ 들려주고 갈 말이/ 남아 있는 듯/ 마을을 휘 돌아서/ 흘러갑니다.

— 강영희, 「하회 마을 강물」(《월간문학》 5월호) 일부

겨우내 창을 굳게 닫고/ 까마득히 네게 등을 돌리던/ 하늘을 향해/ 그렇게 손을 내미는// 너는 참 대단하다.
— 조기호, 「싹을 바라보며」(《문학춘추》 봄호) 일부

「하회 마을 강물」은 흐르면서 깨달음을 터득한 강물이 마을 사람들에게 삶의 방법을 가르쳐 준다. 소개한 부분은 이 시의 끝 연으로 멀리 떠나면서 마을을 다시 돌아보는 시골 사람의 정이 잘 나타난 자연을 통하여 삶의 의미를 발견한 훌륭한 시이다.

「싹을 바라보며」는 화해의 시이다. '창을 굳게 닫고 까마득히 등을 돌렸던 하늘에서 손을 내미는 새싹'에서 '풀어버림'의 의미를 발견한다. 조기호는 시를 다룰 줄 안다.

4. 나가면서

지금까지 감동 창출 및 삶의 의미 발견이란 방향에서 관련된 작품을 살펴보았다. 오늘날은 감동이 없는 눈물이 메마른 시대이다. 물신주의와 극도의 에고이즘으로 인해 도덕성, 가치의식이 무너지고 있는데, 이것을 바르게 세우는 투철한 작가정신이 어느 때보다도 절실히 요구된다.

이 기간에도 시금을 울리는 감동적인, 진솔하고 의미의 물길이 굽이굽이 흐르는 작품은 별로 없었으나, 5월 청소년의 달과 어린이날을 맞은 특집으로 비교적 작품이 풍성하여 수준 높은 작품이 많이 발표되었다. 앞에서 언급한 작품 외에도 박유석의 「꽃씨」, 유종슬의 「기다림」(《문예사조》 5월호), 박화목의 「아이들 가는 곳에」, 이상현의 「다듬이 소리」, 김완기의 「빛을 먹고 자라는 새」, 김종영의 「상장 속에 흔들리는 새싹」(《월간문학》 5월호), 정두리의 「가을 산에 가 보았더니」, (《아동문학평

론》봄호) 등이 읽어볼만한 작품들이었다. 그 중에서도 김구연 씨는 「새벽바다」(《월간문학》 5월호)와 「별명」 외 5편(《아동문학평론》 봄호),를 발표하였는데, 시의 형태와 표현 면에서 새 모습을 보여주었다. 중진으로서 이러한 모습은 귀감이 된다 하겠다. 그리고 손명희의 동시집 『꽁꽁 감춰둔 비밀 하나』에서 「나리꽃」, 「꽁꽁 감춰둔 비밀 하나」, 「친구·T」 등이 좋았다. 지면관계로 다루지 못하여 아쉽다.

시가 미적 기능의 우월성을 과시하던 시대는 사라져 가고 시의 존립조차 제기하게 될 지경에 이르고 있는 것이 세계적 실상이라고 한다. 그러나 우리나라에서는 시가 아직도 많은 독자를 가지고 있고, 시인이 3천 명에 이르고, 문예지 종류가 약 100종, 동인지가 약 1000여 종 된다고 한다. 이러한 것을 볼 때 우리나라의 문학 발전은 아직도 밝다. 문학을 통한 감동 창출과 삶의 의미 발견으로 인간성 회복에 힘쓰며, 독자들이 시심을 잃지 않도록, 삶에서 문학을 가까이 하도록 힘을 북돋워 주어야 하겠다.

純粹 抒情詩와 反省的 抒情詩

— 고은, 김재용, 권영세, 권영상, 이화주, 김정

1. 들어가면서

우리나라에서 1970년에서 1980년대에는 서정시가 그 존재의 가치성을 잃거나 평가절하되어 실험시, 목적시(민중시), 전위시(해체시) 또는 포스트모더니즘에 밀리어 신문과 잡지와 방송 매체인 문학 저널리즘의 화제에도 늘 뒷전에 자리하였다.

그러나 1990년대 초에 들어서면서 앞에서 부각되었던 시들의 유행이 시대의 변하에 따른 시인 의식의 변화 등으로 한물 지나가고, 서정시는 회복기를 맞이하고 있다. 그리하여 서정시의 황금기도 오래지 않아 도래한다고 예언하는 평론가들도 있다.

사전에는 서정시(liric)를 '주관적이며 관조적인 수법으로 작가 자신의 감정이나 정서를 운율적으로 표현한 시. 주로 연애, 종교, 자연 그리고 사상적 갈등을 나타냄' 이라고 정의하고 있다. 그러므로 서정은 어느 시대 어느 상황에서나 시라고 하는 형식이 존재하는 한, 시의 기본 요소인 것이며, 또한 서정시는 시의 원형이요 시의 영원한 고향이라고 할 수 있다.

'서정시의 도래 혹은 황금기' 를 앞두고 어떠한 서정시가 바람직한가를 순수 서정시와 반성적 서정시 두 측면에서 살펴보고자 한다.

2. 純粹 抒情詩

시인 조지훈은 '韓國現代詩의 反省' 이란 글에서 그 당시의 시의 흐름을 세 갈래로 분류하였는데 서정적 유형으로는 抒情派(주요한, 김억, 김소월), 純粹派(정지용, 김영랑, 박용철), 自然派(조지훈, 박목월, 박두진), 新作品派(김춘수, 김윤성)로 분류하였다. 그는 현대시가 의욕적인 바탕(啓蒙派, 傾向派, 人生派, 傳衛坡)에서 출발해서 의욕이 거칠어 순화되지 못했을 때 '서정적인' 운동이 일어난다고 하였다. 앞에서 살펴본 서정적 유형을 참고로 할 때, 순수서정시란 목적시나 실험시, 전위시, 포스트모더니즘의 시가 아닌 자연이나 개인의 순수한 감정을 운율적으로 표현한 시로 단순서정시(simple liric)이라고도 부를 수 있겠다. 즉 참여시와는 반대쪽에 있다고 볼 수 있다.

이번 기간에 순수서정시로서 비교적 성공을 거둔 작품 몇 편을 살펴보자.

이른 봄뜰/ 갓 깬 병아리 부리 같은
목련 꽃봉오리.//
봄볕 몇 나절 쬐고 난
꽃봉오리는/ 솜털 보송송/ 병아리 모습.//
어미 닭 쫓던/ 병아리 보이지 않고
나뭇가지에 조롱조롱/ 올라 앉았네.//
아아/ 햇살 따슨 봄 한나절
날개짓 하는 병아리처럼/ 하늘을 날 듯 활짝 벙근
목련꽃 송이, 송이, 송이…….
                        - 권영세, 「목련」(《아동문학평론》 여름호) 전문

권영세는 《아동문학평론》에 천료(1980년) 이후 1985년에 대한민국문학상을 받은 중견으로, 발표한 '목련'은 목련이 피기까지의 과정을 병아리에 유추시켜 비유한 표현이 돋보인다. 시인의 뛰어난 관찰력과 참신한 비유는 시 경력을 과시하기에 충분하다.

목련꽃 봉오리(병아리 부리) → 조금 지난 꽃봉오리(솜털 보송송 한 병아리) → 활짝 핀 목련꽃 송이들(날갯짓 하는 병아리들)을 직유와 은유를 적절히 사용하여 시의 회화성은 물론 음악성에도 배려하여 성공을 거둔 수작이다. 다만 이러한 감각적 이미지에 충실한 시의 단점은 의미면에서 부족하기 쉽다는 점을 염두에 두고 창작에 임하도록 해야 하겠다. 함께 발표한 자연을 노래한 순수 서정시 '찔레열매'와 농촌을 지키며 도시로 떠난 자식을 기다리는 마음(현실성)을 노래한 반성적 서정시라고 볼 수 있는 '가을갈이'도 읽어볼만한 작품이다.

> 말을/ 많이 한 날은/ 배가 고프다//
> 가슴 속/ 항아리에서/ 폭/ 마음을 퍼낸 것처럼
> 보이지 않는 새처럼 날아가/ 내가 한 말들//
> 몇 개쯤은/ 네 가슴 속/ 항아리에 담겨졌을까
> ― 이화주, 「네 가슴 속 항아리에 담겨졌을까」(《월간문학》 8월호) 전문

우리는 듣기보다 말하기를, 읽기보다 보는 것을 좋아한다. 1연은 '말을/ 많이 한 날은/ 배가 고프다'는 사실을, 2연에서는 앞의 연을 부연하여 비유하였는데 가슴 항아리가 비어 있어 어쩐지 허전한 느낌을, 3연에서는 새처럼 너에게로 날아간 말(마음)이 네 가슴 항아리에 의미가 되어 조금은 남아 있기를 바라는 시적 자아의 소망이 담겨진 시다. 말을 많이 하는 것보다 의미가 있는 말을 골라 하자는 교훈성이 담긴 좋은 시이다. 이 작품에서 마음을 담은 그릇 설정을 '항아리'로 한 것이 이 시를 더욱 돋보이게 하였다.

그의 작품에는 '가슴'이라는 말이 많이 등장한다. 가슴을 '마음'이란 말로 바꾼다면 독자는 그의 시를 '이런이런 마음으로 살아라'는 느낌을 시를 읽으면서 얻게 된다.(박두순 작품해설에서). 아무렇든 그는 곱고 맑고 아기자기하고 깔끔한 깨우침을 주는 시를 낮은 목소리로 속삭이는 좋은 시를 빚는 여성 시인이라고 할 수 있다.

너는 거기에서/ 더는 네 자리를/ 버리지 않았다.//

하늘이 주는/ 햇빛의 크기만큼// 빗물의 크기만큼//

너는 그 만큼으로/ 숲을 만들고/ 시원한 그늘을 만들었다.

－ 권영상, 「나무」(《아동문학평론 》 여름호) 3~5연

현대에는 이즘이 없어지면서 경제를 중시하게 되었다. 오직 경제적인 이익이 된다면 손을 내민다. 오늘의 적이 내일의 친구도 될 수 있다. 정치인에서 일반인에 이르기까지 줏대가 없고 믿음성이 적어졌다. 그래서 권 시인은 '나무'를 통해서 불변의 진리와 진실성을 넌지시 가르쳐 준다. 바람에도 흔들리지만 제자리를 지키며, 한 번 뿌리박은 터를 스스로 버리지 않는 나무. 하늘이 주는 만큼 숲을 만들고 그늘을 만드는 자연의 이치를 형상화하였다. 시인은 자아와 세계(나무)와의 일체감(同一性 indentity)을 갖기를 소망한다. 권 시인은 MBC 동화대상을 수상하고부터 동화 쓰기에 빠져 있다고 한다. 좋은 동시 쓰기에도 잊지 않았으면 좋겠다.

3. 反省的 抒情詩

서정시가 그 회복기를 맞고 있다고 한다. 그렇다면 새로운 서정시의 시대를 맞아 여건상 일반시와 조금은 그 성격이 다르겠지만 동시인들도 마음가짐을 달리 해야 되리라 본다. 구태의연하게 단순한 감정을 표현한 단순서정시(simple liric)보다도 순수 서정과 지성적 요소가 결합된 반성적 서정시(reflective liric)의 시대를 열어가야 하겠다.

시대감각이나 시대적 요구에 부응하는 신서정시 운동이 전개되기 위해서는 열린 자아의 목소리로 역사성, 사회성, 시대성, 현실성, 예언성도 노래해야 할 것이다. 반성적 서정시에 접근하면서 성공을 거둔 몇 작품을 살펴보자.

언제나 세월이란 오랜 세월이 아니었으리

바람이 몰아쳐 와도/ 그 바람의 천막 가르며

올 터이면 오라/ 갈 터이면 가라

굳어버린 껍질로/ 이토록/ 말 한 마디 없는가

여기 동해 망양정의 나그네 가슴이야

무슨 슬픔인들 마다하랴만

오직 뱃속 속속들이 쓰라린 아픔으로

솔바람 소리/ 수많은 바늘에 찔려

저 아래 파도 소리에 물어야 한다.

얼마나 울부짖었기에/ 이리도 덕지덕지

소경 같은 껍질로/ 어쩌자고 밤도 낮도 없이

한 마디 말이 없는가

— 고은, 「동해 망양정의 소나무 껍질을 어루만지며」(《문학과 어린이》 6
월호)2연~끝연

　　고은은 1968년 문단에 나온 이래 시, 소설, 평론, 수필 등 100여 권
의 작품집을 발간한 원로 작가이다. 위의 시는 아동문학가가 아닌 일
반 시인이 쓴 동시기에 동심·순수·간결·표현 면에서는 조금은 동
시 맛이 떨어지긴 하지만, 역사성이나 사회성을 떠올려 시대감각이나
시대적 요구에 부응하는 작품이라고 할 수 있겠다. 바람(삶의 어려움, 세
월)에 굽히지 않는 소나무의 의지를 시적자아(나그네)는 솔잎(바늘)에 찔
리는 아픔으로 받아들이어야 한다는 내용이다. 사회 현실의 아픔을 예
술직 체로 잘 걸러낸 반성적 서정시라 볼 수 있겠다.

　　하는 짓마다/ 귀여운 우리 아기

　　왜 이리 귀여울꼬//

내 살붙이/ 내 핏줄 탓이라면//

누가 모를까?/ 온 세상 모두가

하나님의 살붙이/ 하나님의 핏줄인 걸

그런데 그런데도

하는 짓마다/ 밉게만 뵈는

내 눈병은

어느 병원에 가야/ 고쳐진담.

- 김재용, 「내 눈병은」(《새벗》 8월호) 전문

김재용은 여러 해 동안 동시평을 써오고 있다. 그래서인지 동시 흐름의 방향, 시대감각, 시대요구를 잘 알고 글을 빚고 있는 것 같다.

시인은 1연의 끝행에 '우리 아기 왜 이리 기여울꼬' 하는 누구나 다 아는 사실을 짐짓 의문형식(설의법)으로 묻는다. 2연에서의 '살붙이, 핏줄'이라는 대답. 3연에서 '하나님의 살붙이, 핏줄'로의 의미 확대. 4연에서는 '대상이 밉게 뵈는 내 눈병'을 고쳐야겠다는 인식(세상 바라보기)의 깨달음으로 반전에 해당한다.

시라는 그릇에 이것저것 많이 담으려고 욕심을 내지 않고 쉽게 쓰면서 동시를 읽지 않는 어린이들을 어떻게 하면 다시 불러들일까 하는 고민을 하면서 작품을 쓰는 것 같다.

우리나라는 38선만/ 그어졌을 뿐/ 한 몸이지//

빨간 동그라미 파란 동그라미/ 반쪽끼리 만나 껴안아야/ 태극기가 되는 거지//

네가 반 웃고/ 내가 반 웃어야/ 진짜 웃음이 되는 거지//

네가 반쪽 한 말/ 내가 반쪽 채워야/ 참말 되는 거지//

개멋 부리려고 허리 졸라맨/ 38선 댕기 풀어내야/ 한라산에서 백두까지 맥 뛰는 거지.

- 김정, 「배꼽 친구」(《아동문예》 8월호) 전문

세상은 놀랄 만큼 변화를 보이고 있다.

세계의 이념 장벽은 거의 무너지고, 아직도 남아 있다면 우리 남북한이 그 대표적이다. 소련을 비롯한 구 공산국가와 외교, 경제 관계를 맺고 있지만 정작 서로 화해를 하고 머리를 맞대고 통일문제를 의논해야할 북한과는 교류가 너무나 미비하다. 김일성 사망 후부터 지금까지 '쌀 지원 문제' 하나를 놓고 보아도 미루어 짐작할 수 있다.

이런 시점에 김정의 '배꼽 친구' 같은 작품이 필요하다고 보아진다. '~(이)지' 라는 종결어미를 사용하여 나짓하게 속삭이듯 화합과 통일을 얘기해 준다. 3연에서 혼자 웃는(놀림, 불화) → 함께 웃는(즐김, 화합), 4연에서 일방적 정보전달 → 서로 오가는 진정한 대화, 끝 연에서 배꼽 부근에 졸라맨 38 댕기 풀고 한라산에서 백두산까지 우리의 맥을 뛰게 하자는 통일의 교훈상이 담긴 시이다.

4. 나가면서

지금까지 우리 동시의 방향과 순수 서정시, 반성적 서정시 면에서 계간 동안 발표된 작품을 중심으로 살펴보았다. 언급한 작품 외에도 최일환의 「종남 아저씨」, 최갑순의 「굴렁쇠」(《아동문예》 6월), 최향 시인의 담시 형태의 따뜻한 시와 시의 틀깨기(《아동문학평론》 여름호), 《월간문학》 특집 8월호에 실린 김종영, 조규영, 박영규, 진호섭, 허대영 씨 작품이 기억에 남는다.

사회 변화에서인지 문학의 순환 싸이클에서인지 확실히는 말할 수 없지만, 서정시의 시대가 서서히 오고 있는 것이 예상되고 있다. 우리는 종래의 단순 서정시가 아닌 이 시대에 걸 맞는 지성적 서정시대를, 서정시대의 황금기를 맞이할 준비를 서둘러야 하지 않을까.

自我 省察과 文明 批評의 詩

― 박경종, 김종영, 박두순, 민현숙, 나숙

1. 들어가면서

요즘 우리나라에서는 전직 대통령의 비자금 문제로 온 나라가 술렁거리고 있다. "이 사람 보통 사람, 믿어주세요."라는 슬로건을 내 세운 사람이 정치 자금을 교묘히 받아 그 중 수천억 원을 자신이 꿀꺽 삼켰다. 이 기회에 군사 쿠데타 문제도 함께 다루어져야 하지 않을까? 그리고 "나 아니면 안 된다."는 몇 정치인도 우리 정치 발전을 위하여 새 시대를 이끌어갈 후배들에게 자리를 양보해야 하지 않을까? 이제는 이권관계가 얽힌 정경유착의 뿌리도 뽑고, 명예를 존중하며 역사를 두려워할 줄 알아야겠다.

물질이 풍요로워지면 물질로 말미암아 정신이 썩기 쉽다. 우리나라는 근래에 눈부신 경제 성장을 가져 왔다. 경제 성장으로 인한 물질문명 덕분에 옛 사람들이 누리지 못한 삶의 보람도 누리는 것이 또한 사실이다. 그러나 물질문명의 발달에 의하여 인간은 어느 사이엔가 인간을 위한 문명의 각종 도구로써 인간 스스로를 파괴하고 있는 것이 오늘의 현실이다. 문명의 발달 현장 여기서, 시에서도 문명비평의 목소리가 대두될 수 있는 것이다.

물끓듯 하는 비자금 문제- 이 기회에 정치, 경제인은 물론이고 국민 모두가 자아성찰을 해야 하지 않을까? 또한 물질문명의 이기가 가져다주는 자연 파괴와 정신 파괴를 생각해 보아야겠다. 동시의 성격상 조금은 어렵겠지만, 이러한 문제에 접근한 작품을 찾아보고자 한다.

2. 自我省察의 詩

김윤식이 『尹東柱論』에서 속죄양(贖罪羊, Scape goat)이란 말을 썼다. 윤동주의 시에서 '常時', '참회록', '십자가', '쉽게 씌어진 시', '별 헤는 밤' 등의 주요한 시편은 모두 이런 경향의 작품이라 할 수 있겠다. 그의 시는 조국은 패배하지 않는다는 외향적인 저항시가 아니라, 식민지하의 지식인으로서 홀로 눈 뜬 自我意識, 歷史感覺에 의거한 자아성찰이 중심을 이룬다. 이번 기간에 자아성찰을 다룬 시로서 비교적 성공을 거둔 두 편의 작품을 살펴보자.

> 여기도 하느님 마을 한 귀퉁이
> 흙마당에 봄비가 다녀가고 있다.
> 몇 개의 발자국도 다녀갔다. 누구의 것일까.//
> 하느님은/ 발자국 깊이를 보고도 이 세상 마당에
> 누가 왔다 갔는지를 안다.//
> 마당을 나서는 우리 일행을 보고
> 너희들이구나 하며/ 후박나무 옷섶의 빗방울 내려
> 어깨를 툭툭 쳤다.//
> 하느님은 오늘 보신/ 내 발자국은 어떠할까.
> — 박두순, 「마당」(《兒童文學評論》 가을호) 전문

이 작품은 '송광사에서'라는 부제가 붙어 있는 글이다. 절에 갔던 날 봄비가 내렸는데, 흙마당에서 작자는 봄비의 발자국을 발견한다. 그리고 그 위에 몇 개의 먼저 걸어 간 사람의 발자국을 본다. '누구일까' 궁금해진다. 인간을 초월한 능력을 지닌 하느님(혹은 하늘, 天主, 上帝, 부처 등)모두 보고 있을 것이다. '너희들이구나 하며/ 후박나무 옷섶의 빗방울 내려/ 어깨를 툭툭 쳤다'는 싯구에서 하느님은 하늘 저 높은 데에 홀로 존재하는 것이 아니라 우리들 가까이 살며, 우리들과 함께 하며, 친구처럼 또한 이웃처럼 다정함을 넌지시 가르쳐준다.

끝 연에서 '하느님은 오늘 보신/ 내 발자국은 어떠할까'를 의문형식으로 제시함으로서 작자와 독자의 내면성찰 기회를 함께 제공한다. 우리가 걸어온 발자국은 남는다. 개인의 작은 역사에 기록된다. 지운다고 해서 아주 지워지는 것이 아니다. 삶의 길을 대낮처럼 떳떳하게 걸어가야 하리라. 중진시인 중에서도 선두주자인 박두순 시인의 좋은 시를 만나 기쁘다.

조용히 눈감으면
내 연못 속에 비치는/ 나의 하루//
연못 속에서 헤엄치는/ 벌거숭이 아이와 만난다.//
그 아이는/ 내게 몇 장의 사진을 줬다./
나의 하루가 찍힌/ 사진들//
나는 사진을 들여다보며/ 하루를 반성한다.//
조금만 참을 걸./ 찔레꽃 핀 둑길을 울며가던/
철수의 모습이 아련거린다.//
이제는 그런 짓 하니 말아야지.
버드나무가 놀라 파르르 떨며
참새들의 비명 소리가 가물거린다.//
내 마음의 아이와/ 정답게 손잡고/ 함께 웃는//
나의 환한 하루가/ 연못 속에 비치도록……//
달을 본다./ 내 마음에 달이 들어서 웃는다.
— 김종영, 「일기장·3」(《문학과 어린이》 9월호) 전문

'일기장'이란 연작시 중의 한 편이다. 제목이 암시하듯 그날 있었던 하루 반성(자아성찰)의 일기를 연못에 비추어보는 시이다. 이 시의 구조를 들여다보며 동화수법의 서사구조를 가지고 있음을 볼 수 있다. 이것은 아마도 근래에 외도(?)를 하여 장편동화집 2권이나 발간한 영향이 동시에 미친 것이 아닌가 생각된다.

'起'에 해당하는 1~3연은 조용히 눈감고 하루를 반성하기 시작하는 부분이다. '연못'은 시적자아의 마음이며, '벌거숭이 아이'는 가식이 없는 참자아이다. '承'(4~6연)에서는 사진(그 날 있었던 장면)을 통해 회상하는 부분으로 시적자아의 가슴 아픔이 버드나무와 참새에 이입되어 있다. '轉'(7~8연)은 내 마음의 아이(벌거숭이 아이, 그 아이)와 친하게 지내야 하겠다는 다짐으로 심적 어둠에서 밝음으로의 전환이다. '結'은 마지막 연으로 내 마음(연못)에 환하게 비치는 것으로 한 편의 동화를 읽는 느낌이다. 조금은 관념적, 추상적, 설명적이지만 자꾸 음미해보면 이야기가 담긴 좋은 시임을 알 수 있다.

3. 文明批評의 詩

〈성북동 산에 번지가 생기면서/ 본래 살던 성북동 비둘기만이 번지가 없어졌다./ 새벽부터 돌 깨는 산울림에 떨다가/ 가슴에 금이 갔다.〉로 시작되는 김광섭의 「성북동 비둘기」는 '문명비평의 전형적인 시'로 기억된다. 인간은 자연을 정복하고 있는 것 같아도 실상은 더 큰 것을 상실하고, 살벌하고도 세속화 되어가는 현실과 직면해 있다. 각종 산업 폐기물에 의한 대기오염이나 하천오염, 토양오염과 '달리는 흉기'라 불러지는 물결의 자동차 등 문명이 가져다주는 산물을 그냥 지나칠 수가 없다.

> 참 많은 소와 참 많은 악어가/ 거리를 걸어가고 있어요
> 수만 마리 오리 떼와/ 여우, 밍크, 담비…….
> 이솝 우화 속에서 살던/ 멋 부린 까마귀가
> 사람들이 사는 마을로 내려왔어요.//
> 소도 아니고 악어도 아니고/ 여우, 밍크, 담비도 아닌
> 사람들의 발에/ 사람들의 몸에
> 겨우 이름표만 달고 다니는 동물들//

만일 진짜 소가 본다면
그 큰 눈에 글썽 눈물이 고이겠지요.
함께 뛰어 놀았던 산과 들을 떠올리며
목 놓아 섧게 울겠지요.

                                                               – 민현숙, 「동물농장」(《兒童文學評論》 가을호) 전문

    이 작품은 '오늘의 시인'(集中照明)에 게재된 10편의 시 중에 1편이다. 그는 '나는 요즘 치열한 싸움 중이다. (중략) 이제 겨우 정이 들고 내가 만든 틀을 부수고자 하는 요즘 나는 걱정이 많다'고 말한다. 비록 발표된 시편들이 지금까지 발표되지 않은 새로운 수법은 아니지만 튼튼한 상상력, 재미성, 대화체의 다정한 어조, 새로움을 찾아나서는 용기는 박수를 받음직하다.

    이 작품은 동물들을 마구 포획하여 자연을 파괴하는 것을 경고하는 작품이다. '만일 진짜 소(동물들)가 본다면(자신들의 가죽을 가지고 신발이나 외투를 만든다는 사실을 알게 된다면) 눈물이 고이겠지요. 목 놓아 섧게 울겠지요'의 마지막 연에는 동물들이 불쌍하며, 사랑해야겠다는 시적 자아의 마음이 담겨있다. 튼튼한 상상력으로 형상화된 우화적이고 가슴이 따뜻한 시이다.

    ㉮ 수진이 이름은 '102호 아이'이고 혁이 어머니의 이름은 '일동 아줌마'입니다//
도시의/ 사람들은 제 이름을 모릅니다.
제 이름을 잃어가도 슬퍼하지 않습니다.

    ㉯ 도시의 풍경은 춥습니다.
수은주가 오를수록 춥습니다. 더 추워만 갑니다.//
바깥, 바람이 들어온다고
창문도 꼭꼭, 현관문도 꼭꼭 닫아야 합니다.

위의 시 ㉮와 ㉯의 작품은 제 43회 兒童文學評論 新人賞 當選作 중에 「도시의 풍경·1~2」의 일부이다. 글쓴이 라숙(羅淑)은 ㉮에서는 아파트에서 흔히 불러지고 있는 '102호 아이, 일동 아줌마'를 지적함으로서 제 이름을 잃어가면서도 아무렇지도 않는, 이웃사촌의 다정한 이름을 기계제품처럼 불러주면서도 아무렇지도 않는 도시인의 비정한 현실의 심각성을 떠올리고 있다.

㉯의 시는 문명의 이기인 에어컨 시설로 말미암아 여름철에도 집 창문이나 자동차 창문을 꼭꼭 닫아 이웃과 대화가 단절되는 도시 풍경을 역설적으로 표현하여 마음을 걸어 잠그고 사는 사람들에게 경종을 울려주고 있다.

문명비판의 시와는 성격이 좀 다르지만 문명을 통해서 도시 노인들의 외롭고 소외된 모습을 시로 형상화한 원로 시인의 작품을 감상해 보자.

> 할머님은 누워서 텔레비전을/ 보시다가 두 눈을 감으신다// 텔레비전은 혼자 떠든다/ 할머님은 꿈속에서 보시는가 봐// 엄마가 들어와서/ 텔레비전 스위치를 끄시면// 할머님은 오뚝이처럼 일어나서/ -누가! 테레비를 꺼!// 엄마는 얼른 스위치를 놓고/ 다람쥐처럼 달려 나가면// 할머님은 또 두 눈을 감고/ 누우신다/ 텔레비전은 또 혼자 떠든다.
> ― 박경종, 「할머님과 텔레비전」《兒童文學評論》 가을호) 전문

이 작품은 아동문학평론 가을호 重鎭招待에 게재된 10편의 시중에 한 편이다. 여든 가까운 연세에 수준이 고른 신작을 발표하는 왕성한 창작 태도는 후진들의 귀감이 된다 하겠다.

4. 나가면서

지금까지 자아성찰의 시와 문명 비판의 시에 대하여 살펴보았다.

지면상 깊이 언급하지 못하여 아쉬운 작품에는 김형식의 「흙길」(아동문예 11월호)과 房極龍의 「쉬어가며 하렴」(문학과 어린이 9월호)이다. 「흙길」은 흙길과 아스팔트길을 대조시켜 문명의 이기를 비판하고 있으며, 「쉬어가며 하렴」은 〈누구 한 사람/ 보아주지도/ 감독하지도 않은데……// 착한 로보트야/ 쉬어가며 하렴.〉의 글에서 보듯이 물질문명(로보트)를 찬양하는 좀 다른 계열에서 쓴 모더니즘 계열의 시이다. 넉넉한 물질에 묻혀 정신은 썩어가는 사람들은 기계의 정직함을, 기계와도 마음을 나누는 시적 자아의 따뜻한 가슴을 배울 수 있으리라.

그리고 주제와는 다르지만 기억에 남는 글로는 간결성과 참신한 표현이 돋보이는 曺茂根의 「해돋이 순간」(《문학과 어린이》 11월호), 都利天의 연작동시조 「고향 가는 길에서」(《兒童文學評論》 가을호)는 따뜻하고 넉넉하고 무르익은 시심을 엿볼 수 있다. 그 한 구절을 감상해 보자. '내 이름을 부르듯/ 구구구 닭을 부르며 모이를 주는 어머니'

《아동문예》 11월호 특선동시에 의식적으로 리듬을 넣어 「단풍잎」 외 4편을 발표한 許琥錫의 작품 또한 바람직한 시도라 생각된다. '동시가 아이들에게서 자꾸 멀어져 간다. 친해질 수는 없을까?' 이 말은 허호석 씨만의 고민이 아니라 동시를 쓰는 우리들 모두의 고민이 아닐까?

오늘 계평을 마치면서 텔레비전 속보를 보니 노 전대통령이 구속 수감되는 장면이 나왔다. 부끄럽고 불행한 사건이면서도 한편으로 한참 뒤떨어진 우리나라 정치 발전에 기폭제가 되어 거듭나길 빌어본다.

이 기회에 우리 문학인들도 친일적인 글과 행동을 한 사람들과 3공~5공화국을 찬양한 세력을 가려내어 시비를 확실히 하여야 옳지 않을까? 정치고 문학이고 무엇이든 썩은 뿌리에서는 좋은 꽃과 열매를 기대하기가 어려운 것이다. 아픔이 있더라도 썩은 부분을 도려내는 그러한 용기가 필요하지 않을까?

제**9**부
세미나 원고 및
아동도서 작품 평

아시아 대표시인 동시화집 『별이 반짝 꿈도 활짝』 분석과 세계화 시대의 동시 발전 방향 모색

Ⅰ. 들어가는 말

필자는 2012년부터 2015년 현재까지 격월간지 《아동문예》에 '오늘의 동시·동시인' 평을 쓰면서 우리 동시의 현 주소와 흐름을 면밀히 살펴보는 한 사람이다. 그래서 아동문학 잡지나 성인문학 잡지에 실린 동시는 모두 관심 깊게 읽는다. 특히 동인지나 동시집은 좋은 작품 하나하나를 차례나 작품 여백에 분석해 두는 편이다. 좋은 동시를 읽을 때면 행복하기도 하고, 평을 하며 공부도 함께 하고 있다.

'오늘의 동시·동시인' 평을 할 때 《아동문예》지에 실린 작품은 2명 정도, 나머지는 타 잡지나 동인지 신간 동시집에서 좋은 작품을 찾되, 신인이나 작고 시인, 일반시를 쓰는 사람, 동포 작가, 소개를 아직 안 한 사람의 글을 중심으로 각각의 사진과 한 페이지 분량으로 작가소개와 작품을 평하는데, 2015년 현재 일부 중복이 있지만 140여 명을 소개하였다. 올해까지 평을 쓰고 내년에는 그동안 쓴 동시평을 한 권의 책으로 펴낼 예정이다.

이준섭 회장께서 한국동시문학회 홈페이지에 여름세미나 강연자를 신청받기에, 내년에 묶어낼 예정인 동시평론집에 원고를 싣고 싶은 욕심이 앞서 신청을 했다. 그 이후에 강원도민보, 강원대학교에서 여름세미나 원고 신청이 들어와서 나름대로 최선을 다했지만, 좀 부실한 면이 혹 없지 않았나 하는 걱정과 후회를 해본다.

2014년 8월 12일에서 14일까지 경남 창원에서 〈어린이에게 꿈을 심어주는 문학〉이란 대주제로 제 12차 아세아아동문학대회를 겸하는 제 3차 세계아동문학대회가 열렸다. 세미나에 참석한 세계 저명 작가와 연구자가 15명이나 되며, 본회의장 발표 26편, 분과포럼발표 34편 모두 60편의 논문이 실린 논문집이 나온 행사가 대성황리에 거행되었다는 생각을 해본다. 필자는 한국아동문예작가회 세미나 초청강연을 하고 가느라 늦게 행사에 참석하여, 이번에 본 세미나 원고를 쓰기위해 세미나 원고와 함께 책으로 나온 아시아 대표 시인 동시화집『별이 반짝 꿈도 활짝』을 정독하였다.

60여 편의 논문을 읽으면서 새삼 느낀 점은 아동문학이 서구에서는 동화·소년소설 중심으로 이루어지고 연구되고 있다는 점이다. 그리고 아시아의 논문 발표자도 대부분 동화·소년소설이나 그림책을 세미나 주제로 하였다. 그래도, 세계 동시를 주도적으로 이끌어 나가며 연구를 하는 것은 아시아의 한국을 중심으로 하여 일본, 중국(조선족 포함), 대만이기에, 한정적이지만 4개국의 대표적 작품을 분석하고 그 바탕 위에 세계화 시대의 동시 발전을 일부 모색해 보고자 한다.

Ⅱ. 일본, 중국(조선족), 대만, 한국의 동시 분석

1. 일본의 동시 분석

1) 형태적(形態的) 특성에 관한 분석
아시아 대표 시인 동시화집『별이 반짝 꿈도 활짝』에 실린 일본의 동시는 10편이다. 일본 시 하면, 단 한 줄의 시에 찰나와 우주와 촌철살인적인 자연·해학·고독의 노래를 담는 세상에서 가장 짧은 시라고 할 수 있는 5, 7, 5음으로 모두 17음의 율격(metre)으로 이루어진 단시短詩 하이쿠(俳句-광대배, 글귀구)가 먼저 떠오른다.

　너무 울어/ 텅 비어버렸는가,/ 이 매미 허물은 -바쇼
　쌀을 뿌려주는 것도/ 죄가 되는구나/ 닭들이 서로 다투니 -이싸
　반딧불을 쫓는 이들에게/ 반딧불이/ 길을 비춰주네 -오에마루

　먼저, 10편의 동시를 형태상 분석해 보면, 앞의 정형률인 하이쿠와
나 우리의 동시조와도 그 형식이 전혀 다른 자유스러운 내재율의 형식
이다. 즉 우리의 동시와 다르지 않다. 그러나 발표된 우리 동시와 비교
해보면 시의 음악성의 배려가 부족하며, 이러한 장치인 반복법이나 율
격에서 차이가 보인다.
　첫째, 시의 길이는 오오쿠라 나오미의 「사계의 생명」(10편 중 유일한
연 구분이 없는 7행의 시), 하타치 요시코의 「풀」(3연 12행)이 짧은 시에 속
한다. 하타나카 케이이치 「비행기구름」(6연 23행), 이타쿠라 사치코의
「할아버지 시간」(5연 22행)의 장시이다. 나머지 시들은 모두 연 분이 되
어 있으며, 4~6연으로 이루어진 책 1페이지 정도에 들어가는 보통 길
이의 시들이며, 산문동시는 한 편도 없다.
　내재율의 리듬(rhythm)의 효과를 이루는 장치를 살펴보자.
　둘째, 대부분의 문장 서술어가 '~다'로 끝나며, 그 외 '~(구)나'(시미
즈 히사시의 「잠자리」), '~요, ~죠?, ~니까'(「할아버지 시간」은 장시로 끝 연이
문답법인 '~죠?, ~니까'로 쓰임), '~지, ~아?, ~다'(야마하나 이쿠코의 「할아
버지와 손자 이야기」는 끝 연이 문답법인 '~아?, ~다'로 쓰임), '~어, ~거야, ~
요'(마나카 케이코의 「딱지」)의 서술어 각운의 반복으로 시의 리듬을 살리
는 것은 우리나라의 동시와 별다른 점은 찾아 볼 수 없었다. 대부분의
동시의 서술어가 '~다'로 끝나는 것이나, 독백이나 대화체에서는 어
린이의 부드러운 말투인 '~지, ~어, ~거야, ~요'로 쓰이나 것도, 문
답법으로 쓰인 시 2편 모두 '~아?, ~다'로 쓰임 또한 우리나라의 동

시 쓰임과 별다른 점이 없었다.

셋째, 게재된 동시의 반복법을 살펴보자. 반복법으로 작품의 리듬을 살리는 데에는 어절(낱말)의 반복, 행·구의 반복, 수미쌍관 형식, 동일 연의 반복, 노랫말처럼 후렴형식 등이 주로 쓰이며, 반복은 율격 형성과 운율 조성이나 의미의 강조에 이바지해야 한다. 해당되는 동시로는, 하타치 요시코의 단시短詩「풀」에서 1연(풀의 등을 보았다)과 2연의 (~쓰러져도/ 쓰러져도/ 일어서려고 하는/ 풀의 등을 보았다)의 반복은 어절이나 행구의 반복이며, 야마하나 이쿠코의 「할아버지와 손자 이야기」에서의 〈봄은 산들바람 부네요/ 그렇지 봄은 살랑살랑 부드럽게 말이지〉의 '그렇지' 처럼 봄·여름·가을·겨울을 같은 형태로 노래한 자리에 어절(낱말)이 반복되어 리듬과 시의 의미를 강조하는 효과를 거두고 있다. 타니 케이코의 「생명의 숲」에서는 '신기하다 신기해'와 마지막 연에서 〈우주의 생면이여 고맙다/ 모든 마음이여 고맙다〉가 반복되고 있다. 호사카 도시코의 「한가운데」는 2연 〈- 공의 한가운데를 찾아보렴/ 피에로가 가르쳐주었습니다/ - 한가운데에 다리를 올려보렴/ 생긋 가르쳐 주었습니다〉도 역시 행구의 반복이다. 책에 실린 10편의 일본 동시는 수비쌍관법이나 의도적인 리듬이나 의도적인 강조(하타치 요시코의 「풀」 예외)가 우리나라 동시보다는 조금 덜 쓰이고 있는 편이다.

넷째, 율격(metre)[1] 에서는 4·4조나 7·5조, 2음보나 3음보나 4음보 등의 특별한 리듬의 장치가 보이는 작품이 없었지만, 아래에 예시한 야마하나 이쿠코의 「할아버지와 손자 이야기」는 한 연이 3음보와 5음보의 의도적인 율격으로 장치되어 있음을 볼 수 있다. 그 외의 작품

---

1) 율격(metre)은 본디 1행을 기준으로 그 안에서 규칙적으로 반복되어 나타나는 음형(sound Patten)을 계측함으로써 얻어지는 것이다. 율격행이란 시행 1행 안에 4·4조나 7·5조 또는 2음보나 3음보나 4음보의 음절이나 어절이 다 실현되는 것을 말하는데, 동시조의 종장 등을 2행이나 3행으로 나누듯이 분행하여 율격행의 변형을 하기도 한다.

들은 같은 책에 실린 우리나라의 동시(동요)보다도 율격을 염두에 두지 않고 자유시 형태로 일본 동시가 창작되고 있음을 볼 수 있었다. 그 외에도 행(line)이나 연(stanza)의 구분, 단락(paragraph)의 시각적 구조(가로로 긴 직사각형, 세로로 긴 직사각형, 사다리형, 역사다리형, 삼각형과 역삼각형, 두개의 절충형 등의 단락이나 연의 모양) 등에서 특별한 형태적 특징이 보이는 작품은 원문을 중심으로 살펴본 바 2편이었다. 니시자와쿄쿄의 「남자들의 포옹」은 사다리형이 2개연(1, 2연), 역사다리형이 3개연(3, 5, 6연), 가로로 긴 직사각형이 1개연(4연)으로 10편의 일본 동시 중에서 형태상 시각적 구조가 가장 다양하였다. 그리고 6연 모두 '사다리형' 인 야마하나 이쿠코의 「할아버지와 손자 이야기」가 있다. 우리나라 동시의 사다리형은 최계락의 「꽃씨」와 제해만의 「봄눈」 등이 있다. 두 편을 함께 살펴보자.

봄은 산들바람 부네요/
그렇지 봄은 살랑살랑 부드럽게 말이지

여름은 해님 뜨겁네요
그렇지 여름은 힘내어 강하게 내리쬐지

가을은/ 하늘이/ 예쁘네요/
그렇지/ 가을은/ 알록알록/ 아름답지//→ 대화체, 사다리형, 3·5(4)음
보

겨울은 바람 차갑네요
그렇지 겨울은 북풍 크게 뽑내지

봄 여름 가을 겨울
할아버지 언제가 좋아?

춘하추동
너와 같이 모두 좋다
– 야마하나 이쿠코,

– 「할아버지와 손자 이야기」 전문

꽃씨 속에는
파아란 잎이 하늘거린다.

꽃씨 속에는/
빠알가니 꽃도/ 피어서 있고//

꽃씨 속에는
노오란 나비 떼가 숨어 있다.

– 최계락, 「꽃씨」 전문

2)내용적(內容的) 특성에 관한 분석

　아시아 대표 시인 동시화집 『별이 반짝 꿈도 활짝』에 실린 일본의 동시 10편을 내용상으로 분석해 보자. 가족의 사랑을 노래한 시로는 「할아버지와 손자의 이야기」와 「할아버지 시간」, 자연 보호와 사랑을 노래한 시로는 「생명의 숲」, 「사계의 생명」, 「잠자리」, 「할아버지와 손자의 이야기」가 있다. 기원을 노래한 시로는 「딱지」, 「할아버지 시간」, 「남자들의 포옹」, 이별과 그리움을 주제로 한 작품은 「비행기구름」, 「둥근 돌」, 철학적이 담긴 동시로 「한가운데」, 「할아버지와 손자 이야기」, 「풀」이 있다.

　첫째, 가족의 사랑을 노래한 시를 살펴보자. 앞에서 소개한 바 있는 야마하나 이쿠코의 「할아버지와 손자 이야기」는 봄의 산들바람, 여름의 뜨거운 해님, 가을의 하늘과 단풍, 겨울의 차가운 바람, 그리고 어느 계절이 좋은가 하는 질문과 대답의 내용으로 작품 전체가 대화체로 직조된 독특한 형식의 동시이다. 1~4연은 1행에서 손자가 계절의 특성을 말하면 2연에서 할아버지가 좀더 깊은 의미로 대답하는 철학이 담긴 동시라고 할 수 있겠다. 마지막 5연의 〈봄 여름 가을 겨울/ 할아버지 언제가 좋아?〉 손자의 물음에 대한 6연의 '춘하추동/ 너와 같이 모두 좋다'는 할아버지 대답 '너와 같이'가 이 작품을 명품으로 만들었다. 나태주의 시 「풀꽃」〈자세히 보아야/ 예쁘다// 오래 보아야/ 사랑스럽다// 너도 그렇다〉가 생각나는 좋은 동시이다. 이타쿠라 사치코의 「할아버지 시간」은 치매가 와서 아기처럼 행동하는 아흔두 살의 할아버지의 행동을 손자의 입장에서 안타까운 마음으로 묘사한 5연 22행의 장시이다.

둘째, 자연 보호와 사랑을 노래한 시를 살펴보자. 오오쿠라 나오미의 「사계의 생명」은 봄, 여름, 가을, 겨울을 의인화와 은유적 표현을 통하여 생명의 신비와 사랑을 노래하였으며, 연구 분이 없고 명사로 행이 끝나는(의미상으로는 연) 서정동시이다.

타니 케이코의 「생명의 숲」은 시적자아가 자연 사랑의 마음으로 한 그루 어린 묘목을 심으면서 자연인 생명의 숲을 신기해하며, 〈별은 반짝 꽃이 되고/ 달은 환히 빛에 물들고/ 바람은 사락사락 초록에 스민다〉고 시적으로 표현 한다. 마지막 연에서 우주의 생명과 모든 마음에게 '고맙다'고 반복하여 강조한다. 그러나 같은 책에 실린 우리나라의 동시에 비하면 표현 면에서 작품성이 떨어지는 것을 볼 수 있다. '사랑, 신기하다, 신비한 세계, 고맙다' 등의 생각(사상)이 시적으로 표현되기보다도 겉으로 드러나는 것을 대부분의 작품에서 볼 수가 있다.

가족과 관련된 야마하나 이쿠코의 「할아버지와 손자 이야기」는 좋은 시이지만 앞에서 소개한 바 있어 여기서는 생략한다. 시미즈 히사시의 「잠자리」는 잠자리를 의인화하여 '너'라고 부르며 시적자아가 잠자리를 바라보며 생각한 것을 묘사하고 설명하고 대화하는 동시이다. 꾸밈없이, 무리하지 않고, 어깨에 힘주지 않고, 자연 그대로 살아가는 잠자리의 삶을 부러워하며 잠자리에게 말을 걸고 있다.

셋째, 기원을 노래한 시를 살펴보자. 마나카 케이코의 「딱지」는 대화체의 서술어 '~어, ~거야, ~요' 각 운의 반복으로 시의 리듬을 살리며, 딱지를 전병과자에 비유하여 작품을 표현하였으며, 아빠의 긁힌 상처가 빨리 나아지기를 기원하는 동시이다.

일본의 대표작 10편은 표현 면과 동심걸러내기와 재미성에서 우리나라 작품과는 대체로 떨어지는데, 이 작품은 동심걸러내기나 재미성에서 성공한 좋은 작품이다.

> 아빠의 긁힌 상처/ 빨리/ 딱지가 앉았으면 좋겠어// 오늘/ 약간 노랗게 변했어/ 내일은/ 까매져서// 점점/ 두툼해져서/ 전병과자처럼/ 딱딱해져서/ 파삭 하고/ 기분 좋게 떨어질 때까지/ 꾹 참고 기다릴 거야// 그러니까/ 부탁할게요/ 내가/ 딱지 벗기게 해 주세요
> — 마나카 케이코, 「딱지」 전문

니시자와 쿄코의 「남자들의 포옹」은 백인과 흑인의 정상이 세계평화와 우호증진을 위해 만남을 텔레비전을 통해보면서, 세계의 평화를 기대하는 기원이 담긴 작품이다. 특히 마지막 연 〈서로의 등에 느껴지는 손바닥의 뜨거움이/ 세계의 기대를 저버리지 않기를!〉에서 포옹과 악수를 은유한 기대가 잘 나타나 있다. 그런데 동심의 체로 걸러진 면이 부족하고, 어린이들이 읽기가 좀 어려운 '포옹'이나 '공유' 등의 낱말이 보인다. 이타쿠라 사치코의 「할아버지 시간」은 앞에서 가족사랑에서 언급하여 생략한다.

넷째, 이별과 그리움을 주제로 한 작품은 「비행기구름」, 「둥근 돌」이 있다. 사토 준코의「둥근 돌」은 아빠의 전근으로 이사를 가게 된 카

즈 군이 '잘 지내'하며 호주머니에서 종이로 싼 무언가를 주고 간다.〈손바닥에 남기고 간/ 카즈 군을 들여다보았다/ 작고 둥근 돌이 나를 쳐다보고 있었다(마지막 연)〉이 작품은 이야기가 있는 동시로 이별의 슬픔이 감동적으로 잘 형상화 되었다. 하타나카 케이이치 「비행기구름」은 6연 23행의 이야기가 있는 장시로〈얼어붙은 푸른 하늘을 가르며 가는/ 제트기의 항적/ 내 가슴에 한 줄기의 아픔이 달리고/ 발끝에서부터/ 떨림이 전율되어 온다(첫 연)〉으로 시작되어, 비행기가 지나간 얼어붙은 하늘의 구름(항적운)을 흰 피라는 발상으로 시작하여 죽기 전 여동생의 얼굴을 떠올리고 '얼음밖에 먹을 수 없어'라는 동생의 마지막 말을 귓가에 떠올린다. 시적 발상이 뛰어나고 흰 피가 흘러나와 한 줄기 구름으로 확장되는 시적표현 등이 뛰어나는 동시이다. 하지만 「남자들의 포옹」처럼 어린이가 읽기에는 어려운 시어(항적, 전율)들이 보인다. 이러한 시어는 번역에서 생길 수도 있다는 생각을 하며 번역할 때 어린들이 이해하기 쉬운 시어로 바꾸는 일도 연구해 보아야겠다.

다섯째, 철학적이 담긴 동시를 살펴보자. 「할아버지와 손자 이야기」는 앞에서 그 내용을 언급하였고, 호시카 도시코의 「한가운데」는 공위에 서서 서커스를 하는 피에로와의 대화체가 중심이 된 동시이다. 공의 한 가운데는 어디인가? 라는 질문을 통하여 내가 서는 곳이 한 가운데라는 철학적인 의미가 담긴 시이다. 이 시 역시 앞에서 언급한 재미성과 동심걸러내기와는 좀 거리가 있는 동시이다. 하타치 요시코의 「풀」은 3연 9행의 짧은 시로 장마에 쓰러졌다가 갠 날 일어서려고 하는 풀잎의 강인한 정신을 의인화와 도치법으로 잘 표현한 어른과 어린이들이 함께 읽을 수 있는 좋은 작품이다. 첫 연과 끝 연이 2연의 의미를 더 예술적으로 빛나게 한다. 우리나라 민중시인(저항시인) 김수영의 「풀」이 생각나는 동시이다.

풀의 등을 보았다// → 10편 중 1행이 1연을 이루는 유일한 동시

바람에/ 격렬하게 흔들려/ 쓰러져도/ 쓰러져도/ 일어서려고 하는/ 풀
의 등을 보았다//

장마 후의/ 눈부신 여름 하늘의 날에

– 하타치 요시코, 「풀」 전문

2. 중국의 동시 분석

1)형태적形態的 특성에 관한 분석

아시아 대표 시인 동시화집 『별이 반짝 꿈도 활짝』에 실린 중국의
동시는 14편이다. 중국 시 하면, 이태백의 시집과 두보의 시집을 읽고,
중국에서 가장 오래된 시집인 시경詩經을 읽다가 힘들어서 포기한 일
이 생각난다.

14편의 동시를 시인 림철이 모두 번역을 하여서인지는 몰라도, 문
장 서술어가 우리나라나 일본 등은 '~다'로 끝나는 것이 많은데, 중국
은 그렇지 않다. 대부분 '~요'로 서술어가 끝나고, 그 외 '~오, ~어,
~나, ~니, ~게' 등의 대화체로 문장이 끝났다. 즉 대화체로 작품을 대
부분 쓴다는 말도 되겠다. 이러한 서술어인 각 운의 반복이 리듬을 살
려주기도 한다. 그 외 특별히 운율이나 음보를 드러나게 맞추려는 작
품이 별로 없었다.

첫째, 시의 길이는 당씽창의 「별을 봐요」가 3연 6행으로 우리나라
의 짧은 동시인 〈소낙비 그쳤다// 하늘에/ 세수하고 싶다(김영일의 「소낙
비」 전문으로 17자인 하이쿠보다 짧다)〉보다는 길며, 일본의 가장 짧은 시 7
행보다 1연이 짧았으며, 우짱파의 「밤을 따요」가 8행으로 다음으로 짧
았다. 길이가 긴 동시는 텅징의 「나에게는 사탕이 많아」(8연 26행)로 일
본의 긴 동시보다 3행이 더 길었다. 나머지 시들은 2~5연으로 이루어

진 책 1페이지 정도에 들어가는 보통 길이의 시들이며, 우리나라와 일본 동시와 같이 산문동시는 한 편도 없다. 연 구분이 없는 시는 14편 중 5편(밤을 따요, 빨랫줄, 환영해요, 빨리 가요, 외갓집으로)으로 한일보다는 많고 8편인 대만 다음으로 많았는데, 이것은 한문표기의 특성과 관련 있는 것 같으며 좀더 연구해 볼 일이다.

14편의 대표시 모두가 자유시로, 내재율의 리듬(rhythm)의 효과를 이루는 장치를 살펴보자.

둘째, 게재된 동시의 의미와 리듬을 돕는 반복법을 살펴보자. 해당 되는 동시로는, 당씽창의 「꽃구경」에서 1연(꽃이 펴요 꽃이 펴요)과 4연(향기를 맡고 또 맡고)의 반복은 어절이나 행의 반복이며, 스디커의 「이 세상 모든 애들은 저절로 자란다」에서는 3연으로 된 작품인데 3연 모두 한 행이 반복(두 필의 말이, 한 마리 개미를 끌고 가네)되어 있다.

스디커의 「곧게 독행하는 물만두」에서는 2연(한번 누르고/ 또 한번 누르고)의 반복이 되었다. 텅칭의 「좋은 친구」에서는 3연과 4연의 한 행(너는 말했지)이 반복되었다. 텅칭의 「나에겐 사탕이 많아」2연에서는 한행(나에겐 사탕이 많아요), 끝 연에서는 두 행(괜찮아/ 나에겐/ 사탕이 많아)으로 변형되어 있다. 앞에서 예를 든 시처럼 임철의 「욕심 없는 나무」는 첫 연과 끝 연의 수식어 '나무는 너무너무' 구절이 뒤에 오는 '욕심이 없어요, 가진 것이 없어요, 주는 것이 많아요'를 의미상 강조하고 반복 으로 리듬을 살리고 있다. 그런데 중국아동문학연구회 회장이며 조선 족에서 활발히 활동하는 아래에 전문을 예시한 한석윤의 「조선의 참 새」는 그 반복법이 남다르다. 즉 같은 형태 속에 낱말을 바꾸어서(챠챠/ 중국 참새는/ 중국말로 울고// 쥬쥬/ 일본 참새는/ 일본말로 울고)시의 의미와 리 듬에 이바지 하고 있다.

셋째, 율격(metre)에서는 일본의 자유동시 형태의 작품들과 마찬가 지로 특별한 음보 등의 장치가 우리의 동시조처럼 보이지 않는다. 당 씽창의 「별을 봐요」가 3연 6행의 간결한 동시로 1연과 2연은 빠른 동요 같은 2음보이고 3연은 조금 느린 3음보로 구성되어 있다. 앞의 반복법에서 예를 든 한석윤의 「조선의 참새」는 7 · 5(6)조 3 · 2음보로 구성되어 있는데, 이것은 한국과 교류해온 우리나라 동요형식의 7 · 5조의 영향인 듯하다. 림철의 「욕심 없는 나무」는 대체로 4 · 4조 4음보의 율격을 이룬다. 중국의 동시인들은 대체로 자유형태의 동시를 쓰고 있는데 비해, 중국조선족의 동시인들은 우리나라와 접촉을 하면서 율격에서도 우리나라의 영향을 받는 것 같다.

넷째, 그 외에도 행(line)이나 연(stanza)의 구분, 단락(paragraph)의 시각적 구조(가로로 긴 직사각형, 세로로 긴 직사각형, 사다리형, 역사다리형, 삼각형과 역삼각형, 두개의 절충형 등의 단락이나 연의 모양) 등에서 원문이 특별한 형태적 특징이 보이는 작품은 5연 모두 '삼각형'인 한석윤의 「조선의 참새」, 림철의 「욕심 없는 나무」는 사다리형과 역사다리형과 직사각형이 혼합되어 있다. 당씽창의 「별을 봐요」 3연 모두 가로로 긴 직사각형이다. 텅칭의 「좋은 친구」는 삼각형과 사다리형이 절충되어 있고, 우짱파의 「밤을 따요」는 연 구분이 없지만 의미상 연을 나누면 역사다리형과 가로로 긴 직사각형이다.

일본의 동시 10편 중에 형태상 시각적 구조가 가장 다양한 니시자와쿄쿄의 「남자들의 포옹」과 야마하나 이쿠코의 「할아버지와 손자 이야기」 2편이 해당되며, 중국의 동시는 14편 중 5편이 해당된다. 책에 실린 한국의 동시는 25편 중에 19편 정도가 이러한 형태와 관련이 있는 작품으로, 이것은 책에 실린 우리나라 동시 중에 동요인 이원수의 「고향의 봄」, 최순애의 「오빠 생각」, 한정동의 「따오기」, 권태응의 「감자꽃」, 박홍근의 「나뭇잎배」 등의 작품과 작고 동시인과 원로 동시인의 작품을 중심으로 소개한 영향도 있다.

　　챠챠
　　중국 참새는

중국말로 울고 → 형태는 시 전체가 삼각형, 7 · 5(6)조 3 · 2음보

쥬쥬
일본 참새는
일본말로 울고 → 같은 형태(틀) 속에 낱말을 바꾸어 의미와 리듬을 취함

짹짹
조선의 참새는
조선의 새라서
남에 가나
북에 가나
우리말로 운다.

짹짹
하얀 얼 보듬는
조선의 참새

— 한석윤, 「조선의 참새」 전문

귤
한 개가
방을 가득 채운다.

양지짝의 화안한
빛으로
물들이고

귤
한 개가
방보다 크다.

– 박경용, 「귤 한 개」 1, 3, 5연이며 형태는 삼각형, 역사다리형

2)내용적(內容的) 특성에 관한 분석

아시아 대표 시인 동시화집 『별이 반짝 꿈도 활짝』에 실린 중국의 동시 14편을 내용상으로 분석해 보자. 가족의 사랑을 다룬 시로는 「밤을 따요」, 「이 세상 모든 애들은 저절로 자란다」, 「빨리 가요, 외갓집으로」, 「난 정말 알 수 없어요」, 「환영해요」가 있다. 자연과 사물을 소재로 한 시로는 「별을 봐요」, 「버들피리」, 「꽃구경」, 「좋은 친구」, 「조선참새」, 「욕심 없는 나무」, 「빨랫줄」, 「곧게 서서 독행하는 물만두」가 있다. 은유적 상징이나 상상력으로 이해가 어려운 동시로 「이 세상 모든 애들은 저절로 자란다」, 「곧게 서서 독행하는 물만두」, 「좋은 친구」가 있다.

첫째, 가족의 사랑을 다룬 시를 살펴보자. 우짱파의 「밤을 따요」는 8행의 연구분 없는 짧은 시로 누나의 동생 사랑이 재미있게 형상화 된 작품이다. 「난 정말 알 수 없어요」는 '왜?' 하고 질문이 많은 동생을 알 수 이해할 수 없다는 내용의 대화체의 자유시이다. 청명의 「빨리 가요, 외갓집으로」는 첫 구절을 제목으로 한 대화체의 동시로, 반갑게 맞아주는 외갓집을 유머스럽게 쓴 동시이지만, 시적이 표현 면에서 좀 떨어지는 작품이라고 할 수 있겠다. 스디커의 「이 세상 모든 애들은 저절로 자란다」는 아이들에게 심한 관심(지나친 사랑)을 가진 부모를 경고한 은유적 상징 동시이다. 두 필의 말은 부모(부모와 선생님)이고 끌려가는 개미는 자식(학생)이라고 볼 수 있다. 판진잉·판밍주의 「환영해요」는 도치법 표현을 사용하여 각국에서 중국으로 온 손님들을 공항에서 우리는 하늘 아래 한집 식구요 친구라며 환영하는 내용의 동시이다.

둘째, 자연과 사물을 소재로 한 동시를 살펴보자. 당씽창의 「별을 봐요」는 자연의 섭리 속에 살아가는 삶을 노래한 3연 6행의 간결한 동시이다. 당씽창의 「꽃구경」은 자연인 아름다운 꽃에 흠뻑 취한 시적자

아의 노래로 꽃과 동네방네 아씨들을 중의적으로 표현하였다. 주리츄의 「버들피리」는 동물과 벌레를 의인화하여 자연과의 합일하는 삶을 표현하였는데, 2연 〈꼬마토끼가 구경 왔어요/ 여린 버들가지 하나 꺾어서/ 작은 버들피리 만들어/ 개굴개굴 봄이 왔다고 노래 불러요〉에서 '개굴개굴' 의성어가 들어가서 피리 부는 주체가 모호하다. '개굴개굴'을 삭제하는 것이 좋을 듯하다. 텅칭의 「좋은 친구」는 상상과 환상동시로, 내가 바람이 되면 친구가 꽃이 되는 좋은 친구를 시적으로 형상화한 동시이다. 앞의 형태에서 소개한 한석윤의 「조선의 참새」는 같은 형태 속에 독특한 반복법을 사용한 4연 〈짹짹/ 조선의 참새는/ 조선의 새라서/ 남에 가나/ 북에 가나/ 우리말로 운다.〉 참새의 우는 소리의 같은 표현을 통하여 남북한 우리민족(하얀 얼)의 동질성을 표현하였으며, 확대해석하면 우리나라 통일을 기원한 동시라고도 할 수 있다. 한석윤은 《아동문학》(222호)에 '세종대왕도 만나고, 세월을 앞질러 올라가 우리가 어른이 되는 그때도, 나라와 나라 사이에 철조망이 있는지 내 눈으로 한 번 쯤 확인하고 오겠다' 는 내용 등의 우리 민족과 관련된 동시를 많이 발표하는 중국조선족의 선두주자 동시인이다.

번역을 맡았던 림철 「욕심 없는 나무」는 〈나무는/ 너무너무 욕심이 없어요〉로 시작하여, 봄과 여름과 가을과 겨울네 나무가 주는 혜택을 노래하고, 〈나무는 너무너무 가진 것이 없어요/ 나무는 너무너무 주는 것이 많아요〉로 끝낸다. "중국에서는 조선족의 동시가 예전에는 시의 예술성 면에서 우리나라와 차이가 많았지만, 2000년대에 들어와서는 복잡한 개혁적인 실천과정을 거쳐 전통적인 동시와 현대동시(회화적인 동시, 화적인 동시, 의인화 동시, 환상동시, 철리동시, 감각적이미지 동시, 은유적 상징동시)가 함께 공존하는 동시다양화 시대에 진입하게 되었다. 필자는 2000년대 우리 중국조선족 동시는 일정한 수준에 올랐다고 자신 있게 말하고 싶다."[2)]는 김만석의 말을 참조 바란다. 판징인의 「빨랫줄」은 연 구분이 없는 사물을 의인화한 시 전체가 대화체의 동시로, 외로운 사물과 친구가 되는 어울림의 아름다움을 노래하였다.

셋째, 은유적 상징3)이나 상상력으로 이해가 어려운 동시로 「이 세상 모든 애들은 저절로 자란다」, 「곧게 서서 독행하는 물만두」, 「좋은 친구」가 있다. 스디커의 「이 세상 모든 애들은 저절로 자란다」에서는 3연으로 된 작품인데 3연 모두 한행이 반복(두 필의 말이, 한 마리 개미를 끌고 가네)되어 있다. 여기서 '두 필의 말'과 '개미 한 마리'는 두 필의 말은 부모(부모와 선생님)이고 끌려가는 개미는 자식(학생)이라고 볼 수 있는 은유적 상징동시이며, 2연의 〈굽이를 돌자 길이 끝나네/ 두 필의 말이 개미 한 마리를 끌고 가네/ 담벽을 쫓는 게사니(거위) 소리 담벽을 뚫을 듯/ 서북풍은 쫓기는 네 그림자를 잡아당기네〉에서도 은유적 상징이나 동심의 체로 걸러지지 않은 표현들이 발견되고 있다.

역시 스디커의 제목이 길고 독특한 작품 「곧게 독행하는 물만두」에서는 소제목이 또한 '일곱 살 꼬마 원주율의 어느 날 오후'는 제목과 소제목부터 어렵게 느껴지는 동심적 상상력이 동원된 환상적인 생각을 꼭꼭 곱씹어야 이해가 되는 동시이다.

아마도 스디커는 은유적 상징이나 상상력과 환상을 동원하여 새로운 기법으로 창조적으로 작품을 쓰는 선두주자인 듯하다. 그러다가 보니 작품의 이해가 어려운 면도 없지 않다. 텅칭의 「좋은 친구」는 상상과 환상동시로, 내가 바람이 되면 친구가 꽃이 되는 좋은 친구를 시적으로 형상화한 동시이다. 작품을 감상해 보자.

---

2) 김만석, 「중국조선족 동시발전과정과 2000년대 우리 동시」 『아동문학세상』 2013년 겨울호, 77~91면을 발췌함. 중국조선족 동시인들을 역사적으로 보면 53명이나 되며, 중국 연변조선족 아동문학연구회에서 발간한 대표동시집 《2000년대 중국조선족10인동시집》에 작품이 게재된 사람은 강효삼, 김득만, 김선파, 김철호, 김학송, 림금산, 최룡관, 최문섭, 한석윤, 홍용암 등이다.

3) 원관념 '나비'를 보조관념 '꽃'으로 표현한 김철호의 '은유적 상징동시' 「나비」를 소개한다. 〈가지 없어도/ 노랗다// 뿌리 없어도/ 하얗게 핀다(전문)〉

나는/ 한 송이 구름을 갖고파/ 그 누가 동화 속의 하늘사다리 놓아 줄까?//

나는/ 시원한 바람이 되고파/ 글 누가 길가의 하느작거리는 꽃이 되어 줄까?/ 청신한 향기로 가슴속에 스며들어 숨 쉬고 싶어//
너는 말했지/ 가져가 목화사탕!// 너는 말했지/ 천천히 난 너의 손잡을래 // 난 너를 기다릴 거야/ 나의 좋은 친구여.

– 텅징, 「좋은 친구」 전문

3. 대만의 동시 분석

1)형태적形態的 특성에 관한 분석
아시아 대표 시인 동시화집 『별이 반짝 꿈도 활짝』에 실린 대만의 동시는 19편이다. 중국의 동시는 시인 림철이 모두 번역을 하였는데, 대만의 동시는 번역자가 여러 사람이며, 번역자가 밝혀지지 않은 작품도 몇 편 있었다. 중국은 문장 서술어의 종결어미가 대부분 '~요' 로 끝나며, 그 외에 '~오, ~어, ~나, ~ ~니, ~게' 등의 대화체로 끝나는데 비해 대만은 우리나라와 일본처럼 '~다' 로 대부분 서술형종결어미로 끝난다. 다음으로 많이 쓰이는 '~요', 그 외 '~자, ~까, ~지, ~죠, ~해' 의 서술형 종결어미가 쓰였다.
이러한 서술형종결어미인 각운의 반복이 리듬을 살려주기도 한다. 그 외 특별히 운율이나 음보를 드러나게 맞추려는 작품이 별로 없었다.
첫째, 시의 길이는 차이쩨후이, 딸 리쟈신의 「엄마의 다리를 먹다」가 무연 8행의 가장 짧았는데, 모기소리 '–윙' 이 한 행으로 반복된 것이 2행이 있었다.

중국의 당씽창의 「별을 봐요」가 3연 6행, 우리나라의 짧은 동시인 〈소낙비 그쳤다// 하늘에/ 세수하고 싶다(김영일의 「소낙비」 전문)〉3행보다는 길며, 일본의 가장 짧은 시 7행보다는 1행이 길었다. 다음으로 짧은 시들은 궈링혜의 「달팽이가 꽃을 본다」 외 9행의 시가 2편이었다. 다른 나라에 비해 책의 2면을 차지하는 장시들이 많은 편이었다. 황야츠운의 「종자의 손실」은 3연 36행의 이야기가 있는 가장 행이 많은 장시이다. 다음으로 긴 장시는 린환짱의 「태양물놀이절」은 무연 32행의 장시이지만 행이 짧게 끝나며, 8연 32행의 리찌예란의 「열세 번째 동물」은 12지간을 소재로 하여 쓴 동화시 형태의 동시로 행의 길이가 훨씬 길다. 나머지는 12행~27행 길이의 동시들이다. 중국 텅징의 「나에게는 사탕이 많아」(8연 26행), 일본의 긴 동시 23행보다, 한국의 가장 긴 동시(한정동의 4절 32행의 동요 「따오기」)보다 길다.

19편의 대표시 모두가 자유시로, 내재율의 리듬(rhythm)의 효과를 이루는 장치를 살펴보자.

둘째, 게재된 동시의 의미와 리듬을 돕고 뜻을 강조하는 반복법을 살펴보자. 해당되는 동시로는, 린우씨엔의 「희망을 심자」에서 1연(~에게 돌려주기 위해), 3연(~바뀌게 하고), 1연과 3연(우리는 헐헐 푸름이 필요하다), 청유형종결어미 사용(다같이 희망을 심자) 등이 반복의 예가 된다. 유페이원의 「천천이 자라면 안 될 까?」는 6연 중에 2연의 형식과 내용이 같고(지칠 때까지/ 배고플 때까지/ 졸릴 때까지), 2연의 내용과 형식이 같다.(천천히 천천히 자라면 안 되냐고/ 봄날의 벌판에서 마음껏 뛰고 싶다), 슈즈의 「솔잎으로 베를 짜요」는 1연과 2연의 형식상 구조가 같아서 1, 2절의 유일한 동요로 볼 수 있으며, 시작과 끝부분에서 같은 내용이 반복(미풍이 가지 끝에 불어오자 ~ 한 바늘 바늘마다/ 세로로 가로로 촘촘히 짜고 있어요) 된다. 차이롱용의 「교실을 지키며」는 1연이 1행으로 이루어진 유일한 작품이며, 1연의 4번 반복(걸상이 ~을 보면 적막해요) 된다. 씨예홍웬의 「백조의 숙제부」는 '쓰다'의 뜻의 낱말이 9번 반복되었다. 지양부유의

「나는 구름 한 조각」은 각 연의 첫 1, 2행이 반복(나는 구름 한 조각/ ~ㄴ 구름 한 조각)되며, 구절이 일부 반복(~이 아무도 없어, ~ㄴ 걸 좋아해)된다. 첸웨이링의 「엄마 화내지 마세요」는 행의 반복(엄마 화내지 마세요), 구의 반복(~을 씻고)이 있다. 차이쎄후이, 딸 리쟈신의 「엄마의 다리를 먹다」는 의성어와 청유형종결어미가 포함된 행의 반복(윙- / 엄마 다리를 먹다)이다. 린환쨩의 「태양물놀이절」에서는 의성어의 반복(풍덩 풍덩)의 반복이 9회나 된다.

셋째, 율격(metre)에서는 일본과 중국의 자유동시 형태의 작품들과 마찬가지로 특별한 음보 등의 장치가 우리의 동시조처럼 보이지 않는다. 린우씨엔의 「희망을 심자」와 슈즈의 「솔잎으로 베를 짜요」에서는 주로 4·4조 3(4)음보 형태를 보인다. 차이롱용의 「교실을 지키며」는 주로 3음보의 율격이며, 지양부유의 「나는 구름 한 조각」은 3(4)음보 형태를 보인다.

넷째, 그 외에도 행(line)이나 연(stanza)의 구분, 단락(paragraph)의 시각적 구조를 한자의 원문을 살펴보자. 단락의 시각적 구조에서 형태적 특징이 보이는 작품은 세로로 직사각형을 주로 이루는 작품은 린우씨엔의 「희망을 심자」와 마이리의 「물보라」이다. 직사각형과 사다리형을 주로 이루는 작품은 유페이윈의 「천천히 자라면 안 될까?」이다. 대만의 작품들은 19편 중에 8편이 연 구분이 없는 시라서 단락의 시각적 구조의 변화가 단조로웠다.

2)내용적(內容的) 특성에 관한 분석
아시아 대표 시인 동시화집 『별이 반짝 꿈도 활짝』에 실린 대만의 동시 19편을 내용상으로 분석해 보자.

꿈과 희망과 기대와 관련된 시로는 린우씨엔의 「희망을 심자」, 유페이윈의 「천천히 자라면 안 될까?」, 캉 위앤의 「꿈을 읽다」, 첸웨이링의 「엄마! 화내지 마세요」이며, 나머지 작품은 대부분 자연(사물)을 소재로 하거나 자연과의 합일을 주제로 한 작품들이다. 대만의 동시는 자연(사물)을 소재로 하거나 의인화한 작품이 많으며, 내용상으로는 꿈과 자연을 소재로 한 작품이 주를 이룬다고 할 수 있겠다.

첫째, 꿈과 희망과 기대와 관련된 시를 살펴보자. 린우씨엔의 「희망을 심자」는 청유형 종결어미를 사용한 주제와 그 이유가 반복법을 사용하여 1연에 드러나 있다.(우리는 헐헐 푸름이 필요하다/ 파란색을 하늘에게 돌려주기 위해/ 녹색을 대지에게 돌려주기 위해/ 신선함을 공기에게 돌려주기 위해/ 다 같이 희망을 심자) 끝의 3연에서는 희망과 기대를 노래하였다. 유페이윈의 「천천히 자라면 안 될까?」도 앞의 시처럼 주제가 시의 내용과 제목에 드러나 있다. 〈자연에서 지칠 때까지/ 배고플 때까지/ 졸릴 때까지〉마음껏 놀고 싶은데(스스로 자연에서 배우고 싶은데) 사람들(어른들)은 자꾸 가르치려고 하고 있다는 경고의 메시지를 시적 비유를 통하여 담고 있는 성공한 좋은 작품이다. 첸웨이링의 「엄마! 화내지 마세요」는 분별이 없는 나이에 자기 딴에는 엄마를 도와드리려고 한 행동을 독백적인 대화체와 반복법을 사용하여 재미나게 쓴 작품이며 자기의 희망사항이 메시지로 담겨 있다. 캉 위앤의 「꿈을 읽다」에서 꿈은 책을 말하며, 책을 읽으며 섬 팽호의 꿈(정경)을 시각과 미각적 이미지를 통하여 잔잔히 서정적으로 읊고 있는데, 시적으로는 성공한 작품이지만 동심이 좀 결려된 점이 보인다.

둘째, 앞의 꿈과 희망을 노래한 3편의 작품을 제외하고는 대부분의 작품이 자연을 소재로 하거나 자연과의 합일을 주제로 한 작품이 한일 중보다도 많았다. 궈링혜의 「달팽이가 꽃을 본다」는 자연인 꽃과 달팽이와 개구리의 이야기가 있는 무연의 동시이다. 황야츠운의 「종자의 손실」은 3연 36행의 가장 행이 많은 장시로 자연의 하나인 작은 씨앗 하나가 싹이 되기 위한 과정과 노력을 이야기가 있는 동시로 작품을 형상화 하였다. 〈씨앗은 사라졌다/ 그러나 이 땅은 기억한다/ 그 나누었던 아름다움과 사랑을〉로 작품을 마친다. 슈즈의 「솔잎으로 베를 짜요」는 1, 2절의 유일한 동요로 볼 수 있으며, 원주민 할머니를 비유한 자연인 솔잎이 베를 짜는 내용이 반복(미풍이 가지 끝에 불어오자 ~ 한 바늘 바늘마다/ 세로로 가로로 촘촘히 짜고 있어요)된다. 마이리의 「물보라」는 자연인 파도를 의인화하여 쓴 동심이 가장 잘 걸러진 동시의 하나로 우리나라의 작품에 가장 가까운 작품이다. 차이룽용의 「교실을 지키며」는 1연이 1행으로 이루어진 유일한 작품이며, 사물(자연)인 걸상을 소재로 하여 여름날(여름방학?)의 적막을 주제로 한 작품이다. 1연의 4번 반복(걸상이 ~을 보면 적막해요)되어 리듬을 살리고 적막함의 강조를 하고 있다. 씨예홍웬의 「백조의 숙제부」는 백조가 헤엄쳐 다니는 호수의 모습을 보며 '숫자 쓰기'라는 발상을 하여 쓴 재미나고 동심이 돋보이는 동시이다. 리찌예란의 「열세 번째 동물」은 12지간을 소재로 하여 쓴 〈하늘의 신들에 의해 열린 강 건너기 경주,/ 열두 동물 중 누가 12간지의 상징이 될 수 있는지 정하기 위해서죠(2연 일부)〉라는 내용을 동화시 형태로 쓴 장시이다. 리밍주의 「알람시계」는 사물(자연)인 알람시계의 시침, 분침, 초침을 의인화하여 재미있게 동심으로 걸러낸 이야기가 있는 동시이다. 황루링의 「철판 위의 요리」는 철판 위의 요리하는 과정을 무도회에 비유하여 재미있게 표현한 사물동시이다. 지양부유의 「나는 구름 한 조각」은 각 연의 1, 2행이 반복 〈나는 구름 한 조각/ 쓸쓸한(자유로운, 즐거운) 구름 한 조각〉 되어, 바람 아저씨와 돌아다닌다. 차이쎄후이, 딸 리쟈신의 「엄마의 다리를 먹다」는 자연인 모기를 소재로 하여 의성어와 청유형종결어미가 포함된 행의 반복 된 〈윙- / 엄마 다리를 먹다〉가 있는 재미난 동시이다. 린환짱의 「태양물놀이절」에서는 '여름에게 바치는 시'라는 부제가 붙은 의성어의 반복(풍덩 풍덩)의 반복이 9회나 되는 자연(태양)을 소재로 한 행사시이다. 씨앙양의 「꽃이 피었다」는 자연인 여러 가지 꽃이 따뜻한 바람에 의하여 피었다는 평범한 소재의 평범한 동심이 결여된 표현인데, 〈내 마음속의/ 꽃도/ 환희 피었다〉는 시의 마지막 부분이 시의 형상화에 도움이 된다. 린쩌장 「산소엄마」는 새로운 소재인 잠수놀이를 하며 문어, 돌고래, 상어 등의 괴물과 만나며 〈저는 엄마를 꼭 지켜드리겠습니다〉다고 다짐하며, 엄마는 시적자아의 산소라 하는 이야기가 있는 동시이다. 린씨옌의 「퀵배」는 의인화된 '나의 시'가 구체적인 시간대에 자연(사물)과 만남을 재미있게 동심으로 걸러서 동시로 형상화한, 특이한 소재를 특이한 형식으로 쓴 상상과 환상이 뛰어난 동시이다.

현대적인 감각의 참신한 소재 선택, 시적 상상력 동원, 시의 재미성과 관련된 작품들은 린씨옌의 「퀵배」, 리찌예란의 「열세 번째 동물」, 씨예홍웬의 「백조의 숙제부」, 황루링의 「철판 위의 요리」, 리밍주의 「알람시계」, 차이쎄후이, 딸 리쟈신의 「엄마의 다리를 먹다」, 린쩌장 「산소엄마」 등이다.

대만의 동시들은 대체로 현대적인 감각의 참신한 소재 선택, 참신한 표현, 시적 상상력 동원, 시의 재미성, 동심으로 걸러내기 등에서 돋보이는 한국의 작품 수준에 비할 수 있는 동시들이 여러 편 있었다. 작품성이 돋보이는 동시는 마이리의 「물보라」, 슈즈의 「솔잎으로 베를 짜요」, 지양부유의 「나는 구름 한 조각」등이다. 파도를 의인화하여 의성어를 적절히 사용하여 짧은 동시 한 편을 감상해 보자.

> 파도는 이 닦는 걸 좋아해요/ 물보라는 칫솔/ 쏴아 쏴아/ 여지 저기 잘 닦아요//
> 암석의 입 속은/ 새까맣게 충치로 가득 차 있어요/ 으잉 으잉/ 아이고 아파라//
> 파도가/ 온 힘을 다해 큰 물보라를 만들어/ 주르륵 주르륵/ 힘껏 문지르고 있어요
>
> — 마이리, 「물보라」 전문

III. 동시 분석 요약과 세계화 시대의 동시 발전 방향 모색

세계화 시대의 동시 발전 방향 모색에 앞서, 아시아 대표 시인 동시화집 『별이 반짝 꿈도 활짝』에 실린 일본, 중국, 대만의 대표동시를 형태상 내용상 분석하고 우리나라와 일부 비교한 것을 간단히 요약할 필요가 있을 것 같다.

1. 형태상, 내용상 4개국 동시 분석

1) 일본

일본의 동시 10편을 형태상으로 분석해보면, 정형률인 일본의 하이쿠나 우리의 동시조와도 그 형식이 다른 자유스러운 내재율의 형식이다. 즉 우리의 동시와 형식상 다르지 않다. 그러나 발표된 우리 동시와 비교해보면 시의 음악성의 배려가 부족하며, 이러한 장치인 반복법이나 율격에서 차이가 보인다.

시의 길이는 오오쿠라 나오미의 「사계의 생명」이 10편 중 유일한 연구분이 없는 7행의 가장 짧은 시이며, 하타나카 케이이치 「비행기구름」은 6연 23행으로 가장 긴 시이며, 산문동시는 한 편도 없다.

문장 서술어의 종결어미는 대부분 '~다'로 끝나며, 그 외 '~(구)나', '~요, ~죠?, ~니까', '~지, ~아?, ~다', '~어, ~거야, ~요'로 서술어의 종결어미가 끝나며, 서술어 각운의 반복으로 시의 리듬을 살리는 것은 우리나라의 동시와 별다른 점은 찾아 볼 수 없었다. 대부분의 동시의 서술어가 '~다'로 끝나는 것이나, 독백이나 대화체에서는 어린이의 부드러운 말투인 '~지, ~어, ~거야, ~요'로 쓰이나 것도, 문답법으로 쓰인 시 2편 모두 '~아?, ~다'로 쓰임 또한 우리나라의 동시 쓰임과 별다른 점이 없었다.

율격에서는 4·4조나 7·5조, 2음보나 3음보나 4음보 등의 특별한 리듬의 장치가 보이는 작품이 없었지만, 야마하나 이쿠코의 「할아버지와 손자 이야기」는 한 연이 3음보와 5음보의 의도적인 율격으로 장치되어 있음을 볼 수 있다. 그 외의 작품들은 같은 책에 실린 우리나라의 동시(동요)보다도 율격을 염두에 두지 않고 자유시 형태로 일본 동시가 창작되고 있음을 볼 수 있었다.

연의 형태상 시각적 구조면에서는 일본의 동시 10편 중에 2편이 해당된다. 형태상 시각적 구조가 가장 다양한 니시자와쿄쿄의 「남자들의 포옹」과 야마하나 이쿠코의 「할아버지와 손자 이야기」가 여기에 해당되며, 중국의 동시는 14편 중 5편이 해당된다. 책에 실린 한국의 동시는 25편중에 19편 정도가 이러한 형태와 관련이 있는 작품으로, 이것은 책에 실린 우리나라 동시 중에 동요인 이원수의 「고향의 봄」, 최순애의 「오빠 생각」, 한정동의 「따오기」, 권태응의 「감자꽃」, 박홍근의 「나뭇잎배」 등의 작품과 작고 동시인과 원로 동시인의 작품을 중심으로 소개한 것도 관련이 있다.

일본의 동시 10편을 내용상으로 분석해 보자. 가족의 사랑과 관련된 시는 2편으로 「할아버지와 손자의 이야기」와 「할아버지 시간」이 있다. 자연 보호와 사랑을 노래한 시로는 「생명의 숲」, 「사계의 생명」, 「잠자리」, 「할아버지와 손자의 이야기」4편이 있다. 기원을 노래한 시로는 「딱지」, 「할아버지 시간」, 「남자들의 포옹」 3편이 있다. 이별과 그리움을 주제로 한 작품은 「비행기구름」, 「둥근 돌」2편, 철학적이 담긴 동시로 「한가운데」, 「할아버지와 손자 이야기」, 「풀」 3편이 있다.

2)중국

중국의 동시 14편을 형태상으로 분석해보면, 시인 림철이 모두 번역을 하여서 인지는 몰라도, 문장 서술어가 우리나라나 일본 등은 '~다'로 끝나는 것이 많은데, 중국은 그렇지 않다. 대부분 '~요'로 서술어가 끝나고, 그 외 '~오, ~어, ~나, ~니, ~게' 등의 대화체로 문장이 끝났다. 즉 대화체로 작품을 대부분 쓴다는 말도 되겠다. 이러한 서술 어인 각운의 반복이 리듬을 살려주기도 한다. 그 외 특별히 운율이나 음보를 드러나게 맞추려는 작품이 별로 없었다.

시의 길이는 당씽창의 「별을 봐요」가 3연 6행으로, 우리나라의 2연 3행의 짧은 동시 김영일의 「소낙비」보다는 길며, 일본의 가장 짧은 시 7행보다 1연이 짧았으며, 길이가 긴 동시는 텅징의 「나에게는 사탕이 많아」(8연 26행)로 일본의 긴 동시보다 3행이 더 길었다. 나머지 시들은 2~5연으로 이루어진 책 1페이지 정도에 들어가는 보통 길이의 시들이 며, 우리나라와 일본 동시와 같이 산문동시는 한 편도 없다. 연 구분이 없는 시는 14편 중 5편(밤을 따요, 빨랫줄, 환영해요, 빨리 가요, 외갓집으로)으 로 한일보다는 많고 8편인 대만 다음으로 많았는데, 이것은 한문표기 의 특성과 관련 있는 것 같으며 좀더 연구해 볼 일이다.

중국의 동시 14편을 내용상으로 분석해 보자. 가족의 사랑을 다룬 시는 5편이며 「밤을 따요」, 「이 세상 모든 애들은 저절로 자란다」, 「빨 리 가요, 외갓집으로」, 「난 정말 알 수 없어요」, 「환영해요」가 있다. 자 연과 사물을 소재로 한 시는 8편이며 「별을 봐요」, 「버들피리」, 「꽃구 경」, 「좋은 친구」, 「조선 참새」, 「욕심 없는 나무」, 「빨랫줄」, 「곧게 서서 독행하는 물만두」가 있다. 은유적 상징이나 상상력으로 이해가 어려운 동시는 3편이며 「이 세상 모든 애들은 저절로 자란다」, 「곧게 서서 독 행하는 물만두」, 「좋은 친구」가 있다. 중국의 시는 시의 내용이 다른 나라에 비해서 다양하지 않았고, 번역상의 문제인지는 몰라도 다른 나 라에 비하여 이해하기 어려운 시가 많은 편이었다.

3)대만

대만의 동시는 19편이다. 중국의 동시는 한 사람이 번역을 하였는 데, 대만의 동시는 번역자가 여러 사람이며, 번역자를 밝혀지지 않은 작품도 몇 편 있었다. 중국은 문장 서술어의 종결어미가 대부분 '~요'

로 끝나며, 그 외에 '~오, ~어, ~나, ~까,~니, ~게' 등의 대화체의 서술 종결어미로 끝나는데 비해 대만은 우리나라와 일본처럼 '~다'로 대부분 서술형 종결어미로 끝난다. 다음으로 많이 쓰이는 '~요', 그 외 '~자, ~까, ~지, ~죠, ~해'의 서술형 종결어미가 쓰였다. 이러한 서술형 종결어미인 각운의 반복이 리듬을 살려주기도 한다. 그 외 특별히 운율이나 음보를 드러나게 맞추려는 작품이 별로 없었다.

시의 길이는 차이쩨후이, 딸 리쟈신의 「엄마의 다리를 먹다」가 무연 8행의 가장 짧았는데 모기소리 '-윙'이 한 행으로 반복된 것이 2행이 있었다.

중국의 당씽창의 「별을 봐요」가 3연 6행, 우리나라의 김영일의 「소낙비」2연 3행보다는 길며, 일본의 가장 짧은 시 7행보다는 1행이 길었다. 다른 나라에 비해 책의 2면을 차지하는 장시들이 많은 편이었다. 황야츠운의 「종자의 손실」은 3연 36행의 이야기가 있는 가장 행이 많은 장시이다. 나머지는 12행~27행 길이의 동시들이다. 중국 텅징의 가장 긴 동시 「나에게는 사탕이 많아」(8연 26행), 일본의 긴 동시 23행보다, 한국의 가장 긴 동시(한정동의 4절 32행의 동요 「따오기」)보다 길다.

행이나 연의 구분에서 대만과 한중일을 종합적으로 분석해보자? 먼저 연 구분이 안 된 작품을 살펴보면, 한국은 총 25편중에 한 편도 없으며, 일본은 10편 중 유일한 연 구분이 없는 7행의 동시 한 편(사계의 생명)이 있으며, 중국은 총 14편 중에 5편(밤을 따요, 빨랫줄, 환영해요, 빨리 가요, 외갓집으로)이며, 대만은 8편(달팽이가 꽃을 본다, 백조의 숙제부, 엄마 화내지 마세요, 엄마의 다리를 먹다, 태양물놀이절, 꽃이 피었다, 퀵배, 산소엄마)이다. 대만과 중국이 연 구분이 없는 작품이 많은 것은 한문표기의 특성과 관련 있는 것 같으며 좀더 연구해 볼 일이다.

다음으로 1행이 1연을 이루는 작품을 살펴보면, 한국은 2편(김영일의 「소낙비」, 문삼석의 「그냥」), 일본도 1편(하타치 요시코의 '풀'), 중국도 1편(스디커의 '이 세상 모든 애들은 저절로 자란다')이다. 대만도 1편(차이롱융의 '교실을 지키며')으로 4국 모두 1행이 1연이 되는 동시는 많이 쓰지 않고 있다고 볼 수 있다.

2. 세계화 시대의 동시 발전 방향 모색

1)세계동시문학상 제안과 번역사업 활성화

권위 있는 세계 4대 아동문학상은 아동문학의 노벨상이라 일컬어지는 〈한스 크리스타인 안데르센상〉은 그림책 부분에서 작가가 받기도 하고 일러스트레이트(삽화가)가 상을 받을 때도 있다. 미국의 가장 대표적인 창작그림책의 일러스트(illustrator)에게 주는 상인 〈칼데콧상(Caldecott Medal)〉은 미국국적을 가진 사람이나 미국에 거주하는 사람이어야 하며, 전년도 미국에서 영어로 출판된 그림동화책이어야 하는 제한점이 있다. 위의 작품과 함께 미국 어린이 도서관 협회에서 선정하여 해마다 가장 뛰어난 아동문학작가에게 주는 상인 〈뉴베리상(Newbery Medal)〉이 미국의 주요 아동문학상이다. 〈볼로냐 국제 아동 라가치상〉은 매년 이탈리아 볼로냐에서 열리는 세계 최대 규모의 어린이책 박람회 때 수여하는 상으로, 픽션과 논픽션으로 나눠 각 유아, 아동, 어린이 부분으로 구분하여 시상한다. 〈영국 케이트 그리너웨이상〉은 매년 영국에서 초판 발행된 그림책 중 가장 뛰어난 작업한 일러스트레이터에게 주어지는 상이다.

우리나라에도 많은 아동문학상이 있다. 그러나 세계가 인정하는 아동문학상이 아직은 없다. 기존의 윤석중아동문학상이나 방정환아동문학상 중에서 국가의 관계기관이나 지방자치 시와 도의 문화지원을 받아 상금을 세계 수준으로 올리고, 세계의 아동문학 작품이나 도서를 대상으로 하여 작품을 제출 받아 선정하면 될 것이다.

앞에서 언급한 권위 있는 세계 4대 아동문학상이 모두 동화(그림책 포함)에 한정되어 있는 형편이다. 우리나라의 동시문학은 세계에서 가장 수준이 높고 가장 연구가 활발하게 연구되고 활성화되어 세계의 선두주자이다. 그래서 우리나라에서 세계에서 가장 권위 있는 세계의 동시인들의 작품을 대상으로 한 상 〈세계동시문학상〉을 만드는 것을 제안한다. 제목은 〈세계동시문학상〉이나, 우리 현대시의 시작이요, 동시의 시작이라고 할 수 있는 '해에게서 소년에게' 작가 〈최남선 세계아동문학상〉 등의 우리나라를 상징할 수 있는 구체적인 아동문학가 상을 만들 수도 있을 것이다.

동시문학의 선두주자인 대한민국이 세계수준의 상금을 걸고, 세계의 아동문학 작가의 작품이나 동시집을 대상으로, 한 해 또는 일정한 기간 동안 발표한 작품을 각 나라를 대표하는 단체나 기관의 추천을 받아서 실행한다면, 우리나라 동시문학의 위상은 물론 아직 활성화되지 않은 세계 동시의 발전에 큰 영향을 줄 것이다.

다음으로 번역사업 활성화가 필요하다. 이웃의 일본과 중국이 수상한 노벨문학상을 우리나라가 아직 수상하지 못한 이유 중에 하나가 우리의 좋은 문학작품의 체계적인 번역작업과 세계인들에게 읽히기와 홍보가 부족한 것이라고 한다. 정부의 지원으로 우리의 좋은 문학 작품 선정과 번역과 홍보가 계획적으로 꾸준히 실행되어야 한다.

한국동시문학회에서도 이준섭 현 회장이 역점 사업으로 한국동시문학회 좋은 동시를 번역하려고 했지만, 번역사업의 경제적 어려움 등으로 반대에 부딪혀 보류 중인 줄로 알고 있다.

장기간 세밀한 계획적 사업으로 서류를 갖추어 관계기관의 충분하고 지속적인 지원자금을 받아서 영어 외에도 필요한 여러 나라의 글로 번역하여 각국의 주요 도서관, 주요 대학, 주요 작가, 세계적인 아동문학상 등에 보내고 홍보하는 일이 좋은 작품 창작만큼이나 중요하다.

2)세계아동문학대회와 활성화와 세계동시문학대회 제안

2014 창원 제3차 세계아동문학대회의 잔치가 끝나고 신현득 대회장의 인사말 〈좋았던 국제 문학 잔치〉에서 국제아동문학학회 회장(캐나다)과 미국, 영국, 이집트, 핀란드 등에 온 초청작가와 대만, 일본, 중국 등 회원국, 통역과 진행을 맡아준 경희대 대학원 학생과 수고해 준 여러분께 감사의 인사가 있었다.

고 이재철선생의 창안으로 서울에서 제1차 아시아문학대회를 개최한 이래 24년의 역사 속에 1997년 세계 최초로 세계아동문학대회와 2006년에 이어 이번에 아시아문학대회를 겸한 제3차 세계아동문학대회를 성황리에 개최한 것이다. 이웃나라와 세계 어느 나라에서도 선뜻 나서지 못한 세계아동문학대회를 세 차례나 치른 것은 우리나라 아동문학이 그만큼 성장했다는 것과 열성이 있다는 증거이며 우리의 자랑이다.[4]

동 대회 부대회장이었던 조대현의 '2014 창원 제3차 세계아동문학대회를 보고'라는 부제가 붙은 〈수준급의 국제심포지엄이었다〉에서 세미나 발표 논문에 대하여 분석을 한 것을 필자가 요약 소개한다.[5] (1)대회 핵심이라고 할 수 있는 발표 논문의 대부분이 참가국의 자국 아동문학의 변천사와 최근 경향을 말하고 있어 세계 아동문학의 흐름을 파악하는 데 다소나마 도움이 되었다. 그러나 초청한 유럽이나 북미 쪽 발표자들이 주로 개인 취향이나 창작관이나 독서관을 피력하고 있어 아쉬웠는데, 다음의 기회에는 몇몇 거점 지역을 선정하여 그 지역 아동문학의 현상과 흐름을 발표하도록 개별주문을 하는 것이 좋겠다. (2) 발표한 논문과 토론을 통하여 확인한 것은, '아동문학'의 개념이 연령적으로 하향화 추세로 가고 있다는 점이다. 그래서 동화 작품

---

4) 신현득, 「좋았던 국제 문학 잔치」, 『아동문학평론』 2014 가을호
5) 조대현, 「수준급의 국제심포지엄이었다」, 『아동문학평론』 2014 가을호

의 길이가 짧아지고 아동문학도서도 그림책 위주로 가고 있다는 점이다. 어린이의 정서에 호소하는 '동시문학' 이 스토리가 있는 동화문학에 왕좌의 자리를 내어주고 있는 것도 세계적으로 공통되는 현상이다. 특히 유럽이나 북미 쪽 연구자들에게는 '동시' 라는 개념이 생소하게 받아들여지는데, 우리나라에서 동시문학이 활발히 꽃피는 현상은 매우 이례적이라 하겠다. (3)한국에서는 동시 창작이 활발하듯이 대만에서는 인성교육의 주요 수단인 '동극운동' 이 활발히 전개되고 있다. 중국 참가자들의 논문은 '동시교육방법론' 에서부터 '한·중·일 프로아동문학론' 과 '포스트모더니즘' 까지 개혁 개방 이후 이념의 속박에서 벗어나 세계일반 조류를 잡으려는 중국아동문학계의 열기를 보았다. (4)17년 전 첫 세계아동문학대회에서는 일본이 아시아에서는 가장 앞서고, 그 다음으로 한국과 대만, 당시 중국은 개방 직후라서 이념의 관성에서 완전히 탈피하지 못한 상태였다. 그러나 이번 대회에서 일본 참가자들이 자국의 문학을 제쳐두고 타국의 문학작품이나 아동도서에 대한 연구논문을 들고 나온 것은 현 일본 아동문학계의 침체현상이 아닐까 하는 의구심이 든다. 이번 대회의 논문이나 토론 분위기를 보면 한·중·일·대만이 동등한 수준에서 거로 경쟁하는 단계로 접어들었다는 인상을 받았다.

필자는 세계아동문학대회를 겸한 아세아아동문학대회를 보면서 고 이재철 선생의 선견과 지금까지 노력하고 있는 관계자 여러 분들에 다시 한 번 고개 숙여 감사드린다. 이러한 대회가 국가의 관계기관이나 지방자치단체의 큰 지원을 받아 앞으로도 더욱 발전되고 활성화 되어 우리의 아동문학과 우리의 동시문학이 세계의 문학에 이바지 하고 우뚝 서기를 기원한다.

3)세계의 선두주자인 아시아의 동시, 아시아의 선두주자인 우리 동시
서양에는 동시의 장르가 따로 없이 일반시에서 어린이들에게 읽힐

만한 작품을 골라 읽히고 있는 형편이라고 한다. 미국의 동시도 우리나라에서 이민을 간 세대들의 동시들이 선두 그룹이라고 할 수 있고 대체로 우리에 비하면 미약하다. 2014년 창원 제 3차 세계아동문학대회 논문『어린이에게 꿈을 심어주는 문학』을 보아도 우리나라를 제외한 서양은 물론 아시아에서도 동시에 대한 논문 내용은 거의가 없고 동화와 소년소설과 그림책에 대한 내용이다. 논문에서 동시에 관련된 논문은 〈지구촌 어린이가 읽는 동시〉라는 제 1주제에 대만인 사용문의 '내일을 바라봄 : 당대 대만 동시의 유토피아적 상상', 일본인 오타케 키요미의 '한국 근대 동요 · 동시와 현대의 시 그림책', 중국인 장풍의 '동시 : 아이들 꿈 심어주기'가 있다. 2부 포럼에서 일본인 와다 노리코의 '미키로우의 동요관 : 동요는 시이다의 의도와 실제 작품', 대만인 채청파의 '아동시, 아동의 꿈과 희망을 만들다' 등이 동시와 관련된 논문이었다. 앞에서 언급한 동시관련 논문들의 필자는 모두 대만과 중국과 일본인임을 알 수 있다. 이와 같이 동양의 4국의 동시 장르가 가장 활발히 활성화 되고 있음을 짐작할 수 있다.

　동시의 작품 수준을 보면 우리나라가 동시, 동시조, 동요의 다양한 양식과 시의 율격, 시적표현과 예술성, 동시집 발간 활성화, 동시인 수 등에서 가장 앞서간다고 한다. 그 다음은 나머지 나라 간에 비슷비슷한 수준이지만, 대만이 현대적인 소재와 현대적 시적표현과 상상력과 동심처리와 예술성을 보았을 때 우리나라 다음 수준이라고 할 수 있겠다. 다만, 동심이 좀 부족한 작품「꿈을 읽다」등 한두 편 있었다. 중국은 이해가 좀 어려운 동시가 몇 편 있었고, 현대적인 소재와 현대적 시적표현과 상상력은 대만과 비슷한 수준이지만, 특히 우리나라와 활발히 교류하고 있는 중국의 조선족은 그 수준이 높아져 일부 동시인들은 우리나라의 동시수준에 가까워지고 있다고 할 수 있다. 일본은 대만이나 중국의 동시보다 주제가 다양하게 나타났으나, 동심걸러내기에서 부족한 작품이 2~3편이 보였고, 「비행기의 구름」처럼 어린이가 읽기에는 어려운 시어(항적, 전율)들이 보인다. 위에서 지적한 작품 외에는 시적 수준이 현대적인 소재와 현대적 시적표현과 상상력 면에서 다른 나라와 대등하였다.

따라서 우리나라의 동시가 아시아의 선두주자이며, 세계의 선두주자이다. 우리나라가 세계의 어린이의 정서함양을 위하여 우리의 동시를 세계에 알리고 세계의 동시의 수준을 높이는 일에 앞장서야하겠다.

필자는 앞으로 우리나라 동시문학 창작과 세계화시대를 맞이한 동시 발전 방향 몇 가지를 간단히 제안하고 싶다.

첫째, 당분간 우리나라 동시도 짧은 동시, 짧은 이야기가 있는 대화동시, 동시조 위주로 갈 것 같다. '아동문학'의 개념이 연령적으로 하향화 추세로 가고 있다는 점과도 관련이 있다. 우리나라의 요즘 동시들이 2000년 중반 '말놀이 동시'(언어유희) 이후 옛투의 엄숙주의에서 벗어나 재미있는 발상으로 재미성은 어느 정도 수준을 유지하고 있지만, 구어체 대화조의 서술종결형어미에 의존한 어린이 어투를 모방한 비유가 아닌 환유, 풍자성 없는 익살, 몰개성적 비슷비슷한 동시 양산 등은 동시인 스스로 공부하여 극복해야 할 것이다.

둘째, 이야기(스토리)가 있는 산문동시나 동화시를 그림책으로 펴내는 일이다. 그 까닭은 동화 작품의 길이가 짧아지고 아동문학도서도 그림책 위주로 가고 있다는 점과도 무관하지 않다. 세계적인 아동문학상 수상 작품들이 그림책과 관련이 많다. 이야기가 있는 산문시나 동화시는 동시의 특성인 동심 걸러내기, 리듬과 상상력이 꼭 필요하다. 특히 동화시는 독특한 상상력과 판타지 기법이 곁들여지면 더욱 작품이 빛난다.

셋째, 동시 발전을 위한 디지털 시대에 적절한 대비와 활용 방안과 실행이 필요하다. 인터넷 활용, SNS, 전자동시집 등을 활용한 동시 활성화의 현 시대에 맞는 맞춤형 패러다임이 요구된다. 미처 따라가기 힘든 디지털 시대를 맞아 인간성의 상실, 환경파괴, 생태적인 문제, 통일관련 동시 등도 당연히 필요하다.

넷째, 출판 한류시대를 맞아 세계에서 가장 앞서가는 우리의 동시를 케이북(K-book) 즉 출판 한류에 동참시키는 일에 우리 동시인들이 힘을 모아 홍보해야한다. 이제 한류는 케이팝(K-pop)과 케이드라마(K-drama)를 넘어 케이북으로 확산되고 있다. 정부는 해외 출판시장에서 부가가치를 창출하고자 지원을 아끼지 않고 있다. 온·오프라인수출 상담서비스와 컨설팅, 국내외 출판정보 제공, 해외도서전 수출 전문가 파견을 통한 수출 대행 서비스 등이다. 그러기 위해서는 앞에서 언급한 바 있는 좋은 동시쓰기, 좋은 동시집 선정과 번역 작업이 우선되어야 한다.

※2015년 한국동시문학회 세미나 발표원고.

한국동시문학의 길 함께 걷기

— 어린이들의 꿈을 길러준 명시 감상의 길로

1. 들어가기

묘목이 튼튼해야 나무가 튼튼하듯이, 어린이와 청소년을 보면 그 나라의 미래를 짐작할 수 있다. 영국의 낭만파 시인 윌리엄 워즈워드는 동심의 소중함과 자연의 경건함을 노래한 「무지개」에서 "어린이는 어른의 아버지다."라고 하였다. 그것은 순수하고 자연 그 자체인 어린이들로부터 이 세상에 물들어버린 어른들이 어린이에게서 배우라는 뜻이 담겨있다. 어린 묘목이 땅에 뿌리를 내리기 어렵듯이, 병에 면역이 약한 어린이들은 영양실조나 친구들이나 어른들로부터 마음의 병에 걸리기 쉽다. 한국의 속담에 "세 살버릇이 여든까지 간다."는 말이 있는데, 이 말은 어릴 때 길러진 심성이나 버릇이 평생을 함께 한다는 뜻이 담겨 있다.

어린이들의 몸과 마음을 살찌우고 꿈과 희망을 심어주는 일에 우리 문학인들이 이바지 하여야 한다. 특히 마음을 살찌우고 희망을 심어주는 일은 우리 아동문학가의 몫이기도 하다. 본고에서는 한국동시문학사에서 어린이들의 꿈을 길러준 명시를 찾아 감상의 길을 함께하고자 한다. 함께 걷는 순서는 동시(동요)의 초창기, 발전기, 오늘 날의 순으로 살펴보고자 한다. 대한민국에서는 현대문학의 시작으로 보는 최남선의 동시 「海에게서 소년少年에게」(1908.11.1,『소년少年』창간지)가 발표된 11월 1일을 '동시의 날'로 정하였으며, 올해가 동시의 날 선포 6주년, 한국현대문학사와 한국아동문학사와 한국동시문학사 106년이 되는 해이다. 동시의 날 제정위원회가 작사한 「동시의 노래」 전문을 참고로 소개한다.

우리 우리 우리- 시 우리 마음 깃든 시
어린이와 어른 가슴 우리 겨레 가슴에
가슴 마다 꽃송이 착한 마음 고운 시
그건 그건 동시야 생각 크는 좋은 시
읽고 외우고 싶어요 푸른 나무 크는 시
온 누리를 밝게 하는 우리 친구 동시를

2. 동시(동요)의 초창기 아동문화운동시대(1908년~1945년)

전승동요시대(고대~1908년) 이후, 이 시기는 문학적 표현보다는 계몽적 차원에서 문화운동이 주로 이루어진 시기이다. 1920년대 동요 황금기를 지나 1930년대 동시가 등장하였으나 동요적 표현에서 크게 벗어나지 못하였다. 그러나 이 시대 동요(동시)는 시대적 영향이 크게 반영되었다. 시적자아와 함께 나라 잃은 슬픔을 노래를 통하여 느끼게 하려는 의도가 담겨 있었기 때문에 애상적이 비탄조가 많았으며, 이러한 내용을 통하여 민족의식을 일깨우고 나라 독립의 꿈과 희망을 안겨주려고 하였다.

푸른 하늘 은하수 하얀 쪽배엔/ 계수나무 한 나무 토끼 한 마리/ 돛대도 아니 달고 삿대도 없이/ 가기도 잘도 간다 서쪽 나라로

은하수를 건너서 구름나라로/ 구름나라 지나서 어디로 가나/ 멀리서 반짝반짝 비치이는 건/ 샛별의 등대란다 길을 찾아라
　　　　　　　　　　　　　　　　　　- 윤극영 요 곡, 「반달」 전문

윤극영(1903~1988)은 동요 작곡의 선구자이며, 400여 편의 동요를 남겼다. 도쿄 음악학교 사범과 재학시절인 1922년에 방정환·조재

호·진장섭·손진태·정순철·고한승·정병기와 함께 한국 최초의 어린이 문화단체인 '색동회'를 조직하고, 소파의 권고로 이 땅의 어린이들을 위한 동요를 작곡하면서 어린이 운동에 참여했다. 그들은 1923년 '조선소년운동협회'를 조직하고, 그해 5월 1일을 '어린이 날'로 제정했다.

1924년 〈반달〉을 작곡하고, 한국 최초의 노래단체인 '다알리아회'를 조직 지도했다. 〈반달〉은 일본 창가 말고는 부를 노래가 마땅히 없었던 일제시대부터 지금까지 어린이뿐만 아니라 어른들도 즐겨 불렀던 국민동요라고 할 수 있다.

앞의 동요에서 '쪽배'는 반달을 가리키며, 돛대도 삿대도 노도 없이 방향을 잃고 흘러가는 우리나라를 의미한다. 그런데 희망을 주는 등대 '샛별'이 나타나 꿈과 희망을 안겨준다.

> 연못가에 새로 핀/ 버들잎을 따서요/ 우표 한 장 붙여서/ 강남으로 보내면/ 작년에 간 제비가/ 푸른 편지 보고요/ 대한 봄이 그리워/ 다시 찾아옵니다
>
> — 서덕출, 「봄편지」 전문

「봄편지」는 서덕출의 동요에 윤극영이 곡을 붙인 작품으로 오랫동안 초등학교 음악교과서에 실려서 어린이들이 많이 불렀던 노래 중의 하나이다. 서덕출은 어릴 때에 다쳐서 불구의 몸이었다고 한다. 그는 자연에 감정이입을 하여 희망의 계절인 봄을 노래하였고, '대한 봄이 그리워/ 다시 찾아옵니다'에서는 나라의 독립의 꿈과 희망을 함께 노래하였다고도 볼 수 있다.

> 보일 듯이 보일 듯이 보이지 않는/ 땅옥땅옥땅옥 소리 처량한 소리/ 떠나가면 가는 곳이 어디 메이뇨/ 내 어머니 가신 나라 해 돋는 나라

잡힐 듯이 잡힐 듯이 잡히지 않는/ 땅옥땅옥땅옥 소리 처량한 소리/ 떠나가면 가는 곳이 어디 메이뇨/ 내 아버지 가신 나라 해 돋는 나라

— 한정동, 「따오기」 전문

한정동의 「따오기」는 그의 처녀작으로 1925년 《어린이》지 3월호에 발표되어 윤극영의 작곡으로 유명해졌다. 따오기 새의 울음소리를 듣고 어머니(아버지)를 여의인 슬픔을 담은 작품이지만, 숲 속에 숨어서 우는 처량한 소리를 내는 '땅옥땅옥' 소리는 나라를 잃은 설움이요, '내 어머니(아버지) 가신 나라 해 돋는 나라'는 나라의 독립의 희망과 꿈을 노래하였다고도 볼 수 있겠다.

3. 동시·동요의 발전기(1945년~1980년대)

1950년대 후반에 신인등용문인 신춘문예가 정착되면서 동시의 흐름도 시적 안정을 갖추었고, 1960년대에 이르러 '동시도 시어야 한다'는 운동이 벌어져 동시의 문학성은 고양되었으나 난해성이라는 부작용을 초래하게 되었다.

1970년대에 들어서는 이미지 중심의 '보여주는 동시'에서 독자와의 소통에 비중을 둔 매시지 중심의 '말하는 동시'로 변화가 일어나면서 연작동시의 유형을 양산하게 되었다.

1980년대에도 동화문학의 융성과 상업성으로 동시문학이 위축하는 듯 했지만, 연작 동시, 장동시, 산문동시, 독자와의 거리를 좁히기 위한 동화적인 상상력을 시적 방식으로 한 기법 등 시적인 표현기교는 더 발전을 하였다.

앞으로 앞으로/ 앞으로 앞으로/ 지구는 둥그니까 자꾸 걸어나가면/ 온 세상 어린이를 다 만나고 오겠네.

온 세상 어린이가/ 하하하하 웃으면/ 그 소리 들리겠네 달나라까지/ 앞

으로 앞으로/ 앞으로 앞으로

– 윤석중, 「앞으로」 전문

동산 위로/ 아이들이 /해를 차올린다.// 한 번 구르면/ 언덕.// 또 한 번 구르면/ 연이 되어 펄럭인다.// 햇살을 문 아버지/ 열두 살 골목이 떠오른다.// 두 손에 힘을 모아/ 두 발에 힘을 모아/ 내딛는 발길.// 우리 할머니 적 설움을 밀어내고/ 우리 어머니 적 가난을 밀어내고// 동산 위로/ 튼튼하고 빛나는/ 해를 차올린다.

– 김진광, 「그네」 전문

윤석중은 1932년에 우리나라 최초의 창작동요집 『윤석중 동요집』, 1933년에 '윤석중 동시집 제 1집'이라는 부제를 단 『잃어버린 댕기』를 출간하면서, '동시'라는 용어를 처음 사용한 사람으로, 평생 아동문화와 아동문학을 위해 몸을 담았다.

위의 동요는 이수인이 작곡하여 널리 노래로 불려졌다. 이 작품은 그가 즐겨 사용하는 작품의 특성 중에 하나인 반복과 대구법을 통하여 어린이들의 밝은 희망과 힘차고 명쾌하고 씩씩한 느낌을 주어, 온 지구를 돌아 친구들과 웃으며 어울려 달나라에라도 갈 수 있는 환상적인 기분이 든다.

앞의 동시 「그네」는 매일신문신춘예에서 윤석중 시인이 당선작품으로 뽑아준 필자의 작품이다. 필자의 마을은 단옷날이 되면, 마을 청년들이 모여 만든 그네를 경사가 진 큰 소나무 가지에 설치해 주었다. 마을 처녀들과 어린이를 위하여 봉사하는 미덕이 전해 내려왔다. 두 손에 두 발에 힘을 모아 그네를 타는 것은, 언덕에 오르고, 연이 되어 펄럭이고, 아버지의 어린 시절이 떠오르고, 가난을 밀어내고, 그리고 꿈과 희망의 동산위로 튼튼하고 빛나는 해를 차올리는 일이라는 발상이 학교 운동장의 그네를 밀어주다 떠올랐다.

물속으로 풍덩 뛰어들면 / 우리들이 조약돌인 줄 알고 / 맑은 물이 우리 몸을 씻어 주고요. // 들길을 힘껏 달리면 / 우리들이 바람개비인 줄 알고 / 바람이 솔솔솔 불어 주고요. // 풀밭에 앉아 있으면 / 우리들이 풀꽃인 줄 알고 / 벌들이 머리 위에서 잉잉거려요.

- 이준관, 「여름에는」 전문

미래의 희망인 우리들(어린이)은 물속에서는 조약돌, 들길에서는 바람개비, 풀밭에서는 풀꽃이 된다. 자연이 시적자아를 자연의 품으로 안아주는 어울림의 미학이요, 자연합일의 정신을 만나는 아름다운 동시이다.

철조망 속엔/ 가시가 돋쳐 있었습니다.// '다칠라…….' / 모두가 인상을 쓰며/ 그 앞을 지나쳤습니다.// 철조망은 외로웠습니다.// 어느 따스한 봄날/ 조그맣고 여린 손이/ 철조망을 꼬옥 붙잡았습니다.// 나팔꽃/ 덩굴손이었습니다.// "넌 내가 무섭지 않니?"/ "당신이 아니었다면 난 일어설 수 없었어요."// 철조망은/ 다른 손도 내밀었습니다.

- 김숙분, 「철조망과 나팔꽃」 전문

「철조망과 나팔꽃」은 한 편의 동화를 압축시켜놓은 듯한 이야기 기법의 특징을 잘 나타낸 이야기가 있는 동시이다. 어려운 동시에서 벗어나 잘 읽히는 동시의 한 본보기가 되며, 철조망과 나팔꽃과의 관계 설정을 감동적으로 잘 표현한 동시이다.

4. 오늘날 동시 (1990년대~현재), 나아가기

1990년대부터는 동시단에도 해체적 실험이 더 활발히 시도되면서 가벼운 대화체의 동시가 많아졌고, 시적 표현과 함축과 리듬의 조건을 벗어난 짧은 산문 토막 같은 동시가 늘어났다.

이 시기에 여성 동시인들이 늘어나, 어린이들의 일상과 세심한 이야기에 관심을 불러 일으켰고, 그리고 아동문학을 하지 않는 시인들이 대거 동시에 참여하여 문학작품으로 동시이기보다 '말놀이 동시' 등 동시의 형식을 차용한 언어 교육용 운문동시집을 펴내어, 출판사의 상업성에도, 동시의 난해성 해소에도, 어린 독자와의 거리를 좁히는데도 얼마간 기여하였다. 근래에 와서는 이러한 큰 흐름 속에서도 생태동시, 소외된 아동들 치유동시, 통일에 관한 동시, 동시조의 활성화, 디지털 시대에 대응할 동시, 예술적 · 개성적 · 재미성을 고려한 동시, 다양한 방법의 글쓰기가 서로 공존하고 시도되면서 수준 높은 동시의 시대가 꽃 피어나고 있다. 나라의 새싹인 어린이들의 마음의 밭을 가꾸어주는 이러한 것을 도와줄 수 있는 지방과 정부의 관심이 필요하다.

봄이/ 찍어낸/ 우표랍니다// 꽃에게만/ 붙이는/ 우표랍니다.
– 손동연, 「나비」 전문

하늘 선생님이/ 연못을 채점한다/ 부레옥잠, 수련, 소금쟁이/ 물방개, 붕어, 올챙이……//모두 모두/ 품속에 안아 주고/ 예쁘게 잘 키웠다고// 여기도 동그라미/ 저기도 동그라미// 빗방울로/ 동그라미 친다
– 박승우, 「백점 맞은 연못」 전문

어쩌면 똑 닮았다,/ 그 머시매 목소리.// 일껏 물러 놓곤/ 돌아보면 시치미 뚝!// 새도록/ 들랑이는 목소리/ 문지방이 닳는다.
– 송재진. 「귀뚜라미」 전문

열쇠 구멍만 한/ 개미집 현관// 열쇠가/ 개미라서// 대문도 없고/ 초인종도 없다.// 그 많은 식구들/ 나눠줄 열쇠/ 다 만들 수 없어// 개미 몸이 열쇠다.
– 추필숙, 「개미 열쇠」 전문

돼지 저금통이 마술을 부렸다.// 아프리카에 가서/ 염소 한 마리 되었

다.// 배고픈/ 아이에게 젖 나눠주는/ 젖엄마가 되었다.

- 조영수, 「마술」 전문

위에 소개된 작품의 작가는 손동연을 제외하고는 2000년대 전후 등단 시인이다. 「나비」는 개성적이고 단순명쾌하며, 동심적인 상상력이 풍부하고, 독자가 경험을 할 수 있어 예술적인 감동을 안겨주는 작품, 한 장의 꽃잎 같은 작품, 한 마리 나비 같은 작품이다.

「백점 맞은 연못」은 어린이들의 경험, 동심성, 교훈성, 재미성은 물론 개성적인 면과 긍정적인 감동을 안겨준다. 「귀뚜라미」는 시적화자인 여자아이가 자기를 좋아하던 남자아이를 귀뚜라미에 비유한 동시조로 된 연시이다. 불러놓고 다가서면 모른 척하는 부끄러움과 설렘의 정서를 읽노라면 자신의 경험과 오버랩 되어 살며시 웃음을 짓게 한다. 「개미 열쇠」는 발견의 재미와 시의 발상이 돋보이는 동시이다.

「마술」은 '돼지 저금통이 마술을 부렸다' 는 표현을 통하여 어려운 아프리카 사람들과 아이들을 돕는 일을 동시로 잘 형상화하였다. 이러한 동시들이 예술의 감동과 재미를 가져와 독자와의 거리를 좁히는데 기여하였으며, 독자인 어린이들에게 꿈과 희망을 심어주기도 하였다.

끝으로, 어느 동시전문 계간지 10주년기념 축시 「이것은 사실이다」 일부를 소개하며 마친다.

한국 현대문학이/ 아동문학에서 시작되었다는 거,/ 이것은 사실이다./ 지구촌에서, 동시로 아동문학을 시작한 나라가/ 한국뿐이라는 거, 이것도 사실이다.// 한국의 동시문학이 세계에서 오직 하나/ 조국의 독립투쟁에서 싹터 자랐다./ 한국의 동시문학은 독립운동 그거였고,/ 이 무서웠던 시의 눈길이 오늘,/ 침략자의 동북공정을 겨누고 있다. 이것도 사실이다.// 〈우리 대한으로 하여곰 소년의 나라로 하라 하라 하라!〉/ 〈오나라 소년배 입맛텨듀마!〉/ 〈어린이 어린이 사랑!〉/ 우리 동시가 세계에서 제일 큰 목소리였다는 거/ 이것도 사실이다./ 많고 유능한 시인들이, 많고 좋은 시로 씨를 심어/ 세계의 아동문학을 덮고 남을/ 동시의 숲이 되었다는 거/ 이것도 사실이다. (후략)〉

― 신현득, 「이것은 사실이다」 일부

※아시아아동문학회한국본부,『어린이에게 꿈을 심어주는 문학』(Literature Planting Dreams in children) 겸 제3차 세계아동문학대회 세미나 발표 원고.

*위의 작품을 '오늘의 동시문학'(2014년 가을 · 겨울호) 게재, 동시의 날 제정 선포 6주년 기념 및 제 13회 동시문학 세미나에서도 발표함.

우리나라 좋은 동시
— 한국동시문학회 작품집 1호 『좋은 작가 좋은 동시』

요즘은 텔레비전이나 신문에 온통 '이라크 전쟁'에 관한 얘기다.

다음의 시는 2003년 4월 2일자 강원도민일보에 게재된 초등학교 5학년 박신미 학생의 전쟁을 소재로 한 작품이다. 우리 어른들의 반성이 필요할 것 같다.

> 우리나라에서는 꽃이 피는데/ 이라크에서는 폭탄꽃이 핀다//
> 우리나라에서 아이들이/ 열심히 공부할 때/
> 이라크에서 아이들은/ 도망을 다닌다//
> 우리나라에서/ 노래를 부를 때/
> 이라크에선/ 통곡이 들린다//
> —(중략)—
> 살인마 무기들이/ 이라크 하늘을/ 날아다닌다
> — 「우리나라와 이라크」 일부

한국동시문학회 작품집 1호 『좋은 작가 좋은 동시』는 예림당에서 최영란의 그림을 곁들여 펴낸 작품집으로 실린 글은 작가 51명의 작품 51편이었다. 한국동시문학회 200여 명이 1~3편 정도 보낸 작품에서 작품 중심으로 뽑은 동시집이라서 일정한 수준에 도달한 좋은 작품집이었다. 먼저 소개하는 작품들은 '시의 의미성'에서 성공하여 독자의 가슴에 잔잔한 감동이 물결처럼 전달되는 작품들이다.

아버지는 소/ 우리 집을 등에 지고/ 말없이 땀 흘리시는/ 산 같은 소// 이웃이 도시로 도시로/ 바람처럼 떠나가도/ 고향의 뿌리가 되시겠다면서// 땅을 갈고/ 씨를 뿌리고/ 우리들의 하루를/ 싱싱하게 가꾸시는/ 아버지// 저녁마다 노을 산 하나/ 지게에 지고 와/ 마당에 내려놓으신다.// 밤마다 아버지의 산에는/ 별이 가득 빛나고/ 따슨 달 하나/ 우리 마음에/ 꿈을 밝힌다.

– 김종영, 「아버지」 전문

김종영은 1973년 조선일보 신춘문예에 동시 「아침」이 당선되어 등단한 이후 한 눈 팔지 않고 아동문학 분야인 동시와 동요 동화 쓰기에만 전념해온 작가이다. 그의 초기의 시는 좋은 시가 많았으나, 동화를 함께 쓰면서 동화적 발상 기법을 동시에 투입하는 등 사실성이 약한 환상적인 내용의 시를 즐겨 쓰면서 의미성와 감동 면에서 좀 떨어지는 작품들을 볼 수 있었다. 그러나 요즘 들어 그의 작품들이 놀랍게 변화하는 좋은 작가의 한 사람이다.

「아버지」는 이웃들이 도시로 떠나도 땅과 함께 고향을 묵묵히 지키는 아버지의 이미지를 소에다 비유했다. 짐승 중에서 소는 힘이 세지만 착하고 온순하며 말없이 힘든 일을 땀 흘리며 한다. 그래서 '우리 집(우리 집안 일)을 등에 지고 말없이 땀 흘리시는 산 같은 소'에 다시 비유하며 공감각적 이미지로 확장한다.

아버지와 산과 소는 그 이미지가 잘 어울리는 소재이다. 그 외에도 향토적 소재로 아버지와 어울리는 '고향의 뿌리, 노을 산, 땅, 지게, 별, 달' 등의 시어를 통하여 아버지를 시로 형상화하고 있다. 〈저녁마다 노을 산 하나/ 지게에 지고 와/ 마당에 내려놓으신다.〉에 와서는 '시란 이런 것이구나!' 하고 탄성을 하게된다. '노을 산'과 '따슨 달'이 상징하는 것이 무엇인지 어린 독자들에게는 좀 어려울 수도 있지만 크게 문제가 되지 않는다.

"안 떨어질 거야." / 얼굴이 노래지도록 안간힘 쓰지만 /
기어이 열매는 땅으로 끌려가고야 말지. //
"끝까지 매달릴 거야." / 얼굴이 빨개지도록 이 악물지만 /
마침내 나뭇잎은 / 땅으로 떨어지고야 말지. //
"엄마랑 얘기하나 봐라." / 야단맞고 새침하게 토라져 보지만 /
엄마가 다정하게 부르면 / 어느새 엄마 무릎 위로 끌려가고야 말지.

– 오은영, 「만유 인력의 법칙」 전문

땅만 바라보는 / 초롱꽃, / 부끄러워 그런 줄 알았는데 / 그게 아니래 // 뱀
이랑 개미랑 지렁이랑 / 꽃 뒤꼭지만 보는 게 가여워서 / 얼굴 보여 주고
싶은 거래 // 바람도 꽃 그늘로 들어와 눈 좀 붙이라고 / 햇살도 조용조용
쉬어 가라고 // 가끔은 / 우리도 허리를 굽혀 / 가만가만 꽃 향기 맡으라고
// 고개 숙인 거래.

– 김미혜, 「초롱꽃」 전문

위의 두 작가의 이름이 1986년 도서출판 '보리밭'에서 발행한 『한
국아동문학인명사전』에 없는 것으로 보아, 그 이후에 등단한 시인들이
라 볼 수 있겠다. 두 시는 친숙한 대화체 어조를 사용하여 독자에게 의
미를 전달한다. 오은영의 「만유 인력의 법칙」은 사람들이 다 알고 있
는 과학의 법칙을 어머니와 자식의 사랑에 비유한 발상이 돋보이며,
뉴턴이 그랬듯이 둘 사이에 '끌려감의 미학'을 시인은 발견한다. 사람
들은 물질에 끌려 생명마저 경시하며 살아가는 일이 많다. 그러나 여
기에서의 끌려감의 힘은 물질로는 비교할 수 없는 고귀한 사랑이다.
그래서 아무리 토라져도 열매가 땅에 떨어지듯, 나뭇잎이 땅에 떨어지
듯 자식은 어머니 품으로 돌아가게 된다. 읽노라면 가슴이 따뜻해오는
그러한 시라 할 수 있겠다. 그러나 3연 모두 대상을 묘사하는 각도만
바꾸었을 뿐, 똑같은 틀 속에서 처리한 점이라든지, 만유 인력의 법칙
을 '열매, 나무' 같은 너무 일상적인 소재로 선택한 점은 시 형상화에

흠으로 지적될 수도 있겠다.

꽃들도 사람들도 고개 숙이고 사는 것을 싫어한다. 그러나 향기롭고 아름다운 꽃 중에는 고개를 다소곳 숙이고 있는 꽃이 있다. 시인은 고개 숙이고 피어 있는 '초롱꽃'을 발견하고 그 꽃에게 의미를 심어준다. 저만치 피어 있는 꽃에게 또는 사람에게도 의미를 심어주면 나에게로 와서 다시 활짝 피어난다. 초롱꽃이 땅을 바라보고 피는 건 뱀이랑 개미랑 지렁이랑 바람이랑 햇살을 생각한 것이라고「초롱꽃」에서 김미혜 시인은 의미를 부여한다. 〈가끔은/ 우리도 허리를 굽혀/가만가만 꽃 향기 맡으라고// 고개 숙인 거래.〉에서는 시의 시점과 초점이 제대로 맞아 들어가서 좋은 작품이 되었다. 앞에서 언급한「만유 인력의 법칙」의 마지막 연 또한 비슷한 기법으로 작품이 잘 마무리되었다.

식구들이 모두 잠든 깊은 밤/ 가만히 책상에 앉아/ 사각사각 일기를 쓰면/ 네 마음속에 숨어살고 있는 아이가/ 창문을 살며시 열고 속삭인단다./ "나 불렀니?"

　　　　　　　　　　　　　　　－ 이화주, 「만나고 싶지 않니?」 전문

집까지 가려면/ 두 정거장도 더 되지만/ 오늘은 집까지 걸어갈 테야/ 걷다가 보면/ 보도블록 작은 틈새로/ 살그머니 꽃대궁을 밀어 올린/ 민들레를 만날 테지./ 한 송이 고 민들레를 만나기 위해/ 내가 지금 걷고 있는 것처럼/ 내가 가는 이 길의 맞은편에선/ 낯선 길을 물어 물어/ 노랑나비 한 마리 오고 있겠지.

　　　　　　　　　　　　　　　－ 민현숙, 「걷기」 전문

마침표/ 아름다운 시작이다.// 시든 꽃이 떨군/ 마침표/ 까만 씨앗/ 꽃이 태어난다.// 돋보기로 모은/ 해님의 마침표/ 까만 점에서/ 다시 해님이 뜬다.

　　　　　　　　　　　　　　　－ 김숙분, 「마침표」 전문

위의 시 3편은 단시라 볼 수 있으며, 시적 감성이 많은 여자 분이 썼다는 공통점이 있다. 이화주 시인은 1982년 강원일보에 동시 「모기장」을 발표하고 아동문학 평론지에 동시 「나뭇잎」이 천료되어 문단에 데뷔한 이래 아동문학 한 우물만 파면서 열심히 창작을 한 결과 그의 동시가 초등학교 교과서에 실리는 등 좋은 시를 쓰고 있는 좋은 작가라고 말할 수가 있다.

이화주의 「만나고 싶지 않니?」는 따옴표와 '~단다'를 사용한 상대에게 속삭이듯 부드러운 대화체 어조이다. 일기를 쓰는 행위는 하루의 생활을 기록하고 반성하는 일이며, 일기를 쓰는 일은 자신의 참자아를 만나는 일이라는 것을 시로 형상화하였다. 1행에서 3행까지는 시각과 청각이 어우러진 고요한 시간을 그 배경으로 설정하였고, 참자아인 '나'는 '마음속에 숨어살고 있는 아이'로 그 아이가 창문(마음의 창문)을 살며시 열고 네(독자)에게 만남을 갖는다.

민현숙의 「걷기」는 친숙한 대화체 어조를 사용하여 '걷기'라는 시의 의미의 그물망을 봄 바다에 던지고 있다. 시인은 길을 걷다가 보도블록 틈새 민들레를 보았고, 그를 보기 위해 다시 걷기로 한다. 그리고 그 반대편에서 민들레를 찾아오는 노랑나비 한 마리를 시적 상상력을 통하여 동원한다. 〈한 송이 고 민들레를 만나기 위해/ 내가 지금 걷고 있는 것처럼/ 내가 가는 이 길의 맞은편에선/ 낯선 길을 물어 물어/ 노랑나비 한 마리 오고 있겠지.〉에서 시적 비유나 시적 상상력의 아름다움을 만끽하게 된다. 이화주나 민현숙은 한국 여류동시인의 선두주자로 어린이가 이해하기 쉬운 언어와 친숙한 대화체를 사용하여 재미성과 의미성에 성공하는 작품을 많이 쓰고 있다.

이 책에 함께 발표된 대화체 글 중에, 지구상에서 가장 이기적인 인간들에게 메시지(의미)를 던져주는 권오삼의 「아낌없이 주는 나무들」, 의미와 익살을 잘 접목시킨 이준관의 「조그만 발」은 좋은 작가가 쓴 좋은 작품이라 여겨진다.

그러나 이러한 대화체 시들은 이미지즘 계열의 시와 마찬가지로 경박하거나 의미성이 부족하기 쉬운 단점이 있음에 항시 유의하여야 한다. 이 책에 발표된 김종영의 「아버지」를 비롯하여 김종상의 「분꽃 씨앗 몇 개가」, 권영세의 「바이올렛」(내 가까이 다가와/ 살며시 꽃 화분 건네 주고 간/ 늘 어둡던 아이 얼굴// 문득 내 마음속에서/ 바이올렛꽃 밝은 웃음으로/ 활짝 피어납니다.) 등의 의미성 충실한 글들을 읽어보면 그 해답이 나올 것도 같다.

김숙분의 「마침표」는 시적 감동을 크게 준다는 것보다는 역설의 발상을 통한 질 높은 시적 발견의 재미와 참신한 상상력을 맛보게 된다.

시인은 까만 꽃씨를 보며 마침표를 떠올린다. 마침표인 꽃씨에서 꽃이 다시 태어나게 된다. 꽃은 아름답다. 그래서 '마침표/ 아름다운 시작이다.' 라는 역설의 발상이 시작된다. 생각해보면 인간의 삶도 유사하다. 〈돋보기로 모은/ 해님의 마침표/ 까만 점에서/ 다시 해님이 뜬다.〉 이런 시적 상상력 때문에 시를 읽는 재미가 배가된다. 그러나 이런 부류의 시들은 어린이다운 시선과 감정을 놓치기 쉽다.

한국동시문학회 작품집 1호『좋은 작가 좋은 동시』작품집 발간을 축하드리며, 지면 관계로 게재된 작품 51편 모두를 대상으로 떠올리지 못한 점이 아쉽다. 어린이들에게 마음의 양식이 될 좋은 작가의 좋은 동시집을 앞으로도 계속하여 만들어주었으면 하는 욕심을 가져본다.

※ 한국동시문학회 작품집 1호 『좋은 작가 좋은 동시』 서평

참신한 이미지와 상상력과 몽상의 문학

— 박경용 동시선집 『길동무』

　　박경용 시인을 아주 오래 전에 어느 모임에서 단 한 번 본 적이 있었
는데, 자기 주장과 목소리가 크고 문학에 대해 박식하고 애정을 갖고
있으며 뚜렷한 문학관을 지닌 분이라는 기억이 난다. 그러다가 보니
문학관을 달리하는 평론가 이오덕 씨와 1976년도에 지면을 통하여 논
쟁을 갖은 것이 인상 깊게 기억된다. 두 분 모두 개성과 문학관이 뚜렷
하고 우리나라 아동문학 발전에 기여한 바 크다고 보며, 서로의 문학
관과 노력을 존중하고 단점을 보완하는 자세가 바람직하지 않을까 하
는 그런 생각을 한 적이 있었다.

　　동시선집의 약력에도 소개된 바와 같이 1958년도 18세의 나이에 동
아일보와 한국일보 신춘문예를 통해서 문단에 나온 뒤로 동요와 동시,
동시조, 시조, 시 등 시의 전 장르에 걸쳐 폭 넓게 활동해 오고 있는 한
국 문단의 원로라 할 수 있다. 이번에 펴낸 동시선집『길동무』를 비롯
한 9권의 동시집, 여러 권의 동화집, 시집, 시조집이 있으며, 세종문학
상과 대한민국문학상 등을 수상하였다.

　　그러나 박경용 시인하면, 그 화려한 경력보다도 초등학교 교과서
에 실린「귤 한 개」라는 동시가 먼저 떠오른다.

　　귤/ 한 개가/ 방을 가득 채운다.

　　짜릿하고 향긋한/ 냄새로/ 물들이고

양지쪽의 화안한/ 빛으로/ 물들이고

사르르 군침 도는/ 맛으로/ 물들이고

귤/ 한 개가/ 방보다 크다.

- 「귤 한 개」 전문

이 시는 그의 대표작 중의 하나라고 할 수 있는 동시로, 독창적인 상상력과 이미지가 돋보인다. 귤 하나를 놓고 '짜릿하고 향긋한 냄새'(후각적 이미지)와 '양지쪽의 화안한 빛'(시각적 이미지)과 '사르르 군침 도는 맛'(미각적 이미지)을 떠올리고 '귤 한 개가 방보다 크다' 독창적인 상상을 하게 된다.

이 시를 더 좋은 시로 만든 것은 시를 담는 그릇인 형식면에서 구조가 튼튼하고 미적이기 때문이다. 첫 연과 끝 연이 직사각형을 이루며 내용상으로도 변형된 수미쌍관법을 사용 안정감이 있다. 가운데의 세 연은 역 사다리꼴 모양으로 내용상으로나 형식상으로도 일관된 반복의 틀을 유지하고 있다.

우리들 소리로/ 부풀은 운동장에// 소리가 날리는/ 민들레 꽃솜./ 소리가 밀어올리는/ 하이얀 꽃솜.// 민들레 꽃솜 따라/ 동동 뜬 운동장에// 민들레가 날리는/ 우리들 소리./ 민들레가 실어 가는/ 왁자한 소리.

- 「민들레 꽃솜」 전문

위의 시 또한 그의 대표작의 하나라고 할 수 있겠다. 시의 발상이 독특하다. 뛰어난 상상적 이미지와 표현력과 깔끔한 시의 구성을 볼 수 있다.

학교 운동장은 아이들 소리로 언제나 가득하다. 학교 운동장 언저리 어디쯤 피었다가 바람에 날아가는 민들레 꽃씨를 아이들의 소리가 날리는, 밀어올린다는 발상을 한다. 그 위에 동화적 판타지를 더하여 민들레 꽃솜에 실려 동동 운동장이 뜨고, 역설적으로 민들레 꽃씨를 날리는 아이들 소리가 민들레 꽃씨에 실려 간다.

1연에서는 청각적 이미지를 통한 시각화 – 운동회나 세계를 놀라게 했던 월드컵 함성을 연상하게 한다. 2연에서는 시청각적 이미지가 어우러진 공감각적 이미지를, 3연은 동화적 판타지 기법을 도입한 상상적 이미지를 맛보게 된다. 시를 시작할 때는 청각적 이미지를 통한 시각화였는데, 시각적 이미지를 통한 청각화로 시의 끝을 맺는다. 그리고 1연과 3연, 2연과 4연이 형식상이나 내용상으로 그 이미지가 대칭이 된다. 이러한 형식과 내용과 참신한 이미지가 어우러져 독자들을 환상의 세계, 꿈의 세계, 몽상의 세계로 인도한다.

이 시를 형식상 7·5조 3음보의 동요에 넣는다면 수준 높은 생각하는 동요로 성공했다고 할 수 있으며, 끝 연의 3행을 '민들레 실어 올리는'으로 고쳐서 3(4)·4조 4음보의 시조로 본다면 판타지를 가미한 좋은 동시조가 될 수 있겠다. 「민들레 꽃솜」과 같이 동화적 환상의 세계를 동시에서 추구해 보려는 그의 시를 한편 더 감상해보자.

> 햇살은 햇살끼리 모여서 놀고./ 바람은 바람끼리 모여서 노는
> 세상에는 저마다의 나라가 많지만/ 이슬에는 이슬의 나라가 있다.
> 몰래 숨어 사는 이슬의 나라/ 몰래 눈부시는 이슬의 나라
> 몰래 흐느끼는 이슬의 나라./ 파아란 하늘의 구슬알 한 알
> 햇살도 눈부시는 금실 한 오리/ 풀벌레도 서러운 눈물 한 방울.
> 숨어서 몰래 구르다가/ 숨어서 몰래 눈부시다가
> 숨어서 몰래 흐느끼다가/ – 가자, 가자, 가자!
> 초롱하게 나돋은 별을 우러러/ – 그래, 그래, 그래!
> 다시 올 밝을 날을 눈짓으로 약속하며/ 어제의 온 길을 되돌아가는,
> 해돋이 나라에서 별 돋는 나라로./ 갈길을 알고 되돌아가는,

이슬의 나라는 슬기로운 나라/ 이슬의 나라는 믿음의 나라

이슬의 나라는 꿈으로 크는 나라./ 사람은 사람끼리 모여서 사는

세상에는 저마다의 나라가 많지만.

– 「이슬의 나라」 전문

　이 시는 『창경원 동물들』(1966년)에도 발표된 것으로 보아 '60년대 동시동인회를 중심으로 동시의 시적 형상화에 따른 시적 기교 개발과 동시 세계의 확대, 다양한 장르 개척 등 본격 동시 운동을 전개하던 실험시 작품 중 한 편으로 보아진다. 박경용 시인은 위의 시에서 볼 수 있는 바와 같이 시적 상상을 동화적 상상으로 변용시켜 동시에 적용하려는 노력이 보이며, 조유로 시인 등과 함께 동시조의 개발과 정형 동시의 시적인 형상화, 동시를 시로 끌어올리는 작업에 기여하였다.

　'세상은 사람의 나라 외에도 햇살의 나라, 바람의 나라 등 저마다의 나라가 많지만, 이슬의 나라는 몰래 숨어서 눈부시고, 흐느끼고, 풀벌레의 서러운 눈물 한 방울도 되다가 정작 날이 밝아올 때, 별 돋는 나라로 갈 길을 알고 되돌아가는, 이슬의 나라는 슬기롭고 믿음직하고 꿈으로 크는 나라' 라는 내용의 시이다. 풀숲이나 숲속의 오묘하고 비밀스러운 자연의 이야기를 동화적 상상으로 변용시켜 독자들을 꿈의 세계로 몽상의 세계로 빠져들게 한다. '몰래, 숨어서, 이슬의' 로 시작되는 두운과 '나라, ~다가' 로 끝나는 각운을 이용한 반복법이 시의 의미와 이미지를 돋우어 주고 있다.

제각기 하나씩의/ 부푼 꿈을 날리다가 버린

텅 빈 운동장,/ 아이들의 발자국마다엔//

밤이면 밤마다/ 풍선이 뜬다.//

빠알간 꿈의 발자국엔/ 빠알간 풍선,

초록빛 꿈의 발자국엔/ 초록빛 풍선.//

그 많은 발자국의/ 그 많은 꿈의 풍선이

무지개 빛깔로 다발이 엮어지면//

풍선은 올라 올라/ 드디어는/ 하늘에 걸린다.//

하늘에/ 꿈의 발자국이 새겨지는/ 이런 시간에,//

아이들은 꿈을 꾼다./ 하늘에 걸린 꿈의 다발까지/

제 발자국을 밟아 올라가는/ 키가 크는 꿈을.//

밤이면 밤마다.

– 「밤이면 밤마다」 전문

이 동시는 실제 사물을 묘사하거나 현실을 형상화하기보다는 상상적 이미지가 중심이 되어 시가 만들어졌다. 시인은 상상력을 통하여 시적 상상을 동화적 상상으로 변용시켜 동시에 적용하려 했다. 아이들이 집으로 돌아간 텅 빈 운동장, 아이들 발자국마다 아이들의 꿈이 풍선으로 올라, 하늘에 꿈의 발자국이 새겨지고, 아이들은 꿈속에서 제 발자국을 밟아 올라가는 키가 크는 꿈을 꾼다는 상상적이고 동화적이고 몽상적인 동시라고 할 수 있다.

이외에도 그는 이러한 부류의 시를 의도적으로 실험한 흔적이 보인다. 〈아, 누가 쏘아 올린 별일까/ 하늘을 빙빙 도는/ 한 개 꼬리연,/ 누굴까,/ 저 꼬리연의 임자는.// 팽이 따라 내가/ 땅의 꿈을 꾸는 동안,/ 그 아이는/ 별을 쏘아올렸구나!/ 달나라에 가까운/ 엄청난 꿈의 별을.〉(「팽이와 연」 일부) – 이 시에서도 내가 지구(팽이)를 돌리며 땅의 꿈을 꾸는 동안, 다른 아이는 엄청나 꿈의 별(꼬리연)을 쏘아 올렸다는 참신한 상상력으로 독자들을 꿈의 세계로 안내한다.

위의 내용과는 거리가 좀 있지만, 그의 동시의 특징 중에는 순수한 우리말을 찾아 쓰려고 노력한 흔적이 보인다.

시집의 앞쪽에 실린 「봄볕」과 「지도 속에서」는 순수한 우리말을 사용한 시이며, 박경용 시인의 고향을 노래한 시이다. 「봄볕」은 봄볕을 의인화하여 〈세계의 그 많은 볕살 가운데서/ 우리나라/ 경상북도/ 동해 바닷가/ 지도에는 이름도 없는/ 작은 우리 마을을/ 비추는 봄볕살'을 '세상의 그 많은 아이들 가운데서/ 우리나라,/ 경상북도/ 동해 바닷가/ 우리 마을/ 우리 집/ 울 아버지의 아들로 내가 태어난〉 것에 비유하여 우리나라 빛깔의 깃털을 입고, 나와 같이 경상도 사투리를 쓰고, 동해 바람 냄새를 띠고, 우리 마을 이름을 달고 찾아온 것이다.

위의 시 2편에서 작가가 의도적으로 사용한 순수 우리말은 '볕살, 눈어림, 살찐이'가 있고, 다른 시에서도 '볕받이, 바람받이, 햇잎, 햇아지랑이' 등이 있는 것으로 보아 우리말에 대한 사랑이 남다르다는 것을 알 수 있다.

시 「지도 속에서」의 글쓴이가 바라본 지도는 경상도 지역 지도인 것같다. 그런데 글쓴이는 고향을 떠나 있다. 그래서 지도 속의 쬐그만 자신의 마을이 지도상에 나온 걸 보고 가슴 두근거리고 손뼉을 친다. 그리고 경상도 어느 동해안 등대가 있고 파도 소리가 있고 정겨운 사람들과 짐승들이 있는 시각적 이미지와 청각적 이미지가 복합된 그림이 완성된다. 〈파도 소리에 흔들리는 우리 집〉에서의 청각적 이미지와 시각적 이미지와의 어울림, 〈볕살 푸짐한 뜰의 우리 집〉에서의 촉각과 시각의 어울림, '우리 고양이 숨결 소리가/ 지도 속에서 가릉가릉 번져 나온다'에서의 상상적 이미지가 이 시의 주제인 '향수'에 나름대로 이바지하고 있다. 그의 다른 작품에 비해 참신한 이미지나 시적 표현은 좀 떨어지나, 지도를 보면서 고향 바닷가를 상상적 이미지로 떠올린 시의 발상이 독특하며, 동시의 독자인 아동들 곁에 가까이 다가선 '아동을 위한 시(Poetry for children)'로 손색이 없다. 이러한 맥락의 작품으로 어린이의 마음을 시로 잘 표현한 동심과 시가 잘 어울리는 좋은 시 한 편을 더 감상해 보자.

아, 아, 아, 소리치고 싶다./ 날뛰며 까불고 싶다.//
나에게 꼬리가 있다면/ 강아지 꼬리보다/ 더 바쁠 것이다./ 더 설레일 것

이다./ 더 나부낄 것이다.//

꼬리가 있대도/ 마침내는/ 붙어나지 않을 것이다.//

내 생일 같은 날.

-「눈 오는 날」 전문

눈 오는 날의 가슴 설레는 어린이의 마음을 강아지 꼬리와 생일에 빗대어 실감나게 표현하였으며, 마지막 연에서 눈 오는 날의 기쁨을 '내 생일 같은 날'이라고 표현한 비유적 이미지는 참신하고 아주 적절하고 재미나다.

박경용 시인은 동요와 동시, 동시조, 시조, 시 등 시의 전 장르에 걸쳐 폭 넓게 활동해 오고 있는 한국 문단의 중진이라 할 수 있다. 그는 '60년대와 '70년대에 걸쳐 동시의 시적 형상화에 따른 시적 기교 개발, 동시가 가진 시적 이미지의 한계성을 극복하기 위하여 시적 상상력을 동화적 상상력으로 동시에 적용하는 실험시 시도, 동시조의 개발과 정형 동시의 시적인 형상화 등 동시를 시로 끌어올리는 작업에 기여하였다. 그러다 보니 박경용 시인의 시는 '아동을 위한 시'로는 좀 난해한 이미지를 벗지 못한 것 같다. 하지만 이러한 시가 창작될 때는 '동시를 시 수준으로 끌어올리기 위하여 노력하던 시기'였음을 감안해야 할 것 같다.

박경용 시인의 동시조와 산문 동시 작품이 빠져서 좀 아쉽기는 하지만, 대표작을 한꺼번에 읽게 되어 즐거웠다. 동시선집 『길동무』 발간을 진심으로 축하드리며, 앞으로는 아동을 위한 동시와 동시조를 더더욱 많이 써주시길 기대해 본다.

※ 박경용 동시선집 『길동무』 서평, 《한국동시문학》 창간호(2003년 봄호) 게재.

잘 가꾸어 놓은 '김종영 푸른 동시 동산'

— 김종영 동시집 『아버지의 웃음』

1. 들어가기

김종영 시인과의 만남은 최도규, 남진원, 권영상, 필자와 함께 강원도를 상징한 〈감자〉 동인활동에서 시작하여 그가 지금 회장으로 있는 현재 312호(2016년 6월)를 발행한 우리나라 최초의 동요월회보를 내는 〈솔바람〉 활동으로 이어진다. 그를 만날 때마다 느끼는 이미지는 평생 초등학교에서 아이들과 생활하며 아동문학 한 우물을 깊이 파와서인지, 어린이처럼 심성이 맑고 밝고 나무처럼 푸르며 행복한 얼굴이다. 김종영 시인의 시의 색깔을 하나 고르라고 한다면 '푸른색'이라고 하고 싶다. 그가 이번 동시집에 즐겨 다룬 시의 소재나 주제는 아침, 봄, 나무, 꿈과 희망, 가족사랑, 나라사랑 등 밝고 푸르고 긍정적인 동시가 대부분을 차지하기에 '푸른색의 시인'이라 부를 수 있겠다.

그는 우리나라 교과서에 가장 많은 작품이 실린 사람 중에 한 사람으로 아동문학가 중에 이름이 잘 알려져 있다. 교과서에 실린 동시는 「싸움한 날」, 「홍시」 두 편이다. 「홍시」(제7차 교육과정 국어 말하기 · 듣기 · 쓰기 5-2)는 감이 햇살과 노을을 쪽쪽 빨아 먹고 홍시가 되어, 톡 건드리면 햇살과 노을이 쏟아질 것 같아, 아기바람도 입만 맞추고, 참새들도 침만 삼키고 간다는 사물 의인화로, 의성어와 의태어를 적절히 사용하여 공감각이미지가 돋보이며 동심의 체로 잘 걸러진 훌륭한 작품이다.

쪽쪽 햇살을 빨아 먹고/ 쪽쪽 노을을 빨아 먹고.//

통통/ 말랑말랑/ 익은 홍시.//

톡 건드리면/ 좌르르 햇살이 쏟아질 것 같아,/

톡 건드리면/ 쭈르르 노을이 흘러내릴 것 같아.//

색동옷 입은 아기바람도/ 입만 맞추고 가고,/

장난꾸러기 참새들도/ 침만 삼키고 간다

- 「홍시」 전문

특히 김종영 시인은 동요로 잘 알려져 있다. 노랫말에 작곡가로부터 작곡이 되어, 각종 창작동요대회에서 입상한 작품이 110여곡이나 되어 사람들의 부러움을 사고 있다. 초등학교와 중학교 음악책에 「꿈배를 띄우자」, 「꿈이 크는 책가방」, 「굴렁쇠」, 「바람개비」, 「풍연놀이」가 실렸다.

뱅글뱅글 돌아간다 바람개비 돌아간다/ 꽃바람도 강바람도 새소리도 감겨온다/ 빨강 노랑 파랑 초록 곱게 어울려/ 우리들의 고운 꿈을 활짝 펼쳐라/ 뱅글뱅글 돌아간다 푸른 하늘 돌아간다/ 바람개비 날개에서 태어나는 푸른 세상

뱅글뱅글 춤을 춘다 바람개비 춤을 춘다/ 산마을도 꽃구름도 저 하늘도 감겨온다/ 해님 달님 별님 꽃님 곱게 어울려/ 우리들의 마음 속에 그림 그렸지/ 뱅글뱅글 춤을 춘다 푸른 바다 춤을 춘다/ 바람개비 날개에서 훨훨 나는 푸른 우리

- 「바람개비」전문, 3~4학년 초등음악교과서

앞에 소개한 「바람개비」의 형식과 내용을 간단히 요약해보면, A(바람개비가 꽃바람 · 강바람 · 산마을 · 꽃구름 · 새소리 · 저 하늘도 감으며) - B(갖가지 색깔과 해님 · 달님 · 별님 · 꽃님과 곱게 어울려 우리들 꿈을 활짝

펼쳐라) -A′(뱅글뱅글 푸른 하늘과 바다가 춤추며 돌아간다) -C(바람개비 날개에서 태어나는 푸른 세상, 훨훨 나는 푸른 우리) A-B-A′에 끝나지 않고, 희망적인 내용과 문학성이 돋보이는 C(바람개비 날개에서 태어나는 푸른 세상, 훨훨 나는 푸른 우리)를 작품의 뒤편에 더한 것이 예술성을 살린 훌륭한 작품이 되어 초등학교교과서에 실리는 영광을 얻게 되었다.

앞에서 그의 심성과 대표작이라 할 수 있는 교과서에 실린 동시와 동요를 개략적으로 살펴보았다. 이번에 펴낸 제9시집에 실린 작품은 160편으로 웬만한 동시집 두세 권의 방대한 분량이라서 모든 작품을 해설하기는 지면이 부족하여, '가족 사랑 나라 사랑', '아침과 봄과 나무', '꿈과 희망, 생각하는 시 쓰기'와 관련 작품을 중심으로 함께 살펴보고자 한다.

2. 가족 사랑 나라 사랑의 시인

김종영 시인은 아버지를 소재로 한 작품을 즐겨 쓰는 편이며, 아버지를 산과 소와 집에 비유하여 쓴 좋은 작품들이 있었다. 이번에는 아버지를 어떤 사물에 비유했는지 궁금하다. 아버지와 어머니, 우리 가족사랑, 우리 것(신토불이, 우리나라 사랑)에 대한 동시들이 여러 편 보여서 함께 관련 작품을 살펴보고자 한다.

> 아빠 앞에 서면/ 나는 마냥 작아진다.//
> 아빠 목말을 타고/ "야호!" 소리도 쳐보고 싶고,/
> 아빠 등에 업혀/ 외갓집도 가고 싶고.//
> 아빠 손만 잡으면/ 깡충거리는 꼬마가 된다.
> — 「작아진다」전문

> 아빠께서는 말씀이 적으시지만/ 늘 따뜻한 눈빛으로

커다란 손으로/ 내 꿈이 되신다.//

높푸른 산/ 아빠 앞에 서면/

난 어리광 부리고 싶은/꼬마가 되지만//

아빠의 든든한 손을 잡거나,/ 바다 같은 두 팔에 안기면/

난 아빠의 산에 키를 곧추 세우고/ 꿈 날개 힘차게 날갯짓하는/

한 그루 소나무가 된다.//

아빠처럼 듬직한 산이 되고픈/ 꿈꾸는 소나무가 된다.

-「꿈꾸는 소나무」 전문

「꿈꾸는 소나무」는 아버지를 소재로 하였지만, 아버지는 산에, 자식은 나무에 비유된 작품이다. 주인공이 '꿈꾸는 소나무'가 된 제목이 참신하다. 아버지는 자식에게는 높은 산이요, 커다란 나무요, 바다이기도 하다. 그래서 시적자아는 '아빠의 산에 키를 곧추세우고/ 꿈 날개 힘차게 날갯짓하는/ 한 그루 소나무가 된다.' 그리고 아빠처럼 듬직한 산이 되고파 꿈꾸는 소나무가 된다.

「작아진다」는 동시집의 맨 앞에 실린 작품으로, 아빠 앞에 서면 나는 마냥 작아지지만, 아빠 손만 잡으면 깡충거리는 꼬마가 된다. 〈동생과 내 마음에서는/ 거인 아빠입니다.// 그러나 우리들과 놀 때는/ 우리 키가 됩니다.(「아빠의 키」 일부)〉에서 보면, 아빠는 우리에게 거인이지만, 우리와 놀 때는 우리 키와 눈높이가 되어주는 아이들을 잘 이해하고 함께 놀아주는 아버지상이다. 이 시집에 나오는 아버지는 시적자아의 아버지에서 우리들의 아버지인 농부와 어부, 과일장수, 산나물과 열매를 망태에 담고 별을 데리고 산을 내려오는 산아버지 등의 우리나라 아버지로 의미성이 확대된다.

우리 가족 건강도/ 우리들 공부도/ 걱정 열매로 매달리고.//

우리 가족 반듯한 하루도/ 우리 집 말끔한 얼굴도/ 땀방울 열매로 매달리고.//

날마다 걱정 열매로 가득 찬 하루/ 땀 열매로 축 처진 엄마의 가지들//

저녁마다 우리들도, 아빠께서도/ 웃음으로 따 드려도/

매일 그 만큼씩 열리는/ 열매들//

엄마 열매는 언제 다 떨어질까요?/ 언제 푹 쉬시는 엄마가 될까요?

ㅡ「엄마 열매」 전문

이번 동시집에는 엄마를 소재로 한 작품이 아빠를 소재로 한 작품보다 더 많다. 「엄마 열매」는 어머니를 나무로 의인화하고 쓴 동시로, 가족의 건강과 자식 공부도 어머니의 걱정 열매로 매달린다. 집 청소와 설거지도 어머니의 나무에 땀방울 열매로 매달린다. 날마다 걱정과 땀방울 열매로 축 처진 엄마라는 나무의 가지에 자식과 아빠가 웃음으로 열매를 따지만, 매일 그 만큼씩 열매가 열린다. 엄마를 나무로 의인화하고, 엄마의 걱정과 땀방울을 열매로 비유한 점이 재미가 있다.

「우리 집 솟대」에서는 〈엄마는 날마다 비신다./ 중략 / 그 빌고 빔이 / 우리 집 행복을 가져왔단다.// 엄마께서는/ 우리 집 솟대이시다〉라고 했다. 솟대는 마을이나 가정을 위해 비는 장대 같은 설치물이다. 부모를 함께 비유한 작품들도 있다. 아래에 소개하는 작품 「방석」은 문학성이 돋보이는 작품으로, '방석이 어디에 놓이느냐에 따라 어머니 같은 품으로, 아버지 같은 등으로, 꽃잔디'로 참신하게 비유된 의미성에서 성공한 좋은 작품이다. 아버지와 어머니와 부모를 소재로 하여 쓴 그의 작품들은 동시를 읽는 독자들의 가슴을 따뜻하게 데워주며, 가족 사랑의 의미를 슬며시 안겨준다.

딱딱한 의자에서는/ 어머니 같은 품으로/

차디찬 방바닥에서는/ 아버지 같은 등으로//

앉는 손님 누구든 가리지 않고/온 마음으로 편히 모시는 방석//

뼈 하나 없는 몸으로/ 제 몸보다 몇십 배 넘는 무게를 떠받치고/

먼지와 구린내로 가득 찬 엉덩이도/ 불평 한 마디 없이 껴안는 너//
네 마음은 꽃잔디 향기가 나구나./ 네 얼굴은 집집마다 다르지만/
제비꽃처럼 예쁠 거야. // 나도 네 마음을 배우고 싶다./
네 인내를 갖고 싶다.

- 「방석」 전문

이번에 발행한 시집에는 '우리의 것'에 대한 동시가 여러 편 있었
다. 태극기에 관한 것이 4편이 실렸는데, 「태극기(6)」의 작품이 실린
걸로 보면 그는 태극기 연작동시를 6편 이상 쓴 나라 사랑 시인이라
할 수 있지 않을까? 그 외에도 그런 의미의 동시로 우리나라 산맥을
가계족보에 비유하여 쓴 힘찬 호흡의 시 「태백나무」, 우리나라 통일을
주제로 한 「우리의 뿌리」, 「새 지도를 그린 날」(새 학년이 되어 선생님이
자신을 소원을 그리라고 하자, 통일된 지도를 그린 내용의 동시) 외 여러 편
의 나라 사랑 동시가 있다.

할아버지의 땀으로 키운 콩으로/ 할머니의 정성으로 만든 메주로/ 태어
난 된장// 햇살로 익고 익어/ 사랑으로 익고 익어/ 우리 집 장독대에 보
물이 된 너// 아침저녁으로 보글보글 노래 부르고/ 여러 음식 친구들과
합창을 하여// 우리 가족 도란도란 밥상에 앉아/ 구수한 향기로 하루를
열고 닫는// 너는 우리 가족의 억센 팔과 다리이다./ 너는 대한민국의 힘
찬 땀이다.

- 「된장」 전문

땅이/ 꼭 숨겨뒀던 보물 창고를 열면//
삼국의 역사가 살아 숨쉬고/
고조선의 문화가 긴 긴 잠에서 깨어나고/
선사 시대의 집터가 얼굴을 내밀고//
땅은/ 금, 다이아몬드, 석유……./ 금고인 줄만 알았는데.//

땅은/ 오천년 우리 뿌리를 알려주는/
씨앗창고이구나./ 우리 반듯한 얼굴을 찾아주는/
선조들이 쓴 일기장이구나.

- 「땅 일기장」 전문

앞에 소개한 「된장」은 고추장 간장과 함께 우리의 대표적 신토불이
이다. 할아버지가 밭에서 땀으로 키운 콩을, 할머니 손으로 메주를 만
들어 장을 담가, 햇살과 사랑으로 익혀서 태어난 우리의 것이다. 된장
국이 아침저녁으로 보글보글 노래로 끓고, 우리 가족 밥상에 올라 구
수한 향기로 하루의 아침을 열고 닫는다. 그래서 '된장' 은 '우리 가족
의 억센 팔과 다리이다. 대한민국의 힘찬 땀이다.' 고 시인은 소중한 우
리의 것을 통하여 대한민국의 억센 팔 다리와 힘찬 땀의 정신적 승화
로 한 단계 끌어올린 의미성에서 성공한 동시라 할 수 있겠다.

「땅 일기장」은 남이 미처 생각하지 않은 특별한 소재로 우리의 것을
노래한 시인의 상상력과 역사의식이 담긴 참신성이 돋보이는 좋은 동
시이다. '땅은 보물 창고, 땅은 씨앗창고, 땅은 선조들이 쓴 일기장' 이
라는 은유(metaphor)가 눈에 띈다. 2연에서는 땅이 보물창고인 구체적
인 예시(우리나라 역사가 숨쉬는), 3연에서의 객관적인 생각의 비유, 마지
막 연에서 '땅은 오천년 우리의 뿌리를 알려주는 씨앗창고, 우리 반듯
한 얼굴을 찾아주는 선조들이 쓴 일기장' 이라는 깨달음의 비유가 이
동시를 더욱 문학적으로 빛내주고 있다.

3. 아침과 봄과 나무의 시인

김종영 시인은 아침의 시인, 봄의 시인, 나무의 시인이다. 그래서
'푸른색의 시인' 이라 할 수 있다. 아침을 소재로 한 동시가 「아침·6」

외 10여 편이고, 봄을 소재로 한 동시가 「봄 초인종」 외 10여 편이며, 나무를 소재로 한 동시 중 환경 동시가 「나무 심는 손수건」 외 5여 편이고, 그 외 나무를 소재로 한 작품이 10여 편이나 된다.

> 아침에는/ 해님이 세상의 나팔꽃이 된다.//
> 햇살 향기가/ 세상의 길을 활짝 연다.//
> 우리 집에는/ 엄마가 나팔꽃이 된다.//
> 아침 상 가득 힘 씨앗이/ 우리 가족 하루의 문을/ 힘차게 연다.
>
> — 「아침 나팔꽃(2)」 전문

「아침 나팔꽃(2)」의 작품은 아침을 노래한 작품으로 '아침에는 해님이 세상의 나팔꽃'이 되어 '햇살 향기가/ 세상의 길' 활짝 열고, 우리 집 아침은 '엄마가 나팔꽃' 되어 '아침 상 가득 힘 씨앗이/ 우리 가족 하루의 문을/ 힘차게 연다.'는 대조법과 은유를 사용하여 관념적인 아침을 시청각과 후각의 이미지를 통하여 밝고 힘찬 회화적인 동시로 형상화하였다. 그 외에 아침의 이미지를 〈아, 아침 숭늉/ 한 그릇 벌꺽벌꺽 들어 마시고/ 소 몰고 일 나가시는 아빠처럼/ 힘차게 일어선 아침 얼굴(「아침 숭늉」 끝연)〉로 표현하였는데, '아침 숭늉은 아침 안개'를 비유한 은유이며, 아침의 이미지는 '소 몰고 일 나가시는 아빠처럼/ 힘차게 일어선 아침 얼굴'로 비유되어 있다. 〈아침이면/ 세상 모두가 두근두근// 중략 // 모두가 반짝반짝 새 아침을 들고/ 친구들을 기다립니다./ 두근두근 기다립니다(「아침 숭늉」 일부)〉처럼 아침은 기다림으로 세상 모두가 두근두근 가슴이 뛰며, 희망 찬 하루가 시작됩니다.

> 고드름이/ 봄 초인종을 누른다.//
> 똑!/ 똑!/ 똑!// 봄이/ 빙그레 웃는다.
>
> — 「봄 초인종」 전문

봄꽃이 핀다./ 눈꽃이 핀다.//
날씨도/ 봄 겨울 사이를/
오락가락한다.//
봄옷을 입는다./ 겨울옷을 입는다.//
우리 마음도/갈팡질팡/
옷장을 들락날락거린다.

- 「꽃샘」 전문

「봄 초인종」은 동시집에 실린 시 중에 가장 간결하고 짧은 23자의 발상이 신선한 작품이다. 고드름이 '똑! 똑! 똑!' 떨어지는 소리를 문을 노크하는 소리와 초인종 소리에 비유해서 시로 형상화하였다. 고드름과 봄이 의인화되었고, 발견의 재미와 상상력이 뛰어난 동시이다. 마지막 연에서 고드름의 노크에 봄이 빙그레 웃는다는 것은 봄꽃이 피어남을 시적으로 표현한 것이다.

「꽃샘」은 역시 봄을 노래한 작품의 하나로, 꽃 시샘하는 날씨에 봄꽃이 폈다, 눈꽃이 폈다가 오락가락하는 것을 시상으로 잡았다. '우리 마음도/ 갈팡질팡/ 옷장을 들락날락거린다.'는 표현이 재미있다. 여러 어린이들은 봄의 얼굴을 무엇이라 생각하는가? 시인은 '땅 속 초록 눈, 잎가지의 연둣빛 잎, 꽃가지 꽃, 그리고 학굣길 새 꿈, 1학년 교실 아이들, 논밭의 힘찬 땀'을 봄의 얼굴이라고 노래한다. 〈땅 속에서 초록 눈이 말똥말똥/ 잎가지에서 연둣빛 꿈이 반짝반짝/ 꽃가지에서 향기론 웃음이 생글생글// 학굣길에서 새 꿈이 "안녕, 안녕!"/ 1학년 교실에서 당찬 손이 "네, 네!"/ 논밭에서 힘찬 땀이 "음매, 음매!"(「봄 얼굴」 일부)〉

숲은/ 탄소 지우개//
공장의 굴뚝들이/ 숲에서 살면/

새 소리만 피어오를 거야.//
숲은/ 지구온난화 지우개//
자동차들이/숲길에서 살면/
초록바람만 솔솔 나올 거야.//
지구도/ 숲 옷을 입고 살면/
북극곰도, 남극 펭귄도 행복해지고,
우리나라 사 계절도 끄떡없을 거야.

- 「숲에서 살면」 전문

위의 작품은 '환경 동시(동요)'라는 이름을 붙여도 좋겠다. 이런 환경 동시가 나무 심는 손수건, 걸어 다니는 소나무, 이제 보니, 숨가쁜 달님 등 몇 편이 더 있다. 환경 동시(동요)에 곡을 붙이면 '환경 사랑 노래'가 될 수 있겠다. 「숲에서 살면」에서 시적자아는 '숲은/ 탄소 지우개'이기 때문에 매연의 주범의 하나인 공장의 굴뚝도 숲에 살면 새소리만 피어오를 거라는 상상을 한다. 그리고 또 '숲은/ 지구온난화 지우개'이기 때문에 자동차들이 숲길에 살면 초록바람만 솔솔 나올 거라는 상상을 한다. 동시는 사실적인 내용에 시인의 상상력이 더 해졌을 때 더 좋은 동시가 될 수 있다. 그래서 지구도 벌거숭이가 아닌 숲 속 옷을 입고 살면, 북극곰도, 남극 펭귄도 행복해질 거라고 한다. 이 작품을 읽는 어린이들은 아마도 지구 사랑하는 마음이 꽃처럼 피어나겠지.

한 편 더 소개하는 환경 동시 「나무 심는 손수건」은 손수건과 나무와의 관계가 먼 소재를 동시의 제목으로 정하여 시적 발상을 한 점이 높이 평가된다. 환경을 잘 보존하자는 한 마디 말이 없으면서도 손수건을 사용함으로써 종이를 절약하여 결국은 지구에 나무 한 그루 더 심는 셈이 되는 것이 아닌가? 시는 설명보다도 이러한 시적 발상과 표현이 더 시를 빛나게 한다. 〈내 주머니에서/ 젖은 손을 기다리는 손수건// 화장실 사용할 때/ 운동장에서 뛰놀다 교실로 들어갈 때// 활짝 웃으며/ 내 손을 닦아 주는/ 손수건// 초록 지구가 고맙다고 웃어요./ 오늘도 내 손수건이/ 나무 한 그루 심었답니다.(전문)〉

산 앞에 서면/ 난 꼬마가 된다.//
엄마께 떼도 쓰고/ 아빠께 어리광도 부리고 싶고/
장난치다 선생님께 꾸중도 듣는/ 철없는 꼬마가 된다.//
그러나 하늘까지 키를 세운/ 푸른 산을 쳐다보면/
비록 작은 한 그루 나무지만/ 산 가족이 되고 싶다.//
꿈과 희망을 품고/ 땀도 흘리고/
친구들에게 사랑의 손도 건넬 줄 아는/
떳떳한 한 그루 나무처럼/ 조금은 철든 아이가 되고 싶다.
- 「산 앞에 서면」 전문

김종영 시인은 아버지를 시로 쓸 때 산을 비유적 이미지로 즐겨 사용한다. 이 시에서 '산 앞에 서면/ 난 꼬마가 된다.'는 표현도 아버지를 소재로 한 동시에 즐겨 쓰는 표현이기도 하다. 산 앞에 서면 엄마 아빠 앞에서처럼 떼도 쓰고 어리광도 부리고 싶어지는 철없는 꼬마가 된다. 그러나 '하늘까지 키를 세운/ 푸른 산을 쳐다보면/ 비록 작은 한 그루 나무지만/ 산 가족'이 되고 싶다. 떳떳한 한 그루 나무처럼 조금은 철든 아이가 되고 싶다. 산과 어울려 가족이 되고 싶은 자연과의 합일, 하늘을 향한 푸른 산을 보며 꿈과 희망을 갖는 깨달음의 동시이다.

아래에 소개하는 「친구가 되려고」는 산이 외로울까 봐 구름과 나무가 친구가 되고, 나무가 심심할까 봐 새와 바람이 친구가 되고, 산길이 쓸쓸할까 봐 풀꽃과 시냇물이 친구가 되고, 그리고 우리들이 산 가족 친구가 되려고 산으로 간다는 자연과의 합일을 노래한 동시이다. 자연인 산과 나무와 구름, 바람, 새, 풀꽃, 시냇물과 어울려 친구가 되는 점층적 의미와 동시의 특징인 간결성, 반복되는 리듬으로 노랫말로도 좋

은 동시이다. 〈산이 외로울까 봐/ 구름이 친구가 되고,/ 나무가 친구가
되고.// 나무가 심심할까 봐/ 새가 친구가 되고,/ 바람이 친구가 되
고.// 산길이 쓸쓸할까 봐/ 풀꽃이 친구가 되고,/ 시냇물이 친구가 되
고.// 오늘은 우리들이/ 산 가족들 친구가 되려고,/ 산으로 간다.(「친구
가 되려고」 일부)〉

4. 꿈과 희망, 깨달음의 푸른색 시인

그가 이번에 펴내는 동시집에는 '꿈과 희망'을 노래한 작품이 20편
이 넘는다. 다른 시인들보다도 그 비율이 훨씬 더 높다. 앞에서 살펴
본 아침과 봄, 나무, 가족에 관한 동시들 중에도 많은 작품들이 꿈과
희망과 조금은 연관이 되지만 이미 다루었기에 제외한다. 꿈과 희망이
함께 다루어진 작품도 있고, 따로 구분이 되는 작품들도 있다.

나무도/ 꿈 하나씩 들고,/ 푸른 산이 되고.//
곡식도, 과일나무도/ 꿈 하나씩 들고,/
풍성한 들판이 되고.//
이 세상을 희망으로 채우는/우리들//
부모님께서 땀으로 닦아 논/ 아침 길로/
꿈 하나씩 들고,/ 반짝반짝 걸어간다.

– 「꿈 하나씩 들고」 전문

이 작품은 꿈을 소재나 주제로 한 작품이지만, 우리들에게서는 꿈
이 희망으로 바뀐다. 즉 꿈과 희망은 같은 뜻으로도 쓰임을 알 수 있
다. 나무도 꿈 하나씩 들고 푸른 산이 되고, 곡식도 풍성한 들판이 되
는 꿈을 꾸듯, 우리들은 이 세상을 희망으로 채운다. 이 동시의 끝부분

에서도 희망을 상징하는 아침(길)이 나온다. 그 아침 길로 우리들은 꿈 하나씩 들고 반짝반짝 걸어간다.

> 밭에 흑갈색 보드라운 흙 한 줌을/ 손에 놓고 본다.//
> 이 기름진 흙은/ 아버지의 땀이구나./ 아버지의 꿈과 희망이구나.//
> 이 흙에서/ 아버지 주먹만 한 감자가 열리고,/ 내 한아름만 한 배추도,/
> 싱싱한 채소도 자라/ 어머니 밥상은/ 늘 풍년으로 살이 쪘었구나.//
> 그 아버지의 꿈과/ 어머니의 사랑으로 보란 듯이/ 우리들이 이만큼 컸구나.//
> 아버지의 넉넉한 웃음이/ 내 온몸으로 햇살처럼 번진다
>
> — 「아버지의 웃음」 전문

「아버지의 웃음」은 유일하게 '아버지의 꿈과 희망'을 노래한 깨달음의 좋은 작품이다. 아버지의 꿈과 희망으로 주먹만 한 감자가 열리고 내 아름만 한 배추와 싱싱한 채소들이 자라서, 어머니의 밥상이 풍년으로 살이 찐다. 그 아버지의 꿈과 희망과 어머니의 사랑이 합쳐서 우리들이 이만큼 컸음을 깨닫는다. 그리고 아버지의 넉넉한 웃음이 내 온 몸으로 햇살처럼 따뜻하게 번진다.

> 신발 가게에/ 엄마와 민석이가 들어섭니다./ 신발들의 속삭이는 소리가 들려옵니다.// "난 에베레스트 산을 오르고 싶어."/ "난 휴전선을 넘어 당당히 걸어가는/ 통일의 발 주인이 되고 싶어."/ "난 멋진 양복 입고, 지팡이든/ 영국 신사가 되고 싶어."/ "참, 매일 밤 창밖만 보는/ 파란 꼬마 넌 뭐가 되고 싶어?"/ "나, 나 말이야./ 난 땀 흘리는 친구 발이면 돼./ 그러나 밤이면 별을 보며/ 큰 꿈을 꾸는 그런 아이의 발이면/ 참 좋겠어."/ "야, 꼬마야, 네가 찾는 주인공이/ 바로 네 앞에 서 있구나."// 민석이가 말합니다./ "엄마, 이 신발 꼭 맞어./ 모양도, 색깔도 맘에 쏙 들어."/ 파란 운동화는 민석이의 발을/ 꼭 끌어안습니다.

「꿈꾸는 신발」은 신발을 사람처럼 말을 할 수 있게 의인화한 대화체의 '이야기가 있는 동시' (동화시)이다. 신발 가게에서 신발들이 모여서 자신의 꿈을 얘기한다. 세계에서 가장 높은 에베레스트 산을 오르는 것이 꿈인 신발, 통일의 신발, 영국신사의 신발……. 신발들의 물음에 파란 꼬마 신발은 "나, 나 말이야./ 난 땀 흘리는 친구 발이면 돼./ 그러나 밤이면 별을 보며/ 큰 꿈을 꾸는 그런 아이의 발이면/ 참 좋겠어."라고 대답한다. 그러자 신발 하나가 파란 꼬마 신발에게 말한다. "야, 꼬마야, 네가 찾는 주인공이/ 바로 네 앞에 서 있구나."하자, 이심전심으로 민석이가 말한다. "엄마, 이 신발 꼭 맞어./ 모양도, 색깔도 맘에 쏙 들어." 작품의 마지막 부분 '파란 운동화는 민석이의 발을/ 꼭 끌어안습니다.' 가 이 동시를 문학적으로 더 빛나게 한다. 신발과 주인공의 꿈을 재미있는 이야기로 구성한 동시라서 어린이들이 즐겨 읽을 수 있는 작품이다.

소개한 작품 외에도 참신한 발상과 간결한 이지미로 쓴 〈네 마음속에는/ 꿈마차가 숨어 있고,/ 네 마음속에는/ 암탉 같은 달이 숨어 있고.// 너를 베고 누우면/ 꿈나라 동화나라 잘도 달린다./ 너를 베고 한잠 푹 자고 나면/희망의 아침이 쏙쏙 태어난다.(「베게」 전문)〉

그리고 참신한 발상으로 예술성이 돋보이는 '겨울나무들이 봄을 잡아당기려고 꿈발 뒤꿈치를 든다' 는 내용의 제목을 잘 정한 동시 한 편을 더 감상해보자. 〈겨울나무들은/ 눈 속에 꽁꽁 언 발을/ 가끔 살짝살짝 든다.// 해님 손에 든/ 봄을 잡아당기려고/ 꿈발 뒤꿈치를 든다.(「꿈발 뒤꿈치」 전문)〉

꿈 손들이 어깨동무하고/ 나무를 심습니다./
희망의 마음들이 어깨동무하고/ 꽃을 심습니다.//

새들이 날아옵니다./ 꽃들이 노래합니다.//

새 봄처럼 태어나는/ 푸른 지구의 얼굴//

지구가 푸른 발자국 찍으며 갑니다./

해님도 파란 햇살 손으로 찾아옵니다.

- 「푸른 얼굴」 전문

「푸른 얼굴」에서 느끼는 것은 꿈과 희망의 색깔은 푸른 얼굴(푸른 색) 이다. 이번 동시집에 즐겨 다룬 시의 소재나 주제는 아침, 봄, 나무, 꿈과 희망, 가족사랑, 나라사랑 등 밝고 푸르고 긍정적인 동시이기에 푸른색이라 할 수 있다. 꿈 손들과 희망의 마음들이 나무를 심고 꽃을 심으면, 새들이 날아오고 꽃들이 노래하고, 푸른 지구의 얼굴이 푸른 발자국 찍으며 가고, 해님도 파란 햇살의 손으로 찾아온다. 여기서도 푸른 지구 얼굴, 푸른 발자국, 파란 햇살 등이 푸른 색깔이다. 앞에서 소개한 동시에 나오는 '꿈 손', '꿈발'은 그가 만든 시어(조어)이다.

카누를 탔다./ 배가 흔들린다.//

그때 선생님께서 "중심!" 소리치신다./

재빨리 가운데를 찾아 앉았다./ 배가 잠잠하다.//

그렇구나!/ 마음이 흔들릴 때나/ 내 갈 길을 잃을 때/

마음의 중심을 찾아 떡 버티고 서면/ 안개 속에 보이지 않던 내 길이/

해님 앞에 얼굴을 내밀 듯/ 내 꿈이 환히 보이겠구나.

- 「중심」 전문

위의 동시 「중심」은 형체가 없는 관념적인 단어다. 관념적인 주제나 소재를 시로 쓸 때는 객관적인 사물에 비유하며 그림을 그리듯 언어의 그림(word picture)을 그려야 한다. 카누를 탈 때 배가 흔들리는 것을 내 마음이 흔들릴 때를 대조법으로 비유하여 쓴 작품이다. 배가 흔들리자 선생님께서 "중심!" 하고 소리쳤다. 재빨리 가운데를 찾아 앉자, 흔들리던 배가 잠잠해졌다. 그 때 머리를 스치는 깨달음 하나! - 〈그렇구나!/ 마음이 흔들릴 때나/ 내 갈 길을 잃을 때/ 마음의 중심을 찾아 떡 버티고 서면/ 안개 속에 보이지 않던 내 길이/ 해님 앞에 얼굴을 내밀듯/ 내 꿈이 환히 보이겠구나.〉

> 미술 시간에 만든/ 돌에다 그린 웃는 내 얼굴//
> 책상에 혼자 있어도 웃고,/ 욕을 해도 웃고,/
> 방바닥에 떨어져서도 웃고,/ 어둠 속에서도 웃고.//
> 힘들어 축 처져 책상에 엎드린/
> 나를 빤히 보면서도 웃는/ 내 얼굴//
> '그래, 저 돌 같은 마음도 웃는데,/
> 이런 일 쯤이야 웃어 넘겨야지.' /
> 속상할 때/ 화가 막 날 때/
> 친구처럼 웃음을 심어 주는/
> 내 돌 얼굴//
> 정말 저 얼굴이/
> 내 진짜 얼굴이 됐으면/ 참 좋겠다.
>
> — 「돌 얼굴」 전문

미술 시간에 돌에다 간단한 유채화 그림을 그리기도 한다. 그 때 돌에다가 웃는 자신의 얼굴을 그린 것을 소재로 하여 쓴 작품이리라. 아니면 신라시대의 웃는 기와를 보고 힌트를 얻어 작품을 썼을 수도 있겠다. 늘 웃는 돌을 보고 그 때 스치는 깨달음 둘! - 〈 '그래, 저 돌 같은 마음도 웃는데,/ 이런 일쯤이야 웃어 넘겨야지.' / 속상할 때/ 화가 막 날 때/ 친구처럼 웃음을 심어 주는/ 내 돌 얼굴〉

> 툭 하면/ "괜찮아!"//
> 툭 하면/ "잘 될 거야!"//

툭 하면/ "힘내!"//

늘 눈빛 웃음 건네주고/

우리들 모인 자리 웃음 뿌리고/

따뜻한 손으로 잡아 주고//

바쁜 일 하나도 없고/

화내는 일 한 번도 없는//

나도 닮고 싶은 친구/

참 괜찮은 김민석 친구

– 「괜찮은 친구」 전문

　김종영 시인의 동시는 어린이들이 주독자임을 생각하고 부정적 현실보다도 긍정적인 현실을 소재와 내용으로 한다. 예를 들어 환경 동시를 쓸 때도 환경 고발의 동시가 아니라, 어떻게 하면 지구환경을 잘 가꾸고 보전할 수 있을까에 고민하고 시로 형상화할 방법을 찾는다.

　「괜찮은 친구」도 긍정적인 친구 민석이를 소재로 하여 쓴 작품으로, 김 시인의 동시에서 사람의 이름이 직접 드러난 작품은 극히 드문 편이다. "괜찮아!", "잘 될 거야!", "힘내!"하며 긍정적인 눈빛 웃음, 따뜻한 손으로 잡아주고, 매사에 서두르지 않고, 화내는 일 없는 참 괜찮은 친구 민석이를 닮고 싶다. 시적자아도 긍정적인 사람이 되고 싶다는 내용의 작품이다. 이 동시 또한 친구의 행동을 보고 쓴 깨달음의 동시라 할 수 있겠다.

5. 나가면서

　그 동안 발표되는 김종영 시인의 작품을 문학잡지나 동인지 등에서 읽어왔지만, 160편이나 되는 방대한 동시를 이렇게 한꺼번에 정독하여, 분류하고, 분석하며 읽어본 일은 없었다, 세상이 급변하며 동시의 주독자인 어린이들도 환경과 생각이 많이 달라졌다. 그래서 과거의 동시가 '동시도 시어야 한다'는 점에서 동시의 표현 수준은 끌어올렸지만, 시가 어려워 독자들이 동시에서 멀어진 적이 있었다. 예전에도 그의 동시는 호흡은 길었지만, 그렇게 난해하지도 않고 표현도 좋았다. 그러나 동화집을 2권 내고, 동요에 정진하면서 그의 동시는 좀 흔들리기 시작했다. 즉 동시가 이야기가 있는 동시(또는 동화시) 쪽으로 많이 기울어지기도 하고, 동시는 푹 끓여서 진국물이 우러나거나 몇 번이고 곱씹어서 맛이 나야 좋은 작품이라고 할 수 있는데, 노래를 들으면서 금방 이해가 되어야 하는 동요 쪽으로 아주 잘 나가다 보니, 독자를 불러들여야 하는 '재미성이나 동시의 깊이 면에서 좀 소홀한 느낌이 들기도 하였다.' 그러나 그동안에도 아버지를 소재로 한 동시 몇 편은 진국물이 우러나는 좋은 동시라서 필자가 평론에 소개하며 극찬을 한 적이 있었다.

이번에 펴내는 동시집에는 '가족 사랑 나라 사랑', '아침과 봄과 나무', '꿈과 희망, 생각하는 시 쓰기'와 관련 작품이 중심을 이룬다. 요즘의 젊은 동시인들처럼 호흡이 짧아진 동시도 많고, 작품이 긍정적이고 밝고 푸르고 자연 사랑 나라 사랑의 작품들이 많아 독자들에게 꿈과 희망을 주는 좋은 동시집이라서 읽어보기를 권한다. 많은 책을 펴내었지만, 동시 해설을 동시집에 넣은 것은 처음이라고 하였다. 그래서 이번 동시집에 그의 동시 작품론과 작가론을 곁들여 정리하여 써드리려 했으나, 본 동시집에 함께 싣는 엄기원 선배님의 글과 내용이 중복이 되어 약식으로 써보았다.

김종영 시인은 현재 『솔바람동요문학회』 회장을 맡아 열심히 일하고 있다. 1947년 강원도 속초에서 태어나, 1973년 조선일보 신춘문예에 동시 「아침」이 당선되어 등단을 한다. 특히 동요 부분에서 '솔바람'과 전국적인 동요 작사와 작곡가 모임에서 활발히 활동하여 좋은 성과를 거두게 된다. 그냥 운이 좋아 이루어진 것이 아니라, 본인이 좋아서 많은 노력을 기울인 결과물인 것이다. 동시집이 『하늘을 날아다니는 아이들』(' 80) 외 8권, 동화집 『무지개 운전사』 외 1권, 즉흥동요집 『가을의 주인공』 외 7권 등의 많은 아동문학 서적을 펴내었다. MBC 창작동요제와 KBS 창작동요제, EBS 국악동요제, 창작국악동요제 등 우리나라에서도 가장 많이 동요제에 입상한 사람의 하나이다. 초등학교와 중학교 음악책에 「꿈 배를 띄우자」 외 4편, 초등학교 교과서에 「싸움한 날」 외 1편의 동시가 실렸다. 이 정도의 화려한 문학 경력인데, 이번에 펴내는 동시에 대해 김종영 시인의 시 해설 부탁을 받고 반가와 허락하였지만, 오히려 누가될까 걱정이 되기도 한다.

> 동시를 쓰고 싶은 날은/ 과학자가 된다.// 우주 별들의 창문을 두드려 보고,/ 바다 속 가족들 집도 살펴보고.// 어느 날은/ 의사가 된다.// 산 가족들에게 청진기를 대보고,/ 땅과 하늘의 혈압과 시력도 재보고.// 어느 날은/ 농부가 된다.// 해달이 되어 땀을 흘려 보고,/ 농부가 되어 소와 호미처럼 기어도 보고.// 동시를 쓰고 싶은 날은/ 직업 체험 학습을 떠난다.
>
> – 「직업 체험 학습」 전문

위의 작품 「직업 체험 학습」은 자신이 동시를 쓰는 마음과 방법을 얘기하고 있다. 동시를 쓰고 싶은 날은 과학자 입장에서, 의사가 되어서, 농부가 되어서, 해가 되어서 시의 대상인 사물을 바라본다. 과학자의 마음과 눈으로 '우주 별들의 창문을 두드려 보고,/ 바다 속 가족들 집도 살펴보고', 어느 날은 의사가 되어 '산 가족들에게 청진기를 대보고,/ 땅과 하늘의 혈압과 시력도 재보고' 한다. 또 어느 날은 농부가 되어 ' 소와 호미처럼 기어도 보고' 한다. 새로 펴내는 160여 편의 많은 시를 읽으면서 동시에서는 제목 정하기가 중요한 비중이 되는데,

김 시인은 제목을 정말 잘 정하는 시인이라는 걸 칭찬해 주고 싶다.

김종영 시인이 발간하는 동시집 중에는 '동시쓰기'에 대한 작품이 몇 편 더 있다. 그 중에 「동시 나비 한 마리」는 "동시야, 놀자"하면, 〈초록바람이 풀잎밭로 걸어오고, / 풀꽃들이 친구들 눈빛으로 달려들고, / 물소리가 목청 높여 내 맘까지 흘러오고. / 중략 / 내가 읊조리면/ 동시 꽃 한 송이 펴 웃고, / 동시 나비 한 마리 날아다닌다.〉 그래서 시인은 자연이 되고, 자연은 시인이 되어 그 경계가 분명치 않다. 이 동시를 읽으며 느낀 점은 그가 동시를 쓸 때, 뼈를 깎고 피를 말리는 작업을 하는 것보다, 자연과 어울려 혹은 어린이들을 바라보며 즐겁고 행복하게 동시(동요)를 쓰고 있다는 생각을 해봤다. 동심은 천심이고, 인간의 기본 바탕이다. 그래서 동시는 시의 기본이요, 시의 시작이요, 또한 끝이기도 하다. 사람의 일생과 성정도 그렇지 않은가? 그래서 아동문학을 하는 사람은 늘 동심을 간직한다. 그래서 순수함을 잃지 않고 마음이 늙지 않는다. 김종영 시인은 동심 한 우물을 깊이 파며 마음이 순수하여 늙지 않는 것 같다.

이번에 펴내는 제9동시집 『아버지의 웃음』 발간을 진심으로 축하드리며, 앞으로도 좋은 동시와 동요 창작을 통해서, 우리나라 어린이들이 더 좋은 동시와 동요를 많이 읽고 노래 부를 수 있게, 즐겁고 행복한 집필을 기원드린다.

발견을 통한 의미 찾기와 시적 감동

— 조무근 『질러서도 가 봤다가 돌아서도 가 봤다가』

1. 들어가면서

조무근 시인은 25여 년 간 외도를 하지 않고 아동문학이란 한 우물을 깊숙이 파 들어가고 있다. 아동문학 중에서도 주로 동시와 동요라는 우물을 파고 있는 사람 중의 한 사람이다. 그는 1941년 함북 성진에 태어나 강릉에서 자랐으며, 강릉 사범학교를 졸업하고 군복무 후 복직을 하여 60년대에 삼척군 북평읍 북평초등학교에 근무할 적에 아동문학가 김지도씨랑 '죽서아동문학회'를 만들어 필자의 고장에서 활동을 하였다. 1979년 매일신문 신춘문예에 동시가 당선되고, 아동문학평론지에 동시 추천완료, 제28회 월간문학신인상, 1989년 제11회 한국아동문학 작가상을 수상한 중진 작가로, 동시집 『하늘을 도는 굴렁쇠』(1979년)외 5권과 산문집, 학습도서 『독서와 글짓기』가 있다.

이번에 육순이 넘은 나이로 만성신부전증으로 병마와 싸우는 어려운 가운데 여섯 번째 동시집 『질러도 가 봤다가 돌아서도 가 봤다가』를 펴낸 데에 박수를 보내며, 작품의 경향은 크게 둘로 나누어 볼 수 있다. 하나는 시인 자신의 삶에 대한 사색과 방법, 다른 하나는 자연에 대한 경이로움과 존재론적 섭리 발견을 인생과 문학의 중진의 눈과 가슴으로 담담하게 빚은 작품들이다.

2. 삶에 대한 사색과 방법

요즘 들어 90년대부터 지금까지 많이 박수를 받으면서 유행해오는 '구어체 동시'에 대해 문제점을 제기하는 사람들이 있다. 초창기는 동요를 동시로, '60~'70년대에는 '동시도 시이므로 시 차원으로 수준을 끌어올려야 한다.'는 운동이 전개되어, 동시의 수준이 올라갔으나 동시의 난해성으로 독자와의 거리를 좁히지 못했다. 이러한 문제점을 치유하기 위한 방법으로 신형근의 동시집 『거인의 나라』를 시작으로 하여 구어체 동시가 활발하게 전개되었다. 이는 독자와의 거리를 좁히기 위하여 동화적 상상력에 의한 이야기 기법을 적용한 고도화된 시적 장치의 하나였다. 그러나 창조적 상상력이 부족하면서 천진한 어린이의 태도나 어조를 모방한 구어체 대화조의 산문화 경향의 작품이 그동안 식상하도록 많이 발표되고 있는 시점에 '삶에 대한 사색과 방법'을 노래한 그의 시를 살펴보는 것 또한 의미가 있겠다.

> 길을 간다/ 실핏줄처럼/ 얽힌 길을 //
> 새들은 자유롭게/ 하늘 지름길로 날고 //
> 등짐 진 달팽이는/ 긴 여행길 //
> 자벌레는 제 몸뚱일/ 재면서 가는데 //
> 살아 있는 건/ 모두 다/ 제 갈 길 있는 걸까//
> 오늘도 나는/ 실핏줄 미로를 헤맨다.//
> 질러서도 가 봤다가/ 돌아서도 가 봤다가//
>
> — 「길(1)」 전문

신호등이 필요 없다/ 새들이 맘대로 날아다니게/ 직선길 터준다.

별똥별이 제 몸 사르며/ 밤하늘에다 직선을 긋는다/ 누가 뭐라 하든/ 제 갈 길 간다.

연이 제멋대로/ 하늘을 쏘다닌다

연줄이 잔소릴 늘어놓아도/ 제 할 일 하고야 만다.

언제나/ 지름길 열어 주는 하늘

언제나/ 하고픈 거 하도록/ 자유를 주는 하늘.

- 「하늘 지름길」 전문

위의 시 2편은 삶의 정체성과 방법, 우주적 자유를 사색과 관조의 자세로 바라본 생활 동시로서 성공한 글이라 할 수 있다. 길이란 의미를 사전에서 대충 찾아보았는데, ① 한 곳에서 다른 곳으로 다닐 수 있게 땅 위에 난 일정한 너비의 선 ② 사람이 지킬 도리 ③ 방법, 수단 ④ 여정 등으로 나와 있었다. 위에 소개한 「길(1)」에서의 길은 삶의 '③ 방법'을 의미한다. 시적 자아를 비롯한 사람들이 살아가는 길은 실핏줄처럼 복잡하게 얽힌 길이다. 이러한 길을 시적 자아는 〈질러서도 가 봤다가/ 돌아서도 가 봤다가〉하며 살아가는 체험을 새와 달팽이와 자벌레에 비유하며 자연에서 삶의 방식을 발견하게 된다.- 새는 지름길을 날아감으로써 '빠름의 미학'을, 등짐 진 달팽이는 '느림의 미학'을, 자벌레는 '삶의 정확성과 계획성'의 미학을 얘기한다. 그리하여 〈살아 있는 건/ 모두 다/ 제 갈 길 있는 걸까〉는 깨달음을 넌지시 독자에게 안내해주는 삶의 철학과 시의 효용성 면에서 성공한 작품이기도하다.

「하늘 지름길」은 「길(1)」의 2연에서 시적으로 착안하여 상상력을 펼친 작품이다. 하늘의 이미지 중에 하나는 '자유'라고 할 수 있다. 그래서 하늘에서는 별똥별이 제 자유대로 제 몸 사르며 밤하늘에다 직선을 긋는다. 직선은 빠름, 출세, 곧음, 정직, 올바름 등을 나타낼 수도 있겠다. 연에는 연줄이 있다. 연줄이 잔소리로 간섭을 하여도 하늘에서는 연이 자유대로 제할 일을 한다. 사람들도 어찌 보면 연처럼 보이지 않은 수많은 연줄에 묶여 사는지도 모른다. 그러다 연줄이 끊어지면 연은 아래로 추락을 하지만, 연을 띄우는 아이는 연이 자유를 찾아, 고향을 찾아갔다고 생각한다. 〈하늘에는 신호등이 없다〉와 〈연줄이 잔소리를 늘어놓아도〉의 표현은 시의 재미를 더해 준다. 다른 연작시 「길(2)」에서는 길을 인체의 실핏줄과 큰 핏줄에 비유하면서 길을 통해 개인에서 사회가 이루어져 지구촌이 이루어짐을 말해준다. 「길(3)」은 추억이 담긴 작은 길이 큰길이 되고 구비길이 직선이 되어 가는 데에 아쉬움과 섭섭함을 시로 형상화하면서, 〈나는 지금도/ 작은 짐을 어깨에 메고/ 오솔길 따라/ 묵묵히 거닐고 싶다.// 비잉- 돌러서 갈지라도.〉라는 여유 있는 자신의 삶의 방식을 넌지시 독자에게 안겨주는 생각하는 시라고 볼 수 있다. 이 글은 산업 문명에 대한 비판을 다룬 모더니즘 계열로, 같은 계열의 시 「논둑길」에서는 〈예전의 논둑길은/ 구불구불 곡선 길// 도란도란 이야기가/ 꽃피던 길// 요즘의 논둑길은/ 반듯반듯 직선 길/ 경운기 이양기가/ 설쳐대는 길// 예전의 논둑길 정다워서 좋고/ 요즘의 논둑길 편리해서 좋고〉라고 하며 산업 문명 비판과 수용의 변화된 자세를 보게 된다.

도道라는 글자를 붙여/ 편을 갈라놓았다.//
국도國道와 지방도/ 인도人道와 차도車道/ 상수도와 하수도
금線을 그어 놓고/ 편을 갈라놓았다.//
하늘과 바다의 수평선/ 하늘과 땅의 지평선/ 북한과 남한의 휴전선//
편가르지 마세요. 제발!/ 더불어 살아야 하잖아요.

〈그림으로〉 −「편가르기」 전문

지금까지 오르내린 계단/ 하나로 잇는다면/ 도대체 그 높인 얼마나 될까

/ 앞으로 얼마나 올라가야만 할까// 단번에 서너 칸/ 올라갈 수 없는 계단// 오늘도 나는/ 한 칸 한 칸을/ 로봇처럼 오르내리고 있다.

- 「계단」 일부

편가르기를 사람들은 좋아한다. 우리편이 아니면 적대시하고 그러다 보니 서로 사이에 골은 깊어진다. 우리나라는 신라와 백제 때부터 경상도와 전라도가 오랫동안 싸웠고, 근래에 와서 정치인들이 선거를 위하여 그러한 분위기를 부추겨서 당선이 되는 일들이 있었다. 이제 잘못하다가는 영남과 호남, 종친, 지연, 학연들로 말미암아 망국의 길로 들어설 수도 있는 일임을 깨닫게 해주는 작품이다. 요즘 들어 가장 걱정스러운 사람들이 국회의원을 비롯한 정치인들이다. 정치인들이 국민을 잘 먹고 잘 살 수 있도록 하는 것보다 자신들의 밥그릇을 위하여 싸움이나 하다 보니 나라의 결집과 나라 경제 발전에도 걸림돌이 된다. 〈편가르지 마세요. 제발!/ 더불어 살아야 하잖아요.〉 말로만 하지말고 이제는 정말 상생의 정치를 하기를 온 국민이 바라고 있다.

그러나 이 시의 '국도國道와 지방도, 인도人道와 차도車道, 상수도와 하수도, 하늘과 바다의 수평선, 하늘과 땅의 지평선'은 엄밀히 보면 편을 가른 예로 적당하다고 보기 어렵다.

남북통일도 마찬가지로 꼬집고 있다. 아내와 남편을 기다리다가 부모와 자식을 기다리다가 폭삭 재가 되어버린 가슴들이 얼마나 많은가, 반세기를 기다렸는데 또 얼마를 기다려야 하나, 내 권력 욕심하나 버리고 서로 툭툭 털고 얼싸안으면 잘린 허리통증 씻은 듯 나을 텐데 위정자들이 그러지 못하니 힘없는 백성들만 불쌍하다.

시 「계단」은 삶에 대한 사색과 방식을 다룬 재미성과 시적 상상력이 풍부한 성공한 작품이다. '계단'은 언덕이나 고개처럼 삶을 살아가는 데 장애물의 장치라 볼 수 있다. 1연에서 〈우린 매일/ 계단을 오르내리며/ 살아가고 있지요〉라는 전제를, 2연에서는 아파트와 육교와 지하도의 구체적 상관물을 열거하고, 3연에서 〈지금까지 오르내린 계단/ 하나로 잇는다면/ 도대체 그 높이 얼마나 될까〉로 시의 재미성을 동반한 상상의 날개를 활짝 펼친 이 시의 백미에 해당되는 부분이다. 그리고 이어서 〈앞으로 얼마나 올라가야만 할까〉에서는 살아가야 할 세월이나 올라서고 싶은 욕망을 표현했다고 본다. 4연에서는 〈단번에 서너 칸/ 올라갈 수 없는 계단〉에서 욕망의 자제를 암시했다. 그리고 마지막 연에서는 과욕하지 않고 살아가는 시적 자아의 삶을 그렸지만, 〈로봇처럼 오르내리고 있다〉고 하는 것은 오늘날 인간미가 결여된 기계처럼 반복되는 변화 없는 일상을 내포한다고 볼 수 있다.

3. 자연에 대한 경이로움과 존재론적 섭리 발견

필자는 근래에 동해안에서 발생한 자연 재해를 몇 차례 겪으면서 자연의 힘을 새삼스레 깨닫게 되었다. 산불로 숲과 사람들이 사는 집들이 타는 것을 보았고, 태풍 '루사'와 '매미'를 몸소 체험했다. 실제 겪어보지 않은 사람은 그 위력을 잘 모른다. 이러한 일이 일어나는 것도 모두 사람들 스스로 만든 재앙이다. '숲은 사람 없이도 살 수 있어도, 사람은 숲 없이는 살 수 없다.'는 얘기가 있다. 자연을 바라보노라면 그 오묘함과 신의 섭리를 발견하게 된다. 자연을 바라보노라면 사람이 어떻게 살아야 하는지를 배울 수 있다. 자연은 사람의 스승이라 할 수 있다.

엄마, /모든 게 살아 있어, 그치?//
그래. / 바람 불면 숲이 살아나고/ 나무가 살아나는 거야.//
해 지면 밤이 살아나고/ 해뜨면 아침이 살아나지.//
소리지르면 메아리가 살아나고/ 흙을 만지면 흙이 살아 있다는 걸/ 손으

로 직접 느끼잖아.//

정말, 그렇구나!/ 무엇이든 건드리는 대로/ 느끼는 대로 다 살아나는구나.

─「생명 발견」 전문

바람과 나무는 단짝 친구야/ 바람의 귓속말도 들을 수 있으니까.// 어떻게 듣느냐구요/ 암, 다 아는 수가 있지.// 나뭇잎이 고개를 끄덕이잖아/ 바람의 이야기를 들었으니까.// 바람과 나무는 단짝 친구야/ 바람의 모습을 다 볼 수 있으니까.// 이렇게 보느냐구요?/ 암 다 아는 수가 있지.// 나뭇잎이 악수하며 손 흔들잖아/ 바람의 표정을 보았으니까.

─「바람과 나무」 전문

한 동이 물을/ 어머니께서 이고 간다// 도대체 저 강물은/몇 동이나 될까// 지구는 하나의 큰 배/ 그 무거운 것 다 싣고도// 가라앉지 않고 떠 있다/ 끄떡없이 떠 있다./ 한 지게 흙을/ 아버지께서 지고 간다// 도대체 저 산은/ 몇 지게나 될까

─「끄떡없이 떠 있다」 일부

근래에 들어 조무근 시인의 돋보이는 시가 다수 발표되고 있다. 성공한 작품들은 다양한 자연을 소재로 하여 근본적인 원리를 추구하는 철학을 시의 바탕에 깔고 긍정적인 삶을 서정적으로 노래한 글들이 그 주류를 이룬다.

위의 시 3편의 공통점은 어린이의 눈높이에서 자연을 소재로 자연에 대한 경이로운 발견의 기쁨과 창조적 상상력의 터널을 통하여 시를 형상화 한 것이다. 「생명의 발견」과 「바람과 나무」의 공통점을 더 찾아보면 동심의 눈으로 자연을 동화처럼 의인화하여 바라본 대화체 동시의 형태로 존재론적 의미성을 내포한 시다. 위의 시는 앞에서 언급했던 90년대부터 2000년 지금까지 유행하고 있는 일상적인 소재인 이야기를 독자인 어린이 어투에 맞춤으로써 동시의 산문화·해체화의

길로 들어섰던 실패한 부류의 그런 시와는 다르다 할 수 있다. 그의 시는 체험과 상상력과 의미성과 진정한 삶의 내재와 시적 감동이 포함되어 있다.

「생명 발견」은 동시로서는 무거운 제목을 택하여 구체적 상징을 끌어들여, 엄마가 구체적 상황을 제시하며 〈바람 불면 숲이 살아나고/ 나무가 살아나는 거야.// 해 지면 밤이 살아나고/ 해뜨면 아침이 살아나지.// 소리 지르면 메아리가 살아나고/ 흙을 만지면 흙이 살아 있다는 걸/ 손으로 직접 느끼잖아.〉라고 넌지시 일러 준다. 첫 연에서는 시적 자아인 어린이가 생명 발견의 경이로움을 동기부여하고, 끝 연에서는 우주만물의 무생물까지도 생명체임을 인식시키는 동시로 생명을 경시하는 요즘의 현실에 큰 메시지를 던져주고 있다. 이 시집에 실린 작품 중에서도 가장 뛰어난 작품 중에 한 편이다.

「바람과 나무」는 문답법의 구어체를 사용한 1절 2절로 된 대칭형의 동요시라고 볼 수 있겠다. 우리가 객관적으로 생각하는 내용을 가지고 〈바람과 나무는 단짝 친구다〉라는 전제 → 나무는 친구이기 때문에 바람의 귓속말을 들을 수 있다는 시적 발상 → 어떻게 아느냐? →나뭇잎이 고개를 끄덕이니까. 3연과 6연의 도치법은 동요시로 좋은 기법이라 생각되며, 이만한 발견의 재미와 시적 형상화는 외형률 위주의 동요시에서는 찾아보기 쉽지 않다. 위에 소개한 두 편의 좋은 시는 읽는 사람들의 가슴에 기쁨과 감동을 함께 안겨준다.

「끄떡없이 떠 있다」는 어머니와 아버지가 이고 지고 가는 물동이와 지게의 흙을 보고 강물과 산의 흙은 몇 동이와 몇 지게나 될까 하는 상상력, 지구는 하나의 큰 배와 하나의 큰 공으로 보고 가라앉지 않고 끄떡없이 떠 있다는 내용의 시적인 상상력을 바탕으로 한 시이다. 상상력을 통한 발견의 재미를 맛볼 수 있지만, 두 내용의 구성과 제목의 포괄성에서 면에서 문제점이 보인다. 두 내용을 각각의 시로 따로 하여 상상의 날개를 더 펼쳤으면 더 좋은 글이 되지 않았을까 하는 생각을 해 본다.

위의 시뿐만 아니라 조무근 시인의 시 세계는 꽃, 나무 곤충, 새, 바람, 바다 등 자연의 모든 것들에 대한 존재론적인 모색을 주제로 한 작품이 많다. 그리고 발견의 재미와 오묘하고 경이로운 자연의 섭리를 깨우쳐 주는 시들을 두 편 더 감상 해보자. 「갯벌 일기」는 자연의 섭리 발견을, 「바위 얼굴의 미소」는 돌부처의 미소에서 당시 사람들의 미소, 즉 우리들의 참모습을 발견하며 자연에는 우주를 다스리는 하나님의 뜻인 섭리가 있음을 깨우쳐 준다.

> 바닷물이/ 그냥 드는 줄 알았는데// 하느님의 뜻대로/ 거무스름하고 미끈미끈한 흙으로/ 생명의 벌판 만들어 주서서 고마워요// (중략) 바닷물은 서해안에다/ 밀물과 썰물로 인공호흡하면서/ 그냥 들락날락하는 게 아니었군요
>
> — 「갯벌 일기」 일부

> 주의 돌부처님 얼굴 좀 보세요/ 한결같이 빙긋이 웃고들 있잖아요// 우리의 신라 사람들/ 웃음 잃지 않았대요// 천 년 동안 이어 오는 미소 띤 얼굴/ 끈끈한 우리들의 참모습이지요// 제주도 돌하르방 얼굴 좀 보세요/ 한결같이 투박하게 웃고들 있잖아요// 우리의 제주 사람들/ 웃음 잃지 않았대요// 세찬 바람 견디면서 미소 띤 얼굴/ 평범한 우리들의 참모습이지요
>
> — 「바위 얼굴의 미소」 전문

4. 나가면서

조무근 시인의 시를 '삶에 대한 사색과 방법'과 '자연에 대한 경이로움과 존재론적 섭리 발견'이라는 면에서 살펴보았다. 그 외에도 역

사의식을 다룬 「에밀레 종소릴 듣고」와 「경주 남산 이야기(1), (2), (3)」, 물질문명 비판과 수용을 다룬 작품들, 작곡과 함께 실린 14편의 동요가 있는데 지면 관계로 다루지 못함이 아쉽다.

그는 문학과 인생의 중진으로서 삶에 대해 깊이 사색하며, 어떻게 살아가야 하는지를 고민하고, 그 방식을 어린이의 눈높이에 맞는 비유로 옷 입혀 시로 형상화시키는 성공한 작품이 많이 보인다. 이러한 그의 작품이 근래에 들어 사람들로부터 주목을 받고 있다. 앞에서도 한 차례 언급 한 바와 같이 근래에 많이 발표되고 있는 일상적인 소재인 이야기 들고 독자인 어린이 어투에 맞춘 창조적 상상력이 부족한 산문적인 식상한 구어체 동시 작품에 대한 그 해결 방안으로도 그의 작품은 하나의 대안이 될 수 있을 것 같다.

조무근 시인은 아동문학 중에서도 주로 동시와 동요라는 우물을 파고 있는 사람 중의 한 사람이다. 대부분의 아동문학인들이 성인 문학을 함께 하고 있는데, 외도를 하지 않고 25여 년 간 아동문학이란 한 우물을 깊숙이 파 들어가고 있다. 그래서인지 그의 작품은 연륜을 더하면서 어린이의 눈높이에서 자연을 소재로 자연에 대한 경이로운 발견의 기쁨과 존재론적 섭리 발견과 창조적 상상력의 터널을 통하여 시를 형상화하여 사람들의 이목을 받고 있다. 성공한 작품들은 다양한 자연을 소재로 하여 근본적인 원리를 추구하는 철학을 시의 바탕에 깔고 긍정적인 삶을 서정적으로 노래한 글들이 그 주류를 이룬다. 이러한 시들은 독자들의 가슴에 잎만 적시는 게 아니라, 뿌리 깊숙이 감동의 비를 흠뻑 뿌려준다. 근간에 주 2회 병원에 입원하여 한 번에 4시간 정도 피를 걸러내야 하는 만성신부전증이란 병마와 싸우면서 시를 쓰고 시집을 펴낸 것에 격려의 박수를 보낸다. 건강의 쾌차와 앞으로도 우리나라 어린이를 위한 좋은 동시를 더 많이 써주시기를 기원한다.

삼척의 아동문학가 대표작품 살피기

— 김영채, 김옥주, 이호성

김영채 동시인

김영채(1966~)시인은 강릉에서 출생하여 한국방송대학교 국문학과를 졸업하고 2002년《문학세계》추천으로 등단하였으며, 삼척 작은 후진 바닷가에서 〈작은 바다〉라는 민박 겸 찻집을 운영하고 있다.

김영채 시인이 선정한 그의 대표작 10편을 〈세상을 동심으로 바라보기〉라는 주제로 살펴보고자 한다. 그의 동시 특징을 찾아보면, 대화체, 재미성, 생태시, 기존 동시의 틀 벗어나기 등으로 정리 될 수 있다. '기존 동시의 틀 벗어나기'에 해당하는 동시는 봄꽃의 출석부, 시합, 가장 빠른 새 등이다. 사물동시와 생태시에 해당하는 것으로는 봄꽃, 나 이사간다, 은행나무, 시합, 자연봉사, 가장 빠른 새 등이다. 재미성이 돋보이는 작품으로는 봄꽃의 출석부, 시합, 가장 빠른 새, 나 이사간다, 자연봉사 등이다.

'기존 동시의 틀 벗어나기'에 해당하는 동시로 「봄꽃의 출석부」는 화자가 봄에 피는 꽃들의 이름을 부르는 대화체의 이야기가 있는 생태시이다. 기존의 동시 형태와는 형태가 좀 다르며 재미성과 작품성에서도 성공한 작품이라 할 수 있다. 〈여러분! 담임을 맡게 된 봄바람입니다/ 이름을 불러보겠어요// 1번 매화꽃 2번 산수유꽃 (중략) 8번 제비꽃/ 제비꽃은 잘 안보이니 고개를 좀 들어봐요/ 9번 벗꽃/ 10번 민들레꽃/ 민들레꽃은 아직 안왔나요?// 선생님! 여기요 여기/ 필까말까 망설이다 좀 늦었습니다./그래요 서로 인사하세요/ 사이좋게 어울려 활짝 피워봅시다 (「봄꽃의 출석부」 일부). 〈세상에서/ 가장 빠른 새는/ 턱밑에 빨간 주머니를 달고 다니는/ 군함조라고 인터넷에 떴다// 자랑하려고/ 식구들한테 빠른 새를 물었더니// 엄마는 눈깜짝할새/ 아빠는 어느새/ 누나는 촉새/ 삼촌은 짭새라 했다 (「가장 빠른 새」 1~3연) 는 기존의 동시 형태와 다른 수수께끼를 묻고 대답하는 '문답식'을 활용한 동시로 재미가 있다. 〈옷들이/ 오므렸던 팔을 펴고/ 구부렸던 다리를 펴고/ 쭈욱 기지개를 켠다// 겨우내 옷장 속에서/ 새봄소식 꽃소식/ 얼마나 기다렸을까?// 바람이 후우 숨을 불어넣으니/ 옷들이 좋아서 춤을 춘다/ 내 옷도 덩달아서 우쭐우쭐 춤을 춘다 (「춤추는 옷」 2~4연) 은 옷이 봄에 기지개를 켜는 사람처럼 의인화(활유)된 '사물시'이다. 사람이 빠져나온 옷이 사람들처럼 봄을 맞아 기지개를 켜고 우쭐우쭐 춤을 춘다. 동심의 세계는 사물도 동식물도 사람처럼 말을 하고 행동을 한다.

「시합」에서는 바다와 산이 내기를 하는데, 자랑 할 이야기가 많아 끝이 안난다. 「이어 달리기」에서도 곤충들이, 계절이 서로 바통을 주고받은 참신한 발상을 한 동심으로 본 세상은 동화의 세계 환상의 세계가 펼쳐진다. 김영채 시인은 이러한 세계에서 행복하게 살고 있다.

(언급한 작품은 삼척문학 통사에 게재된 그의 대표작 10편에서 참조함)

김옥주 동화작가

김옥주(1967~)작가는 삼척에서 출생하여 2001년 강원여성백일장에서 수필 장원을 하고, 2004년 강원일보 신춘문예 동화가 당선되어 문단에 등단하였다.

그가 이번에 대표작으로 선정하여 보내온 작품은 동화 1편 수필 1편 콩트 1편인데, 콩트는 평을 약하고 동화와 수필을 그 대상으로 한다.

먼저 동화부분을 살펴보기로 한다. 산문문학에 속하는 동화나 소설에서 완성도가 높은 작품이란? 단순히 쉽게 말하면 주요 요소인 주제, 구성, 문체, 인물, 사건, 배경이 조화롭게 짜인 작품이다. 긴 글 속에 작가의 상상력의 산물을 잘 담아내어 독자에게 감동을 주어야 한다. 동화「태풍 속의 아이들」은 작가가 태어나 자란 정라진항 주변 풍경과 체험한 바닷가 마을을 작품에 적절하고 효과적으로 변주變奏하여 단편 소년소설에 가까운 형태로 사실적으로 리얼하게 동화의 주요 요소들이 무리 없이 잘 짜인 작품으로 빚어내었다. 바다 냄새가 묻어나는 '고래마을'에 사는 아이들 이름도 '명태'와 '곰치'라는 별명(?)을 붙여서 재미를 더 했다. 비교적 자유롭고 별자리에 관심이 많은 '동희', 동생이 물에 빠져 사망할 때 구해주지 못한 누명을 지고 아버지로부터 늘 구박을 받으며 바다에 가서 친구들과 어울려 놀지 못하고 공부만 하는 '명태'를 통하여 요즘 사회의 아이들의 현실의 문제점을 제기한다. 갑작스런 폭우와 태풍에 가난한 동희네 아버지는 바다에 나갔다가 풍랑을 만나고, 명태는 아버지에 떠밀리어 학원에 갔다가 문제가 일어나 위기와 절정에 이른다. 동희 아버지는 구조가 되어 돌아오고 명태는 죽었다. 〈나란히 누워 밤하늘을 쳐다보고 있었다. 은빛 불가사리들이 까만 하늘에서 반짝거렸다. "와아! 저기 남쪽 하늘에 전갈자리가 보이네." ……"내가 보기에는 파도의 물결처럼 보이는데〉로 글이 시작된다. 이 작품은 결말부분이 정말 멋지고 감동적으로 잘 처리되었다. 〈"곰치야, 여기에서 외치면 명태가 들을 수 있을까?" "어쩌면……" 곰치가 망설이듯 대답하는 순간, 동희가 목청껏 외쳐댔다. "명태야! 놀자. 명태야! 바다 가자." 태풍이 사라진 여름날의 밤이었다. 친구를 찾아 울부짖는 소리가 바다 위로 퍼져 나가자, 파도의 물결처럼 생긴 전갈자리에서 별 하나가 붉게 반짝거렸다.〉

수필「저녁 밥상」은 2001년 강원여성 백일장 수필부문 장원작품으로, 암에 걸려 항암제와 방사선 치료를 받고 있는 어머니를 간호하는 시집간 막내딸이 느끼는 감정을 맛깔스러운 간결체 문장을 사용하여 독자에게 잔잔한 감동으로 밀물처럼 밀려온다. 〈때로는 고달픈 삶을 사신 어머니를 위해 무엇인가를 더 해드리려는 간절한 마음도 있었으며 때로는 힘겨움에 눌려 고개를 돌리고도 싶었다. 어쩌면 어머니를 위한 밥상은 나 자신을 위한 밥상이었을 것이다.〉 세태를 반영한 1인칭 화자인 딸의 진술한 목소리는 오늘 날 우리들의 목소리가 아닐까? 딸은 어머니를 서울에 있는 병원으로 보내놓고 다시 집으로 어머니가 돌아오는 모습을 그리며 장을 보아 어머니께 따뜻한 저녁 밥상을 준비한다. 그런데 읽는 독자에게는 병이 다 나아 돌아오는 어머니 모습과 함께 하늘나라로 가는 어머니 모습이 오버랩 되는지 모르겠다. 상징적이며 중의적인 표현이 흥미롭다. 〈어젯밤 꿈결에 갈매기의 날갯짓같이 가벼운 걸음으로 어머니가 오시는 모습을 보았다. 오래되어 정다운 목소리로 자식들 이름을 하나하나 부르시면 따뜻한 저녁 밥상 정성스럽게 차려 올리리라〉(작품의 끝부분) (언급한 작품은 삼척문학 통사에 게재 된 그의 대표작 10편에서 참조함)

이호성 동시인

이호성(1941~)시인은 1986년 한국아동문학연구 신인문학상 당선으로 등단하여 동시집『해망산이 있는 바닷가 아이들』,『별이 내리는 밤이면』,『솔바람이 사는 산 밑 집』,『바람과 나뭇잎』,『파도가 속삭이는 말』,『나뭇잎들이 다른 것처럼』이 있다.

이호성 시인이 선정한 그의 대표작 10편을 〈동심의 안경으로 고향 그리고 자연 바라보기〉라는 주제로 분석해 보고자 한다. 그의 동시 특징을 찾아보면, '고향에 관한 글'로 해망산이 있는 바닷가 아이들, 솔바람이 사는 산 밑 집이 있으며, '바다를 소재로 한 글'은 파도, 파도가 속삭이는 말, 그리고 중복되지만 해망산이 있는 바닷가 아이들이 있다. '산골을 소재'로 한 시는 산골짜기에서, 어느 산골짝 집에서가 있으며, '가족을 다룬 글'은 주무시는 엄마를 보고, 중복되는 솔바람이 사는 산 밑 집이 있다. '자연, 깨끗이 마음 씻어주는'을 주제로 한 글은 별이 내리는 밤이면, 중복되는 파도 등의 작품이 있다.

먼저, '고향에 관한 글'은 그의 시집『해망산이 있는 바닷가 아이들』의 제목으로 되어있는 시「해망산이 있는 바닷가 아이들」은 시인이 태어나서 그리고 원덕중학교 시절까지 자라고 그리고 말년에 고향 호산초등학교에서 교장으로 퇴임하기까지 근무했던 곳의 바닷가에서 아이들이 키 큰 아이들이 되어 다시 모여 지난날로 돌아가 이야기꽃을 피우며 〈한 해/ 한 번씩/ 고향 바다에/ 몸과 마음을 헹구고 가는/ 그 옛날의/ 그 아이들〉의 정다운 풍경을 시로 형상화한 '자연'을 배경으로 한 '생태시'이기도 하다. '화자의 마음속에도 고향의 파도가 있어 늘 깨끗이 마음 씻어주는'「파도」, 그리고「모두를 품안에 안고 사랑하라는」,「파도가 속삭이는 말」도 같은 맥락의 바다를 소재로 한 작품이다. 도시인이 차마 꿈에서도 잊지 못하는「솔바람이 사는 산 밑 집」은 그의 그리운 고향의 핵심자체이기도 하다. 마을 사람들은 그가 태어난 집을 '산 밑 집'이라고 불렀다. 자식들이 다 자라서 출가한 산 밑 집에는 손자대신 강아지와 병아리와 고양이가 재롱을 피우지만, 명절이나 방학 때가 되면 까치가 울어도 삽살개가 짖어도 대문을 바라보며 마음 설레는, 조금은 쓸쓸하지만 따뜻하고 행복한 한 폭의 그림 같은 고향 집을 시로 잘 형상화한 좋은 작품이다.

지면 관계로 '산골을 소재'로 한 시만 더 분석해보고자 한다.「산골짜기에서」는 그의 대표작 중에서 시적 형상화가 가장 잘 된 작품의 하나로 산골짝에서 구름이 절벽을 뛰어넘고, 잡목의 가지가 하늘에 모자이크를 하고, 그 외 자연들이 제몫을 하는 한 폭의 그림 속에서, 시적 자아도 어울리는 '자연과의 합일'을 시로 형상화했다.「어느 산골짝

빈집에서」는 〈열려진 방문에는/ 88년 달력이 걸려있구나/ 그곳에 카네이션꽃 세 송이/ 흩어진 고드랫돌에서/ 할아버지의 향내를 맞는다/ 아들 손자 한데 어울려/ 행복했던 그 시절〉을 떠올리며 화자는 앞뜰 우물가에서 대신 목을 축인다. 이 작품은 산골 빈 집의 쓸쓸함과 함께 '농촌 공동화' 문제를 제기한다. 고향을 늘 그리워하며 시를 쓰는 시인의 고향에도 커다란 발전소와 가스저장 탱크들이 많이 들어서고 있다. 이호성 시인은 개발되는 고향을 어떻게 생각할까? 그리고 이후에는 고향에 대한 어떤 시를 쓸까? 그것이 궁금하며, 같은 지역에 사는 문학하는 우리들의 숙제이기도 하다.(언급한 작품은 삼척문학 통사에 게재된 그의 대표작 10편에서 참조함)

우리나라 요즘 발표되는 동시의 분석과 나아갈 길

— (사)한국아동문예작가회 제7회 '아동문학심포지엄'

Ⅰ. 들어가는 말

베스트셀러 동시집은 있었는가? 이런 질문을 받은 적이 있었다. 글쎄? 아동을 독자로 한 구전동화, 창작동화, 세계동화, 위인전 등이 출판업계에서 효자종목이라는 말은 들었지만, 동시집이 수십만 부 팔린 베스트셀러라는 말은 일반 시집에 비해 별로 듣지 못한 것 같다. 근래에 인기 있는 일반시를 쓰는 시인들이 동시에 관심을 갖고 출판사와 함께 손잡고 홍보를 하며 시집을 내었다.(의미나 주제에서 해방 되고 우리말의 소리나 리듬에 중점을 둔 최승호의 『최승호 시인의 말놀이 동시집』 5권이 2005년 이후 13만 부 팔림, 음식소재로 한 안도현 동시집 『냠냠』 등) 이러한 동시집이 얼마간 동시집 출판에 바람을 불러일으키는데 일조를 하였다. 그 외에는 대부분 좋은 동시집으로 선정되거나 문학상의 대상이 되는 정도로 차분하게 발간되었던 것 같다.

본 주제와 무관하지 않을 것 같아서 문학평론가며 시인인 황정산의 〈무엇이 베스트셀러 시집을 만드는가〉《유심》 2014년 4월호)를 함께 살펴보는 보고자 한다. 그는 베스트셀러 조건을 (1)위안으로서의 시, (2)당면한 사회적 메시지로서의 시, (3)새로운 경향과 언어로 나누어 예를 들었다.

(1) '위안으로서의 시' 는 오락의 기능을 가지는 것으로 힘든 일상의 삶에서 잠시 도피와 위안을 제공한다. 예를 들면 정호승의 시집 『사랑

하다가 죽어버려라』(1997), 〈울지 마라/ 외로우니까 사람이다/(중략)/ 가끔은 하느님도 외로워서 눈물을 흘리신다(「수선화에게」 일부)〉가 실린 정호승의 시집 『외로우니까 사람이다』(1988)는 각각 10만 부 이상 팔리며, 군중 속에서 아이러니하게도 외로움을 느끼며 소외되는 요즘 사람들에게 공감되고 위안을 준다. 위안을 주는 시집으로 사랑과 죽음이라는 주제를 쉬운 언어로 어느 정도 시적 깊이를 유지하며 언어적 표현에 성공한 도종환의 『접시꽃 당신』은 100만 부 이상 팔린 베스트셀러 작품집이며, 이와 비슷한 차원에서 논의할 수 있는 안도현의 시집 『외롭고 쓸쓸한』 있고, 해직교사 시절 자신을 향해 쓴 그의 시 〈연탄재 함부로 차지 마라/ 너는/ 누구에게 한 번이라고 뜨거운 사람이었느냐(「너에게 묻는다」 전문)〉, 서정윤의 「홀로서기」는 과도한 입시경쟁에 내몰린 청소년들에게 자기를 긍정하게 하는 큰 위안을 주었으며 1987년에 발행되어 5권까지 나온 시리즈가 총 330만 부가 팔린 초유의 베스트셀러라 할 수 있다. 그런데 앞의 세 사람은 모두 중학교 교사이며, 그 중 2명은 해직교사 출신으로 정치계(비례대표 국회의원, 민주당 공동선거대책위원장)로 나머지 1명은 제자 성추행 문제로 외도를 한 공통점이 있다. 이외에 구도자적 깨달음의 경지를 표현한 류시화의 『그대가 곁에 있어도 나는 그대가 그립다』, 수녀로서 종교적 신앙의 경지에서 신과 사람에 대한 사랑을 이야기함으로써 지친 영혼에게 위안을 주는 이해인 『민들레의 영토』가 독자들에게 위안을 주는 베스트 시집이다. 여기서 독자에게 위안을 주는 시들의 공통점은 쉬운 언어, 서정적인 언어, 어느 정도의 사유와 정서의 깊이의 유지로 대중과 문학계에서도 공히 사랑 받는 시집이었다. 즉, 베스트셀러가 된 일반시가 우리 동시와 거의 가깝게 되어가고 있다는 증거이며, 일찍이 우리 동시 대부분이 위안으로서의 시를 서정적이고 쉬운 언어로 써왔으며, 다만 동시는 거기에 동심을 여과한 것이 차이가 있을 뿐이다.

(2) '당면한 사회적 메시지로서의 시'는 대부분 70~80년대 민중문

학에 해당하는 시들이다. 산업화를 통해 몰락해가는 농촌의 모습과 정서를 사실적으로 그린 표제작이기도 한 신경림의『농부』,〈우리도 우리들끼리/ 낄낄대면서/ 깔쭉대면서/ 우리의 대열을 이루며/ 한세상을 떼어 메고/ 이 세상 밖 어디론가 날아갔으면/ 하는데 대한사람 대한으로/ 길이 보전하세로/ 각각 자기 자리에 앉는다/ 주저앉는다 (「새들도 세상을 뜨는구나」 부분)의 황지우의『새들도 세상을 뜨는구나』는 한 시대의 시대정신을 반영하거나 그 시대가 필요한 사회적 메시지를 전달하면서 대중에게 큰 반향을 불러일으킨 시집이었다. 그리고 노동문학의 시대를 연 박노해의『노동의 새벽』이 100만 부나 팔렸다. 1993년 초판 발행 이후 지금까지 58만 부가 팔린 최영미의『서른 잔치는 끝났다』는 1990년대 초 사회주의가 몰락되면서 탈 이념주의 하에 과거 역사에 대한 진지한 성찰에서 벗어나 도발적 감수성으로 문화적 혁명을 준비한 시집이라 할 수 있겠다.

(3) '새로운 경향과 언어' 는 전위적인 경향의 시작품인데, 문학청년들의 시적교과서가 된 최승자의『이 시대의 사랑』, 절망과 어둠과 불안이 당시 많은 젊은이의 내면세계의 묘한 카타르시스를 안겨준 기형도의 유고 시집『입 속에 검은 잎』등의 시집이 대표적이다.

우리 동시쓰기와 동시집 발간도 발전적인 방향으로 많이 변화하였지만, 책의 편집이나 표지의 디자인, 홍보, 상품과 관련된 스토리가 좋은 동시집이 되기 위해서는 필요하다. 대중적인 성공이 꼭 문화상품의 질을 평가하는 기준이 될 수 없고, 베스트셀러 동시집이 베스트 동시집이 될 수 없지만, 앞에서 말한 세 가지 조건이 좋은 동시집 조건에, 독자들을 불러들이는 동시 쓰기에 참고가 될 것 같아 서두에서 함께 살펴보았다.

본고에서는 본 주제를 위하여 살펴볼 순서는 다음과 같다. 1. 필자가 동시 평을 맡았던《아동문예》'오늘 동시 · 동시인' 에 올랐던 작품 분석(2012.1 · 2월~2014. 5 · 6월)과《월간문학》(2013년 4월~6월) 2.《오늘의 동시문학》좋은 동시 20편 (2013년) 3. 동시의 문제점 해결과 나아갈 길에서는, 문제의 작품을 통하여 문제점을 분석하기 보다는 이 기간에 발표된 좋은 작품에 대한 평가와 그러한 작품들을 통하여 동시의 나아갈 길을 함께 모색해 보고자 하였음을 밝힌다.

II. 발표되는 동시의 분석

1.《아동문예》'이달의 동시 · 동시인'에 올랐던 작품 분석
1)동인지 작품
가)별밭동인

너랑/ 친구했으면 좋겠다/ 땡볕 아래서/ 함께 땀을 흘리던// 천둥 속에서/ 나란히 비를 맞던// 달빛 한 장 끌어 덮고/ 팔베개를 나누던// 서로 등 기대고/ 한 하늘을 바라보던// 순이네 집/ 기와지붕처럼.
– 조기호, 「기와지붕처럼」 전문, 『아빠 이름은 막둥이』, 별밭동인 27집

「기와지붕처럼」의 주 내용은 첫 연과 끝 연이다. 핵심은 첫 연 〈너랑/ 친구했으면 좋겠다〉이며, 주 내용에 들어갈 비유(직유)에 해당하는 부분 〈순이네 집/ 기와지붕처럼〉을 의도적으로 끝 연에 배치하여 시의 효과를 높였다. 그리고 기와지붕의 구조를 관찰하여, 서로 등이나 어깨를 기대고 있는, 스크랩을 짜고 하나의 지붕을 이루고 있는, 생사고락을 함께 하고 있는 것을 발견한다. 이러한 지붕의 특성에서 '우정'이란 주제를 설정하고 시로 형상화한 좋은 동시이다.

별밭동인지가 제1집 『별밭이 뿌린 꽃씨』(1984년) 발행을 시작으로 『아빠 이름은 막둥이』(2013년)는 27세가 되었다. 회원들 작품 중 가슴에 남는 작품으로는, 할아버지와 손자의 사랑을 그린 고정선의 「할배와 하윤이」, 철거하는 건물 속의 녹슨 철근을 보면서 지난 시절 추억을

떠올리며 새로운 건물에서 우뚝 설 수 있는 희망을 노래한 공공로의 「철에도 향기가 핀다 · 3」, 외국에서 들어온 개망초 꽃을 약방에 감초와 붙임딱지에 비유하며 재미성에서 성공한 김관식의 「개망초 꽃」, '-네' 라는 똑같은 말도 뒤에 붙이는 문장부호(-네. -네? 네 …… -네!) 에 따라 그 의미가 달라짐을 재미있게 시로 형상화시킨 서원웅의 「엄마와 아들」, 강물에 '이리쿵 저리쿵 제멋대로' 떠가는 종이배를 '꼭/ 첫 걸음마를 뗀/ 아가' 에 비유한 동심 발견의 재미가 좋은 양회성의 「종이배」, 배꼽의 은유적 비유 '분화구, 나만의 전설, 비밀창고, 간이역' 등으로 재미와 작품성으로 성공한 좋은 작품 윤삼현의 「배꼽」, 역시 동심의 발견의 재미로 빛나는 이옥근의 두 작품 「8월의 눈사람」, 「바다 노을」, 새의 소리를 소재로 한 좋은 작품 「딱따구리 소리」와 육이오 때 사망한 군인의 유골에 채워진 손목시계를 소제로 동족상잔의 아픔을 동시로 리얼하게 승화시킨 이정석의 「슬픈 손목 시계」 등이었다.

별밭동인 27집, 모임이 끈질기고 이어온 세월이 대단하다. 동인들이 모두 잘 알려진 관록이 있는 구성원이다. 동인들이 1992년 제6집에서 동인 선언을 한 동심 지향, 살아있는 시구 추구, 서정성을 생명으로, 개성 중시가 대체로 잘 지켜지고 시들이 일정한 수준을 유지하고 있는데 비해, 눈에 번쩍 뜨이는 작품이 적다. 참신하고 생기발랄하고 톡톡 튀는 재미성에 좀 더 힘을 기우려주면 주 독자인 어린이들이 별밭동인들을 더 좋아할 것 같다.

나)아동문학소백동인

아버지 품속 같은/ 안온한 소백산에/ 터를 잡은/ 고로쇠나무// 푸른 꿈/ 가슴에 안고/ 땅속 깊이 뿌리 내려/ 물을 긷는 어머니// 자식들 뒷바라지에/ 가슴이 터지는 아픔도/ 꽃 피우는 바램으로/ 참고 견뎌오듯이// 드릴로 구멍 뚫려/ 호스까지 꽂혀서/ 뚝뚝 한 방울 두 방울/ 떨어드리는 나무의 피// 아낌없이 준다고/ 밑동에 큼직한/ 물통하나 차고 앉은/ 소백산 고로쇠나무.

– 김동억, 「소백산 고로쇠나무」 전문 『소백산 고로쇠나무』〉

위의 작품은 소백산을 아버지 품속으로, 그 산속에 사는 고로쇠나무는 땅속 깊이 뿌리를 내려 물을 긷던 어머니로 표현하였다. 어머니의 이미지인 고로쇠나무는 자식들 뒷바라지를 하듯, 아낌없이 준다고 나무의 피와 같은 수액을 받을 큼직한 물통을 차고 있다. 이 작품은 시적 상관물인 고로쇠나무를 통하여 '무조건적으로 주는 우리 어머니의 자식 사랑' 이라는 열린 마음을 주제로 하고 있는 좋은 동시이다. 아동문학소백동인회 21집에 게재된 작품들을 몇 편 더 살펴보면, 박근칠의 「아빠와 팔씨름」은 시적 화자와 아버지가 팔씨름을 하는 장면을 동영상으로 보는 듯하다. 역동적이고 시청각적 이미지를 잘 살린 재미있고 가정의 화목을 보여주는 좋은 동시이다. 최상호의 「참새와 허수아비」는 가을 들녘의 풍경을 그린 의태어를 잘 살린 재미난 동시조이다. 창립회원이며 원로동시인 이동식의 『다 알아요』는 바람이 몰래몰래 기어 다녀도, 춤을 추어도, 잠이 들어도 우린 다 안다고 한다. 언덕에 파릇파릇 잔디가, 마당에 펄렁펄렁 빨래들이, 뱅글뱅글 돌아가다 쉬는 바람개비가 안다고 한다. 시적 화자와 시적 상관물인 잔디와 빨래와 바람개비가 서로 대화가 가능한 리듬이 잘 흐르는 동요의 노랫말로도 좋은 동시이다. 동인 회장을 맡아 일하는 김제남의 「개나리와 진달래」는 개나리와 진달래와 봄바람의 합작으로 깜짝 파티를 열어 구경꾼이 몰려드는 내용을 동시로 형상화한 재미난 동시이다.

아동문학소백동인회는 1959년 창립 되어 55살이 되었으며, 동인지 21집 『소백산 고로쇠나무』(2013년)를 발간하였다. 작년 5월 1일 아동문학의 날에 제12회 꿈나무 어린이 동시낭송대회, 8월 5일에는 '가족과 함께하는 동시화 대회' 실시하는 등 활발히 활동하는 동인들이다. 이제 55살이 되다보니, 회원들의 작품에서도 치열한 작업정신이 부족해지는 느낌이 든다. 동인들의 모임에서 동시를 낭송하고 서로 보완 점을 찾아주고, 좋은 시를 함께 읽고 토론하는 동인들의 업그레드가 필요할 때가 된 것 같다. 영주는 예부터 선비의 고장이라서 시조가 강한 편인데, 지역 특성에 맞는 동시조의 활성화는 어떠할까?

다)동심의 시 동인

물속으로 풍덩 뛰어들면/ 우리들이 조약돌인 줄 알고/ 맑은 물이 우리 몸을 씻어 주고요.// 들길을 힘껏 달리면/ 우리들이 바람개비인 줄 알고/ 바람이 솔솔솔 불어 주고요.// 풀밭에 앉아 있으면/ 우리들이 풀꽃인 줄 알고/ 벌들이 머리 위에서 잉잉거려요.

위의 시는 '동심의 시' 동인지 30호 발간 기념 16인 동인 작품 선집 『봄 여름 가을 겨울』에 게재된 이준관의 「여름에는」 전문이다. 위의 작품을 읽노라면, 별 것이 아닌 소재(사실)를 가지고 별것인 작품으로 만들어내는 작가의 뛰어난 장인 솜씨를 볼 수 있다. 시적 자아인 어린이를 자연의 품으로 안아주는 어울림의 미학이요, 자연합일의 정신을 만나게 된다.

30호 발간 기념 선집이라서 대부분 신작보다도 본인이 좋아하는 대표작품을 게재하여 작품 수준이 높다. 문삼석의 「단풍나무」는 그의 동시의 특징인 단순, 간결, 맑음, 고움, 동심, 긍정 등이 잘 드러난 작품이다. 〈-참 / 맑지?// 단풍나무가 빨간 얼굴로/ 시냇물을 내려다봅니다.// - 참/ 곱지?// 시냇물도 빨간 얼굴로/ 단풍나무를 올려다봅니다. (시 전문)〉 시인은 아마도 산골짜기 맑은 시냇물 속에 비친 빨갛고 고운 단풍잎을 보고 시의 영감이 떠올랐으리라. 그리고 시적자아를 대신하여 단풍나무와 시냇물이 서로 상대방에게 '참 /맑지?', '참/ 곱지?' 하고 칭찬을 한다, 서로 좋아하는 빨개진 얼굴로. 이준섭의 「살금살금 산 언덕배기」는 2수로 된 동시조의 변형 동시로 볼 수 있겠다. 시청각적 이미지가 돋보이는 재미난 좋은 동시로, 놀이하는 어린이들과의 어울림, 자연과 사람의 어울림을 시로 형상화했다. 리듬이 흘러 어린이들 정서에 더 가까이 다가서는데 좋을 듯하다. 전원범의 「게들의 집」은 동시집 『개펄에 뽕뽕뽕 게들의 집』(2003년)에 실린 시집의 제목이 된 작품으로, 서해나 남해 개펄에 사는 게들의 집을 보고 쓴 명작이다. 〈개펄에 뽕뽕/ 수많은 구멍/ 게들의 집이 있다.// 게들의 도시/ 개펄 구멍들// 집 없는 게들은 없을 거야/ 전세집 사는 게들도 없을 거야/ 땅장사하는 게들도 없을 거야// 누구나 한 채씩/ 집을 가지고 사는 게들. (시 전문)〉게들이 뚫어놓은 개펄의 수많은 구멍은 '게들의 도시'라는 발견의 재미, 전세집 사는 사람과 땅장사 하는 사람들로 확대하며 우리의 어려운 현실을 꼬집는다. 그리고는 '누구나 한 채씩/ 집을 가지고 사는 게들.' 처럼 모든 사람들이 자기네 집을 가지고 사는 공평한 세상을 꿈꾸며 작품을 마무리한다. 이성관의 「알사탕」은 7·5조의 2수로 된 리듬이 흐르고 간결하며 시화가 잘 된 동요이다. 〈동글동글 알사탕/ 쏘옥 넣으면/ 사르르 사르르 눈이 감겨요./ 잠도 오지 않은데/ 눈이 감겨요.// 토옥, 바사삭/ 깨물어 보면/ 왈칵! 입안 가득 쏟아지는 단맛/ 감긴 눈길 화안이/ 꽃이 피어요. (시 전문)〉의성어와 의태어를 적절히 구사하여 시의 맛을 한층 돋우고 시의 이미지가 선명하다. 사람들은 너무 황홀하거나 맛이 있을 때 눈을 감는다. 그리고 감긴 눈길에서 꽃이 피고 환상을 본다. 이런 시적인 내용을 1수와 2수의 뒷부분에서 맛볼 수 있다. 함께 발표한 「이불」도 따뜻한 분위기의 동심의 여과를 거친 환상적인 좋은 동요이다. 한상순의 「아기감」은 15단어 정도로 시한 편을 만든 단시로 성공한 좋은 작품의 예이다. 〈감꽃/ 진 자리// 꼭지 문/ 아기감// 쪽/ 쪽/ 쪽// 달고나/ 달고나// 볼이 통통// 젖살 오르네 (시 전문)〉 엄마의 젖을 물고자라는 볼이 통통한 귀여운 아기와 얼굴이 붉어지는 아기감이 오버랩 된다. 함께 발표한 「할아버지의 둠벙」은 논가에 샘물이 나는 둠벙의 물을 받아 다랑논에 물을 대는 할아버지의 둠벙 사랑을 의인화하여 동화적인 호흡이 긴 이야기 동시로 의미성에서 성공한 좋은 동시이다. 박예분의 동시 〈우리 동네 배불뚝이 아저씨 / 나만 보면 놀린다. // - 콩만한 게 귀엽단 말이야// 쳇, 나처럼 큰 콩이/ 어디 있다고.// 웬만하면/ 말 안 하려고 했는데// -있잖아요, 아저씨 배는 남산만 해요. (「줄이기와 뻥튀기」 전문)〉 작은 것을 더 작게, 큰 것을 더 크게 말하는 예를 생활현장에 끌어들여 쓴 과장법을 구사한 대화체의 이야기 동시로 재미성에서 성공한 작품이다. 이러한 동시들이 독자를 불러오는 데는 효과가 있지만, 동화나 수필의 어느 일부분쯤 되기 쉽다. 함께 발표한 「꽃물들이기」, 「열매」는 시의 의미성에서 성공한 작품이다. 지면 관계로 동인들의 작품을 모두 다루지 못하는 것이 아쉽다. '동심의 시' 동인회는 1978년 여름에 씨가 뿌려져서 1979년 아동의 해를 맞이하여 동인회가 이루어졌다. 1980년 1월 10일 열 사람이 모여 만든 '동심의 시' 창간호가 나온 이래 좋은 동시 창작에 끊임없이 노력하여 이번에 30집을 발간한 우리나라 동시단을 이끌어가는 좋은 동시인이 많은 막강한 동인들이다. 동인지 30호 발간 기념 16인 동인 작품 선집이라서 작품성이 더 뛰어난 동시들이라는 점도 없지 않지만, 비교적 나이를 많이 먹은 동인지들은 작품성 면에서 '동심의 시' 동인지가 하나의 모델이 될 수도 있겠다.

라)미래동시모임 동인

하루를 천천히/ 거꾸로 걸어가 보는 일이다// 그 길 어디엔가// 내게 웃음을 준 제비꽃이 있었다/ 청소하다 말다툼한 시현이가 있었다/ 윤주에게 색종이를 나눠준 나도 있었다// 일기 쓰기는/ 제비꽃을, 시현이를, 나를 만나/ 마음 저울에 올려놓고/ 무게를 재는 일이다// 가장 무거운 눈금이/ 누구에게 가는지 읽어보는 일이다

위의 시는 동인지 『숨겼던 말들이 달려나와』(미래동시모임)에 게재된

조영수의 「일기 쓰기」 전문이다. 길 위에서 제비꽃, 시현이, 윤우를 만난다. 그들을 만나 마음 저울에 그들을 올려놓고 무게를 잰다. 그 대상은 정하는 것은 〈가장 무거운 눈금이/ 누구에게 가는지 읽어보는 일이다〉라는 일기 쓰기의 시적 정의가 참신하고 의미성에서도 성공을 거두고 있다. 소품주의로 흐르는 경향이 있는 신예들의 동시에 이러한 시가 그 모범 답이 될 수 있겠다.

정은미는 동심을 여과한 시적 발상과 표현, 참신한 생각들이 잘 여물어 있다. 〈빗방울아/ 네겐// 병아리 부리가/ 숨어 있나 봐// 강아지 앞발이/ 숨어 있나 봐// 톡!/ 톡!/ 톡!// 어쩜/ 그리도 땅을 잘 파니? (「빗방울아」 전문)〉 김귀자 작품도 수준이 고르고 참 좋다. 「모기장」은 역발상을 통한 재미성, 「허수아비」, 「파도」, 「달아난 잠」은 의미성에서 성공을 거둔 작품이다. 정진숙은 이야기가 있는 동화적인 기법으로 동시를 쓰는 시인이다. 「연못 방석」은 연못의 수련이 방석을 깔아놓고 햇살, 바람, 나비, 개구리를 앉힌다. 〈높지도 낮지도 않게/ 꼭 물 높이에 맞춰/ 방석을 쫙 깔아놨어요.〉 마지막 연이 이야기 시를 절정으로 상승 시키고 있다. 서금복은 사물 관찰이나 사물 생태 관찰을 통해 시를 써서 발표하였다. 「비상단추」는 가까이 두고 찾다가 포기할 적에 〈나, 여기 있어./ 옷 속 옆구리에 매달려 있는 비상단추/ 달랑달랑 웃음을 보내고 있다. (마지막 연)〉로 시 기법에 술래잡기 놀이 장면을 접목하고 있다. 그 외 좋은 작품으로 가슴에 남는 시들로는 신새별의 「말줄임표」〈점 여섯 개가/ 남은 말 다 했다.(「말줄임표」 전문), 김순영의 「물고기의 공부」, 조은희의 「신기해졌어요」, 오한나의 반어법을 사용한 「나쁜 거라며」, 우점임은 「서운한 운동장」, 「와와꽃」이 의미성에서, 하지혜의 「바쁘다」, 이수의 「소문」, 최지영의 「누가 알아?」, 박순영의 「비밀통」, 조은희의 「신기해졌어요」, 장미숙의 시침 떼기와 아이러니 기법으로 재미있게 쓴 「모기가 반가운 아빠」 등이 있다. 미래동시모임은 주로 열정이 넘치는 신인들로 구성되어 우리나라 신인들의 동시의 흐름을 살펴볼 수 있다.

마)쪽배 동인

　동네 버스 정류장 앞/ 복권 파는 할아버지// 우주선 캡슐 같은/ 박스에 들어앉아// 이제 막 시동을 건다/ 지구 밖 꿈나라로

위의 시는 2012년 5월에 발간한 쪽배 8호『햇빛 잘잘 실는 살짝』(가꿈)에 실린 작품 신현배의 '낮잠' 전문이다. 신현배 시인은 우리나라 동시조 부문에서는 누구나 고개를 끄덕이는 중진 동시인 이다. 위의 시는 복권 파는 할아버지의 '낮잠'을 소재로(1연), 할아버지가 복권을 파는 조그마한 가게를 '우주선 캡슐'에 비유(2연), '지구 밖 꿈나라로 가는 시동을 건다'. (3연)는 내용으로 참신한 비유와 상상력이 뛰어난 동시조이다. 또한 어른들이 읽으면 복권당선을 꿈꾸는 꿈나라로의 중의적인 확대해석이 가능하겠다. 김용희는 '불곰 같은 뚝심과 우직한 책임감, 가진술의 기법에 의한 개성적 새로움, 능청대는 역발상의 매력, 느긋한 그냥 자유인'이라고 했다. 필자도 쪽배 8호에 실린 그의 작품 특집을 읽으며 고개를 끄덕인다.

　쪽배 8호『햇빛 잘잘 실는 살짝』에 김용희의 작품이 특집으로 실렸다. 신현배의 말처럼 김용희는 '시를 경작하는 평론가'에서 '평론도 쓰는 시인'으로의 변신으로의 성공에 고개를 끄덕이며, 박수를 보낸다. 출범 20주년 기념특별 초대석에 59인의 신작동시127편이 실려서 우리나라 동시조 큰 잔치마당을 열었다. 평론가 최지훈은 쪽배 출범당시를 회고하는 글에서 "쪽배를 제쳐놓고 현대 한국 동시조 문학을 말할 수 없게 되었다. 동시조 문학의 메카요, 성지요, 성전이요, 사전이요, 바이블이다."라고 하였다. 송라 박경용을 비롯한 진복희, 신현배, 김용희, 송재진, 김종현, 박방희, 조두현, 김효안, 그 외 쪽배에 승선하였다가 하선을 한 사람들까지 그동안 노고에 감사의 박수를 보내며,

영원하기를 바란다. 필자는 우리나라의 동시가 짧아지고, 가벼워지며 소품주의로 향하는 흐름을 쪽배를 중심으로 한 동시조인들이 그 흐름을 올바른 방향으로 바꿔놓을 수 있는 대안의 하나임을 말해두고 싶다.

바)미주아동문학

부앵/ 부앵/ 부앙부앙/ 월요일 아침, 잔디 깎는 호세 아저씨/ 햇빛에 그을린 까만 얼굴, 통통한 작은 몸집,/ 어디서 그런 힘 솟구치는지 온 동네 나뭇잎들/ 금새 쓸어 모으지.// 성큼성큼 아저씨 발자국 따라/ 초록색 오솔길 금방 생기고/ 싹둑싹둑 가위손 스친 자리엔/ 동글동글, 네모 깍뚝,/ 나무들 이발하지.// 엄마는 이 땅이 먼 옛날 멕시코 땅이었다는데/ 그래서 아저씨는 저 햇살 뜨겁지도 않나,/ 왼종일 동네 단장 쉴 틈이 없네.// "부에노스 디아스!"/ 짝꿍에게 배운 말로 인사했더니/ 까만 얼굴 호세 아저씨/ 하얗게 웃으시네.

위의 시도《아동문예》11 · 12월호 〈미주아동문학특집〉에 실린 이미경의 「우리 동네 정원사, 호세 아저씨」 전문이다. 「우리 동네 정원사, 호세 아저씨」는 시의 분위기가 이국적이고, 시의 표현 방법이 다른 시인들과 좀 다르다. 잔디 깎는 기계소리 의성어(부앵 부앵 부앙부앙)와 의태어(성큼성큼, 싹둑싹둑, 동글동글)가 적절이 시에 사용되어 일을 하는 호세아저씨의 모습과 그 광경을 보는 듯 시청각적 이미지가 선명하다. 호세아저씨는 아마도 스페인 사람인 것 같다. 시적자아가 친구에게 배운 스페인어로 〈부에노스 디아스!〉(좋은 아침입니다!)라고 감사의 마음을 담아 인사를 하자, 까만 얼굴 호세 아저씨는 하얗게 웃는다. 시인이 사는 캘리포니아에 여러 나라 민족들이 어울려 살듯 우리나라에도 다문화가족들이 늘어나고 있다. 서로 인사를 나누며 어울려 잘 사는 법을 우리 어린이도 익혀야겠다.

《아동문예》에 '미주아동문학특집'으로 실린 작품은 동화 최효섭과 홍영순 2명(2편)과 동시 8명(42편)이 실렸다. 읽은 뒤에 기억에 남는 작품으로, 김사빈의 「고무 인형」은 건널목에 떨어진 고무 인형에 대한 따사한 마음이, 김정숙의 「속마음」은 문명화 되면서 어려워지는 우편배달부와 서점주인과 학교 선생님을 떠올려 세상에서 뒤편으로 말없이 사라져가는 직업들을 생각해보게 한다. 백리디아의 「코스모스 들녘」은 아파트가 들어설 곳에 핀 코스모스를 보고 쓴 시이다. 〈차마 두고 올 수 없는/ 그 들녘에/ 마음 한켠 떼어/ 두고 왔다/ 언젠가/ 돌아올 날을 꿈꾸며…〉 시의 마지막 부분에서 고향(고국)의 그리움이 아우성이다. 이송희의 「엄마와 가을」은 대조법을 통하여 간결하게 동심의 여과가 잘 된 좋은 동시(동요)이다. 한 번 감상해 보자. 〈엄마는 아가 주려고/ 옷감으로 조각이불 만들고/ 가을은 다람쥐 주려고/ 나뭇잎으로 조각이불 만드네// 아가는 엄마가 만든/ 포근한 이불에 누워 방실방실/ 다람쥐는 가을이 만든/ 나뭇잎이 좋아서 폴짝폴짝 (「엄마와 가을」 전문)〉 최신예의 「시렁」은 할머니의 옛 추억이 숨쉬는 '시렁'의 이야기를 따뜻한 시선으로 서정적으로 풀어내고 있다. 마지막으로 한혜영은 시를 잘 다룰 줄 안다. 「위험한 길목」은 자동차 사고로 죽는 동물들에 대하여 쓴 시로 자연 사랑의 마음이 담겨 있다. 「쓰레기차」도 앞의 작품처럼 문명을 다룬 것으로, 쓰레기차를 의인화하여 동심과 재미성이 돋보인다.

사)중국동포작가

세월도 물처럼 흐르는 것이라면/ 나는 강물에 띄워놓은 배처럼/ 세월을 거슬러 올라가보겠어요// 아버지가 두 살 때 돌아가셨다는/ 할아버지 찾아가 큰 절을 올리고/ 우리말 고운 말 만드셨다는/ 세종대왕님도 찾아뵙겠어요.// 세월도 물처럼 흐르는 것이라면/ 나는 강물에 띄워놓은 배처럼/ 세월을 앞질러 올라가보겠어요// 우리가 어른이 되는 그 때도/ 나라와 나라사이에 철조망이 있는지/ 총과 칼이 부딪치는 살육전이 있는지/ 내 눈으로 한번쯤 확인하고 오겠어요.

위의 글은《아동문학》(222호)에 실린 '중국동포작가 특집'에 실린 한석윤의 「세월이 물처럼 흐른다면」 전문이다. 「세월이 물처럼 흐른다면」은 세월을 거슬러 과거로 가서 할아버지도 세종대왕님도 만나고 싶다. 세월을 앞질러 미래 세계로 가서 그 때도 나라와 나라(남북한) 사이에 철조망이 있는지, 총칼을 부딪치는 전쟁이 있는지를 확인하고 싶다는 내용의 글로, 조상과 우리들의 위인과 조국의 앞날을 걱정하고 사랑하는 마음을 시를 통해 공감할 수 있겠다. 함께 발표한 글들이 모두 백두산을 소재로 하거나 조선족을 소재로 한 시로 조국애를 주제로 한 작품들이다.

《아동문학》 '중국동포작가 특집'에 실린 동시 작품은 모두 5명의 30편이었다. 읽은 뒤에 기억에 남는 작품으로 함께 실린 박송천의 「고운 새」외 발표한 5편이 모두 가을을 소재로 하였으며, 대체로 참신하고 간결하고 개성이 돋보인다. 단풍을 고운 새라는 은유로 시의 실마리를 풀어, 단풍은 바람을 타고 떼를 지어 날아가는 새로 변신한다. 날다가 지친 새는 땅에 앉고, 행인의 발에 밟혀 '바스락 바스락' 슬피 운다. 시의 감각과 서정성이 뛰어나다. 김재권의 「천지」는 백두산의 아름다운 서경, 중국과 조선의 우의를 노래하였으며, 발표한 6편 모두 백두산을 소재로 한 74세의 원로가 쓴 조국 사랑의 연작시이다. 김득만의 「가을 산」은 3연 12행 30자의 단시를 연마다 산 모양으로 배치하여 회화적인 효과를 노렸다. 30자의 글자로 가을 산의 동심이 담긴 서경을 잘 표현한 원로의 작품이다.〈산/ 단장/ 예쁘다/ 울긋불긋// 산/ 웃음/ 곱다야/ 싱글벙글// 산/ 어깨/ 흥겹다/ 으쓱으쓱 (「가을 산·1」) 전문〉 허송절의 「시골의 겨울아침」은 중국의 겨울 서정을 회화적으로 잘 표현한 한 폭의 그림을 보는 듯하다.

중국의 동포 작가들은 한국의 이재철 교수의 조언으로, 1980년대 말에 이른바 한석윤 등의 노력으로 이미지 중심의 감각동시가 출두된 다. 1990년대부터는 한국을 통한 구라파 현대시의 영향을 받아들인 다. 강효삼, 김현순, 김철호, 김학송, 최룡관, 림금산 등이 한국 현대동 시를 따라 배우면서 일대 전변이 일어났다. 직설적이고, 뜻 전달인 시 적주장, 직유적 표현에서 이미지와 낯설게 하기와 감각적 표현, 은유 와 상징적 표현 등 한국시에 접근하려는 노력이 보였다. '동시도 시어 야 한다'는 우리나라 60년대 70연대 동시처럼 '난해 동시'가 문제로 떠올랐다. 중국조선족 동시단을 역사적으로 보면 53명이 된다고 한 다. 그들 중에 대표적인 10명의 동시인 작품으로『2000년대 중국조선 족10인동시집』을 묶었는데, 강효삼, 김득만, 김선파, 김철호, 김학송, 림금산, 최룡관, 한석윤, 홍용암 등이다.

지금까지 한국과 미주 중국동포의 최근 작품을 살펴보면서 느낀 점 은, 한국에 비해 미주나 중국동포들의 작품이 특별히 다른 점은 없지 만, 중국동포의 작품에서 우리가 잘 쓰지 않는 낱말들이 보이기도 했 다. (제기뿌리기, 쥐꼬만 돛대, 형상미 선발, 한 뉘, 조갈돌, 조갈달 등), 그리고 10 여 년 전에 비해 중국동포 작품수준이 한국과 큰 차이가 없는 것은 이 재철 교수의 조언과 직접 또는 잡지를 통하여 많은 교류가 있었기 때 문이라 생각되며, 이 자리를 빌려 해외 동포들에게 잡지에 지면을 선 뜻 내어주는 박종현 아동문예 발행인 겸 주간과 김철수 아동문학발행 인, 2013년 겨울호에 특집으로 '연변조선족아동문학연구회 8인 동시' 를 게재해준 엄기원 아동문학세상 발행인께 감사드린다.

2)아동문예에서 다루었던 작품

'오늘 동시·동시인'에 올랐던 작품 중에서 앞에 언급한 동인지를 제외한 작품에서 필자 나름대로 좋은 작품을 한 번 더 선정하여 보았 다. 이 작품을 함께 보면서 우리들의 동시의 나아갈 길을 생각해보고자 한다.

가)2012년도 작품 중에서

서울로 이사 가고/ 텅 빈 이웃집// 제비가 찾아 와/ 제 집처럼 살고// 길 고양이 가족도/ 한 살림 차리고// 잡풀들은 마당에/ 멍석을 깔았다// 모두에게 내어 준 집/ 빈 집 아닌 빈 집

《아동문예》1·2월호에 특선으로 실린 최정심의 「빈 집」 전문이다. 「빈 집」은 5연 10행의 단시로, 간결하면서도, 시청각적 이미지가 돋보이고, 의미 발견이 놀랍다. 함께 정답게 살던 이웃이 서울로 이사 가고 텅 빈 집을 바라보는 시적 자아, 그런데 가만히 보니 그게 아니다. 이웃이 떠난 빈 집에 제비와 길고양이가 제 집처럼 살고 있지 않은가. 4연 〈잡풀들은 마당에/ 멍석을 깔았다〉에서 잡풀들을 주인처럼 의인화하고 있다. 이 시 한 편을 통하여 비움과 채움, 채움과 비움의 미학을 감상할 수 있다. 좋은 시인은 같은 사물을 함께 보아도 남이 안 보는 위치에 서서, 남이 안 하는 생각을 하며 작품을 구상한다.

시골 가신 엄마 대신/ 아빠가 차린 밥상// 아주/ 쉽다.// 밥 두 공기와/ 김치 한 접시// 아직 뜯지 않은/ 구운 김 한 봉// -어때? 만점이지?/ - 예, 만점이에요.// 마주 보고 웃는다./ 하하하하 웃는다.

                                        - 문삼석, 「아빠가 차린 밥상」 전문

위의 작품은 계간지 《어린이문예》(통권 257호)에 발표한 작품이다. 이 작품은 부재에 '시골 가신 엄마'라는 단서가 붙어 있다. 어머니가 없는 집에서 아빠와 자녀가 밥상 위의 부족한 반찬을 웃음으로 대신하여 즐겁게 식사하는 모습이 눈앞에 시청각적으로 그려져서 읽는 사람도 웃음이 절로 나온다. 위의 작품에서도 동시의 특성이 잘 드러난다. 일

상어로 말하듯이 쉽게 쓴 시라서 이해하기 쉽다. 하지만 좀 더 분석을 해보면 무기교 속에 표현의 장치를 숨겨놓은 걸 알 수 있다. 반어나 역설의 장치가 숨어 있다. 끝연 〈마주 보고 웃는다 / 하하하하 웃는다.〉 작품의 마무리에서는 아빠가 차린 밥상의 수준이 형편도 없음에 어이가 없어 아이도, 아빠도, 대부분 경험을 해본 독자도 그 익살에 웃지 않을 수가 없다. 부정적인 환경을 긍정(순수)과 해학으로 처리한 원로 고수의 작법을 배울 수 있는 작품이다.

　　뒷걸음질 하면/ 멀어지겠지// 뒷걸음질 하면/ 네가 점점 작아 보이겠지 // 뒷걸음질 하면/ 나중에 네가 안 보일지도 몰라// 그러나 발자국은/ 여전히 네게로 향해 있지.

　　남진원은 《아동문예》 3 · 4월호에 동시 「뒷걸음질」과 「나무에게 듣다」 2편을 발표하였는데 , 2편 모두 '마음의 눈으로 생각한 시' 이다.
　　'마음의 눈으로 생각한' 참 좋은 동시 남진원의 「뒷걸음질」을 만나 정말 기쁘다. 우리는 누구에게서 멀어질 때, 그에게서 뒷걸음질을 한다. 그러다보면 멀어지고, 작게 보이고, 나중에는 네가 안보일지 모른다. 그러나 발자국은 여전히 네게로 향해 있다. 이러한 발상은 시의 심안을 지녀야 가능하다. '뒷걸음질 하면' 을 1행에서 3행까지 반복하면서 '멀어지겠지' → '네가 점점 작아 보이겠지 → '나중에 네가 안 보일지도 몰라' 로 점층법으로 처리하면서 〈그러나 발자국은 / 여전히 네게로 향해 있지.〉에서 화룡점정의 클라이맥스에 이른다. 읽을수록 속 깊은 맛이 우러나는 참 좋은 동시이다.

　　익는 대추는 초록 빛깔./ -크는 중이다./ -익는 중이다./ - 좀 더 기다려./ 그 말 대신에 초록 빛깔.// 익은 대추는 빨간 빛깔./ - 다 컸다./ - 다 익었다./ - 이젠 따먹어도 돼./ 그 말 대신에 빨간 빛깔// 자두도/ 감도/ 사과도 ......

《아동문예》 2012년 5·6월호에 특선으로 실린 신현득의 「빛깔로 하는 말」 전문이다. 그는 초기에 자연물과 어린이 생활, 차츰 역사와 우주, 그리고 철학과 민족의식을 노래하여, 우리나라 동시 소재의 확장을 위해 힘써왔다. 시의 형식과 시의 빛깔이 독특하며, 우리나라 동시인 중 가장 활발하게 좋은 동시집을 내는 후배들의 귀감이 되는 원로 시인이다.

위의 시는 사물을 의인화한 시로 주체인 과일이 사람·날짐승·산짐승·들짐승과의 대화를 동시라는 그릇을 빌려 표현하였다. 동식물들도 몇 가지의 소리와 행동과 표정과 빛깔과 냄새 등으로 대화를 나눈다. 대추는 초록 빛깔로 '크는 중이다, 익는 중이다, 좀 더 기다려'라는 말을 한다. 그리고 또한 대추는 빨간 빛깔로 〈다 컸다, 다 익었다, 이젠 따먹어도 돼〉라는 말을 전한다. 자두도, 감도, 사과 같은 과일들도 표현을 한다. 신현득 시인은 시를 담는 그릇이나 시의 빛깔이 독특하다. 남들이 느끼지만 너무 평범하여 시의 소재로 삼지 않는 이야기를 자기 나름의 시 그릇에 담아, 과일인 대추가 사람·날짐승·산짐승·들짐승과의 말없는 표정의 대화를 설정, 좋은 한 편의 시로 표현하였다.

나)2013년, 2014년도 작품 중에서

현우가 발을 다쳤다/ 성호 가방을 현우가 메고/ 성호는 현우를 업고 간다// 현우가 성호에게 어깨를 빌려주고/ 성호는 현우에게/ 등을 내어 주었다// 서로 짐이 되고/ 서로 짐을 져 주어도/ 가볍다

– 김귀자, 「짐」 전문

위의 작품은 《새싹문학》(제 123호)에 실린 작품으로 '짐' 이라는 제

목도 좋고, 발상도 좋다. '현우가 성호에게 어깨를 빌려주고/ 성호는 현우에게/ 등을 내어 주었다'가 시인의 따뜻한 눈과 가슴에 포착 된다. 그리고 마지막 연, 〈서로 짐이 되고/ 서로 짐을 져 주어도/ 가볍다〉가 이 시의 절창이 아닌가? 서로 짐을 져주고 서로 짐이 되어도 마음으로는 가벼운 짐이 아닌가? 혼자가 아닌 가슴 따뜻한 '어울림의 미학'을 여기서 맛본다.

> 내가 엄마 뱃속 아기였을 때/ 엄마에게 물어보았다/ ─ 엄마, 언제 엄마 얼굴 볼 수 있어?/ ─ 응, 열 달 있으면.// 아기는 손을 꼽기 시작하였다/ 열 개의 손가락이 그래서 생겼다.// 엄마가 나를 가졌을 때/ 나에게 물어보았다/ ─ 아기야, 언제 네 얼굴을 볼 수 있니?/ ─ 엄마, 열 달 있으면.// 엄마는 손가락을 꼽기 시작하였다/ 열 개 손가락이 그래서 있다.
>
> ─ 박두순, 「손가락」 전문(《유심》 5월호)

위의 작품 「손가락」은 대조법과 대화법을 사용하여 사람에게 열 개의 손가락이 생겨난 의미를 시로 형상화하고 있다. '왜 손가락이 열 개일까?' 하는 가장 아름다운 답을 발견한 시인의 눈이 놀랍다. 시의 형식을 보면, 1~3연과 4~6연의 내용이 노랫말처럼 대조를 이룬다. 두 내용이 대조를 이루면서 함께 있어서 더욱 작품이 큰 빛을 발한다. 엄마와 뱃속의 아기는 늘 대화를 한다. 탯줄이 아마도 전화선이 아닐까? 엄마는 우리 아가 얼굴이 어떻게 생겼을까? 아가는 우리 엄마 얼굴이 어떻게 생겼을까? 그게 아마도 가장 궁금할 게다. '내가 엄마 뱃속 아기였을 때/ 엄마에게 물어보았다'는 발상이 좋다. '아기는 손을 꼽기 시작하였다/ 열 개의 손가락이 그래서 생겼다.'와 '엄마는 손가락을 꼽기 시작하였다/ 열 개 손가락이 그래서 있다.'는 손가락 열개의 의미가 아름답고 놀랍다.

- 난 어쩔 수 없어.// 힘 빠져/ 풀썩 엎드린/ 나에게// 괜찮아, 후훅/ 다시 해봐, 후훅/ 잘할 수 있어, 후훅 // 탄력 있게 불어넣어주는/ 싱싱한 말들.// 쪼그라진 마음/ 부풀어 오른다./ 풀죽은 마음/ 둥글어진다.// 통/ 통통/ 튀어오르고 싶다.

위의 시는 《아동문예》 2013년 9·10월호에 실린 신인 김민하의 작품이다. 동시 「풍선」은 대화체를 통하여 의인화하여 시적자아가 풍선의 입장에서 쓴 좋은 사물동시이다. 〈- 난 어쩔 수 없어.〉하고 자신감을 잃은 나에게 〈괜찮아, 후훅/ 다시 해 봐, 후훅/ 잘할 수 있어, 후훅〉하고 바람 넣기(격려의 말)를 아끼지 않는다. 그래서 쪼그라진, 풀죽은 마음이 둥글어진다.(용기가 생긴다.) 마지막 연 〈통/ 통통/ 튀어오르고 싶다.〉는 시적자아의 자신감(희망)의 메시지이다. '바람 빠진 풍선의 바람 불어넣기' 라는 현상을 통하여, 자신감을 잃은 아이들에게 격려와 칭찬이 용기를 불어넣고 자신감과 용기를 북돋워주는 좋은 작품으로 창작한 비유가 뛰어난 사물동시라고 칭찬을 하고 싶다. 좋은 작품을 쓴 신인을 만나서 기쁘다. 앞으로도 좋은 작품 기대해 본다.

- 일 년만 일하고 올 게요.// 아들네가 떠난 뒤/ 하루에도 몇 번씩/ 지구본을 돌리는 할머니// 일 년 내내 덥다는 나라/ 돋보기를 쓰고도/ 찾기 힘든 나라// - 이 놈은 왜 이렇게 삐딱하게 생겼누?// 지구본 따라/ 점점/ 한쪽으로 기울어지는 할머니.
  - 이경애, 「지구본 때문에」 전문, 《산이 꽃풍선 안고》, 아동문예, 2014

위의 동시는 제 2회 '열린 아동문학상' 을 수상한 작품이다. 실제로 선교사제의 길을 걷는 아들을 오지로 보내고 쓴 가슴이 뭉클하고 문학성이 뛰어난 훌륭한 작품이다. 시의 끝부분 〈-이 놈은 왜 이렇게 삐딱하게 생겼누?// 지구본 따라/ 점점/ 한쪽으로 기울어지는 할머니〉에서는 할머니의 불편한 마음과 아들네를 향한 마음을 시적으로 잘 암시하고 있다.

2.《월간문학》,《계절문학》에 올랐던 작품 분석

노래는 귀로, 그림은 눈으로, 영화는 귀와 눈으로 감상을 하기에 느낌이 가슴에 파도로 와 철썩인다. 그러나 시는 평면적인 언어(문자)로 이루어져 있기에, 시의 내용이나 주제를 이미지로, 상징과 은유 등의 표현의 옷을 입히고, 상상력과 환상 등으로 시로 형상화한다. 그리고 시는 산문과 달리 설명이 필요 없고 오직 표현을 하여야 한다. 시인은 다만 언어를 가지고 시의 집을 짓는다. 시인이 짓는 언어의 집은 시의 소재나 주제는 같을 수 있지만, 모든 언어의 집이 모두 달라야하는 어려움이 여기에 따른다. 시인은 새로운 생각, 새로운 표현으로 지금까지 세상에 하나도 존재하지 않는 자기 나름의 집을 지어야 한다. 그래야 시를 읽는 독자에게 재미를, 신선한 충격을, 감동을 줄 수가 있다. 다음의 작품들은 한국문인협회에서 발간하는《월간문학》과《계절문학》(2013년 4~6월호)에 실린 글들이다.

> 달밤에 그네에 앉아/ 가만 가만 굴러 본다// 잔잔히/ 다가서다가// 다시 잔잔히/ 멀어지는 달// 아무도 없는 밤 하늘/ 저도 외로웠나 보다// 저도/ 흔들리면서// 가만 가만 나처럼/ 그네를 탄다.
>
> — 한명순, 「그네 타는 달」 전문

벌써 제목이 시적이고 호기심이 간다. 기차를 타고 여행을 하다보면, 기차와 내가 움직이는데 차창 밖의 풍경들이 따라 움직인다. 내가 그네를 타면 달도 그네를 탄다는 착시현상이 생긴다. 시적자아는 아마도 늦게 돌아오는 가족을, 혹은 집에서 쫓겨난 외로운 아이라 생각된다. 그네를 가만 가만 구르면, 달은 잔잔히 시적자아에게 다가서다가, 다시 잔잔히 멀어진다. 시적자아는 달도 나처럼 외롭다는 생각을 한다. 그래 달도 나처럼 흔들리면서 가만 가만 그네를 타고 있다. 의인화된 달(자연)과 친구가 되는, 자연과의 합일을 노래한 작품이다. '그네 타는 달'이라는 발견의 재미와 외로운 시적자아와 자연인 달과의 합일의 아름다운 존재의 집을 독자들은 즐겁게 감상할 수 있겠다.

> 길가에 떨어진 꽃을 봅니다/ 소나기에 얻어맞은 꽃을 봅니다/ 떨어진 꽃 바라볼 땐 얄미워지고/ 떨어진 꽃 바라보는 눈엔 눈물 흘러도/ 말라터진 밭을 보면 고마운 빗물/ 주렁주렁 열매 달린 나무를 보면/ 반갑고 고마운 소나기예요.

위의 시는 「심술쟁이」 전문이다. 시인은 소나기에 떨어진 꽃을 보면서, 소나기가 얄밉고 떨어진 꽃에 눈물 흘리는 따뜻한 마음을 가진 사람이다. 이 시는 연 구분이 없는 동시로 1행과 2행은 꽃이 떨어진 사실을, 나머지는 소나기에 대한 시인의 느낌을 독자의 이해가 잘 가도록 썼다. 그러나 이러한 시를 과연 시를 읽는 독자들이 재미있게 읽고 신선한 충격이나 감동을 받을 것인가? 우리 시인들이 함께 고민해 봐야 할 문제이다. 이 시에서 표현을 한 부분을 찾아보면, '소나기에 얻어맞은 꽃', 떨어진 꽃을 바라보면 '얄미워지고' '눈물 흘러도', '고마운 소나기' 정도이다. 그리고는 대부분 설명으로 채워져 있다. 참신성이나 독창성은 우리 시인들 모두에게도 어려운 숙제이지만, 시적인 표현과 설명정도는 구분해야겠다. '소나기에 얻어맞은 꽃을 봅니다'는 설명에 가까운 산문이지만, '소나기 회초리에 맞아 우는 아기 꽃들을 봅니다'라고 하면 표현이라 할 수 있다. '주렁주렁 열매 달린 나무를 보면'을 '웃음이 주렁주렁 매달린 나무'로 퇴고하면 어떨까? 시인은 이러한 점을 생각하면서 독자인 어린이들이 재미있고 공감하는 작품으로 퇴고 바란다.

밤이 매우 환해요/ 그 까닭이 무얼까/ 별이/ 마중 나와서일까/ 달이/ 마중 나와서일까// 아니야/ 아빠별이/ 하하하 하고 웃고 있는 거야/ 엄마별이/ 호호호/ 크게 웃고 있어서일 거야// 어느 새/ 별이 달 속으로 숨었네/ 저 내숭이/ 나도 달 속으로 들어가야지/ 새침이야.

                                                    – 강성남, 「별과 달」 전문

시인은 밤이 환한 까닭을 발견한다. 새로운 생각이나 새로운 표현이 보이지 않고 시를 읽는 맛이 술에 물탄 맛이 난다. 그러나 마지막 연에서 독자에게 기대를 저버리지 않았다. '어느 새/ 별이 달 속으로 숨었네/ 저 내숭이/ 나도 달 속으로 들어가야지/ 새침이야.' – 참 좋은 시의 한 구절을 찾아내었다. 필자라면 앞부분을 모두 버리고 마지막 연으로 '별과 달'이라는 존재의 집을 짓고 싶다. 별빛은 달빛 속에 숨고(저 내숭이), 시적자아도 달 속으로 들어간다(새침이야). 읽는 사람이 공감하고 무릎을 탁, 칠 것이다.

이번 호에는 한국문인협회에서 발간하는 《월간문학》 4월호와 《계절문학》 봄호(22호)에 발표된 작품 중에 생명과 관련이 있는 작품을 중심으로 살펴보고자 한다.

마당에 핀 치자꽃/ 향기 그대로 달콤한데/ 손자 이름까지 깜박 잊은 할머니/ 노인 요양원으로 이사 간다// 이제 떠나면/ 함께 지낸 가족과 떨어져/ 다시는 돌아올 수 없다는 거 알지만/ 혼자서는 아무것도 하지 못한/ 갓난쟁이 할머니// 60년 넘게 살아온/ 정든 집 아쉬워/ 눈물 뚝뚝 흘리며/ 두 번째 집으로 떠나던 날// 사랑 쏟아 가 꾼/ 할머니 정성으로/ 향기 가득 피워 올린 치자꽃도/ 하얀 꽃잎 하염없이 흔들어/ 서러운 작별인사를 한다.

- 정혜진, 「할머니 두 번째 집」 전문, 《계절문학》 봄호

오늘날 핵가족들의 부모 모시기 현상을 소재로 하여 시로 형상화환 작품으로 우선 제목이 눈길을 끈다. 요즘은 부모가 거동을 할 수 없이 아프거나 치매 등에 걸리면, 가족들이 의논하여 요양원 시설로 보내고 있다. 시적자아는 치매에 걸린 갓난이처럼 스스로 아무도 할 수 없는 할머니를 '갓난쟁이 할머니'로 표현을 했다. 시적자아는 할머니가 눈물 뚝뚝 흘리면서 두 번째 집(노인 요양원)으로 떠나는 아쉬움과 설움을 할머니가 가꾸던 치자꽃을 통하여 감정이입을 시키고 있다. 조부모나 부모를 모시기 어려우면 병원이나 요양원으로 보내는 현실을 어떻게 받아들여야하는지를 독자들에게 묻기도 한다. 또한 효심이나 생명존중 의식을 짚어보는 내용으로 가슴이 뭉클한 서정시이다.

우리 엄마는 캄보디아 출신/ 앙트 레 비앙!// 동네 시장에 가면/ 여기저기서 엄마 이름을 붙잡습니다.// "비앙! 이리와!"/ "싸게 줄게, 비앙!"// 엄마의 발길을 그냥 두지 않습니다.// "깎아 주세요. 덤도 주실 거죠?"/ "그래, 그래!"// 엄마의 웃는 얼굴을 이기는 사람은/ 아무도 없습니다.// "살림을 잘 한다, 비앙!"/ "딸도 참 예쁘구나, 비앙!"// 나물장수 할머니는 칭찬도 듬뿍 얹어 줍니다.// 기분 좋은 우리 엄마, 앙트 레 비앙!

- 이상현, 「우리 엄마, 앙트 레 비앙」 전문

위의 동시는 20013년 5월호 《월간문학》에 게재된 동시로, 시적자아는 다문화가정의 어린이로 어머니가 캄보디아 출신이다. 다문화가정을 소재로 한 작품들은 대부분 우리 사회 현실에 적응을 못하고 소외된 것으로, 그 문제점을 보여주고 그 해결 방안을 모색하는 것이었다. 그런데 본 작품은 카메라의 방향을 바꾸어서 우리사회에서 잘 적응해

나가는 다문화가정을 시로 형상화하였다. 다문화 가정의 어린이에게, 다문화 가정을 대하는 우리에게 어떻게 하여야하는지를, 동시를 읽는 수용자에게 이론이 아닌 작품으로 가르쳐준다. 그가 올《오늘의 동시문학》봄호에 발표한 작품 「꽃의 자리」는 오늘 날 우리 어머니의 잔소리와 칭찬을 다시 생각하게끔 하는 좋은 작품이기에 소개한다. 〈"이것 좀 봐, 또 한 송이 피었네!"/ "여기 좀 봐, 얼마나 예쁘니!"// 엄마는 꼭 내 앞에서/ 아침마다 꽃들에게 칭찬이다.// 우리 집에서/ 엄마의 잔소리를 듣지 않는 건/ 꽃이다.// 꽃의 자리에/ 내가 앉고 싶다.〉

3. 오늘의 동시문학 좋은 동시 20편 (2013년)

아빠가 배추를 묶는다./ 속이 꽉 차라며/ 꼭꼭 안아준다.// 아하!/ 아빠가 나를/ '꼬옥' 안아준 이유를/ 이제야 알겠구나.

　　　　　　　　　　　　　　　　　　　　－ 김갑제, 「배추 묶기」 전문

　위의 동시는 『열린아동문학』 2012년 겨울호에 실린 작품인데, 『오늘의 동시문학』겨울호 특집 기획 '2013년의 좋은 동시 20편'에 재 게재한 작품이다. 「배추 묶기」는 2연 7행의 짧은 시이다. 김갑제 시인은 배추 묶기를 하면서 배추에게 속이 노랗게 꽉 차라고 주문했을 것이다. 그러한 것은 누구나 바라는 평범한 일이다. 그런데 이런 평범한 일에서 '아빠의 배추 묶기 = 아빠가 자녀를 안아줌' 이라는 참신한 발상을 한다. 그리고는 '속이 꽉 차라는' 안아주는 이유로 발전시킨다. 사물인 배추를 사람처럼 의인화시키고, 2연에서는 시적화자인 어린이가 '안아줌'의 의미를 '아하!' 하고 스스로 깨닫는 장치를 한다. 이렇게 평범한 일상의 익숙한 소재로 하여 짧은 글 속에 감동을 주는 참신한 발상과 시의 형상화 기법이 돋보인다.

호박씨는 덩굴을 내어 길을 가며 군데군데 커다란 머리를 만들어 놓고,
멈칫멈칫 몇 걸음 안 가 또 머리를 만든다// 생각할 게 참 많은가 보다
– 박방희, 「호박씨」 전문

위의 글은《시와 동화》가을호(통권 65)에 실린 박방희의 작품인데,
'2013년의 좋은 동시 20편'에 재 게재한 작품이다. 위의 작품은 산문
동시형태로 작품이 참신하고 재미성(쾌락)과 교육성(효용)을 동시에 갖춘
좋은 작품이다. 이 작품의 발상은 '호박'과 '머리'와 '생각'을 동일시
본 것에서 시작된다. 호박씨는 덩굴을 내어 길을 가며 군데군데 커다란
머리를 만들어 놓는다. 호박이 자라는 현상을 참 재미있게 표현하였다.
그리고, 멈칫멈칫 몇 걸음 안 가 또 머리를 만든다. 의인법과 은유법을
사용한 재미난 비유이다. 마지막 연인 '생각할 게 참 많은가 보다'에서
시적상승의 묘미를 볼 수 있다. 즉, 평범하고 재미있는 동시에서 생각
하는(교육적인)경지를 아우르는 참 좋은 동시로 만들어놓았다.

냉이 꽃다지는/ 모여 살지./ 힘 약한 참새들처럼,/ 시골 정자나무 밑에
모여드는/ 할배들처럼// 봄볕을/ 나누어 쪼아먹는 참새들처럼,/ 정자나
무 그늘을/ 나누어 베고 눕는 할배들처럼// 냉이 꽃다지는/ 모여살지./
같이 이야기 하고, 같이 놀지
– 권영상, 「힘이 약한 참새들처럼」 전문

위의 동시는《어린이와 문학》7월호에 실린 작품인데,《오늘의 동시
문학》'2013년의 좋은 동시 20편'에 재 게재한 작품이다. 위의 동시는
전원주택 텃밭의 풀과 냉이 꽃다지, 참새와 동네 노인들과 대화를 하
며 체험학습으로 쓴 시이리라. 이 시도 '봄볕도 나누고, 그늘도 나누
는' 서로 모여 사는 힘 약한 사물들의 이야기를 주제로 하였다. 1연과

3연은 수미쌍관법으로 3연 뒷부분에 변화를 주었다. '냉이 꽃다지'를 '힘 약한 참새들, 시골 정자 밑에 모여드는 할배들'로의 비유(직유)가 참신하고 참 잘 어울린다. 강조의 반복 뒤에 끝부분의 변화 〈같이 이야기 하고, 같이 놀지.〉가 시의 의미상 끝맺음으로 잘 된 권영상 냄새가 물씬 묻어나는 좋은 동시이다.

> 수업시간마다/ 다리 떠는 주원이도/ 화장실 간다고 손드는 민재도/ 책에 낙서하는 소희도// 오늘은 모두/ 의자에 등 딱 붙이고/ 똑바로 앉아 있다.// 진짜 모습/ 아무도/ 공개하지 않았다.
>
> – 「공개수업」 전문

앞의 시는 《동시마중》(2013. 1·2월호)에 발표한 작품을 《오늘의 동시문학》 특집으로 '2013년 좋은 동시 20편'에 재수록 한 강기화의 성공한 작품이다. 이시는 표현법 중에 역설법을 사용하여 쓴 전달 메시지가 강한 동시이다. 위의 시는 3연으로 되어 있다. 1~2연은 수업시간의 상황의 모순을 그렸다. 평소 수업시간에 잘 집중하지 않는 열거한 아이들이 〈오늘은 모두/ 의자에 등 딱 붙이고/ 똑바로 앉아 있다.〉는 명백한 모순이 동영상을 보듯 잘 나타나 있다. 이것만으로도 역설이 되지만, 3연에서 다시 제목에 대한 드러난 강한 역설로 〈진짜 모습/ 아무도/ 공개하지 않았다.〉로 시를 끝맺음한다. 이 시에서는 모순이 진리인 셈이다. 지면관계로 언급을 생략한 김귀자의 '하회탈'은 역설과 반어와 중의라는 표현법을 사용하여 우리의 전통 민속을 해학적으로 다룬 참 좋은 작품이다.

III. 동시의 나아갈 길

'발표된 동시들 중에서 어떤 동시들이 좋은 동시로 평가 받고 있는 가?'는 동시의 나아갈 길에 지침이 될 수 있기에《오늘의 동시문학》에서 매년 아동문학 작품만을 대상으로 한 종합지 성격의 월간, 격월간, 계간지 8~10종에 실린 작품 중에 선정한 작품 분석을 참고로 살펴보고자 한다.

　《오늘의 동시문학》(2012년 겨울호)특집으로 '2012년 좋은 동시 10편'에 선정된 작품은 교실과 어린이와 관련된 이준관의 「모두 꼴똘히」, 이화주의 「욕 버리기」, 생명 존중과 자연 보호와 관련된 김종상의 「풀씨와 거미줄」, 배정순의 「모범 공장 찾아라」, 서금복의 「주말농장 글 읽기」, 더불어 살아가기와 관련된 정진아의 「옆집 아줌마」, 박두순의 「사람우산」, 신현득의 「개구멍」, 생물의 생태의 특징을 시화한 정진숙의 「세스랑게의 집」, 김미혜의 「별이 빛나는 밤에」 등이다. 선정된 작품을 〈원로, 중진, 중견, 신예 고른 활약〉이란 제목으로 신현배 시인이 정리 분석하였다. 그 내용 일부를 소개하면, '올해의 좋은 동시'에 해마다 여성 시인들이 강세를 보였는데, 올해에도 선정된 10편 가운데 6편이 여성 시인의 작품이었다. 특이할 만한 점은 원로, 중진, 중견, 신인 작품이 골고루 선정되었다는 것이다. 자연 친화적인 작품은 올해도 여전히 많았고, 익숙한 소재를 어떻게 시로 형상화할지 기법상의 고민과 노력의 흔적이 보였다. 그러나 단점으로 지적되는 것은 전반적으로 동심은 잘 담으면서도 표현 미학이 약하다는 지적이 아쉬움으로 남는다. 또한 내용적인 면에서 다양한 동시들이 발표되고 있는데 독자들과의 거리를 좁히는 데는 대체로 성공했다고 본다. 하지만 깊은 감동을 안겨주는 작품은 드물고, 머리와 손끝으로 쓴 시들이 많았다는 점을 지적해 두고 싶다고 하였다.

　앞에서도 언급한 바와 같이《오늘의 동시문학》(2013년 겨울호)특집으로 '2013년 좋은 동시 20편'에 재수록된 작품들이 대부분 성공한 좋은 작품들이었다. 기획특집 뒤에 백우선 시인의 '2013 좋은 동시

20편' 경향을 소주제를 달아서 의미 있게 잘 분석한 자료에 의하면, '남성우세, 거의 전부가 자연을 활용'한 시를 썼다고 하였다. 1. 대상에 대한 사랑을 시로 형상화 한 시 5편(박승우의 「다람쥐」, 윤보영의 「연못물」, 권영상의 「힘 약한 참새들처럼」, 문삼석의 「물수제비」) 2. 사물 새롭게 보기에 해당하는 작품이 8편(김개미의 「밤의 웅덩이」, 김병욱의 「새싹」, 박정식의 「밤은 충전기다」, 김상욱의 「깨꽃」, 오윤정의 「호박꽃」, 문성란의 「너지」, 박방희의 「호박씨」, 김규학의 「새 연고」) 3. 가르침 들려주기에 해당하는 작품5편(김갑제의 「배추묶기」, 김금래의 「사과나무 말씀」, 조영수의 「축하나누기」, 박선미의 「용서」, 김성민의 「나무젓가락」)5. 표현법 활용하기 2편(강기화의 「공개수업」, 김귀자의 「하회탈」)이다. 표현기법은 의인화가 13편, 비유와 대화 기법도 일부 쓰임. 형태상으로 자유시가 19편이고 산문시는 1편(박방희의 「호박씨」). 작품의 길이는 5행 이내 1편(윤보영의 「연못물」), 10행 이내 9편, 나머지는 10행 이상이다. 짧거나 재치 위주의 작품이라도 깊고 종합적인 사유에 뿌리를 두었다면 좋은 작품이 될 수 있다고 평하였다. 2013년 좋은 동시나 좋은 동시집에 신인들 이름이 생각보다 많다. 동시 발전에 좋은 일이라 생각되며, 선배 시인들도 좋은 동시 창작에 더 힘을 쏟아야 할 것이다.

위에 소개한 작품들을 더 요약 정리하면, '2012년 좋은 동시 10편'에 선정된 작품은 교실과 어린이와 관련된 작품, 생명 존중과 자연 보호와 관련된 작품, 더불어 살아가기와 관련된 작품, 생물의 생태의 특징을 시화한 작품이었다. '2013년 좋은 동시 20편'에 선정된 작품은 거의 전부가 자연을 활용'한 시를 썼다. 대상에 대한 사랑을 시로 형상화 한 시, 사물 새롭게 보기에 해당하는 작품, 가르침 들려주기에 해당하는 작품, 표현법 활용하기 등이었다. 표현기법은 의인화가 13편, 비유와 대화 기법도 일부 쓰였다.

잡지에 발표되는 우리나라 동시의 작품의 길이는 근래 들어서 짧아지는 경향이 보인다. 과거에 비해 연 구분이 없는 시가 많고, 주 독자인 어린이들을 고려하여 지루하지 않게 하기 위하여 짧아진 듯싶다. 역시 어린이가 주독자이다가 보니, 동화처럼 의인화하고 재미성을 고려하여 대화체가 많이 쓰이고 있다. 작품의 수준은 대체로 많이 향상되었으나, 일부 잡지에 발표되는 작품들 중에는 아직도 표현이 되지 않고 설명 위주의 시적 형상화가 미약한 작품들이 보인다.

신인들이나 중견 동시인 들의 작품은 대체로 재미성이나 동심담기나 독자들을 동시로 끌어들이는 면에서는 기존 시인들보다는 발전하였음을 인정해 주어야한다. 그리고 몇몇의 신인들이나 중견 동시인 들의 작품은 시의 감수성이나 표현기법이나 의미성에서도 돋보이는 작품을 빚어내기도 한다. 그러나 가슴보다 손끝으로 쓰는 동시, 좋은 동시가 나오면 그것과 비슷비슷한 동시들, 동시의 길이가 짧아졌다.(짧다고 나쁜 것은 아니지만 , 표어 같은 동시, 수필이나 동화 속의 대화 어느 일부부분을 떼어와 시로 고친 듯 한 동시, 시상 한 개를 덜렁 가져다 놓은 동시, 시상 전개가 충분히 안 되어 쓰다만 듯한 동시 등), 표현보다 설명 위주의 동시, 유행과 상업성에 휘둘린 동시 쓰기는 우리 동시인 스스로가 자성하는 자세가 요구된다. 그래서 사고를 통한 재미와 감동을 주는 동시 쓰기에 노력해야 한다.

아동문학잡지 쪽에서 보면, 앞에서 '2012년과 2013년 좋은 동시 선정 작품' 을 분석한 것과 같이 일부 잡지를 제외한 아동문학 작품만을 대상으로 한 종합지 성격의 격월간, 계간지 8~10종(아동문학평론, 아동문예, 시와 동화, 오늘의 동시문학, 열린아동문학, 어린이와 문학, 창비어린이, 어린이 책이야기, 동시마중, 아동문학세상)에 실린 작품들의 수준은 많은 향상을 가져왔다. 그런데 왜 한국문인협회에서 발간하는 월간지 《월간문학》과 계간지 《계절문학》의 작품의 동시들을 좋은 동시 선정 대상에서 재외하였는가를 생각해 보았다. 그것은 아마도 지면에 발표되는 작품의 수준이 낮은 작품들이 많이 실리고 있기 때문이리라. 월간문학에서 동시 작품 평을 쓰는 사람들이 늘 좋은 작품을 보내라고 주문하지만, 월간문학 편집부에서는 문협회원들의 작품을 골고루 게재해준다는 의미에서 함양 비달의 작품도 싣고 있는 것 같다. 일반문학도 비슷한 처지인데, 좀 번거롭긴 하지만 각 분과 위원장이 직접 선정하던가 아니면 각 분과 위원장이 분기별로 선임한 사람들이 작품을 선정하여 좋은 작품을 한 사람에게 한 해 한 편정도 게재해주는 방안 등이 필요할 것 같아 건의를 해 본다. 좋은 동시 선정에 대상이 되지 못한 지방에서 만들어지는 아동문학 잡지들도 지방에서 만들어지지만 좋은 잡지를 만들고 있는 잡지들의 경영 방법을 모델로 하여 수준 높은 좋은 작품을 싣는 잡지로 어렵지만 거듭나기를 기대해 본다. 그리고 세계의 동시를 주축이며, 가장 동시의 수준이 높다는 대한민국에서 작품을 발표할 제대로 된 월간지가 없다는 것이 슬프다. 여러모로 어렵겠지만, 《아동문예》가 다시 월간으로 돌아갈 수 있기를 기대해 본다.

1. 원로들의 작품 모델의 예시 셋

1)신현득의 동시 : 원로 동시인들 중에 신인이나 중견들에게 전혀 밀리지 않고 독보적인 작품을 쓰는 신현득의 작품을 동시인 들은 모델로 하여 참고할 필요가 있다. 소재와 내용면에서 통일(대부분의 동시인들이 한두 편을 지었지만 신현득과 박경종이 앞장 서 왔으며, 신현득은 미?소에 의한 우리나라 분할에 대해 '20세의 죄악' 이라고 이름 지으며 분노해야한다고 주장함)과 역사와 철학으로 확대, 상상을 통한 우주로의 확대 시도가 그것의 하나다.(통일이 되는 날의 교실, 고구려의 아이, 아버지의 젖꼭지, 일억오천만년 그 때 아이에게 등) 시의 형식면에서 신현득 시인은 시의 그릇이 크고 독특하다. 그는 동시 특성의 하나인 '독자 수용의 원칙' 을 지키기 위하여 동시의 문장과 표현의 난이도를 동화의 난이도에 맞추고 투명하게 창작하라고 권하고 있다. 형식면에서의 예시는 지면 부족으로 앞의 작품 〈Ⅱ. 발표되는 동시의 분석의 1.《아동문예》'이달의 동시 · 동시인' 에 올랐던 작품 분석〉으로 대신한다.

2)문삼석의 동시 : 원로 동시인들 중에 원로임에도 불구하고 신인이나 중견들에게 전혀 밀리지 않고 독보적인 작품을 쓰는 문삼석의 작품을 동시인 들은 모델로 하여 참고할 필요가 있다. 그의 동시들을 살펴보면 동심성, 단순명쾌성, 순수(긍정)지향성 등 동시의 특성이 교과서처럼 드러나 있고 자기 목소리가 있는 개성적인 시인임을 확인 할 수 있다. 그는 동시의 특성상 무거운 주제나 의미를 꼭 담아야 할 필요는 없다는 주장을 한다. 예시 작품은 지면 부족으로 〈Ⅱ. 발표되는 동시의 분석의 1.《아동문예》'이달의 동시 · 동시인'에 올랐던 작품 분석〉으로 대신한다. 금년에 받은 제 〈4회 열린아동문학상〉을 수상한 수상작 「물수제비」는 4연 7행의 짧고 간결한, 그가 즐겨 빚는 맞장구 형태의 동시로, 돌멩이와 강물을 의인화한 대화체와 의성 의태어의 적절한 사용, 시의 끝 연 〈강물이 뽀그르르!/ 돌멩이를 받아 가슴에 안습니다〉의 따뜻함이 잘 나타난 동시로, 이 작품에서도 동심성 · 단순명쾌성 · 순수지향성 등 동시의 특성이 교과서처럼 드러나 있다.

- 나,/ 새 같니?// 돌멩이가 파닥파닥!/ 강물 위를 힘겹게 뛰어갑니다.//
- 저런!/ 날개도 없는 게…….// 강물이 뽀그르르!/ 돌멩이를 받아 가슴에 안습니다.

– 문삼석, 「물수제비」 전문

3)김종상의 동시 : 1985년 김종상 동시선집 『어머니 무명치마』(창작과비평사)머리말에 학자들의 연구에 의하면 우리의 전래동요에는 동물 · 식물 · 자연 · 유희 · 말놀이 · 어머니 · 자장가 등의 노래가 2백여 종류나 된다고 하며, 동물의 노래만도 새, 짐승, 곤충, 고기 등으로 나뉘며 그 양이 엄청나다고 하였다. 그래서 그는 그것을 착안하여 꽃에 대한 3권의 시집과 5권의 설화집과 2011년 꽃연작동시조집 『꽃도 사랑을 주면 사랑으로 다가온다』, 어린이들이 좋아하는 동물들의 특성과

성격이 간결하고 재미있게 형상화한 동물 시리즈 연작동시집(주로 유아와 저학년 용)『동물원 우 리집은 땅땅땅』,『동물원 우리집은 물물물』,『동물원 우리집은 하늘하늘』(2012년도),『강아지 호랑이』(2014년도), 2012년 동자스님 선재를 주인공으로 마음을 닦는 인성 동화시『스님과 선재동자』등의 좋은 연작동시를 써서 젊은 사람보다 더 활발하게 활동하고 있는 원로 시인의 작품을 참고할 필요가 있다.

아래의 작품은《아동문예》3·4월호에 특선으로 실린 김종상의「풀씨와 거미줄」전문이며, 나중에 2012년도 좋은 동시에 선정되었고, 인성 동화시집『스님과 선재동자』에 게재된 작품이다. 스님과의 대화는 선문선답식 이야기로 이루어졌는데, 미물인 거미와 풀씨까지도 사랑하는 스님의 따뜻한 이야기를 통하여 독자들에게 생명존중의 의미를 깨닫게 해준다. 요즘의 동시는 이야기가 있는 동시(스토텔링이 있는 동시)가 독자에게 가까이 다가서는 편인데, 불교의 이야기를 동시로 형상화하여 어린이들에게 들려주는 연작동시 소재의 확장에 박수를 보낸다.

> 옛날 스님들은/ 이렇게 살았대요// 요사채 추녀에 거미줄이 있습니다/ 거미줄에는 풀씨가 많이 걸려있어요/ 스님은 발판을 놓고 그것을 떼냈어요/ "스님! 거미줄을 없애면 되잖아요?"/ "거미줄을 없애면 거미는 어쩌니?"/ "그럼 풀씨는 왜 떼 내셔요?"/ "길을 잘못 든 씨앗들이야./ 싹틔워서 살 땅으로 보내줘야지."// 스님은 씨앗을 떼내/ 바람에 날려 보냈습니다.

세 사람 외에도 좋은 작품을 쓰고 있는 원로, 중진, 중견, 신인들이 많지만 지면관계로 작품 모델의 예시는 앞에서 예를 든 작품으로 대신하며 생략한다.

강원도 시인의 대표작품에 나타난 장소성에 대한 시적 성찰

1. 들어가기

강원도는 지리적으로나 역사적으로나 문학적 상상력을 일깨우는 많은 향토적 조건을 갖추고 있다. 동해안의 아름다운 자연경관을 배경으로 하여 절세미인 수로부인과의 얽힌 신라시대 향가인 「헌화가」와 한시로 전하는 「해가사」[1], 가사문학의 대표작품인 송강 정철의 「관동별곡」, 고려 말부터 지금도 창작이 이어지고 있는 인간편향의 제재 수용의 정선아리랑, 강원도의 지방적 특성을 수용하고 있는 이인직의 「귀의성」과 「은세계」, 이효석의 「메밀꽃 필 무렵」, 김유정의 「동백꽃」, 데릴사위인 '나'와 '장인어른'과 아내가 될 키가 잘 자라지 않는 '점순이'를 통해 해학과 풍자와 현실 비판적인 「봄 봄」 등이 강원도를 배경으로 하여 지어진 작품들의 좋은 예가 된다.

---

1) 헌화가와 해가사의 주인공 절세미인 수로부인이 경주에서 강릉부사로 부임하는 순정 공을 따라 가는 도중 '해가사' 배경으로 가장 유력한 추암 촛대바위가 마주 보이는 시루뫼 마을(증산동) 와우산 기슭에 해가사의 배경이 된 〈임해정〉을 짓고 〈해가사터비〉를 세울 것을 필자가 삼척시에 건의하고 추진하여 복원되었고, 나중에 다시 오석에 헌화가와 해가사 작품과 그림을 새겨 넣은 〈드래곤볼(사랑의 여의주)〉가 세워지고, 그 이름을 〈수로부인공원〉이라 개명하였다. 그리고 삼척 임원 남화 산에 큰 자금을 들여 거대한 색채 대리석으로 〈수로부인상〉이 세워지고 〈수로부인헌화가공원〉을 조성했는데, 필자가 여러 차례 조언을 해주었지만 그대로 실행하지 않아 안타까운 점이 없지 않다. 해가사터에 세워져야할 것이 헌화가터에 세워진 까닭을 새겨두어야겠다.

강원향토문학이 지역적 특수성을 문학 속에 수용해 온 양상은, 어느 지역에서나 마찬가지이겠지만, 대체로 다음과 같은 네 갈래에 의해 살필 수 있다.[2]

①자연편향의 제재 수용-향토적 소재

②인간편향의 제재 수용-향토적 언어와 정신

③자연과 인간 중심의 제재 수용-향토적 소재, 향토적 언어와 정신

④역사적 현실 중심의 제재 수용-향토적 정신

시에서의 장소성Placeness이란 무엇인가? 시에 나타난 사물이 위치한 곳 혹은 실존적 장소나 현장을 가리키는 것으로, 넓은 의미로는 지역성(locality)과 같은 의미 혹은 지역성의 하위 단위로 쓰인다고 볼 수 있겠다. 여기서는 하위 단위로 보고 작품을 성찰해 보고자 한다. 남기택은 지역문학이 지닌 층위를 형식의 차원(지역에서의 삶, 지역적 연고, 구체적 경험 등), 내용의 차원(지역이라는 주제, 소재, 기타 지역적 경험의 형상화 등), 실정적 차원(상징권력, 인맥, 명망성, 독자층, 발표기회 여부 등)으로 도식화한 바 있다.[3]

강원문학 100년사[4]를 맞이하여 강원문학대선집 발간위원회에서는

2) 박민수,「강원향토문학의 지방성과 세계성」,『제7회 강원도 문인 심포지엄』, 한국문협강원지회, 1996, 20쪽.

3) 정연수, 「지역을 구심으로 한 이성선의 시세계와 계승 방안 고찰」, 2014 제1차 강원도 작고 문인 재조명 세미나, 2014, 150쪽. 남기택, 「지역에 의한, 지역을 위한」,『경계와 소통, 지역문학의 현장』, 국학자료원, 2007, 56쪽 재 참조.

4) 상허(尙虛). 이태준(李泰俊)의 탄생 100주년 행사가 2004년 철원에서 열렸는데, 강원도 현대문단사 시작을 상허의 탄생를 기준으로 잡은 듯함. 상허는 1904년 강원도 철원에서 출생하여, 1926년 일본 동경의 조오지 대학에서 수학하다가 중퇴하고 귀국하였다. 1929년부터 《개벽》기자,《조선중앙일보》학예부장 등을 지냈으며, 1933년 박태원, 이효석, 이무영, 정지용, 김기림 등과 함께 예술파 문인들의 모임인 구인회(九人會)를 결성하고 동인지《詩와 小說》창간호만 내고 종간했다. 단편 〈오몽녀(五夢女)〉를《시대일보》에 발표하면서 작품 활동을 시작하였다. 대표적인 작품으로 〈달밤〉,〈복덕방〉,〈패강냉〉,〈해방전후〉 등이 있으며, 광복 후 1946년에 월북하였으며, 사망 시기는 확실하게 알려지지 않았다.

2005년 6월 30일『강원문학 대선집』을 발간하였다. 시, 소설, 아동문학, 수필, 희곡·평론 5권의 책으로 묶어내었다. 작품이 게재된 작가는 2005년 현재 등단하여 강원도에서 작품 활동을 하고 있는 사람, 강원도에 연고한 출생지나 거주지를 둔 사람, 강원도에 연고지를 둔 사람으로 타 지역에서 활발하게 활동하고 있는 사람, 고인이 되었지만 연고지가 강원도로 문학 업적을 남긴 사람 등이었다. 즉 남기택의 지역문학의 개념이 지닌 층위 중 형식의 차원(지역에서의 삶, 지역적 연고, 구체적 경험 등)과 관련이 있는 사람을 대상으로『강원문학 대선집』이 발간된 셈이다.

시 대표작품은 197명의 작품이 각 4편씩 게재되어서 총 788편이 본 연구의 대상작품이 되었다. 788편의 작품을 분석하기는 너무 분량이 많아서, 지역문학의 개념이 지닌 층위 중 형식의 차원에서 조금 더 범위를 좁혀서 강원도의 장소성Placeness과 관련된 작품으로 한정하였다. 장소성과 관련된 작품을 앞에서 언급한 박민수의 강원문학의 지역적 특수성을 문학 속에 수용해온 양상 네 갈래, 남기택의 지역문학이 지닌 층위를 참고하여, 다시 향토사鄕土史(local history) 관련, 통일 관련, 종교 관련, 광산촌 관련, 바다 관련, 강·호수·폭포 관련, 산·고개 관련 등으로 분류하여 살펴보려고 한다.

2. 로컬히스토리, 관련 작품

낭낭히 들려오는 소리가 있다/ 죽서루에 오르면/ 아주 먼 옛날, 민족자존의 소리/ 샘물처럼솔바람 소리에 섞이어/ 고려 때의 소리가 들린다// 구름에 허리 가린/ 두타산頭陀山천은사天恩寺로부터/ 오십천五十川 강줄기 따라 묻어 오는/ 낭낭한 글 읽는 소리// 뼈 속까지 깨끗한 선비/ 이승휴李承休 선생이/ 제왕운기 글 읽는 소리/ 아주 먼 옛날, 자존의 소리/ 죽

서루에 오르면/ 고려 때의 소리가 들린다

　　　　　　　　　　　　　　　　　　－ 정연휘, 「죽서루에 오르면」 전문

그 옛날/ 광화문이 열리면서/ 임금님은 해뜨는 쪽으로 길게/ 심호흡을 하셨다네// 일렁이는 정동진의 바다는/ 푸른 가슴을 열고/ 뭍으로부터/ 꿈틀거리며 달려오는/ 산맥을 모성母性의 숨결로/ 달래고 있었나니// 중략// 빛의 아들이/ 구천九天의 중심을 겨냥하여/ 쏘아 올릴 채비로/ 삶의 요람을 저리도 흔드는 데/ 정동진 연해선에 맴도는/ 낭낭한 아침의 기적 소리/ 모래톱에 젖는다

　　　　　　　　　　　　　　　　　　－ 김남구 「정동진의 노래」

　「죽서루에 오르면」을 쓴 정연휘는 두타문학과 삼척문협 회장, 초대 삼척 예총회장, 삼척문학 통사의 주역을 맡아 일해 온 삼척문학의 동량의 역할을 해오고 있는 시인이다. 삼국유사와 더불어 단군을 떠올리고 발해를 떠올리며 몽고 항쟁 때 대 서사시 「제왕운기」를 써서 우리나라의 민족자존을 지킨 이승휴를 기린 시이다. 관동팔경의 제1루인 죽서루 건축연대를 이승휴의 시를 보며 그 이전으로 짐작하고 있으며, 이 시 속에 실제 지명 두타산, 천은사, 오십천, 죽서루의 장소성, 그리고 이승휴라는 역사적 인물의 이름이 등장한다.

　김남구의 「정동진의 노래」 역사성보다도 구전되어 전해오는 임금과 정동진과 관련된 이야기를 소재로 하여 시적으로 잘 형상화한 시이다. 정동진은 서울 광화문에서 정동 쪽이 정동진이라고 한다. 그래서 어느 임금님이 안질이 심했는데, 일관이 궁궐에서 정동 쪽 바닷가에 누가 큰 집을 지어서 해를 가려서 그런다고 했다. 그 집을 철거한 후 안질이 씻은 듯 낳았다고 한다.

　이 외에 로컬히스토와 관련된 작품은 「무궁화 동산의 일출」(통일과도 관련), 「소리꽃」(우리의 역사를 비판한 작품이지만 시의 예술성에서 부족) 등이며

구체적인 장소성이 나타난 작품이 의외로 적었으며, 우리의 역사가 절실하게 가슴에 물결치는 작품이 없어 강원도의 지역성이나 장소성이 드러난 향토사(local history) 관련 시 쓰기가 숙제로 남는다.

장소성은 없지만 삼척지역 출신으로 훌륭한 시를 쓰는 원로시인 정일남 시인의 역사성과 관련된 예술성이 뛰어난 지조를 지키는 선비의 귀양길을 바라보는 민초(풀)의 노래를 감상해 보자. 다음의 시에 장소나 지역 이름이 들어가면 금상첨화가 될 터인데……

> 유배지로 가는 길목을 지키기로 했다/ 새벽이슬에 몸도 깨끗이 단장하고/ 입 다문 바위틈에 목을 뽑아/ 지나가는 상투 하나 똑똑히 보아야지/ 풀은 속임수가 없었다/ 갓 쓴 뒷모습 초라할지라도/ 그 지조 꺾이지 않았으니/ 풀은 길을 아낌없이 내 주었다/ 가는 길이 새로운 길임을 알까/ 옳은 말 옳게 해서 어전에 미움을 사고/ 산과 물이 있어 사생활을 간섭하지 않는 곳/ 풀은 가라고 가라고 하고/ 비록 형벌을 씌워 가둔다 해도/ 버림받은 땅에 가시면/ 도감에도 없는 풀이 반길 것이니
>
> — 정일남, 「풀의 세상」 전문

3. 장소성, 통일 관련 작품

> 흰 구름 떠도는 낙타봉/ 백학은 유유히 넘나드는데/ 더 이상 갈 수 없는 이 언덕// 아직도 안보교육관에서/ 과거와 현실을 비쳐 주어/ 눈시울이 젖어 있는데// 중략 // 바다가 보여준다/ 어서 어머니처럼/ 푸르게 하나 되어라/ 어깨동무 하고 달려와/ 좋아 소리치고 하얗게 웃으며/ 온몸으로 타이른다// 오늘도 통일은 어디가고/ 여기 온종일 바라만 보다가/ 쓸쓸히 돌아설 수밖에 없는데/ 삼천 년 후에 온다던 미륵불/ 이미 와 미소 짓고 서있네.
>
> — 강수근, 「통일 전망대」 전문

월하리를 지나/ 대마리 가는 길/ 철조망 지뢰밭에서는/ 가을꽃이 피고 있다.// 지천으로 흔한/ 지뢰를 지그시 밟고/ 제 이념에 맞는 얼굴로 피고 지는/ 이름 없는 꽃// 꺾으면 발밑에/ 뇌관이 일시에 터져/ 화약 냄새가 풍길 것 같은 꽃들// 저 꽃의 씨앗들은/ 어떤 지뢰 위에서/ 뿌리내리고/ 가시철망에 찢긴 가슴으로/ 꽃을 피워야 하는 걸까/흘깃 스쳐 가는/ 병사의 몸에서도/ 꽃 냄새가 난다

— 정춘근, 「지뢰꽃」 전문

　강수근, 「통일 전망대」는 금강산 외금강의 낙타봉이 보이는 통일전망대를 방문하고 쓴 시이다. 백학은 남북의 휴전선을 넘나드는데, 남북으로 오래 갈라서 있는 현실의 아픔을 안타까워한다. 바다가 푸르게 하나 되라고 타이르고, '삼천 년 후에 온다던 미륵불/ 이미 와 미소 짓고 서있네.' 하며 통일의 기원을 해본다.

　「지뢰꽃」을 쓴 정춘근은 1999년 《실천문학》으로 등단하여 철원문학과 한탄강문학 동인으로 활동하고 있으며, 자신이 살고 있는 휴전선 근처 특수한 지역의 아픔을 시로 형상화하였다. 남북으로 갈라서 사는 동족의 아픔의 현실을 지뢰밭에서 지뢰를 밟고 꽃피우는 꽃들로 환치하였다. 통일을 주제로 한 장소성이 담긴 시 중에서는 시적 형상화의 비유가 가장 돋보이는 좋은 시이다.

　통일을 주제로 한 장소성이 나타난 시로 신금자의 「통일전망대」가 눈에 띄었는데, 강수근의 작품과 제목이 같고, 평화로운 새와 남북으로 갈라져 사는 사람들을 대비시킨 점이나 통일 염원의 공통점이 나타나 있다. 〈아, 눈 시리게/ 투명한 하늘// 금강의 산자락은 망원렌즈에 끌려와/ 안타까움으로 잠시 머물다/ 황망히 돌아서고 만다// 녹슨 철책에 찢겨진 허리춤/ 생채기만 켜켜이 깊어가고/ 빌끝에 잡힐 듯 먼/ 해금강// 물새들의 나래짓은/ 저토록 평화롭구나〉. 이 외에 통일들 주제로 한 시는 송병준의 「도라산역의 함성이」, 정경현은 대표작 4편 중

3편 「돌아오지 않는 다리 · 1, 2」, 「통일전망대에서」가 통일을 주제로
한 작품이었다. 분단극복, 통일의 작품들 또한 작가들의 과제이다.

　삼척 태생으로 좋은 작품을 쓰며 문학 활동을 하다가 지금은 수원
에 가 사는 최홍걸의 대표작의 하나인 「야전삽」은 남대문 시장이 배경
이 되어 강원도라는 장소성에서 벗어났지만, 6 · 25의 동족상잔과 분
단의 아픔을 시로 형상화한 좋은 작품이다.

　　남대문 시장에서/ 문득 손에 잡아본/ 낡은 미제 야전삽 하나// 접고 펴면
　　/ 삽이 되고 곡괭이도 되는/ 어린시절 누구나 갖고 싶어했던/ MADE IN
　　U.S.A// 육이오 동족상잔의 현장에서/ 숱한 시체를 묻어버리고/ 우리의
　　山河 곳곳에 묻혀 형체만 남아 있을/ 미제 야전삽.
　　　　　　　　　　　　　　　　　　　　　　　　　　　　－ 최홍걸, 「야전삽」 전문

4. 장소성, 종교 관련 작품

　　바람마저 단풍빛으로 물든 시월 하순/ 그리움 한 짐 둘러매고/ 집을 나
　　섰다// 달마가 동쪽으로 간 까닭은 모른 채/ 그 영화의 배경이 무릉계곡
　　이라는 것만 아는/ 눈을 씻고/ 귀를 씻고/ 관음사로 향했다// “낙조”의
　　시인 최인희 시비詩碑를 지나/ 금란정과 삼화사를 지나/ 산길을 오르는
　　동안/ 발걸음은 무거워도 마음은 가벼워졌다.// 가쁜 숨 몰아쉬며 만나
　　는 관음사// 스님도 없고 관음보살도 없었다// 업보의 땀내를 지우고자/
　　이곳저곳 기웃거리며 합장하는/ 사람들의 발길에/ 들풀이 시들어가는
　　관음사의 오후// 빈 가슴 어루만져주는 깨끗한 바람 때문일까/ 똑 똑 똑
　　또또르르/ 내 몸에 청아한 목탁소리가 울려왔다
　　　　　　　　　　　　　　　　　　　　　　　　　　－ 김태수, 「관음사, 가을」 전문

　　화암사 대웅전의 부처는/ 아무 말 없는데/ 무슨 설법 들으려고/ 저 산들

은 풀빛 옷 깨끗이 갈아입고/ 그 앞에 나지막이 부복해 있는가.// 겹겹의 산에/ 밀려나 앉은 동해가/ 법당을 나서는 내게 선뜻/ 눈 맞추며 일어서지만/ 나는 전해 줄 말이 없네.// 내 온몸이 귀가 되어도/ 듣지 못한 말/ 반짝이는 나뭇잎들은 들은 게지/ 아름답게 가고 흐뭇하게 오는 길이/ 저리도 다소곳한 걸 보면.// 어지러운 내 심정이/ 풀빛으로 물들 수 있다면/ 부복해 있는 산들의/ 맨 뒤쯤이면 어떠랴/ 여기 엎드려 귀만 있는 산이어도 좋겠네.

– 김옥란, 「화암사에서」 전문

　김태수 시인은 삼척출신으로 처음에는 소설을 공부하다가 1991년 《시세계》에 시로 등단하였다. 삼척공업전문학교를 졸업하여 공업계통의 자격증, 중등학교 자격증(실습은 모교인 도계고에서 필자의 지도를 받음), 삼척시청 학예연구사로 재직하면서 박사과정을 받고 삼척시 박물관장을 맡아 박물관 설립과 많은 지역 관련 연구서적을 발간하였다. 「관음사, 가을」에서는 '무릉계곡, 최인희 시비, 금란정, 삼화사, 관음사' 등의 구체적인 지역의 이름과 장소가 여럿 나온다. 이 시는 '스님도 없고 관음보살도 없는 조용한 절간'에서 〈빈 가슴 어루만져주는 깨끗한 바람 때문일까/ 똑 똑 똑 또또르르/ 내 몸에 청아한 목탁소리가 울려왔다〉는 득도의 경지를 맛보는 부분이 이 시를 한층 더 돋보이게 한다. '달마가 동쪽으로 간 까닭'을 조금은 알지 않겠는가?

　「화암사에서」는 불교용어가 거의 드러나지 않으면서도 이심전심으로 불심이 잘 녹아있는 비교적 성공한 작품이다. 산과 바다의 의인화와 시적자아의 자연에 대한 겸손한 마음이 이 시를 더 돋보이게 한다. 끝부분 〈어지러운 내 심정이/ 풀빛으로 물들 수 있다면/ 부복해 있는 산들의/ 맨 뒤쯤이면 어떠랴/ 여기 엎드려 귀만 있는 산이어도 좋겠네.〉에서는 시적자아의 자연과의 합일과 나아가 부처의 마음과의 합일이 이루어진다고 할 수 있지 않을까?

강원도의 장소성과 관련된 이외의 작품으로는 「구룡사 대웅전에 서서」, 「건봉사 담쟁이」, 「낙산사 범종소리」, 「낙가사 산수유」, 「봉정사에서」, 「봄날에」, 「백담사 비경」등이 있으며, 강원도 시인 대표작품에는 모두 불교와 관련된 작품으로, 관련된 타 종교의 작품은 한 편도 없는 것이 특이하였다.

5. 장소성, 탄광촌 관련 작품

카우카소스 산꼭대기/ 봉화가 오르고// 숲이 푸른 불꽃을 튀기는 동안/ 새의 부리에 간을 내어 준/ 그대 프로메테우스// 지층의 떨림/ 새는 다시 폐를 향해 부리를 들이대고// 카우카소스 산꼭대기서/ 검은 쥐 기어다니는 해저까지/ 전승의 신화// 아직, 우리의 프로메테우스는 살아 있다.

— 정연수, 「광부」 전문

안전등 불빛 앞에/ 하루살이 떼처럼 춤추는 탄 먼지는/ 단 한번의 호흡에도/ 공기보다 더 많이 폐에 쌓이는 듯해/ 자꾸만 생가래침을 뱉어낸다.// 전쟁터처럼/ 어제도 오늘도 다치고 주검이 된/ 동료들의 이야기를 들으면서도/ 선뜻 팽개치지 못하는/ 손때 묻은 곡괭이// 몸을 팔고 건강을 팔아야만/ 몇 푼 돈을 얻는 하루 6시간의 처절한 노동이/ 결코 서러워서도 아니건만/ 자꾸만 눈시울이 젖어오는 건/ 이마에 돋는 땀방울이 흘러들기 때문인가/휘두르는 곡괭이에 힘을 주며/ 자꾸만 되새김질 하는 소리/ 살아야 한다! 살아야 한다!/ 언젠가는 하늘 한 겹 훌훌 벗고/ 맑은 공기 가득한/ 저 눈부신 햇살 아래로 돌아갈 그 날을 위해서

— 성희직, 「광부」 전문

정연수는 태백 출생으로, 시집 『꿈꾸는 폐광촌 』, 『박물관 속의 도시』, 편저 『탄전문학 』 13권을 출간하며 탄전문학연구소 소장을 지냈

는데, 필자도 여러 번 탄전문학에 작품을 실었다. 정연수의 「광부」는 주신主神 제우스 몰래 인간에게 불을 준 프로메테우스가 주신의 노여움으로 카우카소스 산꼭대기 바위에 쇠사슬로 묶여서 날마다 낮에는 독수리에게 간을 쪼여 먹히고, 밤이 되면 간은 다시 회복되는 고통을 겪게 되는 이야기를 불과 관련된 탄광시에 접목한 상상력이 동원된 특이한 형태의 탄광시라고 할 수 있다. 탄광 갱에는 쥐들이 사는데 쥐들에게 광부들이 도시락을 나눠준다고 하는데, 굴이 무너지려고 할 때 쥐가 먼저 알고 도망을 친다고 한다.

성희직은 광부 출신으로 광부의 열악한 환경을 개선하기 위하여 앞장서 싸우며 강원도의회의원에 진출하였으며, 1991년 시집 『광부의 하늘』로 등단하였으며, 강원문학대선집을 발간할 때 민예총강원지회장 자격으로 축사의 썼다. 성희직의 대표작 4편 중 3편(광부의 하늘, 어느 광부의 죽음, 진짜 광부는)이 광부를 소재로 한 작품이고 1편(탄광마을 아이들)은 탄광마을 아이들을 소재로 한 작품이다. 성희직과 정연수의 작품에 장소성이 생략되었지만 그들이 글을 쓰며 근무한 곳이 탄광촌이란 것을 우리는 잘 알고 있다. 「광부」는 자신이 하늘을 두 개인 열악한 환경에서 직접 체험한 일을 소재로 하여 쓴 탄광시이다. '살아야 한다!' 는 절박감 그 속에서도 〈언젠가는 하늘 한 겹 훌훌 벗고/ 맑은 공기 가득한/ 저 눈부신 햇살 아래로 돌아갈 그 날을 위해〉서라는 희망이 갱구의 안전등처럼 비추고 있다.

그 외에도 탄광이나 광부를 소재나 주제로 한 작품들로는 「절골 풍경」, 「상동의 봄」, 「통리역에 드리운 그림자」, 「철암을 지나 통리에 내리다」, 필자의 작품 「함백항 폐광 입구에서」 등이 있다. 탄광촌과 광부를 주제나 소재로 한 작품은 강원도 특히 삼척과 태백 정선의 로컬리티(locality)와 관련이 있는 지역의 시인들이 앞으로도 계속 다루어야 할 분야다.

6. 장소성, 바다 관한 작품

동해바다 어촌의 이야기를 소재나 주제로 하여 한 권의 서사시집으로 묶어낸 작업은 필자가 우리나라에서 처음 시도했을 것이다. 필자가 고향에서 배를 타며 체험했던 이야기와 마을에 태어나 살면서 보고 들었던 60호 남짓한 반농 반어촌 시루뫼마실(증산)의 이야기 −이 세상에 가장 나지막하게 살아가는 어부들의 원초적인 인간냄새, 끈질긴 생명력, 노동의 현장, 가난과 죽음 전설과 인정 등−를 이야기가 있는 시, 서사시로 표현하려고 했다. 1988년도에 발간한 바다를 소재로 한 산문서사시 『시루뫼 마실 이야기』5) 발문에서 시인이며 평론가인 엄창섭 관동대교수는 〈'시루뫼 마실 이야기'의 시사적詩史的 의미(−동시로 해양문학의 지평을 열다)〉라는 제목으로 평을 하였다. 위의 시집은 실존의 장소성과 마을 사람들의 이름들이 나타나 있다.

그 뒤를 이어 15여 년 후인 2002년에 두 번째로 동해 묵호를 중심으로 한 동해안 바다와 어부들의 이야기를 소재나 주제로 하여 한 권의 서사시집으로 묶어낸 사람이 이웃 동해시에 사는 류재만 후배 시인이다. 류재만 풍속서사시집 『해비늘 벗기기』해설을 쓴 평론가 최영호는 〈바다의 라비린스〉6)라는 제목으로 평하였다. 최영호는 '난맥상에

---

5) 월간잡지 《아동문예》에 1986년 11월호부터 1987년 10월호까지 85편의 바다를 소재로 한 『시루뫼 마실 이야기』를 발표하고, 〈한국동시문학상〉을 수상한 기념으로 1988년 3월 10일 아동문예사에서 책을 발간해줌. 필자는 1980년에 동시로 『소년』, 시로 1986년에 『現代詩學』으로 등단하여 동시, 동요와 시를 쓰며, 동화는 등단 초에 강원일보, 소년조선일보, 《《소년》》, 사보 《《효성》》, 《《현대》》, 《《매일유업》》등에 10여 편을 발표함. 1989년부터 아동문학평론을 중심으로 아동문예, 아동문학, 아동문학평론, 오늘의 동시문학, 월간문학, 그 외 각종 세미나 발표 등으로 평론을 발표하고 있음. 초등과 중등 교과서에 시가 게재됨.
6) 그리스 신화에 나오는 크레타 왕 미노스가 지었다는 궁전의 미로. 아테네의 왕자 테세우스가 크레타의 아리아드네 공주가 준 칼과 실 한 타래로 괴물을 죽이고 실을 따라 미로를 빠져나옴. 그때 이후 공주의 이름을 따서 붙인 〈아리아드레의 실〉은 어려운 문제에 대해 유력한 암시를 주는 해결의 실마리를 주는 뜻으로 쓰이게 되었다. 류재만 시집 『해비늘 벗기기』최영호 해설 120~121쪽 참조.

있는 바다의 라비린스(Labyrinth)를 그가 어떤 아리아드네 실로 풀어내는지를 찾아보는 것에 다름 아니다.'고 하였다. 류재만은 2006년에 다시 바다를 소재로 한 연작시집 『파도를 재우다』를 펴낸다. 해설을 쓴 한중대 국어국문학과 교수 김용찬은 〈바다에서 길어 올린, 바닷사람들의 삶의 이야기〉라는 제목으로 평했는데, 제1부의 7편은 장시들로 『해비늘 벗기기』 연장선 속에서 읽을 수 있고, 나머지 제2부에서는 주로 바다의 고기, 조개, 해초의 이름에 '찌찌'나 '고추'를 붙인 제목으로 독백 혹은 대화체로 시를 형상화시키고 있다. 『해비늘 벗기기』에는 물론 묵호를 중심으로 한 이야기겠지만 장소성이나 실존 인물의 이름이 없는 객관적인 바다의 이야기이다. 『파도를 재우다』에서는 「고래찌찌」, 「꽁치」에서 지역의 이름이 잠시 나오고, 장시長詩 「망지기」에서는 멸치잡이 망지기 실존 지역의 장소였던 '망운봉'의 일부 해체에 대한 비판의 시각과 함께 망지기에 얽힌 이야기가 실감나고 재미있게 독백체의 시로 형상화 된 작품이다. 「노가리 고추」에서도 사람들 이름 성수 외할아버지, 노미 엄마와 아버지, 웅이 엄마가 등장한다. 필자의 『시루뫼 마실 이야기』에서는 시루뫼 마을의 지역성과 실존 인물들이 대거 등장하는 점과 시적 형상화에서 차이점을 보이지만, 끈기 있게 동해바다의 소재로 한 시를 발굴하는 시 창작 정신에 큰 박수를 보낸다.

눈이 내리고 있었다./ 천천히 막이 내리고 있었다.// 함경도 학성 학남 사람들의 공동묘지가/ 강원도 속초 장사동으로 떠내려 왔다./ 그 언제련가/ 한 번 닫힌 땅문은 까닭 없이/ 열리지 않은 빗장 지른 세월/ 어쩌다 생면부지의 이곳에 밀려와/ 퍼렇게 얼어 버린 손등 위에/ 속절없이/ 펑펑 눈물 같은 눈은 내리는데/ 왜 이리 안개만 가득한가./ 흐려진 시력을 문지르며/ 산 허리를 올라서면/ 살아남은 사람들은 무더기 무더기로/ 저마다 말 꽃을 피우며/ 모닥불을 올리는데/ 그 위를 하얗게/ 재 같은 눈이 내리고 있었다.

- 김춘만, 「葬地에서」 전문

새벽 6시에서 8시 사이 매일 그맘때/ 바다가 손수레를 끌고 들어온다/ 살아서 마구 펄떡펄떡 뛰는 놈들은/ 연신 사람들에게 바다의 말을 한다/ 사람들도 어둠에 부딪쳐 하얗게 부서지는/ 파도의 말로 무어라고 떠들어댄다/ 삶에 숨이 차 바다 위로 솟구쳐 오르다/ 그물에 아가미가 걸린 어부들의 아침해를/ 누군가 어시장 고기덕장에 걸어놓고 있다/ 여인들의 재빠른 칼질에 어둠이 잘려나가고/ 사람들은 햇덩이를 하나씩 들고 돌아간다/ 새벽 6시에서 8시 사이 잠시지만/ 삼척 역전 번개시장에서는 고기도 사람도/ 살아서 마구 펄떡펄떡 뛰는 바다의 말을 한다.

- 김진광, 「역전 번개시장」 전문

「葬地에서」작가 김춘만은 속초의 이성선과 최명길, 이상국을 뒤에서 이어가는 좋은 작품을 쓰고 있는 시인이라고 할 수 있겠다. 이 작품은 이북에서 피란 와서 고향과 가까운 장사동에 자리를 잡고 사는 함경도 아바이 마을 장사동의 사람들이 고향으로 돌아가지 못하고 공동묘지를 이루고 있는 마을 실향민의 아픔을 눈 오는 장지를 배경으로 쓴 통일의 염원이 담긴 가슴을 움직이는 좋은 시이다. 함경도 학성 학남 사람들 공동묘지가 속초 장사동으로 떠내려 왔다는 전설 같은 지역성을 시적형상화로 창조하고 있다.

「역전 번개시장」은 필자의 작품으로 편집하는 사람들의 실수로 '강원문학대선집'의 '시'가 아닌 '아동문학'에 분류된 4편의 시(시래기를 엮으며, 김칫독을 묻으며, 함백항 폐광 입구에서, 역전 번개시장) 중에 한 편이다. 요즘 들어 삼척에서 포항 쪽으로 가는 기찻길을 놓고 있다. 지금까지는 동해안을 통해 남쪽으로 가는 마지막 종착역 앞 새벽에 번쩍하고 열리는, 고기도 사람도 살아서 펄떡이는 '삼척번개시장'의 풍경을 공감각적 이미지로 형상화한 작품이다.

엄창섭의 「해안 통신문」은 장소성 관련 '헌화로'가 나오는 자신의 기독교적인 삶을 일몰의 바다에 비추며 성찰 속에 희망을 내재한 훌륭한 산문시이다. 강원도 지역은 아니지만 불교적 이미지가 깔린 민족시인 심연수의 「안도의 바다」가 있으며, 그 외에도 「사근진 바다에서」, 「정동진 시간」, 「주문진」, 「추암역」, 「묵호항 등대」, 「묵호항」, 「어판장에서」, 「오징어 덕장이 있는 청호동」등이 있다. 탄광지역과 함께 바다역시 동해지역의 삶의 현장으로 지역성 관련 시 창작이 요구된다.

7. 장소성, 강과 호수와 폭포 관련

오늘은 그가 물장난을 치고 싶은 모양이다./ 설악산에 걸린 저 무지개를 보아라/ 한 쪽 끝을 끄을어/ 달마봉과 울산바위 사이 老子샘으로 가져가고/ 다른 한 쪽 끝은 잡아당겨/ 청봉 너머 대승폭포에 갖다 대었다.// (설악산은 흡사 손잡이 달린 과일 바구니/ 울퉁불퉁 봉우리들은 입 조금 벌려 미소짓는 석류나/ 낯 찡그린 풋 모과/ 잠시 이 과일 바구니를 들어보이니/ 우르르 과일들이 쏟아지다가 무수한 동자보살로 변해/ 구름을 박차고 훌쩍 창공으로 날아올랐다.)// 가던 길 멈추고 나 잠시 취하여 이걸 바라보는 동안/ 그가 외설악 老子샘을 길어올려/ 쏴 내설악 대승북포 돌함지박에 쏟아붓고/ 내설악 대성폭포 폭포수를 빨아들여/ 쏴 老子샘터 물안개로 흩뿌리고// 그렇지, 오늘은 나도 장난하고 싶은 날/ 서두르던 출근길을 휘적휘적 저어가니/ 달마봉 元曉가 싱긋 웃는다.

　　　　　　　　　　　　　　　　　　　- 최명길, 「물장난과 과일바구니」 전문

일어나야지./ 산새도 물새도 물안개를 나르고/ 靑松이 수놓은 옥순봉 병풍자락엔/ 아침햇살이 비스듬히 비춰주네/ 고요함이 물러가네.// 일을 하네./ 비바람에 오래 씻긴 三善峯 위로/ 오늘도 땡볕은 어루만지며 宇宙를 달구네/ 나무들도 옷매무새를 고치고/ 자갈돌도 길을 다듬을 때/

여울은 소리 모아/ 한가닥 아라리를 길게 뽑네/ 잔치집 풍경일세.// 날마다 새로운 創作이지만/ 탄생의 기쁨은 대자연 속으로 돌려지네/ 물살은 세월보다 빠르게/ 강물을 흘러 보내네/ 5억년을 그렇게 살아 왔다지/ 그런데 시방 누가 훼방을 놓는가?/ 당최 안 될 일일세. (4, 5연 생략)

　　　　　　　　　　　　　　　　　　　　　　－ 문태성, 「동강 어라연」 1, 2, 3 연

　　평론가 박호영은 「자연을 향한 외로운 존재의 思惟」라는 주제의 작고문인 최명길 세미나 발표에서 '외로움 속에서의 자연과의 교감', '명상에 귀 기울이는 만물 교융의 세계', '극미묘의 세계에 대한 佛家的 사유'로 나누어 시를 분석하였다.[7] 최명길의 「물장난과 과일바구니」는 박호영이 나눈 앞의 셋에 모두 관련이 있지만, 필자의 생각에는 '극미묘의 세계에 대한 佛家的 사유'에 가까운 시라고 할 수 있겠다. 앞에 선보인 시는 상상력과 개성이 돋보이는 불가적 사유가 담긴 좋은 시다. 그의 사유는 형이상학적이고 무위의 경계에 있다고 할 수 있겠다. 이 시의 발상이 어린이다운 생각과 장난스러움이 보이이기도 하는 것은, 그가 강릉사범학교를 졸업하고 어린이들을 가르치는 교직에 오래 몸담아 있어서 일수도 있겠다. 최명길의 작품에서도 설악산 소재의 이름이 8개로 가장 많은 장소성이 나타난 작품의 하나이기도 하다

　　「동강 어라연」은 시인 문태성은 시집의 제목이기도 하며, 그의 대표작 4편 중 3편이 강원도의 장소성과 관련 작품이다. 이 작품은 제목을 포함해 3개의 장소성 이름이 나타나며, 자연을 의인화하여 시청각적 이미지를 잘 살린 어라연의 풍광을 통하여 자연의 순리대로 살아가는 자연합일을 주제로 한 장시이다. 앞에서 소개한 두 작품 모두 현존하는 지역 사랑의 장소성이 많이 드러난 작품의 예이다.

---

7) 박호영, 「자연을 향한 외로운 존재의 思惟」, 『제2차 강원도 작고문인 재조명 세미나』, 관동문학회, 2014.9 , 27~36쪽 참조.

강원도의 장소성이 나타난 작품 중에서 많이 다룬 소재를 살펴보면, 경포호를 소재로 한 시 5편, 정선 소재 4편, 내린천 소재 3편, 동강 소재 2편 등이 있었다.

8. 장소성, 산과 고개 관련 작품

설악산은 나의 지붕이다./ 지붕 끝으로 밤이면 별이 뜬다./ 기왓골 깊이 깊이 물소리가 잠긴다.// 동해는 나의 마당이다./ 새벽에 일어나 뜨락을 쓴다./ 일렁이는 푸른 잔디밭에 올라온// 퍼들쩍거리는/ 생선 한 마리/ 붉고 싱싱한 햇덩이// 나는 빙긋이 웃으며/ 젓가락으로 집어 숯불에 구워/ 아침상에 올린다.

— 이성선, 「나의 집」 전문

작년 봄 우리 님 이 산을 넘을 제/ 아흔 아홉 구비마다 눈물이 서렸나니,/ 얼켰던 머리카락 눈빛에 새로워라.// 소복하고 오실 님의 머나먼 구름밭./ 정왕산에 비만 내려 산천만 푸르렇다./ 해발 팔백미 八百美, 돌아가면 千里, 올라가면 萬里./ 봄마다 멀리 산앵두 핀다./ 내려다보면 어찌도 푸른 짐승이/ 높디 높은 하늘처럼 둥둥 떠서 놀까.// 중략(3~8연)// 仙子嶺을 따라서 국수당에 오르면/ 피에 젖은 옷자락, 마르지 낳는 눈물,/ 귀신나무 소나무만 애처러이 자랐거니, 목이 말라도 목이 말라도 山을 부르면/ 눈 앞엔 시원히 海圖가 열린다.

— 이성교, 「大關嶺을 넘으며」 1, 2, 9연

이성선은 최명길과 함께 속초출신으로 현대 한국시문학사에 속초와 설악과 불교적 사유 등으로 한 획을 그은 작고 문인이다. 그는 강원도 고성에서 태어나서 이웃 속초에서 생활하고, 지역을 사랑하는 마음으로 지역을 소재로 한 작품을 창작하고, 지역문학 활동을 한 참신한 지역문학인이다.

이성선의 「나의 집」은 그가 사랑하는 설악산과 동해바다를 소재한 2개의 내용으로 한 작품이다. '설악산은 나의 지붕이다'는 메타포 설정으로 지붕 끝에 별이 뜨고, 기왓골(산골짜기) 깊이깊이 물소리가 잠긴다. 그리고 다시 '동해는 나의 마당이다'는 메타포의 설정으로 일렁이는 푸른 잔디밭에 올라온 퍼들거리는 생선 한 마리(붉고 싱싱한 햇덩이)를 젓가락으로 집어 숯불에 구워 아침상에 올린다. 은유를 통한 참신한 상상력이 설악과 동해바다처럼 살아 움직인다. 장소성인 고개와 관련 있는 그의 짧은 시에 우주를 담은 「미시령 노을」은 뒤에 언급할 장시 이성교의 「대관령」과 대조된다. 〈나뭇잎 하나가// 아무 기척도 없이 어깨에/ 툭 내려앉는다// 내 몸에 우주가 손을 얹었다// 너무 가볍다(「미시령 노을」 전문)

윤병로 교수는 "일찍이 이성교는 김소월, 박목월, 서정주의 뒤를 잇는 리리시즘의 대표적 시인으로 평가 된다."고 했다. Lyricism이란 서정시체 혹은 서정풍을 말한다. 다시 말해서 평안도에는 김소월, 경상도에는 박목월, 전라도에는 서정주, 그렇다면 강원도에는 삼척출신 이성교가 아닌가. 낙관적인 시선을 토속적인 언어와 고향의식으로 강원도 서정을 줄기차게 노래하는 月川[8]의 시편들 속의 향토는 승화된 특별한 장소로, 평안과 인정이 자리한 장소이다.

이성교의 「大關嶺을넘으며」는 대부분의 그의 시와는 달리 마음먹고 공을 들여 쓴 유일한 서사적인 장시이다. 현대문학상을 수상한 첫시집 『山吟歌』에 게재된 그의 대표작의 하나이며, 산문체를 사용하지 않고 운율 중시, 전통가락 중시, 언어의 조탁미, 토속적인 우리말 사용으로

---

8) 月川은 이성교의 호이며, 이성교가 태어난 어린 시절을 보낸 곳이 가곡천의 하류 삼척 호산읍 월천리이다. 근래에 가곡천과 바다가 만나는 하류에 있는 사진작가들이 많이 찾는 '솔섬'이 월천의 고향집과 아주 가깝다.

전통적인 정신을 노래한 성공한 작품이다. 장소성에 관련된 실존의 지명 – 아흔 아홉 구비, 정왕산, 갈매골, 능경산, 횡계벌, 초막골, 점텃골, 약천 삼포암, 선자령, 국수당–이 이렇게 많이 나오는 시는 월천의 시에서나 이번에 대상이 된 다른 시에도 볼 수 없다. 그는 고향에서 초등학교를 마치고 강릉으로 나아가 강릉상고를 다닐 때『수험생』지에「남매」가 당선되면서 시인이 될 것을 결심하는데, 이 시는 그 때 학창시절 머물렀던 강릉의 큰 고개 대관령을 노래한 것이리라. 북쪽인 서울로 가는 영동지방의 관문이 대관령이라면, 첫시집에 함께 게재되고 강원문학 대선집에도 대표작으로 실린「갈령재」는 영동지방에서 경상도로 가는 관문에 해당된다. 월천의 시에는 고개를 노래한 두 편의 시가 그의 대표작에 들어 있다. 〈오동나무/ 꽃 핀 마을은/ 죄다 잔치에 바쁜 마을./ 돌을 모아 산봉우리를 만들고/ 그 속으로 잎을 피어가게 함은/ 앞길을 더 창창하게 하자 함인가./ 우리 어머니가/ 나를 이 산에서 낳고/ 이 산으로 가게 할 산공을 드린 후/ 모진 놈의 창자 속은 황달불이 붙는다.// 죽더라도/ 嶺南 길은 떠나지 말아야지./ 깜바구나 따먹고 아리랑이나 부르지.// 밤마다/ 지렁이는 섧게 우는데/ 나뭇가지에 붙은 하얀 침은/ 어느 누구의 눈물인고.// 차돌마다/ 地紋이 툭툭 튀어나와/ 영없는 놈의 팔자를 고치게 한다.// 산은/ 한 해/ 한번씩 운다./ 징소리가 울리면/ 떡을 훌훌 뿌리고,/ 아직 못다 푼 산돌메기를 달랜다. (「갈령재」전문〉

이 외의 산을 노래한 작품으로는 금강산을 노래한「백운대」, 설악산을 노래한「겨울 비선대」, 「오징어 덕장이 있는 설악산」, 동해시의 산「초록봉에서」, 태백산을 노래한「불타는 산행」, 「태백산 한담」, 「고향 산천·6」, 이원섭의「금강산과의 첫대면」, 주문진의「삼형제봉」, 치악산을 노래한「겨울로 가는 길목에 서서」, 최명길의 정선「민둥산의 노래」등이 있다. 그리고 이 외의 고개를 노래한 작품으로는「겨울 은비령」, 「대관령 옛길」, 「대관령을 넘으며」, 「대관령」(2개), 「겨울 대관령」,

「한계령에서」, 「저항령 투구꽃」, 「진고개에서」가 있다. 확실한 산과 고개가 지명으로 작품에 나타난 가장 많은 곳이 대관령이다. 다음이 설악산, 태백산, 치악산, 금강산 등이 있다. 산과 고개 역시 바다와광산촌은 강원지역의 삶의 현장으로 지역성 관련 시 창작이 요구된다. 이러한 장소성이 드러난 작품 창작은 지역의 사랑이며, 이효석의 메밀꽃 필 무렵처럼 평창지역의 지명을 널리 알리는 관광홍보 역할을 하기도 한다.

9. 나가기

작가는 자신이 태어난 고향이나 살고 있는 곳을 가장 잘 알고 있다. 그래서 작품을 쓸 때 가장 잘 알고 있는 곳을 배경으로 하거나 소재나 주제로 하였을 때 좋은 작품이 탄생하는 예를 우리는 많이 보아왔다. 앞에서 언급하였던 『강원문학 대선집』에 게재된 작품 중에 장소성과 지역성과 관련 작품들도 그러하다고 볼 수 있는데, 각각 4편으로 한정된 대표작품이 실려서인지, 강원도의 지역성과 장소성 관련 작품이 많지 않았으며, 좋은 작품이 생각보다는 적었음을 밝힌다. 그리고 강원도에 태어났거나 강원도에서 작품 활동을 한 현대시부터 1995년 이전에 등단한 시인들의 대표작품을 읽고 분석할 기회를 부여한 국학진흥원과 남기택 평론가를 비롯한 강원대에 감사드린다.

필자는 작품을 쓸 때 되도록이면, 내가 태어나고 자란 지역성 (locality)과 장소성 (Placeness)과 관련을 시키려고 생각하며, 그러한 작품을 실제로 많이 써왔다. 동해안 어촌이 조금씩 사라지고 있을 때 앞에서 언급했던 필자가 태어나 자란 어촌 이야기 85편을 잡지에 발표하고 1988년에 『시루뫼 마실 이야기』를 책으로 묶었다. 또한 몽고가쳐들어와서 나라가 풍전등화일 때 삼척 천은사 터에서 단군과 발해 등을 떠올리며 우리나라의 역사를 시로 써서 민족의 자존을 일깨운 이승휴의 생애를 소재로 한 서사시 『민족의 나침판 이승휴』9)을 써서 1995년에 발표하였다.

그리고 1980년대는 정부정책으로 태백시와 삼척 도계의 국영이 아닌 수많은 개인 탄광이 문을 닫았다. 그 때 정부에서 탄광촌의 광부들이 먹고 살 공장 등의 자리를 미리 준비를 못하고 퇴직금을 주는 바람에 광부들이 모두 떠나서 태백시는 공동화 현상이 일어났다. 그래서 탄광관련 동시와 시를 많이 써왔다. 정부의 정책으로 많은 탄광이 문을 닫을 때, 필자의 장르는 아니지만, 이러한 광산촌에 대한 이야기를 리얼리즘의 장편소설로 쓰려고 자료를 준비하고 작품을 쓰다가 그 끝을 맺지 못하였다. 신문과 방송 잡지 등에서 앞으로 어떤 작품을 구상하느냐 물어올 때는, 말년에는 옛 삼척지역 명소와 마을을 소재로 한 작품을 한권 분량의 책으로 내겠다고 얘기했다. 그런데 박재문 시인의 유고시집 노래로 소개하는 삼척문화재 『신비의 환선굴』을 펴내었다. 박시인의 작품과 방향을 달리한 지역성(locality)과 장소성(Placenes) 관련 한 권의 작품을, 쓰다 중간에 둔 장편소설집과 함께 말년에 꼭 쓰려고 한다.

작가는 장소성과 관련된 작품을 쓰면서 그 지역을 사랑하는 마음이 생기며, 작품 속의 실제 사물의 재창조를 통하여 그 실존의 사물이 새로운 의미를 지니고 다시 태어난다. 독자는 재창조된 실존의 장소성이 있는 사물과 실존하였던 사람을 작품으로 읽고, 실제로 해당하는 장소와 사물을 보았을 때 흥미로워하며, 많은 사람들이 찾게 되는 관광적 효과 또한 있다는 것을 사람들은 알고 있다. 즉 요즘 시대는 한국의 케이팝과 케이드라마 등이 나라경제에 큰 도움을 주며 사람들을 먹여 살

---

9) 김진광, 「민족의 나침반 이승휴」, 『실직문화』, 삼척문화원, 1995. 328~337쪽 참조.

리는데 큰 역할을 하고 우리나라의 위상을 높이고 있다. 윤리 도덕 교과서가 아닌 문학 작품이 총칼보다도 사람들의 내면의식을 바르게 변화시키고 내면의 서정적 아름다움을 줄 수 있다. 자신이 가장 잘 알고 있는 강원도를 배경으로 한 이효석의 『메밀꽃 필 무렵』이나 김유정의 『동백꽃』이나 『봄봄』 등과 같은 소설이 더 효과적이겠지만, 운문도 지역의 자연과 삶과 역사적 인물을 지역성과 장소성에 잘 접목시켜 연작시나 책 한 권 분량의 서사시를 좋은 작품으로 창작한다면 그 예외는 아닐 것이다. 시인은 이러한 시 창작에 시간을 할애하여야 하며, 평론가는 이러한 작품 창작에 격려와 방향을 잡아주는 나침반 역할을 하여야 한다.

※국학진흥원 강원대학교 주관 인문학 포럼(세미나) 원고.

삼척의 문인 대표작품 살피기
— 『삼척문학 통사』에 실린 대표작을 중심으로

강동수 시인

강동수 시인은 삼척에서 출생하여 2002년부터 두타문학회에 가입, 그리고 서울의 서정마을과 우이시詩에 가입 활동 중이다. 2008년《시와 산문》에 등단한 이후 2009년에 한국문인협회에서 주최한 대한민국 장애인문학상에서 최우수상을 수상하였으며, 2010년에 제14회 구상솟대문학상을 수상한 차세대 삼척 문학의 주축이 될 유망한 신인이다.

김년균은 대한민국 장애인문학상 심사평에서 당선작 「폐선」은 '폐선은 낡은 배와 늙어가는 아버지를 매개로 그 낡음 속에서 새로움을 발견해낸 통찰력이 돋보이는 작품이다.' 라고 했고, 구상솟대문학상 심사평에서는 당선작 「감자」는 '수상작은 감자를 통해 어머니의 삶의 무게와 깊이를 동시에 환유해내는 솜씨가 돋보인다.' 고 했다.

김진광은 그의 시를 〈감추어 둔 혹은 갇힌 것을 통한 갈등과 현실의 소통〉이란 주제를 통하여 그의 대표작 중 몇 편을 언급하고 있다. 「다락방」에서 작가는 격한 상황의 처리를 되도록 차분하게 독자들에게 의미를 전달하는 분위기 설정을 비롯한 문학적 장치를 하고 있다. 이 작품을 통하여 가진 자들이 못가진 자와 소외된 자를 위하여 사회적 소통이 필요함을 일깨워준다고 하였다. 박물관의 '유리관에 갇힌 설피'를 소재로 쓴 작품 「설피雪皮」에서는 사물 의인화로 독자도 환상 속의 눈길을 걸어가는 착각을 느끼며, 또한 옛 것에 대한 그리움과 내가 걸어가야 할 현실 소통 로를 찾아 나선다. 그는 현실의 소외를 말하되 감정을 절제하며 논리가 아닌 다양한 시적 장치를 할 줄 아는 시인이다. 갇힌 것을 소재로 다룬 '플라토닉 러브'는 오늘날의 우리들 현실을 반작용으로 받아들인 모더니즘 계열의 도시라 볼 수 있으며, 일회용으로 물신화된 세계에 의해서 자아가 훼손되는 점을 경계 혹은 비판하고 있다. 강동수 시인의 시를 읽고 있으면 참신한 발상과 표현, 문학적 장치, 시의 의미성에서 늘 독자의 기대를 저버리지 않아 즐겁다. 읽는 독자가 즐겁다는 것은 성공한 작품이라고 하였다.(삼척문학통사에 실린 대표작 참조, 이하 모두 같음)

김규황 시인

김규황(1948~)시인은 삼척 적노리 출생이며 고향에서 한 때 삼척 4-H를 이끌어오는 등 농사를 지으며 시를 쓰는 농민 시인이다. 그래서 그의 시는 고향의 자연을 노래한 향토적인 것과 사랑을 주제로 한 시가 주류를 이룬다.

> 이 세상에 태어나/ 나에게로 온 당신/ 사랑하여 꽃보다/ 아름답게 피길 원해/ 저토록 밝게 떠오르는/ 동해바다 찬란한 일출/ 마음속에 풀어 놓고/ 그대의 가슴에다/ 사랑의 화신을 보내며/붉은 입술 열어/ 사랑을 나누어 주면서/ 당신의 모든 것/ 사랑으로 잠재우며/ 행복의 나날/ 날마다 이어지길 빕니다 (「다락방」 전문)

위의 시는 사랑을 주제로 한 시에 속한다. 시인의 아내 사랑하는 마음을 〈저토록 밝게 떠오르는/ 동해바다 찬란한 일출/ 마음속에 풀어

놓고/ 그대의 가슴에다/ 사랑의 화신을 보내며/ 붉은 입술 열어/ 사랑을 나누어……'〉로 표현하기도 한다. 그리고 아내의 희로애락 삶의 모든 것을 사랑으로 잠재우며 행복한 나날을 가꾸며 살아가려는 마음이 간절히 시에 내재되어 있음을 볼 수 있다. 이러한 사랑을 주제로 한 시가 부부 외에도 산수유 꽃이 필 때, 당신을 사랑합니다, 포항 송도 해변에서 등이 있다. 김규황 시인은 하는 일도 많고 마당발이라서 활동적인데, 시 경력이 짧고 일상이 바빠서인지 아직까지 시의 꽃을 활짝 피우지 못하고, 창작활동에도 몰입하지 못하고 있는 편이다. 앞으로 바쁜 시간이지만 쪼개어 사랑을 주제로 한 시, 특히 농민시인으로 우뚝 서기를 기대해 본다.

김민정 시인

김민정(1957~)시인은 삼척 도계읍 심포초등학교 6학년 때 서울로 상경하였다. 성균관대학교에서 문학박사 학위를 받고 1985년에《시조문학》백일장에 장원. 「예송리 해변에서」로 등단하여 1999년 한국공간시인상과 2007년 나래시조문학상을 수상하였으며, 서울의 중학교에서 제자를 가르치고 있다.

이지엽은 김민정은 순수이미지스트라고 했다. 그의 작품은 시청각적 이미지와 자연친화적이고 부드러운 비유를 통하여 순수의 정점에 도달하고자하는 시인의 희원이 잘 나타나 있으며, 이는 자아 밖의 세계를 대결과 긴장으로 인식하지 않고 화해를 추구하는 정신에서 비롯되고 있다고 하였다. 문무학은 단시조 100편을 묶어 펴낸『사랑하고 싶던 날』서평에서 그의 작품을 열정과 긍정의 미학이라 했다. 유성호는 2008년 발간한 시집『영동선의 긴 봄날』서평에서 서정과 서사의 결속을 통해 부르는 사부곡思父曲이라 평했다.

김민정 시인이 2010년에 펴낸 수필집 『사람이 그리운 날엔 기차를 타라』는 도계 심포리에서 철도 건널목지기를 하다가 그곳에 묻힌 아버지의 삶이 묻어나는 철도에 관한 이야기를 중심으로 하여 시와 희귀한 사진이 함께 어울린 그의 종합 작품집이라 할 수 있겠다. 「영동선의 긴 봄날」이라는 작품이 수필집 첫 작품 앞에 실렸다. 이 시는 4수로 된 연시조로 마지막 연에서 〈세월이 좀 더 가면 당신이 계신 자리/ 우리들의 자리도 그 자리가 아닐까요/ 열차가 사람만 바꿔 태워 같은 길을 달리듯이〉로 노래하여 한 때 번성했던 광산촌에 모두 떠나갔지만 아버지는 살아서도 죽어서도 이곳을 지키고 있으며, 아버지의 그 자리가 언젠가는 우리들의 자리이며, 열차가 사람을 바꿔 태우고 달리듯이 세월은 그렇게 흘러감을 읊은 인생과 아버지의 그리움을 노래한 철도관련 대표 작품이라 할 수 있겠다. 그의 단시조 중에는 함께 어울려 사는 삶을 노래한 글들이 많이 보인다. 그 중 「어라연 계곡」이 백미白眉이다.

청산을/ 넘지 못해/ 물소리로/ 우는 강물// 강물을/ 건너지 못해/ 바람소리/ 우는 저 산// 아득히/ 깊고도 푸른 정/ 한 세월을 삽니다(「어라연 계곡」 전문)

김일두 시인

김일두(1953~)시인은 2002년 《문예한국》지를 통해 문학평론가이며 강원일보 논설위원인 김영기의 추천으로 등단 후, 현재 삼척예총부회장과 두타문학회장으로 지역의 문학과 예술 발전을 위하여 열심히 일하고 있다.

김영기는 김일두의 작품에서 「공간대칭」은 존재와 사물의 대립관계에서 연관관계로 그린다. 거기에는 원죄의식도 내재되어 있다. 「마임」은 공간에서 배우가 마임을 하는 동작에서 인간들의 내면의 마임으로 연역해 볼 수 있다. 「봄을 잃은 대지」는 철장의 밖 또는 집안이 어떤 상황인가를 그리고 있다. 위의 작품들은 별개의 것이기도 하지만 연계되어 있으며, 존재와 존재의 관계, 존재와 사물의 관계를 진지하게 탐구하는 것은 새롭고 행복한 관계를 열망하기 때문이라고 했다.

나머지 그의 대표작 몇 편을 〈삶의 존재에 대한 물음과 답 찾기〉란 주제로 살펴보기로 하자. 갱, 철암역은 탄광촌을 소재로 한 작품으로 「갱」은 새벽 6시 미명인데도 시적자아는 아이러니하게 어둠이 짙다고 한다. 시적자아인 나는 광부이기도 하며, 〈여기가 어디인가/ 여기가 어디였던가〉하고 현재와 과거의 존재가 서 있는 혹은 서 있던 곳을 묻고 있다. 〈밖으로 밖으로/ 곡괭이질 해보지만// 정작 출구는 보이지 않는다/ 아무리 찾아도 출구가 보이지 않았다〉존재인 시적 자아는 탄맥이나 금맥을 찾아 안으로 곡괭이질을 하는 것이 아니라, 어둠 속을 빠져 나올 탈출구를 찾고 있다. 이러한 맥락의 시로는 「이 밤에」가 있다. 선술집에서 애증의 술잔을 비우고 나면 빈병에 흔들리는 어둠이 들어온다. 그리움을 찾아 안개 속을 헤매는 밤 시적자아의 둥지에는 설움이 가득하다.

시 「철암역」은 역을 배경으로 한 시적 존재인 다방 여인과 사물인 화차의 관계를 그린 현실의 쓸쓸한 광산촌의 풍경을, 「정라항」은 항구를 배경으로 시적존재인 늙은 어부와 사물인 낡은 어선과 어항과의 관계를 그린 현실의 쓸쓸한 항구의 풍경을 시로 형상화하여 성공한 작품들이다. 이러한 풍경은 현실의 우리들 이야기이기도 하다.

지금 살펴본 몇 편의 시도 김영기 평론가가 앞에서 얘기한 존재와 존재의 관계, 존재와 사물의 관계로 해석이 가능하며, 삶의 존재방식에 대한 질문을 던지고 체험을 바탕으로 한 삶과 현실에서 진지하게 그 답을 찾는 작업을 하고 있다. 그래서 그의 시는 나날이 발전해 가고 있다. 「대칭」은 우선 제목을 잘 정했고, 간결한 메타포로 된 좋은 작품이다. 우리는 철장 안의 사람을 죄인이라지만, 철장 안의 사람은 밖에 있는 사람들도 죄인이라 생각한다. 원죄의식 외에도 죄에 대하여 누구나 아주 자유로 울 수 없다.

유치장/ 철장 사이로/ 너와 나/ 마주하고 있다// 나는 너를 죄인이라 한다/ 너도 나를 죄인이라 한다// 너와 나/ 철장을 가운데 두고/ 공간 대칭의 존재// 우리는 벗어날 수 없는/ 유치장 속 죄인이다 (「대칭」 전문)

김형화 시인

김형화(1948~)시인은 1997년 『시와 산문』지에서 조병화, 박태진의 추천으로 등단 후 2001년에 서울시인상 수상하였고, 2001년 6인 공동시집 『Poeta Agora』을 발간, 2004년 시집 『꿈꾸는 오십천』을 발간했다. 그는 등단 전에 활동이 활발하였다. 5년제 삼척전문대학 시절에 '성成문학동인회'를 조직하여 회장을 맡았으며, 1966년에 성문학 1집을 발간하면서 '0시문학회'로 개칭하고 다시 2집까지 발간하였다. 그리고 1969년도에 삼척문학회(현 두타문학회)창립회원으로 입회하였다.

이충이는 그의 시집 『꿈꾸는 오십천』에서 '되풀이 되는 존재, 그 일상의 흔적'이란 주제로 해설을 하였다. 그의 시 대부분은 고통 받는 삶에 대한 안타까운 질문이다. 우리가 살면서 무심코 지나쳐버리는 대상에 바짝 다가서 질문을 통해 내적 구체성을 찾아낸다. 이는 일상의 체험이 밑바탕에 깔려 있기 때문에 가능하다고 한다.

그가 스스로 선정한 대표작 10편을 분석해 보면, 시의 본질에 대한 사유로 불교와 물과 관련된 작품이 많음을 볼 수 있다. 불교와 관련된 작품으로 운문사 종소리, 검은 연꽃에 대한 느낌, 경행經行, 개화開花가 있다. 정유화는 「운문사 종소리」를 '세속과 탈속의 대립을 이루는 종소리'라고 했다. 이 시는 사물시의 전형으로 이미지가 구조적으로 탄탄하며 일출은 산문안과 산문 밖의 삶을 통합하여 광명의 세계, 곧 부처의 세계로 전환됨을 상징한다. '물의 이미지와 관련된 작품'은 꿈꾸는 오십천, 얼어붙은 강의 꿈 외에 춘설, 홍어와 라콤파르시타, 검은 연꽃에 대한 느낌, 안개의 방, 개화 등도 물과 관련이 있다. 그의 시를 읽으면 '는개, 이슬, 비, 내, 강, 바다' 등 물의 변형된 삶을 만나게 된다. 그는 시집 자서에서 '떠나오면 돌아가고 싶고, 돌아가면 다시 떠나고 싶은 곳이 있다. 회귀의식이 반복되는 동안 고향은 풍화되어 간다. 오십천은 고향의 심장을 적시며 흘러가고 종내 바다에 이른다. 거기에서 내 상상의 일탈은 꿈이다'라고 하였다. 그의 대표작품 중에 좋은 작품의 하나인 「춘설」은 불교와 물의 이미지가 내재된 시로 춘설을 '흰머리 휘날리며 어머니 빈소로 돌아오는 아들'에 비유한 상상력과 메타포가 놀랍다.

집 나간 아들 돌아옵니다/ 타향살이 오랜 세월만큼/ 아득한 들길/ 흰머리 흩날리며 돌아옵니다/ 어머니는 눈을 감고/ 넋은 구천으로 오르는데/ 아들은 아직/ 빈소殯所에 들지 못합니다(「춘설」春雪 전문)

서순우 시인

서순우(1961~)시인은 삼척에서 출생하였으며, 2002년에 《문학과 세상》에 시로 등단하여, 다년간 삼척문인협회 사무국장(역임)과 두타 문학회 사무국장을 맡아서 말없이 궂은일을 도맡아 하고 있다.

서순우 시인이 선정한 그의 대표작 10편을 〈현실 속에서 꿈 찾기〉란 주제로 살펴보고자 한다. 그의 시의 특징을 찾아보면 단시가 없고 모두 호흡이 긴 이야기가 있는 서사시 구조이다. 고흐 당신에게, 무소유는 주인공에게 쓰는 대화체 편지글의 작품이다. 그리고 연 구분이 없다.

「고흐 당신에게」는 고흐의 자화상 그림 작품을 보면서 시적자아가 주인공에게 자신의 심정을 대화체로 쓴 작품이다. '~싶었소/ ~소'의 어미로 문장의 끝을 마치는데, 이것은 각운을 맞추어 리듬의 반복과 다정함과 자신의 꿈을 이루고 싶은 소망을 성취하는 장치라고 할 수 있다. 당신의 해바라기를 자신의 정원에 옮겨오고 싶었소, 당신이 앉았던 의자에서 졸며 당신을 꿈꾸고 싶었소, 끝부분에는 〈부디, 당신을 닮은 한 폭의 자화상처럼/ 나도 그리 살다가 가고 싶소〉에서는 고흐처럼 예술세계를 걸어가고 싶은 작가의 의지가 나타난다. 앞의 시와 유사한 내용의 시로 종교가요 시인인 한용운을 떠올려 시적자아의 꿈을 노래한「용대리에서」가 있다.「무소유」도 역시 법정스님을 보내고 시적자아가 이루고 싶은 꿈을 당신(법정스님)에게 쓴 여성적인 대화체 편지글의 시로 무소유에 대한 시적자아의 탐구이기도 하다.

「사직동 이야기」는 그립고 정겨운 어린 날 풍경화를 시청각적으로 잘 나타낸 작품이다. 소박한 꿈을 주제로 한 시로는 문득 내 역사는, 엄마가 있다.「엄마」에서는 〈나는 엄마보다 더 빨리 나이를 먹어가며/ 내 안에 다시 반으로 채워질/ 엄마라는 이름이 되고 싶다〉,「문득 내 역사는」에서는 〈어느 작은 마을에서/ 아들딸 낳고 예쁘게 살다가 갔던 여자로/ 기억되다가 〉가 그러한 여인의 평범하고 소박한 꿈을 표현하고 있다. 그리고「내 나이 오십」에서는 장맛비, 남루해진 내 살점, 여자에게 좋다는 붉은 자두나무 곁을 자꾸 서성이었다, 슬픈 유행가, 잠들 수 없었던 내 나이 오십 등의 어휘나 문장을 통하여 나이 먹으면서 변해가는 몸을 보면서 슬퍼지는 생각을 절실하게 시로 형상화했다.

그의 시는 모두 호흡이 긴 이야기가 있는 시의 구조이며, 연 구분이 없고, 대화체 편지글의 작품이 많아 타 시인들과 다른 특징을 가지고 있다. 앞으로 더욱 정진한다면 이야기가 담긴 서사구조의 시로 크게 성공할 가능성이 보인다.

윤종영 시인

윤종영(1959~)시인은 1996년 강원일보 신춘문예에 시 「세월」이 당선되어 등단하였으며, 시집 『허공에도 집이 있다』를 발간했다.

강수는 그의 시집 『허공에도 집이 있다』 해설 〈허공에 집짓기 혹은 '그대' 찾아 떠나는 수행〉에서 이 시집은 무에서 유, 유에서 무를 찾아가는 과정이며, 그 핵심적 소재가 집이라 했다. 허공, 결국 허무虛無의 세계에 지어지는 집이 아이겠는가. 그는 부재 중인 '그대' 대신에 '자연'을 찾아간다. 그의 시 속에 자주 나오는 자연 즉 강과 산과 산의 나무 풀과 바다는 모두 시간과 공간 속에서 혼용되어 있다. 뿐만 아니라 모든 존재들이 자연스럽게 어울리고 각각의 상처를 치유받기도 하는 이상향이 된다고 하였다.

윤종영 시인이 선정한 그의 대표작 10편을 〈물과 산의 이미지를 통한 깨달음과 화합〉이란 주제로 살펴보고자 한다. 그의 시의 특징을 찾아보면, 자연인 강과 산의 이미지를 통하여 깨달음과 화합의 세계를 지향하며, 대체로 이야기가 있는 서사구조의 호흡이 긴 산문시로 사물을 의인화한다. 강원일보 신춘문예 당선작 「세월」은 강과 세월을 나름대로 독특하게 결합시킨 성공작품이며, 깨달음과 세상의 모든 고통과 아픔을 치유해나가는 세월의 힘을 보여준다. 〈하늘과 땅 속으로 흐르고 산천의 안부를 두루 물으며 흐르는 강, 강에 분해된 나뭇잎과 풀들의 이름은 바다에서는 간이 섞인 짭짤한 이름으로 다시 불려지곤 한다.// 강에 몸을 풀어 바다로 갈거나./ 바다에 모인 나뭇잎, 풀들과 춤이나 출거나./ 강은 바다에서 어떻게 태어날까?/ 장마철에는 모든 것이 강을 따른다.)(「세월」 4~6연). 그는 한강의 상류 정선에서 태어나서 강과 낚시에 관한 작품이 많다. 〈강물에 어른거리는 것은 산과 강이 / 연인처럼 서로 깊이 사랑하기 때문이다./ 강의 소원은 산을 업고 먼 길을 세월처럼/ 흘러 따뜻한 남쪽나라에서 행복하게 사는 일〉(「밤낚시」 4~6연)에서는 강과 산이 함께 어울려 화합하는 세계가 개성적으로 황홀할 만치 아름답게 의인화되어 있다.

그 외에도 「정라진에서」는 요즘 들어 바다에 고기가 잘 잡히지 않는 겨울 결빙된 정라항구의 풍경을 그렸지만, 바다와 등대와 빈 배와 어부와 갈매기는 자연스럽게 잘 어울리며 화합하고 있다. 물의 이미지가 아닌, 산의 이미지의 작품으로 「산 속의 시낭송」과 「태백산, 그리고 겨울바람」이 있다. 「산 속의 시낭송」은 고인이 된 이출남 시인 댁 '범재 포도원'에서 밤중에 산속에서 열린 두타시낭송회의 낭만을 시로 형상화 것으로, 시인들과 포도원의 과일과 산 숲이 주객일체의 합일을 시로 형상화한 작품이다. 「태백산, 그리고 겨울바람」은 6행의 그의 드문 단시로 유에서 무를 찾아가는 허공에 집짓기에 해당하며, 불교적인 깨달음의 세계가 아닐까?

당신을/ 닮고 싶다고 조용히/ 읊조렸는데/ 나뭇가지가 부러질 정도로/ 엄청난/ 꾸중을 하시는 군요(「태백산, 그리고 겨울바람」 전문)

이미숙 시인

이미숙(1958~) 시인은 2000년 《문예한국》지를 통해 삼척출신의 문학평론가 김영기의 추천으로 등단하였다.

김영기는 「7월의 밤바다는」 달빛, 산마을, 월주, 환생, 파도(漁火) 등으로 연결되는 시어는 생명력을 나타내고, 온몸, 욕망, 생애 등의 시어는 정렬을 느끼게 한다. 숨을 쉬고 있고 살아있다는 상황을 증언하는 몸짓이다. 정열과 생명의 몸짓이 미덕이 되고 있다. 내면의 자아 발견은 그러나 그 의미망이 개성 있는 영토를 확보해야 한다. 앞으로 개성 있는 영토를 구축하는데 힘쓰면 좋은 시를 쓸 수 있겠다. 그것은 상식의 형식이 아닌 특성 있는 철학으로 뒷받침되면 좋겠다고 하였다.

이미숙 시인이 선정한 그의 대표작 10편을 〈참신하고 개성 있는 시 쓰기〉란 주제로 살펴보고자 한다. 그의 시의 특징을 찾아보면, 문장과 문장 사이에 의미가 단절될 만큼 군더더기 설명 없이 시가 간결하며, 「이러면 좋겠다1~2」처럼 즐겨 쓰는 반복법을 사용한 시는 물론 그렇지 아니한 시들도 시조 형식에 가까운 간결미로 하여 리듬이 잘 흐르며, 시의 그릇에 인생 연륜이 담긴 삶을 담으려는 노력이 보이는 장점이 있다. 그러나 앞에서 추천을 해준 김영기 평론가가 지적한 개성 있는 시 쓰기와 상식이 아니고 진부한 사은유가 아닌 참신한 시 쓰기에 좀 더 노력이 필요하다. 필자가 발굴하여 지도 후 등단한지 강산이 한 번 바뀐다는 10여 년의 세월이 지났는데도 별 진전이 없는 점이 부족한 점으로 지적할 수 있으며, 앞으로 살을 저미고 뼈를 깎는 노력으로 극복하여야 할 과제가 아닐까. 그에 해당하는 시들은 황톳길 누운 들녘으로, 해국海菊, 이러면 좋겠다 1~2, 살아있어 등이다.

이미숙은 '나의 문학세계'에서 나에게 시란 〈불끈 솟아오르는 장엄한 불덩이/ 일출 장관// 삶의 길을 걷다보면/ 불꽃 속으로 뛰어들고 싶은 충동을 느낄 때가 있다〉고 하였다.

그의 시는 건강한 생명력이 있고 그의 삶의 욕망이 시 속에 보인다. 그러나 일출과 불꽃같은 욕망이 실제 시 쓰기에서는 행동화 되지 않고 있다. 날마다의 떠오르는 태양도 어제의 태양이 아니며, 시간과 공간에 따라서 다르며, 사은유의 언덕을 뛰어넘는 남과 다른 참신한 표현이 요구된다.

이봉자 시인

이봉자(1948~)시인은 2008년 월간 《신문예》에 신인상 당선으로 등단하였으며, 같은 해에 시집 『입김』을 출간하였다.

홍윤기는 시집 해설에서 〈언어 예술의 서정적 순수미〉라는 주제로 그의 시를 조명하고 있다. 시 「겨울 해」는 시적 테크닉을 은은하게 순화시키는 메타포의 솜씨가 공감도를 드높이고 있는 우수한 작품이다. 「야생화」 3~4연은 평범한 서정시가 아닌 예리한 풍자적 문명비평의 시세계며, 종래의 야생화 시와 달리 자연예찬이거나 낭만이 아닌 새로운 작품이다. 그리고 시 「폭포」에서도 화자는 폭포라는 자연경관을 상징적인 삶의 존재적 배경으로 설정하고, 인간의 삶의 양식에 대한 심도 있는 규명을 하는 독특한 시의 표현수법이 독자를 압도하고 있다고 극찬을 아끼지 않는다.

이봉자 시인이 선정한 그의 대표작 10편을 〈일상어와 비유적 이미지를 통한 시적 형상화〉란 주제로 살펴보고자 한다. 그의 시의 특징을 찾아보면, 일상어를 적절히 사용하여 시를 쓰며, 직유나 은유를 통한 비유적 이미지를 쓰며, 자기 나름대로의 개성있는 독특한 표현법이 그의 시의 장점으로 볼 수 있다. 그러나 작품이 모두 고르지 못하고 좋은 작품과 그렇지 않는 작품 수준의 차이가 큰 것이 그의 단점이기도 하다. 그러한 작품을 찾아서 다시 한 번 잘 다듬어서 청자나 백자 같은 좋은 작품을 만들기 바란다. 홍윤기 씨가 평하지 않은 작품 중에 좋은 작품이 눈에 먼에 번쩍 띈다. 공감각적이미지를 통한 동심과 모심母心이 묻어나는 가슴이 따뜻한 시이다.

들녘에 아지랑이 아른거려서/ 흙 속에 묻힌 잠 깨어나는가// 처음으로 받아먹는 몇 숟갈의 햇볕은/ 참 따스하고 달디 달아서// 어린 새싹들 머리 들어 올리고/ 참 세상 좋다, 저희들끼리만 소곤소곤// 그 연약한 손은

보기도 측은하여서/ 밤새도록 가랑비 가랑가랑 내렸다 (「삼월」 전문)

정순란 시인

　정순란(1961~) 시인은 삼척에서 출생하였으며, 강원대 문예창작과를 늦깎이로 졸업하였으며, 2002년에 『《문학과 세상》에 시로 등단하여, '글# 동아리' 제1회 회장을 역임하고 청소년수련관 국어, 논술 강사를 하였으며, 현재 삼척문인협회 사무국장을 맡아서 일하고 있다.

　정순란 시인이 선정한 그의 대표작 10편을 〈사랑을 주제로 한 시〉로 살펴보고자 한다. 그의 시의 특징을 찾아보면, 단시가 거의 없고 대체로 호흡이 긴 시들이며, 산길을 걸으며 발상한 시들이 많고, 부부나 가족 혹은 꽃을 소재로 한 사랑과 행복에 관한 시가 많다. 이러한 시가 시의 대상 혹은 사물을 통하여 그 주제가 대부분 사랑으로 연결되는 것을 볼 수 있다.

　먼저, 부부나 가족 혹은 꽃을 소재로 한 사랑과 행복을 노래한 시로는 봄꽃 핀 오후, 태백산, 투쟁 앞에서, 6월 둘째 주 토요일 오후, 나에게 당신이 있다가 여기에 해당된다. 「봄꽃 핀 오후」는 의인화된 꽃(여인)의 유혹을 다룬 작품이다. 〈봄꽃에 유혹돼 흠뻑 물든 오후/ 화려한 꽃들의 손짓을 견디지 못한 나는/ 봉황산을 오르며 오래도록 놓아주지 않는/ 너에게 전화를 건다〉(4연)에서는 꽃의 유혹에서 동화되어 연인에게 전화를 걸게 된다. 5연에서는 사랑과 꽃과 그리움에 대한 시적자아의 정의가 내려지고, 시의 끝연에서는 〈이짧은 봄/ 흐트러지는 것이 어디 꽃만이겠는가〉라는 물음으로 인하여 이 시가 벚꽃처럼 활짝 만개한다.

　산길을 걸으며 발상한 시들로는 태백산, 가을의 노래, 억새에 묻힐까 단풍에 물들까, 용추가는 길이 있으며, 그 주제가 모두 사랑으로 연결된다. 「태백산」은 유일한 단시로 단군의 천재단이 있는 태백산을 오르는 과정을 회화적으로 그리면서 연인과의 사랑을 노래한 시이다.

유난히도 빛깔 연한 태백 철쭉/ 하늘도 들판도 붉게 물든 6월/ 주목나무 사이 우리 사랑 흔들어준다// 그대와 내가 철쭉으로 피어/ 구름으로 누워 있었다(「태백산」 3~4연)

그는 '나의 문학세계'에서 〈따가운 햇살을 견딘 열매들만이 달콤한 향기를 내뿜듯이, 희망은 절망하는 것이 아니라, 꿈꾸는 자들의 것이리라〉고 하였다. 참신한 은유와 비유적 이미지와 감동을 늘 염두에 두고 창작에 땀 흘린다면 멀지 않아 시의 꽃이 손을 펼 때마다 만개하리라.

조성돈 시인

조성돈(1953~) 시인은 충북 청원군에서 출생하였으며, 2003년 삼척문화방송 창사 32주년 여성백일장과 2005년 강원여성문예경연대회에서 입상하여 글을 쓰기 시작하였으며, 강원대 문예창작과를 늦깎이로 졸업하고, 2008년에 《문학세계》에 시로 등단하였다.

류지연은 조성돈의 작품해설에서 〈시간과 영원을 공유하는 실존의 미학〉이란 주제로 시세계를 조명하고 있다. 과거지향과 여성의 섬세함, 과거지향을 통한 현실인식과 자아회복, 여성적 특유의 섬세한 소묘 그리기, 언어유희의 아름다운 삶의 근원으로 소주제를 나누어 해설을 하였다.

조성돈 시인이 선정한 그의 대표작 10편 중 되도록 앞에서 다루지 않은 작품을 중심으로 〈비움과 채우기〉란 주제로 살펴보고자 한다. 그의 시의 특징을 찾아보면, 여성 특유의 감각적인 의성어와 의태어를 즐겨 사용하며, 자연을 대상으로 한 작품이 주류를 이루며, 과거의 아픔을 비움으로써 새로운 채움으로 재충전 한다. 먼저, 여성 특유의 감각적인 의성어와 의태어를 즐겨 사용하는 예를 들어보면 흔들흔들, 만지작만지작, 휘청휘청, 훌훌훌, 술술, 굽이굽이, 속살속살, 솔솔, 총총, 살랑살랑, 하르르 하르르, 바시시 바시시, 탁탁탁(의성어) 등이 있다. 의성어와 의태어는 청각적이미지와 시각적이미지를 통하여 시가 갖추어야할 요소의 하나인 회화성에 이바지한다. 이러한 의태어가 그의 시에서는 대체로 성공을 거두고 있지만, 너무 과용은 시를 가볍게 하는 수도 있어 경계할 필요가 있다. 다음으로, 과거의 아픔을 비움으로써 새로운 채움으로 재충전 하는 작품들을 살펴보겠다.「사라져 가는 것들」에서 인간의 욕망으로 잡으려 하면 할수록 이상의 파랑새는 현실에서 멀어져가며,「유년의 삽화」에서는 〈고향에 간다한들/ 흔적 없이 사라져/ 만날 길 없는/ 그립고 그리운 집/ 마음이랑 꿈결에서/ 아른거리는 그 뜨락〉(1연)이 그러하다. 신혼시절에 주말부부의 임 배웅을 강 하구 을숙도로 찾아오는 철새들에 비유해 쓴「을숙도 연가」는 과거나 현실의 이별과 아픔을 딛고 새로움을 재충전하며, 마음의 빗장을 여는 마술사인「술」에서나 한 30여년 함께 살다보니 고향이 아니지만 또 다른 터전이 고향이 되는 화끈한 성품「바닷가 사람들」을 통하여 그 아픔을 치유하고 있다.

항상 다정다감하고 나직한 목소리의 시인의 모습과 행동과 시가 일치한다. 그의 시는 대부분 고향에 대한 그리움과 자연을 소재로 하여 여성 특유의 소박하고 섬세한 이미지로 의미를 담아 시로 형상화 한다. 낭만과 원형에 대한 욕구로 과거 지향적이지만 현실인식과 자아회복을 위한 장치를 염두에 두고 시를 쓴다.

조의령 시인

　조의령(1961~)시인은 삼척에서 출생하였으며, 강원대 문예창작과를 늦깎이로 졸업하여, 현재 강릉원주대 일반대학원 국어국문학과에 재학 중이며, 2008년에 《시사문단》에 시로 등단하였다.

　조의령 시인이 선정한 그의 대표작 10편을 〈사람 사는 이야기〉라는 주제로 살펴보고자 한다. 그의 시 중에는 가족 관련 시로 아버지의 나무, 언니가 있고, 사람과 만남으로 한 시는 그런 사람 만나고 싶다, 어느 시골 우체국이 있다. 여행에서 쓴 시로 페이스 페인팅, 여행이 있으며, 배움과 관련된 시는 캠프스에서, 7번째 습작노트가 있다. 그 외 아카시아가 있다. 가족 관련 시 「아버지의 나무」에서 하늘나라로 가신 아버지가 아쉬운 봄으로 와서 화자의 빈자리에 아픔이 되어 가슴 저리며, 그리고 다시 화자의 빈자리에 그리움의 꽃으로 피는 역설의 미학을 본다.

　　당신이 심으신/ 나무 한 그루/ 아쉬운 봄으로 옵니다// 진달래꽃 피면/ 당신이 떠나신/ 빈자리/ 큰 아픔이 됩니다// 손수 세워주신/ 등 굽은 어깨는/ 가슴 저리도록 남습니다// 내 빈자리에/ 계절은 바뀌고/ 그리움이 꽃이 됩니다(「아버지의 나무」 전문).

　사람과 만남으로 한 시 「그런 사람 만나고 싶다」에서는 정이 든다는 건 서로 익숙해지는 일, 만날 친구, 사랑할 친구, 소박한 사랑을 노래한다. 그리고 〈이제는 노오란 은행잎이 져도/ 슬프지 않네/ 네게 속한 작은 일 감사함에/ 나는 벤치에 기대어 시를 읽을 것이다〉고 끝을 맺고 있다. 배움과 관련된 시 「7번째 습작노트」는 〈풀리지 않는 퍼즐을 맞추듯/ 먼 기억들이 고스란히 배어있는/ 보물 제 1호〉가 비상을 꿈꾸고 있다. 이 모두가 사람 사는 이야기를 다룬 것이다.

조의령 시인은 7권이나 되는 시 습작노트와 만학에 불태우는 노력과 시내와 떨어져 있는 장호에서 한 달에 한 번씩 열리는 두타시낭송회에 참석하는 열정이 놀랍다. 아직 시를 쓴 연륜이 짧고 대학원을 다니느라 바빠서 그가 〈나의 문학 세계〉에서 말하였듯이 시 창작의 참신성과 개성적인 면에서 좀 부족하지만, 그 열정이면 앞으로 좋은 시를 쓰리라는 것을 기대해도 좋다.

최미라 시인

최미라(1965~)시인은 2000년 《문예비전》 조병화 시인 추천으로 등단하였으며, 독서논술 운영 및 논술강사를 하고 있다.

최미라 시인이 선정한 그의 대표작 10편을 〈삶의 반성과 내려놓기〉라는 주제로 살펴보고자 한다. 그의 시 중에는 '삶의 반성 시'로는 가시, 베란다 치자나무, 까치집(혹은 자연사랑의 생태시), 별리, 바보상자의 소감이 있다. '내려놓기 혹은 비움' 관련 시로는 공空, 그대에게, 근산동 오시는 길, 살아가는 방법론이 있다.

먼저, '삶의 반성 시' 「별리」는 이별을 절절이 반성하며 이별의 아픔과 다시 만남을 기도하는 마음이 담겨 있다. 〈옷깃 스친 모든 인연이여/ 고마움과 그리움 이제야 전합니다/ 다시 만날 수 있게 되기를/ 만난다면 이번에 하늘이 무너진다 하여도/ 별리는 없기를 기도합니다〉(끝연). 자연 사랑의 생태시로 미워하면 할수록 잊으려 하면 할수록 잊을 수 없는 가족이 사는 둥지로 대체되는 〈전신주 정수리에/ 까치가 둥지를 틀었다/ 사람들이 장대로/ 허물어 내면 또 짓는다// 중략// 내 마음 속에도 까치가 날아와/ 털어 버려도 털어 버려도/ 다시 사랑 둥지를 튼다/ 장대로 내 칠수록 더 큰 둥지를 튼다 (「까치집」 일부) 까치집은 그의 대표작 중에 대표작이라 할 수 있다. 다음은 '내려놓기 혹은 비움' 관련 시로 〈 거꾸로 흔들어 보아도/ 십전만한 욕심도 없는 마음으로 살고 싶다〉(「공空」 1연), 〈그저 변하지 않는 것은/ 내안에 온화와 사랑의 빛을 지나/ 하늘일까. 텅 비어있는 듯한/ 텅 비어 충만한 그 자리/ 너무도 그득한 충만함(「그대에게」 끝연), 시적자아가 사는 마을 키 작은 함석지붕 빨간 우체통 어줍은 시인이 사는 곳 〈생각의 뿌리가 솟아지지 않은 시절/ 누군가 이야기 들려주고 싶은/ 가만히 나뭇잎 새소리 듣고 싶은 그 날/ 해즐넛 커피 한 잔 그리며 오세요/ 청 단풍 그늘 아래 시간 멈춘 그곳 (「근산동 오시는 길」 끝연), 그는 「가시에서」〈구들장 온기 닮은 눈빛이 그립다/ 살아가며 그러지 말아야 하면서도/ 나도 누군가에게/ 가시를 퍼부어댔는지 모를 일이다〉고 반성과, 함께 한 사람들의 따뜻한 눈빛을 갈망한다. 그리고 「공空」에서는 마음을 비우고는 형광색 찬란한 풍뎅이처럼 날아가려고 한다. 〈다들 날개가 나려고 등이 아프다 / 오십五十 견肩 보다는 견비肩飛 飛〉

최영우 시인

최영우(1957~)시인은 경북 울진군 죽변리에서 출생하여, 태백에서 한성광업소 생활을 거쳐, 공무원 임용시험에 합격하여 현재 정라동장으로 근무하고 있으며, 한국방송대학 행정학과를 졸업하였다. 1988년에서 2000년까지 문화공보실 문화예술담당으로 재직하면서 이때부터 문학에 대해 관심을 가졌으며, 2009년부터 두타문학 동인에 참여하여 활발히 창작활동을 해오고 있다.

최영우 시인이 선정한 그의 대표작 10편을 〈임에게 바치는 노래〉라는 주제로 살펴보고자 한다. 그는 얼마 전에 사랑하는 부인을 하늘나라로 먼저 보낸 줄 안다. 그리고 두 명의 아들과 살면서 늘 부인을 못 잊어 그리움과 사랑의 시를 쓰고 있다. 이번에 그가 대표작품으로 선정한 작품 모두가 이와 무관하지 않다. 그리스 신화에 미소년 아도니스가 죽을 때 흘린 피에서 생겨난 꽃이라 하며, 한국에서는 한라산과 설악산에서 자생하는 '바람꽃'을 소재로 쓴 시이다. 〈봄바람 몰고 오는 당신이라면/ 가고 싶은 생각 기다리지 못해/ 한라에서 설악으로 날아가련만// 중략// 새봄이 오면 그 바람 신화처럼/ 바람꽃 그리움에 젖어 보련다 (「바람꽃」일부). 가신 임과 가을 산 단풍처럼 다시 사랑이 타오르고 싶은 마음을 노래한 〈가을, 사랑이고 싶다 / 황홀함이 존재하고 / 지울 수 없는 것이라면/ 아프더라도 힘들더라도/ 단풍처럼 모두/ 가슴 가득 채우고 싶은데// 중략// 10월의 마지막 날/ 둘이서 만나던 기쁨이/ 소멸하더라도 한번은/ 가을 여행보다/ 더 깊은 추억이고 싶어라 // 가을, 당신이 온다 (「가을, 사랑이고 싶다」1, 3연). 〈백년 견디어온/ 꽃망울 터질 때까지/ 멀리 떠난 임 생각대로/ 봄비 소리 잊고 지내다가// 중략 / 은구슬 빗방울/ 가만히 내리면/ 서글픈 빈자리 채우는/ 춘우春雨 한잔 마시고 싶다네(「봄이 내리면」2, 4연)에서는 이탈리아어로 '맑게 갠'을 뜻하는 '세레나데' 연주로 임을 잠시 잊고 지내다가, 봄비 오는 날에 두보의 시에 나오는 춘우를 즉, 술을 임을 생각하며 한잔 하고 싶다고 했다.

〈당신은 나의 전부입니다/ 아직도 보고 싶은 생각에/ 슬퍼서 눈물이 자꾸 납니다// 중략/ 이제는 아이들 웃음소리 가득한/ 동화의 나라 궁전에서/ 행복한 소망 이루어 보렵니다 (「당신은」처음과 끝 연)에서는 아이들과 행복한 가정을 이루고 살겠다는 소망이 보이기 시작한다. 〈그래도 세월이 가면/ 언제나 함께 할 친구가 있어/ 넘실대는 바다 넓은 백사장/ 푸르른 해송 있는 곳/ 갈 수 있기에/ 그대를 잊지 못 합니다// 만약에 세월이 더 가면/ 평생 사랑하는 친구가 되어/ 이제는 좋은 세상 꿈 찾아/ 그 곳을 보고 또 가고/ 만날 수 있기에/ 너무 행복 할 것입니다 (「세월이 가면」, 2, 3연)〉에서는 앞의 시 '당신'과 함께 의미가 이어지는 시로 〈만약에 세월이 더 가면/ 평생 사랑하는 친구가 되어/ 이제는 좋은 세상 꿈 찾아/ 중략 / 행복할 것입니다〉처럼 새 가정을 꾸며 자식들과 함께 행복하게 살고 싶다는 소망이 담긴 시라고 볼 수 있다. 그의 시는 먼저 가버린 아내를 노래한 사랑의 시 도종환의 '접시꽃 당신' 에 견줄 만하다. 아픔을 글로 표현하면서 마음을 치유할 수도 있다. 사랑하는 아내에 대하여 바치는 좋은 작품도 쓰고, 그리고 좋은 사람을 다시 만나 웃음이 가득한 행복한 가정을 이루기를 기원한다.

김영출 수필가

김영출 수필가는 강원도 고성에서 출생하여, 화천군청과 삼척MBC에 근하다가 현재 강원도민일보 삼척지사장으로 있으며, 2005년 『문학세계』 수필로 등단한 후 수필집 『그리움은 산과 바다가 되어』, 『파도여 말해다오』가 있다.

수필 문학의 특성은 작가의 체험과 체험을 통해 체득한 생각이나 상념, 느낌 같은 감정이 나타나야 한다. 다른 문학의 장르와 달리 작가의 체험이 허위적거나, 단순히 작가 자신의 체험만을 그대로 그려 놓아서는 생명력이 없는 죽은 글이 되고 만다. 그가 스스로 대표작으로 제출한 3편의 수필 중에 「깨알 떨어지는 소리」는 초보 농사꾼의 체험을 통한 삶의 깨달음을 주제로 한 작품이다. 1인칭 시점의 화자는 회사 정년퇴직 후 술과 등산으로 허송세월을 보내다가 아파트부지와 택지 조성을 하고 남은 땅을 밭으로 조성하여 농사를 짓는 초보 농사꾼이다. 농사를 지으면서 오십견과 고혈압도 사라지고 농사지은 지 3년이 되면서 고소득을 높이는 작물에도 관심을 갖게 된다. 그것이 참깨를 경작하는 계기가 된다. 여기까지가 글의 발단부분이고, 전개부분에서는 깨 한 되를 뿌려서 지극 정성을 다해 가꾸고, 자라는 깨를 보고 주위의 사람들이 부러워하며, 시장의 장사꾼들이 사겠다고 가져오라 하고, 주인공은 꿈이 날로 풍선처럼 부푼다. 〈아! 이게 어떻게 된 일인가? 일일이 탐스럽게 익어가던 참깨방울이 어느새 바짝 말라 터져 있지 않은가? 거기에다가 터진 알맹이 속에서 깨는 사정없이 쏟아져 나오고 있지 않은가? 설상가상 격으로 바람마저 불어대는 탓으로 비닐포장 위에는 하얀 소금을 뿌린 듯이 뒤덮여져 있으며, 깨알 떨어지는 소리는 나의 간장을 찢어놓는 듯해 망연자실하지 않을 수 없었다.〉 표현이 뛰어나고 문학성이 돋보이는 부분이다. 체험을 통해 인생을 깨달은 끝마무리 도 좋다. 〈자만과 태만과 불손함이 일 년 농사를 망치게 할 뿐 아니라 참깨농사를 얕잡아 본 것이 나의 어리석음이라 생각하니, 초라하고 부끄러운 생각마저 들었다〉.

　수필 「우리를 슬프게 하는 것들」요즘 현대사회의 문제점을 제기하는 작품으로, '인간성 회복'을 주제로 하고 있다. 우리를 슬프게 하는 것들의 예를 신문이나 방송에서 나온 사건을 중심으로 나열하면서, 사건 뒤에 작가의 심정이나 생각을 덧붙이는 형식으로 전개된다. 결말부분에서는 우리 모두의 과제로 던져둔다. - 〈우리를 슬프게 하는 것들이 자꾸 늘어 만 간다. 지구의 종말이 오면 끝이 날까, 아니면 조물주의 심판이 내려지면 끝이 날까. 우리를 슬프게 하는 것들과 사건 사연들이 끝이 없어 보인다〉. 수필 「산행」은 3월 하순 문학회원들과 청옥산 산행을 하면서 보고 듣고 느낀 점을 수필로 쓴 작품이다. 준비 과정에서 어린 시절 소풍갈 때 설레던 마음을 떠올린다. 무릉계곡에서 차츰 경사가 심해 힘들어지면서 산행을 포기하려 한다. 동행자들의 격려로 힘을 내며, 배낭에 많이 넣어 온 욕심을 깨닫는다. 신선봉에서는 장관에 흠뻑 취하며, 청옥산과 무릉계곡의 아름다움을 양사언을 비롯한 시인 묵객의 찬사를 빌려 말하며, 항몽의 역사성을 떠올리며, 올라갈 때의 힘든 보람을 내려오면서 느낀다. 결말부분에서 속담 한 구절을 말한다. 〈지혜와 죄를 얻으려면 물가를 찾고, 수양과 덕을 쌓으려면 산을 찾으라〉

이은순 수필가

이은순(1942~) 수필가는 삼척 호산에서 출생하여 이화여자대학을 졸업하고 서예와 한국화를 하였다. 1988년 《한국수필》과 2001년 《수필춘추》에 수필로 등단한 후 수필집 『이화정의 바람꽃』을 발간하였다.

이현복은 그의 시집 『이화정梨花汀의 바람꽃』에서 〈원숙한 삶에서 체득한 예술향기의 형상화〉란 주제로 해설을 하였는데, 그의 수필을 '가족사랑 모성애의 대물림', '전통적 가족사랑 정의 대물림', '자기 탐구, 자아발견을 위한 몸짓'으로 소 제목을 붙여서 해설을 한 바 있다.

그가 이번에 대표작으로 선정한 작품은 수필 「병풍」, 「말띠 손녀孫女」, 「비의 낭만」, 3편이다. 이 중 가장 문학성이 높은 「병풍」을 먼저 살펴보겠다. 이글의 시작은 '시부가 살아생전 가장 좋아했던 내가 그린 그림 이야기'로 시작되어, 시집살이로 스트레스를 받고 힘들 때 시부가 서예를 가르쳐주고 남편이 서예도구를 구해주는 따뜻한 가족애로 격려를 한다. 서예를 배운 이후에 동양화에 또 빠진다. 〈그림을 그리노라면 내가 산 속을 거닐고, 내를 건너며 물 흐르는 소리와 새소리를 듣고, 배를 타고 대자연 품에 안겨, 자신이 하나의 나무가 되고 돌이 되고 새가 되고 꽃이 된다〉에서는 그림 그리기에 몰입되어 자연과 내가 하나가 되는 자연 합일의 경지에 도달한다. 또한 작품의 소재를 찾기 위해 자연의 오묘하고 아름다움을 배운다.

그는 서예와 그림이라는 예술을 통하여 자아를 성찰하고 생활의 지혜를 찾으며, 가족애의 향기로운 꽃을 피운다. 수필의 끝부분이 진한 감동을 준다. 〈이제 며칠만 지나면 시아버님의 기일忌日이다. 언제나 내가 쓴 글씨 병풍과 산수화 병풍을 치고 제사를 올렸다. 내년 제사 때는 좀 더 좋은 작품의 병풍을 보여 드리고 싶다.〉 그는 서예를 며느리에게 가르쳐서 정신적 유산을 남겨주신 시부께 감사드리며, 더 열심히 예술 승화에 매진할 것을 다짐한다.

「말띠 손녀孫女」는 중국 작가가 그린 그림 주마도走馬圖 한 폭을 남편에게 선물한 일로 작품이 시작된다. 말띠인 일인칭 시점의 화자인 신랑감의 좋은 띠 얘기와는 달리 결혼한 일이며, 우리나라 문헌에서는 말에 대한 좋은 일들이 많음과 삼국지에서 여포의 적토마나 항우의 오추마는 명마였음을 말한다. 그러나 어느 민속학자에 의하면 "일본에서는 말띠 여자는 기질이 세고 남편 위에 군림한다고 해서 신붓감으로 꺼리는 습속이 예전부터 있었다."는 민족수난이 남긴 잔재는 필이 버려야 할 유산이라고 했다. 수필의 끝부분에서 화자를 닮은 말띠 손녀를 얻는다. 〈나는 말할 것도 없고 온 가족 중에 누구도 그가 말띠라는 것에 대한 염려스러운 마음은 조금도 없었다. 아마 그가 자라면 말처럼 당당한 기세로 이 세상을 뚜벅뚜벅 살아갈 것이다. 그리고 나는 말의 좋은 점을 얘기해 줄 것이다. 두 손 들어 환영한다. 사랑스런 내 말띠 손녀야, 잘 자거라 아가야! 말띠 만세!

수필 「비의 낭만」은 '비'라는 자연 대상을 통하여 여심女心의 낭만적인 사색과 추억이 살아 숨 쉬는 이미지가 선명한 길을 독자와 함께 걸어간다 ―봄비, 초여름비, 비 오는 날 홀로 수영복을 입고 바닷물에 수영을 하는 것을 즐기는 화자, 대학시절 문학도인 R선배와의 비 오는 날 추억과 그가 들려주던 비를 노래한 시 한 대목. 〈비에 대한 이 소녀적 증상은 어디가 끝인지. 이제 이 비가 그치기 전에 차를 몰고 불암사에나 다녀올까 보다〉로 이 수필은 끝난다. 〈가을비가 우리에게 사색의 빌미를 준다면, 찬바람 속에 내리는 겨울비는 나에게 성찰의 시간을 만들어 준다〉는 부분에서는 낭만적인 느낌과 다른 인생의 의미를 제시한다. 이글에서는 비 오는 날 여성 특유의 부드러운 우유체로서 사색과 다양한 지식과 화자의 독특한 체험을 통하여 읽는 이를 낭만적으로 혹은 사색의 길로 함께 손잡고 간다.

송필남 수필가

　송필남(1959~) 수필가는 서울에서 출생하여, 삼척평생정보관 문예창작반 수업을 받으면서 수필문학을 본격적으로 시작하였다. 비교적 좋은 작품을 쓰고 있지만, 아직 등단에 대한 욕심은 없이 작품 활동을 하고 있다.

　그가 이번에 대표작으로 선정한 작품은 수필은 「희망, 자라다」, 「미근동 209번지」 2편이다. 이 중 수필 「희망, 자라다」를 먼저 살펴보겠다. 〈어미 없는 아이처럼 마땅히 기댈 곳 없는 가녀린 꽃들이 모두 누워 있었다. 씨 뿌리지 않아도 저들끼리, 이리 날고 저리 날아 여기저기 뿌리내리고 있는 꽃들은 고삐 풀린 망아지마냥 제멋대로 남의 땅에서 주인행세를 하고 있었다. 잡초가 반을 차지하고 있는 분마다 영역 싸움에서 이긴 화초들이 꽃을 피우며 승전보를 울리고 있었다.〉는 이 글이 시작되는 부분으로, 작가는 지금 집을 떠나 생활하고 있는데, 이따금 집으로 돌아와서 자기가 분신처럼 자식처럼 키워온 화초들을 보며 가슴 아파하고 있다. 암에 걸린 남편을 3여 년 수발하다가 하늘나라로 보내면서, 〈남편이 내게서 훌쩍 떠난 것처럼 나도 꽃들에게서 조금씩 멀리하려 노력했다. 생각할수록 그것들은 내게 있어 쓸데없는 집착이나 염려를 불러들일 뿐 삶의 우선순위는 절대 아니었다.〉는 생각에 이르면서 남편처럼 의도적으로 사랑하는 꽃들에게서 멀어져간다. 그러나 자식이나 화초나 그가 예전에 사랑하던 생명을 모질게 버리기는 쉽지가 않다. 이제 아들과 딸들에게서 희망을 갖는 것처럼 다시 사랑을 나누던 화초에게 사랑을 주어야겠다는 희망이 자란다. 작품의 끝부분에서 그 실행의 의지가 엿보인다. 〈쓰러져 누워 있는 꽃들을 세워주며 버팀목 하나 분에 쿡 찔러 보기 좋게 묶어 주었다. 그리곤 다시 일상으로 복귀, 다음 날 서울행 첫차에 몸을 실었다.〉 수필 「미근동 209번지」는 '머릿속에 그리움의 산물인 추억을 간직하고 있는 주소(장소)를 가끔씩 꺼내 보거나 찾아가 보자.' 는 주제의 글이다. 〈내선순환 열차에 몸을 싣고 친구와 만나기로 한 장소 충정로에 도착할 때는 땅거미가 내려앉은 초저녁 무렵이었다.〉로 글이 시작된다. 〈인생의 반을 넘게 살아오며 아직도 또렷이 남아있고 정겹게 느껴지는 곳 누구나 그러한 주소를 한두 곳쯤 기억하며 옛 지나온 삶의 거취와 추억들을 저장하고 있을 것이다. 삶이라는 레일 위를 부지런히 달리다 쉬어갈 수 있는 간이역처럼 가끔씩 꺼내보는 이런 추억 들추기야말로 살아 있음을, 지금의 건재함을 확인하는 작업이 아닐까.〉 이런 생각을 하며, 옛 직장 동료인 친구를 찾아가면서 직장의 주소에 대하여 기억하며, 추억이 저장된 주소를 통하여 옛날 젊은 날 초상을 그린다. 가면서 30년의 세월속에 바뀐 건물들에 낯설음을 보이다가, 동료를 만나면서 정적인 성격이 반가움에 동적으로 변한다. 미근동 뒷골목에는 전에 다니던 음식점들이 변하지 않아 반가운 기억의 부스러기들이었다. 〈누구나 이야기가 있는 삶의 주소를 한 번 떠올려 보자. 그리고 그 속으로 들어가 한바탕 추억의 보따리를 맘껏 풀어보자. 시간은 멈추지 않는다. 나이 들어가고 있음을 서러워 말고 가끔은 이렇게 세월 거슬러 추억의 장소를 찾아가보는 것도 내 자신을 위한 특별 서비스가 아닐까 싶다. 비록 낯선 외형의 모습 앞에서 서먹함은 있을지라도 기억을 더듬으며 찾아가는 세월 저편에 또 다른 나를 만날 수 있으니 말이다〉. 주소는 장소이기도 하다. 마을일 수도 있고, 마을의 골목일 수도 있다. 거기에 추억을 먹고 사는 사람들이 있어서 주소는 더욱 빛난다. 멈추지 않는 세월 저 편에 또 다른 나를 만나러 가자고 독자를 꼬드긴다.

서성옥 소설가

서성옥(1962~)은 삼척에서 출생하여 법무사로 일하며, 강원대학교

재학 시 사회문화연구회 회원으로 무크집을 발간하면서 글을 쓰기 시작하여 강원대학교 소설부문 문학상을 수상하였다. 2009년 두타문학 동인으로 입회하여 의욕을 가지고 창작활동을 하고 있으며, 종합문예지 2013년《시선》겨울호에 소설 당선으로 등단한다.

그가 이번에 대표작으로 선정한 작 소설은 「모녀母女굿」, 「불망기」 2편이다. 「모녀母女굿」은 작가의 대학 자취집이 무당집이어서 그때 체험과 창기 삼촌의 굿 얘기를 바탕으로 무속공부를 하여(그래서 '세습무世襲巫에 관한 연구'라는 부재를 달았다 함) 쓴 소설이다. 이 작품은 구성의 각도를 주체적·내면적으로 지향하는 1인칭 소설이며, '세습무를 통한 인간의 갈등과 해결'을 주제로 하고 있다. 작품 전체 운명을 결정하는 서두는 주 인물의 하나인 세습무 한보살의 '칼춤 주술'과 외삼촌의 '수망굿水亡굿' 일부 회상으로 시작된다. 전개부터 결말까지는 '나'와 나의 여친女親인 '지혜'와의 대화 사이사이에 하숙집 한보살네 집 이야기와 무속에 관련된 사건인 머구리배를 타다 죽은 막내삼촌의 '수망굿'과 월남전에서 사망한 창기 삼촌의 '오구굿' 이야기가 가끔 삽입된다.

전개부분에서는 한보살의 술주정뱅이 아들을 위한 '씻김굿', 각혈을 하는 아들 명규의 건강을 위해 쇠 생간을 먹이는 모습인〈흡사 오목눈이 새로부터 모이를 받아먹는 뻐꾸기의 모습〉의 비유가 돋보인다. 허구로 예상되는 머구리 일을 하다가 사망한 삼촌의 혼을 달래는 막내 외삼촌의 '수망굿', 실제의 이야기를 할머니를 통하여 간접 체험한 월남전에서 사망한 창기 삼촌의 '오구굿' 이야기는 자료를 충분하게 수집하여 조금은 의도적이지만 리얼하게 삽입되어 있다. 위기 부분에서 아들 명규가 어머니 한보살의 신단을 부순다. 나는 술 취한 명규로부터 연자 누나 앞에 천형의 불구 꼽추인 숙자 누나가 있었는데, 신 내림 무병에 열병을 앓는 숙자를 동생 연자가 연탄화덕을 방에 들어놓아 죽었다는 충격적인 말을 듣는다. 절정과 결말부분에서 한보살과 아들 명규 사이에서 불화가 계속된다. 그 후 명규가 공사판을 나가 번 돈으로 어머니에게 '솔담배' 한 보루를 사오고 어머니는 마음이 풀려 명규가 먹을 저녁상을 정성으로 차린다. 비키니옷장에 새로운 신단을 꾸미고 한보살과 천관도사의 징과 독경과 칼춤 소리가 엄숙히 시작되었다. 〈그날 밤, 나는 가위눌린 꿈속에서 한보살과 붉은 무의을 입은 어린 꼽추 무녀를 보았다. 두 모녀는 연두빛 비키니옷장 앞에서 푸르게 날선 쌍칼을 들고 서로 어울려 신들린 춤을 추었다. 명규의 누나, 적어도 꿈속에서는 신원伸寃이 돈 모습이었다.〉로 작품은 끝이 난다. 전개부분에서 혜지의 양면적인 성격묘사가 비유적으로 잘 묘사되어 있지만 작품에서 꼭 필요한 부분인지, 굿의 종류를 글 속에 많이 삽입하려는 욕심이 보이는데 알맞게 줄이는 것이 더 바람직하지 않은지 생각해 볼 일이다. 서 작가는 대학에서 심리학과를 전공하여 작품에 등장하는 인물들의 심리를 잘 그려내고 있는 편이다. 한보살과 아들 명규를 비롯한 등장인물의 심리묘사가 리얼하게 잘 표현되었다.

소설 「불망기不忘記」에서 작가는 〈유년기 때의 주변 모습과 당시의 삼척읍내 빈민촌의 생활상이 마음 깊이 각인되어, 그것을 글로 표현하고 싶은 생각이 머리를 떠나지 않았다. 이러한 것이 이 소설의 모티브가 되었다〉고 한다. 이 작품은 1인칭 주관적 시점의 수기체手記體에 가까운 소설이라 할 수 있으며 '밑바닥 인생을 살아가는 사람들의 애환'을 주제로 하고 있다고 볼 수 있다. 〈온 방안이 매운 습기로 한없이 내려 앉아 있었던 철암역에서 의 혹독한 그 겨울을 잊을 수 없다. 1973년 겨울, 석탄을 가득 실은 화물 열차가 밤의 긴 어둠을 뚫고 지나가는 영동선 철로 변 동점탄좌 2호 사택에서 나는, 막내 동생의 지저귀 빨래 습한 기운에 온 몸이 처진 채, 밤의 밑바닥을 두드리고 지나가는 기적汽笛의 울림을 내 심장 박동 소리로 느끼면서 이향異鄕의 첫 꿈을 꾸기 시작하였다.〉로 시작되는 작품은 표현이나 호기심 면에서 서두가 꽤 성공적이다. 전개부분에서 보면 당시의 이야기들이 사진을 한장 한

장 꺼내 보는 듯이 회화적인 이미지가 잘 나타나 있다.- 광업소 사택 분위기 묘사, 철암으로 가족이 이주 한 배경, 삼척에서 철암으로 오는 도경역과 도계역과 통리역을 거쳐 오는 이야기, 어머니 천식과 고무릉 리에서는 화전농사, 그리고 6·25사변 때 어머니의 묵장수, 누나 이야 기가 회상 된다. 겨울 탄광촌 기차역 철암의 크리스마스와 세모의 그 시절 풍경이 눈에 보이는 듯 구체적으로 묘사되어 있다. 위기 부분에 서 광부인 선산부의 죽음의 처리 과정에 대해 아버지는 흥분한다. 그 리고 이모부와 아버지는 입원비는 어디 빌리더라도 어머니를 병원에 입원치료하기로 결정한다. 절정과 결말 부분에서는 입원을 하지만, '결핵 3기'라는 판정을 받고, 내일이라도 퇴원을 하여 요양을 하라는 의사 말을 듣게 된다. 〈어디선가 기적汽笛 소리가 들려왔다. 상행선인 지 하행선인지 분간할 수 없었지만 영동선 열차는 내 심장만큼이나 빠 른 고동소리를 울리며 어두운 광촌의 허리를 달리고 있었다.〉로 작품 의 끝이 시작과 유사한 수미쌍관법으로 마친다.

작가는 〈리얼리티는 어느 정도 살렸지만, 구성이 평이하고 제목과 중반부터 결말을 읽을 수 있는 결함, 군데군데 보이는 수필체 문체의 단점을 가지고 있지만, '직접 체험한 가족사'라는 평가와 '리얼리즘 소설이 갖는 미덕'을 어느 정도 살린 소설이라 할 수 있다.〉고 자평을 한다. 건축미에서도 굴곡미가 있어야 하듯 구성에서도 직선보다 곡선 이 더 아름다워 보이며 같은 인물과 비슷한 사건의 반복으로 독자의 흥미를 잃게 하지 않아야 한다. 「모녀굿」에서는 주제의식이 강하게 나 타난 반면에, 「불망기」는 너무도 리얼하여 소재로 가치가 있지만 주제 의식이 약한 단점이 있다.

근현대적 소설의 특징은 '인간성人間性 탐구와 회복'이라 할 수 있 다. 따라서 문학의 사명은 생활 속에 숨어 있는 진실을 인식케 하는 데 있다는 것을 염두에 두기 바란다. 서성옥 작가는 소설을 쓸 때 많은 자 료를 준비하며, 작품을 잘 쓰기 위해 많은 생각을 하며, 많은 작품을 읽고 있으며, 좋은 작품 쓰기에 열정이 많은 좋은 재목의 작가이다. 그가 그 열정으로 좀더 노력을 한다면 후세에 좋은 작품을 남기리라는 것을 기대해도 좋다.

좋은 시 추천과 감상

— 정일남, 윤종영, 이성교, 정연휘, 박종화, 최광집, 김은숙, 김진자

《시와 산문》좋은 시 추천 · 1

김정호

정일남

갈대들이 한쪽으로 기울며
그를 기억하는 듯 손을 흔들었다
그는 풍경을 애인처럼 반기며 와락 안았다
작별은 또 다른 만남을 주문해 주었다
핏줄 이어진 산줄기와 고개를 넘으면 마을이 있었다
주막에서 주는 술에 밥을 말아 먹었다
지형지물에 매달린 집착이 외롭게 보였던지
낮달이 한 참 머물다 갔다
구름의 그림자에 얼룩진 가난들
저녁연기 피는 마을에서 정리情理를 느꼈을 때
부인이 딸 하나 남기고 죽었다는 풍문을 들었다
짚신이 해지고 갓끈은 날리고
짓무른 발에 피멍이 맺혔다
강토를 아끼고 마음껏 사랑했으니
조선 호랑이 우는 고을에서 저녁을 맞았다
누가 시킨 일이 아니라서 싫증을 느끼지 못했다

집념의 발걸음에 멈춤은 없고
인간의 삶이 구차하나 속임수는 없었다
두 눈으로 확인하는 쾌감은 비길 데 없었다
때 묻은 도포를 나무랄 수는 없었고
하나를 얻기 위하여 모든 것을 버렸다
아름다운 강산의 그림그리기는
한 평민의 인생을 늙게 했다

어전에 바칠 한 장의 지도
지도 위에 눈에서 빠뜨린 뜨끈한 액체가
종이에 번졌다

추/천/이/유
– 잡초 같은 변방 시인의 뜨거운 붓

　변방 시인 정일남 시인은 삼척 출생으로 81세의 나이에도 붓끝이 날카롭고 살아있다. 가난 때문에 고향을 떠났으나 아버지가 소작인으로, 화전민으로 살았고. 그 역시 탄을 파는 광부로서 하늘을 두 개 이고, 몸을 낮추며 살아오며 바람에 흔들리는 풀처럼 의식의 붓끝이 뾰족해졌으리라. 그의 문학 세계를 그는 겸손하게 말하고 있다. "나는 그 풍부한 언어 중에서 가장 빈곤하고 연약한 언어와 맞서서 가련한 생애를 몇 줄의 시로 승부를 걸어보려고 했다. 그것을 복으로 생각했다. 그러나 그것들은 백전백패하고 말았다. 나는 언어에 불만을 토로하기보다 나의 세계의 불가해 한 운명을 오히려 탓하는 것이 옳을 것이다. 내 손으로 시를 만질 수 없다하더라도 마음으로 껴안는 시의 감미로운 목숨을 사랑하게 했다. 삶을 긍정하고 유쾌하게 필을 잡지 못한 것은 내

불행한 생애 때문이었고, 내 편협한 소갈머리에 기인했다. −중략− 가장 낮은 자리에서 시를 대하는 것은 내 인생의 슬픔을 위로해 주는 유일한 것이었다. 내 삶 속에서 밥과 노동은 시보다 항상 뒷전에 있었다.”

대동여지도를 만든 고산자 김정호 역시 살림이 넉넉한 가문이 좋은 집안에서 태어난 사람은 아니었다. 위의 시는 어려서부터 우리나라 지도에 관심을 지니고 평생을 발품을 팔아서 그 유명한 지도의 완성을 이룬 역사적 위인을 소재로 하여 스케일 이 크고 선이 굵은 이야기가 있는 작품이다. 정일남 시인의 작품에는 탄광촌, 잡초, 귀양살이, 물잠자리와 아침 안개, 철로변에 핀 민들레꽃 등 나지막하게 살아가는 변방의 것들을 소재로 즐겨 다루고 있다. 소개한 작품이 소재의 스케일 면에서는 좀 벗어났으나, 작가의 의식과 상통하는 변방의 인물을 작품으로 형상화 한 것이다.

정일남은 강원일보 신춘문예에 ‘제재소 근처’가 서정주와 박목월에 의해 당선, 조선일보 신춘문예에 시조 ‘화전근처’가 당선되어, 한때 춘천에서 창간된 ‘표현시’ 동인(박민수, 최돈선, 윤용선 등), ‘응시凝視’ 동인(김송배, 박문재, 송상욱, 윤석산, 이무원, 채수영 등)에서 활동을 하였다. 그러나 태백에서의 광부 일을 그만 두고, 80년대 초부터 서울 근교에서 작은 목장을 경영하며 네 자식들 교육의 뒷바라지를 하다가, 병으로 아내를 잃고부터 더 낮아지고 어두워지며, 명예를 얻을 수 있는 큰 문학단체 등의 모임에는 참석하지 않은 것으로 알고 있다. 그는 신춘문예와 현대문학이란 관문을 통하여 당당히 등단하고 좋은 작품을 쓰고 있지만, 명성이 있는 문인이나 평론가와의 교류가 적어서 그가 받은 상은 작품에 비해 미미한 편이다. 그는 문단 생활 40년에 이르러 『변방문학과 일몰의 풍경』이란 평론집을 펴내었는데, 그 책 속에 그의 삶의 의식과 시정신이 잘 녹아 담겨 있다.

〈어전에 바칠 한 장의 지도/ 지도 위에 눈에서 빠뜨린 뜨끈한 액체가/ 종이에 번졌다〉

시의 마지막 부분이 감동적이다. 누가 시켜서 한 일이 아니라, 자기가 하고 싶은 일을, 평생을 걸고 이룬 한 장의 올바른 우리나라 지도 위에, 떨어뜨린 한 방울의 눈물! 이런 작품과 생활을 정일남 시인은 갈구하고 있을까? 모든 시인이 김정호의 대동여지도 같은 감동적인 변방의 시를 한 작품 쓰고 싶어 하고 있는지도 모른다.

● 정일남 / 1935년 강원 삼척 출생. 1970년 강원일보 신춘문예에 시로, 1973년 조선일보 신춘문예에 시조로, 1980년 현대문학에 시로 등단하였으며, 시집으로 『어느 갱 속에서 』, 『들풀의 저항 』, 『야윈 손이 낙엽을 줍네 』, 『기차가 해변으로 간다』, 『추일 풍경』, 『유배지로 가는 길』, 『 꿈의 노래』, 『훈장』 등이 있고, 문학 평론집 『변방문학과 일몰의 풍경』이 있다.

《시와 산문》좋은 시 추천 · 2
밤낚시

윤종영

산과 강은 사랑하는 사이

땅거미가 깔리기 전에 도착해야 한다
좋은 낚시터를 잡기 위함이 아니라
낮과 밤, 강의 두 얼굴을 비교하고 싶었다
낮 동안 산은 강물에 자신의 얼굴을 끊임없이
비추며 색조 화장을 했는지 얼굴이 붉다
밤이 되면 산은 슬그머니 사람들이
구획한 경계를 지우며 강의 품에 안긴다
아무리 어둔 밤이라도 산 그림자가
강물에 어른거리는 것은 산과 강이

연인처럼 깊이 사랑하기 때문이다
강의 소원은 산을 업고 먼 길을 세월처럼
흘러 따뜻한 남쪽나라에서 행복하게 사는 일

잠자리에 드는 산새
벌레는 깊은 잠에 빠져 울음이 길어지고
강도 산그늘을 덮고 포근하게 내일을 꿈꾼다

별과 달이 마중 나온 강에서 하늘을 낚는다
낚시꾼과 물고기가 나누는 대화는 물비늘처럼 반짝이고
물고기가 어둔 강속에서 이명耳鳴처럼 전해준 한 마디
「강의 품속에서 잠든 산이 물렸어요!」

추/천/이/유
– 남과 다르게 바라보기를 통한, 황홀한 화합의 이미지

　국회의원 공천과정을 보면서 왜 저러는지? 이해가 잘 안되고, 막장 드라마를 보는 것 같아 걱정이 된다. 요즘의 일부 시들도 이해가 잘 안되는 점에서 정치와 닮은 점이 있다. 산문적인 일부 시들은 지나치게 관념적이고 빨래를 짜듯 너무 비틀어 놓아서 어떤 옷인지, 누구의 옷인지, 옷을 찾으려 하면 머리가 아프다. 산문적인 비교적 호흡이 긴 시에 속하지만, 자연을 대상으로 상상력과 깨달음의 세계를 남과 다르게 바라보기를 통하여 쓴 이해가 어렵지 않은 좋은 시 한 편을 소개한다.
　윤종영 시인이 태어난 정선을 생각하면, 가장 먼저 떠오르는 것이 정선아리랑과 정선 5일장이다. 가까운 태백 검룡소에서 한강이 시작되어 골지천과 조양강이 만나는 아우라지를 거쳐 동강이 되어 수려한 산과 어울려 흐르는 남한강 상류로 산과 강이 아름답다. 그래서 그의

시에는 강과 산이 소재로 많이 등장한다.

소개한 「밤낚시」는 제목과 달리 강과 산이 어우러져 황홀하리만치 화합이 아름다운 이미지로 처리되어 있는 시이다. 〈산과 강은 사랑하는 사이〉라는 남과 다르게 표현하기로 생뚱맞게 첫 연을 시작 한다. '낚시 얘기는 안하고 무슨 말을 하는가?', '산과 강 얘기를 하려나?' 뭐 그런 생각을 하게 된다.

화자가 밤낚시를 위해 강에 가는 시간은 땅거미가 깔리기 전에 도착한다. 그 것은 낮과 밤의 경계에서 강의 두 얼굴을 비교하기 위함이다. 강과 산이 의인화 되어 있는데, 낮 동안 산은 강의 거울에 비추며 색조화장을 하고, 밤이 되면 슬그머니 경계를 지우며 강의 품에 안긴다. 그리고 연인처럼 사랑을 한다. 그 것은 무엇을 보고 아는가? 시인은 아무리 어둔 밤이라도 산 그림자가 강물에 어른거리는 것을 보고 안다고 했다. 사물을 남다르게 명상적으로 바라보는 관조적인 관찰력이 돋보인다.

〈강의 소원은 산을 업고 먼 길을 세월처럼/ 흘러 따뜻한 남쪽나라에서 행복하게 사는 일〉에서 지금까지 산이 강을 향해 사랑의 구애를 하였다면, 이제부터는 강이 사랑하는 산을 업고 따뜻한 남쪽나라로 흘러가 행복한 삶을 함께 사는 일인 것이다. 사물이 잠든 밤에 강가에서 낚싯대를 드리우고 사색을 낚고 있는 것이다. 화자와 그대의 만남을, 사랑을, 행복을, 자연인 산과 강을 통하여 시도해 보는 일, 그것은 곧 깨달음이지만, 그것을 얻기가 쉽지 않다는 것 또한 깨닫는다.

시인은 별과 달이 마중 나온 강에서 하늘을 낚는다. 고기를 낚기는 커녕 고기와 대화를 한다. 그 나누는 대화가 물비늘처럼 반짝인다. 낚시의 바늘에 낚여야 할 물고기가 화자(시인)와 같은 편이다. 물고기가 강 속에서 이명耳鳴처럼 전해주는 말은 〈「강의 품속에서 잠든 산이 물렸어요!」〉이다. 낚시꾼의 목적은 고기를 낚는 일이다. 그대를 찾아 떠난 화자(낚시꾼)의 낚싯대는 고기를 아예 낚기를 포기한, 아니 그대를 찾지 못하고 강의 품속에서 사랑을 나누며 따뜻한 남쪽나라의 행복을 꿈꾸는 산을 발견하고 부러워하며 그것을 낚아채고 있는지도 모른다.

〈물속에도 여름은 깊어가고/ 수면 위에는 여름 꽃이 가득 피었습니다/ 여울처럼 낮게 흐르는/ 슬픈 자유를/ 하루 종일 낚습니다 (윤종영, 「견지낚시」 끝부분) 낚시의 행위는 그대 찾기 혹은 어떻게 살아야 하는가? 하는 질문이기도 하다. 견지낚시에서는 역설적인 향로가 뿌려져 맛나게 요리된 '슬픈 자유' 한 접시가 방문한 우리의 밥상에 놓여있다. 〈당신을/ 닮고 싶다고 조용히/ 읊조렸는데/ 나무 가지가 부러질 정도로/ 엄청난/ 꾸중을 하시는군요(윤종영, 「태백산, 그리고 겨울바람」 전문)〉 그의 시는 제주도 해녀들처럼 호흡이 긴 시가 주를 이루는데, 이 시는 산을 소재로 한 촌철살인 적인 짧은 한 마디가 인간 삶의 각성을 일깨워준다.

윤종영 시인은 음악듣기를 좋아하고, 여행을 좋아하고, 등산과 낚시를 좋아하는 걸로 알고 있다. 그 속에서 시의 소재를 얻어 산문적이고 이야기가 있는 시로 형상화하고 있다. 앞에서 언급했듯이 요즘의 일부 산문시들이 너무 관념적이고 심하게 비틀어져서 독자는 물론 시인이 읽어도 무슨 소리인지 잘 이해하기가 힘들고, 그것을 일부 잡지나 평론가가 부추겨주고 있다. 이것이 오래 지속되다가는 시를 좋아하는 독자들을 잃게 되고 시인들만 시를 읽게 된다. 그래서 이번에는 산문적이고 호흡이 길지만, 자연을 대상으로 상상력과 깨달음의 세계를 남과 다르게 바라보기를 통하여 쓴 이해가 어렵지 않은 좋은 시를 한 편을 소개하였다.

●윤종영 / 1959년 강원도 정선 출생하여 1996년 강원일보신춘문예로 등단. 제1회 공무원문예대전 시 부문 최우수상, 태백예술상, 한밝문학 본상 등. 시집으로 『허공에도 집이 있다』, 현재 원주교육지원청 행정과장으로 근무

<김진광 시인 · 평론가의 『삼척동해신문』 시 초대와 해설〉

- 시초대석 · 1

삼척 사람들

이성교

해 떠오르는 표시가
그려져 있는 동부고속東部高速
누가 웃었기
그리도 밝은 빛을 싣고 가는가

해면海綿처럼 물기 어린
시퍼런 동공瞳孔 속에
고향이 마구 떠오른다
정라진汀羅津 산모롱이도
마구 둔갑한다

해변의 정기精氣로 살은
삼척 사람들
모두 다 버스 속에서
온갖 시름을 보따리 속에 묻어둔 채
지그시 눈을 감고 바다를 그리고 있다.

● 이성교/《현대문학》(1957년)으로 등단/ 시집으로 빛나는 시 100인선 『동해안 연가』 외 여러 권/ 현대문학상, 월탄문학상, 미당시맥상, 한국문학상 등 수상/ 논저 『한국현대시연구』, 『한국현대시인연구』, 『현대시의 모색』 등

월천月川 이성교 시인은 근래 사진작가들이 많이 찾는 삼척 호산의

'솔섬'으로 유명한 월천리에서 태어났다. 1956년 미당 서정주선생을 통해 《현대문학》지에 추천을 받고, 시동인지 『60년대 사화집』에서 활동하였으며, 오랫동안 성신여대에서 근무하며 인문대학장, 교육대학원장 등을 역임하였다. 윤병로 교수는 "일찍이 이성교는 김소월, 박목월, 서정주의 뒤를 잇는 리리시즘의 대표적 시인으로 평가 된다."고 했다. Lyricism이란 서정시체(?)혹은 서정풍을 말한다. 다시 말해서 평안도에는 김소월, 경상도에는 박목월, 전라도에는 서정주, 그렇다면 강원도를 대표하는 시인은 삼척출신 이성교가 아닌가. 이성교 시인은 삼척이 낳은 자랑스러운 시인임에도 삼척과 동해의 사람들에게 잘 알려지지 않아 이번에 소개를 한다.

앞에서 소개한 「삼척三陟 사람들」은 그가 최근에 발간한 시집 『끝없는 해안선 그 파도를 따라』에 실린 작품으로, 서울에 살고 있는 그가 고향을 찾아가는 고속버스에 몸을 싣고 동해바다를 떠올리며 쓴 시이다. 삼척시의 심벌마크는 삼척의 셋을 상징하는 '푸른 파도 3개 위에 떠오르는 해'가 있고, 동해시는 '動트는 동해'의 글씨 아래에 푸른 바다와 떠오르는 해가 있다. 그래서 서울에서 동해와 삼척으로 오가는 동부고속東部高速 버스에도 '해 떠오르는 표시'가 그려져 있는 것이다. 우리는 해를 보고 웃는 모습(스마일)을 떠올린다. 이 시인도 그래 '누가 웃었기/ 그리도 밝은 빛을 싣고 가는가'라고 표현했다. 시인은 초등학교만 고향에서 보내고 객지에서 살고 있다. 그래서인지 그의 시는 고향 삼척, 강릉(중 고등 시절), 강원도를 줄기차게 노래하고 있다. 물기 어린 눈동자 속에 바닷가 고향이 둔갑을 하듯 마구 떠오른다. 해변 사람들은 기질과 생활력이 강하다. 힘든 삶의 시름을 보따리에 묻고, 지그시 눈 감고 고향 바다로 달려가고 있다. 버스 속 사람들 모두 동해와 삼척으로 가는 사람들뿐이다.

- 시 초대석 · 2

묵시록 · 1
– 겨울 꽃밭에는

정연휘

겨울 꽃밭에는
마음 아파 입 다문 꽃들이
어둠처럼 수묵 빛으로 말라
바람이 불 때마다
거부의 손짓을 보낸다.

꽃은 떠나가고
꽃 핀 자리에 꽃의 영혼이 매달려
묵시의 반란을 일으키고 있다.

겨울 꽃밭에는
어둡고 단단한 뿌리에
핏줄같이 따뜻한 물이 살아서
한 시대 저리고 아픈 엄동을 견딘다.

오늘은 내 삶의 빈자리
아주 조용하고 낮은 자세로
발 시린 아침이
겨울 꽃밭에 내린다.

● 정연휘/《월간 문학정신》에 김윤성 시인 추천으로 등단/ 시선집 『정신의 길』 외 다수 출간/ 삼척시 문화상, 관동문학상, 한국예총 예술문화상 수상/ 두타문학회, 삼척문인협회, 초대 삼척예총회장 회장 역임/ 도서출판 해가 발행인

평산平山 정연휘 시인은 삼척 노곡면 여삼에서 출생하여, 서라벌예술대학 문예창작과를 졸업하고 김익하와 최홍걸 등과 '불모지문학회'를 만들고 삼척의 최초 시낭송의 문을 열었고, 두타문학과 삼척문단, 삼척향토문화연구회, 삼척문학통사 발간 등에서 주 역할을 하며 삼척의 문학과 문화에 이바지한 시인이다. 그는 삼척의 바다와 산, 사투리, 역사와 민속을 소재로 하여 의미 있는 시 작업을 하고 있다.

사람들은 어찌 보면 한 송이의 꽃에 비유할 수 있다. 한 송이 아름답고 향기로운 꽃을 피우기 위하여 살아가는 지도 모른다. 각자가 피워낸 각 가지 색과 향기를 지닌 꽃이 어우러져 꽃밭(사회)을 이루지 않는가? 그래서 사람들은 저 나름대로 색깔과 향기가 다르다. 지금은 겨울철이다. 겨울 꽃밭에 가보면, 〈꽃은 떠나가고/ 꽃 핀 자리에 꽃의 영혼이 매달려/ 묵시의 반란을 일으키고 있다.〉는 걸 느낄 수 있다. 그러나 겨울 꽃밭에는 〈어둡고 단단한 뿌리에/ 핏줄같이 따뜻한 물이 살아서/ 한 시대 저리고 아픈 엄동을 견딘다.〉는 것 또한 알 수 있다. 마지막 연에서 시인은 '오늘은 내 삶의 빈자리'를 되돌아본다. 많은 시인들이 아름답게 활짝 핀 꽃밭을 노래하는데, 꽃이 진 겨울 꽃밭을 대상으로 개인의 아픔과 한 시대의 아픔을 은유법(metaphor)을 통하여 시로 형상화하였다. 정 시인의 대학 시절 스승이었던 우리나라 남도 대표 시인 서정주의 선운사 동백꽃을 소재로 하여 쓴 「선운사 동구」가 이 시의 이미지와 비슷하다. 사제간의 시를 한 자리에서 함께 감상해보는 것도 재미있으리라.

선운사 고랑으로(골짜기로)/ 선운사 동백꽃 보러 갔더니/ 동백꽃은 아직
일러 피지 않았고/ 막걸리집 여자의 육자배기 가락에/ 작년 것만 시방도
남았습니다./ 그것도 목이 쉬어 남았습니다.

-시초대석 · 3
나팔꽃

박종화

나 사랑을 할래

모든 것 벗어 던지고/ 나 사랑을 할래

뜨거운 여름 다 보내고

이 가을에 당신을/ 보듬어 안고

나 사랑을 받을래

사랑의 나팔을/ 마음껏 불래

춥지도 덥지도 않고/ 배고프고 목마르지도 않는

그런 평화의/ 안식의 나팔을 불래

나 좋아 어쩔 줄 몰라/ 사랑의 나팔을 불래

동해바다 흰 파도 끌어안고

이 밤 다하도록 사랑을 할래

하늘 향해 두 팔 힘껏 펼쳐

나 사랑의 나팔을 불래/ 나 사랑을 할래

● 박종화/《문학세계》로 등단/ 『보고 싶다』 외 11권의 시집 출간/ 삼척시민상, 관동문학상 수상/ 두타문학회, 삼척문인협회 회장 역임/ 윤중색채심리연구소 운영

　　윤중允中 박종화 시인은 삼척 정라진에서 출생하여, 1990년《문학세계》로 등단하여 작품 활동을 활발히 하고 있으며, 모교인 강원대학삼척캠프스 종합도서관에 아끼던 문학장서 1600 권을 기증하였다. 박종화 시인은 '향토시인', '사랑을 집중적으로 탐구하는 시인' 으로 알려져 있다. 그는 지금까지 12권의 시집을 펴내었는데, 대부분 사랑을주제 한 연시이다. 연시의 숫자만 따진다면 우리나라에서도 가장 많은

연시를 썼다고 할 수 있다.

위의 시 「나팔꽃」은 나팔꽃에 자신의 감정을 이입하여 나팔꽃이 시인 대신 말을 하고 행동을 하는 형식으로 사랑을 노래하고 있다. 사랑이란? 〈모든 것 벗어 던지고, 동해바다 흰 파도 끌어안고, 사랑의 나팔을 부는 것〉이 아닐는지? 박시인 시 속에는 사랑의 강이 격렬하게 흐르며, 꽃을 소재로 하여 연시를 많이 쓰기에 '꽃의 시인'이라고도 부른다.

서정주 시인의 영향을 받아 관능성과 몸에 대한 탐색을 지속해온 에로티즘 시(연시)의 대표적 작가 문정희의 성을 소재로 문학성의 옷을 입혀서 성공한 작품 「응」의 일부를 즐겁게 감상해 보자.

> 햇살 가득한 대낮/ 지금 나하고 하고 싶어?/ 내가 물었을 때/ 꽃처럼 피어난/ 나의 문자/ "응"// 동그란 해로 너 내 위에 떠 있고/ 동그란 달로 나 네 아래 떠 있는/ 이 눈부신 언어의 체위

-시초대석 · 4
활짝 핀 연꽃 속에 앉아
– 홍련암*

최광집

활짝 핀 연꽃 속에 앉아
문수보살이 무한 도량을 바라본다

출렁이는 동해바다/ 검푸른 파도 위에//
햇빛 내려앉아/ 광명이 넘실거린다//

바다는 제 가슴/ 골짜기 숲에 둥지를 틀고/
뭇 생명들을 키우고 있다//

파도는 거세게 일어나/ 뭍을 향해/
쉼 없이 목탁 두들기며//
불법 만나기 어려우니/ 허송세월 보내지 말고//

깨어있으라 하네/ 깨어있으라 하네//

부서진 하얀 포말들/ 금시 알아차리고/
무한 도량의 바다로 돌아간다

　*홍련암 : 양양 낙산사 암자

● 최광집/《한국생활문학》등단/ 한국문인협회 회원/ 한국불교문학회 회원/ 두타문학회 회원/ 불교
조계종전문포교사(법사)

　덕봉 최광집 시인은 삼척 근덕에서 출생하여, 삼척공업전문학교 시
절 '영시문학회'에서 활동하였으며, 대한불교조계종 포교사대학원 사
회복지학과를 졸업하고 포교활동을 하며 시와 동시를 쓰고 있다.
　최시인은 사물을 바라볼 때 불교적이거나 동심적인 렌즈를 많이 사
용한다. 소개한 시는 양양 낙산사 홍련암에서 바다를 불교적인 렌즈를
사용하여 바라보며 쓴 시이다. 홍련암을 시적으로 풀이한 「활짝 핀 연
꽃 속에 앉아」라는 제목이 돋보인다. 시인은 문수보살의 눈으로 세상
(바다)을 바라본다. 동해바다 위에 부처님의 광명이 넘실거리고, 바다
에 뭇 생명들은 부처님의 자비를 먹고 자란다. 요즘의 세상은 어떤가?
노블레스 오블리주(Nobless Oblige) 정신이 실종된 정치·경제인들, 물
질문명의 풍요 속에서의 빈곤, 소외, 이기심들……. 부처님의 말씀(파

도)가 세상(물, 육지)을 향해 '깨어있으라' 소리친다. 부처님의 설법에 깨달은 사람들(파도, 부서진 하얀 포말들)은 다시 무한 도량의 바다로 돌아간다. 부처님이 오신 날을 가까이 두고 읽어 봄직하다.

최시인은 불교적인 시를 많이 쓰고 있는데, 그 중에 가장 으뜸이 되는 좋은 시이다. 홍련암에서 바다를 바라보며 중생의 깨달음의 세계를 이만큼 예술적으로 승화하여 시로 성공한 작품을 보기가 드물다.

최시인은 큰 스님들이 그러하듯 동심을 지니고 산다. 필자와의 만남으로 동시를 쓰기 시작하여, 필자의 추천으로 《아동문학세상》(2016년 여름호)으로 등단을 하였다. 불교적인 동시는 아니지만, 어린 동생이 정체성의 혼란기를 맞는 형의 사춘기를 바라보며 쓴 동심의 체로 잘 걸러진 참신하고 재미난 동시 한 편을 소개한다.

〈왜 그럴까?/ 우리 형은// 엄마 아빠 말끝에/ 삐쭉거려요// 목소리도 이상하고/ 방문도 잠그고// 새 옷 사 달라/ 괜스레 엄마를 졸라요// 우리 형아/ 사춘기인가 봐요// 누에고치처럼/ 제 방에 웅크리고 앉아// 나방이를/ 꿈꾸나 봐!// 매미처럼, 애벌레로부터/ 번데기 되려나봐! (「우리 형은 사춘기」 전문)

-시초대석 · 5
나팔꽃 아래서 울다

김진자

꿈을 꾸며 산다는 것
그대라면
한 번쯤 길을 잃어버려도 괜찮다고

날마다 접었다 폈다 한 자리
연보라빛 꽃물이 아프다

간절함도 자고 나면 헛것
길고 긴 배반의 순간도
지난 밤 삭이지 못한 욕망, 어쩌면

산다는 것은 꽃을 피우는 일

단단하고 여문 꽃씨 하나 품고 싶은
까맣게

● 김진자/ 2000년 '열린문학'에 시로 등단/ 동해여성문학회 회장(전), 동해문인협회 회원/ 동해시 일출로 133-1 〈도리끄테커피숍〉운영

김진자 시인은 많은 사람들과 교류하며 활동적이고 생활력이 강한 편이다. 아마도 일찍이 아버지와 6대 독자인 오빠를 잃으면서 그러한 환경에 영향을 받은 것이 아닐까? 그래서 그의 작품에는 어두운 배경이 깔려있는 시가 많지만, 그 것에 함몰되지 않고 치유하고 새로운 삶을 길을 모색하고 있다.

사람과 동물의 변별은 '사유와 꿈을 가지고 있느냐, 없느냐?'의 차이가 아닐까? 초대한 시는 사물인 나팔꽃에 시적화자의 감정을 이입하고 은유적으로 비유하는 방석으로 시의 집을 짓고 있다. 1연의 〈그대〉는 '꿈을 꾸며 살기 위해, 한 번쯤 길을 잃어버려도 괜찮은' 대상이다. 그러나 2연은 사랑의 행위, 꿈을 이루려는 몸짓으로 '연보랏빛 꽃물이 아픈' 현실을 시로 형상화하고 있다. 시인의 말처럼 '산다는 것은 꽃을 피우는 일// 단단하고 여문 꽃씨 하나 품고 싶은' 것이 아닐는

지?

　김진자 시인의 「내 안의 슬픔」이란 짧은 시 한 편을 더 감상해 보자. 그는 현실의 아픔을 많이 노래한다 〈바람이 분다고/ 파도가 치는 것은 아니더라// 풀잎이 쓰러진다고/ 바람이 부는 것만도 아니더라// 소리도 없이/ 하늘은 금이 가고// 아무렇지도 않은/ 가슴에 손대면/ 피가 묻어날 때가 있더라〉

-시초대석·6
진달래

김은숙

바람에 낭실낭실
흔들었을 뿐인데
가녀린 몸부림으로
마주친 것뿐인데

너보다 내가 더 붉어
혼불로 타고 있다

산마다 기다림으로
붉어진 탓이거니
세월이 삿대질하여
솟구치는 그리움에

이제야 치마끈 풀어
혼절하고 있음이네

● 김은숙/《문학세계》와《시조문학》으로 등단/ 시집『가지 않은 길』외 6권 상재/ 나래시조문학상, 한국계관시인상, 관동문학상 등 수상/ 물보라문학회, 나래시조문학회, 산까치문학회에서 회장역임

　연강蓮江 김은숙 시인은 삼척에서 출생하여, 중앙대예술대학 문예 창작과를 수료하고 김영준, 정일남, 박종철 등과『동예』회원으로 활동 하며 삼척 현대문학의 샘물 역할을 하였으며, 중등 국어교사로 재직하 며 제자들에게 시조지도를 하는 등 지역문학에 이바지하였다.

　이제 조금 있으면 온 산에 진달래가 핀다. 우리나라 산 어디에서나 볼 수 있는 진달래는 살구꽃 복사꽃과 더불어 고향의 꽃이다. 우리에 게 잘 알려진 국민동요 '나의 살던 고향은 꽃피는 산골/ 복숭아꽃 살 구꽃 아기 진달래'로 시작되는 이원수의「고향의 봄」이 생각난다. 또 한 나보기가 역겨워 떠나는 임에게 진달래꽃을 뿌려 '산화공덕'하며 '이별의 슬픔을 체념으로 승화시켜 극복하는' 김소월의「진달래꽃」이 생각난다.

　김은숙의「진달래」는 2수로 된 연시조로, 진달래를 통하여 시적자 아인 자신의 감정을 드러내고 있다. 즉 사물인 진달래에 자신의 감정 을 이입하고, 시의 의미 또한 두 가지 해석이 가능한 중의법을 사용하 여 은근히 자기의 감정을 노출하고 있다. 진달래꽃으로 비유되는 가녀 린 여인이 남자에 비유되는 바람에 흔들리는 모습을 연상할 수 있다. 그리고 남녀의 마주친 만남에서 너보다 내가 더 사랑에 빠져 진달래꽃 으로 붉게 피어난다. 그 그리움과 사랑이 세월을 삿대질하여 활활 온 산을 태운다. 그리고 마침내 사랑하는 사람에게 치마끈 풀어 하나가 된다.

　김은숙 시인은 강과 바다를 좋아하여, 오십천이 정라진 바다로 들 어가는 것이 내려다보이는 아파트 높은 층에 산다. 그래서 인생이 잘 버무려진 강에 대한 좋은 시를 많이 쓰고 있다. 그의 시조「을숙도」한 편을 더 감상해 보자. 〈앙상한 갈 숲 자락/ 흐느낌 같은 저 소리는/ 누

구의 가슴에서 흐르는 강물입니까// 저 만큼/ 꺾인 세월이/ 상처로 곤두섭니다// 그럴 줄 알았더라면/ 보내지 말걸 그랬지요/ 천지가 아득하여 숨죽이는 을숙도는// 간밤에 꾸었던 꿈들이/ 여기와 갈대로 누웠습니다〉

-《시와 소금》 2016 여름호 '이 계절의 좋은 시 읽기' (1)
봄길

정호승

길이 끝나는 곳에서도
길이 있다
길이 끝나는 곳에서도
길이 되는 사람이 있다
스스로 봄길이 되어
끝없이 걸어가는 사람이 있다
강물은 흐르다가 멈추고
새들은 날아가 돌아오지 않고
하늘과 땅 사이의 모든 꽃잎은 흩어져도
보라
사랑이 끝난 곳에서도
사랑으로 남아 있는 사람이 있다
스스로 사랑이 되어
한없이 봄길을 걸어가는 사람이 있다

– 월간 〈〈한국산문〉〉 2016년 4월호 '권두시' 에서

- 시 읽기

경북 울진군 오지 왕피마을과 왕피천에 다녀왔다. 부족국가시대 삼척을 중심으로 강릉 옥계에서 울진까지가 실직국(悉直國)이 있었는데, 신라에게 병합되어 실직국 마지막 왕이 피신을 와 살았던 곳이라서 마을 이름이 붙여진 것이다. 경사진 외길 박달재를 넘어 출입하는 곳이 한 곳, 피신 온 왕에게는 길이 끝나는 곳이었을 것이다. 실직국 부흥운동이 오래 일어났지만, 길이 끝나는 곳에서 스스로 봄길이 되지는 못하였으리라.

정호승 시인은 1950년 경남 하동에서 출생하여 1973년 대한일보 신춘문예에 시가 당선되었다. 요즘 들어 삶이 어렵고 군중의 물결 속에서도 외로운 사람들에게 '위안의 시'를 써서 베스트셀러 시집이 된 『외로우니까 사람이다』, 『슬픔이 기쁨에게』등의 시집이 있다.

소개한 시 「봄길」은 사랑이나 사업이나 하는 일들이 끝났다고 생각하는 사람들에게 '위안을 주는 시'로, 이해가 쉬우면서도 비유적 이미지가 좋아 많은 독자들의 사랑을 받을 수 있겠다. 시의 내용이 세 부분으로 이루어져 있으며, 시의 형상화로 가는 곳곳에 역설과 반복과 점층과 은유와 상징의 표현 장치를 설치해 두었음을 볼 수 있다. 첫째, 〈길이 끝나는 곳에서도/ 길이 있다〉는 역설적으로 시작으로 하여, 반복의 장치 사용 〈길이 끝나는 곳에서도/ 길이 (되는 사람이) 있다〉로 전개하고, 〈스스로 봄길이 되어/ 끝없이 걸어가는 사람이 있다〉로 서정의 의미를 확대한다. 둘째, 가운데 부분의 '강물, 새들, 꽃잎'은 끝남의 이미지를 가진 사물의인화로 이 시의 내용과 반대되는 즉 길이 끝나는 곳이다. 셋째, 끝부분의 내용은 첫 부분의 내용을 시어만 살짝 바꾸는 반복법을 이용하였다. '보라'는 말을 넣어 강조하며, '길' 대신에 '사랑'이란 말을 사용했음을 볼 수 있다. 정호승 시인의 서정시 기법을 연구해보면 이런 점을 여럿 찾아 볼 수 있을 것이다. 이러한 그의 고도의 시 기법은 반복으로 리듬을 살리고 의미를 강조한다. 독자는 여기 끝부분을 읽으며, 〈사랑이 끝난 곳에서도/ 사랑으로 남아 있는 사람이 있다〉는 것에서 옛날 애인을, 이혼한 애인을, 사별한 애인을 누구나 한번쯤 그리워하게 된다. 그리고 〈스스로 사랑이 되어/ 한없이 봄길을 걸어가는 사람〉이 되고 싶은 꿈을 꾸게 된다. 많은 대중으로부터 사랑을 받을 좋은 시란 생각을 해본다. (추천『시와 소금』편집위원 김진광)

-《시와 소금》 2016 여름호 '이 계절의 좋은 시 읽기' (2)
빈 칸 가꾸기

윤강로

빈 손바닥 쪼아 먹고 산다
물 한 모금 마시고
하늘 한 번 보고
삐약삐약 또 한 번 태어난
빈 손바닥의 시
있는 것은 있었나
진정으로 나에게 무엇이 있었나
없는 것으로 정신의 시장끼를 달래는 순한 삶

언제나 깨달음으로 소름끼 돋는
빈 칸 가꾸기
아득하게 절망같은 어둠이 짙다
별빛은 어둠 쪽에서 보는 것
어둠 한 모금 마시고

별빛도 한 번 쪼아 먹고
빈 손 바닥의 시 한 편 놓아주면서
날아라 시!

날개짓 가꾸기
나의 은밀한 활공滑空 의 꿈

- 계간 〈〈시와 소금〉〉2016년 봄호 '신작 소시집'에서

- 시 읽기

윤강로 시인을 알게 된 것은, 지난 해『시와 소금』주최 평창 겨울 올림픽 성공개최를 위한 '찾아가는 시 예술제' 행사 때 정선에서 술 한 잔 하며 이야기를 나누다가 한 방에서 잠을 잔 인연이 처음이다. 그의 첫 인상은 외국인처럼 이목구비가 뚜렷하고 키도 훤칠했다. 고려대 국문과를 나와 1976년에『심상』으로 등단을 해서인지 박목월 시인과 관련된 얘기를 많이 들었다. 그 후 그의 시를 읽으며 느낀 점은 몸은 늙었지만 시 작법과 시정신은 아직도 젊다는 생각을 해 보았다.

소개한 시「빈 칸 가꾸기」또한 앞에서 언급한 그의 시 작법의 범주에 속한다. 제목을 하나 붙인다면, '나의 시작법' 또는 '시인이 시에게 쓰는 시' 라고 하고 싶다. 소재는 '빈칸 가꾸기(시 쓰기)' 이고, 주제는 '빈 손바닥의 시 쓰기의 꿈' 이라고 할 수 있겠다. 시인의 시 쓰기는 빈 손이며, 배고프면 물 한 모금 마시고 하늘을 한 번 쳐다본다. 살을 저미고 뼈를 깎으며 밤새며 쓴 시 한 편은 시장에서 무엇을 얼마나 살 수 있는가. 〈빈 손바닥 쪼아 먹고 산다/ 물 한 모금 마시고/ 하늘 한 번 보고 / 삐약삐약 또 한 번 태어난 / 빈 손바닥의 시〉시인은 이렇게 시를 시작했다. 요즘 물 값도 비싸지만, 아직도 수돗물 정도는 그냥 배불리 얻어먹을 수 있지 않은가.

박목월 외 '청록파' 이름을 붙여준 우리나라 아동문학의 대들보 윤석중 선생님 댁에 필자가 방문했을 때 내게 해준 말이 생각난다. "강소천의 「닭」이란 동시를 교과서에서 보았지? 〈물 한 모금 입에 물고/ 하늘 한 번 쳐다보고// 또 한 모금 입에 물고/ 구름 한 번 쳐다보고〉 이 동시가 원래는 무척 길었는데, 내가 이렇게 짧게 퇴고해 주었더니, 화난 얼굴로 원고를 가져갔다가, 나중에 깨닫고 가져온 동시가 교과서에 실리는 유명동시가 되었어. 자네도 삭제와 함축의 중요성을 더 배워야 해."

'빈 칸 가꾸기'는 원고지에 시 쓰기이며, 그의 시 쓰기는 서정적인 감동성보다도 시적 대상을 시로 형상화하는 작업에서 상징과 은유의 지적 활성화에 두어, 〈언제나 깨달음으로 소름끼 돋는/ 빈 칸 가꾸기〉에 새로움과 시의 생명성을 부여한다. 그는 현실을 시에 수용하되, 일그러진 충동과 작위적인 현실 삶의 시화詩化를 경계한다. 아득한 절망 속에서도 별빛을 보며, 빈 손바닥으로 빈 칸 가꾸는 시 쓰기에서 희망을 잃지 않는다. (추천《시와 소금》편집위원 김진광)

슬픔의 렌즈로 바라본 사회현실 탄식과 풍자와 폐칩의 시학

― 김영준론

1. 김영준의 생애와 동예문학회東藝文學會

김영준은 1934년 11월 8일(음 9월 27일)춘천시 동산면에서 태어났지만, 어린 시절 삼척으로 이사하여 삼척국민학교와 삼척공업고등학교를 나와서, 동국대학을 졸업하고, 부모님이 사시는 삼척 갈천(현 삼척 해변역 마을)으로 돌아온다. 그 후 삼척문화원 설립에 동참하여 실무를 담당하였고, 문화원 사업의 하나인 삼척직업소년학교 설립에 참여하고, 후신인 삼광고등공민학교에서 폐교가 될 때까지 26년 동안 평교사와 교장으로 봉직, 사제동행을 몸소 실천하였다. 폐교 이후에는 자신이 소지한 책을 중심으로 새마을문고 〈청소년도서관〉을 운영하였으며, 교육과 삼척의 문화발전을 이끌어 와서 삼척문화의 대명사로 불릴 만하다. 1972년 시 전문지 《풀과 별》에 「거리」 외 3편으로 문단에 데뷔하였으며, 한국예술교육문화상, 새마을훈장근면장, 제1회 삼척시민상을 수상하였다. 그러한 공로가 인정되어, 말년에 명예 봉사직인 삼척문화원장으로 활발히 활동을 하다가 지병으로 1996년 5월 6일 향년 62세로 영면하였다.

성신여대 교육대원장을 지낸 이성교 시인의 추모 시를 읽어보면 그의 모습이 잘 떠오른다. 〈키가 후리후리하고/ 눈이 어글어글하고/ 얼굴이 곱살한 시인.// 항상 죽서루곁에 사신이라/ 바람을 깊은 속에 넣으셨네./ 두타산의 바람, 오십천의 잔잔한 바람.// 그래서 웃는 얼굴도

/ 말의 말씨도/ 항상 봄날이었네.// 임이 무엇을 생각할 때/ 임이 걸을 때/ 그 옷자락 밑에도/ 향기가 일었고녀.// 짧은 한평생/ 얼마나 빛나게 살려고/ 그 험한 고개를 넘었는가./ 숨을 헐떡이고/ 비지땀을 수없이 흘리셨지.(「바다 끝에 열린 시」전문) 〉 그의 목소리는 미성美聲이었고 언제나 호수처럼 잔잔하게 입가에 웃음이 피어났다.

　삼척 지역의 현대문학은 60년대에 들어서면서 싹트기 시작한다. 그 이전에는 삼척출신 시인 이성교, 최인희(부친이 삼척 미로면 천은사 스님일 때, 미로면에서 태어남), 수필가 홍영의, 평론가 김영기 등은 중앙문단에서 활동하고 있었다. 1959년 9월경 삼척 항 포구 정라진 '동궁東宮다방'에서 김영준, 박종철, 김정남, 이경국, 정일남 등이 모여서 〈동예문학회〉를 창립한다. 1961년 8월 30일에 삼척지역 최초의 현대 동인지 《동예東藝》제1집이 발행된다. 강원도에는 강릉에서 1952년 처음으로 탄생한 것이 '청포도시동인회'이다. 『청포도』는 강원도 최초의 시동인지로서 2호(1952, 1953)까지 발간되었다. 청포도시동인회가 황금찬, 이인수, 최인희, 함혜련, 김유진 등에 의해 창간된 강원도 최초의 단체라면, 두 번째 동인지가 삼척지역에서 탄생하게 된 것이라 추측된다. 〈동예〉 제1집에 수록된 작품은 정일남의 「머리말」, 박종철의 「상像」(소설), 김영준의 「밤의 소고」, 「어느 지역의 변辯」(시), 정일남의 「북北」, SCHEDULE-해변에서(시), 이경국의 「연륜」(시), 「손짓」(수필), 김정남의 「일출」, 「연정·2」(시), 그리고 회원들의 변辯인 여운餘韻이 수록되어 있다. 1961년 12월 1일 《동예東藝》 제2집이 발간된다. 이경국과 김정남이 빠지고, 대신 이윤자와 김영애와 전영자의 시가 실렸으며, 김영준은 머리말, 「하늘을 향하여」(시), 「잃어버린 언어」(시)가 실렸다. 1962년 5월 30일 《동예東藝》 제3집이 발간된다. 김영준은 「백설」(산문시)1편을 발표한다. 2집부터 이경국과 김정남이 빠지고, 이윤자(시, 수필)와 김영대(소설)의 작품이 실렸다. 당시 김영준과 정일남과 박종철은 삼척직업소년학교에서 청소년들을 가르치고 있어서 동인지 3회 끝까지 참석하였으며, 김영준은 삼척문화의 대명사로, 정일남은 시로, 박종철은 동예동인에서는 소설을 썼으나 나중에 수필로 등단하여 각각 일가(一家)를 이루었고, 이윤자(1938~1975년)는 서울 출생이지만 유년기를 삼척에서 보냈고 삼척여고를 졸업하였으며, 유치원 보육원에서 근무하여서(삼척, 대전) 충청일보에 동시와 동화가 당선되고, KBS TV 인형극에 「눈사람의 고향」 외 20여 편이 방영되고, KBS TV 어린이 동화경연에 심사위원으로 활동하는 등 역시 아동문학 분야에 일가를 이루었으나 38세의 나이로 요절한 것이 아쉽다. 제3집에 김운학 평론가의 편신片信이 기고되어 있는데, 김영준의 문학관에 영향을 주지 않았나 하는 생각이 든다. 〈문명의 발달은 점점 지역사회의 의미를 더 새로이 해주는 것 같소. 그것은 그 많은 인종들이 오직 중앙에서만 권위가 세워진다는 낡은 관념도 이제 멀어지기 때문이요. -중략- 오히려 지금의 형들처럼 그러한 불모지에서도 스스로 개척하며 스스로 가꾸어가겠다고 손수 괭이를 들고 미미한 팸프릿이나마 계속하고 있는 것이 얼마나 갸륵한 일이 아닌가 생각되오. -중략- 우리는 누구의 인정을 받기 위한 문학보다 스스로 자위하는 학문을 위하여 노력하지 않으면 안 되오〉 그래서 그는 철저히 중앙지가 아닌 지방문단에만 발표를 하며 중앙문단과는 거리를 두었으며, 생전에 본인의 작품집 한 권도 발간하지 아니하여서, 1997년 1주기를 맞아 가족(독신)과 삼광고등공민학교 제자들과 문학 후배들이 중심이 되어 유고시집 『누가 무엇을 숨길 수 있으랴』(제1시집), 『길·세월·밤』(제2시집), 유고산문집 『빛나는 아침의 땅에서』(1997년, 혜화당)를 발간한 바 있다. 이러한 강직한 성품과 문학관은 후배들에게 귀감이 될 만하다.

김영준은 동예 제2집 '신념信念'이라는 제목의 '머리글' 〈우리는 기쁨을 슬픈 노래로 덮어서 영롱한 꿈으로 조화造花시켜 보려고 한다〉에서 보면 그의 작품의 이미지는 기쁨조차도 슬픈 색깔의 렌즈로 바라보게 됨을 예상할 수 있겠다. 동예동인 활동을 함께하고 문학 활동과 만남을 계속하여온 정일남은 1996년 갈산葛山 김영준의 작품세계를 추모 특집에서 〈비정非情과 부정否定의 시학詩學〉이란 제목으로 다룬 바 있으며, 강원대 남기택 문학평론가는 정일남의 지적대로 '비탄의 정조를 반복하는 동시에 엄결한 시 정신을 표출하기도 한다.' 고 평했다. 본고에서 필자는 6·25의 동족상잔의 아픔을 오래 간직하고 남에게 자신에 관한 청탁을 못하는 성품, 좋아하는 여인과의 이루지 못한 사랑, 경제적 삶의 뿌리를 확실히 내리지 못하고 평생 봉사 직에 종사, 평생을 가정을 이루지 못하고 지병과 싸운 독신, 불의의 사회와 타협을 하지 못하고 말년에는 외롭게 「폐칩일기」를 쓰며 생을 마감하였기에 〈슬픔의 렌즈로 바라본 사회현실 탄식과 풍자와 폐칩의 시학〉이란 주제로 세미나 자료를 준비하였다.

2. 슬픔의 렌즈로 바라본 사랑의 시

(1) 아픈 사랑, 그 사랑의 승화로의 되새김

첫 만남에서 사랑은 타고 있었다/ 그날의 입맞춤으로 강산은 변했고/ 기쁨만이 우주에 가득했다.// 바람결보다 더 부드러운 분홍빛 가을/ 현란한 광채를 안고/ 나의 사랑은 여인을 울리고 있었다.// 아름답게 우는 여인은/ 사랑을 말하고 사랑을 벗는다./ 천지에 그토록 아름다운 사랑얘기가 또 있을까//감동의 나날이 눈덩이가 되고 엿가락처럼 끈적거렸다/ 식지 않는 열정은 강물이 되고 새로운 바다로 열리고/ 조용한 아침의 물새 울음 같았다.// 길고 긴 날의 포옹에서 달빛이 죽고/ 침실에서는 별똥이 뒹굴었다/ 언제나 새롭게 시작하는 사랑얘기는/ 감동과 포용의 시간으로/ 흘러가는 강물 같았다. (「사랑이야기」 전문)

사랑을 알고 나서/ 사랑을 만들면서/ 사랑이란 아픔에 얽혀서/ 우리는 차갑게 돌아섰다/ 이제 다시 만날 수 있다면/ 서로를 슬퍼하며 울어야

할 것인가/ 차라리/ 어느 곳에 살더라도/ 사랑하리라/ 이제 다시 만날 수 없을지라도/ 그리워하는 마음이리라(「잃어버린 것」 일부)

우린 만났네/ 마주친 눈길에 서로 놀라며/ 서로 확인하기에 바빴네/ 세월만큼 엉뚱하게 휘청거리던/ 옛 그림자 찾지 못하여 울었네/ 검은 머리에 서리 내리고 맑은 두 눈에 안개가 지나지만/ 전신을 휘감은 우아한 곡선 따라 거문고 소리 들리듯/ 삶의 짙은 향기마저 뭉게뭉게 퍼져 오르듯/ 낙엽이 밟히는 적막한 공터에 불던 바람처럼/ 조금씩 조금씩 한기를 느끼게 하는 당신이었네/조용한 아픔을 깔아놓고 사십년을 외면하여 무엇을 얻었는가/ 억척스럽게 긁어모으며 잘 살더라는 꼬리표가 달린/ 풍문이라도 들려왔을 때는 그리도 그리도 좋았었는데/ 하얀 소복이 잘 어우리는 당신의 침묵 앞에서/ 소리없는 통곡만을 바람에 날리며 울어 줄 것밖에 없네 /나는 어머니를 찾아뵙자고 여기에 왔고/ 당신은 지아비를 찾아서 여기에 왔을 뿐/ 무심히 불어주는 산바람만 반겨주는 공동묘지에서/ 우린 말없이 서로의 가야할 길로 돌아가고 있었네.(「추석」 전문)

갈산의 유고 제2시집 『길·세월·밤』의 말년에 쓴 연작시 「폐칩일기·1」 1연에 '잃어버린 생각을 찾아라' 는 폐칩으로 들어가는 단서가 되는 시구가 있는데, 같은 시집에 「잃어버린 것」이란 시가 있다. 그 내용은 사랑하던 여인에 관한 시로, 〈전쟁이 끝나던 해/ 굶주림보다도 더 무서웠던 추위도/ 우린 이겨냈었건만〉 찬바람처럼 헤어진 아픔을 노래하며, 이루어질 수 없음으로 차라리 사랑하고 그리워하자는 아이러니한 사랑이야기이다. 아픈 사랑, 그 사랑의 승화로의 되새김의 아픔이 보인다. 그러나 위의 시 「사랑이야기」는 잘 익은 포도주처럼 감미로운 사랑의 이야기가 담긴 서정적이고 열정적인 연시戀詩이다. 그는 시 표현법으로 의문형어미를 즐겨 사용한다. 〈천지에 그토록 아름다운 사랑얘기가 또 있을까〉하고 자기들의 이야기를 제 3자의 이야기처럼 객관화하여 독자에게 묻고 있다. 그리고 3연과 4연에서는 비유법으로 직유와 은유와 상징과 점층법을 사용하여 시를 잘 형상화한 연시 중에 유일한 밝은 시이다. 동예 제2집에 실린 1956년(만 22세)에 쓴 일기를 보면 '순아'가 사랑하는 여인으로 나오는데, '순' 자를 가진 실명일 수도 있겠다. 〈나는 그녀의 가슴을 껴안았다. 으스러지도록 부둥켜안았다. 입술을 빨았다. 얼굴을 마구 부벼댔다. 그녀는 할딱이는 숨을 몰아쉬면서 행복한 웃음을 잊지 않고 있었다.〉는 내용으로 보거나 〈길고 긴 날의 포옹에서 달빛이 죽고/ 침실에서는 별똥이 뒹굴었다〉는 시의 구절로 보아 깊은 사랑의 관계를 가진 사이로 발전하였던 것 같은데, 무슨 사연이 있어 차갑게 돌아서게 된 것일까? 그 이별이 그가 독신으로 사는 일과 슬픔의 렌즈로 바라보며 시의 쓰기와 무관하지 않다는 생각이 든다. 그는 우리들 후배에게 속 내용을 잘 털어놓지 않은 내성적인 성격이었으며, 그가 세상을 바라보는 렌즈는 슬픈 빛으로 더 물들어 간다.

　　세월이 가고 나이가 들어 중년과 노년 사이에 쓴 위의 시 「추석 」을 보자. 추석 성묘를 공동묘지에 갔다가 옛 애인을 만났다. 삼척에는 나중에 삼척공원묘지가 생겼지만, 지역의 공동묘지라고 보면 증산리와 갈천리 사람들만 산소를 쓸 수 있는 와우산(현재 리조트가 들어서고 있는 곳)이 될 것이다. 그렇다면 하얀 소복을 입고 성묘를 온 옛 애인의 남편은 갈천리 사람으로 추정된다. 그가 사랑하던 사람과는 한 여인을 두고 삼각관계가 있어서, 헤어진 가슴 아픈 추억의 응어리를 삭히며 보다 높은 차원의 사랑으로 승화시키며 독신으로 살았을 가능성이 있다.

　　(2) 바다와 어머니

　　후진은 나의 고향./ 고향의 바다는/ 마음의 조각들을/ 삼켰다 토해내는 미움의 물결/ 절망과 야심의 싸움터였다.// 무능과 티없이 맑았던 사랑이/ 병들어 가던 그 마을에/ 가난이 야윈 모습으로/ 움막을 짓고/ 싸움에 지친 바다를 쉬게 했다.// 비만 내리면 물구렁이 된/ 텃밭에서/ 어머니의

한숨/ 호미 끝을 떠나/ 바다로 가로질러/ 보릿고개 너머로 사라졌다.//
그날로부터/ 어머니의 기력은/ 나의 소망에서 벗어나/ 바다로 밀려갔
다.(「후진 바다」 전문)

갈천동 앞 바다에/ 겨울맞이는 통곡으로 시작한다./ 무슨 한이 그리도
많은지/ 겨울내내 소리치며 울고 있는/ 바다와 어머니/ 중략/ 어머니의
바다, 비 내리는 바다에서 뛰노는/ 철없는 아이들은 어머니의 바다처럼
고왔다.(「어머니의 바다」 일부)

　　남자 시인들이 대부분 그러하지만, 갈산의 시에도 아버지를 소재로
한 시가 2편 밖에 보이지 않는다. 한편은 아버지가 서울대학병원에 입
원했을 때 쓴 시 「아버지 병실에 어둠이 내리다」이고, 다른 한 편 「추
상·2 −죽서루에서」는 아버지의 가슴 아픈 죽음을 시화한 작품으로 〈
막걸리 몇 잔 드시고/ 바람처럼 나가신 아버지/ 죽서루 벼랑 아래로
투신했습니다/ 영원한 아픔만을 남겨두고/ 아버지의 고집 하나로/ 닦
아온 길을 버리셨습니다/ 한 마디 말씀도 없이 버리셨습니다// 살아온
시간 위해/ 고무신 한 켤레를 올려놓고서/ 흔들리는 마음잡고/ 얼마나
울었을까〉 아버지의 죽음은 다시 그의 가슴에 견디기 어려운 바위를
올려놓았고, 슬픔은 더 진해지고, 폐칩의 길로 들어서는 원인의 하나
가 된다.
　　갈산은 어머니를 소재로 한 글을 많이 썼다. 후진 바다, 어머니의
바다 외에도 성내동 어머니, 당저동 어머니, 어머니의 황지 등 어머니
가 살았던 마을의 이름으로 어머니의 힘든 생활 속에서도 견디며 자식
을 키운 강인하면서도 따뜻한 모습을 시로 형상화 하였다. 어머니의
모습은 하늘과 어머니, 모상, 출생지에서도 나타나 있다. 갈산(葛山)이
라는 그의 호는 아마도 자기가 유년시절과 청년시절을 가족과 함께 보
내고 한 여인을 사랑했던 갈천葛川마을의 산을 상징하는 듯하다. 마을

을 사랑하는 마음과 산속에 아무렇게 살겠다는 뜻이 담겼으리라. 그러
나 그는 칡넝쿨처럼 아무 사람들과 어울려 살지 않았고, 불의와 타협
하지 않는 강직한 사람이었다. 갈천리사람들은 어업은 하지 않고 주로
농사를 지어 생계를 어렵게 유지하며 철둑길 너머에 살았고, 실제 그
의 바다는 어촌계와 해수욕장이 있는 '후진 바다' 롤 말한다.

위에 시 「어머니의 바다」에서 갈천동 겨울 바다와 어머니는 동격이
다. 무슨 한이 그리도 많아 겨울 내내 통곡을 한다. 그 이유가 뒤에 나
온다. 〈두 손이 갈퀴처럼 뒤틀리도록 가을걷이를 했건만 죽 한 그릇 배
불리 먹을 수 없고, 고기잡이라도 후진 어항으로 가서 고기잡이라도
떠나야하지 않을까?〉, 위에 함께 제시된 「후진 바다」 3연에서도 나온
다. 〈비만 내리면 물구렁이 된/ 텃밭에서/ 어머니의 한숨/ 호미 끝을
떠나/ 바다로 가로질러/ 보릿고개 너머로 사라졌다.〉(갈천의 옛 이름은 갈
대와 억새가 많은 '갈래' 마을이라서 지대가 낮음)에서도 겨울철 가족들 입에
풀칠하기 힘든 어머니 마음을 겨울철 늘 파도가 높이 일어나는 후진
바다에 동격으로 비유한 것이다. 겨울철 어머니 마음과 파도는 한이
많아 통곡을 하지만, 〈어머니의 바다, 비 내리는 바다에서 뛰노는/ 철
없는 아이들은 어머니의 바다처럼 고왔다.〉처럼 철없는 아이들은 어
머니와 바다의 품에서 곱게 꿈을 먹고 자랐다.

갈산의 추모시 중에 정일남의 「칡넝쿨 산이 무너지다」의 일부를 보
아도 시의 배경에서 가장 많이 나오는 곳은 후진 바다임을 알 수 있다.
〈후진 바다에 가서 물어보라, 거기 햇빛의 누이가 젖어 있소/ 바다가
뭐라고 말하는데/ 그 말귀 알아듣던 귀 하나가 어디갔나/ 비정한 현실
이 우뢰소리로 꿰뚫어서/ 귀를 앓던 그가 위로받고 살았던 바다/ 때로
는 바다마저 비정하고 모멸차기도 했겠지만/ 그대 결국에는 후진 바다
에 뉘었구려〉 갈산이 사랑하고, 현실 사회의 아픔에서 위로 받고, 어
머니를 떠올리게 했던 후진 바다에 그의 뼈를 뿌렸다. 갈산은 이제 자
유인이 되어 갈매기가 날고 태양이 떠오르고 대양을 누리는 바다가 된

것이다.

3. 슬픔의 렌즈로 바라본 사회현실 탄식과 풍자

정일남 시인은 '그의 초기 시의 특징이 비정하리만치 자학적인 요소를 품고 있음이 한 특징으로 인식된다. 그가 삶에 대한 확실한 뿌리를 내리지 못하고 바다를 바라보고 섰을 때 느끼는 현실에의 비정한 인식, 세속적인 것으로부터의 이탈이 결국엔 현실과의 인연을 끊을 수 없음을 깨닫고 안타까운 몸짓으로 돌아앉는다. 그는 시로서 현실을 고발하지 못했다. 다만 현실의 부조리를 탄식하거나 풍자하기에 이른다.'고 말한다. 필자도 유고시집과 그 외 작품을 찾아 모두 몇 번이고 읽으며, 동예동인 시절부터 생전에 함께 만남을 가졌던 정일남의 언급에 고개가 끄덕여졌다.

어둡다/ 보이지 않는다/ 세월은 거미줄에 엉키어/ 갈피를 못 잡고/ 가야 할 길은 무너져 내린다.// 분명한 명분을/ 찾지 못하면서도/ 쫓고 쫓기는 게임을/ 하늘 두려운 줄 모르고/ 셋이 앉으면 해내고야 만다.// 어둡다./ 이렇게 어둠이 벽을 쌓는데/ 나뭇가지를 잡고 살려 달란다./ 나뭇가지는 부러지고/ 나무는 흔들리고/ 떨어지는 목숨은 낙엽이었어라.(「길·세월·밤」 전문)

달과 별이/ 죽어버린 자정(子正)이 흐르는데,/ 망무애반茫無涯畔의 경계선이/ 검게 채색되고/ 어느 날,/ 낮과 밤이/ 한 지붕 밑에서/ 슬피 울고 있는 것은.// 중략 // 어둠의 산회散會./ 죽을 때 부르는 노래 같이/ 죽을 때의……/ 황홀히 뜬 여인의 동자瞳子는/ 부창부수夫唱婦隨의 기쁨을 바라는/ 초라한 전설인양……/ 검은 성황城隍이 성지城址마다 서성거리고 있다.(「밤의 소고小考」 일부)

앞의 시 「길·세월·밤 」은 유고 제2시집 제목인 시로, 얼핏 보면 화투놀이인 '고돌이' 장면을 보는 듯하지만, '분명한 명분'을 찾지 못하고 쫓고 쫓기는 게임을 하는 자신을 포함한 사회현실의 어둠을 탄식하고 있다. 어둠 속에 그리고 거미줄에 엉키어 가야할 길이 보이지 않는다. 그의 시의 분위기는 어둠과 죽음의 이미지가 곳곳에 깔려 있다. 제시된 시 「밤의 소고小考」는 동예 제1집에 실린 시로 그의 초기 시들은 한자어가 많아 좀 난해한 면이 있으며, 그의 초기 시부터 '달과 별이 죽어간 자정', '낮과 밤이 한 지붕 밑에서 울고 있고', '죽을 때 부르는 노래 같이', '검은 성황城隍이 성지城址마다 서성거리고' 등에서 어둠과 죽음의 이미지가 이미 잠재해 있었다. 동예 제1집에 2편이 실렸는데, 함께 실린 시 「어느 지역에의 변辯」에서도 〈여름밤의 백사白沙 주변에서/ 피를 본 여우', '아낙네가 죽어간 지역./ 괭이와 호미로/ 생명을 가꾸고/ 웃음을 야윈, 체념해버린 넋두리가/ 오막을 헐며, 미래로 가는 오솔길에/ 검은 모래로 담을 쌓습니다.〉 등에서도 역시 같은 이미지가 깔려 있다.

끈덕지게 물고 늘어지는/ 행동을 못했습니다./ 더더구나 사람을 사로잡는 말을/ 할 줄 몰라 못했습니다./ 그냥 선처를 바란다고 말 했습니다./ 그러면 참 고맙겠다고 말했습니다./ 마냥 선처를 기다리며/ 희망을 갖고 기다리는 것이 고작입니다./ 선물을 해야 한다는데/ 흰 봉투를 건네주어야 한다는데/ 자주 찾아뵙지도 못하는 주제에/ 상납하는 위대한 정신을 배우지 못했습니다./ 살아온 뒤안길에/ 토종닭이 울고/ 앞으로 살아갈 길은/ 똥개가 가로 막고 짖어댑니다./ 서러워 눈물도 나오지 않는 아침/ 나의 삶이 나의 것이 아니기에/ 나는 당당히 걸어서 출근했습니다./ 하늘보다 넓은 그대여/ 선처를 바랍니다.(「선처를 바랍니다」 전문)

세상을 망가뜨리는 놀이가/ 방바닥을 후려친다./ 낱장마다 그려진 운명이란 그림에/ 농락당하면서도/ 지루한 여름밤을/ 때려잡고 있었다.(「화

투」일부)

위의 시 2편은 현실 사회의 부조리와 어두운 면을 반어와 풍자로 쓴 시이다. 시 「화투」는 일제가 물려준 화투놀이를 소재 하였다. 요즘은 가족이 모여서 얘기 중에도 어른 아이 할 것 없이 스마트폰을 만지작거리는데, 얼마 전까지만 해도 우리나라 사람들이 세 명만 모이면 '고돌이' 화투를 한다고 하였다. 화투로 싸우고 폐가망신 하는 일이 많았기에 시인은 우리 사회의 한 병폐를 탄식 풍자하였다. 「선처를 바랍니다」는 그가 말년에 봉사직인 삼척문화원장으로 있을 때 쓴 시라고 추측된다. 삼척문화원에서 전국규모의 삼척정월대보름제 큰 행사를 맡아 주관을 하였는데, 그 때 행사진행을 맡았던 사람 중에 큰 돈을 자기가 착복하여서, 무척 힘들어한 사건이 생각난다. 그 일로 지병이 더 악화되었다는 말을 들은 바 있다. 시적자아는 어떤 사건에 대하여 끈덕지게 물고 늘어지는 행동, 사람을 사로잡는 말, 봉투를 건네주는 일을 못하고, 〈그냥 선처를 바란다고 말 했습니다./ 그러면 참 고맙겠다고 말했습니다.〉만 말하는 깨끗한 인물이다. 서러워 눈물도 나오지 않지만, 아침에 당당히 출근을 시도한다. 이러한 비정한 사회 현실의 부조리를 탄식하거나 풍자하기에 이른다.

1970년대 김지하의 담시譚詩 '오적五賊' 처럼 과장된 비유와 걸직한 사설과 기상천외한 풍자와 해학이 있는 시에는 많이 못 미치지만, 그래도 반어와 역설을 통한 어두운 현실비판과 사회풍자시를 나름대로 쓰려고 노력한 점이 보인다. 그의 대부분의 시가 어둠과 죽음의 이미지가 덮인 사회현실 탄식의 범위를 벗어나지 못하지만, 〈사건이 터질 때마다 원인을 애써 찾아내면 큰 놈은 숨어버리고 송사리들만 무리지어 햇빛을 즐긴다. 주범을 찾아낸들 무엇하랴 세상을 손바닥에 올려놓고 화투장처럼 주무르면서 자신만은 무관하다고 발뺌한다. (「무제 · 1」일부)〉와 「조간신문을 보면서」와 동예동인들을 찾아와 위로해준 박남 수 시인이 미국으로 이민 간 이유를 다룬 「사연」 등 몇 편은 '사회참여 시'로 볼 수도 있겠다.

4. 어둠과 죽음의 이미지가 안개로 덮인 폐칩일기廢蟄日記

갈산은 1993년부터 연작시 폐칩일기(詩)를 쓰기 시작하여 영면하던 1996년 5월초까지 24편의 시를 쓰고 펜을 놓는다. 폐칩일기는 〈창문을 열어라/ 봄빛이 모여앉아 짐을 꾸리는/ 산자락을 바라보며/ 잃어버린 생각을 찾아라// 무엇을 잃었길래/ 너는 세상을 싫어하는가// 중략 // 너는 이 아침의 기쁨을/ 두려워하며 창문을 닫아라.(「폐칩일기 · 1」일부)〉로 시작된다. 인생의 말년을 맞은 시인은 죽어서 돌아갈 봄 산자락을 보며, 잃어버린 추억인 생각을 찾아서 자기를 스스로 가두어 폐칩의 공간으로 들어간다. 여기서 그는 〈무엇을 잃었길래/ 너는 세상을 싫어하는가〉하고 반문한다. 그 답이 나온다. – '잃은 것들을 기억 못하는 목숨, 출발이 없었던 삶의 찌꺼기. 그냥 허둥거리며 걸어온 게으른 시간'들이다. 그는 걸어온 길을 되돌아보면서 청춘도 사랑도 건강마저 잃었다는 생각에 벌레처럼 몸을 움츠리고 다음 세상의 봄을 꿈꾸었으리라.

> 바다가 말라가고 있다/ 그토록 열정에 몸부림치던/ 너의 바다// 화사했던 얼굴에 기미가 끼고/ 투명하고 보드랍던 가슴엔/ 반점이 늘어났구나 // 중략 // 너는 어딘가에 출구를 찾아라(「폐칩일기 · 2」 일부)

> 밤마다 강탈당하는 것은/ 어찌 나만의 일이라 할 것인가/ 허우적거리며 건너온/ 고독한 역주를 누군들 모를 것인가// 악수할 때의 다정한 눈빛/ 돌아서면 죽일 놈으로/ 어물쩍 살아가는 사람들의 땅에서/ 동행하는 발

걸음을 배워야할 것인가.(「폐칩일기·5」일부)

나는 지금 내가 올라가야할 저 산을 바라보듯이 생애의 곳곳을 둘러보며 어지럽혀진 언어의 쪼가리들을 간추리고 있다. - 중략- 내 생애의 붕괴된 길 위에서 한때의 영화를 뒤로 감춘 채 흔적도 없이 사라지기 위한 연습을 하는구나. 차라라 빛나는 생애로 꽃길을 걸을 수 있어야 즐거울 것이련만 무너진 고성 밑에 쪼그리고 앉아 붉게 물든 저녁노을을 바라보는 마음으로 눈을 부릅뜨고 살리라 하는 것은 무엇인가.(「폐칩일기·17」일부)

나는 지금/ 내 심장을, 두들겨 패고 있다/ 상스러운 욕지거리를/ 한 아름 퍼부으며// 내 심장이/ 독기로 가득하도록/ 독소를 먹이듯이/ 매질을 가하면서// 피를 토하게 하고 있다/ "용서하십시오"/ "잘못했습니다"/ 가슴은 열병을 앓는 소녀가 되어// 땀을 쏟아내며/ 세상이 알려준 미움을 읽으며/ 진정으로 참회를 하고 있다/ 이제 내 심장은 무서워지고 있다.(「폐칩일기·24」전문)

날 저물어/ 어둠이 깔려도/ 목련은 피어 있었다.// 나비들 꿀벌들을/ 그리워 할 줄 몰라라 하는/ 외로움이 가지를 뻗어/ 하얀 슬픔을/ 짧은 숨결로 날리면/ 상큼한 내음을 나만이 맛볼 수 있었다.// 두루미 날개깃 되어/ 떨어지는 삶의 시작이/ 멀리 흩어져 가는/ 어둠의 몸부림처럼/ 너를 지킬 수는 없는가// 꽃샘 잎샘 바람이/ 지나가는 자리에서/ 너의 고운 날개를/ 어찌 밟고 지날 수 있으랴.(「목련을 본다」전문)

갈산은 「폐칩일기·1」에서 세상으로 통하는 창문을 닫고 벌레처럼 몸을 움츠리고 동면에 들어가며, 일생에 잃어버린 것들을 찾아 나선다. 앞에 제시된 「폐칩일기·2」에서는 그토록 열정에 몸부림치던 자신의 바다가 말라가고, 기미가 끼고, 반점이 늘어남을 본다. 오만했던 시적 자아를 향해서 용서의 물결이 오열하는데, 해조음의 해죽거리는 비난이 따른다. 사회비난에 대한 출구 찾기가 시작된다. 「폐칩일기 · 3」 싫어하는 것들–병실에 누워있기, 청소차에서 흘러나오는 추억의 노래, 검정 승용차에서 튀어나가는 담배꽁초– 등을 '싫어하는 것이 아니다' 라고 역설의 기법으로 시화한다. 그러한 부류로 '백지처럼 가벼운 입으로 미풍에도 입술을 나부끼며 거짓소문을 만들어내는 사람들' (「폐칩일기 · 6」), 세상을 못살게 하는 사냥꾼의 총질(「폐칩일기 · 8」), 무언가 늘 강탈당하고 사는 사람들, 앞에서와 뒤에서가 다른 사람들, 그 속에서 역주행하는 시인의 삶, 그런 사람들과의 동행하는 발걸음을 배워야 하는가? 하고 자신과 독자에게 묻는다. (「폐칩일기 · 5」) 시인의 건강과 사건으로 불안한 심리를 시화한 작품으로는, 새벽에 들려오는 전화벨 소리를 소재로 한 (「폐칩일기 · 5」), 텔레비전과 전등을 끄면 열차(시적자아)의 분노의 함성처럼 들려오는 마찰음 소리는 귀신의 울음 같아서 다시 벌떡 일어나 전등을 켠다 (「폐칩일기 · 14」), 찾아올 리 없는 한 밤중에 누군가 문을 두드리는 소리 (「폐칩일기 · 16」), 서서히 늪 속으로 빠져 들어가는 삶 (「폐칩일기 · 18」), 열정의 추억과 차가운 현실 사이의 거리감 (「폐칩일기 · 19」), 마음의 방문을 닫아도 열어젖히는 비정한 세월을 잡을 수 없다 (「폐칩일기 · 21」), 비정한 까마귀 소리, 너가 보고 싶다 (「폐칩일기 · 23」), 갈산의 시에는 장시와 산문형태의 시가 많다. 위에 소개된 산문형태 시의 하나인 「폐칩일기 · 16」에서는 사람이 죽으면 가야할 상징적인 산을 바라보며 언어의 쪼가리(자신의 작품)를 정리하고 있다. 그리고 〈흔적도 없이 사라지기 위한 연습을 하는구나.〉 하고 독백한다. 삶을 정리하면서도 그도 인간이기에, 〈눈을 부릅뜨고 살리라 하는 것은 무엇인가.〉하고 반문한다. 그의 시 표현의 특징의 하나로 풀기 어려운 숙제가 생기면 자신과 독자에게 어떻게 하는 것이 좋은가? 하고 묻는다. 그가 생을 마감하면서 참회의 시를 썼다. 「폐칩일기 · 20」에서 '사람을 만나는 것, 막걸리 마시는 것,

빈주먹을 휘두르며 걷기, 얻어만 먹으며 말이 많은 것, 주책을 부리는 것' 이런 내가 부끄러워서 〈신문지로 거울을 가리는 일은/ 어쩔 수 없는 나의 탈출이다.〉이라고 한다. 「폐칩일기・24」에서 〈용서하십시오/ 잘못했습니다〉 하고 참회를 하며 일생 잡았던 시의 손을 내려놓는다.

폐칩일기 모두 어둠과 죽음의 이미지로 되어 있는 것은 아니다. 눈 내리는 날을 사랑한 「폐칩일기・12」, 〈만나고/ 떠나보내고/ 그리워하는 것으로/ 살아온 길// 그 길에/ 눈이 내린다/ 중략 / 아직도 살아 있음이/ 그리움처럼 아름다워서다〉「폐칩일기・13」은 눈을 배경으로 살아있음의 아름다움을 노래한 예외 작품이라고 할 수 있다. 그의 시에서 눈 오는 날이 배경이 된 작품이 더러 있는데 아름다움, 아픔과 죽음조차도 깨끗함이나 그리움으로 미화되고 감정이 증폭된다.

앞에 제시된 「목련을 본다」는 동인지 《두타문학》에 게재된 시로, 폐칩일기 기간에 쓴 시지만 그와는 다른 이미지로 시의 작품성에서 가장 뛰어난 그의 대표작품 중 한 편이라고 할 수 있다. 1연에서 〈날 저물어/ 어둠이 깔려도/ 목련은 피어 있었다〉는 참신성이 돋보인 발견의 재미, 〈외로움이 가지를 뻗어/ 하얀 슬픔을/ 짧은 숨결로 날리면〉과 〈두루미 날개깃 되어/ 떨어지는 삶의 시작이/ 멀리 흩어져 가는/ 어둠의 몸부림처럼/ 너를 지킬 수는 없는가〉에서의 참신한 메타포, 〈너의 고운 날개를/ 어찌 밟고 지날 수 있으랴〉에서의 시적자아의 지순한 사랑과 순결을 읽을 수 있다. 백목련의 지는 모습을 두루미 날개짓으로 보는 시인의 눈이 예사롭지 않으며, 어찌 보면 백목련이 그가 바라던 여성상이거나 독신으로 사는 자신일 수도 있다.

5. 맺음말

갈산의 유고산문집 『빛나는 아침의 땅에서』(혜화당)는 지면상, 내용상 본고에서 제외한다. 그 내용은 강원일보 '오솔길' 란에 청탁을 받고 게재한 5편(화목한 가정, 매미, 독백, 사랑이 있는 도시, 강원도민의 예술공간)을 제외한 글들은 삼척문학, 삼척문화, 문화원 발간 서적의 머리글이 대부분이다. 그리고 삼척 출신이 쓴 갈산의 화갑축시, 추모시, 갈산 회고담, 갈산 시세계 등이 실려있다.

갈산은 평생을 독신으로 봉사직으로 살며 세상을 슬픈 눈빛으로 바라보았다. 그는 동예 제2집 '신념信念'이라는 제목의 '머리글'에서 〈우리는 기쁨을 슬픈 노래로 덮어서 영롱한 꿈으로 조화造花시켜 보려고 한다〉고 밝힌 바 있다. 그의 작품의 이미지는 처음부터 마지막까지 기쁨조차도 슬픈 색깔의 렌즈로 바라보게 됨을 확인할 수 있었다. 갈산의 시는 대체로 슬픔의 렌즈로 바라본 어둠과 죽음과 폐칩과 탄식의 이미지가 지배적이긴 하지만, 지순한 사랑의 시와 사회 참여 계통의 시와 어둠 속에서 밝은 곳으로 나오기를 갈망하는 밝은 이미지의 시도 일부 있었다. 그의 마을에는 간이역인 후진역(근래에, '삼척해변역'이 되어 바다열차가 정차함)이 있었는데 나중에는 불이 꺼졌고(「간이역」), 그의 바다 시의 배경이 되는 후진 바다는 등대가 없었다.「내 고향에는 등대가 없다」에서 〈나는 가로등이 명멸한 보도에 서서/ 이순의 파도를 넘어 바다에 몸을 던지며/ 등대로 불 밝히는 나그네이고 싶다.〉고 시를 맺었다. 그래 그는 이제 후진 파도가 되었다. 삼척문학의 등대가 되었다.

현재 강원대 삼척캠퍼스에 근무하는 남기택 평론가의 「오십천」의 평을 보면 그의 시 세계를 좀더 이해하는데 도움이 된다. 〈온갖 풍상 다 겪은/ 외줄기 삶/ 굽이굽이 얼룩진 상처 감추며/ 자연의 젖줄로 남고 싶다.// 넝마를 벗고 알몸이 되어/ 아득한 옛날로 돌아가고 싶다./ 사슴의 무리가 날뛰는/ 들판에 이르러 노래도 부르고/ 숱한 사연에 휘말려/ 울고 싶다.// 엎어졌다 자빠지고/ 취한 듯 뒹굴다/ 조용히/ 돌아온/ 청상의 눈물이고/ 청아한/ 사랑의 흐름이고 싶다.(「오십천」 전문) – "이 작품은 김영준 시의 지역에 대한 관심과 서정의 경향을 잘 드러낸다. 정일남의 지적대로 '비탄의 정조'를 반복하는 동시에 엄결한 시정신을 표출하기도 한다. 죽서루를 끼고 시내를 관류하는 오십천은 삼척의 상징물 중의 하나이다. 화자는 오래된 역사의 무게를 온몸으로 감당하면서 묵묵히 제자리를 지키는 오십천의 품성을 강조한다. 이는 곧 오십천에 투사된 자아의 태도와 다르지 않을 것이다." 한 마디 덧붙이면 마지막 연에서는 서정주의 시 「국화 옆에서」의 '인제는 돌아와 거울 앞에 선/ 내 누님 같이 생긴 꽃이여'로 견주어지는 부분으로 온갖 풍상을 다 겪고 돌아온 원숙하고 고고한 사랑의 삶을 살고 싶은 시적자아의 마음이 담겨있다. 역시 슬픔의 렌즈로 살짝 걸러져 있지만, 희망이 보이는 그의 대표 시 중의 하나라 할 수 있다.

갈산은 삼척문화의 대명사였고 삼척문화원장을 지냈기에 삼척문화원 마당에 〈김영준 문학비〉건립을 제자들에 의해 추진 중이다. 그가 몸담았던 삼척 최초의 〈동예〉동인이 삼척 현대문학의 샘이 되어서, 바로 뒤를 이어서 '문학의 밤' '동인시화전' '시낭송'으로 일찍이 발전시킨 〈불모지不毛地〉동인(김익하, 정연휘, 최홍걸, 이종한, 박학래), 그리고 큰 강물로 합쳐서 2013년에 제36집의 동인지와 금년 2월로 293회 시낭송을 갖는 우리나라 최장수 시낭송회의 하나인〈두타문학회〉와 〈삼척문협〉이 우리나라에서 가장 먼저 지역의 문학사를 정리한 『삼척문학통사』(2011년) 낳았다. 이제 삼척의 문학은 삼국유사와 함께 우리나라 단군을 떠올린 대서사시 제왕운기를 지은 이승휴와 명승고적 죽서루를 낳은 큰 물결 오십천이 되어 태양이 떠오르는 대양으로 흘러들어가고 있다.

●참고문헌
1. 김영준, 1997, 누가 무엇을 숨길 수 있으랴, 혜화당
2. 김영준, 1997, 길·세월·밤, 혜화당
3. 김영준, 1997, 빛나는 아침의 땅에서, 혜화당
4. 두타문학회, 1996, 두타문학 제19집, 문왕출판사
5. 정연휘 편저, 2011, 삼척문학통사, 도서출판 해가
* 관동문학회·강원도민일보 공동주최 작곡문인 세미나 발표 원고.

아동과 청소년 교육용 시조 창작을 통한 지역의 향토문화 사랑

— 박재문론

1. 들어가기

청봉靑峰 박재문朴載文은 1930년 4월 27일 삼척시 우지동 158번지에서 3남 3녀 중 장남으로 출생하여, 삼척초등학교를 졸업 후, 삼척공업중학교(6년제) 기계과를 졸업하고, 1950년 연세대학교 국문과에 입학하였으나 6 · 25사변으로 학도병에 참전, 당시 어려운 가정 사정으로 삼척여고 강사를 하는 등 7년만에 대학을 졸업을 하였다. 그 후 국어교사로 후배를 양성하였는데, 춘천 성수중학교(1964~1966)를 제외하면 모두 고향인 삼척에서 삼척공업고등학교 교사, 삼척공업고등전문학교 국어과 교수, 삼일중학교 교감 · 교장을 거쳐, 강원도 교육위원회 제7대 교육위원(1988~1991)을 역임하고, 그 외 삼척군지 일부 집필(1985), 죽서문화제위원장(1986~1987), 삼척산업대강사를 맡아 후진을 기르다가 1997년 2월 25일 향년 68세로 세상을 떠났다. 여러 문학잡지가 많아서 등단이 비교적 쉬운 시대에 살던 그는 후배들에게 등단하겠다는 얘기를 꺼내지 않은 걸로 알고 있다. 그러다 박재문은 유고 시조집으로 등단을 하게 되었다.

박재문은 말년에 왜 문학에 입문하게 되었는가? 그런 말을 글로 남긴 것은 아직 찾지 못하였다. 여러 상황을 미루어 보면, 첫째는 그가 국문학과 출신이라는 점과 지역의 후배들에게 국어를 가르치며 문학 창작에 대한 그리움이 있었다는 점이다. 둘째, 그가 삼척지역에 초대

향토문화연구회회장(1988~1990)과 제3대 회장(1993~1994)을 맡았는데, 삼척향토문화연구회 조직의 필요성과 구성원 조직과 책 편집 등에 앞장섰던 사무국장을 맡은 정연휘 시인과 그리고 두타문학회 최홍걸과 박종화 시인 등과의 만남의 영향이 컸다. 박재문이 회장으로 있던 향토문화연구회는 첫해(1989년)에 삼척문화와 관계되는 논문을 한데 모아 엮은 『실직문화논총』을 발행하였다. 3년째에는 우리 역사의 고문서인 '척주지'(허목), '척주선생안', 김종언의 '척주지', '척주절의록'의 4권의 고문서를 모아 『척주집』을 영인본으로 발행하였다. 또 1993년도에는 삼척을 노래한 약 500여 수의 옛날 漢詩들을 찾아 '척주한시집'을 발행한 공적이 있다. 그 기간인 1992년부터 전통과 역사가 깊은 삼척의 문학동인지 두타문학(2015년 7월 현재 310회 우리나라에서 가장 장수한 시낭송회)에 발을 들여놓으며 본격작인 창작활동이 시작되었다.

박재문의 유고 시집에 실린 글은 산문 3편을 제외하면 모두 시조 형식을 빌린 연시조들이다. 그런데, 필자가 조사한 바로는 가장 먼저 책에 발표한 작품은 유고 시조집에도 게재가 되지 않은 시조時調가 아닌 그의 유일한 시詩 작품 「고도 삼척古都三陟」[1]이다.

실직곡국 옛 도읍지/ 진주 척추 바뀌면서/
오십천 돌아 흘러/ 관동팔경 죽서루/
대보름 기줄 당겨/ 오랜 전통 이어가네/
뭉치자 노래하자 손에 손잡고/
빛내자 자랑하자 내 고향 삼척//

봉황산 우뚝 솟아/ 갈야산 건너보니/
남산절단 물결 돌려/ 새 도시를 만들었고/
육향산 동해비는/ 이 고장을 지켜주네/

1) 이형우, 『悉直文化』제1집, 삼척문화원(삼척향토문화연구회), 1990, 174~175쪽.

뭉치자 노래하자 손에 손잡고/
빛내자 자랑하자 내 고향 삼척//

석회산 깎아 내려/ 공도 삼척 이룩하고/
정라항 만선 깃발/ 뒷나루 해수욕장/
갈매기떼 웅비하며/ 번영을 축하하네/
뭉치자 노래하자 손에 손잡고/
빛내자 자랑하자 내 고향 삼척//

　위의 시 「고도 삼척古都三陟」은 그가 남긴 유일한 시작품으로, 삼척의 찬가인 노랫말임을 알 수 있다. 옛 삼척군은 지금의 동해시와 태백시가 포함된 큰 땅이었는데, 1980년 초 앞의 두 시를 떼어내 시로 승격시키고, 1986년 1월 1일 삼척시는 뒤늦게 시로 승격하였다. 그리고 어느 날 '삼척시 노랫말'을 공모하였는데, 3절로 된 후렴이 있는 것으로 보아서 그 때 응모하려고 쓴 시가 아닌가 짐작된다. 이 시도 후렴을 제외하면 시조형식을 닮았다. 다만, 노랫말을 만드느라 시조의 종장 3·5·4·3의 자수를 따르지 않았고 후렴을 의도적으로 붙인 것 같다. 박종화 시인의 말에 의하면, 삼척향토문화연구회 일을 함께하면서 1990년 『悉直文化』제1집에 발표한 작품을 얘기하며 두타문학회에 가입하도록 하였다고 하니, 「고도 삼척古都三陟」가 그의 창작활동 시작의 도화선이 된 셈이다.

　문학의 기능을 쾌락적인 것과 교시적 기능으로 분류하기도 한다. 쾌락적인 기능은 독자가 문학 작품을 통하여 재미 즉 쾌락을 느끼는 것이다. 이때 쾌락은 비극에서는 카탈시스catharsis를 통해 정화작용을, 그 외 작품들은 정신적 즐거움과 미적 쾌락이 되는 것이 좋다. 교시적 기능敎示的 機能은 문학이 독자에게 윤리적 교훈을 주고 인간에게 유익한 지식을 가르치는 기능을 갖는다는 입장에서 교훈설 공리설 등

으로 불리어지는 이 주장은 이미 플라톤의 「공화국」에서 시작되고 있다.[2]

박재문의 유고 시조집 『신비의 환선굴』에는 시조가 아닌 산문이 5편이 책 뒤편에 실렸는데, 박 시인이 발표한 신변잡기적인 자신의 이야기를 소재로 하여 쓴 「나와 삼척」, 「졸업사정회에 얽힌 이야기」, 「게다짝과 조리」 3편이 있고, 며느리가 시아버지인 박 시인을 회고하며 쓴 「며느리의 글」, 박 시인의 아내가 남편을 추모하며 쓴 「아내의 글」[3]이 있다. 아내의 글에서 나타난 바에 의하면 그가 살아생전에 한 말을 미루어 짐작할 수 있다. 글을 쓰는 소재는 '삼척의 문화유적'이며, 글을 읽을 대상은 '아동(청소년과 문화에 관심이 있는 어른)'이며, 창작 목적은 '삼척문화 교육'임을 미루어 짐작할 수 있다. 따라서 그의 작품은 예술적이고 쾌락적인 쪽보다는 인간에게 유익한 지식을 가르치는 기능을 갖는다는 입장의 교시적 기능 쪽에 있음을 알 수 있다.

2. 장소성과 관련된 소재 혹은 내용별 작품 살피기

고故 박재문 일주년 기일을 맞아 두타문학회와 유족이 함께 마련한 『신비의 환선굴』 유고시집 출판기념회가 1998년 2월 18일 삼척유림회관에서 있었다. 시집은 정연휘 시인이 편집, 교정은 김소정(김화옥)시인, 각 작품마다 관련사진을 넣은 사진은 시청에서 행사사진을 담당하고 있는 심영진이 맡아 수고해주었다. 책에 실린 작품 수는 산문 5편

---

2) 홍문표, 『문학개론』, 양문각, 1981, 30쪽
3) 항상 자기 고향 삼척을 위해 신명나게 일하시다 가셨네요. 삼척의 문화유적지에 대해 조사하고 발굴하기 위해 다니시며 사진 찍고, 알기 쉽게 글을 써서 교육청에 보내 아동교육에 도움을 주려고 들고 다니시던 것도 어제 같고 죽서문화제 때도 출근하듯이 열심히 나가시더니, 두타시낭송회를 위해 태백산 험한 길을 신이 나서 다녀오시더니, 과로 에다 과음까지……

을 제외한 시조가 총89편이다. 정연휘 시인이 임의로 소제목을 정한1. 민속의 희디흰 속살(7편), 2. 민족정기(4편), 3. 역사의 향기(9편), 4. 아, 태고의 신비여(5편), 5. 사찰에 이는 바람(5편), 6. 아, 풍유(11편), 7. 산 은 산으로 가부좌 하고(12편), 8. 강은 강으로 흐르고(9편), 9. 그리고 삼 척에는(19편), 10. 천년기념물이 된 나무들(8편, 소제목이 중복 인쇄되어 필자 가 임의로 '천년기념물이 된 소나무들'로 바꿈)을 보면 글의 소재나 내용을 짐 작할 수 있다.

작품집에 실린 총 89편의 작품 중에 지역성 · 장소성(로컬리티 locality)과 관련이 없는 작품은 8편(석별, 축 회혼례 송, 축 금혼례 송, 축 정년 퇴임 송, 축 팔순잔치 송, 노후경계엄, 고별, 가정의 행복)이다. 나머지 작품은 장소성과 관련이 있으며, 향토사鄕土史(local history)와 관련된 작품이 그 누구보다도 많은 향토 시조시인이라 할 수 있겠다. 본 시집에 게재 된 작품들이 대부분이 지역의 문화재를 소개한 사실적인 내용의 아동 과 청소년을 대상으로 한 교육용 시조이기에 주제별이나 작품 경향이 나 표현방법 등으로 나누어 분석하기가 어렵다. 그래서 정연휘 시인이 소재나 내용별로 나눈 10개의 소주제를 다시 비슷한 소재나 내용끼리 4개로 묶어서 살펴보고자 한다.

가. 로컬히스토리, 민속과 관련된 시조를 통한 지역 사랑

신남리 앞 바다의 외로운 바위섬아/ 한많은 사연 안고 도련님 원망하듯/ 못 맺은 사랑의 열매 저승에서 맺었나// 꽃피고 새가 우는 따뜻한 봄 날 씨에/ 풍성한 바다나물 두둑히 따가지고/ 다가올 가을철에 식 올리고 살 랬지// 험궂은 봄 날씨는 심술장이 질투인양/ 잔잔한 바다물결 풍랑으로 돌변하니/ 산 같은 높은 파도 바위섬을 쓸었네// 그토록 애원하며 살려 고 애썼건만/ 나약한 처녀 몸이 노도를 이길소냐/ 애쓰고 또 애를 쓰다 애바위가 되었나// 처녀의 깊은 한은 오뉴월 서리되어/ 고기가 안 잡히

니 굶주리던 어민들은/ 드디어 낭자의 한 알아차려 섬겼지// 마을 뒤 벼랑 끝에 해신당 서있으니/ 어여쁜 낭자님의 초상화 걸려있고/ 그 앞엔 나무로 깎은 남근만을 모셨네

-「애바위」 전문

위의 작품 「애바위」는 형식상 6수로 된 민속을 제재로 한 연시조이며, 삼척 신남리 해신당공원의 전설에 시적자아의 느낌을 많이 가미한 작품의 하나이다. 1수의 '한 많은 사연 안고 도련님 원망하듯/ 못 맺은 사랑의 열매 저승에서 맺었나', 2수 전체 '꽃피고 새가 우는 따뜻한 봄날씨에/ 풍성한 바다나물 두둑히 따가지고/ 다가올 가을철에 식 올리고 살랬지', 4수에서 '그토록 애원하며 살리고 애썼건만/ 나약한 처녀 몸이 노도를 이길소냐'에서 시적자아의 느낌을 찾아볼 수 있다. 지금 해신당공원은 성性민속 관광지와 어촌민속전시관이 함께 있다.

이러한 민속을 소재와 주제로 한 작품은 '너와 집, 살대세우기, 너와집과 굴피집, 대이리 통방아, 죽서문화제, 봉황산 세 미륵' 등이 더 있는데, 이러한 작품 모두가 장소성(로컬리티 locality)와 관련이 있다.

知者는 樂水하니 動하고 樂하였네/ 動安도 知者이라 動하면 편안한가/ 그래서 불후의 대작 제왕운기 펴냈네// 중략(2~5수) // 頭陀의 명산 밑에 龍溪別業 얻었으니/ 李承休 動安居士 대 걸작을 창작했네/ 아깝게 7십 7세에 이 세상을 하직해

-「동안 제왕운기」 일부

사랏재 진달래는 올봄에도 붉게 피고/ 두견새 울음소리 애간장을 태우누나/ 공양왕 삼부자 원혼 아는 듯도 하구나// 중략(2수) // 고돌재 언덕 위에 세 무덤만 나란히/ 동해의 푸른 파도 갈매기만 오락가락/ 화려한 부귀영화도 한 점 구름 되었네

-「공양왕릉」 일부

「동안 제왕운기」는 고려 말 몽고가 침입한 시기에 외가 삼척의 미로 천은사에 거주하며 삼국유사와 더불어 단군을 떠올려 민족정신을 불러일으킨 제왕운기를 지은 동안 이승휴의 일대기를 떠올린 6수로 된 시조이다. 2~6수는 동안의 일생을 사실적으로 노래했으나 1수는 고전을 끌어와 비유적 인유로 표현하였다. 필자도 동안 이승휴의 일생을 노래한 10페이지 분량의 서사시敍事詩 「민족의 나침반 이승휴」4)를 발표한 바 있다. 위의 작품 외에도 '민족의 정기'를 노래한 작품으로는 '홍서대, 용산서원, 박걸남 장군, 충혼탑' 등이 있는데, 이러한 작품 또한 모두 장소성과 관련이 있는 작품들이다.

위의 시 「공양왕릉」은 삼척 근덕면 궁촌리에 있는 고려의 마지막 임금인 공양왕릉의 이야기를 3수의 연시조로 쓴 작품으로, 그의 작품 중에 시적표현이 잘 된 작품의 하나이다. 대부분의 작품이 4~6수로 된 연시조의 형태이며, 그 중에 6수로 된 연시조의 그릇에 삼척의 문화재를 담아 노래한 작품이 가장 많다. 위의 작품 외에 3수로 된 것은 민족의 정기를 노래한 「충혼탑」이 있다.

이밖에도 향토사와 관련된 작품으로는 '요전산성, 활기릉, 소공대비, 삼척향교, 찰방과 역원, 삼척의 봉수대, 실직군왕릉, 척추동해비' 등이 있다. 향토사와 관련된 「공양왕릉」과 「활기릉」은 두타문학회 가입한 첫해 1992년도 《두타문학》 15집에 발표한 작품이다. 독자들에게 지식을 전해주는 교시적 기능에 도움이 되는 작품으로, 〈옛날의 교통통신 역마와 봉화대라/ 삼십리 간격으로 역원을 설치하고/ 역졸과 역마를 두고 공문 전달하였네// 영동의 강릉 삼척 울진 평해 사개 군에/ 십육 개 역을 두고 한 곳에서 관장하던/ 동해시 평릉 찰방도 교가역에 옮겼네// 삼척의 역원 위치 여섯 군데 있었으니/ 지금의 동해시의 평

---

4) 김진광, 「민족의 나침반 이승휴」, 『실직문화』 제6집, 1995, 328~337쪽

릉역 신흥역과/ 삼척시 사직과 교가 용화역과 옥원역(「찰방과 역원」 1,3, 4수)〉와 〈이 고장 봉수대는 다섯 곳에 있었으니/ 가곡산 임원산과 초곡산 봉수대와 / 근덕의 조야산봉수 삼척광진 봉수대// 야간엔 불을 켜고 주간엔 연기 피워/ 평시엔 일거 횃불 위급시 이거 사거/ 일로써 완급을 알려 통신수단 되었네(「삼척 봉수대」 2~3수)〉도 향토사와 장소성과 역할이 각각 4수의 연시조에 잘 나타나 있다. 이러한 작품 창작을 통하여 박 시인은 아동과 후진들에게 지역 문화재를 바르게 알고 사랑할 수 있도록 노력하였다.

나. 시조의 로컬리티, 자연 사랑

신기면 대이리는 석회동굴 집합소로/ 그중에 환선굴은 가장 큰 평굴이라/ 동굴의 입구부터가 기차터널 같구나// 동굴의 주위 경치 속세와는 전혀 달라/ 신선의 세계란게 바로 이곳 아닐런지/ 촛대봉 뽀죽히 솟아 이 산천을 밝히듯// 석순과 종류석이 천태만상 만들어져/ 조물주 조화 솜씨 입 벌려 탄복한다/ 굴속의 넓은 광장은 궁전 건물 방불해

– 「환선굴」 1, 2 , 4수

환선굴은 나중에 개발된 이웃의 대금굴과 함께 국가지정 천년기념물 제178호로 우리나라 최대규모의 웅장하고 신비로운 동굴이며, 동굴 입구까지 모노레일이 설치된 인기 있는 관광지이다. 위의 작품은 5수로 된 연시조로, 그의 작품 중에서 시적자아의 느낌을 가장 많이 표현된 시조 중의 하나이다. 〈동굴의 입구부터가 기차터널 같구나〉, 〈동굴의 주위 경치 속세와는 전혀 달라/ 신선의 세계란 바로 이곳 아닐런지/ 촛대봉 뽀죽히 솟아 이 산천을 밝히듯〉, 〈석순과 종류석이 천태만상 만들어져/ 조물주 조화 솜씨 입 벌려 탄복한다/ 굴속의 넓은 광장은 궁전 건물 방불해〉 등에서 확인 된다. 읽으면서 시각적 이미지(1~5

수), 청각적·촉각적 이미지(5수)를 통하여 실제 환선굴에 들어가 보는 듯한 분위기를 느낀다. 이 외에도 동굴을 소재로 한 시는 '관음굴, 초당동굴'이 있는데, 공감각적 이미지가 돋보여 실제 동굴을 관람하는 듯하며 시를 통하여 자연인 동굴 사랑을 배우게 된다. 석회석으로 이루어진 동굴과 비슷한 부류인 지금은 동해시에 편입된 「무릉계곡」은 4수로 된 연시조로, 비교적 각 수의 종장에 〈금란정 큰 정자는 망국한을 읊은 자리〉 등의 시적자아의 느낌이 표현되어 있으며, 원덕읍에 소재하는 「덕품계곡」에서는 '의상대사의 세 마리 목안전설'을 떠올리는 등 회화적 이미지가 돋보인다.

> 백두산 뻗어내려 태백준령 이루었고/ 설악은 명산인데 태백산은 영산이라/ 한배검 단군왕검이 하강한 곳 여길세// 북쪽엔 함백산이 지호지간 마주보고/ 동쪽엔 문수봉이 그 옛날을 말해주네/ 아득한 동해 수평선 하늘 위에 걸린 듯// 천오백 높은 고지 만경사 자리하고/ 이곳도 많은 양의 샘물이 솟아나네/ 천수를 다한 주목들 미륵처럼 서있네
>
> — 「태백산」 1, 4, 5수

> 용추라 삼단폭포 큰 항아리 만들었네/ 조물주 조화솜씨 그렇게도 위대한가/ 암벽엔 명필의 글씨 별유천지 새겼네// 청옥의 맑은 물이 이 곳에서 부서져서/ 그 소리 우뢰같이 십리밖에 퍼져가네/ 하단의 깊이 모를 소 정말 용이 살은 듯// 두타의 맑은 물은 이곳에서 합류하니/ 그 이름 쌍폭이라 그야말로 장관이네/ 우렁찬 자연의 기상 이곳에서 배우리
>
> — 「용추폭포」1, 2, 3수

위의 시 2편은 옛 삼척지역의 산과 강을 노래한 연시조이다. 「태백산」은 현재 태백시에 소재하지만 옛 삼척군의 땅이며, 우리나라의 뿌리 단군왕검의 신화가 살아 숨쉬는 영산을 노래하였다. 〈가엾은 단종대왕 비각만이 외로워〉(3수 종장), 〈아득한 동해 수평선 하늘 위에 걸린

듯〉, 〈천수를 다한 주목들 미륵처럼 서있네〉 등에서 시적자아의 느낌이 잘 나타나 있다. 태백산은 단군왕검의 신화가 있기에 삼척뿐만 아니라 우리나라 영산이며, 다음으로 삼척과 동해의 지붕이기도 하며 조선을 건국의 전설이 전하는 두타산, 그 다음으로는 삼척군왕릉이 있는 삼척의 진산鎭山인 갈야산이 될 것이다.

이외에도 산이나 고개를 노래한 작품으로는 '두타산, 덕봉산, 해망산, 갈야산, 근산, 봉황산, 청옥산, 육백산, 백봉령, 갈령재, 고사리재' 등이 더 있다. 시 「백봉령」은 정선아리랑에도 '우리집의 서방님은(중략) 강릉 삼척으로 소금 사러 갔는데 백봉령 굽이굽이 부디 잘 다녀오세요' 하고 나오는 정선의 임계에서 강릉의 옥계와 옛 삼척으로 오가는 고개를 소재로 노래했는데, 마지막 연 4수에서 〈이어온 태백산맥 대관령 남쪽줄기/ 자병산 깎아내는 허울 좋은 자원개발/ 줄기찬 백두대간이 절단돼도 좋은가〉 하고 가까이 보이는 강릉 옥계의 시멘트 광산을 비판적으로 바라본 시조5)이다. 위의 시 「용추폭포」는 1993년 《두타문학》 16집에 실린 작품으로 폭포 아래 파인 돌을 '물항아리'로, 시청각적 이미지를 통한 폭포의 광경과 물소리를 실제 보는 듯이 잘 표현하고 있다. 그리고 3수의 종장 '우렁찬 자연의 기상 이곳에서 배우리'라는 시인의 교훈적(교시적)문학의 기능이 겉으로 드러나 있다.

이외에도 강이나 폭포를 노래한 작품으로는 '오십천, 미인폭포, 구

---

5) 유고 시조집에 실린 비판적인 시조는 몇 편이 안 되며, 시「뒷들」은 옛 동해시를 말하며, 시의 마지막 연인 4수에 '아담한 전원마을 탈바꿈한 공업단지/ 요란한 기계소리 곱던 산천 다 파헤쳐/ 도리어 산업화 먼지 공해만이 돌아와', 「이천폭포」의 마지막 연 4수에 '극심한 가뭄에는 기우제 올리는데/ 개잡아 폭포에 던져 부정타게 만드네」, 「가곡천」의 4수에 '어여쁜 강돌 많아 수석 채취 재미본다/ 대자연 금수강산이 훼손될까 두렵네', 「도계 느티나무」의 3수 '광산촌 되고 나서 시끄러워 못살겠지/ 아이들 물장난으로 화상까지 입었네', 「갈령재」마지막 6수에 역설적으로 완곡하게 비판한 '고포란 지명으로 유명한 고장일세/ 실개천 마을 복판이 강원 경북 경계라' 등의 시조가 완곡하고 소극적인 비판 성격을 띤 작품이다.

룡폭포, 황지黃池, 천천과 구무소, 가곡천, 마읍천' 등의 지역의 문화재를 통한 자연보호 사랑이 담겨있는 시조들이 있다.

계곡이 길이라고 도계라 불렀던가/ 철마가 달리면서 큰 길이 뚫어졌지/ 매장된 무연탄 덕에 도계읍이 되었네// 수령을 이천오백 수고는 십육미터 고목 중에 거목일세/ 너만은 이 고장 역사 자세히도 알겠지// 잎이긴 느티나무 이 고장 수호의 신/ 광산촌 되고나서 시끄러워 못살겠지/ 아이들 불장난으로 화상까지 입었네// 헌연의 기념물로 지정받은 느티나무/ 말없이 한자리에 오래도 견뎌왔네/ 우리도 인내와 끈기 너에게서 배우리

- 「도계 느티나무」 전문

시「도계 느티나무」그의 시조 중에 비교적 시적 자아의 느낌이 많은 작품에 해당 된다. 1수에서는 '도계' 라는 지명의 유래, 큰길이 뚫어진 유래, '도계읍'이 된 유래를 노래하였다. 3수에서는 '아이들 불장난으로 화상까지 입은 느티나무의 아픔'을, 마지막 4수에서는 '우리도 인내와 끈기 너에게서 배우리'라는 교훈적(교시적)문학의 기능이 겉으로 드러나 있다. 이외에도 천년기념물로 지정된 나무를 소재로 한 시조에는 '교가리 느티나무, 하장 느릅나무, 궁촌리 엄나무, 죽기동 은행나무, 갈천의 모과나무, 동활리 금소나무' 등이 있다. 박재문 시인은 지역성과 장소성과 관련 있는 자기가 몸담고 살고 있는 고장의 강과 산과 고개와 계곡과 동굴과 천년기념물이 된 나무들을 공부하며 문화재를 사랑하는 마음을 배우게 하고 있다.

다. 시조의 로컬리티, 사찰과 정자각 풍경

삼화사 뒤로하고 학소대 향하다가/ 바른 쪽 안내판에 관음사 입구표시/ 눈앞에 전개될 선계 피곤함을 모르네// 날아서 떨어지는 절 옆의 폭포에는/ 맑은 물 부셔져서 옥구슬이 되는구나/ 공기도 맑고 좋지만 산채 향

기 살찌네// 명에도 재물욕도 오로지 내던지고/ 공수래공수거의 참진리 깨우쳐서/ 죄 없이 나머지 여생 시름없이 살고파

– 「관음사」 1, 4, 6수

위의 시 「관음사」는 현재 동해시 무릉계에 소재하는 작은 사찰이다. 두타산과 백봉령 기슭에서 시작하는 동해의 살천(전천)의 입구에는 병풍을 두른 듯한 '취병산' 이 있고, 현재의 삼화사 앞의 '무릉계' 는 옛 삼척 팔경에 속하는데, 거기서 용추폭포를 향해 조금 걸어가다 보면 중간에 학소대가 나타나고 학소대 위쪽 길로 오르면 관음사가 있다. 이곳의 산수계곡은 옛 삼척팔경을 둘이나 안고 있는 절경이다. 그래서 시인은 '눈앞에 전개될 선계 피곤함을 모르네' 하고 읊기도 하고, 떨어지는 폭포를 보며 〈날아서 떨어지는 절 옆의 폭포에는/ 맑은 물 부셔져서 옥구슬이 되는구나〉하고 감탄하며, 절에서 얻어먹는 공량을 〈공기도 맑고 좋지만 산채 향기 살찌네〉 하고 넉넉한 절의 인심을 표현하고 있다. 그리고 마지막 연인 6수에서는 〈명에도 재물욕도 오로지 내던지고/ 공수래 공수거의 참진리 깨우쳐서/ 죄 없이 나머지 여생 시름없이 살고파〉 하고 박재문 시인의 이상향이며 속세에 사는 인간의 마음이기도 한 불심을 서경 속에서 서정을 담아 표현하고 있다. 이 작품은 그의 작품 중에서 사실의 설명과 서경의 묘사 쪽보다는 시청각적 이미지와 서정 표현이 비교적 잘 나타난 좋은 시의 하나이다.

그 외에도 고장의 사찰을 노래한 시로는 '천은사, 영은사, 선흥사, 삼화사' 가 있다. 삼척문학통사6)의 '작고문인편' 에 그의 작품이 산

---

6)정연휘(삼척문협), 『삼척문학통사』, 도서출판 해가, 2011. (필자가 알기로는 우리나라 시군에서는 최초로 문학통사가 만들어졌으며, 총 740페이지 방대한 분량이다. 차례는 머리말, 화보로 보는 삼척문단, 시인 작가 앨범, 문단사 1에는 고대부터 근대와 현대까지의 문단 역사, 문단사 2에는 작가의 약력과 대표작품과 작품해설과 문학세계가 실렸다. 문단사 3에는 삼척지역 문학동인 역사 동인주소록 등이 실려 있다.)

문 3편과 시조 5편[7]이 실렸다. 통사에는 사찰에 관한 시조로는 「천은
사」가 게재되었는데, 신라 때는 백련대, 고려말은 간장사, 선조 때는
흑악사, 조선의 고종 때 천은사라는 절의 개칭과 민족의 주체의식을
일깨워준 이승휴의 제왕운기의 이야기 삽입과 문일봉 선사의 현존 실
제 인물을 거론하는 등 시조의 로컬리티와 거주했거나 거주하는 실존
인물을 통해 지역 사랑을 노래한 작품이라고 할 수 있겠다.

> 동해시 구미동에 자리잡은 만경대는/ 광해군 5년 계축 김훈이 세운 정자
> / 지조를 지키기 위해 벼슬까지 버렸네// 전천강 맑은 물에 낚싯대 드리
> 우고/ 세상사 모두 잊고 강가에 앉았으니/ 갈매기 벗인 줄 알고 춤을 추
> 며 반겼네// 허미수 이곳 경치 만경이라 찬양하고/ 판서인 이남석은 해
> 상명구 현판 썼네/ 이 전망 이 좋은 경관 어디가서 찾으리
>
> — 「만경대」 1, 2 , 4수

> 관동의 팔경중에 죽서로가 제일루라/ 칠경은 모두같이 동해를 향했는데
> / 유독히 이 누각만은 산을 보고 서 있네// 천상의 죽죽선녀 무슨 계명
> 어겼기에/ 지상에 추방되어 이 곳에 살았던고/ 하물며 사시사철에 가무
> 음곡 그치리/ 큰 액자 현판들이 누각에 즐비한데/ 신선은 어디가고 글귀
> 만 남았느냐/ 정송강 가사의 탑이 관광객을 반기네
>
> — 「죽서루」 1, 4, 5수

「만경대」는 그의 유고 시조집에 실린 누각이나 정자각을 대상으로
쓴 시조 중에 가장 시적자아의 느낌이나 표현이 잘 된 작품이라고 할

---

7) 산문 3편은 「나와 삼척」, 「졸업사정회에 얽힌 이야기」, 「게다짝과 조리」이고, 시조 5편은 민
속을 노래한 「봉황산 세 미륵」, 사찰을 노래한 「천은사」, 누각과 정자각을 노래한 「죽서루」, 산과
강 등의 자연을 노래한 「근산」, 민족정기와 역사 관련 「충혼탑」이 정연휘에 의해 대표작품으로
선정되어 게재되어 있다.

수 있겠다. 정자각을 세운 '김훈', 만경萬頃이라 찬양한 '허미수', 海上名區라고 간판을 붙인 '이남석'의 실명이 시 속에 있으며, 높은 산 위에서 전천강과 바다를 낀 만 이랑이나 되는 넓은 들을 한 눈에 바라보는 듯한 회화성과 그 속에 유유자적하고 싶은 시인의 마음이 잘 드러난 장소성이나 향토성과 관련이 있는 좋은 작품이라고 할 수 있다. 그러나 요즘은 항구의 개발로 옛 삼척의 팔경인 만경대에서 바라보는 풍경이 너무 많이 바뀌어 아쉽다.

「죽서루」 관동팔경의 제1루이며, 보물 213호인 죽서루는 우리나라 대표적 누각이다. 죽서루에서는 정조의 어제시를 비롯하여 29개의 현판이 걸려 있는 걸로 보아 수많은 시인묵객이 찾아와 글을 썼다고 볼 수 있다. 지금은 없어졌지만 응벽헌, 연근당, 진주관, 죽장사 등 실제 있었던 건물 이름과 천상에서 내려와 살았다는 기생 죽죽선녀의 전설을 떠올려 회상하며 작품을 형상화 하였다. 마지막 5수의 종장 〈정송강 가사의 탑이 관광객을 반기네〉로 활유법을 사용하여 작품을 맺는다. 정송강의 가사 관동팔경 중에 삼척의 죽서루를 노래한 '진주관 죽서루 오십천 ㄴ린 믈이 태백산 그림재를 동해로 담아가니……'의 내용과 리듬이 생각나는 것은 왜일까.

위의 두 작품 외에도 유고 시조집에 실린 누각이나 정자각을 대상으로 쓴 시조는 '능파대, 회강정, 산양정, 해운정, 양덕정, 관덕정, 육향정, 죽서정, 봉황정' 등이 있다. 이미 없어진 정자각은 추암 촛대 바위 뒤편 언덕의 '능파대', 삼척 오십천이 북쪽으로 흐르다가 도경에 와서 바위섬에 부딪쳐 남쪽으로 방향을 바꾼 '회강정' 등이다. 회강정을 비롯한 옛 '삼척 8경' 8) 중 없어진 것 4개의 복원이 필요하다.

---

8) 삼척 오십천의 '죽서루'와 '연근당'과 '회강정', 삼척 정라항의 '진동루', 동해시 추암 '능파대', 동해 전천강의 '만경대'와 '취병산'과 '무릉계'이다. 8경중에 현재 없어진 것은 연근당', '회강정', '진동루', '능파대'이다.

라. 축하와 행복과 노후경계와 고별 송

자기는 잘 알면서 남의 사정 모르는 게/ 인간의 본성이라 제 고집만 부리
누나/ 그러나 역지사지로 서로 이해하여라// 인간은 불안전해 누구든지
죄를 짓네/ 때로는 부족할 수 있는 것이 인생일세/ 그러니 서로 용서해
서로 참고 지내세// 따뜻한 상호 존중 포근한 상호 이해/ 양보로 상호 용
서 인내로 살아가면/ 진정한 가화만사성 그게 바로 참 행복

– 「가정의 행복」 3, 4, 5수

人命은 在天이요 會者는 定離인데/ 이웃을 사랑하며 능력껏 돕고 사세/
마침내 숨끊어지면 후회한 들 어쩌리// 六十에 耳順이니 고집일랑 버려
야지/ 仁者는 樂山하니 靜하고 長壽하네/ 寬則壽 寬則得이라 좋은 친구
모이지// 來世를 모르지만 만약을 생각해서 仁愛와 慈悲布施 정성껏 살
다가세/ 이 세상 내가 지은 罪 누굴 주고 갈건가

– 「노후 경계엄」 1, 3, 4수

「가정의 행복」은 나이를 먹으면서 자신과 가족과 제자들과 혹은 결
혼주례자리에서 행복론을 얘기하듯 문학적인 표현보다는 설명 중심으
로 작품을 썼다. 자기 고집만 주장하지 말고, 역지사지로 이해와 용서
와 상호 존중과 양보와 인내로 가화만사성하라는 내용이다. 1수에서는
행복의 기준은 없지만 두마음을 합하는 것이 최고라고 하며, 마지막 5
수에서 앞의 얘기를 총정리하는 형식을 취하였다.

「노후 경계엄」역시 문학적인 표현보다는 설명 중심으로 작품을 썼
다. 자신의 노후의 삶을 살아갈 경계警戒의 말을 쓰고 실행하고자 하였
다. 김진숙의 '아내의 글'에서도 '당신은 항상 인명은 재천이라 하셨
지만' 하고 말하는 것을 보면 행복론이나 노후 경계엄을 이따금 주위
사람들에게 얘기한 것 같다. 그는 노후에 늦게나마 가정의 행복, 노후
경계엄과 지역 문화재 사랑의 글을 쓰면서 글과 행동의 일체를 실행하

려고 노력했던 시인이었다. 그리고 이러한 그의 작품은 문학의 실용적 교시적 기능으로 후진들에게 남겨서 지역문화 사랑을 실행하게 하고 싶었던 것이다.

> 동해시 용정에서 29년에 출생하여/ 북평국 삼척공고 서울사대 출신인데/ 산업대 국사교수로 정년퇴임 맞았네// 국가의 백년대계 교육에 달렸으니/ 한평생 정성 쏟아 많은 제자 양성했네/ 맹자의 군자삼락 중 교육락을 체험해/ 강직한 그 성격과 온화한 그 성품은/ 수많은 제자들의 본이 되고 거울 되어/ 이 나라 장내의 일꾼 훌륭하게 키웠네// 향토의 사학자로 지방문화 발굴하고/ 샅샅이 연구하여 전통문화 계승하니/ 이 고장 문화창달의 선구자로 활동해// 일평생 교단에서 떳떳이 생활하고/ 정년을 맞이하여 이 영광 차지하니/ 여생을 건강에 유의 만수무강하소서
>
> ─「축 정연퇴임 송(김일기 교수님)」

박재문이 삼척의 향토문화 연구에 관심을 가진 것은 삼척공고와 삼척공업전문대학에서 함께 강의를 한 김일기 교수(전, 삼척문화원장)의 영향이 있었다고 본다. 예전에 삼척에는 전문적으로 향토문화나 민속연구를 하는 사람이 없었다. 그러다 서울대 역사과 출신인 김일기 교수가 삼척지역의 조사를 하러오는 대학 친구들의 권고로 삼척의 문화연구를 하게 되었다. 한 살 차이의 비슷한 나이와 같은 지역출신으로 같은 직장에 오래도록 근무했던 두 사람의 만남과 대화가 박재문을 자연스럽게 향토문화에 관심을 갖게 한 것이다. 박재문이 초대향토문화연구회회장을 맡았을 때도 김일기 삼척공전교수(이후 삼척산업대, 강원대삼척캠프스로 개칭)는 맨 앞자리의 자문위원이었다. 박 시인은 앞의 시에서도 '仁者는 樂山하니'하며 겨울 눈 쌓인 태백산 꼭대기 천제단에서 가진 두타시낭송에 참석하여 좋아하는 술도 많이 마시고, 과로하여 몸이 좋지 않은 상태인데도 친구인 김일기 교수가 삼척문화원장으로 삼

척대보름제를 주관하는 죽서문화제에 빠지지 않고 나가시다가 갑자기 이승을 떠났다. 위의 시는 함께 직장에서 근무한 동료이며, 문화재연구를 함께 하였던 오랜 친구의 정년퇴임을 축하한 목적시인 축시이다. 이러한 축시로는 '축 회혼례 송, 축 금혼례 송, 축 팔순잔치 송' 이 있다.

> 동국대 강당에서 정년을 마친 뒤에/ 오로지 고향 위해 여생을 바친다고/ 그토록 뜨거운 열정 많은 활동 하셨지// 병석에 누웠어도 마음은 고향산천/ 노래를 지어보며 그리움을 달랬건만/ 이제는 영영 못 만날 불귀의 객 되었네// 고향에 남은 후배 슬픔을 거두고서/ 못 다한 선배님의 소원을 이루고자/ 오늘도 실직의 뿌리 찾아내어 가꾸네
>
> — 「석별(고 진인탁 선생님 서거)」 1, 3, 4수

진인탁은 동국대학 영문과 시절 문학지 『學生과 文學』에 김기림의 추천과 함께 시평을 받았으나, 외무고시 합격 후 아시아 쪽에 대외 근무와 대학 강단에 서느라 문학 활동을 전혀 하지 못 하였다. 그는 동국대 교수직 퇴임 후 고향에 와서 삼척산업대 강당에 서며 박재문에 이어 제2대 향토문화연구회 회장을 맡으면서 두타문학 초대시인과 두타문학 고문을 맡으면서 다시 문학 활동을 재개한다. 박재문과 진인탁은 삼척출신이고, 향토문화에 관심이 많았고, 대학 강단에 함께 섰고, 뒤늦게 문학 활동을 한 공통점이 많았다. 위의 시조는 진인탁의 생애업적을 기리며 선배와 함께 연구하던 삼척(부족국가 '실직국')의 문화연구를 하겠다는 내용의 작품이다. 이 글의 형태와 내용이 비슷한 것이 또 한 편 있는데, 〈生者는 必滅이요 會者는 定離지만/ 回甲을 겨우 넘어 이렇게도 빨리가니/ 하늘도 無心하구나 야속하고 덧없어// (중략) // 人命은 在天이니 인력으로 막을 손가/ 한平生 獨身으로 쓸쓸히 살다간네/ 명복을 비옵나이다 부디 영면 하소서 「고별(김영준 문화원장)」 1, 5수〉

는 함께 동인지 두타문학을 통하여 글을 썼던 삼척 문화원장님이며 후배인 김영준 시인의 죽음을 안타까워하며 하며 쓴 목적시기도 한 조시 형태이다 보니 이런 작품은 문학성과는 거리가 있다. 박재문은 말년에 위의 축시와 조시에 나오는 세 사람과 잘 어울렸는데, 이제는 모두 하늘나라로 가서 만나 삼척의 문화 얘기를 나누며 지내리라.

3. 나가기

청봉 박재문은 엄밀히 말하면 시인으로 등단을 하지 않고 두타문학 동인으로 늦깎이로 문학 활동을 하다가 사후에 유고 시조집으로 등단을 한 셈이다. 그는 말년에 삼척향토문화연구회를 조직하여 중심에서 활동을 하면서 향토문화에 대한 깊은 관심과 사랑을 가지면서, 아동들과 청소년에게 문화재를 교육하고자 하는 목적으로 작품을 쓰기 시작하였다. 이러한 글의 내용의 담는 그릇이 자유시보다는 시조가 좋은 것을 깨닫고 일찌감치 시조만으로 작품을 쓰게 된다. 필자가 알기로는 그는 시조 외에 자유시는 「고도 삼척 古都三陟」한 편이 전한다.

청봉 박재문의 시조 형태는 정형시조인 3장 6구 45자 내외의 3(4)·4·3(4)·4의 음보율과 음수율의 형태를 충실히 따랐으며, 종장의 첫 어절 3자도 어김없이 지켰다. 옛 삼척지역(현재의 삼척시, 동해시, 태백시)의 문화재와 유적지와 기념물을 소재로 하여 교육적인 목적으로 시조를 창작하다 보니, 많은 내용을 단시조에 담기가 어려워서 대부분 4수에서 6수로 된 연시조의 형태를 많이 선택하였다. 3수로 된 연시조는 「공양왕릉」과 「충혼탑」이 있으며, 2수로 된 연시조는 「댓재 개통」 1작품뿐이다.

원명이 장생리니 불로장생한다는 곳/ 동해의 맑은 일출 제일 먼저 비춰주

네/ 댓재의 찻길 트이니 더욱 발전 하리라// 두타산 감돌아서 영서에 펼쳐
진 곳/ 자연이 수려하니 인심도 순박하네/ 하물며 고냉지 소채 소득증대
하리라

―「댓재 개통」

동해안 영동남부지역에서 영서지역으로 넘어가는 고개가 4개 있다.
대관령, 백봉령, 도계에서 통리재를 넘는 태백길, 그리고 삼척 미로에
서 하장을 거쳐 정선으로 가는 길이다. 이 시조는 댓재 너머 하장(예전
에는 지금의 태백시를 상장생리, 지금의 하장면은 하장생리로 부름)을 소개하며
노래한 그의 시조 중에서 가장 길이가 짧은 작품이기에 소개한다.

청봉의 유고 시조집의 내용면에서는, '민속'을 노래한 시가 8편 '민
족정기' 관련 시가 4편, '역사'를 노래한 시가 9편, '동굴과 계곡'을 노
래한 시가 5편, '사찰'을 노래한 시가 6편, '정자나 누각'을 노래한 시
가 11편, 산과 고개를 노래한 시가 13편, 강과 폭포를 노래한 시가 9
편, 천년기념물이 된 나무들을 소재로 한 시가 8편, 축하의 송(노래)이
4편, 함께 삼척 향토문화 연구를 하거나 작품을 쓰던 사람들의 죽음에
조시 형태의 시 2편, 노후에 가정과 자신의 행복과 노후에 경계엄을
노래한 시 2편, 삼척의 찬가 2편 그 외 6편이 있다.[9]

청봉은 말년에 글을 시작하여 작품의 예술성이나 현실참여 등에 치
열하게 다가서지는 못하고, 작품성에서도 다른 사람에 비해 수준이 떨
어진다. 작품들의 소재가 다양하지 못하고 거의가 삼척의 문화재나 자
연을 찬양하거나 노래하고 있다. 뛰어난 시적표현보다는 사실설명이

---

9) 앞에서 정연휘 시인이 유고 시조집의 편집을 위해 임의적으로 나눈 차례의 소제목의 작품을
필자가 다시 소재별 내용별로, 〈차례 1.민속〉에 '애바위', 〈5.사찰〉에 '겨울 구방사'를, 〈7.산
과 고개〉에 '댓재 개통'을, 〈9.그리고 삼척에는〉에 '삼척 찬가'를 넣어 재분류해보았다. 그리
고 〈차례9〉와 〈차례10〉의 소재목이 중복되어, 〈차례10〉을 〈10. 천년기념물이 된 나무들〉이란
제목을 붙여보았다.

나 느낌 정도 수준을 유지하고 있다. 그러나 시적이미지 처리는 비교적 잘 되어 있으며, 시의 교시적 기능인 문학이 독자에게 유익한 지식을 가르치는 교훈성과 공리성 면에서 그 가치가 크다 하겠다.

청봉 박재문은 문학 외에, 삼척공업고등전문학교 국어과 교수, 삼일중학교 교감 교장을 거쳐, 강원도 교육위원회 제 7대 교육위원(1988~1991)을 역임하고, 그 외 삼척군지 일부 집필(1985), 죽서문화제위원장(1986~1987), 삼척산업대강사, 회장으로 있던 향토문화연구회는 첫해(1989년)에 삼척문화와 관계되는 논문을 한데 모아 엮은 『실직문화논총』을 발행하였다. 3년째에는 우리 역사의 고문서인 '척주지'(허목), '척주선생안', 김종언의 '척주지', '척주절의록'의 4권의 고문서를 모아 『척주집』을 영인본으로 발행하였다. 또 1993년도에는 삼척을 노래한 약 500여수의 옛날 漢詩들을 찾아 '척주한시집'을 발행한 공적 등도 교육과 문화면에서 문학과 함께 평가를 받아야 할 것이다.

*참고 문헌은 각주로 대신합니다..
*관동문학회 · 강원도민일보 공동주최 작고문인 세미나 발표원고.

사랑의 詩學
— 박종화 시세계

I. 前提

朴鍾和 詩人은 처녀시집 「두타산 들국화」(1990년)에서 〈향토성 짙은 시〉와 삶의 한 본질인 〈사랑을 집중적으로 탐구하는 시인〉으로 주목을 받은 바 있다. 두 번째 시집 「작은 꽃대 하나 밀어 올려」에서도 계속 그는 사랑의 鑛脈을 더 깊이 파 들어가는 작업에 몰두하고 있었다. 그래 필자는 〈사랑의 詩學〉이란 제목으로 그의 시와 만나고자 한다.

사랑이란? 아끼고 위하는 따뜻한 마음으로 부모 · 남여 · 동정 · 연민 등의 사랑과 博愛, 慈悲도 내포한다. 또한 사랑이란 삶을 삶답게 살려고 하는 치열한 몸부림이며 안간힘이라고도 할 수 있다. 오늘날 산업사회가 몰고 온 각박한 현실 – 극도의 이기주의, 고아, 어린이 유괴, 인신매매, 강도, 살인, 마약, 전쟁 – 모두가 사랑의 부재에서 오는 것이다. 가슴에 사랑을 가꿔주는 방법으로 종교나 학교교육으로 실행할 수 있고, 문학작품을 매체로 간접적으로 감동을 통하여 효과를 거둘 수 있다. 사랑은 모든 문제를 해결할 수 있는 열쇄인 것이다.

본 시집을 해설하는 데는 두 가지 방법이 좋을 것 같다. 하나는 만남에서 이별 혹은 죽음 그리고 來世의 사랑 측면에서 작품을 분석하는 방법, 다른 하나는 작품의 소재별로 묶어 분석하는 법이 있겠는데, 후자를 택하는 것은 필자의 멋진 해설보다도 작가의 위치 정립과 그리고 독자의 시 감상을 쉽게 하기 위함이다. 그러므로 〈향토 시인〉과 〈꽃과 억새의 시인〉으로 관련 작품을 나누어 시의 형태 구조美보다는 의미면에서 살펴보는 것이 그의 작품 세계, 작품 정신에 보다 접근할 수 있으리라 생각된다.

II. 향토 詩人

鄕土 詩人이라 함은 시골 고향 땅의 자연 풍물·감정·사상 등을 소재로 시를 즐겨 쓰는 사람이라고 할 수 있다. 우리나라 전형적인 향토 시인으로 素月을 들 수 있다. 그의 작품 대부분이 故鄕을 부르고 故鄕山川을 노래했으며, 소월이 고향을 부르는 소리는 한국민족의 개개인이 고향을 부르는 소리와 같았기 때문에 독자들은 소월의 고향에 간 것이 아니라, 각자의 自己 故鄕에 마음으로 정신으로 간 것이며, 時空을 초월해 많은 독자를 확보하고 있다.

朴鍾和 詩人은 고향을 떠나지 않고 고향에 뿌리 내리고 사는 점이 소월과 다르나, 향토시를 즐겨 쓴다는 것은 남다른 鄕土愛가 있다는 증거가 된다. 그러한 그의 시를 두 가지 측면에서 살펴 볼 수 있는데 이 고장의 古事 傳說이나 名勝古蹟을 읊은 시, 지역의 개발로 말미암아 사라져가는 옛 자취의 아쉬움과 그 아픔을 사회 참여적인 면에서 쓴 시가 있다.

실직곡국 누천년의/혼불이 모여 일어서는 소리를/듣는다.
— 「오십천·1」 1연

작은 산새들이 새벽 일찍/몰려와 잃어버린 전설들을/재재거리며 일구어 내고 있다./높은 산 깊은 골에서 내달린/오목천은 산처녀 순이의 해맑은/마음 밭에 잔잔히 스며들고

- 「달 밭 골」 일부

강냉이 감자 가꾸며/누렁이 소 키우며/머루 다래랑 산열매 따며/더덕이랑
도라지 캐며/환하게 살아왔어요.

- 「둔들박이 마실 이야기」 5연

태초에 하늘이 열리고/두타봉이 우뚝 솟아올랐다/아! 누천년의 풍요롭고
복된 땅/이 찬란한 천혜의 보고/슬기로운 아침의 땅에/동녘바다 댓바람해/힘
껏 솟구쳤다.

- 「찬란한 아침해 힘차게 솟아라」 1, 3연

例詩 「달밭골」과 「둔들박이 마실 이야기」는 진실의 땅을 갈며 살아
가는 시골 사람들의 삶을 회화적인 수법으로 표현하고 있다. 「둔들박
이 마실 이야기」는 시의 서술어가 〈살아왔어요, 불러주어요~랍니다
〉(다른 시에서도 많이 사용됨) 등의 부드럽고 고백적인 語調(tone)를 사용하
여 순박하고 소박한 시골 맛을 더해주는 田園詩이다. 김남조는 「사랑
초서」라는 시에서 〈사랑은/ 정직한 농사〉라고 표현한 바 있다. 例詩
「오십친 · 1」에서 늘 삼국시대초기부터 실직곡국悉直谷國으로 존재했던
삼척의 젖줄이요 관동의 제일루 죽서루를 낳은 오십천(혼불)이 열린 세
계인 동해바다로 내달리는 힘을 노래하고 있다. 가장 지역적인(향토적
인) 것이 가장 세계적인 것이 될 수도 있는 것이다. 그리고 〈제1회 두타
문화제 및 제 10회 군민의 날에 부쳐〉라는 부제가 붙은 '찬란한 아침
해 힘차게 솟아라' 는 行事詩로 의도적이긴 하지만 이름만 들어도 정다
운 고장의 산이름, 강이름, 바다 포구 이름을 나열하여 옛 삼척 전체를
여행하는 느낌이 든다. 고향을 떠난 사람은 물론이고 그렇지 않는 사
람들도 이곳을 들렸던 추억이 살아나리라. 또한 이 시는 이 지역민의
긍지를 심어주는 시이기도 하다.

海望山과 飛來峯을 못잊어/ 밤이면 밤바다 東海 흰 파도 끌안고
탐하며 얼래다가 仙竹 마디/ 마디 환한 사랑을 채워 갑니다.

—「德峯山」 3연

옛날 신라 고려의 수천/ 수만의 승려들 예불소리 가사장삼/ 여미는 소리//
산골짝 새벽 찬공기 가르고/ 중봉당골 虎溪를 휘돌아 재를 넘는다.

—「中峯 단교암 절터에서」 일부

朴詩人은 고장의 傳說이나 古事가 전해오는 곳을 즐겨 시의 소재로
삼는다. 위의 例詩 2편도 그러하다. 「德峯山」은 근덕면 덕산리 해변에
위치한 산으로 먼 옛날 양양군에서 파도에 밀려왔다는 삼형제산(두 번
째가 원덕읍 호산리 해망산, 세번째가 경북 울진의 비래봉임) 중에 하나로 그 산
에 자라던 仙竹(自鳴竹)을 얻어 과거에 급제한 형제들의 형제애를 오늘
날에 떠올린다.

칠십아홉가구 조상대대로 발붙여 살며/씨뿌리며 가꾸며 닭개소리 징장구
소리/바람소리 시냇물소리 물속에 잠들었구나.// 최면장댁과 지서방 갈전댁
은 지금 어디메서/메밀 감자밭 메고 있을까./ 하장 광동댐 맑고 푸른 물은/ 지
구랭이와 번천골에서 때없이 몰려들고/그때 그 사랑 오늘도 녹아 흐른다.

—「광동댐에서」 일부

꽃피는 봄이 온다/원자꽃 피는 봄이/온단다.//교가땅 남애포에/원자력 발
전소/터 잡는단다.//알파베타감마/방사선 꽃 핀단다.//실직의 고도/천혜의 복
받은 땅/조상대대로 뼈 묻고/물려받아 가꾸어온지/어언 수천년에/이곳 복된
척주의 땅/원자꽃이 웬꽃이냐.

—「원자꽃·1」에서

위의 시 2편은 사회현실을 비판한 參與詩 계통의 글이다. 朴詩人은

전형적인 서정시인이라 할 수 있는데 환경에 따라 행동과 언어가 변함을 볼 수 있다. 이 고장에 원자력발전소와 핵폐기장이 들어오는 것을 지역주민들과 두타문학동인들 또한 반대운동을 벌인 바 있다. 시인이 자신이 몸담은 고장을 아끼고 걱정하는 것은 당연한 일이다. 「광동댐에서」는 상수도 댐공사로 매몰된 하장면 사람들의 안타까운 가슴앓이를 이 시대 시인으로서 함께 아파하고 있으며 떠난 이들의 안부를 묻고 있다.

이 세상은 다양해야 한다. 모두 같아서는 안된다. 그래서 인간의 모습과 성격이 다르고 인생관 문학관이 다르다. 우리는 參與니 純粹니 서로 비판할 게 아니라 서로를 인정하고 보완하는 정신이 필요하다. 세상살이도 마찬가지다.

III. 꽃과 억새의 詩人

그가 즐겨 사용하는 素材 중에 빼놓을 수 없는 것이 또한 꽃이다. 제1시집에서는 21편이었고 제2시집에도 26편이나 되므로 꽃의 시인이라 불러도 좋을 것이다. 우리는 같은 사물을 놓고도 바라보는 각도가 모두 다르다. 그의 시속에는 사랑이라는 강이 흐르고 있기에 꽃을 사랑의 美學(aesthetics)으로 바라본다. 사랑이란 시인(自我)과 세계의 同一性(identity)이며, 여기에서 동일성이란 자아와 세계(꽃, 억새 등)의 일체감이며, 이것이 그의 詩精神이라고도 할 수 있다. 그의 시는 同化(assimilation)보다도 감정이입법에 의해 자아의 세계와 일체감을 이루는 〈投射에 의한 동일성 획득〉을 취한다.

나 사랑을 할래/ 모든 것 벗어 던지고/ 나 사랑을 할래/ 뜨거운 여름 다 보내고/ 이 가을에 당신을/ 보듬어 안고/ 나 사랑을 받을래/ 사랑의 나팔을/ 마음껏 불래/ 춥지도 덥지도 않고/ 배고프고 목마르지 않는/ 그런 평화의/ 안식의 나팔을 불래/ 나 좋아 어쩔줄 몰라/ 사랑의 나팔을 불래/ 동해바다 흰파도 끌어 안고/ 이밤 다 하도록 사랑을 할래/ 하늘 향해 두팔 힘껏 펼쳐/ 나 사랑의 나팔을 불래/ 나 사랑을 할래.

– 「나팔꽃」 전문

이 시는 죽서루에 松江 표석비를 세우는 기념으로 우리 두타문학회가 시화전과 시낭송회를 개최했을 때 발표했던 작품으로, 삼척군 보건소에 기증을 하여 현관에 걸려 있다. 나팔꽃이 朴詩人 대신 감정이입법에 의해 사랑을 고백하고 있다. 곧 投射에 의한 동일성 획득을 취한다. 이시는 聯(stanza)의 구분이 없는 主情詩이며 고려가요와 맥이 닿는 〈솔직한 사랑가〉로 적절한 반복과 대구 고백적 語調 쉬운 詩語 등이 어울려 사랑을 노래한 그의 시 중에 白眉라고 할 수 있다.

① 첫날밤/ 문 열어줄/ 서방님 드리려고/ 온몸 구석구석/ 채워 왔습니다.

– 「석류」 3연

② 열두치마폭 고이/ 고이 간직해은/ 淨한 목숨 두어/ 시간 피었다/ 사그라 진다해도

– 「선인장꽃」 4연

③ 가슴 애태우며/ 부는 바람에도 얼굴 붉히며/ 한없는 보고픔으로/ 부풀어 익은 꽃방/ 터뜨리는 법을 배웠지요.

– 「봉숭아」 2연

④ 둥둥둥/ 북을 울려라// 톨톨한 검은 진주 꼭꼭 채워/ 아낌없이 드리리.

– 「분꽃」 1, 6연

⑤ 가까이 더 가까이/ 닿고 싶어 머리꼭지까지/ 환하게 달군답니다.

– 「달맞이꽃 · 2」 3연 일부

⑥ 따사로운 햇살이 부서지는/ 꽃밭에는 철늦은 수벌이 날아와/ 무거운 나래 접는다.　　　　　　　　　　　　　　　　　－「천인국·2」 3연

　꽃은 그 이미지가 여성적이라고 할 수 있다. 꽃을 素材로한 그의 詩에서 詩的自我(작가)는 여성적이고 고백적이다. 例詩 ①②④는 그 동안 사모하며 가꾸어 온 사랑을 임에게 드리겠다는 메시지며, ⑤는 달밤에만 피어나 임을 애타게 기다리는 마음– 숨어서 몰래해야 하는 사랑– 을 노래했고, ③에서는 풋사랑이 아닌 익은 사랑으로서 〈사랑의 꽃방 터뜨리는 법〉과 〈소리 없이 우는 법〉을 익힌 朴詩人의 사랑 철학이 여물어 가는 모습을 볼 수 있었다. 그래서 ⑥의 작품에서 〈철 늦은 수벌〉이라는 남성적 이미지로 돌아와 불혹을 넘긴 그의 현실의 꽃밭 (혹은 가정)에 나래를 접는 [안주安住하는] 것이다. 꽃을 소재로 한 詩에 신라 향가 「헌화가」의 주인공 절세미인 〈수로부인〉과의 로맨스가 담긴 「철쭉꽃」(2~4)가 있었다. 이러한 전통설화에 접맥된 同一性은 개인적 동일성이 아니라 原型的 同一性이다.

① 조용하고 아늑한 작은 浦口에/ 무거운 짐 부려놓고/마음껏 얘기해요.　　　　　　　　　　　　　　　　　　　－「억새꽃 한잎 띄우며」 9연

② 날지 않을래요/ 오는 세월 기다리며/ 올곧게 살 겁니다.　　　　　　　　　　　　　　　　　　　　　　　－「억새·2」 종연

③ 인연의 끈 훌훌 털어/ 신선이 될테야.　　　　　　　　　　　　　　　　　　　　　　　　　－「억새·3」 일부

④ 그날 그 하늘이/ 열리는 날/ 우리 함께 죽도록/ 사랑해요. 네?　　　　　　　　　　　　　　　　　　　　　－「억새·4」 종연 일부

⑤ 끌안고 밀렸다/ 되돌아가고 온/ 파도를 보아요.

－「억새·5」

⑥ 밤새워 나의 가슴에서/ 피워 낸 살잽이꽃을/ 당신의 꽃을 볼 수 있으리니.
－「억새·5」 5연

그의 처녀시집에서 「억새」라는 제목으로 시 1편을 선보인 바 있는데, 이번 시집에서는 序詩 外 9편의 연작시를 게재했다. 억새꽃 피는 동해바닷가에서 시 얘기 사랑 얘기 세상 살아가는 얘기 나누자는 서시로 대화의 광장을 열어, ②는 현실을 바르게 살아가려는 작가의 의지, ③④⑤와 「억새·7」은 〈인연, 공수래공수거, 윤회사상〉의 내용으로 불교적 세계관이 녹아 있다. 그의 시에는 대체로 저변에 동양사상인 儒·佛·仙과 배달교의 사상이 담겨 있음을 볼 수 있다. 그리고 「억새·6」과 「억새·9」는 바닷가의 이미지로 가난한 어부의 꿈→ 어부의 죽음 → 과수댁의 꿋꿋한 의지를 그렸다. 억새를 소재로 한 10편의 시는 〈불교 윤회사상과 바다의 끈질긴 삶〉을 형상화시켰는데 이것은 사랑의 영원성 즉 通時的 同一性(diachronic identity)의 탐구인 셈이다. 이러한 탐구는 늘 난관에 부닥치지만 도리어 우리는 동일성을 夢想하고 연속적이고 불변적인 것을 인생의 또 하나의 가치양상으로 찾으려 하는데 여기서 시의 존재 근거는 또 하나 확보되는 셈이다.

IV. 結語

朴鍾和 詩人은 鄕土 詩人이요, 꽃과 억새의 詩人이다. 그는 지역사랑을 나라 사랑으로, 개인적 사랑을 사회적, 역사적 사랑으로 확대하려는 시도를 꿈꾸는 詩人이다. 그의 시 素材로 곤충이 더러 등장하는

데 「매미」에서는 이몸 태울 수 있도록 님의 마음문을 열어 달라고 온 몸으로 노래한다. 그러다가 「사마귀」에서는 사랑을 위해서는 하나 뿐인 목숨까지 바친다. 이렇게 사랑의 힘은 위대하다. 산업사회, 각종 범죄가 만연하는 각박한 세상에 사랑을 테마로 작품을 빚어내는 朴詩人 같은 작가가 필요하다. 〈사랑의 詩를 통한 인간성 회복〉의 작업은 바람직하며 앞으로도 계속 탐구할 가치있는 작업이라 여겨진다. 그는 이러한 면에서 사회의 일익을 톡톡히 담당해 가고 있다.

다만, 朴詩人 뿐만이 아니라 이러한 경향의 시를 쓰는 사람들이 좀더 관심을 가져야 할 점을 몇 가지 든다면 다음과 같다. 첫째는 전설이 담긴 향토성의 시에서 과거의 얘기와 현실의식과의 접목, 둘째, 현대인들이 경시하기 쉬운 사랑의 진실성 · 순결성 · 영원성 등을 더 깊이 있게 탐구하기. 셋째, 연작시 형식이나 하나의 테마로 글을 볼 적에는 작품 게재 순서를 처음, 가운데, 끝의 내용으로 하던가. 또는 드라마(drama)的으로 쓰는 것도 바람직하지 않을까(?) 생각된다, 이 외에도 詩語 선택에 좀 더 신중하기 등은 朴詩人의 과제이며 우리 모두의 과제이기도 하다.

人生이나 文學에서 아직 설익은 사람이 선배의 作品을 들썩인 것이 어쩌 부끄럽기만 하다. 〈다음 시집에는 새로운 변신을 해야겠다.〉는 朴詩人께 기대를 걸며, 고향에 뿌리를 내리고 향토와 꽃과 억새를 소재로 하여 사랑을 美學으로 또한 詩學으로 승화시키는 작업에 몰두하여 제1시집 「두타산 들국화」 발간 일 년만에 제2시집 「작은 꽃대 하나 밀어 올려」를 발간하게 됨을 진심으로 축하드린다.

리얼하고 유머 있고 스케일이 큰 시

― 박인용의 시세계

1.들어가기

박인용 시인은 우리나라에서 최장수 시낭송동인회 중 하나인 두타 문학동인(두타시낭송회)에서 같이 활동을 하고 있는 시인이다. 삼척 시청 기획감사실장으로 재직하며 강원대 삼척캠프스 겸임교수로 나가고 있던 2004년도에 기행시집 『세상에서 가장 아름다운 생일 축하』(도서출판 '띠앗')를 내어 등단한 특이한 케이스이다. 그리고 박 시인이 관광 과장으로 재직할 당시, 필자가 건의하고 앞장서서 추진한 촛대바위가 보이는 삼척 증산동 해가사터에 해가사와 헌화가의 글과 그림이 그려진 '드레곤볼'을 의논하여 함께 설치하였다. 그는 바쁜 직장생활을 쪼개어 늦깎이로 삼척대학(현 강원대 캠퍼스)과 강릉대학교 대학원 영어영문학과를 나왔으며, 한국영어영문학회 회원으로도 활동하고 있다. 그는 삼척읍 우리지에서 출생하였으나 부친의 직장을 따라 삼척 도계에서 초중학교를 졸업하고 삼척고등학교로 진학을 하였다. 삼척시청에 근무하면서 세계 소방방재 EXPO 사무총장, 전략산업국장으로 퇴임 후 도계 블랙밸리컨트리클럽(주) 대표이사로 발탁되어 현재 근무하고 있어서, 이번 두 번째 시집에는 골프를 소재로 한 시가 31편이나 되며 『블랙밸리』(BLACK VALLEY)라는 시집 제목으로 책을 발간하게 되었다.

그의 첫 시집 『세상에서 가장 아름다운 생일 축하』는 시를 통해 재미있게 배우는 실용적인 안내서를 겸한 유럽을 중심으로 한 기행 연작 시집이었다. 제 1장에서는 유럽과 일본, 제 2장에서는 유럽과 북 아메리카와 남아메리카와 백두산, 제 3장에서는 여행 방법과 카지노게임 방법 등을 시인의 체험을 통하여 익살이 넘치지만, 때로는 서정적인 가슴으로, 때로는 비판적인 눈으로 쓴 작품들이었다. 〈잔잔한 물결 위 / 실바람 타고 온 하얀 뱃전을/ 부드럽게 애무하는/ 산타루치아// 중략 // 나폴리를 모르면/ 사랑도/ 인생도/ 예술도/ 그리고 죽음조차도/ 말할 수 없다(첫 시집의 시, 「나폴리를 모르면」 일부)

이번에 발간하는 시집 『블랙밸리』에 게재된 전체 작품 수는 85편이며, 제 1부의 골프를 소재로 한 작품 31편은 스포츠와 문학과 인생의 접목을 고민한 흔적이 보이는 연작시들이다. 제 2부의 31편은 우지리 고향이야기와 시인이 현재 근무하고 있는 도계의 이야기와 젊은 시절의 추억과 일상적인 삶을 소재로 하여 쓴 작품들이다. 제 3부 23편은 제 1시집과 같은 테마로 해학諧謔이 넘치는 기행연작시이다. 또한 유럽과 미국과 중국 등의 외국을 여행을 하면서 체험한 이야기, 그 시 속에 다가 우리들과 우리나라와 역사를 접목하여 본 스케일이 큰 시들을 볼수 있었다. 이 점이 박 시인의 시 쓰기 장점이며, 이번 시집 발간에서 건진 큰 성과의 하나이기도 하다. 본문에서는 1~3부로 나누어서 작품을 중심으로 독자와 함께 살펴보고자한다. 흥미 있고 즐거운 작품 여행이 될 것 같아 기대가 된다.

2. 스포츠와 문학의 접목 시도

프로가 생기기 전에는 스포츠는 가난한 사람들이 주로 하는 운동이었다. 그러나 경제적인 생활의 여유가 생기면서 프로가 생겼고, 예전에 복싱선수 등의 몇 명이 큰돈을 만져보던 때와 달리 프로 축구와 야구와 골프에서 큰돈과 명예를 한번에 손에 잡는 일이 많아졌다. 차범 근, 박지성, 박찬호, 류현진, 박세리, 최경주 등의 프로들이 그랬다. 이 번 소치 동계올림픽 피겨 싱글에서 은메달을 수상했지만 많은 세계인 들은 김연아는 동계올림픽 연속 금메달을 딴 세계의 피겨여왕으로 인 정하고 있다. 골프도 오늘날에는 많은 사람들이 선호하고 관심이 많은 일반화된 스포츠이다. 앞에서도 언급하였지만, 박 시인은 퇴임 후, 그 의 능력을 인정받아 삼척시 도계에 소재하는 블랙밸리컨트리클럽㈜ 대표이사로 발탁되어 3년간 골프장을 경영해오고 있다. 그래서 경영 을 위하여 골프를 공부하면서, 단골들을 안내하고 함께 골프를 치면 서, 골프를 치는 사람들과 대화를 통하여 그들의 삶과 시적화자의 느 낀 점을 시로 접목을 시도하였다. 그래서 탄생한 것이 이번 제 2시집 에 골프 연작시 31편이나 되며, 골프를 소재로 하여 이만큼의 분량을 시집에 게재한 사람을 아직 보지 못하였다.

검은 상처의 영혼들이/ 도화산 자락에다
열여덟 개 블랙홀을 만들었다
피라미드로 향하는/ 산티아고처럼
아이언으로 무장한 골퍼들은
블랙밸리에 묻힌/ 보물을 찾아 모여 든다
박씨를 물고 오는/ 물찬 황금 제비를 따라
블랙밸리에 오면/ 에메랄드와
사파이어를 만드는/ 연금술사가 된다
마법의 양탄자 같은/ 블랙밸리 그린은
골퍼들의 화려한 막장/ 블랙 홀 속으로는
영롱한 진주 구슬이/ 청량한 소리로 떨어지고 있다

― 「블랙밸리」 전문

박 시인은 「블랙밸리」를 제목으로 꼭 하고 싶어 하였으며, 작품성도 보여서 먼저 소개한다. 블랙밸리 골프장은 광부들의 땀과 혼으로 만들어진 삼척시 도계읍 도화산 자락 해발 928m에 위치한 골프장이다. 박 시인의 시 속에는 이따금 소설의 주인공이 등장한다. 파울로 코엘료의 소설 연금술사에 나오는 산티아고처럼 골퍼들은 골프장에 와서 보석을 만들어내는 연금술사가 된다. 〈박씨를 물고 오는/ 물찬 제비를 따라〉에서도 다시 우리의 고전 소설에 나오는 박씨와 제비가 인용된다. 여기서 '물찬 제비'는 중의법으로 함께 동반한 멋진 여인일 수도 있다. '골퍼들의 화려한 막장'에서도 광부들의 탄광 막장과 오버랩 되는 중의적인 파라독스paradox로 시의 맛을 한층 더 해준다. 그의 시 「돈키호테 라운드」는 그가 만든 말 조어造語로, 이 작품에서도 소설 속의 주인공 돈키호테를 골퍼로 등장시키고 소설 속에 나오는 종과 연인과 말이 시 속에서 행동한다. 소설 속에 인물을 골프장에서 만나는 시 기법은, 영문학을 전공하면서 세계의 여러 소설을 섭렵한 박 시인이 시 쓰기에 시도한 큰 장점이며, 성과라고 칭찬해주고 싶다.

> 돈 잃고/ 돈/ 돈 같은 놈이 있고// 돈 따고/ 돈 / 돈 같은 놈도 있고// 돈이 / 돈사람 에게는/ 돈 앞에 던져진 진주// 돈사장도/ 돈사장도/ 돈사장도// 돈내기 골프를 친다
>
> — 「돈 돈 돈」 전문

> 5공 골프는 돌/ 돌에 맞고 홀인원 되는 바람에 쌩 돈 깨진 사람도 많았고// 6공 골프는 물/ 물에 빠지는 공이 많아 골프공 회사는 경기가 좋았고// YS 골프는 깡/ 깡으로 치다가 IMF 만나 깡통 찬 사람도 많았고// DJ 골프는 뻥/ 뻥이 센 골퍼들은 퍼질러 주다가 남 좋은 일만 시켰고// NO 골프는 황/ 황당하게 말 많은 골퍼와 라운드 하면 말짱 황이고// JP 골프는 평생 2등만 했다/ 인생을 길게 본다면/ 차라리 2등이 훨씬 행복해 보인다
>
> — 「대통령 골프」 전문

오 바 마/ 오케이/ 바라지 말고/ 마크 하고 비켜주세요// 시 진 핑/ 시간 끌지 말고/ 진지하게 라운드 하고/ 핑계 대기 없기요// 아 베/ 아이쿠 하는 순간 OB가나니/ 베풀고 살아야지요// 박 G H/ 박수 치는 갤러리들과 함께/ Great/ Harmony

– 「태평양 골프 정상회담」 전문

　박인용 시인의 골프 관련 연작시 중에 정치인들을 해학적으로 풍자한 시들이 보인다. 그리고 골프를 스포츠로 인식 못하고 돈내기 골프를 치는 사람들을 은근히 비꼰 아이러니irony한 시도 보인다. 「돈 돈 돈」에서는 내기 골프에서 돈을 잃은 사람과 돈을 딴 사람 중에는 돈에 머리가 잘못된 돈豚(돼지) 같은 사람이 있다. 그런 사람에게는 돈이 돼지 앞에 던져주는 진주처럼 돈의 가치가 없지만, 돈 잃고 돈 따고 정신이 돈(나간) 사장들이 함께 돈내기 골프를 친다는 동음이의어同音異意語를 통한 해학적인 시다. 골프를 스포츠를 통한 좋은 인간관계 장소로 했으면 하는 화자의 마음이 담겨있는 시이다. 「대통령 골프」는 우리나라 대통령의 특징 중에 장단점을 한자로 돌, 물, 깡, 뻥, 황 등을 족집게로 뽑아서 골프에 반어적反語的이고 재미있게 접목시켜 독자들이 그 시대를 떠올리며 한바탕 웃음을 선사하는 시이다. 그리고 평생 일등을 못 했지만, 늘 2등만 하면서 오래 권력을 잡은 사람의 삶은 어떠한지 물어보고 있다. 「태평양 골프 정상회담」은 박 시인이 오마바와 시진핑과 아베와 박 대통령을 골프장에 초대하여 가정假定의 골프를 치게 한다. 그리고 이름의 글자를 따와서 2~4자 글쓰기를 한다. 짧은 글자 속에 각 대통령들의 특성이 재치 있고 흥미 있고 리얼real하게 살아서 금방 건저올린 생선처럼 펄쩍펄쩍 뛰고 있다. 골프 치면서 나누는 이야기 안주 감으로는 그만일 것 같다.

　페어웨이를 걸어갈 때/ 정답게 소곤거리며 가고// 중략 // 여자의 샷은/

잘 친 것만 기억한다// 그린에 올라서는/ 매 홀마다 하이파이브// 그늘
집에선/ 신선한 생 과일 주스를 골라주고// 라운드가 끝나면/ 골프는 늘
아쉽다고 한다

– 「연인 라운드」 일부

60타를 치는 골퍼는/ 나라를 먹여 살리고/ 70타를 치는 골퍼는/ 가정을
먹여 살리고/80타를 치는 골퍼는/ 골프장을 먹여 살리고/ 90타를 치는
골퍼는/ 친구를 먹여 살리고/ 100타를 치는/ 백돌이 백순이 들은/ 골프
공 회사를 먹여 살린다/ 골프를 치는 사람들은/ 모두가 애국자

– 「골퍼의 자부심」 전문

첫 번째 홀에서 실패해도/ 다음 홀이 있어/ 포기하지 않는다/ 두 번째 홀
에서 빗나가도/ 끝이 아니다/ 다시 시작 할 수 있는 홀이/ 기다리고 있다
/ 그래서 골퍼들은/ 열여덟 번의 기회에/ 희망을 건다/ 열여덟 개 홀이
다 지나더라도/ 내일을 기약 할 수 있기에/ 오늘의 헤어짐이 즐겁기만
하다/ 내일 또 다시/ 홀 컵에 떨어지는/ 풍경 소리를 듣기 위해

– 「열여덟 번의 희망」

위의 시 「연인 라운드」는 연인과 골프를 치러왔을 때의 모습을 시로
형상화 작품이다. 연인들이 데이트하는 좋은 감정으로 일관한다. 연인
이 뒤땅을 치면 잔디가 나쁘다는 말로, 공이 벙커에 빠지면 이 골프장
은 벙커가 너무 많다는 말로 위로하며, 라운드가 끝나면 늘 아쉽다고
한다. 그런데, 「부부 라운드」에서는 아내가 뒤땅을 치면 머리가 나쁘
다고 하고, 공이 벙커에 빠지면 하필 그쪽으로 치느냐 하며, 아내가 항
상 잘못 친 것만 기억하고, 라운드가 끝나면 항상 힘들다고 한다. 사람
사는 것도 그렇지 않은가, 필자도 언젠가 아내에게 운전을 직접 가르
쳐주다가 오랫동안 아내와 말을 안 한 적이 있다. 이와 비슷한 선정적
이고 재미있는 작품이 있다. 9등신 완벽한 섹시골프를 골프 기구와 골

프장에 재미나게 비유한「산드라 갈」, 힘 좋아도, 힘 약해도, 너무 길어
도, 너무 짧아도, 때려도, 밀어도, 낮가림해도 안 들어가지만, 부드럽
게 들이대면 들어가는「잘 안 들어가유」, 남녀 사랑도 그런 것이 아닐
까.「골프의 자부심」은 술 먹는 사람이나 담배 피우는 사람들이 술집
이나 담배 집에 물건을 팔아주고 나라에 세금을 내듯, 골퍼들은 잘 치
는 사람이나 못 치는 사람이나 애국자라는 우스개 소리가 고개를 끄덕
이게 하는 재미난 작품이다.「열여덟 번의 희망」은 보통 사람에게는 3
번의 기회가 주어지는데, 골프의 세계에서는 기회가 많으며, 실패를
하여도 다음을 기약할 수 있음을 시로 형상화한 작품이다. 외에도 인
생과 스포츠인 골프를 접목接木시킨 작품으로「인생교실」,「인생과 스
포츠」,「힘 빼는데 3년」 등이 있다.

3. 삶 그리고 인간에 경고의 메시지

제 2부의 31편은 우지리 고향이야기와 시인이 현재 근무하고 있는
도계의 이야기와 젊은 시절의 추억과 일상적인 삶을 소재로 하여 쓴
작품들이지만, 인간에 대하여는 경고의 매시지가 날카로운 칼처럼 여
기저기 번득이고 있다. 사람들은 모두 자신이 태어난 고향이 있어서
향수를 가지고 있다. 그리고 자랄 때의 유년의 추억이 그립고 아름답
다. 박 시인도 그러한 유년과 학창시절의 이야기를 소재한 시작詩作을
하였다.

동무들과 첨벙거리며/ 미역 감던 개울물이/ 쫓기는 듯 급하게 줄달음치
고// 염소 울음소리 들으며/ 뛰놀던 뚝방길은/ 시멘트 제방으로 바뀌었
고// 샘물이 마른자리엔// 물방개도 소금쟁이도/ 보이지 않았다// 질매
재 안길 따라/ 바람도 휘 돌아서/ 머물렀다 가지만// 쉬어 갈 곳 잃어버

린/ 동네 앞 개울물은/ 신작로 밑을 관통하는/ 배수관을 지나// 오염 된 자신이 부끄러워/ 바다를 향해/ 바쁘게 흘러만 갔다

—「앞개울」전문

어느 추운 겨울날 밤/ 이웃 동네 닭을 훔쳐/ 산에 묻어 놓았는데// 아침에 일어나 보니/ 한길 넘게 폭설이 내려/ 온 천지가 바뀌었다// 그 해 겨울은/ 눈 덮인 산을 바라보며/ 고기 맛을 못 본/ 산 짐승처럼/ 비실거리며 방황했다// 하느님이/ 우리들 죄를/ 하얗게 지워준 것일까

—「닭서리」전문

서울 사는/ 큰 아들 놈/ 금년에도 바쁘고// 사장이 된/ 둘째 녀석은/ 해외 출장으로 못 오고// 금년에도/ 땡비 영감 산소는/ 칠뜨기 같은 막내가// 형님들 공부 시켜준/ 아버님께 고맙다고// 풀을 내리고/ 잔을 올렸다

—「벌초」전문

앞의 시 「앞개울」은 시인이 태어나서 6세까지 자라며 미역을 감고 놀았던 우지리 마을 앞개울이 시멘트 제방으로 바뀌면서, 물이 빠르게 흐르고, 물의 양도 줄어들고, 급수로 사용하던 샘물도 말라서 추억이 사라진 고향을 안타까운 심정으로 유년 시절을 그리워하며 쓴 작품이다. 〈오염된 자신이 부끄러워/ 바다를 향해/ 바쁘게 흘러갔다〉는 것은 시적화자의 안타까운 마음이다. 그리고 마지막 연은 시적화자 개인에서 우리들로 확대를 시도한 자연사랑의 시이다. 자연 사랑 관련 시가 몇 편 있는데,「자연은 자연에 맡기자」에서 〈산불이 휩쓸고 간 자리는/ 새 생명들에겐/ 축제의 마당 입니다// 원초적 생명력을/ 잉태한 대지는/ 자연이 연출하는/ 새싹들의 버라이어티 쇼〉라면서 사람들이 아이들을 키우는 것과 같이 자연에 맡기자 주장한다. 그리고 자연을 파괴하고 멋대로 뜯어고치는 사람에게 자연이 「옐로카드 1, 2」의 폭탄 세례를 내리는 내용으로, 비판적이고 반성적인 눈으로 시를 형상화하고

있다. 「닭서리」에서는 이웃 동네에서 닭서리 한 닭을 감추어 두었는데, 눈 속에 묻혀 닭을 찾지 못하고 우울해 했던 에피소드를 재미있게 시화한 작품이며, 마지막 연에서 〈하느님이 우리들 죄를 하얗게 지워준 것일까〉하고 반성하는 마음이 담긴 부분이 돋보인다. 그와 유사한 작품으로는 국수공장 집 아들 경수를 꼬드겨 밀가루 한 포대를 훔쳐 중국집에 주고 공짜로 자장면을 질리도록 먹다가 들켜서 혼난 끝부분 〈그 때 그 자장면 맛/ 지금도 잊을 수 없네// 경수야!〉에서 웃음이 절로 난다. 경수는 가명으로 박 시인과는 고등학교 동기인 필자도 아는 사람이다. 며칠 전에 만났는데 시의 구절이 생각나서 지나놓고 한 참 웃었다. 「벌초」에서는 잘난 자식들은 서울 같은 대도시에 가서 살고, 고향에 살아도 잘 나가는 자식은 바빠서 벌초할 시간이 없고, 공부 못하고 출세 못한 자식이 부모와 지역의 일을 맡아한다는 내용을 시로 빚었다. 〈형님들 공부 시켜준/ 아버님이 고맙다고// 풀을 내리고/ 잔을 올렸다〉는 오늘의 세태를 비판적이고 반성적인 눈으로 바라보고 쓴 작품이다. 비판적인 시들을 좀더 살펴보면, 「지금 우리들 주변」에서는 목욕탕, 식당, 선술집, 자식들과 일어나는 웃지 못 할 일들, 유모차를 붙잡고 다니는 우리 어머니들 〈지금, 우리들의 자화상〉인가를 묻고 있다. 「에덴의 동쪽」은 서울의 모텔에서 일어나는 일들을 비판적으로 바라본 작품이다. 박 시인의 시에는 재미있는 에피소드가 있는가 하면 사회비판적인 글들도 많이 보이는 편이다.

그리움이 묻어나는/ 아득한 고향의 맛/ 왕대포 한 잔은/ 빈대떡 집이 좋았다// 돼지비계 기름이 튀어/ 반질거리는 외상장부 속/ 부끄러운 듯 자랑스러운/ 단골손님들// 노가다 최씨 5천원/ 꺽다리 김 선생 3천원/ 꼬마 이씨 4천원/ 코주부 영감 2천원// 나,/ 대머리 총각 7천원// 빈대떡집 외상장부

– 「춘양집」 일부

올망졸망한 새끼들을/ 먹여 살리기 위해 찾아든/ 쫄딱 구뎅이// 간드레 불 허리에 차고/ 곡괭이와 삽질만으로/ 질통에다 석탄을 캐 나르며// 쫄딱 구뎅이에 드나들던/ 수많은 사람들/ 불구가 되어 떠났고/ 죽어서 떠났고/ 쫄딱 망해서 떠났다// 멀쩡하게 떠난 사람은/ 아무도 없었다// 그곳에는/ 죽음이 너무 흔했다// 가난과/ 눈물은 더 흔했다

— 「쫄딱 구뎅이」 전문

　박 시인의 시에도 향토 시가 여러 편 보인다. 위의 시 「춘양집」은 박 시인이 총각 시절에 비 오는 날이면 술 생각이 나서 들렀던 삼척읍내 왕대포집이다. 그 때의 대포집이 지금은 거의 없어졌는데, 지금도 '본전집'이 남아있다. 그 시절에는 현금을 내고 먹는 단골은 없었다. 술값은 외상장부에 올려놓았다가, 월급날이 되면 돌아다니며 외상을 갚고는, 공짜로 주는 술을 얻어먹고 그냥 갈 수 없어서 또 한 잔, 그렇게 갚느라고 또 술에 취했다. 여기서 대머리 총각은 박 시인이다. 시를 읽는 독자들이 옛 추억을 떠올리는 정겨운 풍경이 눈에 보이는 듯한 회화적이고 향토적인 작품이다. 「쫄딱 구뎅이」는 박 시인이 자랐던 도계의 열악한 석탄 사업의 하나였던 영세 탄광을 소재로 한 작품이다. 도계에는 국영광업소인 도계광업소와 경동그룹의 모체인 경동광업소를 제외하고는 소규모 광업소가 몇 개 있었고, 그 외는 자본이 없어서 기계가 거의 없이 삽과 곡괭이와 질통으로 작업을 하다가 탄맥이 끊어지면 투자한 돈을 모두 잃고 쫄딱 망하고 말았다. 이러한 향토적인 소재로 하여 쓴 시들이 몇 편 더 있다. 「풍더꾸이」는 삼척 바다에서 나는 고기로, 해물탕으로 즐겨 먹지만 고유의 음식이름이 없다. 그래서 그 이름을 '풍더꾸이 해물탕'이라고 불러 주자는 제안을 하는 향토를 사랑하는 시이다. 그 외도 「피바람 칼바람」은 고려 마지막 임금 공양왕의 왕릉이 삼척 궁촌에 있는 것을 소재로 하여 쓴 향토시이고, 「퀴즈 대한민국」은 삼척의 문화재인 죽서루를 퀴즈식으로 시화한 색다른 형식의 향

토관련 시이다.

> 하얀 목련꽃 달빛아래/ 휘파람을 불면/ 실루엣을 벗어버리고/ 미소 짓던
> 여인// 자스민 향기 배어있는/ 샴푸 냄새에/ 숨 막힐 것 같은// 그런 여
> 인과/ 짜릿한 사랑을/ 한번 해 보고 싶다
>
> — 「사랑을 한번 해보고 싶다」 일부

> 헤어스타일이 바뀐 걸/ 본체만체 했다고/ 아내에게/ 퉁사발을 먹었습니
> 다// 중략 // 주말에 골프 한 번 치려면/ 월요일부터 철저하게/ 마누라의
> 비위를 맞춰야 합니다// 아는 척 잘난 척/ 직장에선 큰 소리 치지만/ 집
> 에서는 끝없이/ 비겁하고 초라해집니다// 별 탈 없이 살려면/ 아내에 맞
> 춰 생각하고/ 즐거워하는 습관을 길러야 합니다// 나이를 먹으면/ 마누
> 라에게/ 욕먹는 재미로 살아야/ 차라리 인생이 편안 합니다
>
> — 「남편 못해먹겠다」 일부

「남편 못해먹겠다」는 근래에 와서 갑자기 떨어진 남편들의 위상을
보는 듯한 시이다. 큰 소리를 치며 살던 남편이 나이가 들면서 세상이
바뀌면서 느끼는 일상을 반어적으로 재미있게 표현하였다. 남편들과
아내의 공감대를 불러오고, 시를 읽노라면 입가에 웃음을 슬며시 안겨
주는 남편의 인생 법을 알려주는 작품이다. 그러다가 보니, 남편들은
가정에서 못 이룬 여성상을 바깥에서 꿈꾸고 싶어 하는 망상에 빠진
다. 그러한 시가 「사랑을 한번 해보고 싶다」이다. 나이를 먹으면서 인
생에 관련된 작품들이 늘어난다. 여자의 일생, 저 세상에 가면 만나리,
추억의 아코디언, 인생은 하루살이, 세월 등의 시가 그러하다. 이러한
시에는 박 시인 나름대로 세월은 이러한 것이 아닌가 하는 인생철학이
시 속에 녹아 있다. 〈사람들은/ 세월에 쫓긴다고/ 시간에 쫓긴다고 하
지만// 세월은/ 가지도/ 오지도/ 흐르지도/ 않는다// 세월은/ 겨울/ 봄
/ 여름/ 가을/ 돌고 돌아/ 그 자리에 있다// 세월은/ 아무도 쫓아내지

않고// 세월 속에/ 사람들이/ 왔다, 가고// 또 다시 온다(「세월」 전문)〉

4. 기행 연작시, 스케일이 큰 시

제 3부의 시들은 제1시집 『세상에서 가장 아름다운 생일 축하』의 연작 기행시와 그 맥을 같이한다. 기행 연작시이면서 나와 우리와 역사를 돌아보는 스케일이 큰 시이다. 박 시인은 시의 스케일이 크다. 많은 시인들이 작고 세상에 잘 보이지 않는 소외된 것들을 즐겨 소재로 다루는데 비해, 그는 굵직굵직한 것을 소재로 하여 기교를 부리지 않고 시원시원한 목소리로 시를 쓴다. 앞에서 다룬 골프관련 연작시와 생활관련 시들도 그런 면이 보인다.

> 여행을 떠나자/ 로마에서는 역사를 깨닫고/ 파리에서는 예술을 느끼고/ 런던에서는 질서를 배우자// 여행을 하면/ 친구와의 우정과/ 가족의 소중함과/ 자신이 존재하는 이유를 알게 된다// 여행을 하면/ 외로움도/ 그리움도/ 기다림도/ 사랑도 알게 된다// 여행을 하면/ 밤하늘에 별과/ 구름과/ 바람과/ 대자연을 사랑하게 된다// 인생이 나그네라면/ 여행은 인생의 동반자
>
> ─「여행을 떠나자」 일부

> 아름다운 연인들의/ 사랑의 속삭임이 흐르는/ 몽마르트르 언덕// 햇살 같은 미소/ 투명한 눈빛을/ 거리의 화가에게 맡긴다// 섬세한 손놀림/ 스마일, 스마일 플리즈/ 여유로운 화가의미소// 가난 하지만/ 자유롭고 소박한/ 예술가들이 자리 잡은 곳// 꿈과 야망을 가진/ 젊은 예술가들에게/ 실망과 좌절도 함께 주는// 몽마르트 언덕/ 사랑의 속삭임이 흐르는
>
> ─「몽마르뜨 언덕」 전문

신과 가까이 하고 싶어/ 올리브 나무사이로 올라본/ 파르테논 신전// 중략 // 이 세상의 모든 문화유산 가운데/ 오직 한 개만 살려야 한다면/ 파르테논 신전을 살려야지요// 시간 너머에서 만난 파르테논 신전

「시간 너머로」 일부

　여행은 함께하는 사람과 우정을, 가정의 소중함을, 자신의 존재의 이유를, 그리고 외로움도 그리움도 기다림도 사랑도 알 수 있다고 시인은 말한다. 그리고 여행한 곳에서 역사와 예술과 질서를 배우자고 한다. 〈인생이 나그네라면/ 여행은 인생의 동반자〉라고 한다. 「여행을 떠나자」는 시를 읽노라면 여행 속에 이렇게 귀중한 보물이 들어 있구나 하는 생각에 금방이라도 여행을 떠나고 싶은 충동이 생긴다. 「몽마르뜨 언덕」은 파리 시내에 위치하며 마르스(군신)의 언덕 또는 순교자의 언덕이라고도 부른다. 19세기 후반 이래 고흐 등의 화가와 시인들이 모여와 인상파, 상징파, 입체파의 발생지라서 지금도 몽마르뜨 언덕에는 가난한 화가들이 관광객의 얼굴 사진을 그려주며 화가의 꿈을 꾸고 있다. 박 시인도 거기서 본인의 초상화를 그려왔다고 하였다. 그때 느낀 예술과 낭만이 흐르는 감정을 한 장의 수채화로 표현한 작품이다. 「파리에 가면」에서도 〈파리에 가면/ 누구나 시인이 된다// 중략 // 파리에 온 사람들은/ 영혼마저 사로 잡혀/ 파리의 노예가 된다〉고 하였다. 미국의 「샌프란시스코」에서도 도시가 죽고 싶고 죽이고 싶도록 아름답다고 한다. 마지막 구절에 우리 귀와 입에 익숙히 노래로 불러졌던 가요로 끝을 맺어서 시가 더욱 가까이 가슴에 와 닿는다. 〈너무나 아름다워서 죽고 싶은/ 미치도록 사랑 한다고 외치고 싶은/ 금문교, 골든게이트 브릿지// 중략 // 석양의 열기로 채색된/ 불타는 노을이/ 죽이고 싶도록 농염하게/ 수평선을 물들이고 있다// 불러라 샌프란시스코야/ 태평양 로맨스야(일부)〉 「시간 너머로」는 아테네의 파르테논 신전을 보고 〈이 세상의 모든 문화유산 가운데/ 오직 한개만 살려야

한다면/ 파르테논 신전을 살려야지요〉하고 극찬하며, '신과 인간이 공존하는 아테네'라고 하며, '시간 너머로 만난 파로테논 신전'이라며, 시의 끝을 맺는다.

> 세상 모든 곳에서/ 다 통하는데// 유독/ 우리나라// 대한민국에서만/ 통하지 않는// 원 달러 팁
>
> —「원 달러 팁」 일부

> 해 질줄 모르는/ 팍스 브리태니카 시절 약탈 한/ 인류의 문화 유적 전리품들// 영국 사람들은/ 문화재의 본적이나/ 유물의 소유권이나/ 그것의 현주소가 중요한 게 아니라// 유물들이 어느 곳에 있든지 간에/ 어떻게 잘 보관 되고 있느냐가/ 중요한 것이라고 궤변을 늘어놓고 있다// 약육강식 인가/ 적자생존 인가/ 역사의 아픔인가
>
> —「대영 박물관」 일부

> 위 촉 오 세 나라는/ 고작 육십 여년 역사에/ 삼국지가 걸작이다// 제갈량과 유비/ 관우 장비를 모신 사당/ 무후사 에는/ 중국인들의 자부심이 넘친다// 우리도/ 김유신 계백 을지문덕을 모시는/ 사당을 만들고// 신라 고구려 백제의/ 찬란한 삼국지를 만들어 보자// 적벽대전 보다 더/ 스케일이 큰 승전의 역사/ 살수대첩이 있지 않은가// 고구려 신라 백제는/ 천년 사직인데도/ 삼국지가 없다
>
> —「무후사」 전문

앞에서도 언급하였는데, 박인용 시인의 시에서 기행연작시는 특히 세계의 문화문명을 보면서 우리나라의 문화와 역사를 되돌아보는 스케일이 큰 시가 많이 보인다. 「원 달러 팁」에서는 유럽에서도, 아프리카에서도, 아시아에서도, 미국에서도, 다 통하는 원 달러 팁이 왜 우리나라에서는 통하지 않는가를 묻는 시를 썼다. 「대영 박물관」에서는 박

물관을 구경하는 것에서 그치지 않고, 인류의 문화 유물 전리품을 돌려주지 않는 영국을 비판하며, '약육강식 인가/ 적자생존 인가/ 역사의 아픔인가' 하고 문화를 빼앗긴 힘없는 나라의 설움을 시로 말하고 있다. 「베르사유 궁전」에서는 루이 14세 폭군 황제의 호화스런 사치가 세월이 흐른 지금에 와서는 관광 수입에 도움이 되는 '역사의 아이러니'를 보여주는 내용을 시로 형상화하였다. 수많은 백성들의 땀과 피와 목숨을 앗아간 중국의 만리장성이나 서태우의 이화원 등이 오늘날 관광으로 후손들의 주머니를 채워주고 있는 것도 역사의 아이러니가 아닌가. 시 「무후사」는 중국 스촨성 청두에 있는 제갈량 유비 등을 모신 사당 '무후사'를 살펴보며, 중국의 역사와 우리나라의 역사의 인물을 비교하며, 우리도 고구려 신라 백제의 '삼국지'를 만들어보자는 제안을 한 시이다. 「게티즈버그」에서는 〈게티즈버그에서/ 링컨의 동상을 어루만지며// 대한민국 여의도 1번지/ 정치인들을 향해/ 이렇게 소리치고 싶다// "아직도 멀었는가 한국의 민주주의는"〉고 외치며, 우리나라 정치인들도 백성을 위하는 링컨의 'Of the people/ By the people/ For the people' 정치를 하기를 염원하고 있다. 박 시인의 여행연작시에는 아름다움과 낭만을 노래한 시도 있고, 여행한 나라와 우리나라의 문화와 역사를 보며 비교하고 비판한 시도 있고, 우리가 어떻게 대처해야 하는지를 문제제기한 시도 있고, 작은 것보다 큰 것들을 시의 소재로 하여 리얼하고 유머 있고 쉽게 독자들이 읽을 수 있게 작품을 쓴 노력의 흔적이 보인다.

5. 나가면서

박인용 시인은 '시인의 말'에서 〈나는 3년 동안 퍼블릭 골프장을 경영하면서/ 스포츠와 문학의 접목에 관해 고민해 왔고// 골프가 작품화하기 적합한 스포츠라 생각되어/ 틈나는 대로 골프를 소재로 시를 써 왔다// 누군가 이미 시도 했을는지는 알 수 없지만/ 그동안 나름대로 창작한 작품들을 한데 모아/ 골프 연작시집 「블랙밸리」를 내놓는다〉고 밝히며, 표현과 용어 선택에 다소 무리가 있을지라도 이해와 용서를 바란다고 겸손하게 말하였다. 필자는 아직 골프관련 31편이나 되는 연작시가 실린 시집은 보지 못한 것 같다. 박 시인의 말처럼 그의 시는 용어 선택이나 표현 면에서는 다소 부족한 점이 없지 않지만, 연작의 힘이 느껴지는 골프 관련 시들 속에 리얼하고 재미있고 풍자와 인생이 담긴 것만으로도 성공하였다고 박수를 보내주고 싶다.

제 1시집에 이어 쓴 연작 기행시에서도 만만치 않은 그의 시적 힘과 역사를 바라보는 날카로운 눈과 시의 역량을 짐작할 수가 있다. 여행의 목적과 여행을 어떻게 해야 좋은지가 유머 있고 리얼하게 시 속에 녹아 있다. 즉 시를 읽다보면 그런 점을 자연스럽게 익힐 수 있는 안내서 역할을 한다. 그냥 여행을 하는 것이 아니고, 다른 나라의 문화 속에서 무엇인가 남이 못 보는 것을 나름대로 찾아내는 참신한 생각이 돋보인다. 그의 생활시에서도 재미있는 에피소드가 있는가 하면, 나이를 먹으면서 사회생활에서 경험한 일들을 소재로 인생철학을 담은 시들도 있고, 사회비판적인 글들도 많이 보이는 편이다.

시를 쓰는 모든 사람에게도 해당되는 말이지만, 시는 설명보다는 표현을 하여야 한다. 이점을 고려하여 작품을 쓴다면, 장점으로 이미 갖추고 있는 한 가지 소재를 깊이 파고 들어가는 연작시의 힘, 작품 속에 녹아 있는 삶의 철학과 리얼과 해학과 비판적인 눈이 있기에, 좋은 시를 쓰는 훌륭한 시인이 될 것이라 믿는다. 머지않아 공직의 무거운 짐을 벗고 자유로워지면 좋은 작품도 많이 읽고, 많이 생각하고, 문학 동인들과 어울려 멋지게 시낭송을 하고 작품을 쓰면서, 그리하여 다음 제 3시집에서는 더욱 발전된 작품으로 독자들에게 작품집을 내놓기를 기대해 본다.

삶 속에 농주처럼 잘 익은 시

— 박정보의 시세계

1. 들어가기

박정보 시인을 처음 안 것은 그가 척추수석회 회장으로 있던 수석 전시실이었다. 그 후에는 돌밭이나 지역의 수석전시실에서 간혹 만나 가벼운 인사를 주고받는 정도였다. 그런데 금년 2월 필자는 중등학교 교장으로 만 62세, 그는 강원대 교수로 65세 정년퇴임을 함께 하면서 부쩍 가까워졌다. 그는 근래에 시를 쓰고 있다고 하였다. 그의 시를 찻 집에서 보면서부터 자연스럽게 만나 시와 돌(수석)얘기를 하게 되었다. 그가 쓴 시를 10여 편을 놓고 함께 읽고 퇴고하며 시론을 펼치다 보면 몇 시간이고 족히 걸려서, 찻집을 나와 다시 식사를 하며 시에 대한 얘 기가 펼쳐졌다. 어떤 때는 주인이 문을 닫는다고 하여 쫓겨나기도 하 였다. 둘의 취미가 수석과 시라서 만나면 할 얘기가 끝이 없었다. 시는 내가 지도를 하는 입장에 있었고, 수석은 필자가 25여 년 하였지만 그 가 더 경력이 많아서 나에게 지도하는 입장이었다. 그의 시 경력이 비 교적 짧은 기간이었지만, 열심히 노력하여 모두 120여 편이 되었다. 그에게 시낭송 역사로 우리나라 다섯째 안에 손꼽히는 삼척의 두타문 학에 들어와 활동을 하다가 시단에 등단하라고 권하였지만, 취미 생활 로 한다면서 겸손하게 거절하였다.

그러던 중, 계간 《시선》의 정공량 주간이 나에게 놀러왔다가 찻집에 서 그의 시와 서성옥 작가의 소설을 보고 추천을 할 만한 수준이라 하여 추천작품을 한번 보내보라고 하였다. 그래서 금년 겨울호(2013년)에 다행히 두 사람 모두 추천을 받게 되었고, 시도 한 권 분량이 넘기에 내친 김에 시집 발간을 추진하게 되었는데, 그는 나중에도 필자에게 취미 생활로 쓴 작품인데, 등단을 하고 시집을 세상에 내는 것이 부끄러운 일이 아닌지 하면서 또 겸손한 심사를 두어 번 드러내었다.

그가 태어난 곳은 대구이며, 직장을 따라 영주가 제2의 고향, 이곳 삼척이 제3의 고향이라고 할 수 있다. 그는 대구의 명문중학교인 대구 중학교에 다니는 성적이 우수한 학생이었지만, 중학교 시절 그 때부터 영화감상에 미친 듯이 빠졌다. 청구공전 5년제(영남공업전문대학)에 다닐 때는 시나리오를 쓰기 시작하였고, 신춘문예에 보내기도 하고 영화감독에게 보냈지만 모두 희소식이 없었다고 한다. 그는 그 때 쓴 작품 「절규絕叫」(1966년), 「욕망慾望의 포로들」,(1967년) 등을 보여주기도 했다. 그는 부모님 말씀대로 먹고 살기 위하여 공대 쪽으로 진학을 하였고, 공대교수와. 어울리지 않는 예술 쪽으로 눈을 돌리곤 하였다. 수석 경력이 40여 년, 그리고 그가 좋아하는 달과 소나무 등을 주제로 한 한국화를 오랫동안 그려오고 있다. 삼척에 오기 전 근무지 영주에서 '소당小堂 박정보 동양화전'(1977년)을 한차례 가진 바 있지만, 주로 자기 취미생활로 그림을 그리고 있으며, 내가 보기에는 그 수준이 어느 경지를 넘어서고 있는 것 같다.

그는 근래에 귀가 잘 들리지 않아 사람들과 대화하기가 좀 어렵다. 그래서 독백으로 대화가 가능한 예술 세계로 깊이 침잠하는지도 모른다. 그의 전공은 공업이지만, 예술의 기질이 넘쳐흐르는, 예절바르고 겸손한 그의 시세계를 쓰게 되어 기쁘면서도 그의 작품에 누를 끼치지나 않나하여 걱정이 된다. 작품을 살펴보는 순서는 '취미 생활과 문학', '가족 사랑과 사회 사랑', '정서의 풍경과 자성적 목소리'로 한다.

2. 취미 생활과 문학

앞에서도 언급을 한 바와 같이 박정보 시인은 취미 생활이 수석과 그림과 문학이 전부라고 할 수 있다. 운동이나 술자리나 잡기 같은 것은 별로 관심이 없다. 요즘도 집에서는 수집한 돌을 만지고, 그림을 그리고, 밤에 잠이 안 올 때는 시를 쓴다고 한다. 나이가 들면서 한 밤중에 잠이 자주 깨는데 그 때 일어나서 글을 쓰는 것이 참 좋다고 한다. 그림처럼 번거롭지도 않고 종이와 펜 혹은 컴퓨터 앞에 앉으면 글을 쓸 수 있어서 글을 쓰기 시작한 것이 정말 잘했다고 좋아했다.

> 영주시 안정면의 해맑은 실개울/ 소백산 한 자락인 죽계천이 있다//
> 1975년 이른 봄날 내 수석 길의 첫걸음/ 찬 물속 헤매며 비료포대에 돌을 가득 채우고/ 자전거에 싣고 재를 넘던 퇴근길// 반년을 탐석해 곱게 진열하고/ 수석 선배 모셔 놓고 한 말씀하시랬더니/ 다 내삐리소!/ 공들이던 내 돌탑이 여지없이 무너졌다// 형, 질, 색조차도 모른 채로/ 수석도 돌이라 생각만하고/ 저만하면 수석이지/ 동네 개울 죽계천에서 시작한/ 수석의 내 첫걸음은 시린 헛걸음이었다// 애시당초 수석 한 점 나올리 만무한 곳/ 그래도 죽계천은 내 마음 속 수석의 고향이다
>
> — 「석수壽石입문」 전문

수석인들은 꽃 다음단계로 분재, 그 다음 단계로 난, 그 다음 단계가 수석이라고 한다. 그만큼 수석의 세계는 오묘하고 공부하기가 끝없이 넓고 깊다는 것이다. 그래서 간단히 말하면 형(모양), 질(강도), 색(색깔)을 보고 우선 그 돌을 평가한다. 돌은 배우고 연구해도 그 끝이 잘 보이지 않는다. 탐석은 자연이 만든 작품을 돌밭에서 사람이 취미 생활로 찾는 일이다. 탐석과 수석 감상을 통하여 인생을 배우고 예술의 아름다움을 누릴 수 있다. 위의 작품은 그가 퇴근길 영주 소백산 죽계

천에서 반년을 탐석하고 수석선배에게 평가를 받았던 얘기를 시로 형상화한 작품이다. 그가 처음 탐석을 시작한 40여 년 전에는 수석에 관한 이론 서적이나 전문 수석 월간지가 거의 없던 시절인 것 같다. 처음 시작한 탐석이 선배의 한 마디에 반 년 동안 쌓은 공든 탑이 무너져 버린 것이다. 필자도 배낭 짊어지고 탐석한 돌을 이사 갈 때는 한 차씩 버린 일들이 생각난다. 그렇지만 탐석 지 첫 사랑이었기에 죽계천을 시적자아는 '수석의 고향'으로 잊지 못한다. 사람이 사는 것과 탐석과 돌 사랑도 비슷한 것임을 시를 통하여 넌지시 말하고 있다.

돌 배낭 삼십팔 년/ 빈 배낭이 지천이던 날/ 언제부턴가 맨 손도 무덤덤하더니/ 날이 갈수록 무덤덤해진다// 내가 가지고 있는 돌에는/ 섭섭이가 꽤나 많다/ 젊은 날 멀리 가서 빈 배낭으로 돌아오며/ 섭섭해서 데리고 온 놈들// 이름도 성도 없는 그냥 섭섭이/ 집에 와서도 푸대접에 또 서운했을/ 그렇게 끌려와서 늙어 가고 있는 그것들// 내 몸에도 세월의 때가 내려앉을 즈음/ 세월에 너도 익을 무렵/ 이제야 너를 찾아서 본다/ 푸른 날 다 보내고 서로 마주앉은 섭섭이/ 그날 거기서 내가 너를 처음 본 듯 지금 쳐다본다/ 섭섭이라는 그 이름표를 떼고 본다
— 「섭섭이」 전문

내가 만나 데려온 뭉실이는/ 병곡 바닷가 밤낮을 구르던 두루뭉실이/ 바다 삼킨 복어배로 천연덕이다/ 어느 모로 보아도 두루뭉실해/ 속없는 천하태평 넉살로 살고 있었다// 지금은 내 곁에서 뒹굴고 있는/ 묵은 내 친구 두루뭉실이//
— 「두루뭉실이」 일부

'섭섭이'라는 이름은 예전에 어느 딸부자 집 딸 이름으로 부르는 것을 들은 적이 있다. 탐석을 갔다가 명석을 한 점도 못하는 날 빈 손으로 그냥 오기가 섭섭해 주워온 돌에게 박 시인이 붙여준 이름이다.

명석을 해오면 좌대를 하거나 수반 위에 놓고 기름을 바르거나 물을 뿌리면서 이름을 지어주고 수석인 들을 불러 자랑을 한다. 그러나 섭섭이는 마당이나 창고 구석에 자리를 한다. 돌들도 푸대접을 받으면서 이름처럼 섭섭했으리라. 그러다 〈내 몸에도 세월의 때가 내려앉을 즈음/ 세월에 너도 익을 무렵/ 이제야 너를 찾아서 본다〉 수석인 박시인도 세월의 강가의 돌처럼 이끼가 내려앉을 나이에 섭섭이 돌과 마주 대하고 대화를 한다. 〈푸른 날 다 보내고 서로 마주앉은 섭섭이/ 그날 거기서 내가 너를 처음 본 듯 지금 쳐다본다/ 섭섭이라는 그 이름표를 떼고 본다〉 나이가 들면서 명석이 아닌 마당가의 혹은 창고 속의 섭섭이 돌들과도 대화를 하는 것이다. 이 말은 사물인 돌과도 대화를 하고, 좀 학식이나 지위가 떨어지는 사람들과도 만나고 어울려 대화를 하며, 그 동안 푸대접하던 '섭섭이' 들에게도 그 이름표를 떼고 대하는 키를 낮춘 삶, 이 시의 앞부분 그는 〈돌 배낭 삼십팔 년/ 빈 배낭이 지천이던 날〉처럼 욕심을 줄이는 삶을 시로 잘 형상화하고 있다.

'병곡' 이란 지명은 경북에 있는 해석海石이 나는 곳이며, '두루뭉실이' 또한 박 시인이 돌에게 붙여준 이름이다. 둥근 환석에 가까운 돌이지만, 확실한 환석은 못되지만, 〈바다 삼킨 복어배로 천연덕이다/ 어느 모로 보아도 두루뭉실해/ 속없는 천하태평 넉살로 살고 있었다〉 시인은 돌이 복어배처럼 생겼고 천연덕스럽고 천하태평 넉살이 좋다고 하였다. 돌을 인격화하여 매타포로 익살스럽게 잘 표현하였다. 이 돌은 앞의 시 '섭섭이' 와 달리 수석인의 곁에서 오래된 친구가 되어 사랑을 받고 있다. 함께 시집에 실린 「조우遭遇의 순간」은 돌을 찾는 순간을 '갓 잡은 물고기' 와 〈오늘은 왜 이리 눈이 부신가/ 돌멩이 찾은 이 봄빛은〉이라고 노래하고 있다. 「조약돌」에서는 〈산다는 건 견디는 것/ 견뎌내는 거라고/ 세상 한 모서리 부딪히며/ 구르는 거라고〉 얘기하며, 그리고 〈헤아린 세월보다/ 깎이고 덤도 주고/ 해 설피 웃고선/ 바래진 그림자/ 어머니〉라는 시적 표현은 돌을 통하여 삶의 가치를 일깨워주는 좋은 작품이다. 앞에서 말한 돌에 관한 박 시인의 시를 통하여 사람이나 수석탐석이나 돌 사랑도 사람이 살아가는 것과 다름이 아님을 알 수가 있겠다.

> 내 그림 속에는 없다/ 명품송 천년송 미인송은/ 동구 밖 옹기종기 서 있거나/ 도래솔 같은 나무들이다// 슬퍼도 기뻐도 찾고/ 지치면 그늘에 쉬기도 하는/ 속편한 그저 그런 나무// 이름값 하는 소나무는/ 줄 하나 쳐놓고 사람이 막는다/ 몸이 멀면 마음도 갈 수 없듯/ 나무인들 외로움이 사람과 다를까// 살이 트도록, 등 붙이고 살다가/ 도래솔 발밑에 묻혀/ 그 너머 생生도 / 그림처럼 같이 살라한다
>
> – 「내 그림 속 소나무」 전문

박 시인이 취미로 오랫동안 작업하고 있는 한국화 얘기를 소재로 쓴 작품이 몇 편 있는데, 본 시집에 게재된 그림에 관한 글은 위의 작품이 한 편 실려 있다. 「내 그림 속 소나무」는 명품송이 아닌 무덤 근처에 둘러선 도래솔이나 동구 밖 소나무를 소재로 하여, 함께 어울려 사는 평범한 삶을 주제로 하고 있다. 시인은 체질적으로 명품은 잘 맞지 않는 것 같다. 나무도 그렇다. 그래서 〈슬퍼도 기뻐도 찾고/ 지치면 그늘에 쉬기도 하는 / 속편한 그저 그런 나무〉를 찾는다. 그리고 명품인 사람이나 나무는 외롭다. 그래서 〈살이 트도록, 등 붙이고 살다가/ 도래솔 발밑에 묻혀/ 그 너머 생도/ 그림처럼 같이 살라한다〉는 시적 자아가 사후 내세來世에서도 그림의 소재로 즐겨 그리는 도래솔 발밑에 묻혀 그림처럼 살겠다는 욕심이 없는 소박한 삶을 표현한 작품이다.

> 돌 하나 손에 들고/ 설산노송 그림을 보았다.// 산은 가득 눈雪에 묻혀/ 더 이상 오를 길이 없다/ 산 중턱에 우뚝 선 노송/ 오래된 눈 속에 겨우

서 있다/ 가지도 머리도 눈을 이고 휘었다/ 기개氣概도 가득 몸에 지고
서 있다// 밤이면 하얗게 달이 차올라/ 달빛도 짐인 듯 노송 위에 내려앉
는다// 하얀 머리 우리 아버지를 따라/ 비탈길 짐을 지고 오르던 길/ 눈
속에 갇혀서 지나온 시간마저 아득하다

―「설산노송도雪山老松圖」 전문

위의 시는 그림은 아니지만, 탐석을 하다가 돌 속에 「설산노송도雪
山老松圖」가 그려진 문양석文樣石을 찾아 시인은 붓이 아닌 언어로 그림
한 폭(word picture)을 그렸다. 화가가 그린 작품이 아니라 신神이 내린
명석이다. 눈앞에 이미지가 뛰어난 동양화 한 폭이 펼쳐진 서정시이
다. 그 그림 속에는 눈이 쌓여서 더 이상 산길을 오를 수 없다. 산 중턱
에 눈을 온 몸으로 이고도 기개가 있는 노송이 한 그루가 우뚝 서있고,
밤이면 달빛이 노송에 내려앉는다. 그리고 아들과 아버지가 걷던 비탈
길을 돌 속에서 회상한다. 〈하얀 머리 우리 아버지를 따라/ 비탈길 짐
을 지고 오르던 길/ 눈 속에 갇혀서 지나온 시간마저 아득하다〉

날선 칼 연어의 꼬리같이 퍼득인다/
섬뜩한 날이 없다면 시가 될까//

작은 바람에도 날을 세우는/
댓잎의 모서리/ 양팔저울의 경계에서/
혹은 곡예사의 외줄에 서서//

연어의 꼬리같이 퍼덕이며……

―「시」 전문

박 시인 나름의 시의 정의를 내려 본 것이다. 시인은 시를 〈날선 칼
연어의 꼬리같이 퍼득인다〉, 〈작은 바람에도 날을 세우는/ 댓잎의 모

서리〉, 〈양팔 저울의 경계에서/ 혹은 곡예사의 외줄에 서서〉라는 신선하고 참신한 비유로 표현을 하였다. 그리고 '섬뜩한 날이 없다면 시가 될까' 하고 시인은 사회의 어두운 면과 약한 자들의 대변과 시의 예리한 감각을 떠올려야함을 말하고 있다. 그의 시는 '연어의 꼬리같이 퍼덕이며……' 계속 전진할 것이다.

시를 소재로 한 시가 3편 더 있다. 「멸치 반찬과 시」는 어제도 오늘도 먹는 멸치조림의 멸치의 눈과 시적자아의 눈이 서로 외면하다가, 어제도 오늘도 써야하는 시를 생각하고 밀쳐둔 멸치 반찬을 다시 끌어당기는 시 쓰기의 운명을 형상화하였다. 「조청」은 할머니의 사랑이 담긴 작품이며, 〈날마다 뒹구는/ 머릿속 상념들/ 가마솥에 쓸어 담고/ 졸이고 졸이면/ 조청 같은 말글이 되어/ 시 한 줄 써질까〉하고 시 쓰기를 할머니의 조청을 만드는 과정에 비유한 참신한 시이다.

3. 가족 사랑과 사회사랑

시집에 실린 가족 사랑과 관련된 시는 어머니 사랑을 주제로 한 시가 4편, 아버지 사랑을 주제로 한 시가 3편, 아내의 사랑을 주제로 혹은 아내를 소재로 한 시가 4~5편 정도 된다. 그러한 작품들은 향수의 이미지가 대부분 드라마의 배경처럼 깔려 있다.

투박한 손에 들고
눈빛으로 쥐어 주신 어머니 손길
굴비 한 손에 배인 정情이
소태처럼 절어있다
짠물 같은 세상이라지만
짜디짠 너의 맛이 뭉클하다

더운밥 한 술 한 술
굴비 뜯어 얹어 주신 비렸던 어머니 손
굴비를 보니 눈물겹다
산수화처럼 아득한 옛 고향집
어머니 차려주시던 밥상이 떠오른다

- 「굴비 1 」 전문

　길을 가다가 누군가 "어머니!"하고 부르면 모든 사람들이 돌아본다. 어머니는 모든 사람들의 고향이요, 향수요, 출발점이다. 그 이름만 들어도 가슴이 뭉클하고, 눈물이 난다. 박 시인도 마찬가지이리라. 어머니가 투박한 손으로 굴비 한 손을 아들에게 건네면서 시의 씨앗이 눈을 뜬다. 〈굴비 한 손에 배인 정情이/ 소태처럼 절어 있다〉는 표현에서 어머니의 사랑이 간으로 배인 소금에 비유되었고, 나아가 〈짠물 같은 세상이라지만/ 짜디짠 너의 맛이 뭉클하다〉로 시가 발전한다. 2연에서는 굴비를 보며 유년시절 〈더운밥 한 술 한 술/ 굴비 뜯어 얹어 주신 비렸던 어머니 손〉을 만난다. 그 배경으로 〈산수화처럼 아득한 옛 고향집/ 어머니 차려주시던 밥상이 떠오른다〉 시각과 미각의 공감각적 이미지가 돋보이는 그림을 보는듯한 회화적인 작품이다. 〈해종일 일만 하는 엄마 등에는/ 낡은 적삼이 배춧잎으로/ 소금에 절여지고 있었다〉는 소금의 이미지의 시로는 「어머니」가 더 있다. 그리고 할머니 사랑의 시가 한 편 있는데 제목은 「밤을 깎으며」이다. 할머니 제삿날 밤을 예쁘게 깎으려고 하다가 대추보다 작아진 밤을 보며, 〈할매 미안합니더 쪼매해도 이쁜 게 더 좋지예?〉하고 할머니 앞에서 환갑이 지난 손자가 아양을 떠는 모습이 정겹고 재미있다.

　여섯 살 나를 바지게에 지고 / 논둑을 걸어 집에 오는 길/ 처음 노래를 배웠다/ '해는 져서 어두운데……' // 육십 년 보내 놓고/ 내가 아버지를 업는다/ 안 된다 애비야 허리 다칠라/ 아흔 세월도 자식 걱정 삭지 않고/ 나비 같으신 가벼움이 내 마음을 무겁게 한다// 저녁 마당 돌면서/ "아버지 목소리 옛날과 똑같은 데요"/ 등 울리는 아버지의 / 가는 숨소리/ '해는 져서 어두운데……' // 아버지와 아들의 하얀 머리 위에/ 저녁달도 하얗게 비친다

-「아버지」 전문

어머니와 자식과의 사랑은 누구나 가슴이 울먹이도록 진하다. 그러나 아버지와 자식 사랑은 그렇지 못한 것이 우리 아버지들의 겉으로 잘 내색하지 않고 안으로 감추는 성격 때문이 아닌가 생각 된다. 「아버지」는 어린 자식을 바지게에 지고 논둑길을 걸어 집으로 오는 길에 아버지는 '해는 져서 어두운데……' 하고 노래를 불렀다. 그 후 60년 뒤에 자식이 아버지를 업고 아들이 그 노래를 부른다. 마지막 연 〈아버지와 아들의 하얀 머리 위에/ 저녁달도 하얗게 비친다〉에서 아버지와 아들도 세월 앞에서는 장사가 없음을 넌지시 말하고 있다. 하얗게 머리에 서리가 내린 부자의 사랑이 담긴 시청각의 이미지의 가슴 따뜻한 시이다. 「아버지의 손」은 어린 시절 학교를 안 가고 중간에서 놀아버린 날, 아버지의 엄한 벌과 잠결에 몰래 다리를 주물러주던 일, 졸업 후 취직 인사를 드리고 한 밤중에 돌아온 풀이 죽은 자식에게 말없이 등을 다독여주던 아버지의 따뜻한 마음을 굵은 선으로 시화를 하였다. 「늙은 소나무」는 동네 앞에 말없이 서 있는 소나무를 아버지와 할배 같은 나무로 인식한다. 소나무가 아버지와 할아버지 대신 의인화 되어 말한다. ─ 〈종알종알 어린 자식 어느덧 제 집 꾸려 다 떠나고 / 문득 반백半白으로 마주 보는 늙은 저 소나무/ 내게 말하기를/ "백년도 힘이 들지?"〉

두 날을 묶었던 가위의 나사가 망가졌다/ 싸우다 등을 돌려버린 우리 부부 같다/ 떨어진 가윗날 두 개, 날은 섰지만/ 홀로는 가위가 될 수 없다// 좁쌀 같은 말들이 부딪쳐/ 침묵하는 우리 부부/ 꼭, 제 입만큼만 베어 무는/ 가윗날의 절제와 지혜를 보지 못한다/ 부딪칠 듯 슬며시 비켜 주는 슬기와/ 지퍼같이 맞무는 고운 입술을 보지 못한다// 서로 바라보는 작은 행복조차 놓치지 않는 가위/ 언제나 부둥켜안고 있어도 아쉬워만 한다/ 두 몸이 곧 하나/ 함께 떠남을 알기에 소중함을 잊지 않는다/ 마주 보며, 살아 있음에 늘 감사한다/ 있을 때 잘해 가위가 날끼 세워/ 나를 나무란다

- 「가위」 전문

　가위를 부부에 비유한 발상이 참신한 시이다. 〈두 날을 묶었던 가위의 나사가 망가졌다/ 싸우다 등을 돌려버린 우리 부부 같다〉는 발상으로 시의 실마리가 풀린다. 좁쌀 같은 작은 말이 부딪쳐 침묵하는 부부지만, 〈부딪칠 듯 슬며시 비켜 주는 슬기와/ 지퍼같이 맞무는 고운 입술을 보지 못한다〉는 가위와 지퍼의 지혜를 시인은 발견한다. 그리고 가위가 있을 때 잘 해 하고 날끼 세워 나를 나무란다. 사물인 가위를 통하여 부부가 함께 잘 소통하고 사랑하고 사는 지혜를 발견한 것이다. 읽는 독자에게는 체험의 공감의 기쁨을 나줄 수 있는 좋은 작품이다. 「부부」도 젊은 나이가 아닌 노년의 부부의 삶을 소재로 하고 있는데, 〈너 없으면 죽네 사네 하는 사랑 타령/ 한 삼십 년 붙어살다 보니/ 그 좋던 사랑이란 놈은/ 어느 방구석에서 말라 죽었는지 코빼기도 안 보인다/ 어디서 어떻게 생긴 건지/ 정情인지 뭔지 하는 놈 온 집안에 널브러져/ 이리 밟히고 저리 채인다〉는 표현으로 노년의 부부 사랑의 현실과 문제점을 들추어 시로 형상화한 비교적 산문적인 장시이다. 「아내」에서 〈우리네 눈과 귀는 / 난 잎처럼 뾰족이 자라서/ 가을철 나뭇잎처럼 바스락거리는 소리/ 잠결에도 끝없이 끊임없이 들려온다〉는

아내를 걱정하는 시인의 따뜻한 마음이 담겨 있다. 시인이 본격적으로 시를 쓰기 시작한 것이 노년이 된 요즘이다가 보니, 노년으로 바라보는 아내를 시적 카메라에 주로 담은 것이리라. 앞으로의 행복한 삶을 위하여 젊은 날 사랑하던 아내를 노년과 함께 떠올려보는 작업도 필요하리라.

> 여기 또 하나의 세상이 있다/ 젊은 사랑의 노래가 박혀 있고/ 이별의 슬픔마저 춤사위로 잠이 들어있다/ 거친 초원에서 피어나는 살아 있는 꽃들// 어느 사냥꾼의 거친 손과/ 고동치는 심장으로 토해내는 소리
>
> — 「암각화」 일부

> 슬그머니 내민 도시락에 어리둥절하고/ 돌려받은 빈 도시락에서 눈물 가득 보았다// 아내가 말없이 아침마다/ 자전거에 달아 준 도시락 두 개/ 반년을 따로 쌌던 그 아이의 도시락
>
> — 「그 아이」 일부

> 세상엔 감출 게 많다/ 은행통장, 이메일, 대문열쇠, 휴대폰 또, 뭐 뭐/ 번호들과 그 비밀번호(중략)// 비밀번호 없는 세상으로/ 들어가는 비밀번호는 없을까
>
> — 「비밀번호」 일부

5천여 년 전 그려진 울산 울주군 반구대 암각화 296점 중 58점이 고래 그림이라며, 근래에 신문 방송에 나왔다. 고대인들의 삶이 살아 있는 텔레비전 생방송이다. 글자가 없던 시절 자신들의 삶과 축제를 그림으로 돌에 새겨 표현한 작품으로, 어느 연구가는 남자들의 사냥의 안전과 성공을 기원하는 여인들이 그린 것일 것이라고 하였다. 사냥은 혼자서 하기보다 집단으로 한다. 가족과 집단의 사회화의 과정을 그린 암각화를 통하여 시인은 현장에서 일어나는 것처럼 생생하게 시로 표

현하고 있다. 「그 아이」는 박 시인이 젊었던 교사시절에 있었던 일을 소재로 하여 쓴 작품으로, 가난하여 도시락을 못 싸오는 제자에게 박 시인과 아내의 따뜻한 마음이 담긴 작품이다. 스승은 지금도 그 아이가 잘 살고 있는지 궁금하며, 가정 사랑에서 사회 사랑으로 확대된 것을 볼 수 있다. 「비밀번호」는 예전에 낮은 토담에 문 활짝 열어놓고 오가며 살던 시절 그리움의 향수와, 요즘 시대의 서로 감추고 살아가는 비밀번호가 많은 현실의 아픔을 고발하며, 비밀번호가 없는 세상으로 들어가고 싶은 심정을 시화한 사회 비판의 시로 볼 수 있겠다. 박 시인은 부모, 아내 사랑에서 사회의 사랑과 사회현실을 비판하고 사랑하는 쪽으로도 관심이 많음을 볼 수 있다.

4.정서의 풍경과 자성적 목소리

황혼의 강은 더욱 아름답다/ 얼마 남지 않은 시간을 알기 때문이다/ 이제 곧 어둠이 내리면/ 가던 길도 이내 멈추어야만 한다// 어릴 적 작은 걸음으로/ 조그만 개울을 따라 길을 찾아서/ 휘돌고 휘돌아 금방 온 것만 같은데/ 정든 강가 오늘 다시 거닐며/ 문득 황혼을 생각한다// 거꾸로는 흐를 수 없는 강물의 길/ 내가 걸어온 길 다시 돌이킬 수는 없다/ 살아오며 스친 모든 것들에 대하여/ 어두운 강가에 앉으면/ 침묵으로 펼쳐지는 지난날의 푸른 기억들// 하늘은 오늘따라 더욱 붉고 푸르며/ 강물은 더 넓은 물길이 된다/ 무슨 미련 이다지도 많은지/ 강물은 더욱 느린 걸음으로/ 내 마음과 함께 흐르고 있다

– 「강가를 거닐다」 전문

이 작품은 '황혼의 강'을 거닐며, 황혼으로 아름답게 늙어가는 자신의 삶을 흐르는 강물에 비유하여 쓴 인생의 의미가 녹아 흐르는 시이

다. 황혼의 강은 왜 아름다운가! 곧 어둠이 내리고 얼마지 않아 바다에 닿아 강의 이름은 사라지는 것을, 얼마 남지 않은 시간을 알고 있기 때문이다. 사람은 언제 자신이 죽는 걸 모른다. 시적자아는 강물처럼 내가 걸어온 길은 다시 돌이킬 수 없다고 한다. 그러나 어두운 강가에 앉으면 지난날의 푸른 기억들이 떠오른다. 강은 하류에 오면서 걸음이 느려진다. 시인은 황혼의 강에 서서 미련이 많은 자신을 발견하고 자성하고 있다. 정서의 풍경에 관련된 글들이 여러 편 있지만 두어 편 살펴보면, 「정선 가는 길 」은 굽이굽이 물처럼 돌아가는 고운 길에 낮게 물처럼 흘러들어 사는 사람들의 애환을 정선아리랑 곡조에 담아 시로 빚어내었다. 그 일부를 감상해보자. 〈굽이돌아서 오른/ 저 아래 고갯길/ 골마다 낮게 엎드린/ 물처럼 흘러든 사람들// 서방은 백봉령 너머/ 강릉 삼척으로 소금 사러 떠나고/ 밭이랑에 앉아 밭이나 매는 아낙/ 빛과 그림자로 얼룩 삶을 노랫가락에 싣는다/ 낮고 느린 아리랑 한 곡조에/ 구슬픈 내일의 목젖만 아프다〉 다음은 「북평 장날」의 일부이다. 〈내 눈을 부자로 만들어 주는 날/ 파는 사람 사는 사람/ 괜스레 넉넉하다/ 아귀 같은 장사꾼도, 볼멘 손님도 없는/ 그냥 덥석 베어 물어도 좋을/ 그런 물건 그런 얼굴들// 낮익거나 혹은 낮선 수백 수천 등장하는/ 주연 없는 연극 한 편/ 나도 출연하고 돌아오는/ 기분 좋은 날〉 '북평 장날' 은 재래시장으로 옛날 삼척군이었다가 셋으로 갈라진 삼척시와 동해시 태백시에서 가장 큰 장이 열리는 곳이다. 삼척 근덕이 1일과 6일, 삼척이 2일과 7일, 북평이 3일과 8일, 도계가 4일과 9일, 원덕이 5일과 10일 이렇게 장꾼들이 돌아다니며 장이 선다. 박 시인은 북평장 구경을 열심히 다니는 편이다. 민속품 경매장에 가서 민속 물품을 구경하고, 장구경하다가 배가 출출하면 국수나 메밀묵 한 그릇과 막걸리 한 잔을 하는 시골 장날의 정서가 잘 익은 막걸리 냄새로 풍긴다. 북평 장날은 그래그래 〈주연 없는 연극 한 편/ 나도 출연하고 돌아오는/ 기분 좋은 날〉이 된다.

꿈은 꿀 수 있어도 그냥 꿈일 뿐/ 그래도 꿈은 크게 가지고 싶다/ 뒤돌아 보면 인생이 꾸다만 미완성품의 꿈//(중략)// 이젠 시간이 없다 곧 셔터를 내려야 하고/ 꿈조차 꿀 수 없는 퇴근시간/ 버스를 타고 창밖을 보며 간다/ 창밖은 또 다른 세상/ 꿈은 버스에 실려 제 멋대로 달린다/ 먼 또 다른 지구에서 태어나길 바라며

– 「낮잠」 일부

풀 바른 문짝에 새 문종이 얹어서
쓱쓱 빗질 몇 번 한 해 목숨 또 잇는다
한나절 햇살로도 팽팽해진 얼굴
살짝 치는 손끝에도 장구소리로 대답을 한다

– 「창호지를 바르며」 일부

　시인은 꿈과 상상을 먹고 산다. 그래서 미국의 유명한 미래학자는 이 세상에 없는 새로운 세계를 창조할 때는 시인을 동참시켜야 한다고 말한 적이 있다. 시인은 꿈조차 꾸기 힘든 현실에서 탈출하여 먼 또 다른 지구에서 태어나길 바라고 있다. 그래서 그는 낮잠을 통해서 꿈을 시도한다 – 〈꿈은 꿀 수 있어도 그냥 꿈일 뿐/ 그래도 꿈은 크게 가지고 싶다/ 뒤돌아보면 인생이 꾸다만 미완성품의 꿈〉「하현달과 나」에서 그의 상상과 환상의 세계를 만난다. 〈하늘 다 어둠에 묻혀도/ 저 혼자 등불이 되는 달/ 세상 다 어둠에 묻히고/ 혼자 남은 내가 빛을 역주행한/ 길 끝에서 마주친 우리 사이// 역주행한 시간/ 기억 속의 낯익은 역에 내려/ 팽팽한 손으로 희미해진 그 손/ 생생하게 잡아 보고 싶다〉

　「창호지를 바르며」에서 우리가 사는 세상도 창호지를 한 해 한해 새로 바르고 한 해씩 목숨을 이어가는 것이라고 한다. 〈한나절 햇살에도 팽팽해진 얼굴/ 살짝 치는 손끝에도 장구소리로 대답을 한다〉는 아름다운 삶을 비유한 참 좋은 표현이다. 〈등껍질 같은 두 손등이 문짝을 걸면/ 한가윗날 떠오를 보름달빛/ 한 발 더 방안에 성큼 들어선다〉에

서 달님에게 가슴에도 살림에도 환희 밝혀지기를 기도한다. 그리고 시 「행복」은 〈웃고 살다보면/ 행복은 바로 코밑에서 보여요/ 멀리 있지 않지요〉하고 말하며, 시 「불두佛頭」에서는 집에 간직하고 있는 작은 불두를 통해 평화를 느끼고 자기 허물을 보고 있는 부처로 보고 있다. 〈반쯤 감은 눈으로/ 내 허물도 반만 보실까// 마주 앉아 바라보는 저 평화/ 작은 바람에도 피는 꽃이다〉

> 우연히 읽은 사자성어 중 두 글자/ '탄비'/ 살다보면 어찌 슬프고 탄식할 일 없을까/ 늙고 병들어 마침내 죽는 건 자연의 섭리/ 부끄러워할 일 아니다/ 두 글자의 훈계는 '늙어 망령 떠는 일'/ 부끄러운 것에 부끄러운 줄 모른다면/ 더욱 부끄러운 일이다// 내가 걸어온 길에도 거짓 없을 수는 없고/ 내가 내뱉은 말이 듣는 이의/ 마음을 아프게도 했을 것이다/ 내 모자람은 내 스스로가 더 잘 아는 일/ 돌아보면 오만이 높은 산이 되고/ 부끄러움은 강으로 흐른다// 어쩌랴, 이미 저지르고 만 일/ 잘 산다는 건/ 하나같이 어려운 일/ 그러나 인생은 쉽게 얻어지지 않는 것/ '대가를 치러야만 건널 수 있는 강'이다
>
> — 「탄비歎悲」 전문

「탄비歎悲」는 사자성어를 소재로 하여 자신의 삶에 비추어 시로 형상화한 그의 시 쓰기에서 소재를 확장 시킨 좋은 작품이다. 〈늙어 망령을 떠는 일〉, 〈내가 내뱉은 말이 듣는 이의/ 마음을 아프게도 했을 것이다〉, 〈돌아보면 오만이 높은 산이 되고/ 부끄러움은 강으로 흐른다〉(은유) 등의 시 구절에서 시인이 살아온 자성의 목소리를 들을 수 있다. 자성自省이란 자신의 태도나 행동을 스스로 반성함을 뜻한다. 그는 나이를 먹으면서 깨닫는다. —〈어쩌랴, 이미 저지르고 만 일/ 잘 산다는 건/ 하나같이 어려운 일/ 그러나 인생은 쉽게 얻어지지 않는 것/ '대가를 치러야만 건널 수 있는 강'이다〉 그의 다른 시에서도 자성적

목소리의 시를 여러 편 찾을 수 있는데 여기서는 「말」과 「시」를 살펴보고자 한다.

〈명언名言이 회자되어 끝없이 돌 듯/ 허언虛言도 식언食言도 맨 얼굴이 되면/ 연어처럼 혀끝에 돌아와/ 헛바늘을 산란한다// 용서는 멀어지고 망각도 어려워/ 말言은 그대로 비석이 되어/ 돌팔매를 맞는다〉(「말言」 일부)에서는 허언과 식언을 연어로 비유하여 혀끝에 돌아와 산란을 하는, 다시 말이 비석이 되는 참신한 생각이 이 시의 삶의 철학을 돋보이게 한다. 이 시 역시 자성적 목소리와 관련된 시이다. 〈내 귀도 조금 죽었다/ (중략) // 텔레비전은 그림으로 듣고/ 가수의 노래는 입술로 듣고/ 아들의 말은 눈으로 듣는다/ 아내는 손뼉으로 나를 부르고/ 나는 눈으로 대답한다// 귀가 입이 되는 줄 예전엔 몰랐다/ 귀가 조금 죽으니/ 입도 고만큼 따라 죽었다〉(「조금 죽은 귀」 일부) 박 시인과 이따금씩 찻집에서 만난다. 그럴 때면 내 목소리가 자꾸 커져서 다른 사람들이 듣는 음악이나 대화에 방해가 되었다. 그래서 시를 얘기할 때나 좀 중요한 얘기를 할 때는 찻집의 구석에서 메모지와 볼펜을 꺼내어 서로 써가며 얘기를 한다. 단 우리 집에서 돌을 놓고 얘기를 할 때는 예외가 되었다. 하느님은 우리에게 나이가 들면 귀도 눈도 조금씩 어둡게 한다. 그 것은 아마도 연식이 오래된 자동차처럼 잘 나가지도 못하는데 너무 귀와 눈이 밝아서 무리하게 달리지 말라는 조물주의 뜻이라 생각된다. 귀가 어두운 삶을 통하여 경험한 일상을 시로 형상화하였다. 〈귀가 입이 되는 줄 예전엔 몰랐다/ 귀가 조금 죽으니/ 입도 고만큼 따라 죽었다〉는 이 시의 끝부분이 절창이다.

5. 나가면서

박정보 시인이 시를 본격적으로 쓴 것은 근래이지만 참으로 집중적으로 열심히 써서 책 한 권 분량이 훨씬 넘는 120여 편이나 되고, 5년 제 영남공업전문대학 시절에 영화 시나리오를 썼고, 동양화를 오랫동안 그려오고 있으며, 수석 분야에서도 40여 년 취미 생활을 해오고 있는 예술인이다. 그 동안 이러한 예술 분야에서 활동을 해오고 있었기 때문에 짧은 시 창작 기간이었지만, 예술의 눈과 귀와 감각이 발달되어 있어서 다른 사람들보다 빠른 감이 없지 않았다. 박정보 시인의 시를 놓고 지도 하고 함께 토론하면서 느낀 그의 장점은 무척 시 쓰기에 열정적이며, 시를 쓰는 예술 감각이 발전되어 있고, 살아온 날이 많아서 오랜 많은 경험을 통한 삶의 철학이 농주처럼 잘 시 속에 녹아 익어 있다는 것이다. 그리고 단점은 나이가 많은 사람들이 대부분 그러하듯 시어사용이나 생각이 옛 투이어서 젊은 독자에게는 신선한 감이 좀 떨어지며, 이번에 발간하는 시집에는 실리지 않았지만 전통적인 시조에 더 소질이 보이는 느낌이 들었다. 앞으로는 시와 시조 쓰기를 함께하는 것도 바람직하지 않나 하는 생각이 든다.

> 몸에 맞지 않는 옷이라 해도/ 그래도 나는 입고 싶다/ 남의물건을 탐내듯 두려운 마음에/ 몹시도 부끄러운데/ 몰래 이웃 정원에 발을 들여 놓는/ 알 수 없는 묘한 마음/ 그래도, 나는 그 정원에/ 꽃 한 송이 피우고 싶다// 가보지 못한 세상으로 길을 나서는/ 스스로 박수칠 용기도 없이,/ 무작정 신발 끈을 묶는다/ 이 무모한 여행의 끝은 어딘지/ 룰도 잘 모르고, 등번호 없는 선수로/ 선도 그려지지 않은/ 백지白紙트랙을 더듬더듬/ 가다가 서다가/ 시의 향기에 비틀거릴 뿐이다
>
> － 「시詩의 나라로」 전문

박 시인이 시를 본격적으로 시작한 초기에 시 쓰기에 대한 자신의 생각을 사물에 비유하여 쓴 작품이다. 시 쓰기가 몸에 맞지 않는 옷이라도 그래도 입고 싶다고 한다. 몰래 이웃 정원에 발을 들여 놓는 알

수 없는 묘한 마음이지만 그래도 그 정원에 꽃 한 송이 피우고 싶다고 한다. 이 무모한 여행의 끝은 어딘지 룰도 잘 모르고, 등번호 없는 선수로 선도 그려지지 않은 백지白紙트랙을 더듬더듬 가다가 서다가 시의 향기에 비틀거릴 뿐이라고 한다. 박시인의 겸손한 마음이 묻어 있는 작품으로 어찌하였던 시의 정원에 꽃 한 송이 피우고 싶고, 룰도 잘 모르고 등번호도 없는 선수지만 그는 이미 시의 향기에 취하여 있다. 이러한 초심의 겸손한 마음으로 늘 좋은 작품을 빚어내기를, 좋은 시를 많이 읽고, 과감하게 새로운 소재와 새로운 형태의 시에도 도전해 보고, 자신이 취미활동을 하고 있는 돌과 그림에 관한 시도 깊이와 폭을 더하여 작업을 해보는 것도 어떨까? 그리고 이 세상에 사는 동안은 시의 향기에 늘 취하였으면 좋겠다는 생각을 하면서, 다음 시집에는 더욱 발전된 작품으로 독자들에게 작품을 내놓기를 기대해 본다.

현실과 이상, 서정적 자아 성찰

— 정석교의 시세계

1.

시인이 사는 곳은 시대의 맨 앞 페이지이다. 시인의 의식은 공간과 시간의 울타리를 벗어나 항시 앞서야 하며, 끊임없이 자신과 맞서 싸워야 한다. 싸움의 상대는 과거와 현재의 모든 시적 대상이다. 예술가의 삶이 그렇게 보이듯이 시인도 일반인의 눈에는 정상적인 사람이 못되고 때로는 비 정상인으로 낙인을 받기도 한다. 시인은 항시 깨어있는 눈과 따뜻한 가슴으로 세상과 사물을 대하며, 현실에서부터 초현실까지 시공을 초월한 상상의 세계로 나래를 편다.

또한 시인이 처한 사회 현실과 환경이 시인의 시에 영향을 준다. 정시인은 삼척 시청에 근무한다. 문민정부 이후 노조활동이 허락되면서 창립부터 지금까지 지속적으로 노조간부로서 동료 공무원의 권익을 위하여 활발하게 활동하고 있는 줄 안다. 그리고 동해와 삼척 작가회의 동인들이 모여 만든 『동안東岸』이란 동인지를 중심으로 경직되고 매너리즘mannerism에 빠진 기존 문단 풍토를 극복하기 위하여 현실에 발을 딛고 이상을 향해 노를 저어가고 있다.

글을 쓰는 순서는 '현실과 이상, 서정적 자아 성찰'이란 주제를 큰 틀로 하여 대표작 5편, 신작 5편을 중심으로 살피되, 동안1~4호 게재 작품과 씨의 처녀시집 『산 속에 서니 나도 산이고 싶다』(2001년)의 작품을 보며, 변화와 시 속에 나타난 세계관인 시정신을 살펴보고자 한다.

2.

기 발표작품 5편은 지금까지 쓴 작품 중 그가 스스로 뽑은 대표작품
이라고 할 수 있겠다. 작품 5편 중 4편이 아버지의 이미지가 내재된
탄광과 바다를 소재로 하였고, 나머지 1편 「파 꽃 같은 어머니 말씀」은
어머니 이미지의 작품이다.

> 마당 귀퉁이 빈터/ 매년 봄, 어머닌 파 몇 대궁 모종합니다/ 파 꽃이 필
> 때면/ 든 사람 된 사람이 될라치면,/ 꽃씨 여무는 인내처럼/ 속을 비우며
> 살라시던 쟁쟁한 말씀/ 몇 해 어머닌/ 요양병원 중환자실 하얀 시트 위
> 에서/ 줄기처럼 핀 텅 빈 몸으로 누워있습니다/ 6월 바람 우수수 날리는
> / 봉우리 맺힌 솜털 같은 꽃을 보며/ 어머니에게서 살갗 속 감춰진/ 허방
> 속 씨방 검정 씨앗을 봅니다/ 속을 비우기 위해 자라는 대궁이 위/ 고해
> 성사처럼 빼곡히 박힌 말들/ 서러운 눈물 매운 파 맛처럼/ 손등을 적시
> 는데/ 애저녁 창가/ 낙숫물에 불어터진 수묵으로 번지는/ 서럽기만 한
> 긴 6월 장마/ 파 꽃 속 가득 어머니 말씀 피어오릅니다
>
> — 「파 꽃 같은 어머니 말씀」 전문

이 작품은 계간 《웹북》 2010 가을호에 발표된 작품이다. 〈요양병원
중환자실 하얀 시트 위에 / 줄기처럼 핀 텅 빈 몸으로 누워〉있는 어머
니를 보며 마당 귀퉁이 빈터에 모종되어 있던 파 몇 대궁을 떠올린다.
〈든 사람 된 사람이 될라치면, / 꽃씨 여무는 인내처럼 / 속을 비우며
살라시던 쟁쟁한 말씀〉을 고해성사처럼 빼곡히 박힌 파 꽃을 통해 듣
는다. 속을 다 비우고서 꽃을 피우는 파의 생리를 인간의 삶과 인생에
비유한 '비움의 미학'을 테마로 하여 시로 형상화 한 작품이다. 『기호
의 제국』에서 롤랑 바르트는 동양의 도道와 선禪에서 거울을 공空으로
보았다. 도인의 정신은 거울과 같다. 그는 서양에서는 거울을 나르시
스적(자기도취적)대상으로 본다고 했다. 하얗게 핀 파 꽃을 고해성사로

비유한 참신한 비유가 놀랍다. 그 말들이 자식에게 서러운 눈물 매운 파 맛처럼 손등을 적시고, 긴 6월 장마가 시작되는 개인적인 성찰의 서정시이다.

어머니 이미지로 쓴 씨의 작품으로 신작시 〈감자꽃〉이 유년시절 가난한 어머니 눈물의 이미지로 나타난다. 시집 『산 속에 서니 나도 산이고 싶다』에 가족 사랑과 그리움을 노래한 작품이 실려 있다. 할머니, 어머니, 장모님, 아내, 누이, 자화상이 여기에 해당하는데, 대표작과 신작의 수준에는 못 치친다. 바꿔 말하면, 씨의 첫 시집(2001년)에 실린 시들보다 신작시 〈감자꽃〉과 위의 시가 더 발전했다는 사실이다.

> 세상 등지고 찾아온 안면부지 깊은 늪에서/ 가난에 묻어둔 편견보다 서러운 눈/ 더한 아픔을 뱉어내지 못하고 사는 나날/ 막장에 스러져 묻힌 동료의 흔적 추슬러/ 탄가루가 분신焚身처럼 날리던 무덤 속으로/아버지는 막사발 걸쭉한 탁주 한잔 털며/ 진저리치는 갱도坑道를 향하여 침목枕木을 멨다/ 살갗에 덤으로 묻어 나온 생 땀/ 입으로 더 담을 수 없어도/ 허기진 이빨 사이로 터져 나오는 한숨/ 순결해 보였던 깊은 밤의 숨바꼭질은/ 내내 찾지도 못할 행복의 조각 깁고저/ 가슴에는 더욱 더 탄탄한 적賊을 숨겨두었다/ 밤낮이 혼돈되는 갱坑 안/ 어머니의 걱정스런 안부, 막내둥이 재롱소리도/ 더 이상 기억할 수 없었던 단절된 언어/ 부지런히 가슴속에 쌓여질 탄맥炭脈을/ 연신 쪼아 깊고 깊은 독방을 만들어 간다 // 가르릉 거리는 가슴패기 들여다 볼 수 있었던 그날/ 하얀 시트를 들추어내며 이제서야 푸른 하늘을/ 볼 수 있다며 처음으로 미소를 짓던 모습은/ 결코 폐광廢鑛처럼 닫히지 않을 아버지의 마지막 절규/ 덜커덩거리며 터널을 빠져나가는 기적소리가/ 목 놓아 우는 통곡처럼 병동病棟을 울리고 있었다.
>
> − 「도계道溪」 전문

정연수 탄전문화연구소 소장이 《탄전문학》을 연간지로 13권까지 발간하다가 2007년도에『한국탄광시선집』1, 2권을 총정리하여 펴낸 책에「도계」외 1편이 수록되어 있다. 위의 작품은 '전국 공무원 노동조합 문예대전'(2006년) 수상 작품으로, 씨의 삶의 철학이 관통하는 대표작 중에 대표작이라 할 수 있겠다. 석탄 산업합리화로 인해 폐탄광지대로 쇠락한 광산도시를 배경으로 하여 지하막장 광부들의 삶과 애환을 시로 형상화 하였다. 우리나라 70년~80년대 산업사회에서는 탄광의 광부들은 대접 받는 산업사회의 역군이었다. 그러나 세상이 바뀌면서 정치인들이나 사람들이 바라보는 광부들의 이미지는 달라졌다. 광부들은 하늘을 두 개 이고 살아간다고 한다. 실제의 하늘과 갱 속의 하늘을 이고 살지만, 광부들에게는 눈이 부신 실제 햇빛 쨍쨍한 하늘보다도 차라리 위험한 갱 속의 하늘이 더 편한 한지도 모른다. 처자식의 입에 풀칠하고 가르치기 위해 타관 땅으로 찾아들어와 아픔들을 탄가루처럼 안으로 삼키며 광부들은 살아간다. 얼마 전에 동료가 막장에서 쓰러져 묻혔던 갱도를 향하여 광부들은 다시 침목木枕을 멘다. 그러면서 광부는 가슴 속에 쌓여질 탄맥을 쪼아 '깊은 독방'을 제 스스로 만들어 그 속에 갇힌다. 〈가르릉거리는 가슴패기 들여다 볼 수 있었던 그날/ 하얀 시트를 들추어내며 이제서야 푸른 하늘을/ 볼 수 있다며 처음으로 미소를 짓던 모습〉은 돌처럼 굳어가는 규폐로 판정되어 광부생활을 더 할 수 없는 현실의 아이러니이다. 씨가 2001년도에 발간한 첫 시집에는 아버지의 이미지가 온통 바다였다가, 2006년 '도계'와 2008년 동안 2호에 광부의 죽음을 소재로 한 '광부일기'로 바뀌어 간다. 다만, 행사시나 신춘문예를 비롯한 당선작들이 대부분 의도성을 가지고 쓴 목적시이기에, 위의 시에서도 작위성이 보이는 것이 작은 흠으로 지적될 수도 있다.

소주처럼 쓴 물결 휘젓는 파도/ 다시 뱃고동 울리고픈/ 귀항한 어선 뱃머리 목 놓아 부른다/ 여름 장마,/ 튼튼한 오랏줄로 묶어버린 항구/ 바다에 와서도 내내 바다를 생각하는/ 자맥질하는 갯바위처럼 솟는 기억들/ 치달아도 번번이 파도를 놓친/ 방파제 후벼진 공간으로/ 허무한 멍 울음 토해내고/ 파라솔 밑 열대야 파도에 쓸려간다/ 횟집 가파른 철재 계단을 오르며/ 밟힌 수많은 삶에 무늬들/ 낙지발처럼 와서 안기는 빗줄기/ 하얗게 몸을 뒤집는 바다는/ 횟집으로 자근자근 밀려들어와/ 파득이는 오징어 살집 속을 거닐다/ 파도 같은 술을 권한다

―「술 권하는 바다」 일부

망사리 풍성해진 바다에 등(燈)이 무진장 걸렸다
등대 빛보다 적나라하게 비춰지는 집어등
바다와 야바위 짓거리 한창이다
통째 바다를 들어내려는 듯
빛을 죄다 빨아먹고
바다의 근육들이 밀어내는 뱃전에서
시위대와 진압대처럼 맞붙어
서로 팽팽한 맞짱 중이다
한사코 거부의 의사 체증 당하고서는
수면으로 솟아 먹총을 쏴대고
손발 짓 수화로 대화 나누자는데
끝내 속은 것을 알고 끼룩끼룩 하소연이다
풍성해진 불빛이 가쁜 숨 몰아내는
바다에 오징어 눈빛이 무진장이라는데
싱싱한 거부감을 끌어낼 수 있는 바다에서
열길 물속은 알아도 한 자 마음속 헤집기는 어려운 일
칠흑 같은 바다와 한 몸이라는 것
서로를 묶어 내는 일,
열손가락 마디마디 저릿저릿한
더 깊은 곳으로 겨냥하는 질긴 무게의 맛
오! 오! 새벽 바다의 탄력

위의 작품은 바다를 소재로 한 대표작 2편이다. 「술 권하는 바다」는 2009년도 《해양문학》에 발표된 글로, 〈장맛비 질펀한 날, 바다는 술을 권한다 / 오징어회 한 접시 / 마음이 얼큰해져 바다를 보면 / 가물한 바다〉로 바다가 의인화되어 펼쳐진다. 장마철이면 낮게 살아가는 어부도 농부도 막노동자들도 일거리가 없는 것은 마찬가지다. 일거리가 없다보니 홧김에 돈도 못 벌면서 술이나 먹게 마련이다. 뱃고동을 울리며 바다에 나가고 싶은 어부의 마음을 어선에 기탁하고 있다. 그러나 여름 장마는 튼튼한 오랏줄로 항구를 묶는다. 어부들은 바다에 와서 바다와 술을 하면서도 내내 바다를 생각한다. 바다는 어부들이 먹고 사는 현실이며, 또한 희망(이상)이기 때문이리라. 〈번번이 파도를 놓친/ 방파제 후벼진 공간으로/ 허무한 멍 울음 토해내고/ 파라솔 밑 열대야 파도에 쓸려간다〉 어부들은 벌어들이는 것보다 나가는 것이 많고, 고기떼를 놓치듯 번번이 챙겨야 할 것들을 놓치며 산다. 그리고는 방파제 후벼진 곳에서 허무한 멍 울음을 토해낸다. 요즘은 고기도 예전보다 훨씬 덜 잡히고, 배 기름 값이 비싸서 바다에 나가는 것조차 어렵고 무섭다. 이것이 오늘날의 바다와 어부들의 현실이다. 씨는 어부들의 어려운 현실을 시로 형상화하였으며, 바다에 목매어 가난하게 사는 어부들의 삶을 노래한 시로는 신작시 「홍어기는 선술집이 어판장입니다」가 있다.

「오징어 채낚기」는 2010년 《문학마을》 가을호에 게재되었으며, 오징어를 낚는 광경을 통하여 어부와 바다(오징어)와 팽팽한 대립, 진보와 보수의 대결 구도, 시위대와 진압대의 팽팽한 맞짱을 해학적으로 그리고 있다. 잡히지 않기 위해 먹총을 쏴대는 오징어, 우리는 한 몸이라며 대화를 나누자는 보수 쪽의 사측과 진보 노조 측의 팽팽한 대결을 오징어 채낚기를 통하여 오버랩시킨다.

이러한 맥락의 시로는 촛불 집회 참가 경험을 쓴 시로 〈그놈이 꼬꾸라진 거리 / 난 왜 넘어지지 않았을까〉하고 개인적으로 나아가 사회적 역사적으로 반성하고 성찰하는 '촛불, 그 평온한 빛을 기억한다'(《동안》 제2호)가 있다. 구두닦이의 소외된 삶을 노래한 '딱새 여로'(《동안》 제3호), 세월의 흐름에 어쩔 수 없이 밀려나는 현실의 아픔을 그린 씨의 장시長詩 '월계이발관'(《동안》 창간호) 등이 있다

> 갯내 깊게 젖어드는 밤이면/ 바다를 향해 머리를 두고 잡니다/ 맹렬한 꿈이 일으켜 세운 새벽/ 득달같이 치달은 선창가에/ 먹빛 기운은 아직 서 있습니다// 무너져가는 허다한 한숨들/ 가난 한쪽 베어 먹은 처마 끝으로/ 수평선 껍질 벗기듯 솟는 여명/ 주절주절 이간질하는 바다는/ 오랜 기다림을 배우게 합니다// 산산이 풀어졌던 파도/ 아침이면 일어서는 버릴 수 없는 바다/ 비린 내음 가시지 않는 팔뚝에서/ 푸른 바다를 봅니다// 대숲 찾아드는 소쩍새 울음/ 가위눌림으로 깬 밤/봉창으로 별들이 기웃거린 새벽/ 닻 올린 배들이 다시 바다를 엽니다
>
> ― 「아버지의 바다」 전문

위의 작품도 '공무원 문예대전'(2008년) 수상 작품이다. 이 시가 같은 당선작인 「도계道溪」보다는 작위성이 덜 보이는 것은 아마도 가족이나 마을 사람들에게서 직접 느낀 체험을 바탕으로 하였기 때문이리라. 정석교 시인은 고향이 삼척 오분리(오불진吳火津)이다. 적진 관찰이 좋고 봉홧불을 밝히기도 했다는 오화리산성吳火里山城(또는 고성, 요전산성) 밑에 오십천이 바다와 만나는 곳에 어항이 있고, 근래에는 이사부 출항지 표식지를 세운 곳으로 주민들의 주 소득원은 바다이다. 첫연에서 '바다를 향해 머리를 두고 잔다'는 것은 '짐승도 죽을 때는 머리를 고향 쪽으로 둔다'라든가 하는 것처럼 삶의 터전인 바다를 향해 늘 생각하고 가까이 하는 마음을 말한다. 어부의 꿈은 만선을 하여 오색 깃

발을 꽂고 입항하는 어부의 희망 사항이다. 2연에서는 한숨이 아직 선창가에 남아 있고, 여명이 오기까지 바다는 주절주절 이간질 합니다. '바다가 주절주절 이간질한다' 는 의태어를 사용한 표현이 신선하고 재미있다. 시인의 눈에는 왜 그렇게 보였을까? 삶의 해결법이 거기에 있다. 그것은 오랜 기다림이다. 3연~4연에서 '버릴 수 없는 바다' 는 말로는 몇 번이고 그만둔다 하면서도 떠날 수 없는 가족의 생계가 딸린 바다를 말한다. 그래서 어부들의 팔뚝에서 힘줄 같은 푸른 바다가 일어선다. 새벽, 닻 올린 배들이 다시 바다를 연다. 시의 뒷부분에서 희망의 메시지가 보인다. 가난하고 어려운 현실의 갯내와 소금 끼 벤 어부들의 끈끈한 삶을 격하지 않고 비유와 이미지를 잘 살려서 쓴 성공한 시라고 할 수 있다.

3.

신 작품 5편 가출 또는 출가, 흉어기는 선술집이 어판장입니다, 아침마다 우화羽化하는 남자, 감자꽃, 서설瑞雪은 씨가 최근에 쓴 작품 중에서 뽑은 작품이라고 할 수 있겠다. 이 작품들을 통하여 그의 최근의 시심과 시 수준을 살펴볼 수도 있지 않을까 기대한다. 작품 5편 중 1편은 자연 공부로서 비움의 미학을, 나머지 4편은 가난한 현실 속에서 개인적 성찰 혹은 사회적(역사적) 성찰을 시도한 작품이다.

매일매일 탈피하는 나는/ 날수가 없다 울 수도 없다//원초적인 개미의 끊임없는 행렬처럼/ 물어다 나르는 일상적인 일과/ 감상적인 감정이 변태된 하룻밤 지나/아침이면 다시 고치에서 기어 나와야 하는/ 날지 못하는 내 무거운 일상의 껍질/밤의 껍데기만 정교하게 남아있는/ 가볍고도 공허한 텅 빈 허무의 몸// 껍질을 버리고 나면 다시 돋아나는 껍질/ 수의에 쌓여 퇴화되는 몸을 덮은/ 카타콤베 지하에서 순교자의 길을 걷는가// 우듬지 저 끝에서 비상하는 잎들의 자유로움/ 날개가 아니어도 비상할 수 있는지/ 새들은 알지 않을까/ 시대적 아버지의 부장품으로 녹슬어 가는/ 아직도 우화중인 남자, 가장家長

—「아침마다 우화羽化하는 남자」 일부

윽박지르듯 포구에 비 쏟는 날이면/ 선술집 미닫이는/ 목청부터 높아집니다/ 바다 어디쯤 저 숨쉬는 고기떼가 있을까/ 상상해 내며 탁자에 둘러 앉아/ 게딱지 가르는 촘촘한 세월/ 허방 같은 날씨에/ 닻을 올리기에 너무 일러/ 바다를 품은 어부들은 시간을 잊고 삽니다// 응어리진 가슴 서로 뉘이면/빈 술병 안으로도/ 숨겨져 있던 수평선이 보입니다/ 취한 주머니 꼬깃꼬깃한 빈손/ 깊숙이 넣어보아도 피곤함이 길게 쏠리고/ 뭍에 서 있어도 멀미가 난다는/ 흉어기/ 늘어가는 외상 장부에 점멸하는/ 형광등 불빛/ 집어등처럼 담배 문 젖은 눈동자를/ 채낚기 하듯 낚아냅니다// 바다는 늘 먼저 마중 나가야 하는/ 손님 같은 것/ 완고한 절망 닫히고 있는 흉어기/ 부서지는 소문들이 기어간 길을 따라/ 콸콸 포구를 때리고 있는 5월의 비/ 바다 어디쯤 싱싱한 그물을 던져야 할까/ 흉어기 어두울수록 환해져 가는 선술집/ 미닫이 안 파도보다 더 큰 목청/가슴으로 해일이 솟구칩니다

—「흉어기는 선술집이 어판장입니다」 전문

「아침마다 우화羽化하는 남자」는 개인적인 반성 또는 성찰을, 「흉어기는 선술집이 어판장입니다」는 사회적인 반성 또는 성찰을 다룬 작품이다.

「아침마다 우화羽化하는 남자」의 첫 부분 〈겨우내 몽상을 키운 나비는 꽃을 찾아 나래짓 하는데/ 7년 탈상을 마친 매미는 한여름 자지러지는데/ 매미보다 더 긴 7곱절의 해를 보낸 나는〉으로 시작하여, 시적 자아는 매일 탈피를 시도하지만 나비처럼 날 수도 없고 매미처럼 짜랑짜랑 울 수도 없는 현실이 연속된다. 가장으로서 생계를 책임지기 위하여 원초적인 개미처럼 일하고 돌아와 변태된 하룻밤을 지나 일상의

껍질을 벗어도 다시 돋아나는 껍질─ 시적자아는 수의壽衣 같은 자신이 벗어놓은 껍질에 쌓여 로마의 지하묘지 혹은 가족공동 묘지인 카타콤베에서 가족을 위한 조상을 위한 순교의 길을 걷는다. 시의 끝부분 〈시대적 아버지의 부장품으로 녹슬어가는 아직도 우화중인 남자, 가장家長〉은 보수적인 아버지의 일부로, 대를 이어야 하는 맏아들의 소임에서 진보적인 사상과 삶을 아직도 포기하지 않고 변태 중인 가장이다. 「아침마다 우화羽化하는 남자」는 개인적인 반성 또는 성찰의 관련 시이지만, 시의 끝부분을 확대해 보면 사회적 역사적인 성찰의 시로도 볼 수 있다.

「흥어기는 선술집이 어판장입니다」는 앞에서 언급한 바 있는 「술 권하는 바다」의 시와 맥락을 같이하며, 이미지와 분위기가 유사하다. 시의 배경에는 장맛비가 내리든가 흥어기 포구에 비가 쏟아진다. 선술집에는 어부들의 목청이 높아지지만, 높은 목청만큼 주머니 사정은 그렇지 못하고 외상장부는 파도처럼 밀려와 쌓인다. 〈외상 장부에 점멸하는/ 형광등 불빛/ (중략)/ 집어등처럼 담배 문 젖은 눈동자를/ 채낚기하듯 낚아냅니다〉나 〈완고한 절망 닫히고 있는 흥어기/ 부서지는 소문들이 기어간 길을 따라/ 콸콸 포구를 때리고 있는 5월의 비〉는 보릿고개처럼 어려운 어부들의 환경을 리얼하게 보여주되 감정을 겉으로 막 드러내지 않고 곰삭혀서 시로 형상화 하고 있다. '바다 어디쯤 저 숨쉬는 고기떼가 있을까' 와 '바다 어디쯤 싱싱한 그물을 던져야 할까' 는 절망 속에서도 이러한 기대를 버리지 않기에 〈흥어기 어두울수록 환해져 가는 선술집〉이라는 아이러니가 통하는 것이다. 이리하여 미닫이 안 선술집은 어부들의 목소리가 파도보다 더 크고 어부들의 가슴 속에는 산더미 파도가 일어선다. 어부들의 현실은 사회적인 성찰로 보고 있으며, 콸콸 포구를 때리고 있는 5월의 비는 5·18광주민중항쟁을 연상하게도 한다. 이 시는 어부들을 통하여 개인적에서 사회적으로 나아가 역사적 반성과 성찰로 확대가 가능하다.

〈부랑인 한 사람이 동사했다 한다/ 햇살이 꼬여 낸/ 영하의 바람의 행로를 알지 못했기 때문이란다/ 눈물 납작 얼은 계단 구석에서/ 기도하는 마리아처럼 얼어있더란다// (중략)// 꽃잎처럼 찍어놓은 하늘로 인도하는 길에/ 죽음을 기억하는 사람이 있을까〉는 시 「서설瑞雪」의 일부로 바로 앞에서 언급한 시와 맥락을 같이 한다. IMF 경제 위기 이후 젊은 나이에 명퇴를 하거나 국가위기의 해일에 사업이 부도가 나서 지하철이나 공원에서 노숙을 하다가 동사한 부랑인을 소재로 쓴 작품으로 개인적이라기보다 사회적인 반성 혹은 성찰을 다룬 시이다. 동사한 날 상서로운 서설이 내린다. 끝연에서 가난 때문에 얼어 죽은 떠돌이도 상서롭게 복을 받을 수 있는지를 시적 자아는 독자와 사회에 묻고 있다. – 〈영정 없이 세상을 진설하듯 내린 눈/ 죽음도 서설처럼 될 수 있을까〉하고.

> 지천에 널렸습니다/ 흐드러지게 때깔 좋은 모습도/ 향기도 피워내지 못한/ 진한 가난의 살점 같은/ 아린 목메임으로 저기,/저 산비탈 버덩/ 배고픈 눈물들이 열렸습니다/ 어슴새벽 이고가신 어머니/ 치마폭 담긴 아침은/ 비탈마다 하얗게 피어오릅니다// 유년의 밤은 눈 감아도/ 더욱 솟구치는 허기/ 달빛 젖어 주절주절 영그는/ 비탈진 고랑마다/ 아린 맛같이 숨어있는 가난/ 쉬이 마르지 않은 어머님 눈물이었습니다 //
> – 「감자꽃」 전문

새벽 세시의 고요/ 만해 마을 너른 터 마당가/ 속살 같이 내려선 달빛 아래/ 자분자분 밟히는 나뭇잎/ 바람에 지는 소리/ 가늠 없는 절기가 몸을 안는다/ 청량한 별빛 무리/ 숨겨놓은 고요한 산중에/ 처마 끝 머물다 치근대는 바람/ 풍경소리 실어온 불립문자/ 속내를 읽혀내는 것 같다/ 자꾸 손이 가는 빈 주머니에/ 더 가둘 것 없이 비워내/ 명경처럼 훤히 돋우는 내 생애/ 비워 내어도 공허하지 않을/ 남루해진 자국들 하나하나/ 달빛에 헹구어 내고 시인은 감자꽃이 핀 것을 보고 유년의 시절을 떠올린다. 지천에, 산 비탈 버덩에, 향기 없이, 가난의 살점 같이, 아린 목메임으로, 배고픈 눈물(감자)이 열렸다. 달빛에 젖어 주절주절 엉그는 것은 어머니 눈물 이다. 대표작의 하나인 〈파꽃 같은 어머니 말씀〉과 함께 시각적 하얀 한복을 입은 어머니의 이미지이다.

'가출' 과 '출가' 의 의미에 뉘앙스nuance가 있다. 사전적 의미로는 집을 나가는 것을 '가출' 이라 부르며, 시집을 가거나 스님이 되는 것 을 '출가' 라고 한다. 만해 마을은 한용운을 기념하기 위하여 시집 『님 의 침묵』을 집필하던 백담사 아래에 만든 수련장이다. 인제군 북면 용 대리에 만해의 문학정신을 계승하고 자연과 인간 사랑의 실천을 위해 세워졌다. 이 작품은 고요와 비움의 미학을 노래하였다. 달빛과 주객 합일主客合一의 경지에 이르며 이때는 환경과 세계와 더불어 대융합을 얻게 되며 대자유를 얻게 되는데, 이것이 곧 장자가 말하는 '화和' 이며 '유遊' 가 아닌가! 앞에서 얘기한 롤랑 바르트가 동양의 도道와 선禪에 서 거울을 공空으로 보는 의미와 다름 아니다. 깨끗하게 살겠다는 시 적자아의 삶의 의지가 시에 나타나 있다. 요즘 신문 방송에 회자되는 부정부패가 얼마나 많은가? 한발 더 나아가 우리사회에 만연한 사회 정화를 위한 서정적 사회 반성과 성찰의 시이기도 하다.

4.
정석교의 처녀시집 『산 속에 서니 나도 산이고 싶다』(2001년)의 작품 해설을 써준 인연으로 이번에 작가론을 쓰게 되었다. 첫 시집에서는 유년 회고의 미학, 우리나라 전통적인 절기, 자연과 종교(불교), 바다와 어부들의 끈질긴 삶, 향토사랑 등을 주로 서정적인 자아성찰 면에서 살펴보았다. 그 이후 지금에 이르기까지 시를 다룬 소재 면에서, 유년

회고의 시는 줄어든 반면 세상의 밝은 곳보다는 사회의 어두운 면에 카메라의 초점을 많이 두었다. 그가 즐겨 다루는 바다의 아버지나 어부에서 광부로 시야를 넓히었고, 같은 자연을 다루어도 자연의 현상자체보다도 사회적인 현상으로 환치를 시도하는 경향이 보인다. 그의 시는 첫 시집에서 지적했던 군살빼기, 시의 이미지화, 주제를 향한 시적 형상화면에서 많은 향상이 있었음을 살펴보았다. 예전에 비하면 민주화가 되고 발달된 물질 속에서 잘 살고 있다지만, 글로벌 시대를 맞아 인정이 각박해지며 행복하기보다는 더 많은 스트레스를 받고 살아간다. 이러한 세상사 속에서 자신과 사회의 치유를 위하여 그는 필筆로 행동으로 높은 현실에 파도처럼 부딪혀 하얗게 쓰러지고 퍼렇게 멍이 들기도 하고 좌절하다가 다시 수평선에서 일어나 세상을 향해 달려오며, 이상을 꿈꾼다.

씨는 과연, '세상을 바로 보고 바르게 살려는 마음'의 리얼리즘 realism의 생각과 시와 행동이 일치하는가? 이것은 정석교 뿐만 아니라 모든 예술가들에게 던지는 화두가 될 수도 있다. 그도 이런 문제를 놓고 고민하는 사람의 하나라 생각된다.

씨는 《동안》 제4호에 발표한 시에서 자신의 행위를 고백한다. 〈나는, 진위의 단초가 숨어있는 입들에게서 이기지 못할 논쟁을 닫을/ 감당할 수 없는 유혹에 빠져버린 오늘의 지식인이 된 것이 슬프다// 흡연을 빙자한 교묘한 자폐의 시간, 입을 닫는다〉

씨는 당대의 지배적 세력에 대한 영합이나 순응을 의미하는 '현실추수주의'는 결코 아니다. 다만, 보수에 대하여 적극적으로 대처하지는 못하고, 어느 시점에서 포기하거나, 입을 닫거나, 타협한다. 때로는 진보적이다가, 때로는 자연과 합일의 관조적이거나, 비관주의의 시를 생산한다. 그것은 그가 나라에 녹을 먹고 사는 공무원이란 신분의 한계 때문이리라.

씨는 현실비판의 눈으로 시를 쓰되, 자기감정을 절제하여 격정적이지 않으며, 설명적이지 않고 비유와 이미지를 통하여 시를 형상화하는 장점이 있다. 그러나 더 높은 단계로 올라서기 위해서는, 정치 사회의 현실 풍자시와 서사구조의 시를 더 많이 연구해보는 것은 어떨까? 그리고 예를 들어 즐겨 소재로 삼는 바다나 광부를 시로 형상화할 때, 자기만의 창조적인 각도에서 바라보고, 자기만의 개성적인 목소리를 내는, 참신성과 진정성이 더 요구된다. 맞섬을 위한 맞섬이 아닌, 모든 생명체들을 사랑으로 끌어안을 수 있는 상생의 맞섬으로, 자신과 직장과 사회에 공감을 주고 치유治癒하며, 크고 작은 울림으로 감동을 주기를 기대한다. 다시 시작되는 대양을 향한 그의 항해가 만선의 깃발을 꽂고 뱃고동을 울리며 항구로 돌아오리라는 것을 기대해도 좋다.

*2011년 『동안東岸』지 '작가 집중 조명'에 발표.

이 도서의 국립중앙도서관 출판시도서목록(CIP)은 서지정보유통지원시스템 홈페이지(http://seoji.nl.go.kr)와
국가자료공동목록시스템(http://www.nl.go.kr/kolisnet)에서 이용하실 수 있습니다.(CIP제어번호: CIP2016016972)

아침마중 평론집

한국 현대 동시 논평과 해설

초판 1쇄 · 2016년 7월 25일

지은이 · 김진광
그린이 · 김천정
펴낸이 · 박종현
편집장 · 박옥주

펴낸곳 · 도서출판 아침마중
등록일 · 2011.11.22
주 소 · (우)01446 서울특별시 도봉구 도봉로 109길 78
전 화 · 02-995-0071~3, 02-995-1177
팩 스 · 02-904-0071
이메일 · adongmun@naver.com
홈페이지 · www.adongmun.co.kr

ISBN 979-11-86867-19-8   03810

＊이 책은 강원도 강원문화재단의 문화예술발전기금을 지원받아 발간되었습니다.